诗歌叙述学前沿文汇

孙基林　主编

山东大学出版社
SHANDONG UNIVERSITY PRESS
·济南·

图书在版编目(CIP)数据

诗歌叙述学前沿文汇 / 孙基林主编. —济南：山东大学出版社，2022.5

ISBN 978-7-5607-7530-2

Ⅰ. ①诗… Ⅱ. ①孙… Ⅲ. ①诗学－叙述学－文集 Ⅳ. ①I052-53

中国版本图书馆 CIP 数据核字(2022)第 086506 号

策划编辑 武迎新
责任编辑 武迎新
封面设计 王秋忆

出版发行 山东大学出版社
社　　址 山东省济南市山大南路 20 号
邮政编码 250100
发行热线 (0531)88363008
经　　销 新华书店
印　　刷 济南新科印务有限公司
规　　格 720 毫米×1000 毫米 1/16
　　　　 25.25 印张 380 千字
版　　次 2022 年 5 月第 1 版
印　　次 2022 年 5 月第 1 次印刷
定　　价 86.00 元

序

人类自古便有叙述(或叙事)能力、叙述行为以及叙述性文本,但并没有关于叙述的理论或叙述学。自20世纪60年代末期法国产生了叙述理论之后,其迅即成为世界范围内的一门显学,并且在不长的时间内经由经典叙事学进入后经典叙述学阶段,其研究对象也由以虚构叙事作品(主要是小说)为中心,扩展到超越虚构叙事作品之外的诸多文学艺术体裁、领域或者媒介,包括音乐、绘画、电影电视、戏剧,甚或历史、新闻等,出现了诸如音乐叙事学、绘画叙事学、电影叙事学等多个学科领域或门类。尽管如此,作为文学门类的诗歌叙述问题却迟迟无人问津,无论中国还是西方皆是如此。究其原因,恐怕与人们对诗歌的一种传统观念或理解、认知有关,即诗歌是门抒情的艺术,自然无须去探究什么叙事问题。然事实上并非如此!因为诗歌这种体类,不要说剧诗、叙事诗(史诗)曾在西方文学史上占有重要位置,甚至在叙述学理论形成过程中也曾起到重要作用,即便是单就所谓的抒情诗而言,同样存在着叙事、述物问题。被认为是中国上古第一首诗的《弹歌》"断竹,续竹,飞土,逐肉",显然就是一首叙述性诗歌,只不过叙述的维度长期以来被偏于抒情的诗歌认知给遮蔽了。闻一多先生曾就"诗言志"中的"志"字给予知识考古意义上的正名、考辨,认为它有三个含义:一是指记忆,二是指记录、记载,三是指怀抱、理想。所以被称作中国诗学纲领的"诗言志",除抒情言志之外,其实蕴含着记事、叙述的原典意义。在闻一多那里,《诗经》里的《国风》《小雅》便是"情"与"事"合作中最完满的部分。[①] 这样看来,无论西方还是中国,叙述学研究不去涉猎诗歌叙述文本和叙事现象,显

① 参见闻一多:《歌与诗》,《神话与诗》,武汉大学出版社2009年版,第159页。

然是个有待质疑、考辨的学术前沿问题。尤其是20世纪80年代以降，中国诗歌书写出现了大范围的叙述潮流，甚至成为一种主流写作范式，这尤需要我们对文本给予合理性阐述。加之西方叙述学理论的引鉴、参照以及对诗歌叙事问题的关注，这为我们思考、建构诗歌叙述学提供了良好的契机和创作理论资源。

有关诗歌叙述问题，虽然其研究姗姗来迟，然近年来在学界勠力拓展、颇见成色的基础上已将此推进至诗学前沿，并取得了可喜的研究成果。对此我们注意到，其实西方自古就有对诗剧、史诗等诗歌叙事问题的分析、研究，包括亚里士多德的《诗学》，对悲剧、史诗的“模仿”和叙述艺术多有论述。但古时毕竟没有叙事学，更无系统的诗歌叙述理论。在经典叙事学向后经典叙述学嬗变过程中，德国汉堡大学跨学科叙述学研究中心的学者较早关注并开始研究抒情诗歌叙述问题。2001～2004年，德国学者彼得·霍恩和杨·舍内特领导了一个叙事学研究小组，专就“叙事学诗歌分析”项目开展重点研究，并相继发表了《跨文类叙事学：对抒情诗歌的应用》《抒情诗的情节化：诗歌中的叙述形式》等系列文章，对抒情诗叙事研究的可能性和价值意义作了初步探讨。2005～2007年，作为子项目的研究成果《抒情诗歌的叙事学分析：16～20世纪英诗研究》《抒情诗与叙事学：德语诗歌文本分析》两部著作相继出版。著作对抒情诗歌的叙事问题作了大量实证性分析，并进一步阐释和印证了诗歌叙事研究的可能性及其学术价值。2009年，美国叙事学家、俄亥俄州立大学教授布赖恩·麦克黑尔发表《关于诗歌叙事的思考》一文，除对此领域研究少人问津表达不满和质疑之外，对诗歌叙事理论建构和文本研究作了初步思考。[①] 与此同时，南非的西北大学、自由州大学及荷兰蒂尔堡大学的教授们共同组织了一个研究项目“诗与叙事文：抒情诗中的叙事结构与技巧”，并在西北大学成立了研究工作坊，汇集多国学者协同开展研究，并相继提交了17篇相关研究论文，就抒情诗叙事层面及叙事学分析的理论维度等相关话题进行了多层面研究、探讨。还在此基础上于2010年出版了两卷论文集，分别涉及英语、荷兰语诗歌和非洲诗歌，从而有

① 参见谭君强、付立春：《国外21世纪以来诗歌叙事学研究述评》，《外语与外语教学》2017年第4期。布赖恩·麦克黑尔的《关于诗歌叙事的思考》，又译作《关于建构诗歌叙事学的设想》（尚必武、汪筱玲译，《江西社会科学》2009年第6期）。

效推动了此领域研究的开展。在论文集中可以看到，他们最为关注的诗歌叙述问题主要包括：抒情诗中的叙述结构、技巧和叙事内容的运用；抒情诗中的叙事性问题；抒情诗中叙事性的呈现以及“叙事转向”；抒情诗中叙事内容、结构和技巧在后现代文学中是否已成为一种潮流；诗歌叙述分析方法和概念的运用如何对后经典叙述学作出应有贡献，等等。这些有关抒情诗的叙事思考和分析、探讨，对诗歌叙述研究和理论建设均起到了有力的推动作用。近年来，西方学者关于抒情诗的叙述学研究出现一些新的动向。例如：有的学者热心于诗歌类型如自传型抒情诗的叙事研究，并且通过作者与抒情主人公的会合以及副文本形式来确认这种自传性类型，从而建构一种逻辑进路；还有不少学者关注诗歌叙述基本理论，比如对抒情诗叙述研究中同样涉及的事件与事件性问题进行研究，认为这种事件或事件性与一般传统上认为的叙事文本相比，往往呈现出不一样的性质与形式。①

诗歌叙述研究在中国，除一些基本理论及相关思考具有共同性外，与欧美等西方国家相比，有着不一样的发生语境、源头与观察视点、研究路径。就其涉猎、关注和研究的时间点上说，中国与世界几乎是同步的，但在一些研究领域或维度上，或许还更为集中、多元和深入，这大概与中国特有的社会文化语境、书写历史及其观念的变化有关。新时期初始，随着一代诗人对朦胧诗意象抒情诗学的反拨，诗坛出现了大范围的“语言转向”与口语化叙述思潮。尤其在大学校园，短暂的朦胧诗模仿期之后，大学生诗歌开始从朦胧诗的内心化写作转向现象学的外部世界与日常生活存在，冷态抒情诗、热态生活诗这时便形成先锋诗坛最为显在的变化痕迹和写作生态图式。与抒情性、意向化倾向不同，“口语化”“叙事性”似乎成了这类诗歌形态的一种风格标志，这在校园热态生活诗中表现得最为明显：“热态生活诗的总体艺术特征之一，是它的叙事性。在叙事文学纷纷心理化而趋近诗的同时，而诗歌却默默地向叙事文学借鉴着什么。自然这类热态生活诗的叙事并非有清晰的事件逻辑，它常常是间断的、浓缩型的……尤其是新生活宣叙诗，它多半是自我的宣言式介绍，因而事件的密度就难于化开。”“由于叙事性的强化，铺排就成为热态生活诗的一种基本艺术方式。新生活颂诗的铺排是事件铺

① 参见谭君强、付立春：《国外21世纪以来诗歌叙事学研究述评》，《外语与外语教学》2017年第4期。

排。……但在叙事过程中，往往事件进展缓慢，铺展过多，常常中断事件，铺排想象或作无边际的升华。……新生活宣叙诗的铺排表现为句式和篇幅的绵长，它们写得洋洋洒洒、随随便便，似乎不太经意。”[①]它“给人一种笑眯眯甚至懒洋洋的感觉，大方阵的队伍似乎随意地组合在一起；黑压压貌似缓慢实则急煎煎地扑过来，似一大段嘈杂的闹响，聒耳而来……”[②]这类表述似乎可指向于坚早期那类热态生活诗如《节日的中国大街》等的美学特征。无论生活颂诗，还是宣叙诗，都有一股青春的热血在涌动、奔走，从而构成事件包括心理的或行为的叙说和热度。而冷态抒情诗则显然有些不同，它似乎更在意于一种冷色调的陈述和叙说，在言语拒绝绚烂之后，已复归于一种朴素、自然和平静之中，于不动声色的叙述中似乎又暗含着某些意蕴，像韩东的《山民》《老渔夫》以及再后来的《有关大雁塔》那样。后来的评论多以“热态生活”“宣叙调”“冷抒情”“客观化”“零度写作”等名之，在学术话语中也渐次出现了“语感”“描述”“口语化”“叙述流”“叙事性”等语词、概念，表达了对这类诗最初的感知与命名。及至 20 世纪 90 年代中后期，由第三代诗歌或新生代诗分化出来的知识分子写作似乎形成了一种范式特征，学院派的批评家将此名之为“叙事性”，并且断言：90 年代诗歌带来了“叙事性”。其理论代表人物程光炜分别在《九十年代诗歌：另一意义的命名》《九十年代诗歌：叙事策略及其它》《不知所终的旅行：九十年代诗歌综论》[③]等系列论述中，集中观察和分析了“90 年代诗歌带来了叙事性”这一重要命题。正是这一命题和论述所确立的“共识”效应，引发了“90 年代诗歌叙事性”研究及其说不尽的话题热度。然而在我看来，与其说是“90 年代诗歌带来了叙事性”，不如说是这种言说本身带来了 90 年代诗歌的叙事性问题，这或许更为中肯和确切。因为如前所述，虽然诗的“叙事性”特质并非由知识分子写作而最早显现并走进学术视野，但不可否认的是，知识分子写作的“叙事性”言说引发了对诗歌叙事性问题的广泛而持久的关注及探究。进入 21 世纪后，这一话题

① 吴开晋主编，吴开晋、耿建华、孙基林撰：《新时期诗潮论》，济南出版社 1991 年版，第 195 页。

② 于慈江：《新诗的一种宣叙调》，《当代文艺探索》1985 年第 4 期。

③ 程光炜：《九十年代诗歌：另一意义的命名》（《山花》1997 年第 3 期）、《九十年代诗歌：叙事策略及其它》（《大家》1997 年第 3 期）、《不知所终的旅行：九十年代诗歌综论》（《山花》1997 年第 11 期）。

持续发酵。魏天无的《从抒情性到叙事性：诗歌“知识型构”的转换》[①]，在对叙事性观念进行清理、辨析后认为，“叙事性并未改变诗歌的抒情性品质”，它是随社会转型而实现或达成的一种“知识型构”的转换；钱文亮的《1990年代诗歌中的叙事性问题》[②]，从叙事性实践追求、诗学策略与观念、重大审美转向等三个维度响应和系统阐释了90年代诗歌的“叙事性”问题；罗振亚的《九十年代先锋诗歌的叙事诗学》[③]则从诗与现实关系的角度系统论述了这种由及物性叙事性写作所建构起来的“叙事诗学”及其征候表现，所谓“走向日常诗意，进行‘物’的本质性澄明，注重理性想象的‘空间构筑’、‘过程还原’与文本的包容性、语言的陈述性”，并强调了其作为“抒情实质”的所谓“亚叙事”特征。臧棣的《记忆的诗歌叙事学——细读西渡〈一个钟表匠的记忆〉》[④]从个案和文本分析入手，揭示了“记忆的诗歌叙事学”，在现代诗学研究领域提出“诗歌叙事学”这一概念术语；姜飞的《叙事与现代汉语诗歌的硬度——举例以说，兼及“诗歌叙事学”的初步设想》[⑤]则将诗的叙事研究扩展到整个现代汉语诗歌领域，认为“现代汉语的自由赋予了叙事以方便”，“诗歌同样可以成为叙事学研究的对象”，由此为“诗歌叙事学”研究方法提供了初步的设想与思考。孙基林从“‘叙事性’的问题意识”出发，提出80年代初校园诗歌的叙事性进入第三代主潮时显然已发生些微变化，因为第三代诗歌并不追求讲出故事，只是通过语感去描述或陈述，呈现其生命体验或者生活事件、行为过程，也许称作“叙述性”更为确切。由此他撰写发表了《一种叙述性诗学及其前景》[⑥]，及至后来在《当代诗歌叙述及其诗学问题——兼及诗歌叙述学的一点思考》[⑦]中又提出“诗歌叙述学”这一概念。这一命题认为诗歌虽然并不追求讲出故事，但它蕴含着各种事与物或者事物、事件元素；

---

① 魏天无：《从抒情性到叙事性：诗歌“知识型构”的转换》，《同济大学学报》（社会科学版）2011年第5期。

② 钱文亮：《1990年代诗歌中的叙事性问题》，《文艺争鸣》2002年第6期。

③ 罗振亚：《九十年代先锋诗歌的叙事诗学》，《文学评论》2003年第2期。

④ 臧棣：《记忆的诗歌叙事学——细读西渡〈一个钟表匠的记忆〉》，《诗探索》2002年第1～2期。

⑤ 姜飞：《叙事与现代汉语诗歌的硬度——举例以说，兼及“诗歌叙事学”的初步设想》，《钦州师范高等专科学校学报》2006年第4期。

⑥ 孙基林：《一种叙述性诗学及其前景》，《中外诗歌研究》2006年第3期。

⑦ 孙基林：《当代诗歌叙述及其诗学问题——兼及诗歌叙述学的一点思考》，《诗刊》2010年第7期（下半月刊）。

呈现、讲述世界，叙事述物，是诗歌叙述也是诗学研究的应有之义。由此，诗歌叙述学的研究对象不仅指向90年代诗歌的“叙事性”，也指向80年代第三代诗歌的“叙述性”；不仅指向现代诗，也指向古典诗；不仅指向中国诗，也包括外国诗；不仅指向抒情诗，也指向各种体类的诗比如史诗（叙事诗）、剧诗，总之，它面向所有诗、一切诗。

如从学科术语溯源角度，目下所见李万钧于1993年发表在《外国文学研究》上的《中国古诗的叙事传统与叙事理论——中西文学的一个类型比较》一文，第一次提出“诗歌叙事学”概念。这篇文章开篇便说：“中国是诗的大国，但这‘诗’的概念，不仅指抒情诗，还包括叙事诗，尤其包括大量抒情叙事相结合的诗。遗憾的是有些评论家们往往只强调中国的抒情诗，贬低叙事诗，不谈抒情叙事结合的诗。”作者认为《诗经》是“中国第一部抒情叙事诗歌总集”，还有屈原的《九歌》《离骚》《天问》，以及汉乐府、南北朝民歌、唐诗等，许多诗都具有典型的抒情叙事结构。中国也有许多有成就的诗人，“都珍视‘叙事’这个法宝”。作者尤其谈到诗论家，比如钟嵘对“赋”的诠释，认为他“第一次极明白地指出‘赋’的叙事功能”，体现了“他对中国诗歌叙事的重大贡献”。除钟嵘外，作者还说“中国诗歌叙事学的贡献者还可以举出白居易”，其理由是：“第一，他反复强调诗歌的叙事功能。……第二，他反复强调叙人民疾苦的事。”[①]虽然不能说作者此文即已具有了确切的诗歌叙事学学科意识，但他对中国古典诗的抒情叙事形态及其叙事诗学观念已经有了明确的揭示与认知。

当然，如果再往前追溯，在古典诗学叙述研究维度，闻一多先生可谓最早也最明确地自觉到诗歌叙事的本体性及其叙述研究的必要意义。他在20世纪30年代末于《中央日报》发表的《歌与诗》一文，不仅通过文字辨证与知识考古，发现并揭示出“歌”“诗”的本体元素：抒情与记载以及“志”与“诗”的同构一体本相，而且通过对《诗经》中一些作品的分析，指出中国正典诗歌中抒情与叙事结合所形成的范式特征：“歌诗的平等合作，‘情’‘事’的平均发展”，“一部最脍炙人口的《国风》与《小雅》，也是《三百篇》的最精彩部分，便

① 李万钧：《中国古诗的叙事传统与叙事理论——中西文学的一个类型比较》，《外国文学研究》1993年第1期。

是诗歌合作中最美满的成绩”。[①] 虽然这只是闻一多先生个人心目中的诗歌标准和理想形态，但他所发现和揭示的诗歌叙事的本体价值和“情”“事”合作的批评维度，却具有重要的理论批评启示和诗学建构意义。在中国传统诗学概念中，其实并不存在如西方所谓叙事诗、抒情诗和诗剧三分的说法，中国也缺乏西方那种宏大的英雄史诗（叙事诗），而更多的是闻一多所谓“情”“事”相结合的诗，也可称作“叙事抒情诗”。这类诗有的偏于抒情，有的偏于叙事，不一定如闻一多所说如《诗经》作品那么均等、平衡。但后来或是因为“诗缘情”与“境界说”的加持、强化，抒情的维度似乎成了诗学的纲领，进而建构了中国诗歌及其诗学的抒情传统，其叙述的传统显然给遮蔽了。在这一点上《诗与歌》算是回到了“诗歌”的源头，尤其是“诗”的源头。近些年来，中国诗学叙事传统的再次发现和构建重又回到学术的视野，愈来愈受到学界的关注和重视。早在新时期初始学术方兴之时，董乃斌便在《唐代新乐府和诗歌叙事艺术的发展——兼及中国文学史上一种现象的探讨》一文中，论及新乐府诗人“因事立题”“即事名篇”的叙事意识及艺术方法，认为他们“主动自觉地觅事以作诗，作诗以叙事”，使“叙事诗在中唐时代出现了繁荣局面”。[②] 虽然这还只是在叙事诗的范畴里谈论叙事艺术，但它毕竟彰显出一种叙事体诗歌及其诗的叙事意识。李万钧“诗歌叙事学”概念的提出，明显强化了此一学科领域的叙事理论观念。而董乃斌《古典诗词研究的叙事视角》[③]则自觉地从叙事学的研究视角出发，分析探讨古典抒情诗词中的叙事问题，从而揭示出中国诗歌抒情传统之外的另一种叙事诗学传统。他目前所主持的国家社科重大招标项目“中国诗歌叙事传统研究”也让人充满期待，相信将给中国诗歌叙述学研究作出奠基性贡献。

尽管西方英语世界并未使用“诗歌叙事学”这一类的概念，他们一般使用抒情诗叙事理论或诗歌叙述理论，但尚必武、汪筱玲在翻译介绍麦克黑尔的相关论述时，还是使用了“诗歌叙事学”这样的术语概念，由此形成了与中国“诗歌叙述学”研究的呼应与对话。在中国的西方诗学与比较研究学界，

---

① 闻一多：《歌与诗》，《神话与诗》，武汉大学出版社 2009 年版，第 159 页。

② 董乃斌：《唐代新乐府和诗歌叙事艺术的发展——兼及中国文学史上一种现象的探讨》，《文学遗产》1984 年第 4 期。

③ 董乃斌：《古典诗词研究的叙事视角》，《文学评论》2010 年第 1 期。

一些学者对此学科领域的研究和关注，首先表现为译介、接受与借鉴，然后在此基础上，对其研究路径、理论方法建构给予了较为具体而又多层面的思考。比如：尚必武的《“跨文类”的叙事研究与诗歌叙事学的建构》[①]从超越小说叙事的跨文类新领域谈论后经典转向的诗歌叙事学，并对兴起语境、建构路径和批评实践作了具体探讨与解读；罗军的《走向当代西方叙事理论新领域：诗歌叙事学》[②]着重于对学科概念、研究领域和内容的分析与探讨；乔国强《论诗歌的叙事研究》[③]立足中国古典文论和哲人思想，引入元、宗、道等理念运用于诗歌叙事研究架构，从而形成抒情叙事相辅相成，元、宗、道一体同构的研究框架，体现了独到的中国式建构路径和思考；李孝弟的《叙事学发展的诗歌向度及其基点：关于构建诗歌叙述学的思考》[④]，从向度和基点出发，认为诗歌叙述学要以诗歌文本为基础，借鉴保留叙述学理论中适用于诗歌叙述分析的成分，由此对取消诗的抒情与叙事二元对立、重新界定内容与形式所指、注重运用隐喻思维方式等给予了具体而清晰的探讨、论述。谭君强是著名叙事学家，早前在其著作《叙事学导论——从经典叙事学到后经典叙事学》中并未将抒情诗纳入叙事学研究范畴，但在其著作修订版中却改变了这一观念，并且身体力行投入到相关文献的译介和研究中。除出版《抒情诗叙事学分析：16～20世纪英诗研究》等多种译著译述之外，谭君强还发表出版多种撰著，如系列论文《论抒情诗的叙事学研究：诗歌叙事学》《论抒情诗的空间叙事》《诗歌叙事学：跨文类研究》《论抒情诗的叙述交流语境》《时间与抒情诗的叙述时间》[⑤]等，从译介到研究，从诗歌叙述理论到具体文本分析，从西方诗歌到中国古典诗歌，谭君强凭借开阔的视域，于高屋建瓴中精心思考、探究，进行了多层面理论建构和文本分析、解读，在诗歌叙述基础理论与批评实践方面做了大量前沿性、引领性研究。

---

① 尚必武：《“跨文类”的叙事研究与诗歌叙事学的建构》，《国外文学》2012年第2期。

② 罗军：《走向当代西方叙事理论新领域：诗歌叙事学》，《长春理工大学学报》2012年第4期。

③ 乔国强：《论诗歌的叙事研究》，《外语与外语教学》2017年第4期。

④ 李孝弟：《叙事学发展的诗歌向度及其基点：关于构建诗歌叙述学的思考》，《外语与外语教学》2017年第4期。

⑤ 《论抒情诗的叙事学研究：诗歌叙事学》，《思想战线》2013年第4期；《论抒情诗的空间叙事》，《思想战线》2014年第3期；《诗歌叙事学：跨文类研究》，《思想战线》2015年第5期；《论抒情诗的叙述交流语境》，《云南大学学报》2016年第1期；《时间与抒情诗的叙述时间》，《思想战线》2017年第3期。

一个时期以来，我们便一直关注着这个领域。为了有效组织、倡导和推动这个领域学术研究的开展，我们曾在山东大学威海校区连续举办硕士、博士研究生诗歌叙述学讨论班，自 2012 年至 2020 年共举办了九届。每届的学习、讨论均设定议题、任务，紧密围绕诗歌叙述话题展开系列对话、研讨活动。对此，讨论班的同学们不仅兴致盎然，以创新学术的姿态积极参与，而且在提出问题和解决问题的讨论过程中收获也颇丰硕。其中不少同学在刊物发表学术论文，提交论文积极参与诗歌叙述学专题和前沿论坛研讨，还有的以此作为博士、硕士生毕业论文选题，对此做出更为系统独到的研究。① 与此同时，同学们还积累留存下不少尚未发表的论述文字、课堂笔记、讨论记录……成为见证他们成长的宝贵印迹。记得 2013 年 9 月初秋，“21 世纪中国现代诗第七届研讨会”在山东大学威海校区举行，这是由中国当代文学研究会和山东大学文化传播学院联合主办的全国性会议，会议的主要议题是“新时期以来中国诗歌的抒情与叙述问题”。这或许是在如此规模的会议上第一次集中讨论“诗歌叙述”问题，不仅聚焦集中、热烈，而且深入，并时有观点与言语的交锋、对话。待 2019 年山东大学诗学高等研究中心成立之后，我们便将“诗歌叙述学”作为主要研究方向之一，并试图整合现代诗学、古典诗学和外国诗学不同领域的专家学者进行协同会通研究。近两三年来，在受疫情影响极为困难的境况下，我们从 2020 年 10 月开始，已连续举办了两次“诗歌叙述学前沿学术论坛”，并取得了预期的学术成果和效应。2022 年 10 月，还将举办第三次。

令人高兴的是，或许受到诗歌写作叙述风气和学术氛围的影响，诗歌叙述学研究也日渐呈现新的气象，不仅成果叠出，就连硕、博研究生学位论文

① 据不完全统计，讨论班同学发表相关学术论文 20 余篇，提交论文参与论坛讨论 20 余人次。这里仅以博、硕学位论文为例，博士论文主要有李建平《中国现代诗歌叙述研究——以抒情诗为中心》（2015 年）；硕士论文主要有王继国《论于坚诗歌中的“事件”书写》（2014 年）、王瑞玉《当代叙事性诗歌的话语分析与诗性构建》（2015 年）、徐珂《于坚诗歌的本体性叙述研究》（2019 年）、边巧宇《冯至诗歌叙述研究》（2021 年）、李自菲《新时期诗歌叙述聚焦研究——以组诗为中心》（2021 年）、于昊杰《冯至〈十四行集〉新探：从诗歌叙述学的视角》（2022 年）等。

选题也愈来愈将其作为一个热点领域。[①] 这部《诗歌叙述学前沿文汇》，既是前此诗歌叙述学前沿论坛文汇，也是一次成果的集中展示。作为国内第一部聚焦诗歌叙述学研究的著作，对此我们满怀希望，相信并期待《诗歌叙述学前沿文汇》的出版，将会给该领域研究带来积极的影响，并推动诗歌叙述学前沿学术研究朝着更深更广的领域进一步拓展、迈进！

编　者

2022 年 3 月 5 日

① 这里对研究成果不作具体列举，仅就部分博士学位论文选题举例以说，其中有周剑之《宋诗叙事性研究》（北京大学 2011 年）；杨亮《新时期先锋诗歌叙事性研究》（南开大学 2012 年）；李建平《中国现代诗歌叙述研究——以抒情诗为中心》（山东大学 2015 年）；杨四平《20 世纪上半叶现代汉诗的叙事形态》（南京师范大学 2015 年）；傅华《中国现代抒情诗叙事性研究》（中山大学 2016 年）；魏文文《20 世纪 20 年代中国新诗叙述研究》（安徽师范大学 2019 年）；张芳丽《叙事学视野下的叶赛宁长诗研究》（上海外国语大学 2019 年）等等。

目录 Contents

第三编 叙述与诗性

第四编 威海专题论坛

附录

第一编　抒情与叙述

“叙事”还是“叙述”
——关于“诗歌叙述学”及相关话题

孙基林

一、从一场争论说起

多年前，中国叙述学或叙事学界曾经就“叙事还是叙述”进行过一场并未充分展开的对话和争论。面对学术界叙事/叙述及相关派生词缺乏区分、混用滥用的混乱状况，赵毅衡率先在《外国文学评论》上发表了《“叙事”还是“叙述”？——一个不能再权宜下去的“术语”混乱》[①]，文章开篇便指出：“目前，汉语中‘叙事’与‘叙述’两个术语的混乱，已经达到无法再乱，也不应当再容忍的地步。”有的坚持使用“叙述”，有的坚持使用“叙事”，也有的两者并用，不少书甚至标题出现两词混用情况。一个在西方没有任何疑义的学科名称，中文译名却造成如此混乱。受此影响，国内学者的研究著作的混乱情形也大体相似。更为严重的是：不少人不以为然，认为这不是混乱，而是区分不同意义情况下的分别使用。这在赵毅衡看来非同小可，即使区别不同意义不同情况的并用、混用，其标准其实也很混乱。对此他指出8种区分使用情况，要么不成立，要么不准确。如《英美小说叙事理论研究》(申丹等)绪论中有一个长注，认为谈技巧时应当用“叙述”，而谈结构时应当用“叙事”，而实际这在具体写作中很难判别区分，也很难准确使用。其实汉语的“叙述”与“叙事”均包含着两个不同的含义，即叙述行为和叙述文本(叙述出来

① 赵毅衡：《“叙事”还是“叙述”？——一个不能再权宜下去的“术语”混乱》，《外国文学评论》2009年第1期。

的东西)。而英文词 narrative 和 narration 也同样包括两个意指含义,即是说在英语、法语中均无法找到意指区分的根据。因此有学者在难以两全的情况下,采用权宜之计,称其为“叙事学”。赵毅衡认为现在已经不能再权宜下去,主张摒弃“叙事”,统一使用“叙述”一词(包括它的派生词如叙述者、叙述学、叙述化、叙述理论等)。对此他提出以下三点理由:其一,根据从众原则。他以百度查询数据为证,指出,“叙述”比“叙事”有多达两倍半的使用数量,“叙述者”比“叙事者”使用次数多达四倍。其二,“叙事”是个动宾词,无法处理或符合某些语法用词。比如“你叙述的这个事件”不能说“你叙事的这个事件”等。其三,从学理上说,“‘叙事’暗示事件先于讲述而存在,但是变化本身无法自行呈现,只有被叙述出来后才成为事件”。事件不是自在的、等着被讲述的,而是叙述化成文本后才成其为事件的。据此他提出统一使用“叙述”,认为这样可使术语运用不再出现无区别混用、乱用现象。

对此,申丹随即发表《也谈“叙事”还是“叙述”》[①]一文给予回应。她从语言的从众性、学理层次和使用方便性三方面加以论证,提出不同看法。就从众性而言,她也举出大量检索例证,比如选取“叙事/叙述”“叙事者/叙述者”两组语词之外的诸如“叙事研究/叙述研究”“叙事学/叙述学”“叙事理论/叙述理论”等多组派生词于“百度”搜索引擎查询,结果前者使用频次均远超后者。再从学术期刊网络数据库标题、关键词等不同栏目查询,她选取“叙事/叙述”及派生语词“叙事学/叙述学”“叙事艺术/叙述艺术”等几组语词,查询相关论文结果同样是前者倍数级超过后者,唯独“叙事者/叙述者”一组有些例外,而这组也是她恰恰主张用“叙述者”的。所以在申丹看来,如果依据赵毅衡的从众原则,在学术研究领域恰恰应该摒弃“叙述”而保留在使用频次上占了绝对优势的“叙事”。不过出于学术层面的考虑,她并不认为这样做就是科学的处理方法,不宜这样简单绝对,她主张“应该具体情况具体分析,有的情况下需采用‘叙事’,有的情况下则需采用‘叙述’”。申丹运用法国学者托多罗夫和美国学者查特曼“叙事学/叙述学”二分理论,将之区分为“故事”和“话语”,并建议:统一采用“叙述者”来指代述说或记载故事的人;采用“叙述学”“叙述理论”“叙述研究”或“叙述分析”来指称对叙述话语展开的理

① 申丹:《也谈“叙事”还是“叙述”》,《外国文学评论》2009 年第 3 期。

论研究或实际分析；采用“叙事学”“叙事理论”“叙事研究”或“叙事分析”来指称对故事结构，或者故事和话语两个层次展开的理论研究或实际分析；采用“叙事作品”“叙事文学”“叙事体裁”来指称小说和叙事诗等，但通篇进行叙述实验或叙述游戏的作品，不妨采用“叙述作品”；如遇难以兼顾的情况时可做出采用“叙述学”还是“叙事学”的选择，原则是保持文内一致，不可两者混用……对此只要做到“有鉴别、有区分”，就可避免混乱。

数年前的这场对话与争论事实上并未形成共识，也未能集中充分展开，至于对学界的影响自然也是有限的。其实在这场争论之前，祝克懿曾于《复旦学报》发表《“叙事”概念的现代意义》[①]，对“叙事学/叙述学”概念术语从认知心理和研究观念的嬗变角度做过溯源式考辨。“叙述学”术语最早出自托多洛夫的《〈十日谈〉语法》：“这部著作属于一门尚未存在的科学，我们暂且将这门科学取名为叙述学，即关于叙事作品的科学。”“叙述学”一词本身由拉丁文词根“narrato”（叙述）加上希腊文词尾“logie”（科学）构成。新版《罗伯特法语词典》对该词下的定义是：“关于叙事作品、叙述、叙述结构以及叙述性的理论。”法文中“叙述学”一词本身的意义构成与这门学科的定义完全吻合，它的研究对象是叙事性作品，包括叙事作品本身以及它的叙述行为、叙述结构、叙述性质等诸方面，其外延覆盖了所有具有叙事性的作品。在祝克懿看来，早期国内学界对叙事研究的翻译之所以多为“叙述学”，是因为“叙述学”被理解为研究所有具有叙事性作品的科学，“叙述学”的译名与被理解中的学科定位有直接关系。“而后来叙事研究实践却没有严格遵循理论创立时的预期，研究对象从广泛的叙事作品逐步缩小到神话、民间故事，尤其是小说，以及后来的以小说为主体的文学作品。”这实际上等于说与经典叙事学相关，因为它的研究对象逐渐转移至以故事为导向的虚构叙事作品本身，所以“叙述学”的概念术语翻译也发生了逐渐向“叙事学”概念术语转移的倾向。或许这可作为术语翻译倾向考察的一个线索。然而当后经典时期学科研究的视域已大幅度从以小说为主的虚构叙事作品移开，扩展到无限广大的跨媒介跨文类领域时，术语翻译的倾向和定位是不是也应该有所转移呢？祝克懿并没做进一步的观察与探究。而事实上赵毅衡所称的

① 祝克懿：《“叙事”概念的现代意义》，《复旦学报》（社会科学版）2007年第4期。

“广义的叙述学”就是以此作为背景和逻辑路径的。此后，在乔国强和李孝弟所翻译的普林斯的著作《叙述学词典》里，也能看出一些应有的反应和回响。在其翻译后记中，他们如是表达了对其翻译术语的某些犹疑和思考，其翻译工作之所以断断续续，主要原因在于“思考那些看似简单实则颇令人困惑的术语（比如说‘narratology’‘narrative’‘narrating’等）而下笔迟疑，甚或不能下笔。本辞典的名称是译为《叙述学词典》还是《叙事学词典》，是我们最难以决断的一个问题”。他们认为，赵毅衡与申丹有关“叙述”还是“叙事”的讨论，各自都有自己的道理：“赵毅衡教授的出发点主要是建议构建统一的中文叙述话语体系；而申丹教授则主要以实际运用情况为依据，主张灵活地处理术语使用问题。”不过在这两位辞典译者看来，赵毅衡和申丹显然“尚有未言之处，即‘叙事’还是‘叙述’不只是一个问题，它们还指涉了这门学科的本质、内涵、外延，特别是未来发展的空间”。显而易见的是，西方叙述/叙事研究所关注的主旨是“所叙之‘术’”而非“所叙之‘事’”。尤其近年来叙事学/叙述学研究的对象、视域“已从原来侧重于‘事’的小说，逐渐扩展到形形色色与‘叙’相关的体裁或形式，其关注的重心仍然为‘术’”。[①] 由此他们最终确定为《叙述学词典》，这样既符合叙述/叙事研究所关注的重点，同时也指涉了这一学科领域研究的现状及未来发展所应有的方向。

大概于争论后的第三年，伏飞雄对此话题依然感到意犹未尽，于是发表了《汉语学界“叙述”与“叙事”术语选择的学术探讨》[②]。他同样开篇即谈及在中国人文社科领域有关“叙述/叙事”问题的研究及著述中两个术语使用混乱的情况。在他看来，这种混乱已达到无法再乱的地步，甚至因为使用时不能有效区分而让人不知所云。这一乱象涉及学术界对“叙述”与“叙事”两个汉语术语基本含义及用法的辨析，涉及我们对西方“叙述转向”所涉基本术语和命题的理解，尤其涉及我们对中国叙述学学科理论建构这一基本问题的思考。他对汉语文化语境中“叙述”与“叙事”两个术语的语义指涉进行了细致、全方位的考辨，认为“叙事”这一构词形式和结构配置，已使其不再具有“构词”和“造句”的能力，关键还在于“叙事”一词已预设了先于“叙述”

---

① [美]杰拉德·普林斯：《叙述学词典》，乔国强、李孝弟译，上海译文出版社 2011 年版，第289～290 页。

② 伏飞雄：《汉语学界“叙述”与“叙事”术语选择的学术探讨》，《当代文坛》2012 年第 6 期。

而存在的“事件”，这已被现代叙述哲学所否定。他还从“广义叙述学”角度出发，认为其叙述的对象、表义形态和“叙述行为”均已超出传统的理解，由此必然要求人们使用“叙述”而非“叙事”以利于更好表达。而谭君强显然并不这样认为，作为米克·巴尔《叙述学：叙事理论导论》的译者，在第三版译后记中他现身说法，谈及最初翻译巴尔的书时之所以用“叙述学”这个名称，是因为它有个副标题“叙事理论导论”，而“叙事理论”是惯用的译法，为了避免书名中出现两个“叙事”，于是就用了“叙述学”这一名称。在他看来，“叙述学”与“叙事学”是一样的，两者可以并用，无须也无必要作出严格的区分。①

的确，如谭君强所言：“‘叙述学’与‘叙事学’这两个不同的译名，都是对英文 narratology 或最初法文 narratologie 的中译，一个确定的、并无任何疑义的外文学科名称却出现了两个与之相对应的中文译名，并由此而出现究竟该用哪一个更为合理的争议，对于 narratology 这门学科或许是始料未及的。”②但这场争论对中文学界而言并非没有意义，它对学科性质、未来发展空间及建设方向均有不容低估的启发性。在本人看来，因经典叙事学仅仅指涉以小说为主的虚构性叙事作品，尽管其理论属性也多在话语艺术及技巧层面，但毕竟话语亦指向故事层，以“叙事学”命名至少还可以理解。然后经典时代，学科对象已跨越媒介和小说文类而进入非叙事作品领域，叙述指向也多在话语修辞表达上，主要不在故事、事件，甚至文本中根本就没有属经典意义所指的故事对象，而中文术语仍以“叙事学”名之显然有名实不符、预设错位嫌疑，不妨称作“后经典叙述学”或许更为符合实际。不过，本人在此谈及这一话题，其主要意旨并非就此争论什么，只是认为当后经典视域延及虚构性叙事作品之外的诗歌这一特殊体式时，如何使用相关术语并给予命名？这在诗学领域显然已构成一个问题。早前无论是中国还是西方，人们无意将诗歌这类文体看作是叙事学应该研究的对象，所以其在很长一段时间里无人问津，这在经典叙事学仅仅面对小说文本的时期似乎也有其必

① 参见谭君强：《叙述学与叙事学——〈叙述学：叙事理论导论〉（第三版）译后记》，《玉溪师范学院学报》2015 年第 10 期。

② 谭君强：《叙述学与叙事学——〈叙述学：叙事理论导论〉（第三版）译后记》，《玉溪师范学院学报》2015 年第 10 期。

然性，但进入后经典时代自然就成了需要考辨的问题。近年来，这类诗歌叙事/叙述话题在诗学研究领域逐渐漫漶开来，甚至作为一门学科形态也愈来愈引起人们的关注、思考，并相继出现了“诗歌叙事学”“诗歌叙述学”这类命名术语和称谓。如从溯源学角度和目前所见到的文献资料考识，在中国学界最早使用“诗歌叙事学”名称术语的是李万钧教授，他于1993年在《外国文学研究》上发表《中国古诗的叙事传统与叙事理论——中西文学的一个类型比较》①一文，对中国古典诗歌叙事、叙事理论与西方相关类型叙事及叙事理论进行比较研究和分析，并首次提出了“诗歌叙事学”这一概念。尽管当时并没有鲜明的学科自觉意识和理论建构意识，但此一命名的提出，对于中国古典诗学久被遮蔽的叙事维度是一次深刻的揭示和概括，具有重要诗学意义。近些年来，随着人们诗歌叙事意识的逐渐觉悟和对此愈来愈多的关注，在中国现当代诗学和外国诗学研究领域也相继出现了“叙事性诗学”“诗歌叙事学”“诗歌叙述学”等概念称谓②，一种诗歌叙事/叙述的自觉意识以及对其理论建构的设想在其中也悄然滋生和成长，进而推动了诗歌叙述问题的研究及其学术空间的拓展。

然而，一个显而易见的事实是，与叙事/叙述学界对于术语使用及命名的状况相类似，人们对诗歌叙事还是叙述等概念的使用和命名似乎并不在意也无人细究，或者根本没有意识到命名对于学科性质、内涵、外延、发展定位的范式影响意义。尤其之于诗歌这一特殊文类，包括它的书写及其诗学层面的研究，叙事/叙述的命名和术语运用显然具有重要的差别性意义。本人自20世纪80年代以来对当代诗歌书写中出现的“叙述性转向”思潮一直抱有持久的观察与思考，对“90年代诗歌带来了叙事性”这一观念存在疑问，并于2006年刊发了《一种叙述性诗学及其前景》一文，认为新时期诗潮在走

① 李万钧：《中国古诗的叙事传统与叙事理论——中西文学的一个类型比较》，《外国文学研究》1993年第1期。之前学界一般以为“诗歌叙事学”概念出自臧棣的《记忆的诗歌叙事学——细读西渡〈一个钟表匠的记忆〉》（《诗探索》2002年第1、2期）。

② 臧棣《记忆的诗歌叙事学——细读西渡〈一个钟表匠的记忆〉》（《诗探索》2002年第1、2期）、姜飞《叙事与现代汉语诗歌的硬度——举例以说，兼及诗歌叙事学的初步设想》（《钦州师范高等专科学校学报》2006年第4期）、孙基林《一种叙述性诗学及其前景》（《中外诗歌研究》2006年第4期）、［美］布赖恩·麦克黑尔《关于建构诗歌叙事学的设想》（尚必武、汪筱玲译，《江西社会科学》2009年第6期）、孙基林《当代诗歌叙述及其诗学问题——兼及诗歌叙述学的一点思考》（《诗刊》2010年第7期）等，均从不同角度对此类术语有所涉及与思考。

出朦胧诗的启蒙理性和象征、隐喻性意象诗学之后，在第三代诗歌那里呈现出一种注重生命体验、回到语言和事物本身的叙述性诗学倾向，它本质上既是一种生命诗学，同时也是一种诗到语言为止或回到事物本身的叙述性诗学，并认定此类诗学倾向在未来的发展中存在着可预期的前景意义。后来又在《诗刊》上发表了《当代诗歌叙述及其诗学问题——兼及诗歌叙述学的一点思考》，与学界沿袭“叙事性”“诗歌叙事学”等术语称谓不同，文章以“诗歌叙述学”或“叙述性诗学”名之，以此表达了新的命名逻辑和建构路径。

二、“诗歌叙述学”的命名及意义

就诗歌这一非经典虚构叙事文体，从叙事/叙述的角度如何思考并给予命名，究竟是“叙事”还是“叙述”，是“诗歌叙事学”还是“诗歌叙述学”呢？这不仅仅涉及自身指涉、名实符契、现象与本质同构等问题，更涉及学科的性质、结构、内涵、外延、逻辑理路、建构模式、目标诸层面。就经典叙事学而言，人们常将其分为故事、话语两个层面，也有坚持故事、话语和叙述行为，或故事、文本和叙述行为三分的；但无论二分法还是三分法，他们大多坚持形式与内容同构的现代形式主义语言观念及叙述观念，其叙述形式（包括技巧、修辞层面）是其重心，而故事是“所叙之事”，当然也是叙述必不可少的另一面，或者说所指面向及重要元素。然就诗歌这种文体而言，它在多大程度上能够接受和满足经典叙事学意义上所要求的故事要件，或者说除一般以为的叙事诗之外诗歌的叙事在多大程度上能够成为可能，确乎是需要考辨的一个问题。《辞海》中对“故事”的定义是：“叙事性文学作品中一系列为表现人物性格和展示主题服务的有因果联系的生活事件，由于它循序发展，环环相扣，成为有吸引力的情节，故又称故事情节。”[①]这里特别强调了故事事件的因果关系和情节性，《现代汉语词典》第5版也有类似的解释。经典叙事学中对“故事”的阐释同样有其类似的地方，但对其条件的要求却更为具体、严谨。比如普林斯，他对其“故事”的阐释最具代表性也最为经典。在他看来，“构成任何故事的基本单位”是“事件”，而“每个故事都包含至少一个最小故事”，所谓“最小故事”就是“由三个相结合的事件构成的故事”，并且

① 《辞海》（缩印本），上海辞书出版社1989年版，第1655页。

这个由三个事件构成的最小故事必须体现两个序列：一是编年（时间）序列，一是逻辑（因果）序列。① 举例说，“有个人很不快乐，后来他陷入爱河，后来，作为结果，他很快乐”。这虽然不是最好的故事，却是个典型的最小故事，体现了满足三个事件（他不快乐、他陷入爱河、他很快乐）、一个编年序列（第一个事件先于第二个事件，第二个事件先于第三事件）、一个逻辑序列（第二个事件是第三个事件的原因）的基本要求。如果再严苛一些，还可满足“第三个事件是第一个事件的逆转”这一非必要原则。就这样一个故事结构，显然是诗歌“所叙之事”所难以承受的要求。即使如叙事学一般所以为的，所谓事件是从一种状况到另一种状况的转变，那也难以成为诗歌文本中皆能满足的存在事实。再者经典叙事学“所叙之事”被认为是一个过去时的即要被讲述的“故事”，而“语言的转向”所带来的现代观念给语言叙述赋予了现在本体的地位，即是说“所叙之事”不是在那儿的，而是由语言叙述行为过程所生成的。在我看来，叙事/叙述之于诗歌文类，之所以应是“叙述”而非“叙事”，是“诗歌叙述学”而非“诗歌叙事学”，是因为“叙事”预置了一个被讲述的“故事”，而“叙事学”似乎也就成了有关故事的学问和理论。这显然既不是诗歌书写的事实，也不应成为诗学理论研究的主要所指面向。因为诗歌毕竟不以讲述故事为指涉和表达的目的，反而在更多的时候它是在反故事，或者说是在如何消解故事的行为中运用叙述和完成叙述的。即使那部分少量的所谓叙事诗，也必须时时小心故事的陷阱，在既建构又消解故事，或非常规、戏剧性的故事讲述中寻找诗性，回到诗歌本身。所以本人建议统一命名和使用“诗歌叙述学”称谓及相关学科术语，只有这样，方能脱开既有相对狭窄单向的学术视野，开辟新的学科建设空间与建构新的理论形态。

所谓“诗歌叙述学”，如果给它一个简括的定义，可以说就是有关诗歌叙述的理论及研究，包括诗歌叙述、叙述行为、叙述本文、话语、被叙事物等，其外延对象涉及所有具有叙述性的诗歌作品。早前本人在论及新时期诗歌叙述性思潮及书写现象时，曾就“叙事”“叙述”等术语使用、命名问题作过简要说明。在此不妨引录如下：

> 然就诗歌这一特有的文学体式，在我看来还是以“叙述”更为妥适

① 参见[美]杰拉德·普林斯：《故事的语法》，徐强译，中国人民大学出版社 2015 年版，第 11 页。

切合些。其理由主要在于,诗歌中的叙事不大可能像小说类作品一样有着完整的故事、丰富的情节、鲜明的人物形象等,诗歌中的故事(或称事件)大都会是零碎的、片断的,缺少清晰的情节脉络和线索,甚至更多保持着事件原始状态的断片,只能靠阅读活动中的经验、想象去串接、整合;再就是诗歌的叙事更注重话语层面,无论叙说事件、描写事物,还是陈说意识活动,均在于叙述这种行为能不能将所及对象中的诗性彰显、营造出来。基于此,我乐于在诗歌中用"叙述"一词,并且与"叙事"的单一指向相比,"叙述"因是两个行为词的并合,所指向的空间或许会更大更多元,在词性上既可看作动词,也是一个名词。……其中的事与物,可指外在的事件、事物,也可指内在的心事、心物,其形态都不一定具有完整性,也不一定与传统叙事作品中所应有的那些元素完全吻合。①

这些说明性文字虽然简括,但也触及了某些基本层面。在此结合近些时段的观察与思考,试作进一步阐述。

基于词语的属性与语用功能观察,翻译术语"叙事"或"叙述"在法语或英语中本没有任何意义的区别,但当它出现在中文语境中时,一是语词本身的含义各有偏重,二是认知与观念的变化也会赋予它不同的词义元素。所以作为中文术语,它们之间的差别义还是明显的。在面临"叙事"还是"叙述"作何选择时,人们往往会从词语属性和语用功能上作些比较分析。比如,"叙事"与"叙述"这两个词语皆为动词,在《现代汉语词典》里均有收录:解释"叙事"时是指"叙述事情(指书面的)";而"叙述"则是"把事情的前后经过记录下来或说出来"。② 所以"叙述"相比"叙事"没有书面与口头之分,它是书面的,也可以是口头叙说的。词性上两者虽均为动词,但"叙事"是动宾结构,指向"所叙之事",是一个闭环完整的指物性语词,如此反而在语句中失去了能动性和自由开放性,不再具有动词及物的功能,就像喝水、修路、伐木一样,本身已构成了一个确指的事实或词语事件;而"叙述"则有所不同,

① 孙基林:《当代诗歌叙述性思潮与其本体性叙述形态初论》,《山东社会科学》2012年第5期。

② 中国社会科学院语言研究所词典编辑室编:《现代汉语词典》(第5版),商务印书馆2005年版,第1539页。

作为联合或并列结构动词，它是两个具相近意义的复合行为的组合：叙＋述。作为一个复合及物动词，就如评议、练习、修改等动词一样，词语本身虽并未指向某个具体事物，但作为行为动词的动作过程显然与事件一起发生，并有着无限多的指物的可能和自由。而“叙述”也可作为动作名词，作为动作名词的“叙述”与其他语词结合，也内含特定动作、事物的含义。就如“他的叙事”也可以说“他的叙述”一样，但“他事无巨细地叙述了自己经历的一桩事件”却不能说“他事无巨细地叙事了自己经历的一桩事件”，词性不同决定了它的修辞应用功能以及与事物关系的一些差异。所以，就词语本身而言，与“叙事”相比，“叙述”删除了“事”，反而使之具有了无限的事物可指性和不确定性，因为它可以指向任一种事，也可以指向任一种物或别的什么。并且它还是一个动作名词，是所有事、物或别的什么的集合、化身。由此看来，与“叙事”的故事指向性或确定性事实相比，“叙述”显然更具有诗的自由属性。伍晓明也曾从功能域的角度对两个词语作过区分，他认为：“叙述”在汉语中“指动作或活动，是动词或表示动词的名词（类似英语中所谓的‘动名词’）”；而“叙事”则主要“指被叙述出来的东西，因此是一种事实而非活动”。[①] 所以，作为“动作或活动”的“叙述”，是产生诗歌叙述本文的基础行为，自然也是诗歌叙述学的核心，就如一个叙述句的核心必然是动词一样，诗歌叙述本文的核心是作为“动作或活动”的叙述行为；而“叙事”指向和看重的仅仅是事实上的“故事”，这必然造成一些潜在的效应：一是给书写或叙述者一个心理暗示——要叙出一个“故事”来；一是给受述者或读者一个期待——读出“故事”，这显然是诗歌文体难以承受的重。所以从语词属性、功能以及诗歌属性而言，应该选择名实相符的“诗歌叙述学”称谓更为妥适。从研究维度上也与语词所指涉的对象和功能有关，申丹在论及法国结构主义学者如布雷蒙、列维-施特劳斯、格雷马斯等人的 narratology 研究时曾指出：这派学者“对故事结构的研究不仅不受文字表达的影响，而且也不受各种媒介的左右”，他们的研究“都在故事层次上展开”，其基本特征就是“抛开叙述而聚焦于故事”，偏向于 narratology 的故事功能研究，显然应译为“叙事学”；而像热奈特等学者的研究则呈相反走向，他们“将叙述‘话语’而非所述

① ［美］华莱士·马丁：《当代叙事学》，伍晓明译，北京大学出版社 2005 年版，“译后记”，第 273 页。

‘故事’作为研究对象”，其基本特征是“无视故事本身，关注的是叙述话语表达事件的各种方法”，偏向于 narratology 的叙述话语功能研究，当然应译为“叙述学”。[①] 诗歌显然不是那种经典意义上具有故事性的虚构性叙事作品，因为主要并不在于指向被叙述出来的故事事实，而是把诗歌叙述看作一种话语动作或活动，更专注叙述或叙述话语自身，故应摒弃“诗歌叙事学”而称作“诗歌叙述学”。

如果说从叙事到叙述，是经典叙事学到后经典叙述学的一次转向，那么“诗歌叙述学”则是这次转向的标志性学科领域。就其自身学科命名而言，它有着深刻的学理依据和本体要素。首先，“叙述”是“诗”文体赖以生成的本来元素。无论从“诗，志也”的文字溯源学角度，还是从“诗言志”的语义阐释角度，均可揭示“叙述”之于诗的本来形式和功能意义，这在闻一多的《歌与诗》中便可获得一份知识考古学意义上的证明。闻一多先生认为：先古时本没有“诗”字，“志”即是古时的“诗”，故《说文解字》中说“诗，志也”；闻一多在考释“志”时认为它有三个语义项：一是记忆，二是记载，三是怀抱。[②] “诗”与“志”并非仅仅如传统抒情诗学所以为的那样只是抒情言志而已。记忆、记载均有记录、叙述元素，怀抱也不乏所叙之心理事物的所指性。因为“记忆”指停留在心上的已经发生了的过去的故事、事件，记载则重在现在时态对于事物的记叙，而怀抱则既可指向现在的一种心理事实，也可回溯或预叙曾经的或未来的某种内心状况。经典叙事学指向已经发生了的过去时态的故事，相当于“记忆”内涵；而诗歌叙述学重在从“记载”开始的叙述，是一种现在进行时态或处在不断生成中的叙述方式；“怀抱”则可作为正在陈述或即时插入的不同时态的心理事实。这些均可构成诗歌叙述话语以及所叙之事物，是诗歌发生学意义上的原典形式和本来元素。而这些原典形式和本来元素一开始便与文字语言密不可分，摆脱不了语言文字的基础性地位，甚至从诗被记忆或记载那天起就已注定了叙述学与语言学不可分割的本来联系。诗歌叙述以叙述语言为模式，间以描写等其他语言修辞方式，构成诗歌叙述的语言本体形式，就如弗雷德里克·詹姆逊(F.R.Jameson)所说：“以语

---

① 参见申丹：《也谈“叙事”还是“叙述”》，《外国文学评论》2009 年第 3 期。

② 参见闻一多：《歌与诗》，《神话与诗》，武汉大学出版社 2009 年版，第 168 页。

言为模式！……因为在构成意识和社会生活的所有因素中，语言显然在本体意义上享有某种无与伦比的优先地位。”[①]不可否认，诗歌也是现实社会中构成意识和社会生活不可或缺的因素之一，语言文字在其间所呈现的本体意义和无比优越性，不仅在古典诗歌及诗学观念里有如此表现，现代白话语体诗就更是如此，如著名汉学家普实克所言：五四发生期的白话新文学包括新诗，自有它产生的必然性，那时“古老的书面语已经不再是文学表达的主要工具，它的地位被‘白话’所取代，而白话从本质上说就是一种叙述语言”[②]。显然，与古雅陈旧的文言文相比，以白话、口语为基础，并深受欧化语言影响的五四白话语言更接近解放自由、富有叙述性的现代生活与生命形式本身，所以以白话语言为基础的“叙述”自然便成了现代诗赖以存在的语体形态。而在新时期随着叙述性风气的转向和思潮涌动影响下发生成长的当代诗歌，更是以叙述语言为基础，从叙述开始到叙述为止，进行了大面积叙述性语体形态的实验性创造，给诗歌叙述学提供了许多典型文本，这不能不说是诗歌叙述学研究的一次难得的历史机缘。

其次，从诗的写作过程看，诗是“从叙述开始”的艺术。作为一种诗化修辞方式，叙述的艺术是伴随始终的。站在叙述学的角度，从叙述开始，它不仅仅是一个动词，作为行为与方法的叙述，它是本文的原点与开始阶段，它连接起了叙述主体、叙述话语以及所涉及的事物、语境、受述者……由此构成了一个环环相扣的叙述过程，并形成了事物、生命与叙述语言的同一性文本，以及由不同环节、链条和组织结构而组成的叙述语境。具体说来，从叙述开始，它需要考虑人称、角度、谁在看、谁在说、说什么、怎么说，时间、空间、语篇、段位、修辞、张力等构成诗歌叙述艺术的诸种元素。按照现代语言学观念和叙述观念，从叙述语言开始，它将经历和触及诗的所有这一切，包括经验、实在、细节、过程、想象……由此铸成生命、事物或故事的本文世界。经典叙事学一再允诺的那些完好的前故事，在诗歌叙述这儿仅仅变成了一些语词或幻觉，它不再是可供叙事一成不变模仿的对象，就如赵毅衡所言，事件不是自在的、被搁置在那儿等着讲述的，而是由叙述生成的，只有“叙述

---

① ［美］杰拉德·普林斯：《故事的语法》，第 4 页。

② ［捷］雅罗斯拉夫·普实克：《中国现代文学中的主观主义与个人主义》，《普实克中国现代文学论文集》，李燕乔等译，湖南文艺出版社 1987 年版，第 29 页。

主体把意图置入文本，这才使状态变化成为事件，成为一个有意味的叙述”[①]。所以从时态上说，事件不是过去时的事件，诗歌叙述更多立足于现在的时态叙述事物，过去的现在与未来的现在于此时的空间里交会，给受述者以穿越时空的现场感。就如散文家周晓枫在谈到进行时态的写作时所说，它“不仅是一种手段，更重要的是一种思维方式”，“散文要表现‘此时此刻’，这使我们不会忽略沿途的风景；‘现在’，连接过去的屐痕，也指向未来的光亮”。[②] 她言说的是散文，当然也适应于诗歌。以现在闪回过去，从当下预叙未来，这就是现在感和进行时态的魅力所在。从叙述开始的书写，如从语言学、修辞学、写作学、叙述学等的角度，除目前普遍采用的本体性和寓体性两种叙述形态之外，较多采用客体式叙述、反讽式叙述、戏剧化叙述、元叙述、散文式叙述等不同方式。当然，从另一角度看，叙述也并非只是单一地出现在书写过程和叙述文本中，其间还需特别注意到叙述与其他语言应用、修辞形式等多个层面之间的关系，比如叙述、描写、抒情、议论等多种方式的交叉运用，这是构成叙述修辞必不可少的技术元素。

再者说“叙述”作为其研究的中心，自然应该是诗歌叙述学命名的基本依据。既然诗歌书写离不开叙述，甚至将它看成是从叙述开始到叙述为止的艺术，那么叙述自然就成为诗的结构方式并始终贯穿于书写过程之中。对诗歌叙述学研究而言，叙述者与叙述行为以及由此而形成的叙述本文，自然也成为研究的根本和重中之重。即使经典叙事学所谓的故事内容、故事结构，其实也不过是从叙述本文剥离出来的“所叙之对象”而已，只是有些学者如普林斯所言，他们抛开叙述表达将此研究的重心放在了虚构性叙事作品所涉及的故事内容与故事结构层面，尤为注重所叙故事的结构功能与事件逻辑，就如普罗普笔下的类型故事，包括不同文本中存在的互文性现象和跨越媒介的同故事叙述，大多都与故事指向的叙事学研究倾向相关联。[③] 然而即使这类对故事及故事结构的研究，也无法离开叙述语言对其处理和呈现出来的陈述、表达形态，更何况多数学者研究的重心还是立足于以表达技

---

① 赵毅衡：《“叙事”还是“叙述”？——一个不能再权宜下去的“术语”混乱》，《外国文学评论》2009 年第 1 期。

② 周晓枫：《散文的时态》，《文艺报》2020 年 4 月 3 日。

③ 参见申丹：《也谈“叙事”还是“叙述”》，《外国文学评论》2009 年第 3 期。

巧和话语艺术所指认的叙述方式及其本文。尤其后经典叙述的转向完成之后，更应该从经典叙事学转向后经典叙述学，至少诗歌这一后经典涉足的文类，最应该体现其理论及研究文本的叙述学特质。

这一研究以诗歌叙述为中心，将具体涉及诗歌叙述诸层面，叙述主体、声音，叙述视点或聚焦，叙述时间、空间的存在，被叙所及的事物包括心理世界，话语修辞形态、叙述语法，以及叙述的诗性本质等。叙述学在论及叙述构成要件时，往往将事件序列当作叙述基本要素之一。所谓"事件序列"实际指向叙述文本自身，重点是"在何种程度上，事件序列的具体方法把叙述文本类型同描写与解释区别开来"，也即是说"同什么比较，叙述成为叙述"。赫尔曼认为，研究事件序列的核心方法是文本类型理论，该理论及方法强调作为叙述再现属性的时间结构以及具体化的事件，从而将指向故事的叙述文本同解释型与描写型的文本区别开来。[①] 这样看来，赫尔曼将叙述、解释、描写等看作文本类型。对此，经典叙事学界有广泛的争议，与赫尔曼区分相似的是查特曼，他将此文本划分为叙述、描写和议论三种类型；也有分为五种的，比如弗塔嫩(Virtanen)将此分为叙述、描写、教导、说明、议论等；我国学者王力先生在《中国现代语法》一书中从语法学角度将此分为叙述、描写、判断等三种句法[②]。与赫尔曼不同的是，查特曼将其研究的目的指向区别，而汉语学界则从叙述、描写、判断等关系协同的角度，研究它们之间的修辞关系和艺术效果。

以往的研究因受叙事学理论的暗示和影响，大多朝向诗歌叙事的一面，然后去发掘、揭示甚至重构诗歌文本中的故事、情节元素，事件形态及其叙事性的存在。此类现象在古典诗歌叙事学的研究中比较明显，现代新诗研究也大体沿袭了这一路径，缺乏更多从技巧、修辞等话语层面对诗歌叙述所展开的分析、探讨。在此种意义上，诗歌叙述学的命名或许也不失为矫正这一研究偏向的策略选择。

---

① 参见尚必武：《后经典语境下重构叙事学研究的基础工程——论赫尔曼〈叙事的基本要件〉》，《外语与外语教学》2014年第1期。

② 参见王力：《中国现代语法》，中华书局2014年版，第42页。

三、诗的本质与叙述的诗性

什么是诗？诗的本质究竟是什么呢？《现代汉语词典》中这样定义："诗，文学体裁的一种，通过有节奏、韵律的语言集中地反映生活、抒发情感"，而"诗歌"则是"泛指各种体裁的诗"。[①]《中国诗学大辞典》则指"诗这个名词有多种含义和用法。作为一个专名，它指的是中国古代'六经'之一的《诗经》"。"诗的另一个更为常用含义，是指中国文学里属于韵文的一种文体。……最早的诗与乐舞相连，很可能存在着'有声无字'的情况。后来诗渐渐独立，特别是在文字形成以后，虽然仍有一部分诗与音乐有关……大部分的诗人却只是写作'徒诗'，即不用于歌唱的诗。"《中国诗学大辞典》还进一步解释道："中国诗学对'诗'的界定和质性的认识，除了着眼于上述种种偏重于外在形式要素以外，还很重视一系列的内在质素。首先是对于诗的内涵'情志'的重视。……其次，中国诗特重意境的创造。……第三，中国诗历来讲究'中和之美'。……第四，十分注重诗歌的政治教化作用……"[②]而《世界诗学大辞典》则这样定义"诗(poetry)"："多种韵律表达形式的总称，人类用这种形式表达他们对世界、对人类自己以及对这二者关系的最富想象、最强烈的感受与看法。"[③]这些对诗的定义、论述，虽说法不一，各有所指，然无论中外，有一点似乎是相同的，那就是"韵律"层面；还有一点是"抒情性"，无论"情感"，还是"情志"，包括"最强烈的感受"，似乎也存在这种意含，或许这就是其抒情本质的基本认知和言说形态。就前一点形式要素而言，显然它们均出自对于传统的古代诗歌的一种界说、概论，而与流行于现代的自由体诗歌产生了明显的错位和不适用性。因为就现代诗而言，无论是在世界的哪个角落，都曾经受社会因素、多元文化和诗歌自身体式变革的影响，发生过自由诗运动并产生了自由诗。中国的自由诗体受欧美自由诗运动尤其惠特曼诗歌的影响，在"白话诗运动"的基础上发生并成长。大体上，自由诗均打破了古代诗歌严格的韵律形式、歌唱风格和各种规范，形式上变化多

① 中国社会科学院语言研究所词典编辑室编：《现代汉语词典》(第5版)，第1229页。
② 傅璇琮、许逸民等主编：《中国诗学大辞典》，浙江教育出版社1999年版，第1、2页。
③ 乐戴云、叶朗等主编：《世界诗学大辞典》，春风文艺出版社1993年版，第449页。

样,自由而没有约束,即使获得了某些音节节奏,那也是由自然语言或采用了某类话语艺术方式所形成,与古典的韵式典律与歌唱性无关。“自由诗的作者牺牲传统上规则的韵律力量和歌唱的效果,但却运用了大量更敏感的诗的其他特征,如句法单位内部的悬宕、速度、停顿和时间的控制,以及词、短语、诗行的长短和在位置、空间方面的变化等。”[①]而后一点涉及“诗的本质”,是否具有普遍性地指向“情感”或“抒情言志”的终极目标?的确是个有待考辨的基本命题。

显然,西方诗歌及诗学不仅有一个久远的韵文传统,而且也有一个久远的叙述传统,像荷马的史诗《伊里亚特》《奥德赛》,亚里士多德的《诗学》等即是,尤其亚氏的“模仿说”显然为这个久远的叙述理论传统奠定了基石。比如他认为“情节是对行动的模仿”,也即是对事件的安排和叙述。《诗学》第二十三章开篇即这样写道:“现在讨论用叙述体和‘韵文’来模仿的艺术。显然,史诗的情节也应像悲剧的情节那样,按照戏剧的原则安排,环绕一个整一的行动,有头,有身,有尾,这样它才能像一个完整的活东西,给我们一种它特别能给的快感;显然,史诗不应像历史那样结构,历史不能只记载一个行动,而必须记载一个时期,即这个时期内所发生的涉及一个人或一些人的一切事件,它们之间只有偶然的联系。”而史诗的记载应像荷马一样“只选择其中一部分,而把许多别的部分作为穿插……点缀在诗中”。[②] 也就是说,历史需记载、叙述某个时期的一切事件,哪怕它们之间只有偶然的联系;而史诗只需有选择地记载、叙述某个或某几个情节或一些有关联的事件。与悲剧相比,悲剧“只能模仿演员在舞台上表演的事”,而“史诗则因为采用叙述体”,讲故事的诗人可以使时间倒退,回头叙述过去的事,甚至可用“现在时”叙述,好像那些事正在发生一样,“这些事只要联系得上,就可以增加诗的分量”。[③] 这是亚里士多德在谈西方古老的史诗或剧诗模仿和叙述的艺术。然而,当18、19世纪西方小说艺术大肆兴起之后,史诗的叙述性特质被新起的更为兴盛的小说艺术所取代,而作为诗歌的另一类型即被压抑的所谓“抒情诗”却适时被凸显出来,似乎成了诗这一文体的代表性形式,而它的抒情性

---

① 乐黛云、叶朗等主编:《世界诗学大辞典》,春风文艺出版社1993年版,第449页。

② 亚理斯多德:《诗学》,罗念生译,人民文学出版社1982年版,第82~83页。

③ 亚理斯多德:《诗学》,第86页。

也成了不言自明的通约和共识。这以浪漫主义抒情诗美学为典型表征，而华兹华斯则为情感论诗学的代表人物，他说："我已经说过诗歌是强烈情感的自然流露，它起源于在平静中回味的情感。"诗人是什么呢？与人们认为人类所共有的东西相比，"他天生就有更生动的感性，更多的热情和温存，他对人性有更深刻的了解，有更广博的胸怀；他乐于感受自己的激情和意志，比任何人都喜欢自己的精神生活……""诗人与自然的普遍万物交谈……诗人歌唱，全人类都随声附和……"[①]这是西方抒情性诗学观念的经典表达。然而在西方被称作"抒情诗"的诗学思想及观念同时也不断遭遇外来挑战和异质性的消解，比如多恩的玄学诗或称形而上诗歌，以玄学奇喻和冥想见长，抒情被奇妙的巧喻、思想的薰香和哲学的况味所取代。里尔克更是直白地表示："诗并不像一般人所说是情感（情感人们早就很够了）——诗是经验。""为了一首诗我们必须观看许多城市，观看人和物……我们必须能够回想"，我们还"必须能够忘记"，然后"等着它们再来"，"等到它们成为我们身内的血、我们的目光和姿态"，如此才能"在一个很稀有的时刻有一行诗的第一字在它们的中心形成，脱颖而出"。[②] 尤为推崇多恩等玄学派诗人的后期象征主义大师、理论家艾略特提出了"诗不是放纵感情，而是逃避感情"的诗歌主张，对20世纪诗学思想和书写产生了深远的影响。这些西方大诗人的写作和诗学思想家的观念都在表明，诗的本质并非如人们所普遍认知的那样仅仅指向情感。

就中国诗学传统而言，人所共知的是，诗歌是其古典时期最为主要的文体形式，而由"诗言志"或"缘情"衍生出的抒情诗学也几乎成为传统共识。但其实中国古典诗学思想发生和成长的基因里除了抒情元素之外，还有一个被遮蔽或被压抑的叙事传统和线索。闻一多先生在《诗与歌》中通过文字考古和发生学辨析，认为古时并没有"诗"字，所谓"诗，志也"等于说"诗"即"志"，他以汉朝人每以"训诗为志"说明"志"与晚出的"诗"是同一个字，而"歌"与"诗"的合体则曾经经历几个不同阶段。最初没有文字时因某种情感的激荡而发出的"啊"之类感叹的声音，其实就是"歌"，而"歌"是抒情的艺术

---

① ［英］拉曼·塞尔登编：《文学批评理论：从柏拉图到现在》，刘象愚、陈永国等译，北京大学出版社2003年版，第172～174页。

② ［奥］里尔克：《给青年诗人的信》，冯至译，上海译文出版社2011年版，第93页。

方式自然也没有疑问。可后来有了“实字”并由实字衍生出诸多言语语式、结构形式之后，于是产生了“志”这种与“歌”完全不同质的记载方式。所谓“诗言志”的“志”，便是在这种意义向度上具有了“记载”的含义，其实在没有文字记载之前，凭借着停留在心上的“志”口耳相传，这便是“志”或者“诗”的第一个含义：记忆。而它的第三个意义“怀抱”，则是“诗”与“歌”合流后的必然结果。“诗”与“歌”的合流、合体其实也是“叙事”与“抒情”的汇通、合流，由此构成了诗歌发生学意义上的两大基因图式：抒情的与叙事的。在闻一多先生看来，《诗经》对此则作出了最好的示范：“一部最脍炙人口的《国风》与《小雅》……便是诗歌合作中最美满的成绩。”而这种成绩所达至的，便是“歌诗的平等合作，‘情’‘事’的平均发展”[①]，这种平等与均衡的构成或结构形式，实质上已否定了诗歌所标举的唯一的情感本质，它从源头上即给予证明：诗歌不独是抒情的，它自始便有一种叙述基因。与此同时，与抒情、叙事不同的言智倾向，像屈原的《天问》、魏晋时的玄言诗，宋诗乐于理趣的美学时尚等，在诗学历史上也是不绝如缕，构成了对抒情诗学传统的对峙、解构。现当代时期就更是如此，因为白话本身就是一种叙述语言，而白话自由诗的叙述主义倾向，闻一多以客观叙述节制主观渲染的古典主义主张，冯至受里尔克影响而光大的经验主义诗观，加之徐迟们更是接过艾略特后期象征主义旗帜，大力提倡“抒情的放逐”，或凸显独白式叙述、玄学智慧，或体现戏剧化张力等，均从不同侧翼将抒情赶下诗的祭坛。进入新时期之后，就更是酿出了“反抒情”和“零度写作”的诗学叙述主义大潮。

虽然如闻一多先生所考证，歌有抒情的源头，诗有记载的原义，歌的本质是情感，而诗的本质则是记事。然而一体合流后的诗歌，其本质又是什么呢？在我看来，既非人们所普遍认知的“情感”，当然也不是“叙事”，不是叙述或记载所及的事物，甚至也不是反抒情的“经验”“智性”，不是“记忆”“怀抱”。这些常常被放在广义的抒情主义范畴里去理解的心理事实，其实与情感也并不是一回事。但这些无论是什么，其实均不能成为诗的本质，它们只是诗的本质的承载物和实现方式，并不是本质自身。那么，诗的本质自身究竟是什么呢？“诗就是诗”或许是最为机智或充满自指智慧的一种言说，因

---

① 闻一多：《歌与诗》，《神话与诗》，武汉大学出版社2009年版，第168页。

为“诗就是诗”并非那种毫无意义的同语反复，事实上它是对自身的一种言说方式，或者意在对自身的一种强调方式：“诗”就是“诗”。这让我们想到中国诗学的纲领“诗言志”，如以古时“以志训诗”为例，它甚至也可说成是“诗言诗”。如果循此逻辑和路径，那么中国诗学是否一定会形成或过分强调抒情本质主义的传统呢？或许这是一个问题。就像第三代诗歌被质疑诗究竟是什么时，他们的回答是从“诗不是什么”开始的，诗不是政治，不是历史，不是文化，然后“诗就是诗”。回到诗歌本身，这其实没有什么不妥，“只有当有关诗的意识言语问世之后，成为元言语”[①]，我们方可谈论诗，谈论诗学。就如我们说文学要回到文学，这是有关“文学性”的意识言语，那么诗歌当然应回到诗歌，回到诗歌性，也就是诗性。所以诗的本质不是情感，也不是叙述，诗的本质是诗性。亚里士多德的《诗学》将韵文史诗和戏剧看作诗，歌德之后西方诗歌沿用抒情诗、长篇叙事诗（史诗）和剧诗三种分法。而中国诗歌类分繁多，比如古体诗、现代诗、新诗、格律诗、自由诗、抒情诗、叙事诗、散文诗等，不一而足，然而不论是什么类型的诗，都属于“诗”这个范畴，它“既不能局限于一种体裁，也不能局限为华丽的辞藻或技巧。它是一种光芒四射并使作者的文字升华的形态”：“诗有一种独特的意义，在我们心中引起一种诗性状态。诗是十足的个性行为，因此它是无法描述的，无法界定的。对于不懂得直接感受什么是诗的人，关于诗的任何思想都无法向他灌输：诗就是诗，与写作艺术或演说术有无限的差别。”[②]这里所谓“升华的形态”“独特的意义”“诗性状态”，其实均是指向一种诗的形式意味，一种诗歌性。当然，它不是不需要艺术与方法，只是说它与那些辞藻、技巧、套路和模式化的写法不可等同，因为它是创造，它是产生诗性的一种独特的艺术创造方法和存在形式。

关于“诗性”，在中国的文献典籍里很少见到，或许它被看作一个不言自明的概念，所以无须着墨。每每谈到它时，我总把它看作感受上的一种难以言说的意味。它存在于许多地方，也存在于许多文艺的类型里。比如我们说“这篇小说有诗性”“这幅绘画有诗性”或“这个电影有诗性”，并不等于它

---

① ［法］让·贝西埃等主编：《诗学史》（上），史忠义译，百花文艺出版社 2002 年版，第 6 页。

② ［法］让·贝西埃等主编：《诗学史》（下），第 536 页。

们的本质是诗性，因为它们作为某类体裁，各自具有自己独特的规定性，但这不妨碍它们局部上的诗性意味。但作为诗歌这种体裁，它本质上应该是诗的。我们中国人把情感看作是诗的本质，或许是认为情感是具有诗意的一种情绪，但其实有些情绪并不必然具有诗的诗性，比如虚情假义、滥情、矫情以及对之不一而足的渲染、表达等，不仅无法让人感到美和诗意，反而让人恶心或带来某种负面情绪。20 世纪 20 年代，闻一多倡导的诗的客观化叙述，就是对过分感伤主义无节制表达的一种矫正和拒绝，因为那种情绪已不再具有美感和诗意了。20 世纪八九十年代拒绝抒情的叙述性风气，也有这种发生学原因。《诗学史》对诗性倒有一个专门论述，它以德国人对“诗性”的定义为例，认为“我们可以把诗性理解为产生美感的东西以及来自审美满足的印象”。大概以为这种阐发过于笼统和概念化，接下来它提出了“诗性”的两个近义词加以互证：一个是“朦胧”或“谜语般的”，“前者激发人的想象，后者预示着即将发生某种传授或启蒙活动”，这来源于波德莱尔和兰波使用该词时赋予它的意义；第二个近义词是“暗示性的”或“神秘的”，“诗与装饰点缀南辕北辙；诗是一种基本行为；恰恰因为诗提供了接触最隐秘、最真实的思想的机会，所以它只能是暗示性的或象征性的”。就如此前所引述的，“诗有一种独特的意义，在我们心中引起一种诗性状态”。[①] 因为它是十足的个性行为，所以“它是无法描述的，无法界定的”。这其实与中国诗学概念中的“朦胧”“暗示”“含蓄”“意境”“曲径通幽”“言近旨远”等的含义大抵也有相通之处。

至此，我们似乎可以这样界定诗歌，作为人类对于世界以及之间关系的一种诗性体验、诗性感受与表达形式，它的本质在于自身应有的诗性；而叙述作为一种诗的言语行为、表达方法和事物存在方式，它的意义在于叙述自身的诗歌性，包括叙述话语的呈现、被叙事物的呈现，并且是以诗性的方式呈现。这也等于说，并不是任何叙述都可以构成诗，或者任何经由叙述达至的呈现都成为诗的呈现。“分行水平上的口舌运动”一经蔓延到“诗歌的叙事性”上，往往会“落入枯干的平板记事”[②]，就像陈仲义所指证的赵丽华的

---

① 参见[法]让・贝西埃等主编：《诗学史》(下)，第 533～537 页。

② 陈仲义：《网络诗写：无难度“切诊”——批评“说话的分行和分行的说话”》，《南方文坛》2009 年第 3 期。

《红提》那样："我原来买红提/买过 60 元一斤的/还都是蔫蔫的/那时候我想/什么时候我能买到 2 元一斤的提子啊/今天是新华路和花园路的街口/我又遇到卖提子的/真的 2 元一斤/而且很新鲜/我买了 5 斤回家/一路上我想：我总算买到 2 元一斤的提子了。"从时序上说，这是个现在进行时态的叙事行为，其中有对过往事件的追叙与心理事件的预叙，话语结构颇富有"叙事性"特质，有头有尾，有因有果，的确也不失为一个完整、圆满的叙事性文本。然之于诗而言，给人的感觉却只是一个具有因果连续性的事件被讲述而已，质地上并未有多少诗性意味。而韩东的《山民》显然有所不同："小时候，他问父亲/'山那边是什么'/父亲说'是山'/'那边的那边呢'/'山，还是山'/他不作声了，看着远处/山第一次使他这样疲倦。"整首诗叙述语言平白，但句句充满意味。叙述者首先呈现了一个对话性场景，强化了人物和事件的戏剧在场感和诗性成分。"他想，这辈子是走不出这里的群山了/海是有的，但十分遥远/……他觉得应该带着老婆一起上路/老婆会给他生个儿子/到他死的时候/儿子就长大了/儿子也会有老婆/儿子也会有儿子/儿子的儿子也还会有儿子/他不再想了/儿子也使他很疲倦。"这节诗具有指涉性和互文性，不仅让人想到具有原型意义的海意象，而且会很自然地令人联想到古代寓言《愚公移山》的故事："虽我之死，有子存焉……子又有子，子又有孙，子子孙孙无穷匮也……"（《列子·汤问》）只是一经想到久远的无穷尽处的未来，他感到了遗憾，因为"他的祖先没有像他一样想过/不然，见到大海的该是他了"，叙述者最终又回到了现在，回到当下的生命存在。整首诗的语言如清水芙蓉，看似自然、平白、朴素，没有修饰，但处处充满了联想和诗性张力。再看宇向的《低调》："一片叶子落下来/一夜之间只有一片叶子落下来/一年四季每夜都有一片叶子落下来/叶子落下来/落下来。听不见声音/就好像一个人独自待了很久，然后死去。"此诗同样充满叙述语调，只不过偏于叙物，与此前叙事不同的是，它并没有完整描述某种事态或事件过程，比如树叶落下时的细枝末节，某种动态时程及其轨迹，或者"待了很久，然后死去"的老人那些不为人知的人生故事，包括生命与死亡等，整首诗只是一个简单而又富含意味的叙述语句的反复，结尾处看似突兀实则天衣无缝地置入一个比喻：一片叶子落下来，就像一个人死去，默默地悄无声息。"一片叶子落下来"，这是由叙述语构成的一种事态的呈现，也是一个事实、一种发现。叙述者聚焦于这片叶子落下来的动态事件，“落下来”是其事件的中心，而“一片”极言之少，并将之置于一夜之间的时空里形成语境效果；进而又放置在一年四季每夜都有的不断发生的事件之中，从而造成更大的语境压力……时间的绵长、空间的无限，悄无声息一夜间落下的那片树叶与一个老人的离去却是有限的。这样亘古以来每夜都在发生的事件，事件中的人、物或者其他的什么，对自然、对生命、对世界究竟意味着什么呢？人、事物的在或不在，生生死死，花开花落，如此自在低调的自然，如此自在低调的生命，又意味着什么？这些都会带来心灵的悸动、哲学的思考和诗性的感悟。所以从这种意义上说，诗的叙述应该是具有诗性的叙述，话语和事物的呈现也应该是诗性的呈现。“叙事性”或“叙述性”并不构成诗歌书写的目的，也不构成诗歌叙述学研究的核心和主要标的，其关键还是在于“这种叙述是否具有诗性”。当下诗歌被诟病的症结之一其实不是口语化的“叙述”或“叙事”问题，而是“诗性的叙述”或“叙述的诗性”缺失问题；而与此相应的是，当下诗歌叙事研究的症结也在于缺乏对“叙述诗性”的观照，而过多停留在故事构造与叙事性上。诗歌叙述学的命名及理论实践意义则在于从不同维度引起人们的关注与警觉，从而建构起一门充满自觉意识的而又符合诗歌自身的叙述性诗学。

关于诗歌叙述学的思考

马启代

一、当下诗歌及诗歌叙述学的提出

当下的诗歌创作的确到了需要好好审视的时候，这里说的当然是新诗。尽管百年左右的、以现代汉语为质素和媒介的现代诗连名号都至今存在争议，但它多舛的命运和澎湃的生命力已经构成时间和空间意义上不容忽略的存在，甚至在精神和美学的领域，其触角和趋向成为一个时代的标识。它所积累的丰富的经验、教训和大量的文本实际却依然缺乏认真的剖析和梳理。人们对其生态状况有着不同的描述，特别是“朦胧诗”之后四十多年来的创作实践，复杂与多元交织，无序与混乱并存，扁平化、碎片化和同质化与新媒体技术的挟裹同流，尽管脱离不了思潮与诗潮同根同脉的行进，但在看似正常的表层热闹中，显现出根本的隐忧，那就是在一个诗人没有真正知识分子精神和价值认知的状况下，诗人和诗歌很容易被驯服和误导，在一片掌声和鲜花中被带入空和假的墓地，这当然是另一个更为重要的话题。而对诗歌艺术本身的研究，不仅仅限于修辞和表现的范畴，对本体性的不断探讨，肯定也离不开对诗歌精神和本质的不断叩问。因此，对诗歌叙述性和叙述学的研究，其展开和掘进的过程就具有建设性的意义。为了更好地理解这一诗学课题，我想从一个认识、两个基点和三个来源简单地说一下自己的思考。

首先，我们要认识到诗歌艺术与科学的不同。这个问题之所以重要，是因为在新诗发生、发展的这一个多世纪里，社会是在科学主义主导下的历史进程，科学思维内化为人们的自觉选择。科学是以标准化和不断建立新的标准来推动社会进步的，当然，科学所带来的后果也有走向文明反面的隐患，在此不作论述。我想说的是，在相当长的时间段位上，科学向前走，艺术需要向后看，这一点值得我们深思。技术性标准与艺术性标准是两个不同的概念，因为诗歌只有相对标准。这些是我们认知诗歌现状、研究诗歌理论需要秉持的原则。一首诗是由情感取向、精神取向、审美取向等不同向度的多维元素构成的，这里面的每一种元素都只有存在于某一首诗中的具体情形，同时它们又共同构成一首诗整体的形态、情态和意态。而对于这一切，我们都无法用科学性的标准去衡量，那些试图分割成不同模块去认知诗歌的努力一直存在，但显然，无一成功。王德威教授在讲述中国诗歌的抒情传统时，始终立足于汉语传统和中国文化的支点上，把天地人一体的天人观也就是我们中国人的宇宙观置于根本的境地，由此，我们才能深刻地认识到“情—物(景)—气”的原思维和“从意象到意境”的母结构，这种诗学与哲学相通的审美心理定式乃是“气—道”相连的中国艺术本质。这样的艺术具有本源性、自足性和适应性，是从自然生长出来的，而西方是模仿自然的，这是两个不同的传统和血脉。新诗的一百多年，正是东西方文化交汇和科学突飞猛进的时代，经历了这么多洗礼和实验探索，目前新诗在一个新的交叉点上，事实上仍处于焦虑和尴尬中。本来没有绝对标准的诗歌，在多种艺术参照和科学思维的规约下正在摇摆中寻找平衡。

其次，我们要在持论中坚守两个基点，即汉语自身的特性和诗人个体甚至具体文本的不同。2009年，我在《泰山》杂志组织的一次关于汉诗十九首的座谈中，曾提及台湾学者张汉良先生的一段论述，他说：“白话文(语体文)和文言文并非对立的语言系统；两者并无先验的独立的语言质素，足以作为彼此区分的标准。就语音、语(句)构和语意三层次而言，两者没有本质上的差异。如果有区别，也仅在于语用层次，亦即语言使用者对以上三种层次的惯用的认知、认定和认同问题。”[①]但我们同时又必须认清，古典汉语与现代汉语是两套不同的语言系统，特别在表现层面，这与张汉良先生的论述是契合的。此外，语言系统不同不等于对立，语用层次就是表现层面，基本属于工具范畴，如何在艺术范畴使用好或丰富激活语言，是诗人努力的方向，但

① 张汉良：《白话文与白话文学》，《泰山》2009年第1期。

不是就语言论语言的，功夫在语言之外。当然，大家对语言的理解因时因地因人而不同，由于国外一手资料的限制，国内学术界无法提供精确的资料来印证汉语诗歌与世界诗歌的深度交流问题和所产生的影响，至少到目前为止值得信服和尊重的成果都是粗线条的、局部的、某一阶段性的研究，但汉语诗歌自身的发展有其与生俱来的特殊性，以及国情的特殊性，与世界性有一致的地方，更有其独特的地方，这个独特性无论是我们的优势还是难以剔除的痼疾，它们都早已成为一个民族文化和心理的无意识，沉淀在我们的审美和价值深层，制约着我们心中和手中的那支笔。但诗人不仅是语言的承继者，还是护佑者和创造者，这样的三种角色集中在最个体的劳动行为上，即便在大一统的意识形态下，也同样可以呈现出不同的心灵和精神图像，但一个时间段的强力话语叙事又必然遮蔽一些真实，犹如杜甫和陶渊明的隔空大名，历史总是在不断去蔽中不断被重写的，如我在诗中曾写过的，那些喜欢飞来飞去的鸟，不一定有优美的歌喉。因此，汉语的独特性和个人以及文本的独特性决定了我们的研究更应做具体的诗人和诗篇的考察，那些大而化之的概括，除了掩盖或扭曲，还会误导人们的认知，不见了鲜活的个体和具体，往往走向自己主张的反面。对叙述性和诗歌叙述学的研究当然也理应从这两个基点出发。

再次，我认为叙述性和诗歌叙述学应从三个方面考察其来源。尽管叙事元素——必然带有散文性的述说特征，自汉语诗歌的懵懂草创的童年时代起，无论古典诗歌还是新诗，都有一股“反抒情”的源流并行不悖地延伸拓展着，其中既有故事性的诗歌体式，也有抒情语调的语式变换，但作为一种相对独立的修辞手段和思维方式，并被纳入诗学理论的视野，却是近四十年来新诗发展中逐渐凸显的。欧阳江河曾相当夸张地认为，以 1989 年为界限当代中国诗歌发生了“中断”现象，他说：“一个主要的后果是，在我们已经写出和正在写的作品之间产生了一种深刻的中断。每个人心里都明白，诗歌写作的某个阶段已大致结束了。许多作品失效了。就像手中的望远镜被颠倒过来，已往的写作一下子变得格外遥远，几乎成了隔世之作。”[1]欧阳江河

---

① 欧阳江河：《89’国内诗歌写作：本土气质、中年特征与知识分子立场》，《谁去谁留》，湖南文艺出版社 2005 年版，第 234 页。

的这种"望远镜翻转"说与于坚的"诗歌精神的转化"说具有一定的内在统一性。第三代诗歌早在这之前就以"反叛"的角色显示出与"今天派"们及其追随者不一样的精神姿态和审美表情。尽管20世纪80年代与90年代的诗歌话语有着迥异的书写策略,却无疑有着艺术审美上的认同和拓进,他们也经历了由"务虚"(叛逆的壮士形象)和"务实"(凡俗的个体生命)过程。如果说时代语境的变化(其中包括国家话语的强化、市场经济的兴起)是叙述性盛行的第一个背景,那么主体上个人化写作成为创作主流则与知识分子精神的弱化有关,自然也有诗人们试图捍卫自我人格和文化尊严、证明自我在场的潜隐诉求在里面,这是叙述性盛行的第二个背景,而诗歌艺术内在探索和理论研究的深入则成为它的第三个背景。前两个背景的主客体变化给技艺层面的训练带来一定的契机,在这个时期,伴随着诗歌创作上气脉语调的变化,语言调性有了更大的在时间和空间上实验的可能。只是那些搬弄后现代理论生拉硬套在创作和评论实践上的弊端也尤为突出,人们一直在围绕"叙事性"进行论述,叙述性在20世纪并未获得应有的重视,到了21世纪初,与网络一起,"叙述"诗歌泥沙俱下,几近泛滥,至"盘峰论战"也并未有更成熟的诗学理论对此作重要的研究,直到叙述诗学逐步露出水面。

最后,我简单说一下从叙事诗学到叙述诗学的演进以及孙基林教授对诗歌叙述学的持续关注、研究和推广。1997年,程光炜接连发表了《90年代诗歌:另一意义的命名》①、《90年代诗歌:叙事策略及其他》②、《不知所终的旅行——90年代诗歌综论》③三篇影响颇大的诗论,深入考察并辨析了叙事性在20世纪90年代诗歌中的重大诗学意义和全新的诗学创造功能,并引入知识"型构"这一概念,明确揭示出叙事性在90年代所具有的特殊文化(或知识谱系学)背景。程光炜认为,在90年代诗人那里,"叙事性"具有扩大诗歌表现功能和使诗歌产生社会批判性的突出作用,在表现现代人复杂生存经验方面发挥了越来越大的特殊作用。不过,程光炜也提醒说,对"叙事性"的强调不应使之成为写作的另一种新的被滥用的权力。④ 2003年,罗

① 程光炜:《90年代诗歌:另一意义的命名》,《山花》1997年第3期。

② 程光炜:《90年代诗歌:叙事策略及其他》,《大家》1997年第3期。

③ 程光炜:《不知所终的旅行——90年代诗歌综论》,《山花》1997年第11期。

④ 参见钱文亮:《1990年代诗歌中的叙事性问题》,《文艺争鸣》2002年第6期。

振亚教授在研究“叙事诗学”的文章中也敏感地发现了其中的一些问题。他写道：为纠正80年代“不及物写作”的偏颇，修正诗与现实的关系，90年代先锋诗歌建构了独特的“叙事诗学”；其具体症候表现为走向日常诗意，进行“物”的本质性澄明，注重理性想象的“空间构筑”“过程还原”与文本的包容性、语言的陈述性；这种“亚叙事”的优长和缺憾同样值得深思。[①] 罗振亚教授所说的优长和缺憾正是“叙述诗学”产生的背景和前提。在这个时期，大量的论文都是围绕新诗从抒情到叙事的话语转化、从意象抒情到事件抒情的转变等新诗叙事与叙事性问题进行研讨的。孙基林教授的《一种叙述性诗学及其前景》[②]应当是中国大陆第一篇明确提出诗歌叙述性诗学的文章。孙基林教授指出：“叙述性诗学是新时期诗坛即朦胧诗象征性诗学之后出现的一种新的诗歌修辞方式，同时也是一种回归本体之后内在必然具有的思想方式。”从而宣告了一种新的诗学理论的诞生。孙基林教授个人也将研究的目光聚焦在这一诗学命题上，而在知识分子写作的宏大历史叙事和第三代诗歌日常叙事两种理论资源上，他更倾向于后者，但也分明看到其流弊。《于坚诗歌的视觉叙述与感官世界》[③]表明他开始从诗人个体角度和文本出发积累学科资料和研究成果，为学科的建立做扎实的奠基工作。随着《关于建构诗歌叙事学的设想》[④]的发表，孙基林教授进一步强化了建立诗歌叙述学的信心和意识，使自20世纪六七十年代以来在世界学术理论和文学批评领域，尤其在小说等叙事文学领域风靡一时的叙述学开始在东方诗歌领域有了学术上的呼应。借此，孙基林教授提出了自己对建构诗歌叙述学的系统看法[⑤]，连续发表了《叙述的诗性如何成为可能》[⑥]、《当代诗歌叙述性思潮与其本体性叙述形态初论》[⑦]、《本体性诗歌叙述与其诗学论说》[⑧]、《作为寓体

---

① 参见罗振亚：《九十年代先锋诗歌的“叙事诗学”》，《文学评论》2003年第2期。

② 孙基林：《一种叙述性诗学及其前景》，《中外诗歌研究》2006年第3期。

③ 《于坚诗歌的视觉叙述与感官世界》，《山东社会科学》2009年第3期。

④ [美]布赖恩·麦克黑尔：《关于建构诗歌叙事学的设想》，尚必武、汪筱玲译，《江西社会科学》2009年第6期。

⑤ 参见孙基林：《当代诗歌叙述及其诗学问题——兼及诗歌叙述学的一点思考》，《诗刊》2010年第7期(下半月刊)。

⑥ 孙基林：《叙述的诗性如何成为可能》，《山东文学》2011年第1期。

⑦ 孙基林：《当代诗歌叙述性思潮与其本体性叙述形态初论》，《山东社会科学》2012年第5期。

⑧ 孙基林：《本体性诗歌叙述与其诗学论说》，《诗刊》2012年第8期。

的叙述:从象征到寓言》[①]、《知识分子写作:作为思想方法的叙事与其修辞形态》[②]、《知识分子写作叙事性诗学的源起与倾向》[③]等一系列文章,从不同的层面和视角对"诗歌叙述性"作了学术审视,并在2013年于山东大学威海分校举行了全国性的专题学术研讨,且逐步申报了山东省和国家课题。此后他继续沿着这条寂寞的学术之路前行,撰写并发表了《有关事件与事件的诗学》[④]、《作为修辞的诗歌叙述话语与其诗性构建》[⑤]、《闻一多、朱自清的〈诗言志〉辨说》[⑥]等论文,进一拓展学术视域,延伸研究的范围和深度,不但接续了汉语诗学叙事的古典经验,也让自20世纪八九十年代及其之后的中国诗坛出现的旨在间离抒情或反抒情的大面积、普遍化的叙述性倾向获得了更为坚守和深厚的学术支撑,同时也带动了学术界对这一诗学课题的研究热情。

二、诗歌叙述学涉及的关键概念

一个学说的出现是历史演进中必然性与偶然性共同推动的结果,它必须建立在一定的概念和原理之上。自诗歌叙述学的提出至今已有近20年的时间,孙基林等许多学人做了大量卓有成效的学术准备和经验积累。但毋庸置疑的是,诗歌叙述学的影响范围还有局限性,其研究成果也未在创作上得到诗人的重视,一些基础性的、关键概念的研究还属于边界不清的、提出问题的阶段。在学术实践中,包括诗人,对叙事、叙述、陈述、象征、散文化、抒情等概念的认识尚处于感性和初级理性的层面,对于诗歌叙事学、诗歌叙述学与其他诗歌艺术或流派学说的学术区分还处于朦胧意识中,因为这个命题不仅涉及众多的诗学理论,还涉及哲学、美学等诸学科,更与当下混乱活跃的诗歌现场和诗歌文本息息相关。我想根据自己的创作感悟和研读相关学术论文时的感受从以下三个方面呈现自己的一点思考。

首先,我认为诗歌叙述学作为21世纪正式走进学术视野的诗歌学说,

---

① 孙基林:《作为寓体的叙述:从象征到寓言》,《星星》2013年第6期。

② 孙基林:《知识分子写作:作为思想方法的叙事与其修辞形态》,《中国现代文学研究丛刊》2013年第7期。

③ 孙基林:《知识分子写作叙事性诗学的源起与倾向》,《山东社会科学》2013年第8期。

④ 孙基林:《有关事件与事件的诗学》,《文艺评论》2016年第6期。

⑤ 孙基林:《作为修辞的诗歌叙述话语与其诗性构建》,《百家评论》2017年第3期。

⑥ 孙基林:《闻一多、朱自清的〈诗言志〉辨说》,《中国现代文学研究丛刊》2017年第11期。

必须厘清它与三个重要诗歌概念的关系：一是抒情，二是象征，三是叙事。这样三个统领着诗歌学术规范的概念早已成为三种重要的诗歌学说，特别是中国汉语诗歌的抒情传统早已演变为抒情主义。抒情既是汉语诗歌的本质特征，也是一切诗歌学说的母命题，同样，特别是在现代诗那里，象征诗学也几乎成为象征主义的同义词，而20世纪90年代才真正跃升为诗学的叙事，因为时间上离我们最近，也更容易影响甚至左右我们对诗歌理论和文本的判断。事实上，一个诗人的创作是复杂的，抒情、象征、叙事、叙述等诗学影像可能在一个诗人甚至一首诗歌中都可找到印迹。如果从学术上讲，叙述性抒情、叙述性象征、象征性叙述、抒情性叙述等皆可成立，那么个体诗歌叙述学或集体诗歌叙述学也一样成为一门学说。如果打探诗歌创作者们的诗歌主张，更是林林总总、莫衷一是。遥想当年，除了流派性的主张(1986年、2006年两次诗歌流派大展，数百家流派主张都有诗学见解，但多限于口号，像第三代、非非等有理论建树的不多)，如民间写作、知识分子写作、第三条道路等，还有想直接在理论上有所建树的，如感动诗学、生命诗学、情感诗学、远龙诗学、上帝的诗学、姿势的诗学、声音的诗学等等，有的接通古典文论和西方文论，有的则注重现代性转化，立足当下诗坛现场。他们片面而深刻的主张，深化了我们对诗歌的理解，丰富了我们对诗学的认知，触发了许许多多诗人创作的灵感和激情。抒情、象征、叙事和叙述似乎也是自20世纪80年代至今一直在创作的诗人不同时期的标签，这一切和诗潮有关，也与自身艺术观念的变化有关，但许多优秀的诗人，如前所述，其实是多种诗学的复合体。因此，我们的学术研究应着眼于诗人和文本的现实，不能割裂诗歌现场的实际。孙基林教授曾在历数了中外抒情诗的传统和现状后发问："'抒情'难道就是诗的本源的诗性本质和唯一指向吗?"[①]按我的理解，如果这些概念有层级的话，那么叙述应当属于二级范畴，与诗歌体式、抒情不在一个层面，只与方法论、表现范畴如意象、象征等相关。抒情既可称为方法，更应是本质，坚持这一点，是源于诗歌"情学"的根本属性，其他诗学概念并不能动摇它的地位。其实无须动摇它的地位，它不会也不能抹杀其他的

---

① 孙基林:《当代诗歌叙述及其诗学问题——兼及诗歌叙述学的一点思考》,《诗刊》2010年第7期(下半月刊)。

差异、多样和不可规约性，一样建立学术的大厦。另外需要指出的是，抒情与抒情诗不可等量齐观，抒情诗、叙事诗与史诗也不是对立、割裂的概念，在具体表现和文体上它们都具有非常复杂和交融的关系。当然，指出其细微、局部不同维度的区别，甚至借此建立不同的学说，如对抒情、象征、叙事、叙述等的专注研究，都是意义重大的。孙基林教授说："不是所有被称作'抒情诗'的所谓诗歌体类，都把'抒情'作为唯一的诗性本质和写作旨归，然后通过隐喻、象征等修辞方式，最终达到抒情达意的终极目的。"①这里需要注意的是，我们不要混淆抒情、抒情诗和唯抒情与其他修辞手段，诗歌的本质不会变，隐喻、象征等修辞本来也不是抒情达意的必要或唯一手段，对叙事或叙述等多种修辞手段从来都是敞开的，只有极个别的流派主张对某些艺术手法有明显的排斥。至于孙基林教授所说的，朦胧诗之后，各类不同主张的诗歌流派几乎都发生了从隐喻到叙述、从抒情到叙事的写作范式转化和观念革命，而被叙述或叙事所裹挟，一味浸淫其间，甚至形成了一个时代的写作风气，这有着复杂深刻的社会精神和文化原因。这里我认为应当引起我们注意的是，叙述或叙事被裹挟的利弊正是需要我们反思的，诗歌叙述学的提出既产生在这个背景上，也是从其反思中得来的成果。此外，从隐喻到叙述、从抒情到叙事本身并不构成反动关系或递进关系，而是平行的、时隐时现的关系，这一点对我们理解诗歌创作和诗人的创作行为特别重要。

其次，要厘清诗歌叙述学与第三代诗歌的关系，其中还涉及叙述与现象学的某些联系。在孙基林教授有关诗歌叙述学的系列论述中，2006 年发表的第一篇文章中曾经这样谈道："大陆新时期诗潮在走出朦胧诗式的隐喻、象征性修辞及思想范式之后，开始由意象经营转向语感和叙事，进而形成并建构了一种自 20 世纪八九十年代以来广为流布的叙述性诗学及其风格。""第三代诗歌反修辞或者说拒绝隐喻和象征的艺术方式，便使之返回到事物本身，从而呈现出一种新的修辞形态，即叙述性。"②前面已经说过，叙述性来自反修辞、拒绝隐喻和象征的主动行为，但返回到事物本身并不只有叙述这一种渠道，也不是叙述或反修辞或拒绝隐喻和象征的唯一归结，甚至反修辞

① 孙基林：《当代诗歌叙述及其诗学问题——兼及诗歌叙述学的一点思考》，《诗刊》2010 年第 7 期（下半月刊）。

② 孙基林：《一种叙述性诗学及其前景》，《中外诗歌研究》2006 年第 3 期。

或拒绝隐喻和象征也不能得出叙述性必然出现的结论。我个人一向认为诗的最大功能就是暗示，如果说抒情是其本质特征，那么暗示就是其本质特性，不但隐喻和象征是其与生俱来的修辞手段，叙事和叙述也概莫能外，只是我们在不断发现和不断选择最适宜的形式而已。事实上，在被叙述或叙事所裹挟的审美潮流中，知识分子写作和第三代的诗人和理论家们作了不同的回答。钱文亮教授说："对于90年代诗歌叙事性问题，只有首先与新的知识结构、文化视野、诗学观念和艺术意识的变化相联系，才可望得到正确的理解。这倒与埃米尔·施塔格尔对'叙事'这一诗学基本概念的理解相接近。这位瑞士美学家认为，作为一种与人的存在方式相对应的语言方式，与'抒情式'的人在'状态'之中不同，'叙事式'意味着诗人与世界（表现对象）的关系是有距离的、主客对立的、带有观察与分析性眼光的。在某种意义上，埃米尔·施塔格尔的观点正可作我们思考叙事性问题的出发点。……如果要给'90年代诗歌'中的叙事性下一个简明扼要的定义的话，那就是：它既是一种表现手段和经验成分，又是对这种表现手段和经验成分的超越；它既是外显于文本的旨在'综合创造'的写作策略，又是内在于诗人的新的知识'型构'和新的诗学观念。"①钱文亮教授的这一认知基本代表了知识分子写作群体中主流理论家的见解。程光炜教授作为知识分子写作的重要理论家，其表述更为明确。他认为，90年代的叙事理论是伴随着知识分子写作的两个伟大诗学抱负"秩序与责任"而出现的宏大诗学建构，这在他们看来体现了80年代、90年代两种不同时代不同文化背景下的知识型构。20世纪90年代的诗歌叙事性，是针对80年代的"浪漫主义和布尔乔亚诗风而提出的"，其"主要宗旨是要修正诗与现实的传统性的关系"，其功能在于"使诗人不再在旧的知识—权力的框架里思想并写作"，而是凭着一种新的"文化态度、眼光、心情、知识的转变，或者说人生态度的转变"，获得"极其强盛的'叙述'别人的能力和高度的灵魂自觉性"，从而使"叙事性"进一步扩大诗歌表现功能和使诗歌产生社会批判性，并且在表现现代人复杂生存经验方面，起

① 钱文亮：《1990年代诗歌中的叙事性问题》，《文艺争鸣》2002年第6期。

到越来越大的特殊作用。[1] 这里特别需要引起我们注意的是，程光炜教授给予20世纪90年代诗歌的叙事性以不同于第三代诗歌的全新的理由。按我的理解，这一解释在精神上与“今天派”诗歌是血脉相通的，是知识分子在新的历史条件下和崭新语境中对时代的回答。艺术精神的求新求变与人生精神的代代相承并不矛盾，特别是新诗诞生在风云际会的动荡变革期，社会历史思潮与文化思潮为诗歌拓展开新的生存空间，其中间支撑的精神力量是包含使命和责任的。这也是知识分子写作与第三代诗歌写作在理论上的最大不同。正如孙基林教授所指出的，在第三代诗歌那里，叙述性首先是一个语言事件。20世纪80年代韩东就提出“诗到语言为止”的观点，直到20年后的2008年修正为“诗到汉语为止”，在他看来，这是进一步的具体化。他说：“语言是天然的屏障，拒绝大一统的格局，尤其是由语言铸成的诗歌，真可谓牢不可破。”但韩东敏锐地觉察到这一命题可能产生的误读和贻害，所以又补充说：“诗人应与语言同在，与他使用的语言的精妙和奥秘同在。”[2]他第六感觉应当已经觉察到了，反复强调与诗歌同在的语言是指语言层面更加细腻、细致、细微和微妙的部分，不是表层粗糙甚至粗俗的意思、意义、意象的层面，他谈论的仅限于语言本身却是语言的一部分，他也知道这是诗歌的大幸与大不幸之共存。[3] 我当然不能同意这种把语言的意思、意义、意象简单而武断地划分到语言粗糙和粗俗的层面的判断，因为语言的细腻、细致、细微和微妙如果完全不能抵达意思、意义和意象的话，是绝不会有真正的细微和精妙传递出来的。从这一点上讲，他们所主张的超越文化语义、情态、隐喻、象征、意象而回到语言及语言所触及的事物本身以及把生命最显在的形式和动作归属为感觉、体验、看、听、抚摸、触动等感官世界和日常事件的理论，其最大的贡献应当是对朦胧诗及其追随者们一枝独大所形成的新的假大空的反动，积极的意义还在于客观上有护佑人类灵性和五觉敏感

---

① 参见程光炜：《不知所终的旅行——90年代诗歌综论》，《山花》1997年第11期；程光炜：《90年代诗歌：叙事策略及其他》，《大家》1997年第3期；孙基林：《一种叙述性诗学及其前景》，《中外诗歌研究》2006年第3期。

② 韩东：《中国当代诗歌到现实汉语为止——在“全球语境下的中国当代诗歌”研讨会上的发言》，韩东新浪博客，2008-4-22。

③ 参见韩东：《中国当代诗歌到现实汉语为止——在“全球语境下的中国当代诗歌”研讨会上的发言》，韩东新浪博客，2008-4-22。

度的努力。但他们所注重的感官世界的在场和现实感如果没有主体的介入却是纯粹、破碎和杂乱的,因为他们所期望的能够与各类事物及人的生命交感、对话的目的,也需要诗人主体的主动介入才能达到。苏珊·桑塔格所说的"更多地看,更多地听,更多地感觉"本身没有问题,被断章取义地贴在理论上当标签,却需要我们"更多地思考"才能不被误导。因此,孙基林教授所说的"叙述作为一种思想方式,与新一代诗人的生命意识内在地形成了一种同构关系"[①]便有了一定的让人质疑的空间。我认为只有生命意识的觉醒才可能让叙述成为一种思想方式,而不能把叙述作为一种思想方式预设为前提。至于孙基林教授把生命意识最为核心与根性的部分看作是返回过程的意识,也即对此时此地生命过程的体验和重视,并将之视为一种新的关乎本体的生命哲学及感性意识形态,也值得重新反思。因为这里也有个预设的前提,那就是朦胧诗"大写的人"的哲学和理性主体性思想的消亡。事实上,"大写的人"的哲学和理性主体性思想至今仍是诗人应当秉承的精神法则,一个在主体精神上没有觉醒的诗人很难说是一位诗人。我个人倒认为,知识分子写作的理论在叙事和叙述性理论阐释时很好地承继了这些可贵的精神元素。有意味的是,知识分子写作中的诗歌文本夹杂了过多的知识而鲜有撼动人心之作——我并非认为撼动人心是优秀作品的唯一指标,倒是那些混杂着世俗凡音的第三代诗歌中的某些作品,体现了知识分子的理论主张,他们朴素、简洁的口语化表达,往往在一瞬间打开了辽阔的生命疆域,有如一道闪电洞照其上,这同时也体现了第三代诗歌的理论观点。这一现象,需要我们深入诗歌文本现场,做勤苦的打捞、擦拭工作,并对不同的理论主张和对应的文本写作作细致的学术考察和辨析。如此来看,"走向过程的诗学自然消解了以终极价值目标为旨归的象征性,而内在地构成一种叙述性诗学"[②]便应当存疑。首先,走向过程的诗学对象征性有多少自然消解作用我们只能就事论事。其次,终极价值目标所指称的对象应当明确。事实上,是否在某一流派、某一个诗人或一首诗中存在这样的目标也是需要针对具体文本说话的。再次,终极价值目标与象征性在诗学中也不能简单地联系,

---

① 孙基林:《一种叙述性诗学及其前景》,《中外诗歌研究》2006年第3期。

② 孙基林:《一种叙述性诗学及其前景》,《中外诗歌研究》2006年第3期。

更不存在必然关系。按我的理解，殊途同归，所有诗人的终极价值目标是一致的，其阶段性目标可能不同甚至相左。最后，走向过程的诗学也未必内在地就构成一种叙述性诗学，象征性不是通达终极价值目的的唯一选择，叙述性诗学也不是走向过程诗学的唯一结果，它们都是彼此敞开并指向其他更为广阔的诗学领域的。因此，这样来归结叙述性诗学是简单草率的，也消解了叙述性诗学应当也能够抵达的高度和深度，只要反思一下其来由便可明白。因为叙述性诗学不应当等同或基本等同于第三代诗歌学说，尽管有一部分理论资源可能来自这些理论。由此，如下的论述也便值得我们进一步反刍："真正的生命状态是消解了文化和美学遮蔽之后的一种日常生活情状、样貌，它敞亮、质朴、凡俗、琐屑，无所谓高尚、卑下，伟大、平凡，现象、本质的分别；它悬置价值和判断，还原本真和原在，仅仅面对现象和事物。"[①]同样，按我个人的理解，如果真正的生命是这样一种状态，那任何的文化、文明便都失去了意义，最后连生命本身也是没有存在价值的。因此，我更愿把这样的主张看作愤世嫉俗之言或者忧心如焚的反讽。不过，理论家把诗人们的反讽当成了圭臬更像另一种反讽。现在回过头来看，我们明白了他们解构这一切的意义，是的，一种伟大的制衡。而随着孙基林教授的不断探讨，他对于诗歌叙述学有了更为宽泛的视域和更为清晰的指认，认知不断深化和条理，主要表现在他跳出了单纯以第三代诗人的理论和文本为研究依据的拘囿，将知识分子写作的理论和文本也纳入研究的范围。他把诗歌叙述类型分为两种：一种是体现于第三代及其之后的日常生活叙述的本体叙述形态；另一种是从属于意象修辞的客体叙述形态，将象征纳入叙述性诗学的视野之内。而对于两种写作可能的流弊和风险有了足够的认识，特别对第三代诗歌可能导致的飞沫化倾向表达了担忧。[②] 事实上，无论怎么去看待各类流派和主张的诗人们的创作，我一向把叙述看作是一种内敛的、平静的抒情。张必广先生也曾在文章中说到"冷叙述"和"热抒情"的问题，他说："诗人在其中隐匿了爱憎，抒情以局外人的视点、以不动声色的冷叙述方式进行，这种以冷叙述方式造成的冷抒情格调，把诗人的个人心态隐遁于诗中，

① 孙基林：《一种叙述性诗学及其前景》，《中外诗歌研究》2006 年第 3 期。

② 参见孙基林：《叙述的诗性如何成为可能》，《山东文学》2011 年第 1 期。

让读者以自己的方式去解读体会其情感。”[①]因此，我认为叙述和抒情在本质上是一致的，叙述是抒情的第二阶段（更高阶段），它们分别对应着不同的社会环境和文化语境，抒情—叙述—抒情正是我们必然经历的历史，而这，是一个不断反复、互为递进的过程。

如果要认真地辨别省察诗歌叙述学，把第三代诗歌、叙述性与现象学放在一起审视或许也是必要的。前面已经谈了不少第三代与叙述性的问题，这里我顺着孙基林教授的论述说一点自己的看法。他说：“从新一代诗人仅仅呈现和回到事物本身的叙说、描述中，隐隐看到了现象学思想的影子，或者说正是这种回到事物本身的现象学思想，才使他们纷纷去消解文化语义，弃绝价值遮蔽，甚至如法国新小说那样，打破人与自然所建立起来的某种契约关系，将人还原到人本身，事物还原到事物本身，它们各自独立地存在着，作家或诗人也仅仅是看到它们，然后按照它们自身所呈现的样子叙说、描述它们而已。因而，叙述便必然地成为这种思想的修辞方式。”[②]这是比较典型的第三代诗人的主张，“去蔽”“还原”“呈现”是三个关键词和核心观点。问题是，这样是否必须就要形成“叙述”的修辞方式？我对这一点是有看法的，无论就单纯的修辞艺术还是思想行为，都看不出有必然的对应关系。事实上，我们在写作中进行“去蔽”“还原”“呈现”是所有诗派都要面对和完成的，隐喻和象征这两个被第三代拿来做对应物的修辞方式也一样要“去蔽”“还原”和“呈现”，只是人们对此的理解层面和维度不一样。比如理论家把“表现”“呈现”“隐现”分属不同的艺术流派，其实对于真正的创作来说都在追求一个“现”字，“叙述”与语感有关，与“气”有关。因为按照诗歌语感甚至可以作为对诗人和诗篇认识的重要尺度和视角，浪漫的、激烈的抒情（语感）占了更长的时段，深沉的、节制的、低调的抒情（叙述）得到确认在某些方面甚至可以认为是现代诗人面对世界无语无力感的表白。我曾经有一篇小文章叫《“气”论》，认为把古典哲学的“气”论引入诗学，可解决现代新诗遭遇到的韵律、节奏、内节奏等难题。“叙述”作为一种诗学概念，可以存在于任何诗人和诗篇，当然也是一个时代情绪的诗性折射。关于现象学和现象学思想的

---

① 张必广：《冷叙述与热抒情——现代诗歌抒情格调琐谈》，《西南交通大学学报》（社会科学版）2003 年第 2 期。

② 孙基林：《叙述的诗性如何成为可能》，《山东文学》2011 年第 1 期。

问题，山东大学哲社学院教授张祥龙有一篇文章讲得比较清楚，他说："现象学力求不带存在预设地直观现象，所以在看到现象实显面的同时，还能看到其非实显的可能方面，并以非反思的方式意识到这正在进行着的看。"[①]这说明第三代诗歌理论中仅仅呈现和回到事物本身的观点与现象学所指涉的是不同的，现象学从本质上看更能解释诗歌的象征这一修辞方式，第三代诗歌的主张仅仅看似契合了现象学的表层思想，或者说，仅仅从最初的一点上受到了启发，他们的还原基本等于还原表象，消解了意义只剩下了无意义的躯壳，日常凡俗所隐含的崇高和光辉同时被抹掉了，甚至包括艺术应有的高贵和朴素，这也成了口水泛滥的理论前奏。

最后，我想简单谈一下孙基林教授认为的诗歌叙述学的核心概念——"叙述的诗性"。他说："诗歌叙述学观察、研究和建构的场域应该是全方位多视角的，它不仅牵涉到叙述的一般性和普遍性，诸如叙述者、叙述接收者、叙述视角、叙述格局与模式、叙述时间与空间等，然更为重要的是要关注'诗歌叙述'的本体层面，它的特殊性、个别性和修辞属性。这里有一个核心的命题，就是'叙述的诗性'问题。"[②]事实上，"诗性的叙述"与"叙述的诗性"虽然侧重点不同，但在创作层面几乎具有等同的意义，只是表述的差别。对于诗歌叙述学而言，"诗性的叙述"可能更能表达我们对叙述诗性的关切，因为我们最最核心的概念还是"叙述"，"诗性的叙述"或"叙述的诗性"更多地在表现层面或者叫审美层面和修辞层面，而涉及不到本体层面。因为"叙述的诗性问题，应该说这不是一个写什么的问题，而是如何写，怎么去写的问题"[③]。正是因为对"呈现"的简单理解，加上网络时代的降临，口水和废话假借口语之名盛行天下，诗质沙化、庸作遍地，道场成了广场，诗歌写作成了大众狂欢，甚至出现了对诗和诗人的丑化和恶搞，其中当然不乏披着诗人外衣的伪诗人。由此，"叙述的诗性"或"诗性的叙述"才由一个创作的问题上升到学术理论的问题。那么什么是"诗性"呢？孙基林教授说："诗性不是时代伦理，不是宏大书写，甚至也不是使命和责任所能赋予的。它属于每个人生

① 张祥龙：《什么是现象学？》，《社会科学战线》2016年第5期。

② 孙基林：《当代诗歌叙述及其诗学问题——兼及诗歌叙述学的一点思考》，《诗刊》2010年第7期（下半月刊）。

③ 孙基林：《叙述的诗性如何成为可能》，《山东文学》2011年第1期。

命的体会、感觉和善于发现的心灵。”①我曾经把诗歌写作视为从大地和人心开始的劳动。但“诗性”显然是一个美学问题，不但东西方审美有异，古今审美也有别；不过，“诗性”也有它“通用”的部分，可以叫作“普世审美”。人们说世界上只有诗歌、音乐和绘画是人类通用的语言，正是因为这些艺术包含着属于“普世审美”的诗性，如妙不可言的感觉、心有灵犀的感悟、忧伤或快乐的感受，还有德国人曾把“诗性”描述为“产生美感的东西以及来自审美满足的印象”②。事实上，所有的“诗性”都包含“趣味”与“意味”两层审美感应，是美与魂的统一，这里当然指艺术与精神的高度统一。这样的“叙述的诗性”或“诗性的叙述”才是人们需要的。好在叙述艺术是一个开放的系统，如孙基林教授所期望的，如此，“叙述的诗性”才成为可能。

三、从创作角度理解诗歌的叙述性

一切理论研究都要面对创作的实际，具体到文化传统、现实存在、个体差异和具体文本，诗歌叙述学也不例外。创作务虚，研究务实，虚实兼容，才能为学术研究注入活力，为创作实践提供助力。诗歌叙述学作为逐渐引起学术界关注的课题，层累的研究还显单薄，需要我们结合创作实际和诗人的具体文本从不同的层面和角度进行研究。第三代诗人由于更多地着眼于更为现实的、具体的、日常的和普遍的事物，一心想与抒情主义和象征主义的艺术风格有所区分，借以显示存在的价值和先锋的意义，事实上就遮蔽了那些真正具有诗歌精神和探索意识、怀着远方理想的书写。杰姆逊曾说：“现代主义的必然趋势是象征性，一方面涉及某一具体的情形，另一方面又通过象征来反映更广泛的意义。”③如果这段话有一定的道理，那么第三代诗歌中那些降低了自我精神高度和艺术水准的哗众取宠和无病呻吟之作就背离了诗之正道。因为他们以反对隐喻和象征为靶子，矫枉过正，走向了另一个极端。只有极少数的真诚的写作者才有定力不被流行的风气吹得没有方向，大多数人在通向明白、朴素之路上滑入了清浅寡味的境地，有的甚至坠入炫

① 孙基林：《叙述的诗性如何成为可能》，《山东文学》2011年第1期。

② ［法］让·贝西埃等主编：《诗学史》（下），史忠义译，百花文艺出版社2002年版，第533～536页。

③ ［美］弗雷德里克·杰姆逊：《后现代主义与文化理论》，唐小兵译，陕西师范大学出版社1987年版，第135页。

技和垃圾写作的深渊。写作是一个需要不断磨砺、修炼、自悟、自省、自我升华的过程，义和团式的勇武和广场舞式的喧嚣都不会诞生真正的战士和舞蹈家。反对滥情而不是抒情，反对晦涩而不是隐喻，反对道貌岸然而不是伟大崇高，不断把反对当作动力最终会反掉自己。解构是一把双刃剑，只有少数高手才用得好，像有些自封教主的人物曾经因为最初的几首诗对冲击板结的审美惰性和派别势力起到过积极的作用，但从青年一路解构到中年除了浪得虚名之外，已经成了诗坛贻害。可是奇怪的是，学术界和诗歌界都很少针对性的问题研究，更少针对具体诗人的批判。学者洪树华在反思新世纪诗歌叙述问题时说："新世纪诗歌叙述问题的研究成果不多。国内许多研究者、评论家处于失语的状态，究其原因，应该是长久浸染了中国传统的'诗言志'与'诗缘情'两大诗学观念，过分关注了诗歌的美学特征——抒情性，从而忽视了创作主体的另一种言说方式——叙述。其实，新世纪诗歌涉及叙述并未中断，而叙述与抒情并不对立，它们相融在诗歌之中。"[①]这是关于抒情与叙述的一种少有的认定。另外，关于晦涩问题，也不能一概而论，需要学者们做细致专业的分析，一首诗是否深刻和有无价值，是否好懂不是最主要的标准，因为任何艺术都有目标读者，好懂不应以降低艺术品质为代价。黄灿然在评价巴列霍的诗时就曾说："巴列霍的诗，不只是《特里尔塞》晦涩，其他诗集里也有不少难懂的。但我要再次强调，即使是这些最深奥的诗，也依然是激动人心的。这是一种生机勃勃的晦涩，一种原始森林般旷野的超现实主义，跟我们在现代诗中常见的那种文明世界的虚弱的、实际上应称为'乏超现实主义'的诗歌不同。"[②]是的，深刻博大的象征、摇撼灵魂的抒情、生机勃勃的晦涩，当然还有其他，无论你用叙述还是别的什么方式，都与作者的综合素养有关，好诗都指向同一个地方，所有的艺术也是。我们所能感知的言语，也就是语言所蕴含的、能指的所有，都是我所谓大地与人心的可能疆域及其所有。

抛开这些关于诗歌的种种说辞，回顾一下我 30 多年的诗歌写作经历，脑海中浮现出的那些诗篇，其实都带有时代变迁、诗潮影响和个人履历等的

① 洪树华：《新世纪诗歌叙述问题研究的回顾与反思》，《济宁学院学报》2014 年第 5 期。

② 黄灿然：《要么激烈，要么什么都没有》，《巴列霍诗选》，华夏出版社 2007 年版，第 7 页。

明显印痕。不过，无论我的个人经历和诗学观念发生了什么变化，充盈在文本中的精神气脉、美学趣味和价值倾向都有不变的部分，它们留有 20 世纪 80 年代的诗艺特征，也有 20 世纪 90 年代的个人化特点，更有新世纪重回诗坛后的繁复美学追求和诗证精神的实践。如写于 1989 年的《藕》："每一个骨节/都被暗箭射成了蜂窝//利刃再度砍来/终无一声叹息/满满一个胸腔/都是大睁的眼睛//血流干/就是瞄准了的枪口"[①]，明显带有英雄主义和象征主义情结。而另一首《写给我儿康康》，又增加了一些沉郁悲壮的色彩，表达上有了一些叙述性的端倪，诗云："一个普通的冬日/在北温带。一个并不富强的国度/康康/你降生在一个诗人家庭//父亲给予你的空间被书切割/我的爱都排成铅字四处游荡/康康/书架上满满站着父亲的肋骨//赤裸裸来去是生命的本质/一出生你与我便产生了共鸣/儿啊/你每一个皱褶都那么自然/不像我，被阳光揉疼的纹路/一直爬进了心脏//诗是无法卖的/还有灵魂/父亲的良知扎入黄土深层/翻开看/满是地球的血肉//康康，你三百日的苦痛/也许无人知晓/泪都换了奶乳吸吮/这壮举/竟让我感动得热泪双流//儿子就是父亲的脊骨/凌然横亘于世/铮铮作响/有那么多先辈躺成的中国山系/儿啊，面对专制与贫穷/你不必害怕//你所属的种族站在世界屋脊/爱与恨都亿万吨重/除非世间停止运动/该负的重量你必须承担/儿啊，清洗你的每一块尿布/我像对待每一个诗句一样认真/我知道/再一个冬天你就长大了/面对纷沉的世界/要敢于去踏平这沟沟坎坎。"[②]这首诗写于 1992 年 1 月 8 日，正是我儿马晓康出生的日子，我当时编着一份《东岳诗刊》，是在印刷厂写完接着铅字排版印到封二的。那个时期心情不好，儿子的降临给我带来了振奋。诗歌发表后还引起一些反响，收到 300 多封读者来信，今天想来，恍若隔世。此后我创作了不少诗歌作品，叙述性特征明显增加，第三代诗歌理论中关于在场性、感觉性、自在性以及强调剥离精神附着元素和理性介入等的观点，对我也有不小的影响。但我做不到主体性的退隐，我也不相信主体性退隐了生命自身和事物自身能自动敞开，更不可能谈到次第展开的过程。我觉得这些主张在提醒诗人注重事物的内在意蕴和自身生命深度

① 马启代：《藕》，《诗刊》1997 年第 8 期。

② 马启代：《写给我儿康康》，《东岳诗刊》1992 年第 1 期。

的开掘上是有益的，但没有创作经验的人容易被带偏方向。虽然整体的诗歌精神开始从英雄式、贵族式向日常性、平民化转化，叙述性的语调成为一种风尚，但叙述并非不能与前一种诗歌精神对接，现在可以确定，后一种精神应当成为前一种精神在不同时间背景上的另一种表现，在优秀的诗人那里，甚至可以带来深化和升华。何况一些伟大的诗人都是时代的逆行者，他们坚守自己的领地，逐步被人所识，并被人仰望。请看这首《泰山》："我老把泰山梦作古坟/我承认这纯属荒谬/想到这梦却很恐惧/四周的空气都在极度夸张/人们噤若寒蝉/连同石头/这世界竟为一个词而不安/其实这山依然很丑陋/我们很美地站在上面/便感到很快活/早年父辈们挽队队嫔妃/去学先祖覆盖这页突兀的历史/很潇洒地活过/然后倒下/我们是后来走上来的人/零零散散/已不是皇帝。"[①]很多评论家和读者说我的诗是"从容""豁达"的，"有自己的抒情套路"，"举重若轻，平淡中有深刻的思绪"是我诗风的"本色"。[②] 孙基林教授的评价还直接说出了我诗歌创作生发和存在的机理，他说：马启代"全部艺术的生长基础便是诗人的现世生存之野。……诗人执意开启着自己的诗的王国，他似乎要越过一片开阔地，在理性与感性、文化与生命间寻找一个极限、一种契合，将其二者浑然于一体"[③]。这离不开现存世界的感受和体验，离不开理性与感性的对峙，离不开文化与生命的困扰，笔者深陷其中，知道诗歌是极限的艺术，比起那些悠然自得的诗人，我充满了失败感，所以不断在挣扎。近年，我有意探索汉语新诗的繁复美学，鲜有知音；近来，我把"为良心写作"的精神宣言落实在具体的诗证写作中，正在接受时间的验证。我的诗，在写作中就是"此时""此地"的呈现，没有考虑抒情、象征还是叙述，但诗行里一定充满岩浆的热度和子弹的呼啸。环顾诗坛很多理论上的思考和主张，多带有臆想和蹈空的性质，本身充满悖论。例如主体性退隐与生命自身的在场和出场、"此刻"与"此地"的此在性等论述，我不知道与主体割裂的生命自身是什么生命，没有主体性的生命和精神其"此刻"与"此地"如何被呈现和认知，更不知道世界上会有没有主体介入的艺

---

① 马启代：《泰山》，《马启代诗歌精品鉴赏》，山东文艺出版社 1994 年版，第 168 页。

② 章亚昕：《新时期的情思·凝重与深沉》，《山东文学通史》（下），山东教育出版社 2002 年版，第 445～446 页。

③ 孙基林：《内在的眼睛》，中国文联出版社 1999 年版，第 133、137～138 页。

术。是的,所有的呈现都是对负荷和灰尘的抖落,很多人却看成了关于艺术的一切和全部。症结就在于此,为了认定B就否定A。当然,这些思维和实践所提供的经验和教训非常重要,也是我们今天反顾梳理的原因。他们往往也发现或指出了缺憾,却没有进行进一步剖析和批评其缺陷,更没有从更宏观的视角给予审视,让理论患上了漫无边际的虚高或虚空疾症,无法与具体的创作行为和文本本身对接。限于篇幅,这里不再列举具体的观点和文本。

刘勰说"时运交移,质文代变"。诗歌史上体式的演变转化和理论的不断拓展负载着不同的社会历史内涵。诗歌叙述学的提出是对20世纪80年代以来诗歌叙述风气和思潮的梳理和总结,解决了新诗叙述性审美问题的命名,形成了从"象征"到"叙事"再到"叙述"的比较完备的诗学体系建构。孙基林教授能率先提出并积极投入诗歌叙述学的研究,源于他对诗歌本质的孜孜探究和个人见解。他在一篇文章中说:"'诗言志'中的'志'字,按照闻一多先生的考证,是有着'记录,记叙'的意义在的。而事实上,中国古典诗歌的书写除了那些公认为是叙事诗的作品外,也确有大量记录、叙述事件的作品存在。……只是无论古人还是今人,均没有引起足够的注意和自觉而已,似乎除了抒情与意象之外,其他通向诗歌的路径只能是旁门左道,甚至在诗歌本性上它是不能存在的,以至于让我们缺失了'叙述性'这另一维度的诗歌认识论和诠释学。"①在这里,孙基林教授把"志"从"记录,记叙"引申为"叙述"纯属他个人的学术意见。如《诗经》中"征实"的篇章,肯定也是当时作者们"以诗为志"所致,"志"可为我的"诗证"作证。不过"情"还是最本质的内在规约,从诗缘情出发,"志"还是"情志",其"核心意义还是指人的意志、思想、感情,指的是人对客观社会的认识,亦即人的心灵"②。不过孙基林教授把"志"理解为"叙述"应当是在创作层面上与"叙事"的对接和延伸思考,无论是否成立,都激发了他建立新诗叙述学的灵感、创意,确立了他近年的学术方向。在我们积极倡导诗歌叙述学研究的同时,我倒想同时发出两声呼唤:一是呼唤抒情,二是呼唤理想和精神的回归。因为"90年代诗歌逐渐建立起自己的带有一定排斥性的话语系统,比如:中年写作、知识分子写

① 孙基林:《作为寓体的叙述:从象征到寓言》,《星星》2013年第6期。

② 赵敏俐:《中国诗歌史通论》,人民文学出版社2013年版,第6页。

作、个人写作以及对诗歌中叙事性的强调。……对抒情诗的全面废黜是完全不合理的，这样，当代诗歌话语在有意无意之间，歪曲了多元共生的诗坛实况”[①]。在我撰写有关“情感诗学”的文章时，接触过根据新近出土的孔子书简的相关论著，看得出学者们围绕“孔子诗学”的“情本质”理论做了大量的研究，但这样的研究成果并没有引入新诗评论和研究领域，李泽厚先生的“情本体”文化哲学论述也没有被诗歌研究者重视。常年研究中国抒情传统的王德威教授曾说：“‘抒情’不仅标示一种文类风格而已，更指向一组政教论述、知识方法、感官符号、生存情境的编码形式。”[②]由此看来，新诗作为这一文化传统和现代语境中的艺术形式，在不断接受外来文化中不断调整着自己却坚守着属于汉语本身的质性根本。不过，在自媒体高度发达的时代，随着经济的高速发展，物欲奴役了人性，精神塌方成为知识界的常态，诗人和诗歌风骨丧失，只有少数的、具有现代人格的诗人坚持着良知发声和写作，为当代诗歌保留着仅有的脸面。刘翔在回顾新时期以来的诗歌历程时说：“无论是中国式的后现代主义诗歌（反抒情、反崇高、反神话、反意义、取消深度），还是更注重‘专业精神’的知识分子写作，都对‘理想主义’和‘乌托邦’冲动做了比较片面的理解。”[③]耿占春教授更是痛心疾首地感叹道：“我感到脚下的理论的根基在流失，精神的绝对性原则、文化头上的光环已暗淡无光。”[④]唐晓渡先生说得尤其一针见血：“时代变了，语境变了，甚至诗歌写作的性质也有变化；但从根本上说，诗人作为‘种族的触角’‘历史和良心的双重负重者’而应该‘在种族的智慧和情感生活中’担起的责任并没有变。”[⑤]这些忧心忠告，不但是诗人们需要反思和注重的，也是学术界，包括诗歌叙述学的研究者们需要吸纳记取的经验和教训，是我们作为知识人的使命和职责所在。

---

① 刘翔：《尴尬时代的抒情诗歌——论在中国当代诗歌格局中抒情诗的地位和意义》，《诗探索》2002年第1、2辑。

② 王德威：《抒情传统与中国现代性：在北大的八堂课》，生活·读书·新知三联书店2010年版，第5页。

③ 刘翔：《尴尬时代的抒情诗歌——论在中国当代诗歌格局中抒情诗的地位和意义》，《诗探索》2002年1、2辑。

④ 耿占春：《一场诗学与社会学的内心争论》，《改变世界与改变语言》，社会科学文献出版社2000年版，第393页。

⑤ 唐晓渡：《90年代先锋诗的几个问题》，《先锋诗歌》，北京师范大学出版社1999年版，第5页。

论中国诗学中的事境说

殷学明

百年来，中国诗学在现代焦虑的艰难啮合中逐渐形成了缘情理论和叙事理论。在此基础上，前者形成了以意境为核心的抒情传统，后者则形成了以典型为核心的叙事传统。这两大传统对中国诗学现代转换确实功不可没。然而随着中国诗学多元发展以及中国话语意识增强，学界对此也进行了深入反思：第一，缘情理论在凸显中国特色的同时是否遮蔽了中国诗学全貌？第二，在西学为用的叙事理论之外，中国有没有本土性的理论？周剑之指出："对抒情传统、对'意境'的强大认同，使得古典诗歌的其他许多特质在无意间被遮蔽了，尤其有代表性的，是注重记录情境、记述事实、忠实呈现外在世界的这一脉络。"[1]在我们看来，这一脉络主要是由事感、事象、事境等"呈现外在世界"的诗学思想描绘出来的。从此角度来看，诗人感事兴咏，指事造形，用事类义，游于事境，而形于诗歌，以提升日常生活的品质。很显然，这与"情动于中而形于言"的物感、意象、意境等"抒发内在世界"的诗学思想不同。事境在中国古典诗学中不仅屡屡出现，而且也在诗歌实践中经常使用。对事境展开发掘式研究，不仅有助于全面地理解中国诗学的传统，而且也有助于为现实主义诗歌提供本土理论资源。

一、事境的理与势

与意境相比，事境也是中国诗学独创的一个概念。它是中国记事诗歌和缘事理论走向成熟的重要标志。在中国古代，事境有广狭之分。广义的

---

① 周剑之：《论古典诗学中的"事境说"》，《上海大学学报》2015 年第 1 期。

事境就是诗人处事于境的一切场景。狭义的事境则是诗人借助于言辞铺陈其事所构造的精神审美空间。用清代诗论家叶燮的话说，事境就是“设身而处当时之境会”，“从至理实事中领悟，乃得此境界也”。[①] 顾名思义，事境是由事和境构成的。通俗地说，就是处事之中形成的诗性境界。这种审美境界也是中国诗学宝贵的历史财富，但不幸的是，它往往被抒情传统所遮蔽而未能得到充分的展示。王夫之对杜甫《石壕吏》的评价是“而每于刻画处犹以逼写见真，终觉于史有余，于诗不足”[②]。严羽《沧浪诗话》对“多务使事，不问兴致”的诗学倾向是给予批判的。然而不管历史上有多少反对的声音，事境审美终究是中国诗学的一个基本事实。且不说《诗经》有“以一国之事，系一人之本”的《风》，“言天下之事，形四方之风”的《雅》以及杜甫“即事名篇”的诗史，白居易“歌诗合为事而作”的讽喻诗等作品存在，单就汉代“以事解诗”的《诗》学，唐代“触事兴咏”的《本事诗》，宋代“论诗及事”的诗话以及“诗因于事，不迁事以就诗”的诗法中也足见事境的踪迹。与之相关，“事境”缘何而生？其理与势又何在？我们将一一析之，以显明事境的来龙去脉。

第一，从理的角度看，事境于宋以来渐成声势是由于玄远精致的《雅》之理让位于切近写实的《风》之理。源于民间的《风》是“下以风刺上”，凡俗却不失自由和鲜活；出于官方的《雅》是“上以风化下”，高雅却不失规整与大气。清代诗论家吴乔在《围炉诗话》中指出：“诗文有雅学，有俗学。雅学大费工力，真实而暗然，见者难识，不便于人事之用。俗学不费工力，虚伪而的然，能悦众目，便于人事之用。”[③]具体来说，雅学崇情，俗学重事。前者追求意境，“见者难识”；后者追求事境，“能悦众目”。事境在宋代形成声势主要表现在两个方面：一是有宋以来生活趣味转变，务实写照之风盛行。明代著名诗人于慎行在《谷山笔麈》中提出：“古人之诗如画意，人物衣冠不必尽似，而风骨宛然。近代之诗如写照，毛发耳目无一不合，而神气索然。”[④]清代诗论家方东树在《昭昧詹言》中引诸家诗话云：“凡诗写事境宜近，写意境宜远。

---

① (清)叶燮:《原诗》,霍松林校注,人民文学出版社 1979 年版,第 32 页。

② (清)王夫之:《古诗评选》,上海古籍出版社 2011 年版,第 138 页。

③ (清)吴乔:《围炉诗话》,《古今诗话续编》,(台北)广文书局 1973 年版,第 13～14 页。

④ (明)于慎行:《谷山笔麈》,崔高维校点,中华书局 1984 年版,第 87～88 页。

近则亲切不泛，远则想味不尽。”[①]可以说，唐诗写意，以意境为上；宋诗写照，以事境为上。二是有宋以来诗学观念转向，闲谈议论之气日盛。不必说欧阳修《六一诗话》以资闲谈，单从严羽《沧浪诗话》以文字、才学、议论为诗的批判中亦会感到诗风的转变。从深层的角度看，这都是唐以后缘情诗学观念向缘事诗学观念转向的一种反映。在吴乔看来，“唐诗主于达性情”，“宋诗主于议论”。诗学究竟以“情”还是以“事”建构，确实会呈现出不同的诗学景象。抒情是出于人类情感表达的需要，记事则是基于人类记忆留存的需要。如果说抒情诗是文“心”的话，那么叙事诗就是绘“事”。由上观之，事境在宋代形成浩大声势的根本原因就是由上(雅)向下(俗)之理转向。与意境的雅致不同，事境追求俗之理。俗理在于明白入素，事境在于顺时随俗。与意境的情致不同，事境追求事之理。就二者的本质而言，事境尚俗宜近，是空间化的时间审美；意境尚雅宜远，是时间性的空间审美。

第二，从境的角度看，事境于宋以来渐成声势是由于境界观念的推波助澜。境，本义是土地所止的疆界，后引申为精神所达到的高度。在中国古代，庄子较早将境从实有性的地理概念转化为虚有性的心理概念，其“坐忘”“心斋”“逍遥游”等心理概念对“辩乎荣辱之境”有着极大的启发。庄子之后、六朝以来，道家、佛家对境的概念又有所拓展。南朝宋求那跋陀罗《楞伽阿跋多罗宝经》中已出现“自性空事境界”的术语。更为重要的是，刘勰已将境用于诗歌品评，比如将“叔夜之《赠行》，嗣宗之《咏怀》”判定为“境玄思澹，而独得乎优闲”[②]。及至唐代，诗追求境成为一种时尚。皎然《诗式》务求“取境”，并强调“取境之时，须至难、至险，始见奇句”[③]。王昌龄《诗格》力求“三境”，即物境、情境、意境之说。就事与境的关系看，青溪道士孟安排在《道教义枢》中云：“因事而显事，显则心明，故尽其形迹也。夫人心无质，运之有境。”[④]可以说，孟安排最早发现了事、境、心之间的诗性关系。唐以来，佛对于事境的言说更值得关注。普济《五灯会元》载唐禅师西余拱辰上堂语“理因事有，心逐境生。事境俱忘，千山万水”，是文字记载中第一次出现事境的

① (清)方东树：《昭昧詹言》，汪绍楹校点，人民文学出版社1961年版，第504页。
② (梁)刘勰：《文心雕龙》，郭晋稀注译，甘肃人民出版社1982年版，第489页。
③ (唐)皎然：《诗式》，中华书局1985年版，第5页。
④ (唐)孟安排：《道教义枢》，《中国古代文化全阅读》第4册，时代文艺出版社2008年版，第93页。

概念。随后，宋代在事境的内涵及其诗评方面作出了不懈努力。日本学者内藤湖南说："唐代是中世的结束，宋代则是近世的开始。"[1]吴乔在《围炉诗话》中指出："宋诗率直，失比兴而赋犹存"，"比兴是虚句活句，赋是实句"。[2]朱熹则认为，赋有"敷陈其事而直言之"的意思。宋代世俗化的生活使宋诗发生根本性的变化，事境也就势在必行。及至明清，事境得到了充分发展而渐趋成熟。清代诗论家翁方纲在《石洲诗话》中甚至提出论诗要"以理味事境为节制"，并进一步提出了"事境益实"的诗学原则。近现代以来，尤其是白话诗运动以来，中国诗歌以及诗学对事的追求日渐高涨，而对境的追求则日渐冷落。这也意味着中国古典诗歌的结束，现代诗歌的开始。

概而言之，事境运用走势有三：一是事境用于日常生活，意指世事的境况。有宋以来，事境概念已在日常生活中比较普遍地使用。如宋代许景衡《横塘集》有"京居久客，事境纷乱"之说。二是事境用于心理活动，意指弛事冥心的境会。如明代袁黄《游艺塾文规》云："遇理境则忘理以观妙也，涉事境则因事以冥心也。"[3]三是事境用于诗学活动，意指言事的境界。翁方纲在《石洲诗话》中指出："唐诗妙境在虚处，宋诗妙境在实处。""若以诗论……自必以理味事境为节制，即使以神兴空旷为至，亦必于实际出之也。"[4]从诗学的角度来看，事境对于宋代以后诗歌创作的影响还是很大的。事境的创设让日常生活更加审美化，"日啖荔枝三百颗，不辞长作岭南人"就是宋诗新的风尚。

二、事境的虚与实

比而论之，事境宜近，意境宜远，近者求实，远者务虚。事境之所以求实，与人追求真理、实事求是的本性有关。但从文言修辞的角度看，言征实寡余味，事有所增，闻者才能快其意、惬其心。如何解决这种矛盾呢？中国诗学的高明之处就在于：僻事实用，熟事虚用，虚实相生而用。谢榛《诗家直

---

① [日]内藤湖南：《概括的唐宋时代观》，黄约瑟译，《日本学者研究中国史论著选译》第1卷，中华书局1992年版，第10页。

② (清)吴乔：《围炉诗话》，《古今诗话续编》，第35页。

③ (明)袁黄：《游艺塾文规》，武汉大学出版社2009年版，第70页。

④ (清)翁方纲：《石洲诗话》，中华书局1985年版，第131页。

说》云："写景述事，宜实而不泥乎实。有实用而害于诗者，有虚用而无害于诗者，此诗之权衡也。"[①]明代丘濬《大学衍义补》曰："夫事有实有虚，务其实则有其功，骛乎虚则无其效，非但用将一事然也。"[②]叶燮《原诗》亦云："能实而不能虚，为执而不为化，非板则腐。"[③]如果说意境之美是通过"情景交融"实现的话，那么事境之美则是通过"事景相偕"来实现。具体来说，事境虚实相生的审美感知是"从实事中领悟"，然后"僻事熟用，实事虚用"，最后乃得此境界。

第一，从实事中领悟，乃得此境界。叶燮认为"天下惟理、事之入神境者"，只有"合虚实而分内外"，"从至理实事中领悟，乃得此境界也"。[④] 对事境而言，要先从实事中领悟，然后处身于境，视境于心，方能得此境界。下面我们将以杜甫诗句"星临万户动，月傍九霄多"为例来探讨这种诗法。

在中国诗学史上，杜甫的诗句"星临万户动，月傍九霄多"向来难解难辨。明代著名诗论家胡应麟对此句甚为推崇，称其为"精彩过之"。清末诗人施补华对此句也甚为赞赏，称其为"华贵语"。赵翼《瓯北诗话》把此句推为绝唱，称其为"亦有气势"。"星临万户动，月傍九霄多"为何如此精彩、华贵和有气势？又如何难解难辨？叶燮在《原诗》中指出：古往今来，诗人对月摹写，一般从圆缺、明暗、升沉、高下着笔，未曾有从多少处下笔的。在叶燮看来，"多"处起笔，多有歧义，即"不知月本来多"，还是"九霄而始多"，抑或是"月所照之境多"？究竟为何"惟此多字可以尽括此夜宫殿当前之景象"，叶燮并没有明言。也许"多"字就是此诗难解难辨的主要原因。但值得反思的是，以往我们惯用的意境分析法是否真正能合理地解释此诗？我们需不需要另辟蹊径，重新探讨这句诗呢？尾联"明朝有封事，数问夜如何"点题之笔一再提醒我们用事境分析要比意境分析妥帖得多。不可否认，此诗有情，但更多地还是写事。也就是说，《春宿左省》主要是围绕事展开运思的。理所当然，对其景的分析也应该从事境的角度加以研究。此诗的实事又是什么呢？吴乔《围炉诗话》载：肃宗时扈从还京，官左拾遗，作《春宿左省》。唐

① （明）谢榛：《四溟诗话》，中华书局1985年版，第12页。

② （明）丘濬：《大学衍义补》，中州古籍出版社1995年版，第1681页。

③ （清）叶燮：《原诗》，第30页。

④ （清）叶燮：《原诗》，第32页。

玄宗天宝十四年(755年),安史之乱爆发。长安失守,玄宗入蜀。第二年,肃宗在灵武即位。至德二年(757年)四月,杜甫排除万难,投奔肃宗,受任左拾遗。但由于玄、肃势力纷争,杜甫疏救房琯,迁怒肃宗而获罪,后因张镐劝谏被豁免。十月,杜甫扈从肃宗还京,官复左拾遗。此时,作《春宿左省》《晚出左掖》《奉和贾至舍人早朝大明宫》《宣政殿退朝晚出左掖》《紫宸殿退朝口号》等记事诗。众所周知,唐代分左右拾遗,官八品,掌供奉讽谏。左拾遗虽官职不高,但对杜甫来说已是来之不易,甚为重视。从至德二年开始,杜甫仕途多舛,如履薄冰,故更加谨言慎行,勤勉于政。《春宿左省》的尾联"明朝有封事,数问夜如何"足以证明这一点。从以上这些实事中,我们如何领悟"星临万户动,月傍九霄多"这一事境呢?

当然从情景相融的角度分析"星临万户动,月傍九霄多"似乎差强人意,但不如从事景相偕的角度剖析更妙。我们认为,句读是文本释义的钥匙,而从实事中领悟则是得到这把钥匙的关键。清代冒春荣在《葚原诗说》中指出:"上一下一中三,如'星临万户动,月傍九霄多'(杜甫),'剑留南斗近,书寄北风遥'(祖咏)。此皆以五字成句,而句中有读者也。"[1]依此说,"星临万户动,月傍九霄多"的句读是"星/临万户/动,月/傍九霄/多",如此句读,倒是规整,但近乎刻板。究竟如何句读?我们认为需要从杜甫的实事中领悟。在我看来,杜甫的实事主要体现为两个方面:一是"肃肃宵征,夙夜在公"的操劳,即在远大的抱负面前不辞辛苦,勤勉于政;二是"落叶满长安"的伤感,即在残酷的现实面前又不免有些落寞。从杜甫的实事中,我们领悟到"星临万户动,月傍九霄多"有其实境,也有虚境。实境就是"此夜宫殿当前之景象",虚境就是"事之入神境者"。基于此,我们认为,"星""月""万户""九霄"既是眼前实物,同时又不仅仅是实物,而是有所指、有其事的存在。"星"与"万户",一上一下,且上行下效,所以"星临/万户动"。于是"星临万户动"字面义就是星降临,万家闭户。此景与杜甫"不寝听金钥,因风想玉珂"形成鲜明对比,其事、其情不表自显。"月"与"九霄",均为上上,物类相聚,所以"月傍九霄多"应句读为"月傍九霄/多"。这一"多"字不是"月所照之境多",也不是"九霄而始多",更不是"月本来多",而是月依傍九霄的时候多。这两句

① 郭绍虞:《清诗话续编》,富寿荪校点,上海古籍出版社1983年版,第1579页。

诗都是在描写时间(星临之时)在空间(万户、九霄)中的流逝和转化。“星临/万户动”可能就蕴含着一阖一辟的乾坤事变的深意,同时也蕴含着杜甫扈从肃宗的事实。“月傍九霄/多”可能就隐含着玄、肃势力的较量,同时也隐含着杜甫无奈的落寞与两难的愁绪。当然,这一切只是我们从实事中的领悟,其允当与否还有待进一步佐证。不过《春宿左省》无疑是有事境的,其事境也是有实有虚的。可以说,从实事中领悟,“设身而处当时之境会”是进入“事之入神境者”的一把钥匙。也许这是中国古代除意境以外,欣赏诗歌的另一条门径。

第二,从反常中创造,乃得此境界。如果说“从实事中领悟”是事境实的基础,那么“从反常中创造”则是事境虚的原因。苏东坡云:“诗以奇趣为宗,反常合道为趣。”①对于事境而言,其反常的奇趣就在于“僻事熟用,实事虚用”。“僻事熟用,实事虚用”的创作方法最早是由南宋著名诗论家姜夔在《白石诗说》中提出的。姜夔云:“难说处一语而尽,易说处莫便放过。僻事熟用,实事虚用。说理要简切,说事要圆活,说景要微妙。”②在姜夔看来,诗“说事要圆活”,就要“僻事熟用,实事虚用”。为何这种反常之法能形成事境虚实相生的审美效果呢?姜夔进一步指出:“学有余而约以用之,善用事者也。意有余而约以尽之,善措辞者也。乍叙事而间以理言,得活法者也。”③由此看来,得活法,使理、事、景得当,那么就有可能产生言已尽而意有余的事境。

在中国古人看来,“反常”新奇而有新鲜感,“合道”普遍而有共通性,“反常”与“合道”结合起来,才能创作出既特殊又普遍的事境来。就“反常”而言,它是一种艺术手法,能出奇制胜,比较符合众人的审美心理。王充在《论衡》中指出:“俗人好奇。不奇,言不用也。故誉人不增其美,则闻者不快其意。毁人不益其恶,则听者不惬于心。”④不可否认,日常比较刻板,反常比较新鲜。人情好奇而厌常是人类的普遍心理,中国古代“反常”的诗歌创作方法就是建立在这种普遍的审美心理基础之上的。在俄国陌生化理论的创始

① (清)吴乔:《围炉诗话》,《古今诗话续编》,第18页。

② (宋)姜夔:《白石诗说》,郑文等校点,人民文学出版社1962年版,第29页。

③ (宋)姜夔:《白石诗说》,第29页。

④ (汉)王充:《论衡》,袁华忠、万家常译,贵州人民出版社1993年版,第521页。

人什克洛夫斯基看来，对于数次感受过的事物，人们便开始用认知来接受；事物摆在我们面前，我们知道它，却对它视而不见。艺术的手法就是要摆脱这种俗常的认知性感受，从而使感受在事物身上延长。同时，一部作品不是在其空间性上，而是在其连续性上被感受的。从时空感受上来看，中国事境的最终感受也是连续性的，当然其感受的过程中也融合着空间性感受。对事境而言，连续性感受源于事，空间性感受则源于境。从反常感受上来看，中国事境的创作手法就是"僻事熟用，实事虚用"。就"实事虚用"来说，就是用陌生的方式述说俗常的事，从而造成虚实相生的审美效果。清代词论家谢章铤在《赌棋山庄词话》中指出："'那人正睡里，飞近蛾绿'，此即熟事虚用之法。"[①]"那人正睡里，飞近蛾绿"是姜夔《疏影》中的一句，此句不仅极熟，可谓尽人皆知，而且用寿阳之事，却又不为所使。那人正睡，却飞近蛾绿，此为实。但飞近蛾绿后事如何？却虚位以待，遐想万千，此为虚。此句虚虚实实，俗中有雅。可见熟事虚用也能创造出虚实相生的事境来。当然，"僻事熟用，实事虚用"并不是越反常越好，反常过度就会适得其反。为此，吴乔提出"反常而不合道，是谓乱谈"的观点。所以事境需要"反常合道为趣"。如元稹《离思》"取次花丛懒回顾"是"反常"，"半缘修道半缘君"则是"合道"。对于诗歌而言，只有"反常合道"才能既让人陌生，又让人熟悉；既给人新奇感，又给人亲切感。"僻事熟用，实事虚用"就是反常合道之法，它对事境创设极为重要。

一言以蔽之，事境与意境都有虚实相生的审美特性，但产生虚实相生的审美效果的根源有所不同。事境本质上是时间性审美，其虚与实一般都是通过事即"僻事熟用，实事虚用"的方式实现的。意境本质上是空间性审美，其虚与实一般都是通过情即"为情造文"的方式实现的。当然二者也有共通之处，即都注重空间性的境界开掘。准确地说，事境的审美是时间空间化的审美。

三、事境的妙与用

清代诗论家叶燮在《原诗》中指出："可征之事，人人能述之，又安在诗人

① 刘荣平校注：《赌棋山庄词话校注》，厦门大学出版社2013年版，第257页。

之述之?”“必有不可言之理,不可述之事,遇之于默会意象之表,而理与事无不灿然于前者也。”[①]这些不可述之事也就是事境的奥妙之处。对不可述之事而言,必先有应感之会的事感,然后神之于心,乃得事之境界。

(一)事境之妙

事境之所以奥妙,其根本原因在于诗人将事的时间性进行了空间化处理。具体来说,事境主要有三种类型:一是托事于物的事物型,二是融事于情的事情型,三是比事于理的事理型。所谓“托事于物型”的事境就是指将时间性的事托付给空间性的物,从而使时间性的事拥有空间审美的一种诗歌境界。譬如刘禹锡的《乌衣巷》“旧时王谢堂前燕,飞入寻常百姓家”中的“燕”就蕴含着沧桑的世事,张若虚的《春江花月夜》“人生代代无穷矣,江月年年只相似”中的“江月”就反衬着多变的人事。这两句诗,不管是运用对比,还是反衬,托事于物都增加了事的感受距离和难度,从而使欣赏者在一定意义上获得了更为充分的审美享受。所谓“融事于情型”的事境就是指将时间性的事融入空间性的情之中,从而使时间性的事具有空间审美的一种诗歌境界。譬如“天涯若比邻”“醉眠秋共被”有情境,更有事境。秦观《江城子》“便做春江都是泪,流不尽,许多愁”之情是基于“碧野朱桥当日事,人不见,水空流”之事上的。所谓“比事于理型”的事境就是指将时间性的事比托给空间性的理,从而使时间性的事拥有空间审美的一种诗歌境界。“不畏浮云遮望眼,自缘身在最高层”,“山穷水复疑无路,柳暗花明又一村”,何尝不是有理的事境?何尝没有时间空间化的审美感受呢?

事境之所以妙,就在于事中有可把玩的物、情、理的存在。其中空间性的物、情、理不仅给予时间性的事无限想象的空间,而且还给予时间性的事无穷的诗性魅力。可以说,事境审美的本质特性就是时间空间化审美。

(二)事境之用

任何“用”都有一定的时域性的限制,当然事境的运用也是有其限度的。事境的使用时限当是近代以前,其使用的域限则主要在俗雅之间。与情境

---

① (清)叶燮:《原诗》,第30页。

与意境相比，事境属于俗境。但对事境自身来说，则有俗也有雅。俗主要由于事，雅主要由于境。在中国古代，“歌诗合为事而作”的观念一般是为民间的底层写作，而“视境于心”的思想一般是官方的上层写作。应该说事境既有民间歌谣的自由与鲜活，又有官方诗歌的规范与稳重。正基于这种融合的审美观念，清代诗人刘公勇评价宋祁诗说：“‘红杏枝头春意闹’，一闹字卓绝千古。字极俗，用之得当，则极雅，未可与俗人道也。”[①]此句雅俗共赏，着一“闹”字，而境界全出。中国古代之所以创设事境，主要想通过日常之事以及想象之事融入物、情、理的审美空间之中，来唤醒人对生活的诗意感受和深度体验，从而进一步理解历史记忆、文化记忆与人类生存经验、生命体验之间的诗意关系。从生存论上看，事境之用就是让人摆脱日常之事的纷扰，在事的诗性世界里去感受和体验应然的生活，从而使人心灵得以净化，生活得以提升。

综上所言，事境是宋代以来中国古典诗歌的一种境界追求，其妙用之处自然有一定的时域限制。然而当下诗歌在经历了俗与雅双重否定之后，“境”很有可能被我们虚拟的媒介时代唤醒、激活。也就是说，中国古典诗学的事境观念很有可能在当下诗歌创作中重新焕发生机。

① 刘公勇：《刘公勇词论》，唐圭璋：《词话丛编》，中华书局1986年版，第600页。

时间、空间叙述的位移性结构

——中国抒情诗叙述模式发展流变之考察

李建平

陈世骧先生认为中国文学的荣耀不在史诗而在抒情，抒情乃是中国文学的道统，《诗经》、《楚辞》、乐府、赋、唐诗、宋词构成中国文学绵延不绝的抒情流脉，即使戏剧和小说抒情韵味仍然声势逼人，渗透其中。孔子论诗强调"言志"，"言志"即表达内心的渴望、意念抑或抱负，这显然是重表现而不是再现，这大概也就从源头规约了中国文学的抒情基调。[①]

正因如此，中国诗学理论基本是抒情理论，中国抒情诗学源远流长。但是，即使是抒情诗，其中仍然蕴含着叙述的草蛇灰线。闻一多先生从字源学的意义上对抒情和叙述的关系有过精彩的论述。闻一多认为，中国诗歌实乃"歌"与"诗"的合流，"诗"本主叙事，"歌"则主抒情，后"歌"与"诗"合流，随着历史的发展，"情"的成分逐渐膨胀，"事"的色彩逐渐淡化，"事"日渐暗淡，不能称其为"事"，只能称为"境"了。[②] 闻一多的论述指出了古典诗歌中抒情和叙述关系发展的脉络。确实如此，抒情大多"缘事而发"，必然缘于事件或事件的片段，事件信息的传达渗透其中。比如李白《山中与幽人对酌》："两人对酌山花开，一杯一杯复一杯。我醉欲眠卿且去，明朝有意抱琴来。"这显然是一首抒情诗，抒发了诗人散淡隐逸的避世情怀，但又是对一个事件的叙述，诗人与友人登上高山，在香气四溢的花丛中举杯对酌，酒兴酣畅，醉意袭人，昏昏欲睡。与一般叙事类文体不同的是，诗歌中的事件信息依赖于情感

---

① 参见陈世骧：《中国抒情传统》，《陈世骧文存》，辽宁教育出版社 1998 年版，第 1～4 页。

② 参见闻一多：《歌与诗》，《神话与诗》，上海人民出版社 2005 年版，第 148～157 页。

联系而不是因果联系。当然，有些抒情诗事件的信息可能更为晦暗不明，如一些纯粹写景的诗歌，其中“事”已不显，只呈境界——景物，但景物实乃“人心营构之象”[①]，象中寓情，但情感源于“人世之接构”[②]，景物背后事件的影子依然朦胧隐约。

抒情诗中隐含的事件或事件的片段，无法脱离相应的叙述方式，即使纯粹写景的诗歌，景物的组接方式仍然关涉叙述方式，叙述方式反过来自然制约着抒情诗的风貌、品质。因此，抒情诗的叙述乃至叙述方式的探赜成为抒情诗学研究的题中应有之义。

高楠在《中国古代艺术的文化学阐释》中认为，抒情诗中传达某一事件属于本体意义的叙述，传达事件的具体表述方法属于方法意义的叙述。[③] 我们认为，即使纯粹写景的意象诗歌，意象的型构也可纳入诗歌的表述方法范畴，属于方法意义的叙述。对于抒情诗来说，这种叙述可能更为常见，更具普泛性。本文主要探究中国抒情诗中方法意义的叙述。

时间叙述和空间叙述是两种基本的叙述方式，时间叙述强调线性、逻辑和因果关系，抒情诗中事件线索明显的诗歌一般以时间叙述为主。时间叙述也是较为古老的一种叙述方式，进入现代社会之后，时间叙述与启蒙现代性相结合，被赋予一种未来的指向，奠定了乐观的历史基调。空间叙述离不开时间叙述，它的实质是特殊的时间状态——时间的断裂、颠倒乃至冻结形成的瞬时并置，没有了事件的线性、逻辑和因果，事件晦暗不明，空间凸显，境界浮现。

按照语言学的理解，语言的结构运行关系包括组合关系和聚合关系：组合关系依照时间先后展开，具有线性特征；聚合关系则是由联想关系形成的语言成分的聚合，各成分之间无主次、无先后，具非线性的空间特征。在日常语言中，聚合关系受组合关系支配，空间被压缩呈扁平状态，时间的线性语法呈主导之势。在诗性语言中，聚合关系则日渐膨胀，组合关系日渐萎缩，一旦聚合关系膨胀至摆脱组合关系制约时，空间的非线性叙述则浮出地表。

---

① 章学诚：《文史通义校注》，中华书局 1985 年版，第 18 页。

② 章学诚：《文史通义校注》，第 19 页。

③ 参见高楠：《中国古代艺术的文化学阐释》，辽宁人民出版社 1998 年版，第 415 页。

中国诗歌叙述模式的发展变迁呈现出时间叙述和空间叙述的位移式结构。

一

中国最早的诗歌《弹歌》《击壤歌》就是典型的时间叙述形态，这类诗歌是人类原始时期生产和生活方式的记录，从思维方式来看，直线、单向、单维，符合先民的思维方式和率性自然的表达习性。《诗经》大多为口头传唱之作，传唱和复述使之形成了复沓结构，《诗经》中的诗歌很多有清晰的事件或曰事件的片段叙述。比如：《芣苢》中"采之"—"有之"—"掇之"—"捋之"—"袺之"—"襭之"展示了完整的采撷过程，属于劳动生活的记录。一部分诗歌事件虚化，呈现时空交错的形态。如：《蒹葭》中"为霜"—"未晞"—"未已"指明了清晰的时间流程，溯洄从之，溯游从之，是动作的过程，与《芣苢》相比，事件更为弱化，尽管看起来时空交错，但时间叙述仍然占支配地位。空间的聚合轴投射缺少语义的发散、延溢，不能产生能量增值效应，聚合关系受制于组合关系。

《楚辞》也大多呈现时间叙述形态。《湘夫人》中湘君降临北渚，极目骋望，期待与佳人相约，最后会合无缘深感惆怅与迷茫。全诗有强烈的动作性、事件前后的绵延性。赋是《楚辞》运用最多的一种艺术手法，细节罗列，反复铺陈，浓墨重彩。《湘夫人》中湘君筑室水中央，用奇花、异草、香木构筑修饰的厅堂，色彩缤纷，香味浓烈。《渔父》在叙述方式上与《湘夫人》有异曲同工之妙。挚虞认为，"故有赋焉，所以假象尽辞，敷陈其志"①。赋的本质功能就是敷陈事物、事象，以达到言志抒情的作用。正是赋的敷陈事物、事象的功能使《楚辞》运行在时间逻辑之上。

在乐府和古体诗中时间叙述也是常见的叙述样态。如李白乐府诗《乌夜啼》："黄云城边乌欲栖，归飞哑哑枝上啼。机中织锦秦川女，碧纱如烟隔窗语。停梭怅然忆远人，独宿孤房泪如雨。"诗歌开始情境渲染，兼具比兴意味，接着叙述秦川织女怅然忆远，孤房垂泪，这是用片段性的场景叙事，继而通过叙事抒情。当然，在古风类诗歌中也出现了一种稍微复杂化的时间叙

① （清）严可均：《全上古三代秦汉三国六朝文》，中华书局 1959 年版，第 1958 页。

述形式。如卢纶的《塞下曲》:“月黑雁飞高,单于夜遁逃。欲将轻骑逐,大雪满弓刀。”“大雪满弓刀”是在时间线性叙述中的一个截停,一个意象转换,一个特定意象的放大,单于之逃与大雪映刀具潜在因果又有曲线对比意味,当然时间思维线索仍然是主导的。

不过我们要指出的是,《诗经》的复沓结构,一再重复出现的言辞有隔断时间脉络的趋向,并导致时间叙述的耗散使之呈现出向空间结构延展的态势。因为一再重复意味着并置,并置则意味着空间的开敞。《楚辞》中赋的反复特征也使之具有类似的意味。乐府和古风中毫无疑问是时间叙述形态,但《乌夜啼》中的比兴明显有着聚合式重复意味,“织女”和“乌鸦”具有超远的异质性,但在啼叫和垂泪之间获得聚合性,“织女”和“啼乌”属于能指的主次性重复,中心能指“织女”支配次要能指“乌鸦”,“乌鸦”强化人生世象。与上述《诗经》一样,重复耗散线性,弱化时间性,强化空间性。《塞下曲》最后的截停则有放大凸显空间、隔断时间意味。

近体诗中前面几联基本呈现空间叙述性质,尾联则一般呈现为时间顺序,表现为联系性语法、推断性语言,是对全诗的收束。从总体来看,近体诗中空间叙述压倒时间叙述,表现为空间叙述形态。恩斯特·卡西尔在《语言与神话》中把语言分为意象语言和推断语言两类①,近体诗中则意象语言压倒推断语言,在架构上大多是意象的跨时空跳跃形成的非线性结构,依靠空间意象的推进来建构诗歌。杜甫的《登高》全诗四对流水对,四重意象,依照高—低—听—见—空间—时间—内心—眼前的顺序,最后浩茫的宇宙落在小小的酒杯之中。李颀的《送魏万之京》则按照听—见—听—见—听—见—见—听结构全诗,最后宇宙幽微,归于慨叹,整体则构成回环的移位对比结构。具体说来,格律诗的空间构成方式是多面向的,从前后方位来看有过去伸向未来式(柳宗元《登柳州城寄漳汀封连四州刺史》)、前后逆转式(李商隐《夜雨寄北》)、并重叠列式(崔涂《春夕》)等,从透视角度看有焦点透视法(刘禹锡《西塞山怀古》)、散点透视法(韩愈《石鼓歌》)等。

在句式上近体诗同样体现空间构型特征,如“鸡声茅店月,人迹板桥霜”,全然省略动词、虚词,名词直接组接,空间跳跃式组接,以此延缓线性发

① [德]恩斯特·卡西尔:《语言与神话》,于晓等译,生活·读书·新知三联书店2017年版。

展，达到凸显空间目的。这种句式一般多出现于对仗句式中，对仗的特点决定了对仗诗句必然造成句式并置现象。“感时花溅泪，恨别鸟惊心”，看似是古典诗学中常用的化静态为动态，呈现叙述性意味，实质是通过句式语法的多重杂糅，阻断线性发展。“香稻啄余鹦鹉粒，碧梧栖老凤凰枝”式的倒装也有类似的效果。当然这里第一种方法经常采用，也是最能凸显空间叙述意味的。高友工、梅祖麟曾指出唐诗经常使用“歧义”“错置”“不连贯”来打破语言的线性逻辑，实质也就是突出其空间建构，说的也就是这一点。[①] 此外，近体诗中人称的省略造成其诗歌叙述的散点视角，连接性虚词的缺失造成其诗歌呈现为纯然的感觉世界，诗歌视觉意象的交叉、错置、重叠也削弱了其日常叙述性而走向通过空间意象跳跃来架构诗歌的态势。这些诗歌构型不是按照时间先后而是通过断续节奏、并置意象和独立语法所构成的大幅度的空间跳跃性的非线性组接，完全舍弃了陈述的联络环节，呈现既孤立又联合的奇妙的结合。

从接受美学的角度来看，这种既孤立又联合的结合方式势必留下许多未定点和空白，王维诗歌《欹湖》中“吹箫凌极浦，日暮送夫君。湖上一回首，青山卷白云”，结尾两句似接未接，送别之情似模糊又清晰，似含混又明朗，给读者强烈的审美期待。这是虚中生实、“无”中生“有”，实与虚的辩证法带来的空间的放大、延伸。

近体诗的空间叙述所形成的既孤立又联合的意象跳跃造成了其不同于古风的清晰明确，所以有论者认为古风式的诗歌在诵读时可以捕捉到明确的意象，诵读律诗时听者只能获得意象的片段，无法在瞬间把意象连贯起来。[②]

英国批评家瑞恰兹指出：“当我们用突然的、惊人的方式把两个完全不同的东西放在一起时，最重要的事是用意识努力把这两者结合起来，正因为缺乏清晰陈述的中间环节，我们读诗时就必须放进一个关系，这就是诗的力量的主要来源。”[③]瑞恰兹主要关注的是读者一面，但从另一角度来看，瑞恰兹所谓“关系”实指跳跃性很强的抒情诗的构型原则，这种构型原则实是空

① 参见[美]高友工、梅祖麟：《唐诗的魅力》，李世耀译，上海古籍出版社1989年版，第45页。
② 参见陈振濂：《空间诗学导论》，上海文艺出版社1989年版，第245～246页。
③ Richards, *The Philosophy of Rhetoric*, Oxford University Press, 1965, p.4.

间构型原则。他认为这种既孤立又联合的构型正是诗的力量所在。中国格律诗词就具有这种既孤立又联合的力量。

空间叙述模式是中国古代诗歌中的主导模式，这种叙述模式的确立与诗人创作时特殊的心理状态有关。刘勰在《文心雕龙》中说："文之思也，其神远矣：故寂然凝虑，思接千载；悄然动容，视通万里。吟咏之间，吐纳珠玉之声；眉睫之前，卷舒风云之色，其思想之致乎！故思理为妙，神与物游。"①诗歌创作尤其如此，在诗歌创作过程中，诗人的想象力、灵感异常活跃，起伏奔涌，万斛而出，腾挪跳跃，令人目眩神迷。诗歌的结构和篇幅决定了其"缘事而发"的事件叙述只能是概要铺陈、事件片段连缀、引譬连类，"即通过铺陈他事他景而使人联想到所述的情志哲理"②，所以诗歌中叙述大多只是事件的一鳞半爪，甚至其被弱化为特定的场景、意象。这种弱化的场景、意象伴随着思维的跳跃呈现非逻辑性、非线性建构特征，这也就决定了诗性思维的空间建构特征。当然，这并不意味着线性思维的完全退场，线性思维完全退场文学创作就失去了制约性，但线性思维是潜在地起作用的，从外观来看，文学还是呈现空间建构。

中国传统的象思维也决定了中国诗歌的主流叙述方式必然是空间叙述。中国先哲很早就意识到言语达意的有限性。庄子认为："语之所贵者意也。意有所随。意之所随者，不可以言传也。"③言语无法传达所要传达的意识内涵，言语与达意之间存在永恒的悖论。如何解决这一困境，庄子提出运用"寓言""重言""卮言""谬悠之说，荒唐之言，无端崖之辞"④来暗示、传达不可传达之意。孔子与庄子具有同样的认识，认为"书不尽言，言不尽意"，"圣人立象以尽意"。这开了中国古代以"象"来显现深奥幽微的不尽之意的先河。嗣后，刘勰在《文心雕龙》中所谓"独照之匠，窥意象而运斤"，皎然《诗式》中说："取象曰比，取义曰兴，义即象下之意。"刘勰和皎然继承和发展的诗学中的象意论，形成了中国诗学重意会、重意境的传统。

"立象见意"，重意会、重意境，必然走向以景言情，进而超越具体意象走

① 周振甫译注：《文心雕龙选译》，中华书局1980年版，第130页。

② 高楠：《中国古代艺术的文化学阐释》，第422页。

③ 郭庆藩辑：《庄子集释》，中华书局1961年版，第488页。

④ 郭庆藩辑：《庄子集释》，第947页。

向意象群，诗歌美学也就从景象过渡到境界。境界是一个意象关系的世界，在这个世界中，意象交相辉映，所指隐匿，能指发散敞开。

空间叙述也与汉语的意合性特点有关，不同于西方语言需要符合一定的语法规则，汉语则完全凭借意合，不需要事态、词形的变化，同时近体诗的句法特点决定了其意象的呈现简洁疏朗，不纠缠于细节，意象与现实对象的黏着度大大减弱。这样诗歌中名词易于凸显出来获得对立性，而且又能造成意象的隐喻性和朦胧性，这决定了只有汉语诗歌中才会真正出现空间叙述形态的意象诗歌。英文诗歌"由于特定指称和罗列细节的形式普遍存在……特别是它显示出突出的趋于对象本身的倾向"①。除以庞德为代表的意象派诗歌外，传统英文诗歌基本是时间叙述形态。

此外，中国传统农业社会缓慢循环的生活方式使人极易无视时间的线性维度价值，在这里"顷刻"可以体味"万端"，山静日长被放大，时间的密度代替了人生的长度，密度加大，空间感自然凸显。

朱光潜在《诗论》中指出，中国古诗的发展可以分为三个阶段：情绪征服意象—征服完成—意象崛起、自成境界。② 朱光潜指出的前两个阶段大致相当于我们上述的时间叙述阶段，意象崛起、自成境界则相当于我们上述的空间叙述阶段。不过朱光潜没有指出前两个阶段实质已经蕴含了后来空间建构的雏形。因为情绪强烈所以直抒胸臆，一泻而下，线条清晰；意象崛起、自成境界就要讲究意象的构型，意象构型实质就是空间建构，空间意象驱动结构诗歌。按照卡西尔的话说，"艺术确实是表现的，但是如果没有构型，它就不可能表现"③。缺少构型，沉溺的感情易受本能的驱动而少理性的制约，艺术就很难达到臻美的境地。近体诗的结构原则就是构型—意象的构型，这是一个具有自足框架的语言的宇宙。因为意象的构型，也使诗歌得以"立象以尽意"，言日常语言所不能言，同时诗歌还获得了一种暗示能，获得一种味外之旨，获得文学审美所必需的含蓄蕴藉的属性，获得一种"一粒沙里看出一个世界"的有限寓无限的艺术境界。

莱辛在《拉奥孔》中有一段对于诗画比较的著名论断：时间上的先后承

---

① [美]高友工、梅祖麟：《唐诗的魅力》，第 72 页。

② 参见朱光潜：《朱光潜全集》第 3 册，安徽教育出版社 1987 年版，第 71 页。

③ [德]卡西尔：《人论》，甘阳译，上海译文出版社 1985 年版，第 180 页。

续属于诗人的领域，而空间则属于画家的领域。[①] 绘画用空间中的形体和颜色，而诗却用在时间中发出的声音。[②] 莱辛所说的诗指的是史诗（叙事诗），这无疑是正确的，但对于中国格律诗则显得不够正确。一方面，只要是用语言文字表现出来就必然是时间顺序，语言文字的媒介属性决定了莱辛的话是正确的；但另一方面，从结构来看，“时间上的先后承续属于诗人的领域”对近体诗则属无效论断，近体诗更多的是并列时序、空间建构。

卡西尔说：“艺术家不仅必须感受事物的内在意义和他们的道德生命，他还必须给他的感情以外形。……在艺术品中，正是这些形式的结构、平衡和秩序感染了我们。”[③]中国格律诗正是在空间建构中获得了结构、平衡和秩序。

中国诗歌在宋代又有走向时间叙述的趋势。所谓宋人“以文为诗”正是指出了其诗歌散文化的格调。“文”偏重叙事、说理，偏重散文句法，叙事、散文句法则意味着时间叙述成为主轴，因为其遵从的是线性叙述逻辑。

一般认为“以文为诗”滥觞于杜甫的《北征》《自京赴奉先县咏怀五百字》等诗歌，嗣后中唐的韩愈进一步发展了这种思辨的形象性与章法的散文化手法，写出了《山石》等散文意味浓厚的诗歌，至宋苏轼、黄庭坚则进一步光大此种诗风。“以文为诗”的诗歌很多属古体诗，当然律诗中也存在以文为诗的现象，宋诗尤为明显，中晚唐律诗中意象密集平行并置的现象至此开始变化。苏轼《和子由渑池怀古》、欧阳修《戏答元珍》等诗中，“适与”“那复”“随处”“无由”等抽象性的语助词开始大量出现，视觉意象淡化，文句意脉通畅，语言疏朗和顺。造成此种变化主要是人们的诗歌观念变了，突出诗歌的宣教功能，重视诗歌的意义传达，而要宣教、传达则要注重“你”“我”的沟通与理解，纯然无我的视觉意象自然开始后退，文从字顺、更易理解和更易接受的语言方式自然凸显，朦胧玄远的高蹈之风自然被日常性的对谈之风取代。

相较于诗，词的叙事性更为浓郁。词是由隋唐燕乐与曲子词演变而来，本是饮筵席间的歌舞艺术。夏承焘先生认为令词出于酒令，宴会上的即兴

---

① 参见[德]莱辛：《拉奥孔》，朱光潜译，人民文学出版社1979年版，第97页。

② 参见[德]莱辛：《拉奥孔》，第83页。

③ [德]卡西尔：《人论》，第196页。

创作，具有强烈的现场感和感事性特征。而且词为艳科，初创时期多为代言，男子作闺音，男性词人往往模仿女性声口，虚构故事情节。此外，唐五代以来叙事文学的发展也潜移默化地影响了词，使之叙事因素大为增加。张泌《浣溪沙·晚逐香车入凤城》写轻狂少年追逐香车女郎，青春气息浓郁。孙光宪《浣溪沙》写官员狎妓，栩栩如生。上述诸词皆带有本体性叙述意味。当然与前述《诗经》、《楚辞》、古体诗中叙述方式类似，词之叙述也只能通过包孕性的刹那片段进行连缀叙述，从而造成结构的跳跃和内容的留白。一些长调慢词则发展了赋之叙述手法，铺陈渲染，情景兼融，在叙述的框架内言志抒情。宋人李之仪《跋吴思道小词》指出：词"至柳耆卿，始铺叙展衍，备足无馀，形容盛明，千载如逢当日"[①]。词之叙述方式有单线连珠式结构，也有正反对比、时间错综的复线乃至螺旋式结构。叶嘉莹将柳永词与周邦彦词进行比较，指出其叙述方式的异同："柳词之叙写是平面性的，而周词之叙写则是立体性的；柳词之笔法是诗歌与散文的结合，而周词之笔法则似乎是诗歌与传奇故事的结合。"[②]平面性即单线连珠式结构，立体性即复线乃至螺旋式结构。当然，无论平面性抑或复线乃至螺旋式结构皆属时间叙述，时间是叙述的主轴。

诗歌作为审美艺术，无论时间叙述还是空间叙述都是对现实的提炼和淡化，皆要拉开与日常现实的距离。"夫诗贵意象透莹，不喜事实黏着，古谓水中之月，镜中之影，可以目睹，难以实求是也。"[③]但时间叙述与空间叙述在与现实的黏着度上显然是不同的，空间叙述人、事高度弱化，语言聚合关系的无限可能性被敞开，能指被阻止向所指滑动，更多是意象组接的"境"的呈现，更具有纯净剔透的品质，显得超迈、玄远、现代。时间叙述"依据的是组合轴对聚合轴的预先编码，它的选择往往是惯常的、约定俗成的、自动的、无意识的"，"聚合轴向组合轴投射很少依据或不依据等值原则"[④]，因此时间叙述更接近日常人、事，更具有现实关怀性和历史性，显得日常、俚俗、原始。

---

① （宋）李之仪：《姑溪居士全集》卷四十，中华书局1985年版，第310页。

② 叶嘉莹：《唐宋词名家论稿》，河北教育出版社2000年版，第165页。

③ （明）王廷相：《与郭价夫学士论诗书》，《王廷相集》第二册，王孝鱼点校，中华书局1989年版，第502页。

④ 李心释：《聚合、等值与张力：诗歌的空间语法》，《甘肃社会科学》2017年第5期。

正因如此，当词向雅化方向发展时往往伴随着向空间叙述转移的趋势。北宋贺铸《青玉案》较早显示了这种倾向："试问闲愁都几许？一川烟草，满城风絮，梅子黄时雨。""闲愁"的三层衍义，显示了诗歌中语言聚合关系的无限可能，能指的厚度大大增加，空间性大大拓展。宋代张炎推崇姜夔的词如"野云孤飞，去留无迹"[①]，主要是因为其词中创造了一个个浸润着生命的感伤之境，一片独特的"人格风景"，西方的伽达默尔则把这种艺术构型称为"视界的融合"，所谓"视界的融合"恰恰强调了其空间构型。显然姜夔的词与前之所述的张泌《浣溪沙》等词相比，空间叙述意味大大增强。王国维推崇太白词句"西风残照，汉家陵阙"，认为其"寥寥八字，遂关千古登临之口"[②]，恰恰说明其更重视词之空间镜像的构型，更重视空间叙述方式的呈现。

其实从诗歌美学范畴来看，空间叙述较之时间叙述更富诗性意义。按照俄国形式主义文论家的观点，散文主要呈现为转喻模式，遵从语言的线性法则，这实际上体现了时间语法，是一种时间叙述。诗歌则主要呈现为隐喻模式，语言聚合轴向组合轴投射，依据相似性原则引发读者在垂直向度上展开联想。诗歌中的词句经读者在垂直向度上的联想而发生语义互渗、扭曲和衍异，能指向所指发散，从而形成象征、暗示和意象叠加，呈现出复义的空间语法、空间叙述的形态。中国传统的象思维及汉语言的意合性特征使中国诗歌较之西方诗歌更具有先天的空间叙述语法特征。正是这种空间语法使诗歌语言摆脱日常语言的自动化惯性弊端，具有芒刺的警醒功能，将读者从日常语言的麻醉中唤醒，给读者以艺术的震撼。

二

站在历史的风陵渡口，青年胡适筚路蓝缕，开创现代新诗。胡适认为："诗要合乎语言的自然"，"话怎么说，诗就怎么写"，"要须作诗如作文"。[③] 日常语言一般呈现水平面的语言链结构，这意味着胡适诗歌更多是诉诸相邻

① 张炎：《词源》，《词话丛编》第一卷，中华书局 1986 年版，第 259 页。

② 况周颐、王国维：《蕙风词话 · 人间词话》，人民文学出版社 1960 年版，第 194 页。

③ 胡适：《胡诗文集》，北京大学出版社 1998 年版，第 142 页。

性原则，即转喻模式。《尝试集》中《上山》《一念》《人力车夫》《老鸦》皆是日常叙述性语言，序列成为优先关切。从叙述语法角度来看，胡适创立现代新诗是变空间叙述为时间叙述，变诗性结构为散文结构，运用"非诗化"的方式来建立现代新诗，这是历史的悖论，也是历史的吊诡。

细致考察胡适其诗、其论，他创立现代新诗主要是在中西两个向度上兼收并蓄，汲取中西诗学的营养，建立现代新诗。

一是翻译西诗，自创西诗。首先，英语的音节构成决定了英文诗诗行难以整饬，汉语音节和汉字对应，诗行易于整饬。英诗直译为汉诗诗行必定难以整饬。其次，英文诗歌往往罗列细节，铺陈渲染，句中关系代词、指示词、定冠词的运用使英文诗歌天然带有时间叙述意味。另外，英文传统诗歌重逻辑、重写实，西人外露的情感表达决定了抒情诗大多采用直抒胸臆的呼告形式，这样英诗易于形成转喻式的水平的链条式结构。胡适自作英诗乃至译英为汉，就能够打破格律诗词的固定结构，久之则有助于他形成新的诗歌运思模式。

二是跳过中国诗歌传统的主流——近体诗，向古体诗和词曲寻找革新的资源。前文已有论述，与近体诗不同，古体诗和词曲大多呈现出时间叙述的意味，而时间叙述比空间叙述更接近日常人生，更具俚俗、原始意味，更接近胡适的"话怎么说，诗就怎么写"，更接近其平民主义的文学主张。正因为如此，胡适说："吾国诗句之长短韵之变化不出数途。又每句必顿住，故甚不能达曲直之意，传宛转顿挫之情，至词则不然。"[①]《尝试集》中许多诗歌实乃词曲的"放大"，词曲蜕变的痕迹非常明显。

三是用"以文为诗"的宋诗作为创立新诗的另一重要古典资源。宋诗语句疏朗流畅、淡化视觉意象的对谈之风对胡适也具有较大影响，《蝴蝶》《赫贞旦答叔永》视觉实词意象被虚词所连接，心理活动、现象过程得到了清晰的呈现，散文化、口语化、直线排列、时间叙述是《尝试集》中许多诗歌的明显特点。

以上三种方式皆有助于诗歌形成散文式的时间叙述范型，也就有助于打破古典诗词格律的形式束缚，有助于形成胡适所述的"话怎么说，诗就怎

① 胡适：《胡适日记全编》第2册，曹伯言整理，安徽教育出版社2001年版，第165页。

么写”的自由体诗，但毋庸讳言却是以弱化诗性乃至非诗性为代价的。

作为中国现代新诗的奠基人，郭沫若的《女神》一方面打上了屈骚诗学深深的烙印，另一方面，又吸收了西方浪漫主义、表现主义和生命哲学的艺术营养。与胡适类似，郭沫若也是在中西诗学的交叉点上发展中国现代新诗。

屈子之诗在中国诗学传统中可以说是一个异数。中国传统文化强调实用理性，强调情感的调适和中庸，强调情感的节制和含蓄，即使“言志”“缘情”，也是“乐而不淫，哀而不伤”，文学很少有个体自由心灵的无羁坦露和感性欲望的恣意迸发，但屈原诗歌抒情方式显然更强调个性和自我，更富有强烈的激情和不羁的想象，情感抒发酣畅淋漓、痛快无拘。李泽厚认为，“屈骚的主人翁却是这样一位执着、顽强、忧伤、怨艾、愤世嫉俗、不容于诗的真理的追求者”，它“把最为生动鲜艳、只有在原始神话中才能出现的那种无忌而多义的浪漫想象，与最为炽热深沉、只有在理性觉醒时刻才能有的个体人格和情操，最完满地融化成了有机整体”。[①]

郭沫若对屈原可谓情有独钟，其性格与屈子有诸多相似之处，其诗、其剧回响着屈子的巫术灵感与原始迷狂。郭沫若也创作了很多以屈原为题材的作品，还曾将屈原诗歌翻译为白话诗，并且把屈原引为精神同道和文学思想的同道。在《屈原简述》中郭沫若指出：“他把宇宙中的森罗万象都看作有生命的所在，而且都可以用来替他服务。”[②]确实如此，屈原身上深深打上了楚人“泛神论”多神教的烙印，这段论述既是论屈骚，也是夫子自道。从这一点出发，我们发现郭沫若诗歌与屈原诗歌具有类似的运思方式。

具有强大主体的诗人展开不羁的想象，上天入地，统摄森罗万象的宇宙，或者发出层层推进式的“天问”，或者以自身为基点，将思维的触须伸向东南西北，对于庞大的天文地理展开无尽想象。在这种想象中，自然和主体相融相混，自然的律动即是诗人生命的律动，自然的躁动狂放即是诗人生命的躁动狂放，情绪或自然消长或消长相间构成了诗歌的基本体式。这样的诗歌不追求细节的精细，不追求情感的圆融，反而似乎有点粗疏和唐突，但

① 李泽厚：《美学三书》，天津社会科学院出版社 2003 年版，第 62 页。

② 郭沫若：《郭沫若全集·文学编》第 5 卷，人民文学出版社 1986 年版，第 254 页。

我们却觉得它别有一种坚实的生命感、一种坚固的整体感、一种强大的情感说服力与震撼力。从《凤凰涅槃》《笔立山头展望》等诗中我们又一次听到了屈子精神的回响。

此外，郭沫若诗歌与屈子诗歌在运思上大都借女性作为表达情感的手段，带有浓厚的故事色彩。不同的是，屈骚往往向女性抒发仰慕、爱恋之情，郭沫若《女神》则借女性来呈现男性主人公丰富复杂的内心世界，《湘累》等诗中没有女性的规劝、安慰、拯救，男性主人公的内心世界便无法敞开，毋宁说这些女性是男主人公的另一个自我，两者对话是主人公内心的自我搏斗。

情绪或自然消长或消长相间毫无疑问是线性的，是潮汐的层层推进，尽管其间看似有回环，但改变不了整体的线性推进的图式。这种诗体从源头来看，实质是原始诗歌同一句话反复句式的扩展，层级的推进。如《晨安》："凄凉的一只船，要漂流到哪儿去？/我是不会再见我的亲人了！/凄凉的一只船，要漂流到哪儿去？"稍显复杂，但其基本模式是一致的。至于第二种运思方式的诗歌，其故事色彩浓烈，人物形象鲜明，线性叙述特征不言自明。

胡适和郭沫若诗歌皆是通过散文化、线性化来打破格律诗词的束缚，不同的是胡适蝉蜕尚未成蝶，郭沫若则通过主情式的情绪的自然消长和诗剧的方式建立了真正意义上的中国现代新诗。在中国新诗发展史上，他们厥功至伟。

线性化的散文式叙述有助于打破格律诗词的束缚，但其弊端也如影随形，时间叙述的直白、俚俗乃至直线式情感的泛滥都使诗歌远离含蓄、节制、幽微的意蕴。此后，新月派、象征派异军突起，中国现代新诗进入了其诗艺建设时期。

新月派、象征派、现代派在艺术上表现为由早期新诗的线性散文式叙述方式向意象空间叙述转变的趋势，且态势逐步加强。一些诗歌在句法上继承近体诗的"不连续句法"，尽量减少修饰性的名词定语，通过名词并置来凸显空间叙述特征，图像呈现成为他们诗歌艺术构成的重要手段。徐志摩、闻一多的一些诗歌呈现出空间叙述的风格，如徐志摩的《沪杭车中》：

> 匆匆匆！催催催！
> 一卷烟，一片山，几点云影，
> 一道水，一条桥，一支橹声，

一林松，一丛竹，红叶纷纷。

数词定语构成的名词并置使得诗歌有着脱离普泛状态的模糊性向清晰的个体具体性展示的趋势，图像呈现的空间叙述特征明显。

徐志摩诗歌的意象空间叙述大多近于近体诗的意象空间叙述，这也是他们“恢复对于旧文学底信仰”的体现。近体诗的意象一般是经过长时间考验的意象，往往给人一种似曾相识之感。正因如此，近体诗的意象皆是一种浅层象征，意象喻指明确，缺少内在的丰富性和暗示性，缺少哲理韵味。同时近体诗中的意象大多给人一般性事物的感觉，状态的呈现，如“野旷天低树，江清月近人”。动词出现改描述为动词性叙述，这时意象趋向于个体特殊性的展示，如“临风听暮蝉”之类句子。从时间角度来看，近体诗中的意象是对稍纵即逝的刹那的一幅景象的完整呈现，但这个刹那既是过去也是将来，同时也是一个特定的现在。以上几方面都说明了近体诗更多传达了一种普遍性的人生经验，这种普遍性的人生经验是和农业社会形成的文化心理相联系的。传统的农业社会是一种循环的、周而复始的生产，一切都程序化、规范化了，后人只需遵从这种形式、规范即可。在诗歌创作中也就相应形成了所谓现成思路，意象和典故大量被袭用，夕阳、落花、芳草、孤月、秋蝉等成为约定性的意象，悲秋、伤春、临水、送别等成为约定性的主题，那种特定的个体特殊性、现场性模糊了，一种普泛的人生经验被传达。农业社会“天人不二”的文化心理形成了物我交感、情景交融的意境美学。志士豪情、逸士风神，折射于自然山水之中，刹那的景象映照性情人格，形成浑融完整的空间，这个空间是统一的、和谐的、有机的、理性的，人在其中诗意和谐地栖居。

徐志摩的诗歌象征是一种浅层象征，意象喻指明确，丰富性和暗示性不够。从根源上说，徐志摩的诗歌与中国传统诗歌感性化传统有着非常深刻的渊源，这也阻止了徐志摩诗歌境界的进一步提升。闻一多的诗歌总体来看也有着类似徐志摩诗歌的特质，当然《死水》由于其“化丑为美”的意象特征，更使人想起他与波德莱尔式诗风的联系。

从叙述方式来看，徐志摩的诗歌也是延续传统诗歌词语扭曲搭配、动词诗眼的锤炼、诗歌的音乐性追求等方式来完成诗歌语言的诗化。

象征派诗人李金发的“不连续句法”体现得则更为明显，这也就是人们常说的其诗歌结构上的跳跃性句法。标点符号的使用，名词、动词、形容词乃至短语跨行间隔的并置排列，极大地拓展了诗歌的空间叙述语法，如《月夜》：

吁，这平原，
细流，
秃树，

短墙，
无恙的天涯，
芦苇，

罪恶之良友，
徐步而来，
与我四肢作伴。

现代汉语的口语特征决定了现代诗歌中的空间建构主要不是意象并置式，句内阻断意脉联络，而是打破诗句之间的逻辑连贯性，阻断意脉的流畅感，句内流畅、句间不通，使诗歌重新变得迷离惝恍、高迈玄远，读者可以感知其氛围、情调却又难以言传，李金发的《题自写像》、穆木天的《苍白的钟声》皆是此种构型。

与徐志摩诗歌的浅层意象不同，李金发的象征主义诗歌将情感寄托于“客观对应物”，其“远取譬”的意象艺术使诗歌意象具有元象征的意味，达到了“A”既不是“A”也不是“B”的意象艺术新高度。《诗人凝视》中的“中伤的野鹤”、《完全》中的“黑夜”、《温柔》中“失路的小鹿”等客观对应物皆给读者一种梦幻感，具有暗示性和神秘性，幽微的心曲通过象征的意象传达出来。他的许多诗歌打破时间和空间逻辑，以内在的心灵活动罗列意象，达到了马拉美所说的：“诗人的任务便是将‘纯粹观念’永恒的世界在自己心灵上所引起的梦幻、暗示和神秘性，构成象征的意象，暗示和展现自己的心灵。”①

① ［法］马拉美：《关于文学的发展》，伍蠡甫主编：《西方文论选》（下），上海译文出版社 1979 年版，第 262 页。

从诗歌的外在形态看，李金发的许多诗歌也带有时间叙述意味，其人称代词主语式句式，介词、连接词乃至状语等的运用皆传达了一种线性逻辑，但句内通顺、句间不通的诗歌叙述特征决定了李金发的诗歌聚合轴已经突破了组合轴的拘囿，空间性的垂直向度上的联想是刺激读者思维神经的第一芒刺，空间意象的交融、互渗、叠合、衍异是其诗歌的独特艺术魅力之所在。当然李金发诗歌的意象空间给人一种支离破碎之感，境界不够浑然，同时其用力过猛，过于趋新也给人以晦涩、怪诞之感。

嗣后30年代以戴望舒为代表的现代诗派、40年代以穆旦为代表的九叶诗派进一步呈现出空间叙述的特征。戴望舒在《望舒诗论》中说："竹头木屑，牛溲马勃，运用得法，可成为诗，否则仍是一堆弃之不足惜的废物。罗绮锦绣，贝玉金珠，运用得法，亦可成为诗，否则还是一些徒炫眼目的不成器的杂碎。诗的存在在于它的组织。在这里，竹头木屑，牛溲马勃，和罗绮锦绣，贝玉金珠，其价值是同等的。"[①]这里的"竹头木屑""牛溲马勃""罗绮锦绣""贝玉金珠"皆是意象，戴望舒实际是认为空间跳跃、意象罗列正是诗歌艺术魅力之所在，当然其诗歌大多仍然秉承句内通顺、句间不通的叙述语法。戴望舒的诗歌颇有晚唐五代词的流风余韵，从整体来看还是一种感觉和情绪的发掘，印象主义式的官感意象较多，和徐志摩类似，其诗歌回环的旋律仍是为了抒发缠绵不尽的情感。

九叶诗派的"新诗戏剧化""客观对应物"理论正是为了纠正当时诗坛"直接的叙述或说明"诗歌弊端，实际也就是改线性叙述为空间的呈现。陈敬容的《力的前奏》："歌者蓄满了声音/在一瞬的震颤中凝神//舞者为一个姿势/拚聚了一生的呼吸//广天空的云、地上的海洋/在大风暴来到之前/有着可怕的寂静//全人类的热情汇合交融/在痛苦的挣扎里守候/一个共同的黎明。"此诗在型构上颇似律诗，前面呈现空间叙述性质，结尾表现为联系性语法、推断性语言，是对全诗的收束。同样是句内通顺、句间不通凸显的空间型构决定了诗歌的艺术魅力，正是其超越具象的深层含义，使诗歌达到了广袤深远、虚实相生的哲理层次，含蓄蕴藉，旨意深远。唐湜认为，"真正的诗，却应该由浮动的音乐走向凝定的建筑，由光芒焕发的浪漫主义走向坚定

① 戴望舒：《望舒诗论》，《现代》1932年第2卷第1期。

凝重的古典主义。这是一切沉挚的诗人的道路，是R.M.里尔克的道路，也是冯至的道路”[①]。“凝定的建筑”即追求空间呈现，对空间叙述的追求成为他们的一个努力方向。

九叶诗派诗歌的意象呈现具象性、雕塑性、结构组合的随意性，这决定了其空间型构的特征。同时，在意象空间上，九叶诗派突破了早期新月派、现代派诗歌意象只是感觉、情绪的投射的感性化体验，开始向哲理性的层次掘进，是情、知、智的统一。杜运燮的《雾》已经“在感觉的指尖上摸到了智性”，灌注着对社会现实的思考、感悟，仍然是传统的瞬间直觉顿悟式的感知方式，但在情绪的涌动中却凸显出思辨的筋骨。理性与情感的相生相克，既是情感的节制，也是情感的升华。同时其意象空间相对于李金发的象征诗歌来说境界更加整体浑然，意象的散发、凝聚形成的物我交融的有机画面又有着主客契合古典式意境的风范。在意象的选择上，九叶派诗人善于运用“远取譬”的艺术手法：“店铺的门窗——嗅寻着黄金的城市的鼻子随着闭上了”（唐湜《骚动的城》）；“我像满载难民的破船/失了舵在柏油马路上”（杜运燮《月》）；“勃朗宁，毛瑟，三号手提式/或是爆进人肉去的左轮/它们能给我绝望后的快乐”（穆旦《五月》）。都市意象、现代意象、“远取譬”的手法更能承载现代复杂的人生经验，同时使聚合轴的投射增大，诗歌也更富容量、暗示性和张力，更为朦胧晦涩，其智性化的意象使诗歌达到了智性与感性的深度聚合，是一种崭新的深度象征模式。这一点也使他们超越了新月派、现代派诗歌。新月派、现代派诗歌意象与传统有着更多的联系，比如感物兴会、契合自然的意象，九叶诗派崭新的都市意象给人带来全新的审美体验，深度象征模式显然更能传达现代人尖锐复杂的现代生活体验以及分裂、动荡、非理性的内在生命状态。回望传统又超越传统，在中国诗歌意象空间的建构上，九叶诗歌达到了一个新的高度。

同时要指出的是在20世纪三四十年代还有另外一条线索，即追求时间线性叙述的线索。30年代“文艺大众化”追求浅近的白话口语，40年代新民歌、朗诵诗、街头诗对本土化、口语化的倡导皆属这种范型。这也佐证了笔者前面论述的，时间叙述显得俚俗、大众，更接近日常语言，空间叙述则高

---

① 唐湜：《论意象的凝定》，《新意度集》，生活·读书·新知三联书店1990年版，第15页。

蹈、超迈，更有艺术韵味。时间叙述和空间叙述也使三四十年代中国现代诗歌呈现出平民化和贵族化两条路径。当然，我们要指出的是，这一条平民化的路径更多的不是追求艺术本体而是功利本体。

纵观中国诗歌叙述模式的发展演变，可以看到一条清晰的发展线索，即以空间叙述为主导的时间叙述和空间叙述的位移性结构，这是一个继承、革新与创造的辩证统一的发展过程，即辩证法“肯定、否定、否定之否定”规律在中国诗歌叙述模式发展中的反映。

三

法国著名语言学家本维尼斯特在其研究诗歌的手稿《波德莱尔》中认为，诗歌语言是一种“图符”语言，“以词语组成图像，这就是一切”，诗人必须将词语组成适当的图像，通过图像唤起情感，而这些图像是通过并置连接在一起的。本维尼斯特还分析了诗歌“图符”语言形成的发生学机制，指出：诗人受情感驱动进行创作之时，情感在心中发枝散叶，形成系列图像，图像通过句法结构组织在一起，呈现并置状态，并置的图像间形成“应和”关系。简单地说，诗就是通过并置图像的应和来暗示某种情感。[①] “图符”语言、并置结构也强调的是诗歌的空间叙述特性。本维尼斯特论述的是西方现代主义诗歌，中国传统诗歌主体、现代诗歌主体恰恰呈现的就是其空间叙述特征。从这个角度来看，中国抒情诗无论古代还是现代，都呈现出由时间叙述向空间叙述发展的特征，这正是诗歌本体语言修辞特征的体现，是诗歌艺术发展的必然趋势，而发生期的时间叙述则是人类自然语言心理图示的一种呈现，后来历史中出现的时间叙述则作为一种变奏，作为另一种美学追求的反映，也自有其艺术存在的价值。从本体意义上说，空间叙述方式突出艺术本体，时间叙述方式突出意义本体。

---

① 参见龚兆华：《本维尼斯特论诗歌语言与日常语言之别》，《当代修辞学》2016年第6期。

新诗重视叙事源于草创期和建设期的散文化混和型文体

王　珂

文体研究涉及本体概念，哲学意义上的本体(ontology)通常指世界及事物的元初存在和表现形态，即“本源”和“本质”。现代社会的本体观已经超越单一的、静态的本质观，越来越重视形式本体(formal ontology)、混合本体(mixed ontology)和表现本体(representational ontology)。在讨论新诗本体时，既要重视本质主义视域中的本体，重视这些约定俗成的诗歌观念：诗是最高的语言艺术，诗是人类语言智能的典型范例，诗通常是韵文，新诗是现代汉语诗歌，新诗是具有现代精神特别是自由精神的诗歌，新诗是打破了“无韵则非诗”作诗信条的自由诗……更要重视关系主义视域中的本体，尤其要重视新诗的形式本体——多种诗体、混合本体——多种文体、表现本体——多种技法。如果按照这样的本体观确立新诗的本体，可以得出这样的结论：新诗是由多种诗体(定型诗体、准定型诗体和不定型诗体)共存、多种文体(散文、戏剧、小说、新闻)共建和多种技法(抒情、叙述、议论、戏剧化)共生的文体；新诗是采用抒情、叙述、议论，表现情绪、情感、感觉、感受、愿望和冥想，重视语体、诗体、想象和意象的汉语艺术。

虽然中国有多个少数民族的史诗，如藏族的《格萨尔王》，但是严格地说，中国诗歌没有史诗传统。即使有《木兰辞》这样的叙事诗，也没有形成叙事诗传统，却很早就形成了抒情传统。“诗者，志之所之也，在心为志，发言为诗。情动于中而形于言，言之不足故嗟叹之，嗟叹之不足故永歌之，永歌之不足，不知手之舞之，足之蹈之也。”[①]“治世之音安以乐，其政和；乱世之音怨以怒，其政乖；亡国之音哀以思，其民困。故正得失，动天地，感鬼神，莫近于诗。先王以是经夫妇，成孝敬，厚人伦，美教化，移民俗。”[②]“薛收曰：吾尝闻夫子之论诗矣，上明三纲，下达五常。于是征存亡，辩得失，故小人歌之以贡其俗，君子赋之以见其志，圣人采之以观其变。”[③]意识形态极强的“诗言志”说是古代汉诗的开山纲领，使中国形成了源远流长的“诗教”传统，即使后来出现了重视个体的“诗缘情”说，但仍然强调“思无邪”，诗抒发的情感并非人的自然情感，而是“止乎礼义”的伦理化道德情感。陆机（261～303 年）在《文赋》中提出的“诗缘情”说与刘勰（465～520 年）在《文心雕龙》中提出的“感物吟志”说是中国诗史上非常重要的两个观点，使中国诗歌发生了从“志”到“情”的质的飞跃。但是如果仔细考察两个诗观，不难发现它们仍然没有脱离“诗言志”的“诗教”传统，甚至可以把它们理解为让诗人的自然情感伦理化的“手段”或“技法”。“诗缘情而绮靡。”[④]注重抒情的性质和文词的精妙，特别是“缘情”强调诗是抒写情感的艺术，而这个诗的定义没有深入界定和细致区分“情”，特别是从这句话中无法确定“情”是人的生物性自然情感，还是人的心理性社会情感。诗人写作时只好按照汉语诗歌传统影响下的思维惯性和所处时代社会认可的伦理道德观念来认定何种情感可以入诗，这样很容易偏向意识形态化的理性情感。“绮靡”表面上强调诗需要优美的形式，属于诗的写作技法范畴，实质上影响着诗的内容，特别是诗的情感属性。“绮靡”的过程即情感伦理化的过程，诗人必须通过推敲之功来达到“绮靡”的境界，诗人创作时不得不由“情动于中而形于言”的感性状态进入寻求情（真）与美（善）共生，甚至美（善）大于情（真）的理性状态。不可否认“诗缘情”说确实重视诗人的主体性和诗的自足性，重视诗的情感价值和审美价值，可以满足人的情感需要和审美需要，是汉语诗歌回归人的本体和诗的本体的艺术化、世俗化进程中的一大胜利。特别是“绮靡”不仅道出了诗的语言形式本质——诗是最高的语言艺术，诗要写得美；还说出了人的生

① 《毛诗序》，郭绍虞主编：《中国历代文论选》，上海古籍出版社 1979 年版，第 30 页。
② 《毛诗序》，夏传才：《中国古代文学理论名篇今译》，南开大学出版社 1985 年版，第 96 页。
③ （隋）王通：《中说》，郭绍虞：《中国历代文论选》（上），中华书局 1962 年版，第 330～331 页。
④ （晋）陆机：《文赋》，郭绍虞：《中国历代文论选》（上），第 138 页。

理心理本质——人具有审美天性。正是要求诗要写得美，包括内容的美和形式的美，所以古代汉诗才把诗品与人品混为一体。“诗乃人之行略，人高则诗亦高，人俗则诗亦俗，一字不可掩饰。见其诗如见其人。”[①]以叙事写景见长的张打油的“打油诗”长期被视为低级诗体，受戏曲影响的“以文为诗”元代诗歌（散曲）被视为“词之余”，词被称为“诗之余”，由此可见叙事在古代汉诗中的地位之低。但是在现代汉诗（新诗）中，叙事的地位却极高，一大原因是新诗在建设过程中极端重视叙事，出现了“作诗如作文”“新诗就是散文诗”的极端的文体建设及诗体建设观念。在新诗生成的关键时期——新诗革命时期出现了“诗体大解放”“作诗如作文”“打破‘无韵则非诗’”等极端口号。在这些流行口号的“压迫”下，刘半农等人的“增多诗体”的正确口号反而显得不合时宜，“诗体大解放”最后演变成了“诗体大消失”，“新诗无诗体”反而成了新诗人的“共识”，自由诗甚至散文诗成为新诗的首选诗种，一些诗人甚至把散文也称为“散文诗”，如俞平伯在《诗》第2卷第2号（1923年5月15日）发表他的诗集《忆》的序言时，特地标明是“散文诗”。

草创期的新诗是散文化文体

任何文体，特别是新文体的生成都与它的生态休戚相关。新诗生成具有特殊的政治背景、文化背景和诗歌背景。传教、留学和翻译等活动带来的中西文化的无情碰撞，办报、学会的兴起及宣传与教育的改革都极大地促进了白话的发展。白话的大发展催生了改良的“诗界革命”和改革的“白话诗运动”。古代汉诗诗体的僵化及诗界复古对当时的诗人形成了文体压迫，束缚了诗人的创作。当时诗体的僵化与贵族化和小说、戏曲等非诗文体的灵活与平民化，特别是白话小说的流行极大地刺激了白话文及平民文学的发展。文体功能决定文体形态及文体价值，持续1300多年的科举制度的消亡导致汉诗职能由应试转变到启蒙大众和抒情言志，特别是对抒情功能的肯定极大地促进了诗人的主体意识及自我意识的大觉醒，出现了“我手写我口”“诗中有我”的平民化、个人化、自由化、情感化的诗歌职能的巨大改变，

① （清）徐增：《而庵诗话》，《续修四库全书》编纂委员会：《续修四库全书（1698）·集部·诗文评类》，上海古籍出版社2002年版，第4页。

使格律诗、试帖诗等束缚诗人的抒情自由和书写自由的定型诗体远远落后于时代，导致以定型诗体为主导的旧诗体的松散乃至消亡。科举制度的取消还极大地改变了中国诗人的生存方式和谋生手段，习诗的目的由以诗进仕谋取功名转变为以诗自谋职业，诗人在科举时代的主要出路是当官，在非科举时代他们为了生存，成了办报的报人、执教的教师等“自由”职业者，他们不会再受到官方支持的独裁诗体（如通过科举考试强化起来的定型诗体试帖诗）的压迫，有了更多的文体自由。域外政治文化及诗歌界的变革也催生了新诗，具体为西方思想文化教育界流行的“民主观”“进化论”等新思想，消解了中国封建政治专制及东方极权主义建立起来的汉语诗歌的诗体独裁。西方诗歌界出现的浪漫主义思潮、意象派诗歌运动、散文诗运动、自由诗革命等诗歌的现代运动（modern movement）更是加速了新诗的生成。

“诗界革命”从三个方面催生了新诗：其一，在诗写什么上强调“我手写我口”，赋予诗的内容上的创作自由必然引发诗体形式的选择和创造上的自由。其二，在诗的语言（语体）的变革上以新术语、外来语、白话俚语入诗，特别是白话的入诗带来了诗体由规范到自由、由定型到准定型甚至不定型的巨变。白话取代文言会使诗人的思维方式发生巨变，用文言更多是“字”或“词”的思维，是点的思维而不是线或者面的思维，思维的规范性有助于准确地得出思维的结果。用白话更多是“句”或者“段”甚至“章”的整体思维，并不重视细节的准确，具有更多的思维的自由。所以用文言写诗，相对定型的诗体有助于思维，它的存在是有很大的合理性的。但是用白话写诗，诗体过分定型，反而会影响思维，白话思维的自由也会冲淡诗体规范对诗人的束缚。其三，对民间歌谣、儿歌等传统意义上“低俗”诗体的重视打破了汉诗诗体贵贱雅俗分明的等级观念，为平民文学的兴起和白话新诗的出现开辟了道路。“诗界革命”还奠定了新诗重视叙事的文体特性。黄遵宪现存诗 1100 多首，鸦片战争、八国联军入侵等重大历史事件都在他的诗中较完整地呈现出来。以诗记事而不是以诗抒情，写出的诗是为了传给世人教育大众，不是为了自我娱乐个人消遣，在很大程度上改变了诗的功能，也带来了诗的语言和诗体的改变。特别是在语言上，为了记事方便，诗人不得不放弃汉诗源远流长的以雅致为本的“诗家语”，“尽量用铺张排比、以文为诗的手法，使现实得到没遮拦的描写"[①]。这不但改变了动荡生活中的晚清文人只会谈"空言"、作"空文"，只能当于"世"无补的"边缘人"甚至"多余人"的被动局面，而且使汉诗克服了过分重视虚空的精神生活，轻视实际的现实生活的弱点，在诗的写什么上也极大地促进了汉诗的平民化和现实化。对现实生活及民众生活的重视，甚至是对世俗生活的极端关注，正是白话新诗，特别是草创期的"白话诗"的重要特点，如出现多首新诗领袖写的《人力车夫》。

长期与中年胡适在一起的唐德刚在《胡适杂记》中说："周策纵先生认为当年胡氏提倡'文学改良'是受当时美国文学改良运动的影响。这一论断，大体是正确的，但是不够完备。我个人认为胡氏所倡导的运动——至少是那个'文学革命'的口号——是直接受了'辛亥革命'的影响。既然政治可以'革命'，文学当然也可以'革命'。政治打倒了满清专制；文学革命是打倒文学独裁。……胡氏所提倡的'八不主义'，只是纯技术的'改良'。至于文言文学的内容，胡适之并没有要求它扫地出门。可是这时的美国文学改革运动，对文字技巧上却没有太大的争执，他们争的是文学的内容；是以美国社会背景为主题的乡土派文人向经院派革命的斗争。"[②]

胡适将"作诗如作文"作为文学改良及新诗革命的行动纲领，主要有以下几个原因：

一是中国的特定时代需要通俗的平民文学。清末民初科举制度的消亡改变了文人的生存方式和汉诗的功能，汉诗功能的巨变带来了文体的巨变。文人要想"兼济天下"，保持"万般皆下品，唯有读书高"的社会精英地位，不得不将汉诗的应试功能转化为启蒙功能。当时社会混乱，正需要文人们采用兴办报刊、普及平民教育等方式启蒙、提高大众，需要的正是胡适所强调的要"看得懂，念得出"[③]的诗。

二是胡适自身的原因。胡适的学者气质远远多于诗人气质，所以格外重视诗人"说理"而非"抒情"。"严格地说来——正如周策纵先生所分析——胡先生不是个第一流的大诗人，因为胡适没有做大诗人的秉赋。好

---

① 钱仲联：《历史时代的一面镜子——中国近代文学大系诗词集·导言》，《中国近代文学的历史轨迹》，上海书店出版社1999年版，第147页。

② 唐德刚：《胡适杂记》，华文出版社1990年版，第124～126页。

③ 唐德刚：《胡适杂记》，第123页。

的诗人应该是情感多于理智的，而胡适却适得其反。胡先生一生的文章都清通、明白、笃实，长于‘说理’而拙于‘抒情’。”①

三是中国古代诗歌的影响。胡适受过良好的旧诗教育，深受白居易、杨万里等人的晓畅通俗诗风的影响，一生都在追求诗文的“清纯达意”风格。他总结出自己作诗的几条戒约：说话要明白清楚，用材料要剪裁，意境要平实。在1922年为汪静之诗集《蕙的风》所作的序言中，胡适还鼓吹诗“太露究竟远胜于晦涩”②。他在1924年为侄儿胡思永的遗诗序中仍然坚持诗的明白清楚：“他的诗，第一是明白清楚，第二是注重意境，第三是能剪裁，第四是有组织，有格式。如果新诗中真有胡适之派，这是胡适之的嫡派。”③

四是外国诗歌的影响。“胡适在美国做学生，熟悉、接触美国的思想和制度的这些年……那个进步时代的政治与社会骚动给了他一个永久性的印象，而且在某些方面形成了他1917年回国后用来判断中国政治与社会状态的标准。西方历史、文学以及哲学的学习极大地开阔了他的理智的眼界，并给他提供了他据以建构自己那有关东西文化价值冲突的超然的‘世界主义’观点的框架。”④以《朋友》为例，它是胡适写得最早的新诗之一，最早发表于《新青年》第2卷第6号。在发表时，胡适还在标题下作注说：“此诗天怜为韵，还单为韵，故用西诗宗法，高低一格以别之。”⑤“胡适说他的十四首‘真正的白话诗’中，有三首是译诗，其中《关不住了》(1912年2月译)是他‘新诗成立的新纪元’。”⑥胡适在1919年10月写的《谈新诗——八年来一件大事》中说：“新文学的语言是白话的，新文学的文体是自由的，是不拘格律的。……中国近年的新诗运动可算得是一种‘诗体的大解放’。因为有了这一层诗体的解放，所以丰富的材料，精密的观察，高深的思想，复杂的感情，方才能跑到诗里去。五七言八句的律诗决不能容丰富的材料，二十八字的绝句决不

---

① 唐德刚：《胡适杂记》，第97页。

② 胡明：《胡适诗存》，人民文学出版社1989年版，第4页。

③ 胡明：《胡适诗存》，第420页。

④ [美]格里德：《胡适与中国的文艺复兴——中国革命中的自由主义(1917～1937)》，鲁奇译，江苏人民出版社1996年版，第45～46页。

⑤ 中国社会科学院文学研究所现代文学研究室：《中国现代经典诗库》第1卷，北岳文艺出版社1996年版，第1页。

⑥ 龙泉明：《中国新诗流变论(1917～1949)》，人民文学出版社1999年版，第24页。

能写精密的观察，长短一定的七言五言决不能委婉达出高深的理想与复杂的感情。”[①]在这段话中，“丰富的材料”和“精密的观察”是放在“高深的思想”和“复杂的感情”前面的，说明胡适认为叙事比抒情重要，抒写“高深的思想”和“复杂的感情”分别是“诗言志”和“诗缘情”，正是这两点确定了古代汉诗的抒情的“文体独裁”地位。

胡适给新文学开先河的《文学改良刍议》发表于1917年1月1日《新青年》第二卷第五号，提出了“八事”，第一事的“言之有物”就肯定了叙事高于抒情：

> 吾以为今日而言文学改良，须从八事入手。八事者何。一曰，须言之有物。二曰，不摹仿古人。三曰，讲究文法。四曰，不作无病呻吟。五曰，务去烂调套语。六曰，不用典。七曰，不对仗。八曰，不避俗字俗语。[②]

他的第二篇给文学革命打气的《建设的文学革命论》发表于1918年4月15日《新青年》第四卷第四号，将“八事”总结为“四条”：

> 一，要有话说，方才说话。这是“不做言之无物的文字”一条的变相。二，有什么话，说什么话，话怎么说，就怎么说。这是(二)(三)(四)(五)诸条的变相。三，要说我自己的话，别说别人的话。这是“不摹仿古人”一条的变相。四，是什么时代的人，说什么时代的话。这是“不避俗语俗字”的变相。[③]

这些文章“不过都是泛论文学改革的，对于新诗没有直接的影响。……到了民国八年十月胡适之发表了《谈新诗》，对于诗歌的改造与建设提出了强有力的主张，最重要的两个观点：一是诗体的大解放，二是作新诗的方法”[④]。

从提出文学革命的“八事”到提出新诗运动的“诗体大解放”，时间长达

---

① 胡适：《谈新诗——八年来一件大事》，杨匡汉、刘福春：《中国现代诗论》(上)，花城出版社1985年版，第2～3页。

② 胡适：《文学改良刍议》，北京大学、北京师范大学、北京师范学院中文系中国现代文学教研室主编：《中国现代文学史参考资料·文学运动史料选》第1册，上海教育出版社1979年版，第12页。

③ 胡适：《建设的文学革命论》，北京大学、北京师范大学、北京师范学院中文系中国现代文学教研室主编：《中国现代文学史参考资料·文学运动史料选》第1册，第69页。

④ 草川未雨：《中国新诗坛的昨日今日和明日》，上海书店1985年影印版，第2～4页。

两年，但是胡适的观点并没有改变，他仍然是从偏重于叙事说理的大文学（总体文学）角度来制定汉诗改革的方针，并没有重视诗歌文体的特殊性——抒情性。

建设期是混合型文体

散文诗的存在充分说明新诗在建设期是一种混合型文体。散文诗是20世纪中国文学史上重要而特殊的文体，中外散文诗文体的影响、新诗革命时期的激进思潮，甚至文字竖排等原因，导致了散文诗与诗的文体混淆，这引起了新诗草创期诗人的高度重视。散文诗不仅促进了汉语诗歌由古体诗向白话新体诗的转变，而且具有相当严重的消极作用，不仅助长了“作诗如作文”诗观的流行，还是新诗长期存在“散文化”倾向的重要原因，影响了20世纪新诗诗体的真正建立。

20世纪是一个革命、战争、运动频繁的世纪，“破”远远大于“立”，特别是现代汉诗的文体建设一直没有得到应有的重视，以致今天现代汉诗已经有了百年历史，却没有建立起相对规范的诗体，造成新诗创作的极大混乱。究其原因，有诗的因素，如对外来诗歌的盲目引起和对古代汉诗的盲目排斥，也有非诗的因素，如破坏性的改革远远多于建设性的改良。散文诗是19世纪中后期在法国兴起并迅速向世界各国扩散的新文体，它直接参与了中国新诗的文体建设，特别是在有定型诗体的格律化的旧诗向无定型诗体散文化的新诗的文体大转变的白话诗运动中，散文诗起到了特殊的作用。在整个新诗史上，散文诗的影响都是巨大的，不仅对中国新诗的文体建设有积极的作用，促进了汉语诗歌由古体诗向白话新体诗的转变，也具有相当严重的消极作用，不仅是新诗初期流行“作诗如作文”诗观的原因之一，还导致了新诗长期的“散文化”倾向，影响了20世纪新诗诗体的健康发展。

胡适是新诗的倡导者，他的创作也受到外国散文诗及中国诗歌由诗向散文化发展的传统及相近于散文诗的文体的影响。“胡适之先生提倡自由诗，主张‘自然的音节’。但那时的新诗并不能完全脱离旧诗词的调子，还有些利用小调的音节的。完全用白话调的自然不少，诗行多长短不齐，有时长到二十几个字，又多不押韵，这就很近乎散文了。”[1]胡适早期的很多诗如果不分行排列，几乎可以归入散文诗，如《人力车夫》《鸽子》。胡适1914年7月7日留美时为《藏晖室札记》作跋时说：“吾近来作诗，颇能不依人蹊径，亦不专学一家。命意固无从摹仿，即字句形式亦不为古人成法所拘，盖颇能独立矣。”[2]他首先从诗体创新上掀起诗界革命，又提出“作诗如作文”，主张“‘诗之文字’原不异‘文之文字’，正如诗之文法原不异文之文法也”[3]。

在中国散文诗草创时期，很多散文诗作家都经历了在散文诗文体的自觉状态下自发创作的探索过程。初期的一些散文诗大多是幼稚的尝试之作，把握不准应该继承多少传统和吸收多少外来影响，弄不清真正的白话文和真正的散文诗文体的衡量标准。有的借鉴传统太多，特别是借用了诗的押韵等表面形式，造成初期散文诗追求韵律及诗化效果，如沈尹默的《月夜》；有的接受外来影响过甚，散文诗的叙事成分太重，忽略了散文诗偏重于抒情的特质，以刘半农的《晓》为代表；有的比较均衡地接受中外散文诗的影响，形成了似诗又似散文的作品，如胡适的《人力车夫》《鸽子》。特别是由于外国散文诗的译介始于1915年，比新诗创作早，当时新诗的倡导者极端强调新诗改革从破坏旧诗词的形式下手，走极端者较多。所以早期的新诗，大多是打破了“无韵则非诗”的汉诗作诗原则的散文诗，或带有散文诗的痕迹。

如果研究中国现代文学文体理论从1902～1949年的历史考察这些文体理论产生的生态，揭示出影响这些文体理论的因素，不难发现中国现代文学的一大特点是文体分类不太清晰，大致分为新诗、小说、戏剧和散文四大类，还出现了“散文诗”这样的被周作人称为“散文与诗之间的桥”的类似跨文体的交融混杂文体。如果按照“生态决定功能，功能决定文体”的文体研究策略，可以把这一时期的文体分为三种来探讨：其一，总体文学，具体为中国现代文学。其二，各体文学，具体为中国现代诗歌、中国现代小说、中国现代戏剧和中国现代散文四大文类。其三，混体文学，具体为中国现代文学早创期文体分类不明显，没有明确的诗歌、小说、散文、戏剧四大体裁之分的文类意识，出现指桑骂槐、张冠李戴现象，出现了“混体”或“窜体”现象，如散文

---

① 朱自清：《诗的形式》，《新诗杂话》，生活·读书·新知三联书店1984年版，第99页。

② 胡适：《尝试集》，人民文学出版社1984年版，第137页。

③ 胡适：《尝试集》，第139页。

诗在新诗草创期竟然被公认为新诗的发展方向，后来实际发展为抒情散文。尽管学界认为鲁迅的《野草》是中国现代文学中的第一部散文诗集，但是作者自己并不认为它是诗。孙伏园把冰心写给弟弟的随感拿去《晨报》副刊分行发表后，被公认为诗，成为小诗文体的源头，冰心却不认为《繁星》《春水》中的文字是诗。

这种奇特现象在其他国度的文学史上，尤其是文体史中很少出现。原因是有三：其一，这一时期是中国特殊的社会动荡时期，革命、战争不断，社会的不稳定导致了文体的不稳定，没有合适的社会环境及文学生态来进行文体建设。其二，这一时期是人类文体史上少有的特殊时期，不仅语体变了，语言由文言巨变为白话，而且文体也变了，由定型或准定型文体变成了准定型文体或不定型文体，如章回体小说变成了散文式的自由小说，格律诗变成了自由诗，精致的小品文变成了粗糙的杂文。其三，这一时期缺乏文体理论家，尤其是缺乏专业的文体大家，理论家大多由作家承担，理论文章成了作家的随感文章，又大多发表在《晨服》《大公报》这样的大众报纸上，大多是缺乏学理和深度的应景式短文章。很多人既谈诗又谈小说，既谈总体文学又谈各体文学，理论家中的杂家太多，而专家太少，因此创作界并没有得到理论界的有效支持。不可否认 1902～1949 年是新诗文体建设历史中的最重要时期，诗界革命、白话诗运动、新格律诗建设运动等都产生了大量新诗文体理论和诗体理论，如 1926 年是百年新诗史上的“诗体建设年”。陆志韦、闻一多、徐志摩、朱湘都提出了多种诗体构建策略。40 年代也是新诗文体理论建设的重要时期，出现了四部诗论：艾青的《诗论》(1941 年)、朱光潜的《诗论》(1943 年)、朱自清的《新诗杂话》(1944 年)和李广田的《诗的艺术》(1943 年)。这些著作的确影响很大，尤其是艾青的《诗论》，多次再版，被译成多种文字。1941 年 9 月由桂林三户图书社出版的《诗论》是中国现代诗学批评史上第一部系统的诗学著作，《诗论》之前的许多新诗理论往往没有成功地完全摆脱传统诗学的固有范畴，直至《诗论》的出现，才使得中国现代诗学拥有了浓厚的现代色彩。李广田《诗的艺术》一共收入 5 篇文章，对冯至《十四行集》的评论有独到之处。朱自清《新诗杂话》收入15 篇文章，提出诗的多义性有两个层次——语言的多义性和诗本身的多义性，还主张恢复诗的格律和诗的大众化并存的主张。这四部诗论都需要从文体学或诗体学的角度做深入研究。

我们不仅可以从第一本新诗集《尝试集》的作者胡适的新诗创作中发现散文诗文体对新诗创作的巨大影响，而且在其他很多新诗的先行者的创作中，也可以发现散文诗几乎是新诗运动的先锋，刘半农、沈尹默、俞平伯等人更是直接推崇散文诗文体，甚至有很多人把散文诗作为改革古代汉诗、建设现代汉诗的主要诗体。新诗草创时期的很多作品都无法在诗与散文诗两种文体间作出截然不同的区分。中国新诗创作的开端，通常以1918年1月15日《新青年》第四卷第一期为标志。这期《新青年》首次刊登了胡适、刘半农、沈尹默白话诗九首，其中大都含有散文诗的痕迹。九首诗中以沈尹默的诗《鸽子》《人力车夫》《月夜》三首最形似散文诗。《月夜》通常被称为中国现代第一首散文诗。这首诗，是沈尹默入选中国第一套新文学大系中唯一的一首。“这首诗从见解意境上和音节上看来，都可算是新诗中一首最完全的诗。”①

尽管周作人的《小河》一向被视为新诗史的代表作，如20世纪几乎所有的权威性新诗选都将它当作新诗代表作予以收录；但是只要稍加留意诗与散文诗的文体差别，就不难推出《小河》与其说是“新诗”，不如说是“中国式散文诗”的结论。周作人在发表《小河》时所作的序中也说：“有人问我这诗是什么体，连自己也回答不出。法国波特莱尔提倡起来的散文诗，略略相象，不过他是用散文形式，现在却一行一行的分写了。”②由此可见，周作人如同当时很多将散文诗视为新诗诗体的一个重要的发展方向的新诗人一样，只是对外来文体散文诗作了“中国化”“时代化”的改革，使之更富有中国特色和时代特色。

由于散文诗在白话诗运动及新诗初期的文体建设上扮演的角色太重要，极大地助长了“作诗如作文”的极端否定汉诗格律传统及诗意风格的不良风气，诗的散文化倾向越来越严重，导致新诗丧失“诗性”。因此，越来越多的人对散文诗是不是诗，自由诗是否应该走散文诗的道路产生了怀疑。不但反对白话诗改革的保守者认为当时以散文诗为代表的白话诗不是诗，

---

① 罗青：《从徐志摩到余光中》，（台北）尔雅出版社1988年版，第249页。

② 周作人：《小河·题注》，《新青年》1919年第6卷第3期。

而且写散文诗的人虽然敢在自己的作品上放上“散文诗”字样，但心里也有点不踏实，不敢说散文诗就是诗。在创作上，更出现了散文诗的文体特性越来越被自觉地意识到的趋向，如鲁迅、郭沫若的散文诗创作也渐离新诗。即散文诗的创作越来越回归到散文诗本体上，写散文诗的作家出现了明显的“文体自觉性”趋向，在整体上出现了现代散文诗与新诗的文体大分工，不仅出现由“散文诗是新诗正宗的诗体”向“散文诗是独立于新诗的文体”的大转向，甚至出现散文诗由“散文化的诗”走向“诗化的散文”，即由“诗”堕落为“散文”。正是在这种形势下，1922 年前后才出现了关于散文诗是否“名正言顺”的诗，是否应该是新诗的发展道路的大讨论。

这场大讨论并没有还散文诗文体的本来面目，也没有完全改变散文诗文体自新诗革命始就对新诗文体建设带来负面影响的总体局势。在改革旧汉诗从语言和格律形体两方面入手，即用白话代替文言，用散文韵文，即作诗如作文，打破“无韵则非诗”的旧习的时代潮流影响下，这场散文诗大讨论自然是为“散文诗是诗”辩护。如，西谛（郑振铎）的《论散文诗》认为：“散文诗现在的根基，已经是很稳固的了。在一世纪以前，说散文诗不是诗，也许还有人赞成。但是立在现在而说这句话，不惟是‘无征’，而且是太不合理。因为许多散文诗家的作品已经把‘无韵则非诗’的信条打得粉碎了。……中国近来作散文诗的人也极多，虽然近来的新诗（白话诗）不都是散文诗。”①并且他引用了密尔顿的结论：古代的诗歌大部分是韵文，近代的诗歌大部分是散文，认为虽然我们固不坚持说，诗非用散文作不可，然后实际上，诗的确已有由“韵”趋“散”的形势了。西谛最早从理论上提出了散文诗的文体独立于新诗。他的结论可以归纳为：新诗和散文诗都属于广义的诗——纯抒情文体。王平陵对比深表赞同：“诗底本质，是情绪与想象的结晶……而用散文来表示的，是诗。”②他对散文诗的产生极为赞赏：“所以韵文诗而进为散文诗，是诗体的解放，也就是诗学的进化，在中国墟墓似的文学界上，正是很可喜悦的一回事。”③滕固的《论散文诗》是中国散文诗理论史上第一篇较为完整客观地评价散文诗的论文。滕固认为，散文诗是用散文写的诗，是“诗化

① 西谛：《论散文诗》，《时事新报·文学旬刊》1922 年 1 月。

② 王平陵：《读了〈论散文诗〉以后》，《时事新报·文学旬刊》1922 年 1 月 11 日。

③ 王平陵：《读了〈论散文诗〉以后》，《时事新报·文学旬刊》1922 年 1 月 11 日。

的散文……刹那间感情的冲动，不为向来的韵律所束缚；毫不顾忌的喷吐；舒适的发展；而自成格调”[①]。滕固给散文诗作了偏向于诗的文体界定，他以爱伦·坡的散文为例证明有一种散文的韵律 prose-rhythm 存在，还解释了白岛省吾的《幻之日》的自序中给散文诗规定的三要素：其一，诗的韵律。是指形式的美，内在的响亮，不是指被奉为不变的韵文诗。其二，有一种焦点。并不是普通散文写景写情，是指有诗的内容的表现。其三，不很长的。滕固认为这三项可以明白地区分出散文与普通散文诗及韵文的界限，却很难区分散文诗与普通散文及韵文的界限，他最后得出结论："散文与诗是二体，并之成散文诗，散文诗也就独立了。"[②]"散文诗是诗中的一体，有独立的艺术的存在，也无可疑。"[③]

由于散文诗这种特殊文体的存在，新诗史便成了诗与散文的对抗史，散文化成为新诗最重要的文体特征，散文诗成为新诗追求自由的标志性文体，散文诗中"散文"一词几乎可以取代自由诗中的"自由"一词，诗的散文化成为新诗文体的一大特征，甚至出现艾青推崇的"诗的散文美"，导致散文诗与诗，甚至散文与诗的文体混合，让新诗本体成为混合本体，散文最重要的写作方式叙事自然可以堂而皇之地进入新诗，叙事功能自然成为与抒情功能同样重要的新诗功能，诗的叙事技法也受到新诗诗人的高度重视。

---

① 滕固：《论散文诗》，《时事新报·文学周报》1922 年 1 月 11 日。
② 滕固：《论散文诗》，《时事新报·文学周报》1922 年 1 月 11 日。
③ 滕固：《论散文诗》，《时事新报·文学周报》1922 年 1 月 11 日。

论新诗的叙事与抒情

——以散文诗为例

韩嘉川

著名散文诗作家耿林莽先生曾讲:“在散文诗中‘言志’并不是一件轻而易举的事,比在小说和散文中叙事,难度大得多,因为她是诗!”沿着耿老先生的定位,谈散文诗,还是要从诗的叙事属性谈起。

一

关于“诗言志”的观念认识,来自闻一多先生的《歌与诗》[①]一文:“志有三个意义:一记忆,二记录,三怀抱,这三个意义正代表诗的发展途径上三个主要阶段。”“《注》曰‘在心为志’正谓藏在心,《诗序》疏曰‘蕴藏在心谓之为志’,最为确诂。藏在心即记忆,故志又训记。”又:“无文字时专凭记忆,文字产生以后,则用文字记载以代记忆,故记忆之记又孳乳为记载之记。记忆谓之志,记载亦谓之志。古时几乎一切文字记载皆曰志。”

既然把事情藏在心里便为志,那么记忆就是志;而有了文字以后,记载代替了记忆,志便成了记载。于是,闻一多进一步阐释:“一切记载既皆谓之志,而韵文产生又必早于散文,那么最初的志(记载)就没有不是诗(韵语)的了。”而且,记载还有“记物”与“记理”之分,虽然所记的对象不同,但“诗的任务是记载却是相同的”。而“原来《诗》本是记事的,也是一种史。在散文产生之后,它与那三种(一《书》类、二《礼》类、三《春秋》)仅在体裁上有有韵与

① 闻一多先生的《歌与诗》,原载 1939 年 6 月 5 日昆明《中央日报》副刊《平明》第 16 期,是作者计划中的《中国上古文学史讲稿》的一章。

无韵之分，在散文未产生之前，连这点分别也没有”。因此，诗即是史，其更重要的是，“史志”的本义即是“诗”。

闻一多先生由此接下来阐述：“社会日趋复杂，为配合新的环境，人们在许多使用文字的途径上，不得不舍弃以往那‘繁于文采’的诗的形式而力求经济，于是散文应运而生。史的记载不见得是首先放弃那旧日的奢侈锢习的，但它终于放弃了。大概就在这时，志诗二字的用途才分家。一方面有旧时的韵文史，一方面又有新兴的散文史，名称随形式的藩衍而分化，习惯便派定韵文史为‘诗’，散文史为‘志’了。”到散文的出现，“史”从诗的记载中分离了出来，但是诗的本质，也就是原有的志的本质没有变，尤其前两个“记事”与“记载”的本质功能没有变，那么“怀抱”则与歌有关。

《歌与诗》一文的第一节阐明了歌的抒情本质，感叹虚词，譬如“兮”“噫”在歌中的作用，以及前面的实词的意义：“严格的讲，只有带这类感叹虚字的句子，及由同样句子组成的篇章，才合乎最原始的歌的性质，因为，按句法发展的程序说，带感叹字的句子，应当是由那感叹字滋长出来的。”“感叹字是情绪的发泄，实字是情绪的形容……前者是冲动的，后者是理智的。由冲动的发泄情绪，到理智的形容，分析，解释情绪，歌者是由主观转入了客观的地位。”实字用得愈多，愈精巧，情绪的传递愈有效，原来的感叹虚词便显得不重要，而渐渐退居附庸地位，甚至被省去，便失去了歌的原有意味。而“在歌里，‘意味’比‘意义’要紧的多，而意味正是寄托在声调里的”。因此，闻一多先生得出结论：“感叹字确乎是歌的核心与原动力，而感叹字本身则是情绪的发泄，那么歌的本质是抒情的……”

之所以要阐述歌的本质意义，因为“诗与歌的合流是一件大事”。以一个故事为蓝本的《氓》《谷风》等，叙述方法多少保存着故事的时间连续性，“这些都是‘诗’从它老家（史）带来的贡献”。然而又非史传或史志，“因为其中的‘事’是经过‘情’的炮制然后再写下来的。这情的部分便是‘歌’的贡献。由《击鼓》《绿衣》以至《蒹葭》《月出》，是‘事’的色彩由显而隐，‘情’的韵味由短而长，那正象征着歌的成分在比例上的递增。再进一步，‘情’的成分愈加膨胀，而‘事’则暗淡到不合再称为‘事’，只可称为‘境’……”总之，闻一多的结论是：“歌诗的平等合作，‘情’‘事’的平均发展，是诗的第三阶段的进展……”既然“志”的本义是“停止在心上”，也可说是“蕴藏在心里”，记忆一义便是由这里生出的。“但是情思、感想、怀念、欲慕等等心理状态，何尝不是‘停在心上’或‘藏在心里’？”所谓“诗缘情而绮靡”之情，古人则名之为意。（陆机《文赋》）“无论以志为意或为情，这观念只有歌与诗合流才能产生。”因此，闻一多先生认为：“依上文的分析，是志（情）事并重的，所以定义必须是‘于记事中言志’或‘记事以言志’方才算完整。”

到这里，似乎把诗的后来发展说得比较清楚了，而闻一多先生接下来所说的，也是我们下面要阐释的事情：“看《庄子·天下篇》‘《诗》以道志，《书》以道事’及《荀子·儒效篇》‘《诗》言是其志也，《书》言其事也’，都把事完全排除诗外，可知他们所谓志确是与‘事’脱节了的志。诗后来专在《十九首》式的‘羌无故实’空空洞洞的抒情诗道上发展，而叙事诗几乎完全绝迹了，这定义恐怕不能不负一部分责任。”这里清楚地说明了一个观点，把“事”排除在诗外的“志”，则是背离了诗原来所具有的本质性质。

就此，要引出另一位学者的观点。山东大学孙基林教授在《闻一多、朱自清的“诗言志”辩说》一文中，除了对闻、朱两位前辈“诗言志”观点作解读、分析之外，还作了进一步的辨识。譬如：“所谓‘赋比兴说’即是（因为‘赋’可看作‘诗言志’中‘志’的应有含义‘记录’的一种方法）。可后来经过修改，‘赋’与后来兴起的散文体逻辑性勾连在了一起，‘赋’所具有的铺陈、叙述的诗的功能或修辞性给遮蔽、稀释掉了。”[①]孙基林这里“诗的功能”指的便是最初的“记忆”与“记载”功能，也就是“志”的功能。

到此，应该比较清楚的是，“诗言志”的志，本义在“事”，也就是叙事，且可以是故事，可以有蓝本，而诗与歌的结合，也就是以叙事为依托的抒情。

二

散文诗这一文体，有的人认为来自五四新文化运动引进的西方文学，也有的人认为是中国古已有之。现在看来这种纠结似乎没有必要，既然散文诗本身是诗，那么其属性还是应该从“志”说起，那就是所具有的“记事”“记载”性能。而“歌诗的平等合作，‘情’‘事’的平均发展，是诗的第三阶段的进展……”在中国诗歌的发展中，“怀抱”在一定程度上被认为是“志”的属性，

① 孙基林：《闻一多、朱自清的“诗言志”辩说》，《中国现代文学研究丛刊》2017 年第 11 期。

也就是闻一多先生所言的“与‘事’脱节了的志”，成为“羌无故实”空空洞洞的抒情诗。孙基林认为：“中国诗歌及诗学在其后来的发展中，或因过度偏于‘意境’的营造，或因过度以抒发‘怀抱’为诉求，显然掩盖了、遮蔽了‘事件’‘事物’与叙述这一应有的诗歌写作方法和诗学维度。”

由上观点，我们是否可以这样认为：散文诗是与新文化运动以来的新诗（自由诗）共同发展的，原因来自散文诗具有叙事的本质属性。也就是，新诗把本该应有的叙事功能“排除诗外”，或“掩盖了、遮蔽了‘事件’‘事物’”，而散文诗把这个被“遗弃”的功能沿着“诗言志”的原点延伸过来，尤其是衔接了波德莱尔、屠格涅夫以及里尔克、兰波等西方现代文学从理论到实践的影响，使之发展壮大了起来。正如孙基林所言，“那些曾被遮蔽现在又得以呈现的新的要素”。

《巴黎的忧郁》翻译者李玉民认为：“如果说《恶之花》的诗往往由思想引领，那么《巴黎的忧郁》诸诗则偏重描写，类似寓言故事，有人物，有情节，再从故事中得出一种观念性的结论。”[①]波德莱尔仅以《恶之花》《巴黎的忧郁》两部诗集，就登上时代的高峰，同雨果等大诗人比肩，成为现代派诗歌的先驱，并被奉为象征主义文学的鼻祖。从 20 世纪 80 年代《巴黎的忧郁》亚丁先生的译本产生了很大的影响以来，作品中的叙事特性，始终被其“审丑”，从丑恶中写出美的现代美学观点所遮蔽，没有引起足够的重视。而其叙事性恰是其由《恶之花》转向《巴黎的忧郁》，被其称为“小散文诗”的重要原因，甚至有些篇章是由《恶之花》中的某些诗篇改写而成，更说明了这一点。

如果说《巴黎的忧郁》从西方现代文学证明了散文诗的叙事性功能，那么是否散文诗就是要还“志”的“记忆”“记载”本质性能？还不尽然。诗，是志，是史，也可以是故事，而歌是情，是意。诗与歌的合流，让“事”经过“情”的炮制，“平等合作”与“平均发展”，才能进入最佳状态。既然记忆是“停止在心上”，也作“蕴藏在心里”，而“诗缘情而绮靡”，所以，便有了“于记事中言志”或“记事以言志”。这里的“志”便是怀抱，也就是后来的情或诗意之所在。那么之所以要叙事，是用来表达思想或感情的，或者是用事说情（思

① ［法］波德莱尔：《巴黎的忧郁》，李玉民译，中央编译出版社 2015 年版，译者序第 2 页。

想)。“诗者述事以寄情”[①],情或思想是依托事而存在,事是蓝本。而散文诗的存在意义,就在于它可以有叙事的功能;尤其“记事以言志”中的“记事”,就是一个方法问题,也就是叙事才是散文诗所能充分发挥的特性。

闻一多还认为:一时代有一时代的主潮,“在这新时代的文学动向中,最值得揣摩的,是新诗的前途”。比如战国秦汉时代的主潮是散文,那么中国古代诗歌曾一部分“服从了时代的意志,散文化了”,于是成就了楚辞、汉赋。而现时代的主潮是小说、戏剧,那么“诗的前途”便是“小说、戏剧化”,“在一个小说戏剧的时代,诗得尽量采取小说戏剧的态度,和用小说戏剧的技巧,才能获得广大的读众”。

而“诗歌是抒情的,同时也是叙事的,因为这类诗只是以客观叙述节制主观情感,本质上并未排斥情感,因而能够达至叙事与抒情的和谐、平衡,这也是闻一多的《歌与诗》中所极力赞赏的理想诗歌形式”[②]。从这里便可认识到耿林莽先生所言:“叙事不可以贪多求全,不可以啰嗦烦琐,不可以枯燥无味,而必须具有感人的抒情色彩,充沛的诗的意境,尤其是,必须满足人们对散文诗很高的审美需求。”

所谓的散文诗,是否随着新诗的发展应运而生,使之成为以诗为体、以散文为外衣的一种可以与新诗并列的文体,姑且不去讨论。从闻一多上述观点的角度出发,楚辞、汉赋因散文化了,应该是今天所说的散文诗了,若小说与戏剧加入的话,又该是什么呢?因此,回到“诗言志”本身,无论其披着什么外衣,是否都可以理解为诗的不同表现形式呢?也就是,沿着诗的“叙事”性脉络,合理地吸收散文、小说、戏剧的表现技法与形式,进一步丰富诗歌的表现形式与内容,这是散文诗作为诗歌的一种而存在的合理解释。

三

20世纪80年代初,我有一个疑问,那就是既然有自由诗,为什么还要有散文诗?用写自由诗的方法写出的散文诗,除了外型上的舒展与放松之外,还应该有什么?尝试着把小说的因素加入其中,确实取得了不同的效果,但

① 魏泰:《临汉渔隐诗话》,何文焕编:《历代诗话》(上),中华书局1981年版,第322页。

② 孙基林:《闻一多、朱自清的“诗言志”辩说》,《中国现代文学研究丛刊》2017年第11期。

是并不被普遍所认可。也许没有尝试好，也许有人们观念认同的问题。苏芮为电影《搭错车》配唱的《酒干倘卖无》，就是依附一个凄婉的故事而抒情的歌曲，它给了我一个理论上的启发：用叙事的方法抒情，用抒情的方法叙事，并且明确地进行尝试与探索。现在看来，与闻一多先生所考证的"于记事中言志"或"记事以言志"是相吻合的。

构思，可以有故事，但不是讲故事，更不是小说片段，既不能像小说、散文那样铺展开来写，又不能用那种完整的来龙去脉的构架，故事的"蓝本"在这里只能是一个核，采用叙事性文学的要素"情节"，就足够了。

主观视角，往往是抒情性文学作品的重要角度，也就是作品中"我如何如何"，直接站到前台表达思想感情。而用叙事的方法抒情，要把事物推出去，放在一个客观的位置，这时的"我"不仅会在其中干扰，而且如闻一多先生所说，"由冲动的发泄情绪，到理智的形容，分析，解释情绪，歌者是由主观转入了客观的地位"，恰是叙述所需要的。即便"歌"是抒情的，冷抒情似乎更具备叙事性。更不用说以袁可嘉为代表的现代派诗歌所采用的戏剧化方法，强调"抒情的放逐"，要求诗人像剧作家那样退居幕后，采取客观性、间接性的距离观照方式，"设法使意志与情感都得到戏剧的表现"。也就是说，叙事性的抒情中的主观视角是隐性的存在。

艾略特在《诗的三种声音》中提到："第一种声音是诗人对自己说话的声音——或者是不对任何人说话时的声音。第二种是诗人对听众——不论是多是少——讲话时的声音。第三种是当诗人试图创造一个有韵文说话的戏剧人物时诗人自己的声音；这时他说的不是他本人会说的，而是他在两个虚构人物可能的对话限度内说的话。"[①]前两种是主观的，而后一种上帝的视角俯瞰式的声音，是代入的，虽然不是前台的声音，但同样是主观的表现。

四

散文诗是诗，且应是具有叙事因素的诗，那么促使波德莱尔在写出了《恶之花》之后，又写了《巴黎的忧郁》，除了叙事的特性外，还有一个重要的

① ［英］T.S.艾略特：《诗的三种声音》，《艾略特诗学文集》，王恩衷编译，国际文化出版公司 1989 年版，第 249 页。

原因，就是他要抛弃“真善美不可分割”的观念。“什么叫诗？什么是诗的目的？就是把善跟美区别开来，发掘恶中之美。”他认为，只因善与真已经脱节，而恶才是真实的。《巴黎的忧郁》又名《小散文诗》，“这还是《恶之花》，但更自由、细腻和辛辣”。在这本散文诗集中，可以看到诗人对肮脏、畸形的现实社会所进行的淋漓尽致、嫉恶如仇的讽刺和挖苦，对传统、腐朽的世俗习气的无情鞭打和猛烈抨击；可以感受到诗人某些寓意深刻但又难以捉摸的纤细的思绪。他认为，“艺术有一个神奇的本领：可怕的东西用艺术表现出来就变成了美；痛苦伴随上音律节奏就使人心神充满了静谧的喜悦”。是否可以说，因为波德莱尔所具有的那种对社会观察的从细微到内心的强烈感受，让其在应用上选择了散文诗。“想象力只是模仿，批评精神才是创造……没有批评精神，就没有任何名实相符的艺术创造……”（王尔德语）因此，散文诗在表现方法上除了像闻一多先生所言，“在一个小说戏剧的时代，诗得尽量采取小说戏剧的态度，和用小说戏剧的技巧，才能获得广大的读众”，还有就是应该具有社会性，表现出诗人对社会的所思所想，甚至是一种态度与立场：善既然已经与真脱节了，那么恶就变得真实了。而“发掘恶中之美”便成了波德莱尔写散文诗的重要使命。

有人认为文学是审美的并不是审丑的，而在波德莱尔那里却是审丑的，在社会的丑恶中发现美，挖掘美之所在，从而他成为现代主义文学的先驱。与之相同，我们从鲁迅的《野草》中，也能体味出这种内涵。《复仇》是一个故事的情节：两个人对立着，在旷野上，裸着全身，捏着利刃，不杀戮也不拥抱。而看热闹的人终于失去了兴趣，没有看到想看到的。看客到了极点的冷漠，是怎样的一种丑恶？鲁迅回答有人对《过客》的看法：“《过客》的意思不过如来信所说的那样，虽然明知前路是坟而偏走，就是反抗绝望。因为我以为绝望而反抗者比因希望而战斗者更勇猛。”[①]在若干作品与文章中，鲁迅却很看重《野草》这部薄薄的册子，其文学成就之高，是至今的研究者所共认的。“他认识到现代主义文学的一个关键部分：现代主义是冷的，恶的，而这种‘恶’又是矛盾修辞法的‘恶’，是《恶之花》的‘恶’。其美感形式是立体的，不

① 《鲁迅先生的两封信（致赵其文）》，《新华文摘》1980年第12期。

是单向度的。所以鲁迅在写作前，在理论准备上已经是个非常强的现代主义者。”[①]耿林莽先生在《散文诗：美而幻》一文的开头这样写道：“散文诗是什么呢？是感觉，是印象，是情绪，是思想与情感波动的流，是外部世界与心灵世界的汇聚点……”[②]之所以要强调“社会性”，我们沿着波德莱尔与鲁迅先生的道路往下走，在外部与心灵两个世界的汇聚点上，给散文诗以“诗”的本质，以“思”的使命、以叙事的功能完善散文诗的存在意义。

综上所述，散文诗作为诗歌的一种，除了具有新诗所具有的抒情性之外，还延续了“诗言志”理论中诗与歌结合，以叙事为依托的抒情，将“那些曾被遮蔽现在又得以呈现的新的要素”合理地得以应用，并且更广泛地吸收叙事性文学的成分，尤其在社会性方面继承了《野草》的精神。这使散文诗在新诗的发展运程中，以将叙事诗化的审美意义，成为合理的存在。

---

① 颜炼军选编：《张枣随笔选》，人民文学出版社2012年版，第79页。

② 耿林莽：《散文诗：美而幻》，《散文诗》2015年第7期。

被遮蔽的现代“音景”:发生期中国新诗听觉段位叙述论

魏文文

语言作为文学的媒介,是其最基本的组成部分。语言学家索绪尔认为,语言符号由能指和所指构成,其中能指即“音响的形象”,且“音响”和“形象”都是“语言的代用品,无论使用哪种书写方式标记语言,‘音响’而不是‘形象’都是它的‘第一能指’,声音始终都是语言能指具有优先性的第一存在”①。但是,与其他艺术形式相比,文学文本的空间存在形式,使得其最先唤醒读者的视觉联想,并且“在高度依赖视觉的‘读图时代’,视觉文化的过度膨胀对其他感觉方式构成了严重的挤压,眼睛似乎成了人类唯一拥有的感觉器官”②,听觉意识被相应冲淡了,文学文本的听觉特征长期处于“失聪”状态。与其他文类相比,诗歌本身的音乐性和节奏感,使得其在时间的占有上形成独特的“音景”。尽管听觉上的“音景”和视觉上的“图景”诉诸同一个诗歌文本,但前者衍生出的节奏、音调、旋律等叙述效果却不容小觑,同时在叙述时间的占有上,诗歌听觉叙述段位属性尤为独特。现代西方叙述学家为了将诗歌从“抒情性”中解放出来,提出了现代诗歌叙述的基本概念“段位性”:“诗歌创作出的所有意义都是由不同大小的段位来建构的,任何诗歌的具体力量都是在与其他范围(任何大小或任何单位)的微妙互动中产生的,或是在这些可以创造多重段位的合奏中产生的。”③尽管除诗歌之外的其他文体理论也具有段位性,但是总体上来说特征并不明显,换句话说,它们并

① 赵宪章:《语图叙事的在场与不在场》,《中国社会科学》2013 年第 8 期。

② 傅修延:《中国叙事学》,北京大学出版社 2015 年版,第 240 页。

③ [美]布莱恩·麦克黑尔:《关于建构诗歌叙事学的设想》,汪筱玲译,《江西社会科学》2009 年第 6 期。

不依靠段位性生产意义(包括语音、语义、视觉、听觉)。20世纪初,现代白话取代文言文催发了新语言体系的萌生,为中国新诗带来了颠覆性的转变,这种语言系统内部本质性的更迭促使新诗叙述形态的产生。质言之,如果从具有独特差异的"段位性"考量,中国新诗萌生出不少传统诗歌里没有的新段位,在一定程度上体现了现代白话新诗对传统诗歌的瓦解,显示出新诗段位叙述形态的现代特征。本文将关注的重点集中在发生期中国新诗听觉叙述段位组成上,根据叙述段位长短将其分为点状段位、线状段位以及面状段位。当然无论是视觉段位还是听觉段位都最终聚焦于诗歌文本,二者始终处于联觉状态中,往往以通感的形式唤起读者的多重联想与想象。

一、点状音节段位

语言的节奏感从何而来?"语言中的句子自然而然可以分成许多节落,就是所谓意群;每个节落又可以分成许多小节落,就是所谓节拍群。节落跟节落之间有长短不等的间歇,句子里的词或词里的音节又各有不同的高低轻重(声调、重音和语调)和快慢不等的速度,有时咱们还利用若干句子中的某些地位上相对音色的再现(双音、叠韵、韵脚、韵腹等),来造成语言的某种气氛和情调……这一切就构成了语言的节律,或者说是语言的节奏感。"①这是一个泛化的语言节奏概念,诗歌的节奏感与生俱来,诗源于歌,自然存有音乐节奏。但是诗歌节奏与音乐节奏不同,"音乐只要纯形式的节奏,没有语言的节奏,诗则兼而有之","语言的节奏是自然的,没有规律的,直率的,常倾向变化;音乐的节奏是形式化,有规律的,回旋的,常倾向整齐"。② 诗歌听觉叙述以"语音"为基础,音节成为诗歌节奏的基本组成部分,它的轻重缓急、高低变化以及停顿间歇呈现出的有规则的间断构成诗歌节奏的听觉模式。由于汉语音节由声、韵、调三部分组成,因此双声、叠韵以及由声调不同带来的平仄交替与重复都是音节段位叙述的重要表现。

新诗发展伊始,胡适就对新诗的声韵节奏展开过探讨,认为"音"就是"诗的声调",而新诗的声调要具备两个条件:一是"平仄要自然",二是"用韵

---

① 罗常培、王均编:《普通语言学纲要》,科学出版社1957年版,第141页。

② 朱光潜:《诗论》,生活·读书·新知三联书店1984年版,第132页。

要自然”。关于用韵的自由，他指出：“第一，用现代的韵，不拘古韵，更不拘平仄韵。第二，平仄可以相互押韵，这是词曲通用的例，不单是新诗如此。第三，有韵固然好，没有韵也不妨。新诗的声调既在骨子里——在自然的轻重高下，在语气的自然区分——故有无韵脚都不成问题。”[①]比如《一颗星儿》：

> 我喜欢你这颗顶大的星儿，
> 可惜我叫不出你的名字，
> 平日月明时，月光遮尽了满天星，总不能遮住你。
> 今天风雨后，闷沉沉的天气，
> 我望遍天边，寻不见一点半点光明，
> 回转头来，
> 只有你在那杨柳高头依旧亮晶晶地。

他在《谈新诗——八年来一件大事》中自评：“这首诗‘气’字一韵以后，隔开33个字方才有韵，读的时候全靠‘遍，天，边，见，点，半，点’一组叠韵字（遍，边，半，明，又是双声字）和‘有，柳，头，旧’，一组叠韵字夹在中间，故不觉得‘气’‘地’两韵隔开那么远。”[②]白话新诗初期诗人善于运用双声叠韵，一是容易模拟口语，二是由节奏的往复带来音乐感，如俞平伯的《冬夜》，“共101首，其中二行一首的七首，三行一首的十一首，五行一首的五首，约占总数的三分之一。包括这些小诗在内，《冬夜》整首诗不用双声、叠韵、连绵词的15首，用一至二个的25首，三至五个的11首，六至六个以上的50首”[③]。语音上的同音复现在调节节奏的同时，起到反复咏叹之效果，丰富了诗歌情感的底色与基调，但是大量机械的重复使用也会造成听觉的单调与乏味。

白话新诗初期，一些诗人从音节方面尝试新诗的声音叙述，将民歌、民谣与新诗创作融合，进行音节创新。如刘大白指出“音节”中“音”是声音，“节”是节奏，诗歌要让读者“读”，就要重视读者的听觉感受，因此要采用外

---

① 胡适：《谈新诗——八年来一件大事》，欧阳哲生编：《胡适文集》(2)，北京大学出版社1998年版，第144页。

② 胡适：《谈新诗——八年来一件大事》，欧阳哲生编：《胡适文集》(2)，第144页。

③ 陆耀东：《中国新诗史》第一卷，长江文艺出版社2005年版，第132～133页。

形律与自然音节相结合的方式，但是最终“选取句调选取词采选取音节的时候，都要以内容为中心，和所要表现的情绪相应”①。刘大白将民谣融入诗歌创作中，创作了“卖布谣之群”和“新禽言之群”等歌谣体新诗，杂糅多种句式，以四言、七言为主，也掺杂着二言、三言，音步数量统一，讲究押韵，一韵到底，中间一般不换韵，韵律感与节奏感强，且以双音节音步收尾，倾向于说话式，朗朗上口，易于传唱。刘半农也在《扬鞭集》自序中提到：“我在诗的题材上最会翻新花样的。当初的无韵诗、散文诗，后来的用方言拟‘拟曲’，都是我首先尝试。至于白话诗的音节问题，乃是我自从一九二〇年以来无日不在心头的事。”②刘半农借鉴了民歌形式，既融合了情歌、儿歌，杂糅了秧歌、江阴山歌等，如用江阴方言和仿江阴“四句头山歌”写的《瓦釜集》，在字数上较刘大白的民谣体创作多，句式也相对较长，多用叠音，有时采用转韵的方式，增加新诗的音乐感。

唐钺在《国故新探》中指出，传统音韵“隐微的文学功用”有以下 10 种：显态绘声、隐态绘声、散文中的韵语、双声、叠韵、倒双声（半韵）、半双声、应响、同调与和音。除显态绘声和隐态绘声直接指向事物原有声音外，其余 8 种皆从诗歌文字本体的“音”出发，将点状叙述段位作为声音叙述的基础。“显态绘声”指“以字音模拟外物的声音，使字音与外物的声音‘相同’或‘极相似’”，如“伐木丁丁，鸟鸣嘤嘤”；“隐态绘声”指“不是直接模仿事物原有的声音，乃是以字音句调间接暗示所叙写的事物的神气”，如“疾徐”“缓急”“迟速”等，一般表示快速的字音急促，表示慢速的字音舒长。③ 新诗的点状听觉段位的“显态绘声”和“隐态绘声”叙述较传统诗歌明显，如果说前者类似于拟声，后者则属于拟态。但是从新诗的听觉段位叙述来看，“显态绘声”因其对声音的纯粹模拟而更具有听觉效果，又被称为象声词，而拟态叙述由于音响效果较隐蔽，属于隐喻性的声音叙述，不在本文讨论的范围。白话新诗初期“显态绘声”现象较为普遍，诗人对声音的模拟，表现出对外部世界的聆听与模仿，以“希求自然界的节奏和内心的节奏相应和”。这些独有节奏的声音叙述不仅仅是对“长短、高低、轻重、急徐相继承的关系”的适应和模仿，更

---

① 刘大白：《从旧诗到新诗》，《当代诗文》（创刊号）1929 年 11 月。

② 刘半农：《〈扬鞭集〉自序》，《语丝》1926 年第 70 期。

③ 参见唐钺：《国故新探》卷一，商务印书馆 1927 年版，第 2～4 页。

是诗人内心与外物相互影响的产物。[①] 如康白情《自得》中的“铁嘴儿飞着叽里呱喇地叫着”“檐上底老鸟呱的一声，/他举头看了一眼湖里底红藕”“隔岸一个打赤膊的，/叽嘎叽嘎地推过满车白亮亮的冰”，像“叽里呱喇”“呱”“叽嘎叽嘎”的拟声效果通过词语自身的语音节奏表达出来，使得画面既具有动态的美感又充满音乐性，同时与言语相映衬的是诗人怡然自得的心绪。另外，听觉叙述中还存在一种特殊的“隐态绘声”的情况，即通过文字的语音模拟自然界的声音，从而达到对自然声音的重建，实现“音韵”与“意义”的某种统一，营造出和谐的听觉氛围。当然，这种巧用听觉叙述的情况在20世纪20年代的中国新诗中并不常见，直到现代派诗歌中才被频繁使用，如卞之琳的《长途》：“几丝持续的蝉声/牵住西去的太阳/晒得垂头的杨柳/呕也呕不出哀伤。”其中加点字的声母“s”“ch”“x”的断续交替使用无疑模仿出一片蝉鸣声，它们如果单独出现并不具有听觉的独特性，但是组合起来反而能够引发读者的音韵联想，激活听觉官能。

二、线性旋律段位

听觉的线性段位，指诗歌的旋律，“声音是在时间上纵直地绵延着，要它生节奏，有一个基本的条件，就是时间上的段落(time-intervals)。有段落才可以有起伏，有起伏才可以见节奏”[②]。因此，诗歌的旋律是一定的单位时间内声音的重复、对称和循环现象，并且音高、音长、音强呈规律性分布与组合。俄国学者维谢洛夫斯基认为诗歌语言的音乐性是诗歌成为诗歌的必要条件，原始诗歌起源于诗乐舞的混合，其中节奏是主导，在一定程度上规范着旋律以及诗歌文本，原初并不发达的诗歌语言仅起到辅助作用。[③] 旋律是诗歌节奏的重要表现，规范着诗歌节奏的类型。“节奏谓或作或止，作则奏之，止则节之。言声音之内，或曲或直，或繁或瘠，或廉或肉，或节或奏，随分而作，以会其宜。”[④]在这里，孔颖达将“节”与“奏”分别定义为“止”与“作”，从听觉时长上来看，诗歌“节奏”包含了一定行或节之间的听觉界限，并且以句

---

① 参见唐钺：《国故新探》卷一，商务印书馆1927年版，第4页。

② 朱光潜：《诗论》，生活·读书·新知三联书店1984年版，第157页。

③ 参见[俄]维谢洛夫斯基：《历史诗学》，刘宁译，百花文艺出版社2003年版，第264页。

④ 李学勤：《礼记正义》，《十三经注疏(标点本)》之六，北京大学出版社1999年版，第1144页。

读及分行作为听觉语流的停顿，划分节奏的长短。当诗歌被诵读时，其声响效果较其他文体明显，呈现出反复性规律，既具有时间性，又占有空间，既表现出视觉形式上的重复，又涵纳听觉语言上的反复，是一种有规则间断出现的视觉、听觉、知觉乃至联觉模式。

布尔顿在《诗歌解剖》一书中讨论过诗歌的“反复”问题，“一旦开始讨论诗歌中的组合模式，我们就无时不在讨论反复。节奏、尾韵、头韵和内部应和都是声音的重复，但完整的词或词组的重复既是理性形式也是感性形式的一部分”[①]。诗歌听觉的线性叙述旋律某种程度上可认为是一种反复，特指行、节层面的反复，隶属较大层级的声音单元。诗行、诗节的反复，即重复，是诗歌重要的修辞手段，常见的形式有排比、叠句、顶针、回环等。拓荒期白话诗人的着力点在除旧立新上，对节奏旋律的关注度并不高。如胡适在探索自然音节时尽管谈到了“节”与“音”两个层面，指出“节”的层面上主要涉及以音步为单位停延节奏的划分，“音”的层面上关涉声韵节奏，但是着重对旧诗词改造，并未摆脱传统诗歌声韵节奏，这种类似于“穿靴戴帽”融合古今的新诗旋律感并不明显。直到郭沫若的意绪化叙述，才开启了旋律叙述的新境界，创造了情绪旋律这一兼备视听的节奏模式。他在《论节奏》一文中指出：“抒情诗是情绪的直写。情绪的进行自有它的一种波状的形式，或者先抑后扬，或者先扬后抑，或者抑扬相间，这发现出来便成了诗的节奏。”[②]“先抑后扬”“先扬后抑”以及“抑扬相间”构成了松弛紧张交织的情绪旋律，听觉上表现为力的强弱，一首诗中力的强弱迟缓与感情的紧张松弛交相呼应，情绪的色彩、情绪的旋律无疑丰富了诗歌的听觉感受。以 20 世纪 20 年代郭沫若的诗歌为例，其旋律叙述可分为单一旋律和组合旋律。单一旋律以《天狗》《晨安》《笔立山头展望》为代表，以高密度的线性旋律带来波涛汹涌的听觉效果，单质的反复使得朗读的过程中发音肌肉群不停地、有规律地重复一系列的动作，并且始终保持紧张的状态，最终达到生理节奏与情感节奏的高潮。组合旋律以《太阳礼赞》《地球，我的母亲》《炉中煤》为代表，顶针、排比、回环的组合破除了单质旋律的单调，多样化的修辞与复杂的情

---

① [英]玛·布尔顿：《诗歌解剖》，傅浩译，生活·读书·新知三联书店 1992 年版，第 102 页。

② 郭沫若：《论节奏》，《郭沫若全集》第 15 卷，人民文学出版社 1982 年版，第 353 页。

绪旋律应和，在重复和变化中避免了直线式情绪的倾倒，达到外在律与内在律的统一。从听觉叙述艺术上来看，组合旋律与新月派前期的听觉艺术追求颇为相似。

新月派诗人对线性旋律节奏的探索推动了新诗听觉叙述的发展，劳・坡林提出“诗节”产生有两种途径：一是“诗人选来某种传统的诗节模式”，二是“发明自己的诗节模式”。[①] 新月派诗人既尝试了传统诗节模式，又在此基础上融合中西，形成了独特的旋律节奏类型。“在音乐作品中，具有典型意义的节奏，叫作节奏型。在乐曲中运用某些具有强烈特点的节奏型重复，使人易于感受，便于记忆，也有助于乐曲结构上的确立和音乐形象的确立。”[②]他们汲取了音乐上的“节奏型”特点，创造了一种节奏重复的诗歌，在诗歌中将某些具有听觉特点、突出情感表现的行或者节作为原型，在此基础上略加改变重复出现，形成反复咏唱的听觉效果。与郭沫若的情绪旋律不同的是，新月派诗人探索了变调式旋律，在组合旋律上创新与实验，或在单一旋律的主调下有规律地变换旋律，或形构首尾呼应的对称旋律，它们不似情绪旋律依据情绪变化产生不同的节奏效果，而是追求旋律的和谐，变调式旋律正在于调和声音与意义、视觉与听觉、内容与形式之间的关系，这也是区别诗歌与乐曲的关键因素。乐曲的旋律无论多么优美，只能称得上动听的调子，但是诗歌却是一个有机的整体，包括形态、声音、意义、情绪等，旋律的变调需要协调上述多种因素，以达到整体和谐。

三、面状综合性段位

一首诗歌若要达到整体和谐，还需要一些综合性的声音条件，如音景、音调、音色等，它们是构成诗歌听觉叙述“个性”与“差异化”的基础。诗歌将音景（环境）、音调（语调）、音色（人）组合成静态或动态的画面，带来听觉官能的特殊刺激，实现时间与空间、视觉与听觉的交叉融合。如果说点状音节段位是诗歌声音叙述的基础，线状旋律段位为诗歌声音叙述抛光润色，那么面状综合性段位在广义的层面上将人与景、物、环境融合在一个相对封闭而

① [英]劳・坡林：《怎样欣赏英美诗歌》，殷宝书译，北京出版社 1985 年版，第 175 页。

② 李重光：《简谱的乐理知识》，人民音乐出版社 1983 年版，第 39 页。

又具有开放性的时空中建构诗思与诗情，形成了具有独特差异化的诗歌叙述特征。傅修延在《中国叙事学》中将声学意义上的音景分为三个层次：第一，定调音，为整幅“音景”确定调性，由此勾勒出音响背景的基本轮廓；第二，信号音，即“背景”之上的一个“前景”；第三，标志音，即标志性声音。[①]“调音”“信号音”“标志音”三者之间存在明显的张力，根据诗人的叙述安排，在一首诗歌中往往表现为“共听”与“独听”的音景状态。如：“春眠不觉晓，处处闻啼鸟。夜来风雨声，花落知多少。”春天万物复苏，处处啾啾喳喳的鸟叫声成为背景上绵延不断的定调音，夜半的风雨声则扮演了前景音，定调音和前景音都是大自然的声音，是能够被大家“共听”到的声音，而最后一句的“知”字起到标志音的作用，是诗人对春天喜爱和怜惜的独有感受，由此“共听”与“独听”的交织，将诗人晨起后瞬间的听觉感受与联想传达得既独特又富有趣味。

再如郑振铎的《静》：

> 窗外室内，静悄悄地没有一点声响。
> 抬头只看见一方天井，几棵寒梅。
> 麻雀飞到窗台上，嗏嗏地叫了几声，
> 又飞去了。
> 我的心，
> 沉，沉，沉到无底的深渊里去。
> 唉，
> 烦闷的霉菌又侵入我的身中，心中，
> 把我的全部心灵占领了。

开头两句确立了“独听”的定调音，窗外、室内、天井、寒梅勾勒出一片安静的音响背景，为独听“我”的内心声音埋下了伏笔。接着一只飞到窗台上的麻雀“嗏嗏地叫了几声”，突然的叫声像发出的声音信号，唤醒“我”内心的“安静”，但是“又飞去了”作为标志音提醒“我”不忘却内心的挣扎与纠结，以至于继续“沉到无底的深渊里去”，直到“把我的全部心灵占领”。三个不同层

① 参见傅修延：《中国叙事学》，北京大学出版社2015年版，第250页。

次的音景组合表现出“我”内心情感的一波三折，与“图景”带来的视觉效果不同，“嗦嗦地”似乎成为诗人情绪的转折点，“独听”技巧的使用更适合内心隐忧情绪的传达。

中国新诗自发生便带着强烈的使命，即“要把旧文化旧思想的缺点和新思想的需要‘传达’到更多的人”[①]，这种使命在某种意义上决定着新诗初期面临着独特的“共听”语境。胡适在白话新诗创作初期提出新诗写作要“有我”和“有人”，“大凡文学有两个主要分子：一是‘要有我’，二是‘要有人’。有我就是要表现著作人的性情见解，有人就是要与一般的人发生交涉”[②]。“有我”便是一种“独听”的表现姿态，是诗人性情见解或者幽密情感的表达与释放，“有人”实际上显示出某种宣告与传达，强调了与一般的人即平民百姓的沟通与交流，这种有目的沟通本质上是五四新诗运动启蒙主义性质的反映。一般来说，现实主义诗歌多采用“共听”的方式，再现普世性社会现实与人生经验；现代主义诗歌善于采用“独听”的技巧将内心曲折、隐蔽的个人情感巧妙地呈现出来；而浪漫主义诗歌大都采用“共听”与“独听”交织的叙述方式，在隐与显、舒与缓中表达个人的乃至集体的生活经验，且“独听”的声音叙述一般单独出现在诗歌中，而“共听”的声音叙述的结尾则往往表现出“独听”的状态，这恰恰是诗歌叙述与其他文体叙述的不同之处。

另外，听觉器官感受到的声音与视觉器官看到的场景不同，具有很大的模糊性与不确定性，因此，诗歌中音色的差异性区分变得尤为重要。《说文解字》中将“色”定义为“颜气也”，即是发于心内表于行为的贯通身体的气。如果说诗歌的听觉叙述中音高、音长、音强具有独特的物理属性，是形成诗歌音乐性的关键，那么音色则具有人（诗人）的独特性情，是将诗歌与其他文体区分开来的关键。在叙事诗、剧诗、歌谣体诗中，音色特征往往通过叙述人称、角色、唱白等直观地表现出来，声音属性的个体差异表现得比较明显；而抒情诗中，诗人的叙述有一个明显将自我符号化的过程，为了将“自我”或隐或显地艺术表达，诗人往往善于创造不同的具有差异化的“音色”，并且将思想、情感、价值观念等投射到“音色”中，通过对音色的聚焦、转换、复制，传

① 叶维廉：《中国诗学》，生活·读书·新知三联书店 1992 年版，第 209 页。

② 胡适：《五十年来中国之文学》，欧阳哲生编：《胡适文集》(3)，北京大学出版社 1998 年版，第 238 页。

达独特的情感价值体验。卡西尔认为:“艺术可以定义为一种符号的语言”,“美必然地而且本质上是一种符号”。[①] 抒情诗中,意象作为具有区别性的符号语言,是诗人区分音色的关键,意象具有丰富的形态和充沛的意蕴;意象具有隐喻功能,能够将抽象的情感具体化;意象的组合结构复杂多变,具有整体指向性功能等特征成为诗歌的标志性符号,诗人通过不同音色的分类、择取、组合,或采用单声部形式,或采用二重唱组合形式,或采用多声部混合,不同的音响效果给读者带来了一场听觉盛宴。

新诗长短不同的音响性叙述段位是诗人叙述策略的反映,这种来自诗歌本身的听觉叙述与视觉叙述一起构建诗歌基本段位体式,是诗之所以为诗的本源,可以说是“与诗俱来”。但是来自声音的听觉叙述并不能仅局限于声音本身,因为诗歌的声音叙述个性决定了其除了来自可感的听觉段位外,还有一些隐藏的隐喻性声音,它们共同建构出诗歌叙述的现代音景。总体上说,诗歌作为一种文学艺术,通常打破时间与空间之间的界限,打通耳朵与眼睛之间的隔阂,达到叙述的高级形态。诗歌叙述就是将视觉、听觉、时间、空间等融合再造的过程。为了创造出诗歌文本有意味的“空间形式”,诗人采用各种修辞手法进行艺术创作,并且这一过程“并不是一个完全成形的灵魂在寻觅一个躯体;它是一个未完成的灵魂寄寓在未完成的躯体之中,这躯体也许只有两三个模糊的观念,以及一些零散的短语……”[②]

---

① 朱狄:《当代西方美学》,人民出版社1984年版,第122～124页。

② [英]布拉德雷:《为诗而诗》,杨匡汉等编:《西方现代诗论》,花城出版社1988年版,第36页。

第二编　文本与类型

辛弃疾《鹧鸪天·石壁虚云积渐高》释读

——兼谈稼轩农村词中的“模糊叙事”

孙学堂

辛弃疾有一首《鹧鸪天》：

石壁虚云积渐高，溪声绕屋几周遭。自从一雨花零乱，却爱微风草动摇。　　呼玉友，荐溪毛，殷勤野老苦相邀。杖藜忽避行人去，认是翁来却过桥。

这首词清新自然、朴实亲切，富有情趣、理趣、谐趣，是稼轩农村词中的经典作品。而其解说存在一些分歧，尤其是结韵两句，主语不够明确，因而歧解颇多，可谓众说纷纭。但笔者尚未见完全合理的“确解”，故不揣谫陋，试为解说。由这首词，还可以透视稼轩词中一个较为普遍而颇有特色的“模糊叙事”现象。

一、上片写景的几个问题

上片四句通过乡居之景写闲适之情。第二句有一个易生歧义的字：“几周遭”的“几”，这个字是表示不定的数目（几个），还是表示差不多、将近（几乎）？一般注解和鉴赏都不谈这个字，似乎都是理解为后一种意思。这一句或许出自苏轼诗“门前罢亚十顷田，清溪绕屋花连天”（《寄吴德仁兼简陈季常》），但除了邓广铭先生的笺注本之外，其他注本都不引苏轼这句诗。大概是因为写的都是自然景象，未必一定是从苏轼那里来的，完全可以理解为对真实景物的描写。

如果是溪水绕屋，只能是“几乎”周遭；但词人说的是“溪声”绕屋，声音可以一圈又一圈地转，所以也有人解释说："几周遭，形容溪声不停地绕屋作响。"[①]还有人说："以至能够令人清晰地数点出'溪声绕屋'有'几周遭'。如果这样理解，则是词人审美观照中的幻觉，是听觉幻化为视觉的通感。这种幻觉的表现，就使石壁的虚云的山水画，配入了'绕屋声喧'的绝美音乐，又进一步使音乐幻化成为了绘画。"[②]这样理解是别有意趣的，使词的开头呈现出活泼、俏皮的情味。

前两句写的景跟后两句写的雨有关系吗？是下雨之前还是之后？关于这一点，在已有的解释中也罕见有人谈到。这两句写的都是动态的景象。"积渐高"是云气越来越高[③]，根据我们的生活经验，这里写的应该是雨后的景象。雨后天未放晴，空气潮湿，山上的云气逐渐凝聚，从无到有、从薄到厚。看来这场雨下得不小，山上的水流下来，使绕屋的溪水水位上涨，流淌更急，声音更加喧哗。

舒服的时光里，人的心情是放松的，对于时光流逝的体验是平滑的，珍惜现在，而不会有光阴易逝的焦灼体验。"自从一雨花零乱，却爱微风草动摇"，风雨过后，花就凌乱了，但是词人并没有伤春。花乱了，微风中摇摆起舞的草岂不同样可爱？就像苏轼《蝶恋花》所写的"花褪残红青杏小，燕子飞时，绿水人家绕"，感受到的是光阴的自然流转，表现的是达观的人生态度，眼前的景物都让人愉悦。这种对当下时光的珍惜和对自然时间的接受，既包含着词人热爱自然的真情，也富含人生理趣，给读者以人生智慧的启迪。

上片所写的景象，一般认为源于辛弃疾晚年居住的瓢泉。但也有人解释为"写作者在作客途中的所见之景"，溪声绕屋是"野老居处的环境"。[④] 这两种说法不一样，很难说孰对孰错，但从词作中流露的自适之情来看，应该是写词人自己的居住环境。且"虚云积渐高"包含着一个时间的长度，并非瞬间之景；"溪声绕屋几周遭"更是身处屋内的亲身体验，似不宜视为路途上或到野老家之前所见的景象。更何况野老的家应该与辛弃疾的瓢泉居所相

---

① 常国武：《辛稼轩词集导读》，巴蜀书社 1988 年版，第 275 页。

② 朱靖华、王洪赏析：《辛弃疾词鉴赏》，齐鲁书社 1986 年版，第 256 页。

③ "积渐"一词出现很早，是"逐渐""渐渐"之意，参见董志翘、蔡镜浩：《中古虚词语法例释》，吉林教育出版社 1994 年版，第 258 页。

④ 樊维纲选注：《辛弃疾陆游诗词精选 200 首》，山西古籍出版社 1995 年版，第 179～180 页。

距很近，不宜过分强调“途中”的行程。

二、“杖藜”因何“忽避”？

过片“呼玉友，荐溪毛”，有人解释为实写野老热情待客的场景，如此接以“殷勤野老苦相邀”，便是倒叙。根据这种解释，结韵二句是追写野老邀请词人的经过，相对于前三句而言又是一层倒叙。这样理解，叙述时间层层倒转，其实是很笨拙的写法。稼轩原意恐非如此。

“玉友”“溪毛”指米酒、野菜，是用了代字，从表现效果来看，有些“隔”；但词人的意图，正是用这样的代字来表示酒和菜很珍贵，“呼”字是针对“友”字而下的，既然是“友”，则可“呼”，以见得亲切；“荐溪毛”语出《左传·隐公三年》：“苟有明信，涧溪沼沚之毛……可荐于鬼神，可羞于王公。”语极古雅，“荐”字下得十分郑重。这两句完全可以理解为野老邀请（预邀）词人时表示自己诚意满满的说辞，只是“殷勤野老”文化程度不高，肯定不会用这样古雅的词汇，可以视为作者代他斟酌拟议的辞令。如果这样理解，下文写野老等候词人，其实是顺叙，而不是倒叙。

结韵二句，表达人物和动作的词比较多，指人的有“杖藜”“行人”“翁”。“杖藜”和“翁”指的是谁？哪个是作者，哪个是“野老”？词中没有清楚交代。是否另有主客之外的第三位“行人”？也不确定。动作有“忽避”“去”“认”“来”“过桥”，每个动作的主语是谁，也会随着前一句的理解产生差异。

一般认为“杖藜”指的是野老，但解释为词人自己，甚至是不相干的人也未尝不可。夏承焘先生便提出了两种解释：“预备好酒菜的野老，拿着藜杖出来邀请作者；在途中遇着行人，正要避开，但仔细一认，那行人恰就是他所邀请的作者（翁），便殷勤走过桥来迎接。这几句用曲折的笔法，写出野老的热情。一说：野老在途中等候，认定翁（客人）来了，上前迎接，不料杖藜翁忽然避开行人（野老），反而过桥而去，原来野老认错人了。写老眼昏花，候客热情。”[①]如按后一种解释，“杖藜”被野老当作客人，但只是一个不相干的行人，句中的“行人”反而指的是野老。这样理解一则语序太乱，二则野老终究也没有等到词人，作为词的结尾恐怕不合适，故此说并未产生影响。如按前

① 夏承焘、盛韬青：《唐宋词选》，中国青年出版社1959年版，第136页。

一种说法，“行人”就是“翁”，也就是词人辛弃疾。夏先生另著《辛弃疾》也是这样解释的：“他在桥边看见行人，正要避开，仔细一看，却认得恰是所要邀请的作者，便过桥来迎接。”①这种解释很有趣，因而影响很大，很多辛词注本或关于这首词的鉴赏都沿用此说。如陶文鹏、赵雪沛《唐宋词艺术新论》认为后二句写野老“拄着藜杖走来，在小桥边看见行人，急忙闪避，定睛细瞧，认出了正是所要邀请的客人，便赶忙走过桥来迎接”，并且分析说：“前三句是叙述和交代，后二句展现了一个戏剧性的场景：野老‘杖藜’的外在特征，凝神认人的特写镜头，以及由‘避’到‘认’到‘过桥’的过程，宛然在目。”②又如高海夫《辛稼轩姜白石词选注》把这两句分作三层：“野老杖藜来迎，一层；路遇行人，忽而避去，二层；及至认清这位行人正是他‘苦相邀’的稼轩居士后，才又过桥前来，三层。”③这样看起来把这两句解释得曲折生动，但有一点不合生活情理。试想，词人或独自赴约，或带一仆从随行，不是官府仪仗需要回避，野老为什么要“避去”呢？更何况相隔尚远，至少还隔着一座桥，还看不清面貌，又何必急于“避去”？

周振甫先生的《诗词例话》似乎意识到了这一问题，解释说：“这位野老准备好酒菜，扶着手杖去请客人。走到桥边，看到桥那边有人过来，因为乡下的木桥窄，他准备让那边的人先过了桥，自己再过桥去请客，但他认出来那个准备过桥的人正是他要邀请的客人，就忙不迭地先过桥去迎接。”④他认为野老之所以要避，是因为乡下的木桥窄。

常国武先生似乎也发现了这一问题，但他的解释有所不同：“当他拄着藤杖走到桥边来迎接的时候，忽然看见对面来了一位似乎是陌生的行人，憨厚胆怯的老农刚要避开，却发现这位行人正是应邀前来的作者，便赶紧走过桥来相迎。”⑤在常先生看来，野老避让，是因为憨厚胆怯。

刘乃昌先生似乎同样意识到了这一问题，在《辛弃疾集》中解释说：“结韵写野老心理情态妙甚：桥头迎客，老眼昏花，几回误将行人作客。今回又

① 夏承焘、游止水：《辛弃疾》，中华书局 1979 年版，第 40 页。

② 陶文鹏、赵雪沛：《唐宋词艺术新论》，南开大学出版社 2015 年版，第 213 页。

③ 高海夫选注：《辛稼轩姜白石词选注》，陕西师范大学出版社 2005 年版，第 108 页。

④ 周振甫：《诗词例话》，中国青年出版社 1962 年版，第 11 页。

⑤ 常国武：《辛稼轩词集导读》，巴蜀书社 1988 年版，第 275 页。

将避去，但细认之下，确是辛翁，遂拄杖过桥，热情迎迓。寥寥十四字，一波三折，逼真传神并饶谐趣。”①

朱德才选注《辛弃疾词选》亦同持此说。与夏先生的解释相比，他的解释增加了“几回误将行人作客”这一“插曲”。这显然是词中没有写到的，是解释者凭借想象补出的一番情景。似乎是说，野老已经几次误将行人当作自己邀请的客人，结果迎上去却发现不是，不免觉得很尴尬，于是再有人来到时，虽然相隔尚远，为了避免前番的尴尬，不如事先避去。②

三、“杖藜去”还是“行人去”？

按以上几种解释，野老“避”的动作就比较合理了。但刘乃昌先生说的是“又将避去”，是试图避开、马上就发现是他邀请的客人到了，于是稍一犹豫，便过桥来迎接。这样“避”实际仅仅是一念之动。那么，这一句中的“忽”字可以说得到了落实，但“去”字却没有着落。“去”是相对于词人的方位而言的，是向远方走去。如果野老向远方走去，老眼昏花，即使边走边回头看，不是“定睛细瞧”，便不可能认清“行人”就是他邀请的客人。按周振甫和常国武先生的说法，野老“准备让那边的人先过”或“刚要避开”，都是稍作停顿，同样谈不上“去”。

窃以为这里的问题主要在于“去”的主语到底是“杖藜”（野老），还是“行人”。按上引夏承焘、周振甫、常国武、刘乃昌等先生的解释，是“杖藜（野老）去”，“杖藜去”的原因是“避行人”。其实完全可以理解为“行人去”，不过“行人”并非指词人，而是走在词人前面的其他人。乡间路窄，野老拄着藜杖站在路中间，会挡住别人的路，有行人走到了他的跟前，他只有向路旁避让一下，行人才能通过，这就是“杖藜忽避”；行人继续向前走，便是“行人去”。

只要不把“行人”理解为作者自己，“杖藜忽避/行人去”就很好理解，这七个字原是由两个简单的主谓结构的叙事单元组成，两个单元并列，讲述了杖藜野老和其他行人各自的动作。接下来说“认是翁来/却过桥”也是由两个叙事单元构成，其主语却只有一个：杖藜野老。如果读者只是反复吟味最

---

① 刘乃昌：《辛弃疾集》，凤凰出版社 2014 年版，第 108 页。

② 参见朱德才选注：《辛弃疾词选》，人民出版社 1988 年版，第 179 页。

后两句，对前一句的解读就会受到后一句的影响，误认为前一句也只有“杖藜”这一个主语。其实这两句既非对偶，句子结构也不一样。整个下片“殷勤野老”是贯穿前后的主语，“杖藜忽避”说的是他，“认是翁来”“过桥”说的也是他。“行人去”则是以这一主语为主线的叙事过程中的一个“插入语”。

不免有人会问，“却过桥”的“却”字怎么讲？这个字应该是表转折，由“忽去”转到“过桥”(来)容易理解，既然野老没有“去”，为何要说“却过桥”？关于这一问题，笔者以为，“却”字是针对“忽避”而言，“避”是从路中间挪动一两步到路的一侧，而发现桥那边的词人之后，便迅速回到路中间，并且过桥迎接，这中间也是有一个转折的。

其实在以往的解读中，也有人把“行人”理解为其他路人，如喻朝刚《辛弃疾及其作品》说：“老人拄着藜杖，避开路上行人，向前走去，忽然认出了词人，便走过桥来欢迎。”[①]这是说野老“避开行人”朝着词人的方向继续走。若然，站在作者的方位上，应该说“杖藜忽避行人来”而不应该说“去”，除非这两句完全用野老的叙述视角来写。考虑到稼轩在这首词中是“同故事叙述者”，词本身富有浓厚的抒情气氛，我认为最后两句不宜解读为从野老视角的叙事，也不宜解读为外部聚焦的全知叙事。“翁”虽然可以指作者，但作为作者的自称，其本身带有鲜明的主体色彩。“认是翁来”应该是词人从野老“却过桥”这一行动推测出来的。最后两句的完整信息应该是：(我看见)拄着藜杖的野老闪避了一下，(走在我前面的)路人从他身边继续前行。(我推想)野老一定是认出我来了，(我看见)野老迅速回到路中间，并朝着我的方向走过桥来。(作者见)杖藜忽避/(作者见)行人去。(作者想：杖藜野老)认是翁来(作者见)却过桥。

四、“杖藜”也可能是稼轩本人

樊维纲先生也把“行人”解释为过路人[②]，但他的注解明确把“杖藜”解释为“词人拄杖前来”，把“翁”解释为“前来迎接的野老”。他还解释说：“这二

① 喻朝刚：《辛弃疾及其作品》，时代文艺出版社 1989 年版，第 236 页。

② 王兆鹏《辛弃疾词选》说：“行人也非常有礼貌，到野老家时，行人见词人拄着拐棍，特地避让，让老翁(词人)先过桥。”按这种理解，“杖藜”是词人自己，但为何将“杖藜忽避行人去”解释为行人避让作者，却令人莫名所以。

句写词人与野老桥上相见：一写词人走到路转弯处忽然看见对面有行人走来赶紧让开，一写转过弯路细看，等到认清时，才知道是野老过桥来接自己了。”[①]王克俭主编《辛弃疾词选》的说法与此相同。[②]

“转过弯路”这一信息在词中并未出现，显然是解释者为了把“忽避”解释得更合情理，通过想象补充进来的细节。试想，如果是路边有茂密的树木遮挡了视线（树木可能是沿着溪岸种植的），也只有到转弯处（路的转弯处应该就是溪桥）才会发现有行人走过来，于是自己赶紧闪避。

这样解释也是合乎情理的。但樊先生对于“认是翁来却过桥”一句的理解还是欠妥。如果理解为野老过桥来迎接词人自己，其结构为“我认出/野老走过桥来”（认是/翁来却过桥），一则句法太过生拗，二则“却”字没有着落，野老过桥来迎接，为何要说“却”？

可将此说稍加修改。“认”的主语是词人自己，“却过桥”也应该是词人自己。作者看清桥那边是来邀请自己的野老（翁），自己便加快脚步过桥去，这体现出作者对野老“殷勤”热情的回应，是完全合乎情理的。“却”也是照应上文的“忽避”而言。这两句的完整信息是：“我”拄着藜杖（走到溪桥处，才发现有行人走来）忽然闪避，行人离去。“我”看清野老（翁）来（迎接“我”），于是赶紧回到路中，走过桥去。为了使叙述者自己的“忽避”合乎情理，必须要强调路有转弯、遮挡了视线。所以樊维纲先生又说：“杖藜二句写山回路转，是一个富有戏剧性的情节，与[西江月]《夜行黄沙道中》结尾二句‘旧时茅店社林边，路转溪桥忽见’之情景为同一妙境。陆游有一首《游山西村》诗，构思立意与此词有异曲同工之妙。”[③]这个“山回路转”并不是词中本有的信息，其说虽然有趣，却不及前一种说法自然现成。

另外，洪柏昭先生也把“杖藜忽避”视为作者自叙，说：“他狡狯地避开了‘行人’，他使人感到失望；这都是出于好意：他实在不敢再领受他们那份过度的热情了！”[④]在洪先生看来，所有“行人”（应该都是当地的居民）都认识辛弃疾，并且都要热诚地邀请他到家里做客，于是词人见到行人便赶紧闪避。

① 樊维纲选注：《辛弃疾陆游诗词精选200首》，山西古籍出版社1995年版，第180页。

② 参见王克俭主编：《辛弃疾词选》（一），海南国际新闻出版中心1997年版，第69～70页。

③ 樊维纲选注：《辛弃疾陆游诗词精选200首》，第180页。

④ 洪柏昭：《中国古代十大词人作品选》，花城出版社2000年版，第674页。

这种解释为“忽避”找到了另外一种理由，但同样绕不开上文所说的“去”字没有着落的问题。

五、稼轩农村词中的“模糊叙事”

在文学史上，辛弃疾的农村词有独特的风采。《西江月·夜行黄沙道中》和《清平乐·村居》都是脍炙人口的作品，其风格是典型的清新明快的类型，词人从主观上说并不追求艺术表现的模糊性。但由于语言精简含蓄，省略了一些句子成分，因而常出现一些易生歧解的片段。如“稻花香里说丰年”，“说丰年”的是谁？是作者，是作者路遇的农人，还是下句写的“蛙声”？“醉里吴音相媚好”中“醉”的是词人自己，还是“翁媪”？“最喜小儿无赖”，是翁媪最喜，还是词人最喜？这些地方都可以有不同的理解。有时候不同的理解趣味有些差异，但都合乎情理。只要合乎情理，不同说法就可以并存，歧义(ambiguity)反而增加了文本意蕴的丰富性。这种歧义的片段，也可以称作“模糊叙事”，不过似乎并非作者有意为之。

具体到这首词，当稼轩写作的时候，“杖藜”和“翁”是指野老还是说自己，有没有其他“行人”路过，一切都是原原本本、清清楚楚的，借用清人王夫之的话说，可谓“现量分明”，不费推敲。但是，文本流传下来，读者脱离了当时的情境，这些问题就变得模糊起来。辛弃疾一定不会料到这两句词在他的身后竟然产生如此多的歧解。还可以举出另外一个例子，《鹧鸪天·寄叶仲洽》：

> 是处移花是处开，古今兴废几池台。背人翠羽偷鱼去，抱蕊黄须趁蝶来。　　掀老瓮，拨新醅，客来且尽两三杯。日高盘馔供何晚，市远鱼鲑买未回。

下片“掀瓮”、“拨醅”、以自酿米酒待客的是谁？是乡民招待自己，还是自己招待乡民？两种解释都说得通。如果再考虑到题目，也有可能是写稼轩招待(或准备招待)叶仲洽。

这种“模糊叙事”的出现，固然与句子成分的省略有关，而更主要的原因似乎还是词人在农村生活，完全身处其中，与农人之间并无身份和观念的界限，形成了真正的物我平等的关系。明人谢榛谈诗，曾提出“堂上语”“堂下语”“阶下语”的比喻：第一种如“上官临下官，动有昂然气象”；第二种如“下官见上官，所言殊有条理，不免局促之状”；第三种如“讼者说得颠末详尽，犹恐不能胜人”。他的比喻用来概括诗歌不同的语体风格，很有启发性。“堂上语”如同达官吩咐下人，不必委细；而“堂下语”“阶下语”则如同向上司或主人交代事项或问题，分说得越明白越见得精明周详。实际上，谢榛还忽略了一种物我平等的语体：如同挚友对谈，既无须昂然气象，也无须分说明白。陶之诗，辛之农村词，可贵处皆在于此。

但翻检陶诗，可频见物我平等之言，如《读山海经》其一“众鸟欣有托，吾亦爱吾庐”，《拟古九首》其三以燕子口吻说“我心固匪石，君情定何如”，等等。至于其叙事环节，则人我之间界限清晰，如《饮酒》其九云：

清晨闻叩门，倒裳往自开。
问子为谁与？田父有好怀。
壶浆远见候，疑我与时乖。
“褴褛茅檐下，未足为高栖。
一世皆尚同，愿君汩其泥。”
深感父老言，禀气寡所谐。
纡辔诚可学，违己讵非迷！

以内省式的言说方式叙事、写情，也有对田父之言的引用，情事丝毫不乱。相比之下，辛弃疾的词气氛更加热烈。如果说陶渊明做到了与乡民和外物的平等相处、物我和谐，那么可以说，辛弃疾则进一步表现出与外物谐和、众生平等、与乡民融洽相处的自我意识。或者可以说，稼轩农村词似乎有意把物我平等、与乡民融洽相处的状态表现得更加鲜明、热烈。从文法角度讲，你当然也可以责他行文不够周密、太过“豪放”，但话说回来，如果叙事“寸步不离”，句句都交代清楚，词的趣味也必将有所减淡。

解读此类“模糊叙事”，须秉持的基本原则是要合乎生活情理。除了上面谈到的几个细节问题外，还要考虑辛弃疾居住的瓢泉附近到底有多少行人。常国武先生说野老见到行人会胆怯，似乎那里罕见行人。刘乃昌先生认为野老等候作者时几番错认行人，则是认为过桥的行人络绎不绝。有的学者甚至说：“最后一联写主人拄杖在桥边等候，远望见贵宾（翁）来了，忙从人缝中穿过，到桥的那边去迎接。”[①]按这样理解，瓢泉附近简直就是闹市！行人太多或过少，似乎都不太合乎情理。另外，有的解释把“殷勤野老”想象为须发皓白的老者，可能也不一定对。“杖藜”并不表示年事很高，辛词中有《满江红·江行和杨济翁韵》云：“佳处径须携杖去，能消几两平生屐。笑尘埃、三十九年非，长为客。”《水调歌头·盟鸥》云：“带湖吾甚爱，千丈翠奁开。先生杖屦无事，一日走千回。”这两首词都写到了作者的手杖。且上片写刚下过雨，道路泥泞，更需手杖佐行。如果“杖藜”的是野老，则作者自称“翁”；如果“杖藜”的是作者自己，则称野老为“翁”，野老不但年龄与辛弃疾相若，而且在作者写来特征相似、身份无别，彼我正不妨混同，于是才有了如此多的歧解。

---

① 郑临川：《稼轩词纵横谈》，巴蜀书社 1987 年版，第 107 页。

叙事学视角下曹植《洛神赋》意义新探

吕辛福

一、研究缘起

学界对汉魏辞赋的认识，曾长期停留在汉大赋和抒情小赋的层面，直到20世纪敦煌俗赋的发现，以及1993年尹湾汉墓汉代俗赋作品《神乌赋》的出土，人们才猛然意识到，在传统汉代文人赋之外，还存在一类长期被文学史忽略的汉代民间俗赋[①]。随着近年来对俗赋研究的深入，人们发现这类作品数量不在少数（除了考古新发现，还包括对原来已知作品的重新认识），且在汉唐时期已形成了较为独立的演进轨迹，“在文人大赋蔚为大观的同时，俗赋作为一股不小的暗流一直潜行于地下”[②]。俗赋在文学史上的意义不容小觑，对俗赋的研究也正在重新塑造我们对汉赋和汉魏文人文学与民间文学关系的认识。

---

① “俗赋”一词虽然最早出现在刘熙载的《艺概》，但当代学者通用的“俗赋”概念则是伴随游国恩等人主编的《中国文学史》的流行而广为人知（按，伏俊琏曾指出，最早使用这个概念的是程毅中，见其1962年发表在《文学遗产增刊》第10辑上的论文《关于变文的几点探索》）。这套文学史早在1963年出版，至今仍在使用，影响了几代人，其中在“隋唐五代文学”一编，单独设立了“俗赋、话本和词文”一节[《中国文学史》(二)，人民文学出版社1963年版，第213～216页]。书中不仅明确指出《韩朋赋》《晏子赋》《燕子赋》是俗赋，而且还简要梳理了俗赋在历史上的渊源流变，并认为敦煌变文中的《孔子项托(橐)相问书》“实际是一篇俗赋”（按，此处的“托”字，在《敦煌变文集》(1957年)中作“讬”，对讬、橐的演变，张鸿勋在《敦煌本〈孔子项讬相问书〉研究》(《敦煌研究》1985年第2期)中有梳理。后来复旦大学章培恒、骆玉明主编的《中国文学史》中，也单设“词文和俗赋”一节，基本继承了前者的基本内容和观点。但遗憾的是，两本文学史都没有进一步指出俗赋的具体特征。

② 伏俊琏：《俗赋研究》，中华书局2008年版，第3页。另，龚克昌先生认为“由周至唐的俗赋发展之迹依稀可辨”（龚克昌：《中国辞赋研究》，山东大学出版社2003年版，第968页）。

俗赋本身最明显的特征是它的叙事性。[①] 随着学界对俗赋认识的加深，人们发现汉魏文人赋借鉴了民间俗赋的故事结构和表达方式，已是不争的事实。杨义称辞赋是一种"杂交型"的文体，它的民间源头不能忽视[②]；程章灿认为"在建安赋日益雅化、文人化的线索之外，还有一条隐约出现的民间文学影响的痕迹"[③]。

俗赋影响了文人赋的创作，那么在汉魏文人中，是否有人既创作了俗赋又创作了文人赋呢？我们发现曹植正是不二人选：一来曹植创作了大量辞赋作品，至今所存汉魏文人赋中，曹植的辞赋作品数量是最多的；二来曹植辞赋作品中既有与俗赋类似的作品如《鹞雀赋》，同时又有典型的文人赋作品如《洛神赋》；另外还有比较关键的一点，曹植对汉魏民间俗文学采取了积极欣赏和借鉴的态度。从叙事学的视角分析中国传统的辞赋，学界已有学者在唐赋研究中取得新见，但在汉魏辞赋叙事传统研究方面还是空白。在此背景下，笔者以曹植《洛神赋》为例，分析其中的叙事性特征并借机探讨《洛神赋》在汉魏叙事文学传统中的新变意义与价值。

二、曹植辞赋与叙事文学传统的关系

曹植是建安文坛的重要诗人，也是一位重要的辞赋作家，他在辞赋方面的文学才能"十分出色"[④]。他"少而好赋"，"所著繁多"[⑤]，在《前录自序》中曾提到亲自删定辞赋 78 篇，留存至今的虽没有那么多，但也不下于 50 篇（据赵幼文《曹植集校注》），数量为建安文人之冠。其中多数属于抒情小赋，但《鹞雀赋》却是一个例外，钱锺书就称此篇是"开生面而破余地"[⑥]之作。自从《神乌赋》出土后，人们发现《鹞雀赋》与《神乌赋》、敦煌本《燕子赋》在内容、

① 按：傅修延认为，"从叙事学角度比较文人赋与俗赋，可以看出俗赋最突出的一个特征是叙事的细化"（《赋与中国叙事的演进》，《江西社会科学》2007 年第 9 期）；也有学者认为是其故事性。笔者以为这只是说法的不同而已。

② 参见杨义：《文学研究走进二十一世纪》，《文学评论》2000 年第 1 期。

③ 程章灿：《魏晋南北朝赋史》，江苏古籍出版社 2001 年版，第 52 页。

④ 曹道衡：《汉魏六朝辞赋》，上海古籍出版社 2011 年版，第 109 页。

⑤ 赵幼文：《曹植集校注》，中华书局 2016 年版，第 647 页。

⑥ 钱锺书：《管锥编》（三），中华书局 1999 年版，第 1678 页。

体例方面非常接近，“有很近的血缘关系”[①]，都有很强的叙事性，充分发挥了赋的叙事功能[②]，可看作是对汉魏俗赋的一篇成功拟作。简涛认为，《鹞雀赋》“并没有承继文人赋的传统，它应该是承继的民间赋的传统”[③]；曹道衡认为，“此赋颇似后来敦煌发现的俗赋”[④]，“和敦煌所发现的唐代俗赋《燕子赋》，在手法上有明显的类似之处”[⑤]；马积高认为，这篇赋写法上非常特别，摆脱了汉魏文人赋的窠臼，与唐代俗赋之间存在“一脉相承”的关系[⑥]。

此外，人们在曹植写给友人的书信以及史传中发现，曹植对俗文学的看法不同于当时文人，他认为“街谈巷说，必有可采；击辕之歌，有应风雅”(《与杨德祖书》)，他还在邯郸淳面前诵“俳优小说数千言”，这种做法显示了他对民间文学作品具有十分亲近的态度。数千字的俳优小说作品，如果不是用韵语写就，背诵起来是十分困难的事，有观点认为汉代俳优话本就吸收借鉴了韵诵手法，进而“产生了韵诵作品”[⑦]；《汉书·艺文志》中提到“不歌而诵谓之赋”，今日所见俗赋作品中都有大段韵语；于此可见，俳优小说与俗赋之间存在文体上的因缘关系，二者都含有韵语，都适合韵诵。傅修延认为“赋之根深扎在通过俗赋反映出来的古老韵诵传统之中”[⑧]，我认为这是符合历史事实的合理推测。正因如此，程毅中在梳理叙事赋与小说的关系时曾大胆断言，曹植当时所诵数千言的俳优小说“应该是一种通俗文学”，很可能就包括了俗赋在内。[⑨]

以《神乌赋》的创作来看，民间俗赋之叙事技巧已经相当成熟，龚克昌认为“如此佳构之出现，当有一个发展过程，也不应绝无仅有”[⑩]。曹植时代所能见到的俗赋作品当不在少数，他对俗赋作品的文体特征应该是相当熟悉，再加上曹植对汉魏俗赋又采取了积极拟作的肯定态度，因此笔者认为他在

---

① 周绍良、白化文:《敦煌变文论文录》(上)，上海古籍出版社 1982 年版，第 376 页。

② 郭维森、许结:《中国辞赋发展史》，江苏教育出版社 1996 年版，第 227 页。

③ 简涛:《敦煌本〈燕子赋〉体制考辨》，《敦煌学辑刊》1986 年第 2 期。

④ 曹道衡:《汉魏六朝辞赋》，第 113 页。

⑤ 曹道衡:《试论汉赋和魏晋南北朝的抒情小赋》，《中古文学史论文集》，中华书局 2002 年版，第 20 页。

⑥ 马积高:《赋史》，上海古籍出版社 1987 年版，第 155 页。

⑦ 简涛:《敦煌本〈燕子赋〉体制考辨》，《敦煌学辑刊》1986 年第 2 期。

⑧ 傅修延:《赋与中国叙事的演进》，《江西社会科学》2007 年第 5 期。

⑨ 参见程毅中:《叙事赋与中国小说的发展》，《中国文化》2007 年第 1 期。

⑩ 龚克昌:《中国辞赋研究》，第 967 页。

汉魏俗赋文人化过程中扮演了相当重要的角色。钱锺书称之为“开生面而破余地”并不为过，尽管程毅中很早就认为曹植在辞赋创作方面是一个“承先启后、雅俗兼通的作家”[①]，但从今日学界的整体认知来看，对曹植在汉魏辞赋叙事文学方面的成就认识仍显不足。

三、抒情还是叙事——学界对《洛神赋》的两种看法

《洛神赋》在曹植辞赋作品中首屈一指，成就最高，自东晋南朝以来受到历代文人推崇，产生了深远影响。从现代文体学的角度看，多数学者认为这是一篇出色的抒情小赋，曹道衡、马积高、简涛、郭维森、许结等前辈学者的观点可作为代表。曹道衡提到这个时期的抒情小赋在艺术特点上与诗歌相同，尽管文中也有景物、人物描写，但都是服务于抒情的目的，他认为较早的抒情小赋代表作，就有曹植的《洛神赋》[②]，“曹植为抒情小赋的形成作出了贡献”[③]。马积高《赋史》中提到在汉魏文坛上，“抒情赋的大发展，实与曹氏父子的奖掖提倡有关”[④]，辞赋创作取得了一些新成就，其中之一就是抒情赋体式多样，而且题材亦较过去有很大扩展，他举了曹植的《洛神赋》。郭维森和许结认为《洛神赋》是“曹植言情赋的代表作”[⑤]，曹植继承了两汉抒情小赋的历史传统。[⑥] 另外，简涛也认为《洛神赋》是抒情咏物的小赋，不过他的论述略有些自相矛盾之处：他指出曹植的赋作绝大多数都是抒情咏物之作，主要不是讲述故事和塑造形象，但所举的《洛神赋》和《神女赋》却恰恰在文中都塑造了鲜明的人物形象。[⑦]

此外，也有一种观点认为《洛神赋》是叙事赋，这以程毅中先生为代表。1989年程毅中在《敦煌俗赋的渊源及其与变文的关系》一文中，认为宋玉是一位叙事赋的大作家，在他看来，从宋玉《神女赋》到曹植《洛神赋》，再到沈

---

① 程毅中：《叙事赋与中国小说的发展》，《中国文化》2007年第1期。

② 按：在《汉魏六朝赋选注》中，作者亦持有此观点。参见《汉魏六朝赋选注》，上海古籍出版社1983年版，第91页。

③ 曹道衡：《试论汉赋和魏晋南北朝的抒情小赋》，《中古文学史论文集》，第19页。

④ 马积高：《赋史》，第146页。

⑤ 郭维森、许结：《中国辞赋发展史》，第227页。

⑥ 许结：《论小品赋》，《文学评论》1994年第3期。

⑦ 简涛：《敦煌本〈燕子赋〉体制考辨》，《敦煌学辑刊》1986年第2期。

亚之的《湘中怨解》，其中体现出了“一脉相承的神女故事”[①]，曹植的《洛神赋》明显模拟了宋玉的《神女赋》。2007年在《叙事赋与中国小说的发展》中，程毅中又明确指出曹植创作了一些叙事赋作品，在曹植对邯郸淳背诵的“俳优小说”中，“可能就包含了他自己的叙事赋”。在这篇文章论述叙事赋的流变过程时，他再次提及曹植对宋玉的接受，“《洛神赋》继承了宋玉的《神女赋》等叙事赋，他是一个集大成式的作家”。[②] 到了2014年，在《中国小说的第一次变迁》一文中，对曹植在秦汉以来的叙事赋传统中的地位，程毅中又有了新的评价。他认为在汉魏叙事赋的进化过程中，“标志性的代表作家就是曹植”，接下来他用了较大篇幅分析曹植几篇叙事赋的前后承接关系：“曹植著有《鹞雀赋》，上承《神乌赋》之源，下接敦煌本《燕子赋》之流；他的《髑髅说》，前受张衡《髑髅赋》的影响，后启《庄子叹骷髅》等说唱文学的演化；再有《洛神赋》，既是宋玉《神女赋》的余波，又是《游仙窟》等艳遇小说的先河[③]，也是传奇体小说的滥觞。”[④]

由此看来，《洛神赋》到底是叙事赋还是抒情小赋，学界显然已存在两种截然不同甚至是相反的看法，抒情小赋的说法虽然占据主流，但并非定论，叙事赋的声音虽然弱小，但还可以再详加论证。论及曹植《洛神赋》，程毅中的主要关注点是其与宋玉等人叙事赋存在的共性，而不是关注《洛神赋》在叙事赋中的个性，因此缺少对《洛神赋》文本层面的叙事性分析。对于这样一篇在文学史上影响深远的赋作，以经典叙事学的视角分析其中的叙事性特征，确实很有必要也很有价值。

四、《洛神赋》的叙事学分析

叙事学理论自从20世纪60年代在欧洲形成后，迅速突破国界，跨越学科，在东西方不同国家的多学科领域都产生了广泛影响。从方法论的角度看，叙事学理论在对叙事文本采取二元结构分析方面具有明显优势，对叙事

① 程毅中：《敦煌俗赋的渊源及其与变文的关系》，《文学遗产》1989年第1期。

② 程毅中：《叙事赋与中国小说的发展》，《中国文化》2007年第1期。

③ 按，《游仙窟》亦可视为俗赋（参见傅修延：《赋与中国叙事的演进》，《江西社会科学》2007年第5期）。

④ 程毅中：《中国小说的第一次变迁》，《国学茶座》第2期，山东人民出版社2014年版，第137页。

作品从内容方面的"故事层"和艺术表现手法方面的"话语层"开展二分法研究①,能帮助我们突破传统的理论视角和思路,从作品本身出发,常能得出一些新颖的看法和对作品的深刻认识。叙事学理论传入中国后,在小说叙事研究领域取得不俗表现,海外汉学界也有学者使用叙事学的视角研究中国古典小说、诗歌中的叙事性。② 但就辞赋领域来讲,虽然俗赋的出现已经在逐渐改变人们对传统辞赋的认识,辞赋中的叙事因素和叙事功能也开始受到学界关注,但自觉使用叙事学理论开展中国传统辞赋的叙事研究还是比较少见。笔者借鉴经典叙事学理论,从以下几个层面分析《洛神赋》的叙事性特征。

(一)《洛神赋》中的神女相遇故事及其情节呈现

即便是主张《洛神赋》属于抒情小赋的学者,也不否认《洛神赋》中存在故事情节,问题是:这是一个什么样的故事?在汉魏叙事文学由俗而雅的发展背景中,以及诗赋欲丽的文人化写作潮流中,这个故事本身具有什么特殊性?故事中的情节是如何展开的?这些疑问不仅在抒情派那里没有涉及,而且在叙事派那里也没有被细说。

故事是叙事文学的重要特征,《辞海》中就把故事与叙事文学作品紧密联系在一起,对"故事"的定义是:"叙事性文学作品中一系列为表现人物性格和展示主题服务的有因果联系的生活事件。"③福斯特把"故事"界定为"按照时间顺序来叙述事件"④。一些国内学者之所以把汉魏俗赋称为"故事赋",也是看到俗赋中具有叙述故事的显著特征。就《洛神赋》来讲,从叙事学理论的故事层面看,它已具备了基本的叙事要素。

---

① 申丹、王丽亚:《西方叙事学:经典与后经典》,北京大学出版社 2010 年版,第 42 页。

② Allen, Joseph Roe, "The End and the Beginning of Narrative Poetry in China", *Asia Major*, Third Series, Vol. 2, No. 1 (1989), pp.1-24; Allen, Sarah M.,"Tales Retold: Narrative Variation in a Tang Story", *Harvard Journal of Asiatic Studies*, Vol.66, No.1 (Jun.,2006), pp.105-143; Mair, Victor H.,"The Narrative Revolution in Chinese Literature: Ontological Presuppositions", *Chinese Literature Essays, Articles, Reviews (CLEAR)*, Vol.5, No.1/2 (Jul. 1983), pp.1-27; Andrew H.ed., *Chinese Narrative: Critical and Theoretical Essays*. Plaks. Princeton: Princeton University Press,1977.

③ 《辞海》(缩印本),上海辞书出版社 1989 年版,第 1655 页。

④ 参见申丹:《叙述学与小说文体学研究》,北京大学出版社 2004 年版,第 51 页。

1.赋序的叙事功能

“序”是文章的重要构成部分，在《洛神赋序》中曹植写道：“黄初三年，余朝京师，还济洛川。古人有言，斯水之神，名曰宓妃。感宋玉对楚王神女之事，遂作斯赋。”[①]这是一段典型的叙事文字，已经把赋中所述神女相遇故事的时间、空间、人物等基本要素交代清楚。但从李善开始就存在一种看法，认为这里的时间应该是黄初四年，应与史书所述时间对应起来。这种说法的前提是不相信此篇是虚构作品，此论值得商榷。曹植赋中有赋序者，不止此一篇，《离思赋》《东征赋》皆在赋序中提及时间纪年，且与史书记载事件完全吻合，为何独在《洛神赋》中发生纪年错误？对于这个问题，如果我们从叙事学的角度来看，则会得出另一种结论，那就是这里所谓的纪年错误，很可能是曹植有意为之。从常理来考虑，曹植作为朝廷藩王，对于这么重要的进京朝拜时间是不可能弄错的，他故意写成黄初三年而不是四年，实际上是在告诉读者，文中所叙之事完全出于虚构，不能对号入座。按照这个角度，那么就会对该赋的虚构性和故事性有了全新认识，否则就容易忽略文本的叙事性特征，对《洛神赋》在文学史上的意义就会得出较为偏颇的结论。[②] 此外，赋序中人称代词“余”的出现，限定了作品整体的叙述视角，意味着《洛神赋》采用了第一人称的回顾性视角来讲述接下来发生的神女相遇故事。有关该赋叙述视角的转换笔者在下文作进一步阐述。

2.从故事情节看《洛神赋》的叙事性

除了赋序，我们再从“情节”角度来进一步发掘《洛神赋》中的叙事性。叙事学意义上的情节，一般是指对一系列具有因果关系的事件的安排[③]，事件的因果性是一种确定性存在，即“此事发生然后彼事发生”[④]，叙事文本中的故事情节在整体上呈现出一种纵向的线性演进特征。从情节呈现的层次

---

① 赵幼文：《曹植集校注》，人民出版社 1998 年版。下文所引《洛神赋》文本皆出自该书，不再一一注出。

② 当然学界也不乏有中肯的意见，比如瞿蜕园在《汉魏六朝赋选》中就曾指出，曹植似乎是有意不写真实年代，“以表明所写的是寓言而不是事实”（瞿蜕园：《汉魏六朝赋选》，上海古籍出版社 1964 年版，第 64 页），不过这方面的声音还是太微弱。

③ 参见申丹：《叙述学与小说文体学研究》，北京大学出版社 2004 年版，第 51 页；或者是对福斯特观点的直接引用。

④ [美]杰拉德·普林斯：《叙事学——叙事的形式与功能》，徐强译，中国人民大学出版社 2013 年版，第 146 页。

看，《洛神赋》中的神女故事是一个典型的嵌套型故事，属于布雷蒙提出的“镶嵌式叙事序列”。这种手法在中国古典小说中并不鲜见，即所谓“横云断山”法，金圣叹评点《水浒传》时对此曾有所解释：“有横云断山法，如两打祝家庄后，忽插入解珍、解宝争虎越狱事。”①不过在汉魏时期，这种嵌套型的叙事结构安排常见于对话体辞赋作品中。董乃斌在分析宋玉《高唐赋》时就指出：“宋玉在回答中，转述一个故事，从而出现了一个层次叙述，这是在其他赋篇中从未见过，而在后来的小说中才有的。”②董乃斌提到的“层次叙述”，实际上就属于我们这里定义的嵌套故事类型，这种结构上的安排，有助于推动叙事情节的进一步展开。在嵌套型故事中，我们能从中区分出两个相对较为独立的叙述层，第一层故事中的叙述者，同时也是第二层中的“亚故事叙述者”(metadiegetic narrator)③。在这个叠套结构的两个叙述层面上，各有较为独立的故事开端—发展—结束过程，我们分述如下。

《洛神赋》第一层故事中的主要角色是“余”和“御者”。这里的“余”并不是真实作者曹植本人，只是曹植虚拟出的一个人物角色而已。《洛神赋》第一层故事情节主要围绕“余”和“御者”两人之间的对话展开，宓妃在第一层故事中实际上并没有出现，第一层故事主要搭建了此赋的主要框架和故事发生的时空背景。故事从君王和御者京师朝会后返回驻地开始，当他们途经洛水时，君王“于岩之畔，睹一丽人”，遇到了宓妃，接下来就是君王与御者的对话。比较意外的是，御者并没有看到宓妃，“其状若何？臣愿闻之”。从常理来讲这是说不通的(按，这种凡人与神女的“私会”情节在民间故事中是较为普遍的，笔者后文还要分析到)，但这是以君王的视角讲述故事，在文中作为听众的御者的好奇心同时也是故事外读者好奇心的体现，从写作技巧上讲，这正是推进下一步情节发展的需要。于是君王给御者讲述了他与洛神的相遇故事，亚故事亦由此展开叙述。故事讲完后，御者与君王继续上路

① 转引自罗钢：《叙事学导论》，云南人民出版社1994年版，第96～97页。

② 董乃斌：《中国古典小说的文体独立》，中国社会科学出版社1994年版，第130页。

③ 按，笔者此处采用了申丹的翻译(《西方叙事学：经典与后经典》，北京大学出版社2010年版，第79页)。“metadiegetic”这一术语来自热奈特《叙事话语》，前缀“meta”中文译作“元”，因此“metanarrative”可译为“元叙事”，而“metadiegetic”表示嵌套结构叙事中的最内层叙事，热奈特认为“元叙事是叙事中的叙事”。参见[法]热拉尔·热奈特：《叙事话语 新叙事话语》，王文融译，中国社会科学出版社1990年版，第158页。另外两个术语是外叙事(extradiegetic)和内叙事(intradiegetic)。

返回封地,“命仆夫而就驾,吾将归乎东路”。第一层故事情节相对简单,但第二层故事就精彩、曲折许多,是《洛神赋》全篇的高潮所在。

第二个故事用诗性的叙述语言讲述了一个精彩的恋爱故事(按,笔者认为叙事性文本存在小说式的叙述语言和诗性的叙述语言两种语言类型)。在分析这个故事前,我们有必要引用叙事学家查特曼的经典叙述角色关系图,以便直观地感受叙事文本中的叙述身份差异。如图1所示:

叙事文本

真实作者 → [隐含读者 →(叙述者)→(受述者)→ 隐含读者] → 真实读者

图1　叙事—交流情境[①]

在第二层叙事中,情节主要围绕“君王”(即第一层故事中的“余”)和“宓妃”展开,人神恋爱故事正是发生在这一层。除了这两位主要人物,还有宓妃身边的众仙界人物,代表现实世界人物的“御者”已然退出,而是成为《洛神赋》中的一个“受述者”,第二层故事主要是通过“叙述者”君王的视角展开叙述。第二层故事的情节明显富有变化和神幻色彩,而且是一个相对独立、首尾连贯的完整故事,可以比较清晰地看出故事的起因、发展、结果三个部分,并且三部分之间存在较强的因果联系。

董乃斌认为《洛神赋》讲述的是“诗人(曹植)”与洛神从相会到分手的全过程[②],但从叙事学的角度看,这种观点混淆了叙事文本中叙述者与真实作者的身份。在这个故事中,曹植不可能以真实身份呈现,关于这一点我们在分析赋序时已有涉及。故事中出现的“君王”,只能是叙事文本中的“叙述者”身份,是不是诗人我们毫不知情,不能与现实中的曹植画等号。叙事文本既然是虚构性的,其中的人物也不可能是真实生活中的诗人身份再现,所以称之为曹植与洛水之神的相会是不准确的,正如申丹所指出那样,“将作品人物真人化不仅抹杀了对作品的美学效果极为重要的虚构与真实之间的

① [美]西摩·查特曼:《故事与话语:小说和电影的叙事结构》,徐强译,中国人民大学出版社2013年版,第135页。

② 董乃斌:《中国古典小说的文体独立》,第134页。

界限，也容易导致对作品中的语言艺术、结构安排等其他成分的忽略”①。

亚故事是由君王洛水边偶遇洛神开始，洛神的美丽引起了君王的注意，“余情悦其淑美兮，心振荡而不怡”，这种男女相遇的类似情节在汉魏文学作品中较为常见。如《陌上桑》中使君对采桑女罗敷的垂顾，《鲁秋洁妇》中秋胡对采桑女洁妇的调戏，王昭君故事中昭君的美丽引起了皇帝的悔意，《登徒子好色赋》中章华大夫在郊外遇到的一位“丽者”，都是此类故事情节的不同演绎。

但故事接下来的情节发展却与此类民间故事有所不同，洛神对君王也产生了好感，而不是直接拒绝。君王“解玉佩以要之”，洛神“抗琼珶以和予”，一唱一和，神女对君王热情的“呼”有了积极的“应”。可是君王“惧斯灵之我欺”，于是“怅犹豫而狐疑。收和颜而静志兮，申礼防以自持”，对洛神的积极回应，君王并没有进一步展开行动，而是变得矜持不敢继续推进。随后，洛神向君王极尽所能地展示曼妙舞姿，以歌舞娱人的方式，展现自己的决心和意志，借此打消君王的疑虑，君王也对洛神“婀娜”的“华容”达到了“忘餐”的地步，看得出君王的心意已有所转变。

接下来君王有没有进一步的动作和表达，文中没有说明，视角再次转向了洛神。洛神歌舞娱人结束后，收到返回仙界的信息，即“冯夷鸣鼓，女娲清歌。腾文鱼以警乘，鸣玉鸾以偕逝”，在此不得不告别的时刻，洛神伤心落泪，“抗罗袂以掩涕兮，泪流襟之浪浪。悼良会之永绝兮，哀一逝而异乡”。临别之际，赠送君王“江南之明珰”，并明确告诉君王，虽然人神之道殊，自己“潜处于太阴”，但仍会“长寄心于君王”，随后就消失不见，只留下君王一人怅然若失。

从讲述者的角度看，第二个故事到这里已经对文中的御者讲完了。在结尾处与第一个故事有了交叉，想象与现实重叠，通过“足往神留”这句话能体现出来：“足往”，停留在了现实；“神留”，还在为神女伤神。君王对洛神的突然离去心有不甘，于是乘船沿河上行，去寻找洛神，“冀灵体之复形，御轻舟而上溯”，可是哪里能找得到？“思绵绵而增慕，夜耿耿而不寐”，君王流连数日，徒增惆怅，在一无所得的失落中，只好命仆夫就驾，重新上路，这样就

① 申丹：《叙述学与小说文体学研究》，第68页。

与第一个故事的结尾实现了有机过渡与衔接。

(二)《洛神赋》的叙事结构及其意义

《洛神赋》中的叙事性因素除了体现在故事情节方面，还表现在故事结构方面，正是情节和结构这两点，搭建起了《洛神赋》中的基本叙事架构，抒情性的语言才能附着其上，变得丰满和充盈，从而发挥出最佳的抒情效果。

1.宏观叙事结构

《洛神赋》中的与神女相遇故事，无论宓妃还是君王，人物本身个性特征并不突出，缺少后代小说故事中那种细腻的动作、语言、神态、心理描写。受制于诗性叙事语言本身，赋中也不宜展开此类描写，但《洛神赋》的故事结构却很明显(见图 2)。

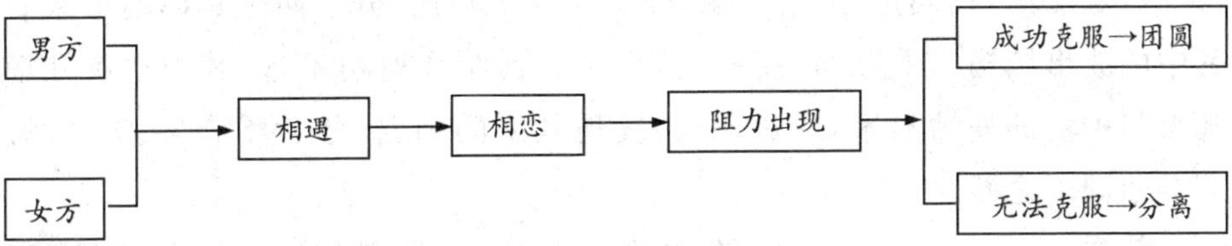

图 2　《洛神赋》中的人神恋爱故事结构

《洛神赋》中的这个故事结构如此突出和鲜明，以至于后代人们更乐意把曹植本人的故事装进这个结构，从而让这个故事结构更增添了吸引力，这突出表现在唐代李善注《文选》中所引的那篇《记》。很显然，《记》的作者套用了这个故事结构，捕风捉影地附会出了曹植与甄夫人之间的一段现实版爱情故事，在后代读者那里产生了以假乱真的广泛影响。

在《记》中用甄夫人代替了《洛神赋》中的宓妃，君王也变成了曹植本人，赋中出现的第三方阻碍因素变成了一个生活中具体可感的人物——五官中郎将曹丕①，定情信物由赋中的江南之明珰变成了玉镂金带枕，结局同样是一个不能在一起的悲剧故事。除了故事的表面形态和内容不一样，《记》与《洛神赋》在深层结构上基本属于同一种叙事结构模式。

① 按，曹丕在曹植、甄夫人关系中的千古骂名由此开始，蒲松龄《聊斋志异·甄后》中还借仙女之口说曹丕是“贼父之庸子”。

当然，这个故事结构并非《洛神赋》专有，也并非其首创，在很多爱情故事中其实都存在，例如历史上的司马相如与卓文君故事，《孔雀东南飞》中焦仲卿与刘兰芝的爱情故事，《搜神记》中韩凭夫妇的故事，民间流传的牛郎织女故事、梁祝故事，《长恨歌》中唐明皇与杨贵妃的故事，《西厢记》中张生与莺莺的爱情故事，以及《圆圆曲》中吴三桂与陈圆圆的故事，莫不是如此结构。此类故事中的大多数已在汉魏时期产生与流传，曹植对俗赋、俳优小说等民间文学情有独钟，他完全有可能接触到汉魏时期的这类故事，对其中的故事结构并不陌生。正因为这个故事结构在古代叙事性文学作品中不断出现，所以我们有理由相信这是一个悠久叙事传统的反映，曹植的《洛神赋》故事结构在这个传统中占据重要一环。

2.微观叙事结构

微观层面，我们选择《洛神赋》神女与君王相遇、分手两个具体情节来看其中的故事结构。干宝的《搜神记》产生时代距离曹植不远，其中也有几篇凡人与神女的爱情故事，通过比较，发现其中的相遇、分手环节与《洛神赋》有异曲同工之妙。

首先，在故事的相遇环节，存在神女私会凡人的结构安排特点。之所以称之为“私会”，是因为只有当事人能睹神女之芳容，他人不能见到。《洛神赋》中君王能见到神女，但是身边的御者却没有见到；类似情节也存在于《搜神记》卷一所述弦超故事中，弦超所见天上玉女，“倏忽若飞，唯超见之，他人不见”[①]。

其次，在故事的结尾分手告别部分，也具有相似的结构安排。《洛神赋》中，洛神最后跟君王分别时的情景是说完话之后忽然就消失不见，“忽不悟其所舍”，这种情节在《搜神记》中董永的故事中同样存在，织女跟董永说完话后，“语毕，凌空而去，不知所在”。而弦超故事中的分手离别情节与《洛神赋》有更多相似之处，我们通过列表的形式，把《搜神记》弦超的故事中神女与弦超的赠别和《洛神赋》君王与宓妃的赠别进行对比，具体如下表所示：

① 汪绍楹校注：《搜神记》，中华书局1979年版，第17页。下文所引《搜神记》皆出自该版本，不再一一注明。

《搜神记》《洛神赋》赠别情节比较

结构要素	弦超遇神女故事之赠别情节	君王遇洛神故事之赠别情节
赠物	取织成裙衫两副遗超	献江南之明珰
泣别	把臂告辞,涕泣流离	抗罗袂以掩涕兮,泪流襟之浪浪
飞升	肃然升车,去若飞迅	体迅飞凫,载云车之容裔,忽不悟其所舍
伤神	超忧感积日,殆至委顿	怅神宵而蔽光,顾望怀愁,思绵绵而增慕

通过比较,我们发现两个故事在上述赠物、泣别、飞升、伤神四个环节都存在极为相似的结构特点。曹植《洛神赋》中的叙述语言只是更具有诗性而已,结构上与《搜神记》中的弦超遇神女故事并无两样。在这两个故事中,还有一处情节结构也是相似的,那就是人神有别的话都是分别从神女口中说出:在《洛神赋》中,宓妃对君王说“恨人神之道殊兮,怨盛年之莫当”;在《弦超》中,玉女对弦超说“我神人也,一旦分别,势不得不尔”。

所以,我们为什么能在曹植的《洛神赋》中总结出与同时或后来的叙事故事类似的故事结构?这个问题值得我们思考,我想这并不仅仅是因为我们选择了一个叙事学的分析视角而已。要回答这个问题,除了笔者文章开头提到的以俗赋为代表的汉魏叙事文学传统以外,我们还得考虑曹植对民间文学的积极态度,从保留至今的史书传记中的只言片语,以及曹植本人的辞赋、诗文创作,我们都发现了曹植对民间俗文学采取了欣赏认可、模拟借鉴的态度。

在曹植《灵芝篇》中用较多笔墨叙述了民间流传的董永故事,也特别提到了神女,即“董永遭家贫,父老财无遗,举假以供养,佣作致甘肥。责家填门至,不知何用归。天灵感至德,神女为秉机”。曹植《九咏》今已失传,今日所见《九咏》乃是从类书辑佚所得,其中所述牵牛织女故事也相对较为完整,如“目牵牛兮眺织女,交有际兮会有期,嗟痛吾兮来不时,来无见兮进无闻,泣下雨兮叹成云”。曹植还为《九咏》亲自作注,在李善注引的曹植《九咏注》中,曹植提到“牵牛为夫,织女为妇,织女、牵牛之星,各处河鼓之旁。七月七日,乃得一会”[①],可见曹植这个注的内容已经非常接近民间流传的牵牛织女故事。

① (梁)萧统编,(唐)李善注:《文选》卷十九,上海古籍出版社1986年版,第899页。

从《九咏注》中的牵牛织女故事以及《灵芝篇》中的董永故事来看，曹植对于民间爱情故事相当熟悉，牛郎织女故事和董永故事。今日所见版本是否与曹植所见版本一致，我们不得而知，但从《搜神记》所录部分内容看，其中的故事情节和故事结构，无论从宏观层面还是从微观层面，都给曹植的《洛神赋》创作带来了直接影响。从叙事文学的角度看，这不是巧合，而是扎根汉魏俗文学土壤的曹植，在创作过程中受到的自然熏陶。

（三）《洛神赋》的话语表达及其叙事性

从语言表达的层面看，通过人物问答对话推进情节发展，是汉魏俗赋和文人赋中常见的一种话语叙述模式，具有典型的叙事性特征。在《洛神赋》中，对话体的叙事手法主要体现在第一层故事中的君王与御者之间，以及第二层故事中的君王与宓妃之间。

《洛神赋》所叙嵌套故事第一层故事中的对话较为明显，君王在洛水之上恍惚间发现洛神后，就问身边的御者有没有见到，即“尔有觌于彼者乎？彼何人斯？若此之艳也！”注意这里出现的人称代词“尔”字是第二人称“你”的意思，而这句话是从“余”的第一人称视角发出，这显然是在主客问答对话中才会出现的人称代词，遵循的正是“叙述者—受述者”之间的双向交流与互动。正如普林斯所分析的那样，无论在什么样的叙事中，如果有一个叙述者，那么也至少存在一个受述者，“这一受述者可以明确地以‘你’称之”，普林斯把这种现象称为“你”信号，它代表受述者（及其情境）的存在[①]，这是叙事性文本的重要话语特征。接下来，御者回答说：“臣闻河洛之神，名曰宓妃。然则君王所见，无乃是乎？其状若何？臣愿闻之。”通过这样的一问一答，剧情随之向前继续推进。

不过在随后的叙述中，叙述视角发生了变化，变成了“余告之曰”，叙述视角的转换显然是叙事文学才具有的一种重要文体特征。这也是一个很有意思的变化，虽然从叙述者的身份来看，叙述者和受述者都没有变，但这里的叙述策略发生了变化，结果也带来了叙述视角的变化。整体上还是以“余”的身份展开的第一人称回顾性叙述视角，但从“余”问“尔”答，到“余告

① ［美］杰拉德·普林斯：《叙事学——叙事的形式与功能》，第18页。

之曰”(按,相当于“我对他说”,“之”是第三人称代词),没有再沿用第二人称,“之”变成了第三人称,从查特曼的叙事交流图分析模式看,这种叙述视角的转换,正好把一个“隐含读者”的角色带入了阅读视野中。

这个“隐含读者”不是此刻坐在书桌前看《洛神赋》的你我他,而是曹植创作《洛神赋》时在曹植心目中的阅读者,也就是《洛神赋》文本预设的读者,曹植心目中的读者不可能是跨时代的阅读者,只可能是与他同时代的人。曹植《与杨德祖书》作于他 25 岁时,信中说“今往仆少小所著辞赋一通相与”,于此可以看出,至少杨修曾是曹植辞赋作品的“隐含读者”之一。不过《洛神赋》作于曹植 30 岁左右,而此时杨修已经去世,曹植的友人丁廙、丁仪也已遇害,兄弟中与曹植关系较好的任城王曹彰也在朝会洛阳时突然死去,白马王曹彪甚至都不能与曹植同路返回封地。曹植创作《洛神赋》时的预设读者,不是来自他的友人,他的多数友人和亲人此时都已凋落殆尽。那么谁会看到曹植的《洛神赋》呢？这个时候的曹植实际上已经被朝廷监视起居,他的文章很可能被朝廷抄去详加审核,所以,这里因叙述视角的转换而牵引出的理想读者,很可能是朝廷中的掌权者。按照这个思路,《洛神赋》中的洛神倒很有可能是曹植的化身。

在解读这篇赋的观点中,南朝沈约其实已经意识到此赋与众不同,他说“以《洛神》比陈思他赋,有似异手之作”①,如果我们从曹植该赋中隐含读者的变迁来看,是能感知到这种差异的。在后代的解读中,由于“真实读者”很难达到曹植眼中“隐含读者”的认知水平,后代“真实读者”的经历和立场也阻碍了进入文本“预设读者”的理解语境,所以后代的种种改编以及附会出曹植、甄后的故事,只能是距离这篇赋作“隐含读者”的接受立场越来越远。对此,刘克庄早就提到“《洛神赋》,子建寓言也。好事者乃造甄后事以实之。使果有之,当见诛于黄初之朝矣”(《后村诗话》)。刘克庄的分析不无道理,只是曹植的寓言目的是什么,今天我们已经无从得知。

再看第二层故事中的对话。

相比第一个故事,在君王转述的神女相遇故事中,洛神与君王之间的对话色彩明显减弱,但对话情节依然存在,因为这个故事仍然是君王以第一人

① 转引自王晓东:《中古语境中的〈洛神赋〉》,《郑州师范教育》2012 年第 2 期。

称的视角在叙述。君王既是叙述者,同时又是他所述故事中的主要人物,叙述者在讲述发生在自己身上的故事,这就赋予了叙述者更大的叙述自主权,他既可以用直接引语来转述有关人物的原话,也可以根据语言表达形式的需要,将人物对话叙述化[①],用自己的话语来概述人物的言辞。

在第二层故事中,我们能明显看出有语言描写的是有关洛神的一大段独白:"动朱唇以徐言,陈交接之大纲。恨人神之道殊兮,怨盛年之莫当。抗罗袂以掩涕兮,泪流襟之浪浪。悼良会之永绝兮,哀一逝而异乡。无微情以效爱兮,献江南之明珰。虽潜处于太阴,长寄心于君王。"表面上看,似是洛神在自言自语,因为并没有提及君王的回应,二者之间缺乏对话互动,但还是明显受到了第一人称转述的制约,虽没有君王自己直接正面的对话回应,我们仍能从君王的转述中发现存在明显的对话情景,如"托微波而通辞""解玉佩以要之""指潜渊而为期""惧斯灵之我欺"这几处场景,显然都含有对话情节,只不过在转述中舍弃了具体的对话文字,把具体的对话内容作了情节化的叙事性处理,使其更加符合语言诗性叙述的需要。

(四)《洛神赋》中宓妃形象的塑造及其影响

除了叙述事件与讲述故事以外,还塑造出具有一定个性特征的人物形象[②],这也是叙事文学的典型特征。从逻辑上来讲,叙事文学中的情节和人物是叙事文本中的两个必备要素,故事中必定既有事件也有人物,不可能存在没有人物的事件,而没有事件也就不会成为叙事作品。[③] 罗兰·巴特在《叙事作品结构分析导论》中认为,"世界上没有'人物',或者至少没有'施动者'的叙事作品是根本不存在的"[④]。在这一点上,与多数叙事文本相似的是,曹植《洛神赋》中成功塑造了文学史上的经典人物形象——洛神。

洛神的原型人物是宓妃,这是曹植之前的文学作品和民间传说中早就存在的人物,见于屈原、扬雄、张衡等人的作品,曹植的《妾薄命》其一中也提

① 参见申丹、王丽亚:《西方叙事学:经典与后经典》,第 27 页。

② 按:关于人物的"个性特征",查特曼在《故事与话语》中称之为"特性",即"相对稳定而持久的个人品性"。参见[美]西摩·查特曼:《故事与话语:小说和电影的叙事结构》,第 110 页。

③ 参见申丹:《叙述学与小说文体学研究》,第 70 页。

④ 张寅德编选:《叙述学研究》,中国社会科学出版社 1989 年版,第 24 页。

到了宓妃:"想彼宓妃洛河,退咏汉女湘娥。"但这些作品中的宓妃形象,缺乏一些令人印象深刻的人物特性,大都是较为模糊的只言片语,不仅如此,屈原、扬雄笔下的宓妃,甚至还有一点低俗:屈原《离骚》中说宓妃"日康娱以淫游,虽信美而无礼",扬雄《羽猎赋》中说要"鞭洛水之宓妃",张衡也说宓妃"虽色艳而赂美兮,志浩荡而不嘉"。有学者认为,对于宓妃,"从屈原到东汉形成了一条比较明晰的反面性的评价体系"①。

其实在这个反面评价体系中,还应该加入宋玉,曹植《洛神赋序》提到宋玉写王神女之事,宋玉笔下的神女是带有情色意味的。柔情媚态中含有低俗内涵,宋玉赋中的神女并不纯洁,即便谈不上下流,但至少是带污的。这从后代接受中就能看出来,《金瓶梅词话》中描绘西门庆与李瓶儿初次幽会时的情景,曾有小诗形容若"宋玉偷神女"②。此外,闻一多也曾经指出,"虔诚一变而为淫欲,惊畏一变而为玩狎",原先曾经在先民祭祀中高高在上的神女,在宋玉赋中"堕落成了一个奔女"③,再加上后代文学作品中多用巫山神女云雨意象喻指男女之间的性事,这都在客观上降低了神女的高贵优雅特质。

曹植笔下的洛神与之前文学作品中的宓妃完全不同,提升了以往文学作品中神女的高贵地位,可以说基本奠定了汉魏之后的宓妃接受形象。就这个全新的人物形象而言,她身上至少有两个特性非常鲜明:首先体现在忠贞,赋中洛神"指潜渊而为期""长寄心于君王"的形象令人印象深刻。歌颂忠贞的爱情,这个主题在汉末乐府中较为常见,《古诗十九首》就有多篇此类主题的作品。对熟悉汉魏俗文学作品的曹植来讲,他对民间文学作品中经常出现的这类感情主题并不陌生。其次体现在守礼。赋中的洛神"习礼而明诗",主动向君王陈述"交接之大纲",洛神与君王的接触交往自始至终合乎儒家礼教之规范,并没有悖俗越礼之举,这个明诗而守礼的宓妃与屈原笔下"无礼"的宓妃形成强烈反差。守礼还表现在与君王互赠信物,作为对君王"解玉佩以要之"的回应,在临别之际,宓妃主动赠送君王"江南之明珰",这一方面可以看出二人彼此都有好感,另一方面也是《诗经》中"投我以木

---

① 吴冠文:《论宓妃形象在中国古代文学史上的演变》,《复旦学报》2011 年第 1 期。

② 梅节校订:《金瓶梅词话》第十三回,里仁书局 2007 年版,第 178 页。

③ 《闻一多全集·神话编》,湖北人民出版社 1993 年版,第 26 页。

桃，报之以琼瑶。匪报也，永以为好也”的体现。当然，赋中的洛神还有另一个明显的特点，那就是集美貌与品德于一身，引起后人无限遐想，《酉阳杂俎》中就记录了西晋刘伯玉向妻诵《洛神赋》，结果引起妻子嫉妒并跳河而死的故事。[①] 西晋刘伯玉对妻诵《洛神赋》的故事，是后代文人接受洛神形象的一个缩影，但这个故事是唐代才出现，历史上不一定存在这个人物，这个故事更多地反映了唐人对洛神的接受态度，这与李善注《文选》时引用了一则来源不明的《记》如出一辙。《记》中直言曹植洛水之上所见神女乃是甄后，并敷演出一段曹植、甄后的恋爱关系，从而把《洛神赋》中的人物形象具体化，变成了历史场景中的人物原型。这种小说演绎手法尽管显得较为离奇，但可以看出唐代文人对洛神这个人物形象情有独钟。

如果说上述两个故事都还是直接按照《洛神赋》中的人物和情节来接受的话[②]，那么历史上还存在脱离《洛神赋》的情节而只接受人物的一种类型，在这类接受中，无不以洛神这一精彩的人物形象为中心。洛神摆脱了原有情节框架的限制，独立行动，出入不同时空，又分别与不同人物演绎出别样的故事情节，原来故事中的“君王”甚至都可以在新的故事情节中消失，如唐代传奇《洛神传》中洛神与萧旷之故事[③]、清代蒲松龄《聊斋志异》中的“甄后”故事，这也充分印证了叙事学理论中有关“情节和人物”是可以分别被记忆和接受的判断[④]。从后代的种种接受实践也能看出，曹植《洛神赋》中对洛神人物形象的塑造是相当成功的。

---

① 参见《唐五代笔记小说大观》(上)，上海古籍出版社2000年版，第658～659页。

② 按，唐代诗人作品中也存在一种对《洛神赋》情节、人物双接受的类型，典型的如李白《感兴八首》其二。

③ 按，《洛神传》又名《萧旷》，对该文本的文献梳理和名称辨析详见笔者专著《唐前爱情诗讲析》(吉林大学出版社2020年版，第69～75页)。

④ 参见[美]西摩·查特曼:《故事与话语:小说和电影的叙事结构》，第102～103页。

“遗照”式写作

——论张曙光诗歌中的历史叙事

吴　昊

1992年，在美国攻读博士学位的作家哈金为诗人张曙光写了一首名为《给阿曙》的诗：“今天中国的大多数作家还没有完成/从青年到中年的过渡。/他们确实遭受过不可想象的灾难，/但他们的心仍旧青嫩。/他们的声音也许甜蜜，精细，/但很少表达现实的重量，/或发出真理和智慧的光焰。”这几句诗透露出一种担心：中国作家对“现实”发出的声音因为缺乏“重量”和“智慧”，而存在失语的可能。同时哈金的诗句还隐藏了一种论断：从“青年”到“中年”，是一个生理年龄和心理年龄同时成熟的过程，并且“中年”较之“青年”能够对现实和历史的认识更为理性和深刻。正是基于这种认识，“中年写作”这个概念在20世纪80年代末90年代初被萧开愚提出，他给予诗人的“中年时期”以高度评价，认为它介于“青年”的“激情、即兴、偶然”与“老年”的“明澈、赞颂、必然”之间[①]，是诗人成长过程中的转折阶段[②]。而把哈金、萧开愚的“中年”观念放在整个20世纪八九十年代诗歌转型的过程中

---

① 参见萧开愚：《抑制、减速、放弃的中年时期》，《大河》1990年第1期。

② “中年写作”提出之后存在一定争议，张曙光认为：“‘中年写作’也许算不上严格意义上的命题，至少从表面上看有些可疑，或显得不够妥帖。中年写作意指着什么？是中年人的写作，还是针对中年人的写作？”不过张曙光同时也认为，“中年写作”的提出表明这样一种姿态：它使汉语诗歌真正进入成熟期，且对以往的诗歌创作在一定程度上进行总结。……同青春期写作相比，“中年写作”更为客观、冷静，关注经验多于倾注激情，具有历史感，在对事物的判断上也不执于一端，严格的是非判断和道德判断让位于困惑、怀疑和模棱两可。也就是说，“中年写作”在更大程度上展示经验的复杂性，也深刻地展示人类生活的处境和我们内心的危机，因而也就更具有了深度和广度。参见张曙光、孙文波、西渡：《写作：意识与方法——关于九十年代诗歌的对话》，孙文波、臧棣、萧开愚编：《中国诗歌评论·语言：形式的命名》，人民文学出版社1999年版，第358～359页。

来看，则意味着一种对“历史”的“承担”：经历了八九十年代社会系统结构（生产方式、生活方式、心理结构、价值观念等方面）转型的中国诗人开始意识到自己作为历史的“中间物”所具有的责任感。因此，在步入变幻万千的市场经济时代之际，他们无法故作潇洒地与“旧时代”告别，而是在诗作中书写了一曲对“旧时代”的挽歌，这些诗作也就此成为“岁月的遗照”。虽然这些书写不可能全面地反映过去，但也能看到诗人对历史做“个人化记录”的努力。

“岁月的遗照”使人想起杜甫的“诗史”（萧开愚有一首长诗便题为《向杜甫致敬》），也使人想到本雅明笔下“脸朝着过去”的天使。赵静蓉认为，本雅明的怀旧立场“不是要在现实层面上返回过去，也不是在精神世界里完全依赖或寄望于传统的安抚，而是通过记忆使时间的碎片与现实碰撞，从而在一个个被记忆和现实双重塑造的碎片中找到自身存在的真实感”[①]。对于诗人张曙光的作品而言，本雅明的“历史天使”似乎找到了栖身之处。从《1965年》等诗作开始，张曙光就有意在作品中建构一个“挽歌世界”。自然，张曙光的“遗照”“挽歌”并不是对过去岁月的消极颓废怀缅，更不是感叹“今不如昔”，而是从“回忆”主题的塑造中找到个人在时代中的位置，从“过去”的角度来观照“现在”，审视人的生存处境。无论是书写“文革”童年，还是写哈尔滨这座城市的历史，张曙光在写作中都试图“重新翻回那一页”，“或从一片枯萎的玫瑰花瓣，重新/聚拢香气，追回美好的时日”。（《尤利西斯》）

一、作为历史见证的“童年”

张曙光的诗作《1965年》（1984年）常被认为是20世纪80年代“叙事性”诗歌写作的开端。在这首诗中，“一种陈述的调子抑制着因回忆可能唤起的抒情”[②]：“那一年，我十岁，弟弟五岁，妹妹三岁/我们的冰爬犁沿着陡坡危险地滑着/滑着。突然，我们的童年一下子终止。”而张曙光本人对“叙事性”的解释是：“当时我的兴趣并不在于叙事性本身，而是出于反抒情或反浪漫的考虑，力求表现诗的肌理和质感，最大限度地包容日常生活经验。不过我确

① 赵静蓉：《怀旧——永恒的文化乡愁》，商务印书馆2009年版，第191页。

② 张桃洲：《杂语众生与未竟的转型：1990年代诗歌综论》，《长沙理工大学学报》（社会科学版）2010年第6期。

实想到在一定程度上用陈述话语来代替抒情，用细节来代替意象。”[①]“陈述话语”“细节”在张曙光这里成为使诗变得“不纯”的手段，用来表现“日常生活经验”，这可以视为一种诗歌修辞策略的探索，但“反抒情”并不意味着取消“抒情”，而是让“抒情”有着更多可能。在张曙光看来，所谓的“叙事性”只是为了更好地表现诗人的生存处境和时代的本质。进一步说，张曙光认为诗人还是应该对时代发出自己的声音，尽管这些声音是个人化的：“诗人无疑应该对时代、对生活敞开心扉，这甚至是衡量诗人之为诗人的一个重要尺度，但诗歌的本质还是应该抒写自己的内心，通过这些表现我们的生存状态，对我们生存着的世界传情达意。”“一个严肃的诗人，无论他写些什么或怎样去写，从根本上讲都应是对这个时代、对我们生存状况的回应。”[②]张曙光的诗学观念一定程度上可以说明，从 80 年代进入 90 年代的诗人对诗歌与时代的关系有了新的认识：诗歌并不是简单地作为时代的传声筒而存在，它与时代的距离更为微妙，对时代的反映也更为细致或隐秘。“个人”的立场在诗歌与时代的中间扮演着重要角色。除了张曙光的《1965 年》《给女儿》《照相簿》等诗作，80 年代末 90 年代初还出现了另外一些从个人的视角书写时代，具有叙事性的诗，如萧开愚的《国庆节》《公社》，孙文波的《回旋》《村庄》等。在这些诗作中，尽管所能反映出的只是一些碎片化的历史场景，但仍能看出“个人”对时代的见证与理解。

就张曙光而言，其诗作中的叙事性往往通过回忆的主题而呈现，而回忆所指向的多是童年场景。张曙光 1956 年生人，而 1966 年开始的“文革”在某种意义上使得这一代人的童年过早结束（“突然，我们的童年一下子终止”）。尽管那时他们年纪还小，可视为“文革”的“旁观者”，但也不可避免地受到成人政治旋涡的影响，尤其是来自父母等近亲的影响。比张曙光稍小几岁的韩东，就在其长篇小说《扎根》《小城好汉之英特迈往》中写到了童年与“文革”的关系。但诗歌毕竟不同于小说，张曙光写其“文革”童年时并不着意于对“文革”中生活全景的铺绘，而是通过日常生活中的碎片化“小历史”来投射“文革”这段“大历史”。在前文提及的《1965 年》中，回忆语调拉开序幕之

---

① 张曙光：《关于诗的谈话》，孙文波、臧棣、萧开愚编：《中国诗歌评论·语言：形式的命名》，人民文学出版社 1999 年版，第 235～236 页。

② 张曙光：《诗歌作为一种生存状态或我的诗学观》，《上海文学》2008 年第 12 期。

后（“那一年冬天，刚刚下过第一场雪/也是我记忆中的第一场雪/傍晚来得很早。在去电影院的路上/天已经完全黑了”），出现的是一系列日常意味的场景：“我们绕过一个个雪堆，看着/行人朦胧的影子闪过——/黑暗使我们觉得好玩”；“那一年电影院里上演着《人民战争胜利万岁》/在里面我们认识了仇恨和火/我们爱看《小兵张嘎》和《平原游击队》/我们用木制的大刀和手枪/演习着杀人的游戏”。“绕雪堆”“看电影”这些常出现在儿童生活中的场景本来没什么稀奇，但由于是发生在特定时代中的事件，所以难免染上成人的政治色彩。“认识了仇恨和火”“演习着杀人的游戏”，还有下文的“冰爬犁沿着陡坡危险地滑着”，加之标题的“1965 年”这个敏感的时间点，所有这一切都散发着“文革”的“预警”信号。正如张曙光所说：“1965 年是‘文革’的前一年，在以后很长的岁月里我和家人一直受到歧视和侮辱。但在那一年一切似乎还很平静，很少有人能预见到以后的动荡。不知为什么，我那时如前面所说，总是会有某种凄凉或近于恐怖的感觉。无法知道这是偶然的巧合，还是一个孩子易感的心灵对未来灾祸的一种预感。”[①]“仇恨”“杀人”这样的字眼，本不应该为儿童所使用，但由于特殊的时代氛围，儿童的思维也难免趋向成人化，过早地与成人社会发生了联系。

与《1965 年》相类似，张曙光的《1966 年初在电影院里》《照相簿》《回忆：1967 年冬》《1964 年或我的童年经历》《雪》《往事》等诗作也用倒叙的手法书写了对童年往事的回忆。在这些诗作中，“那一天”“那一年”等时间标志，与“1964 年”“1965 年”“1966 年”等具体的年份数字一起，带读者回到 20 世纪 60 年代。《1966 年初在电影院里》讲了一个“我”和“弟弟”在电影院遭遇停电的故事，但叙述的语调中也有着某种对“1966 年”即将发生事件的暗示：“历史和声音一下子消失/大厅里一片漆黑，仿佛一切失去了意义/人们静静地默哀了一分钟，然后/喧哗着，发出一声声嘈杂的抗议/不，不完全是抗议/我想里面包含着失望和委屈”；“不知为什么，我们感到安全/内心却萌动着一种莫名的恐惧”。从这里可以看出张曙光并没有把“童年”当作一种单纯的回忆来书写，而是有意使“童年”作为一种历史的见证。在《照相簿》中，张曙光又一次写到“1965 年”的意义：“在一张全家照上，拍下了/爸爸，妈妈，弟

① 张曙光：《我写〈电影院〉》，张曙光博客，http://blog.sina.com.cn/s/blog_5383d7c7010005j7.html。

弟，妹妹，和我/上面印着：1965 年 8 月，哈尔滨/爸爸试图微笑，但他一边的嘴角刚刚翘起/便凝固在画面上/无法把它修整得更好。/这也是全家最后一次合影，以后好些年/全家人没有照相也没有微笑直到/我和大学同学一起拍下照片”。“爸爸”的勉强微笑和“全家最后一次合影”暗示着接下来的日子将是不平坦的，直到“1977 年”这个恢复高考的年份，“我们”才“走在街上，笑着，大声叫喊/回忆着过去，谈一些美好的事物”（《第一次历险》）。从“1965 年”（或“1966 年”）到“1977 年”，中间 10 多年的时间在张曙光的诗歌叙述中是近乎空白的，这 10 多年历史的重要性不言而喻，但诗人只选择回忆这段历史的“开始”和“结束”（尤其是“开始”），而回避其“过程”，这也许是因为“开始”对诗人的意义更大（如前文所说，张曙光认为“1965 年”是其童年提前终结的标志），从此之后，包括张曙光在内的一代人被迫“抛”入成人政治世界。正如王德威所认为的，与其说关键时刻是“锁定”意义的要素，不如说关键时刻是“开启”历史意义的契机。①

虽然张曙光笔下的“童年”回忆具有见证历史的意义，但值得注意的是，这些诗句中对“童年”的回忆并不一定都是真实发生过的事情，除了选择性记忆之外，恐怕还有虚构的成分。这是因为张曙光的“童年”回忆逃不开“文革”这个历史大背景，而一个孩子对于历史大事件的认知往往没有成人那么深刻，因此诗人在书写“童年”场景时也不可避免地带有成人的观察立场，对原始的碎片化记忆进行了整合与加工。所以诗人说：“当时，望着窗外的雪，我想/林子里的动物一定在温暖的洞里冬眠/好度过一个漫长而寒冷的冬季/我是否真的这样想/现在已经无法记起”（《1965 年》）；“爸爸打着灯笼，给我们送来了雨衣/好像是蓝色塑料的，或者不是，是其他的颜色/这一点现在已经无法记起”（《1966 年初在电影院里》）；“现在爸爸老了/那只旧式风箱/也不知丢弃在哪里/我想到了这些/真不知道有什么意义”（《往事》）。“回忆”并不是把每件事都落到实处，而是存在许多模糊之处。“一个年幼的孩子，他的感知能力还十分有限，对这些场面只会留下浮浅的、短暂的记忆。要从这个场景背后总结出历史现实，需要他脱离自我，需要人们为他开启群

① 参见王德威：《现当代文学新论：义理·伦理·地理》，生活·读书·新知三联书店 2014 年版，第 26 页。

体的观察方式；他需要看见一个特定事件是怎么创造历史的，因为他已融入了这个集中了民族活动、利益和热情的圈子。”[①]哈布瓦赫认为，记忆是具有社会性的，一个人的回忆总属于他所处的群体的集体回忆。因此，张曙光的“童年”回忆虽然是属于他个人的，但个人并不是完全封闭、独立于社会进程的个人，他或多或少也被集体回忆所塑造。张曙光自身也意识到了这一点：“一个人的写作，无论怎样个人化，无论怎样天才超绝，从本质上讲，它都跳不出时代如来佛的掌心，总是或多或少或隐或显地带有这个时代的印迹。”[②]尤其是在特殊的年代，个人（孩子）的命运和时代之间的联系尤为明显。

张曙光这些对“童年”的回忆书写集中出现于80年代中后期，离“1965年”“1966年”等时间点已经过去了20多年，与“童年”“青年”等年龄段的距离越来越远，而离“中年”“老年”越来越近。在20世纪80年代回忆60年代，回忆的角度往往带有80年代所施与的影响。尤其是到了80年代末90年代初，随着市场经济的发展，社会转型加快了速度，人们逐渐发现自己身处于一个“一切坚固的东西都烟消云散了”的环境，对昔日生活的怀念与历史的虚无之感同时出现在社会中。前者是“毛泽东热”“老照片热”等怀旧热潮的起源，而后者则往往对历史发展的方向产生疑虑而出现一些偏激甚至是错误的思想和行动。实际上，即便是历史的“旁观者”，也置身于历史之中，与“在场者”的区别只不过是他们不处于事件的中心，观察历史的角度更具有个人色彩。因此，张曙光这一代人虽然在“文革”开始时只是孩子，但也以孩子的身份加入了历史进程。与张曙光同一年出生的柏桦，就在《左边：毛泽东时代的抒情诗人》中回忆了一个与张曙光不同的“左”倾童年：

成长啊，随风成长
仅仅三天，三天！

一颗心红了
祖国正临街吹响

① ［法］莫里斯·哈布瓦赫：《集体记忆与历史记忆》，丁佳宁译，［德］阿斯特莉特·埃尔、冯亚琳主编：《文化记忆理论读本》，北京大学出版社2012年版，第73页。

② 张曙光：《诗歌是对时代的回应》，《江南（诗江南）》2010年第4期。

吹啊，吹，早来的青春
吹绿爱情，也吹绿大地的思想

瞧，政治多么美
夏天穿上了军装

生活啊！欢乐啊！
那最后一枚像章
那自由与怀乡之歌
哦，不！那十岁的无瑕的天堂[①]

（《1966 年夏天》）

同样是 1966 年，同样是 10 岁，但张曙光和柏桦的回忆就有较大差别。张曙光写道："但我还记得那部片子：《鄂尔多斯风暴》/述说着血腥，暴力和革命的意义/1966 年。那一年的末尾/我们一下子进入同样的历史。"（《1966 年初在电影院里》）"1966 年"的末尾被张曙光称为进入"血腥，暴力和革命"的意义，而他的童年也终结了："那一年，爸爸被关进学习班/我做饭，挑水/喂养着两只兔子/我踏着田垅厚厚的积雪/到朋友家，交换着书/诅咒着一个又一个名字。"（《往事》）而在柏桦的"左"倾视角来看，"1966 年"是令人怀念、充满欢乐的年份，而其《1966 年夏天》也是在一个"富有意义的日子"中写下的："一个意想不到的巧合，我于 1989 年 12 月 26 日，毛泽东生日这天写下了一首怀念'文化革命'之美的小诗。这首诗把我带回到 1966 年夏天，我如梦的红色（或绿色）天堂，在那里我第一次饱尝欢乐和自由的少年岁月。那一年'文革'开始，我正好 10 岁，一枚像章把我带入生活。"[②]柏桦在后来的叙述中，把这种从小就有的"左"倾倾向归结于对具有"下午"性格（对即将来临的黄昏的神经质的绝望、啰啰嗦嗦的不安、尖锐刺耳的抗议、不顾一切的毁灭冲动，以及下午无事生非的表达欲、怀疑论、恐惧感）[③]的母亲的叛逆性反抗。

① 柏桦：《〈左边〉：毛泽东时代的抒情诗人》，《青年作家》2008 年第 11 期。
② 柏桦：《〈左边〉：毛泽东时代的抒情诗人》，《青年作家》2008 年第 11 期。
③ 柏桦：《〈左边〉：毛泽东时代的抒情诗人》，《青年作家》2008 年第 11 期。

“文革”的到来正好满足了诗人这种叛逆、反抗，要求“革命”和“激情”的心理。从张曙光与柏桦在80年代对“1966年”的不同回忆来看，“旁观者”对历史的见证与认知具有鲜明的个人立场，他们的“童年”回忆被立场所塑造；同时，他们的“童年”经历又影响了他们成年后的思维观念，于是“60年代”与“80年代”呈现出互相塑造的关系。

如前文所说，在20世纪80年代到90年代转型的时刻，“怀旧”是具有历史意味的。张曙光的“怀旧”不仅表现在对“童年”往事的书写上，还表现在对他自考上大学后便一直生活的城市——哈尔滨的书写中。在张曙光笔下，哈尔滨的风貌变迁也折射出时代的变革，从而使诗作中的哈尔滨也有了“岁月的遗照”的意义。

二、怀旧中的城市

敬文东在一篇文章中提到：“城市不是一个外在于我们的事实，它就在我们身体的周围，甚至身体的内部：那则在水中寻找海水的呆鱼的寓言故事，在今天听起来正确无比。……是有了太多房屋的城市给了我们漂泊的命运。孙文波写出了一个了不起的诗句：‘是城市加速了我们流亡的性质。’(《搬家》)”[①]从这段话看来，当代诗人应该敏锐地发现“城市”对于人们生存的意义。当然，自古代文学诞生之时起，“城市”作为一个诗歌创作主题已经出现在作品中。而现代诗诞生之后，“城市”书写又有了新的发展。卢桢的《现代中国诗歌的城市抒写》一书便对现代诗歌中的“城市”主题的书写情况作了详细梳理与研究。书中指出，在1986年的“现代诗群体大展”中，第一次有人以群体形式提出“城市诗人”的口号，以抒写“城市诗”的方式标榜其价值体系[②](“城市诗”集中收录在诗集《城市人》中)。这个“城市诗”的群体由张小波、孙晓刚、李彬勇、宋琳四人组成，他们的诗作反映了对20世纪80年代上海城市的所见所感，并呈现出某种矛盾：既为城市日新月异的发展感到欣喜，又透露出一丝困惑与不安，尤其是透露出自我心灵的焦灼、孤独

① 敬文东：《在新的命名法则指引下》，孙文波、臧棣、萧开愚编：《中国诗歌评论·语言：形式的命名》，人民文学出版社1999年版，第282页。

② 参见卢桢：《现代中国诗歌的城市抒写》，中国社会科学出版社2012年版，第9页。

甚至痉挛。比如,宋琳一边赞美城市的发展:“但我的身旁毕竟是/中国的大街在流动啊/流动着阳光和牛奶/流动着一大早就印发的新闻联载/关于广场塑像的奠基仪式/定向爆破和崛起的阳台”(《中国门牌:1983》);一边又为这种“流动”的转瞬即逝性而感到“一切坚固的东西都烟消云散了”:“这座居住过你的城市不会因为你的出现而神奇/也不会因为你的消失而平淡/天照样下雨车照样拥挤人匆匆前去上班。”(《骊歌》)社会主义市场经济制度虽然在1992年才正式被确立下来,但像上海这样的大城市,在80年代已经领先一步体验到市场经济所带来的巨大改变。马克思主义哲学认为,市场经济是商品交换的高度发达形态,人与人的一切经济交往关系都以货币为媒介,都表现为物化社会关系。物化社会关系使人们自己的社会关系变成外在的、偶然的、异己的关系,表现出市场经济对人的发展的消极影响和负效应。[①] 尤其是在80年代末90年代初,我国的市场经济体制还未完全成熟,各种关系之间的摩擦时有发生。“城市诗”对市场经济发展初期的矛盾的揭示虽然还较肤浅,但已经呈现了现代化浪潮中的城市所具有的一个突出标志——稍纵即逝。

“稍纵即逝”这个词在波德莱尔眼中可谓是“现代性”的特征:“现代性就是过渡、短暂、偶然,就是艺术的一半,另一半是永恒和不变。”[②]就此看来,“现代性”对应的是一种“一去不复返”的线性时间观,与“永恒和不变”的神圣时间相对立。而为市场经济所主导的城市奉行的就是线性时间观:每天匆忙奔波的人手腕上手表的滴答声,广场、大厦准点响起的报时声,都是时间“稍纵即逝”的证明。而初入城市的张曙光,也难免对城市的这种近乎无情的线性时间秩序而感受到“茫然”和“一种莫名的敌意”:“我们坐在破旧的座椅上/二路无轨电车,看着陌生的城市/在窗外驶过”;“我们第一次在夜晚穿过城市冰冷的心脏/寻找一家酒店”(《第一次历险》)。这些诗句反映了张曙光考上大学后来到哈尔滨的第一感觉,此后的人生,张曙光几乎都在哈尔滨这座中西合璧的城市度过。虽然这座城市的历史只有一百多年,但张曙光在生活中已经感受到了一种“追怀怅惘”的气息。漫步在中央大街上,与

① 参见李淑梅:《社会转型与人的现代重塑》,山西教育出版社1998年版,第237页。

② [法]波德莱尔:《波德莱尔美学论文选》,郭宏安译,人民文学出版社2008年版,第439~440页。

“历史”总能不期而遇：

深秋的黄昏。好多年前。当我沿着
中央大街，漫无目的地闲逛
微雨和发黄的叶子，在无声地洒落
天色微暗。两旁楼房透出的灯光
闪烁而朦胧，仿佛
轻柔而忧伤的歌曲
使人陡然忆起了那些逝去了的
并且永不复返的时日——那些希望的
绿叶，夏日的玫瑰，以及
温暖多变的天气

而这条作为历史见证的街道
用石块砌成，冰冷而坚实
在岁月的变化流转中依然
保持自身的完整，任凭
脚步，车轮，和沉重的历史
在上面碾过，我慨叹于
人生的无常与脆弱
但似乎是一个象征：江畔的一张长椅上
一个老人，扶着手杖，凝望着
雾霭中江水悄然逝去，或是在沉思，任思绪
像流星一样，划向遥远而黑暗的世纪

[选自《四季(组诗)》][①]

中央大街是哈尔滨一条通往松花江边的石砌街道，路两边多为俄式建筑，距今已有一百多年历史，可以说，中央大街的历史，就是哈尔滨这座城市的历史。俄罗斯人曾在这条街上开过酒店、餐馆、剧院、咖啡厅，但这些充满旧时风情的建筑已被“现代化”气息所浸染：“在一夜之间，城市半个多世纪

① 张曙光：《小丑的花格外衣》，文化艺术出版社1998年版，第60～61页。

的记忆被切掉了。具有罗马建筑风格的工人文化宫变成了刘老根大舞台，还有几家电影院也成了二人转剧场。这个自封为东方莫斯科或东方巴黎的城市如果过去是一种自我炫耀，那么现在则是一种对旧梦的追怀(它的美丽在梦中无疑被进一步夸大了)，或确切地说，是失落后下意识地自我安慰。在这座号称东方莫斯科或巴黎的城市，音乐厅和美术馆只是形同虚设，几乎没有演出和展览，一年一度的冰灯游园会成了这个城市唯一可以吸引外界游客的招牌。说实话，这里面其实是没有多少文化含量的。"[①]值得注意的是，这些缺少文化气息的现象不是新世纪之后才有的，早在80年代到90年代转型时期，商业文化就开始插入哈尔滨的历史风景："旧式俄罗斯建筑和黝黑的树木，以及/一间间新开的美容厅和小吃店/挂着漂亮的照片和清冷的生意/一本没人翻阅的旧杂志——/历史，逝去的繁华和悲哀/在白昼和变化的街景中沉积。"(《一条旧时的街：外国街，1989.11》)马泰·卡林内斯库在《现代性的五副面孔》中提到的"过去死了，唯有现在才是现实"的景象出现在这首诗里。一味地强调"现代"的后果就是依赖于线性的"进步"概念，而在"稍纵即逝""一去不复返"的线性时间观主宰下，城市的建设往往唯"新"是图，而忽略了旧有文化的意义[②]，但恰好是"旧"，彰显出一座城市的历史价值所在。

在80年代到90年代交替的时刻，"怀旧"因其对历史的重视而值得关注。这种"向后看"的情绪与海子之后兴盛一时的"麦地诗"不同，它虽然在时间上指向"过去"，却是把"过去"当作向"未来"挺进的原料，否则就陷入"复古主义"的时间观(其本质仍是一种简单的线性主义)。对一座城市的历史文化"怀旧"，一方面体现了诗人在转瞬即逝的时间流中把握住一点恒定不变的事物的意愿，正如张曙光所推崇的诗人博尔赫斯在小说《阿莱夫》中所说的，"世界会变，但是我始终如一"。"怀旧"，就此成了诗人在诗歌中抵抗机械时代简单的线性时间观的一种手段。张曙光在接受访谈时曾说道："我对时间有一种恐惧。时间带来一切，又带走一切。我们是时间的产物，

---

① 张曙光：《一个人和他的城市》，张曙光博客，http://blog.sina.com.cn/s/blog_5383d7c70100hcyx.html。

② 张曙光在博客中写道："一切都是在进步，一切都是在向前看。历史的进步毫不珍惜过去，并以抹去过去的痕迹为乐事。"这表现出他对唯"新"是图的单向度城市建设的不满。

也受制于时间。”[①]正因为意识到了线性时间“稍纵即逝”的恐怖感，他才希望在诗歌世界中“返回”过去，“对抗时间带来的空白和破坏，证明自己的曾经存在”[②]。另一方面，“怀旧”也是诗人“以古为鉴”，借过去以反思当下社会发展的方式，尤其是在80年代到90年代的转型时代，有些城市建设出现了一些问题，有的问题甚至延续到今天：或不顾实际情况和人民利益，一味追求“形象工程”，或缺乏科学规划，贪多求全，或占用耕地，破坏生态环境……正如孙文波在《城市·城市》中所写：“沉重的推土机推倒了这个城市最后一座/清朝时代的建筑。灰尘在废墟上飘动。/古老的夕阳。血样的玫瑰。像/我曾经知道的那样。我听见微弱的/声音在天空中回响：‘消失消失。扩充扩充。’/长长的尾音，就如同一条龙划过天空。”“当打夯机用它的巨锤使大地颤动，/它扎入的不是别的地方，只能是我们的心脏。”从这里可以看出，与张曙光温和的“怀旧”不同，孙文波的诗更多地是对城市建设中出现的问题进行一针见血的批判，其方式比张曙光以“返回”为突出特征的写作更为直接，体现了不同诗人彼此互异的经验。

无论是回忆“童年”，还是“怀旧”城市，张曙光的叙述中基于现实的成分较多，正如孙文波所评价的那样：“从对逝去岁月的事件和场景的回忆中，带出了现实生存的不安定感。”[③]诗歌中的“我”所叙述的事实与诗人本人的成长经历相吻合，因此这个叙述者“我”可视为作者本人。但在另外一些诗作中，叙述者“我”的身份却有些模糊，“我”可视为一个“戴着面具”的、虚构的人物。“我”的叙述虽然也有张曙光本人的现实经历，但更强调由个体经历概括、升华出来的一代人的普遍经验，其意义超出了个人的悲欢，更接近于一代人精神生活的遗照或挽歌。

三、虚构的自传

程光炜编选的《岁月的遗照》这本诗集（洪子诚主编《九十年代文学书系》之一）在90年代末被持“民间立场”的一批诗人视为“知识分子写作”的集结。此书的出版也成为1999年“盘峰论争”的导火索之一，而“知识分子写作”与

① 泉子、张曙光：《张曙光：写作是为了对抗时间带来的空白》，《山花》1998年第14期。

② 泉子、张曙光：《张曙光：写作是为了对抗时间带来的空白》，《山花》1998年第14期。

③ 孙文波：《我读张曙光》，《文艺评论》1994年第1期。

"民间立场"的争论一直延续到新世纪以后。"知识分子写作"与"民间立场"这两个概念的有效性已经得到很多文章的辨析，在这里不作深入讨论；"盘峰论争"也不在本话题所要讨论的时间范围之内。但这里需要注意的是，《岁月的遗照》不仅是一本诗集的名字，也是这本诗集所收入的第一首诗歌的标题。无论出于什么"立场"，程光炜把《岁月的遗照》(1993 年)这首诗置于全书的起始，自有其用意。他把张曙光的诗歌视为"90 年代诗歌"的代表之一，并认为张曙光的诗作中更为触目的是一种"只有 50 年代出生的人才会深深经验到的个人存在的沉痛感、荒谬感和摧毁感"[①]，而《岁月的遗照》一诗又纳入了"有古典怀念意味的独白"，体现了"或喜剧或悲剧的模糊、闪烁的现代人复杂的'观察'眼光"[②]。自然，程光炜对"90 年代诗歌"的观察有其自身的立场，但张曙光《岁月的遗照》等代表诗作的意义确实有待于进一步发掘。

《岁月的遗照》开头就写道："我一次又一次看见你们，我青年时代的朋友/仍然活泼，乐观，开着近乎粗俗的玩笑/似乎岁月的魔法并没有施在你们身上/或者从什么地方你们寻觅到不老的药方/而身后的那片树木、天空，也仍然保持着原来的/形状，没有一点儿改变，仿佛勇敢地抵御着时间/和时间带来的一切。"这里的"我"与"你们"("我青年时代的朋友")试图对话，但"你们"只是"岁月的遗照"上的影像，实际上只有"我"对着照片进行戏剧化的独白。"我"回顾了"我们"曾有过的"辉煌的时代"："饮酒，追逐女人，或彻夜不眠/讨论诗或一篇小说。""我们"还扮演过"哈姆雷特"，幻想着穿过艾略特笔下的"荒原"，"寻找早已失落的圣杯"。"我"追忆的这些青年时代画面，实际上正是本文第三章第一节所叙述过的 80 年代"高校场"的情景。青年似乎天然地具有"哈姆雷特"的气质：不停地思考自己如何活在这个世界上，对现实人生采取什么态度，但也只是停留在思考之中；并且"哈姆雷特"也有把自我戏剧化的倾向："即使被关在果壳之中，我仍自以为是无限宇宙之王。"(莎士比亚)而对于时代责任的真正担当，则是在他们体验到时代转型之痛以后。因此，《岁月的遗照》中的"我"已经意识到人生中的"哈姆雷特"阶段已经成为"永远逝去的美好时光"，而"我们"也成为"时间的见证"："像这些旧

---

① 程光炜：《不知所终的旅行》，《岁月的遗照》，社会科学文献出版社 1998 年版，第 9 页。

② 程光炜：《不知所终的旅行》，《岁月的遗照》，第 5 页。

照片/发黄，发脆，却包容着一些事件，人们/一度称之为历史，然而并不真实。”“历史”的“不真实”之处在于混合了“个人”的回忆，而回忆有时会美化曾经发生的事件，并且如前文所说，个人回忆也会被集体回忆所塑造。所以“我”叙述的经验可视为“回忆”与“历史”的混合，“我”也不能完全等同于诗人本身，而是一个戴着面具的人物。

在张曙光写于1993年的另外一首代表诗作《小丑的花格外衣》中，“我”作为“小丑”再次登场，而“小丑”恰好是一个戴着面具的角色。“小丑”(“我”)所穿耀眼的“花格外衣”更加强了这个角色在聚光灯下的自我戏剧化。他既是在问自己，也是在提醒台下的观众进行自我提问：“我是谁?”“下一次我将扮演什么角色?”“我”曾是西西弗斯、唐·吉诃德、阿道夫·希特勒，但在“另一个场景”中，“我”将扮演“另外不同的角色”，而在“强烈的光线下”，“我”又怀疑自己会“消失”或变成“透明的影子”，“展示着历史的虚无”。事实上，这个戴着面具的“我”多次在诗中叙述到“历史”一词：“历史只是/一堆肮脏的文字，在时间的风雨中变得模糊/没有人会从中挖掘出真理。”“我们则从童年走过，从没有深度的历史中走过……”“面对枯萎的日子和疯狂的逻辑/生活是一种艺术，抑或艺术也是一种生活，渗入一个/狂暴的历史?”虽然人们经常意识不到“历史”的存在，但每个人的命运实际上都是历史的一部分。尤其在时代的转折点上，个体命运与历史之间的关系更为深刻，因为“时代之变”不仅意味着整个社会的变革，而且每个人的生活都不由自主地被裹挟到时代的漩涡之中，“小历史”受到“大历史”的影响，同时“小历史”又折射出“大历史”。

诗中“小丑”(“我”)从事的“喜剧”事业，就是与“精神分析，原子弹，焚化炉”“口服避孕药，艾滋病，流行歌曲”一起组成了“20世纪”的面貌。按照美国学者马歇尔·伯曼的说法，“20世纪”是一个以“现代性”为主宰的世纪：“所谓现代性，就是发现我们自己身处于一种环境之中，这种环境允许我们去历险，去获得权力、快乐和成长，去改变我们自己和世界，但与此同时它又威胁要摧毁我们拥有的一切，摧毁我们所知的一切，摧毁我们表现出来的一切。……它将我们所有的人都倒进了一个不断崩溃与更新、斗争与冲突、模棱两可与痛苦的大旋涡。所谓现代性，也就是成为一个世界的一部分，在这个世界中，用马克思的话来说，‘一切坚固的东西都烟消云散了’。”[①]在“现代性”所创造的生活舞台上，每个人都成为“小丑”式的演员，“扮演着自己的角色，并试图展示着永恒，但不曾注意到/脚下的流沙正在形成新的山峰/构成我们生命和历史韵律的曲线”，“但当另一道帷幕落下/幻觉和光明消失”，“小丑”们就“不过是些陌生人/永远无法召回的流浪者，没有回忆/也没有希望”。由此可见，在“现代性”所带来的变动不居的环境中，要找到一个稳定的位置成为“小丑”（“我”）生活中的困惑与焦虑，无论成功与失败最终都成为一场梦：“当面对着命运和胜者——/我来了，我胜了，或我征服/但胜者何胜，而败者何败——/他们的故事最终将会被我叙说，在舞台上/在火炉旁，或叙说的只是我自己的故事/喃喃地，在另外的一场梦里。”

“小丑”（“我”）在诗中叙说了自己虚构的一生，但这虚构的自传中也透露出一代人面对时代转折点时的心态。在一个充满流动性而缺乏坚固信仰的环境里，历史意识成为个体维持自我确定性的必要手段。诗人们开始发现“往回走”是“向前走”的一种途径，可以“以史为鉴”，来观照当下乃至未来。因此在80年代到90年代诗歌转型过程中出现了一批以历史人物为标题的诗作，这些作品借历史人物的事迹，抒发的却是诗人自身对历史的认识。有时“我”作为第一人称叙述者是对历史人物的戏仿，自述的是历史人物的事迹，王家新《卡夫卡》、西渡《但丁：1321，阿尔卑斯山巅》、戈麦《狄多》、臧棣《咏荆轲》、张曙光《巴门尼德如是说》等诗作可视为其中的代表。有时“我”是作为旁观者，讲述“你”“他”（历史人物）的故事，如王家新《埃兹拉·庞德》《帕斯捷尔纳克》，西渡《西比尔》，臧棣《骆一禾》等诗作。在以往的论述中，《尤利西斯》被认为是张曙光历史人物题材诗作的代表，已经被谈论得很多[②]，而张曙光《罗伯特·洛厄尔》《博尔赫斯》等从旁观者视角叙述历史人物事迹的诗作却较少被提及。罗伯特·洛厄尔是美国自白派诗歌的开创者之一，代表作有《生活研究》《献给联邦死难者》等。张曙光认为他“用个人的声音表达了他所处的那个时代”。而《罗伯特·洛厄尔》一诗则是以“你”（罗

① [美]马歇尔·伯曼：《一切坚固的东西都烟消云散了——现代性体验》，张辑、徐大建译，商务印书馆2003年版，第15页。

② 洪子诚编《在北大课堂读诗（修订版）》（北京大学出版社2014年版）中收录了王璞、洪子诚、胡续冬、冷霜、钱文亮、余旸等人对《尤利西斯》一诗的解读。

伯特·洛厄尔)的经历来投射出“我们”的生活：

你，新英格兰的天主教徒，精神分裂的叛逆
在人类理智的水池边，你折着小纸船
想象着尤利西斯驶过一个个危险的岛屿
最终发现了什么？你的手松开，然后
又紧紧攥起——也许只是虚无，或真实
投射出巨大而模糊的影子——
我们的生活是一场成功的失败
一些发黄的照片，一堆垃圾，以及
某种话语，装饰着风景和我们的历史①

“失败”一词点出了“我们”生存的悲剧性：“处在当代历史中的‘我们’，已经丧失了精神的力量和勇气，已经无力去改变命运或和命运抗争，甚至灵魂已经枯萎，只能怀着恐惧遵从这缺乏意义的生活。”②罗伯特·洛厄尔因精神分裂常年居住在精神病院，“我们”所面对的生活也处于另外一种意义的“精神分裂”之中——物质与精神的分裂、历史与现实的分裂，而诗歌则可以视为弥补“分裂”的黏合剂。虽然诗歌并没有详细地介绍历史事件，更不会从实质上改变社会进程，但以张曙光为代表的诗人却能够在诗中提醒读者反思自己的生存处境，发现“历史意识”的重要性。“我”的角色是虚构的，所讲述的也不尽然是真实发生过的事情，但历史却不是虚构的，脱离历史无疑意味着丧失存在的根基。

20世纪80年代到90年代诗歌转型中呈现的“遗照(挽歌)”式写作，不等于简单的“怀旧”“复古”，而是通过“过去”与“现在”的相互观看，揭示人的生存状态，并从某种程度上实现自我救赎。正如张曙光所说：“诗是一种关于记忆的艺术，在某种程度上，如克里斯蒂娃所说，‘既是回忆，也是质疑和思考’。它拒绝遗忘，也在有效地抗拒着时间和时间所带来的变化，为我们提供活下去的信心和勇气。”③虽然“历史”并不等同于“回忆”，但诗歌中的历史书写能为两者之间的沟壑搭起一座桥梁。

---

① 张曙光：《小丑的花格外衣》，文化艺术出版社1998年版，第91页。

② 王璞：《尤利西斯的当代重写——读张曙光的〈尤利西斯〉》，洪子诚主编：《在北大课堂读诗(修订版)》，北京大学出版社2014年版，第254页。

③ 张曙光：《堂·吉诃德的幽灵》，北京大学出版社2014年版，第3页。

论新世纪诗歌的独特叙事策略

罗小凤

诗素来被视为以抒情为主旨，抒情传统似乎成为诗之为诗的真理，“诗言志”“诗缘情”的理论一直占据着古典诗学理论的主导位置。即便是在现代诗歌传统中，郭沫若主张诗的本质是抒情，诗是“命泉中流出来的 strain，心琴上弹出来的 Melody”[①]；穆旦则对抒情传统进行再认，抒情话语几乎贯穿整个诗歌话语机制。但从 20 世纪 90 年代开始，“叙事性”成为重要特征，罗振亚认为“叙事性”是 20 世纪 90 年代诗歌的“核心标志和有建设意义的审美倾向”，他指出：“90 年代的先锋诗歌正是凭借成熟的‘叙事诗学’，实现了对 80 年代诗艺的本质性置换。”[②]确实，“叙事性”是 20 世纪 90 年代的一个高频词汇，是诗人们在新的历史文化语境下为修正诗歌与现实的关系而调整的诗歌写作立场，主要是对 20 世纪 80 年代诗歌创作倾向的反拨，其时占据主导位置的是那种为一代人代言的高蹈姿态下“不及物”的诗歌写作倾向，是沉溺于隐喻和象征的语言冒险，“第三代”诗人对此倡导“叙事性”，提升诗人处理复杂现实的能力。可见，在第三代诗人那里，“叙事”只是反叛朦胧诗意识形态化的一种策略，其对于意象、隐喻、象征的摈弃，是在艺术上对朦胧诗的有意反拨。对此，程光炜也曾指出：“‘叙事性’是针对 80 年代浪漫主义和布尔乔亚的抒情诗风而提出的。”[③]需要注意的是，这种“叙事性”诗歌倾向与叙事诗的诗歌文体毫无关联，“是对处理经验的全面强调”[④]。

---

① 郭沫若：《论诗三札》，杨匡汉、刘福春编：《中国现代诗论》上编，花城出版社 1985 年版，第 54 页。

② 罗振亚：《九十年代先锋诗歌的“叙事诗学”》，《文学评论》2003 年第 2 期。

③ 程光炜：《不知所终的旅行》，《岁月的遗照》，社会科学文献出版社 1998 年版，第 6 页。

④ 孙文波：《我理解的 90 年代：个人写作、叙事及其他》，《诗探索》1999 年第 2 期。

进入新世纪以后，第三代诗歌标举的叙事之风沿袭至新世纪的诗人们笔下，“叙事性”依然是诗歌的一个重要话题，构成新世纪诗歌的重要特征之一。与第三代诗人热衷的叙事性相比，新世纪的诗歌叙事存在什么变化？颇为明显的是，新世纪以来诗人们所面临的时代语境已发生变化，新媒体不仅全面介入人们的生活，同样也深刻影响诗人们的创作，他们面对新媒体时代语境进行了各种调整，不少诗人在诗中增强叙事话语成分和叙事因素，但并不像第三代诗人那样狂热地强调“叙事性”，不再执着于对深度和意义的消解，而是关注现实生存状况，用故事、事件、细节和场景展开诗意，以一种反逻辑、具象化、网话化的口语叙述传达感受，在叙事中夹杂渗透着抒情，在诗歌创作中加入小说、散文、戏剧的文体特征，形成了新世纪诗歌独特的叙事策略。

一、新叙事话语秩序的实验

抒情与叙事之间的不同，其实根本上是话语秩序的转变，因而抒情话语与叙事话语各自在诗歌中呈现的诗歌风格自然不同。而在新世纪的新媒体语境下，新媒体平台上自由、随意、互动的话语空间，渐渐改变了人们日常的话语秩序。新媒体平台导致社会话语权的重新分配，更多的人拥有了自由表达的权利，诗人同属于这一广大的新媒体时代语境，因此这种语言上的改变必然折射到诗歌中。新媒体平台上的诗歌主要直接表现诗人的自身经历与感受，与此相应，诗人们在语言上常随心所欲地打破诗歌语言的既有惯例和以往的话语秩序，努力实现“个性化”，跳出常规表达的囿限，采用通俗、简单的句式，如将简单的主动句、被动句、肯定句、陈述句等交叉使用和自由转换，或套用长短句，将短句的短小精悍、明快活泼、富有节奏与长句的严谨细致、富有气势相结合，形成一种自然流畅、简单率性的新媒体诗歌语言，构成了诗歌中的新话语秩序。具体而言，主要体现在反逻辑化、具象化、网话化、元叙述等方面，与第三代诗人的“叙事”话语呈现很大不同。

一般而言，进行叙述的语言是需要逻辑的，否则无法进行客观陈述。但进入新媒体时代后，求异思维成为左右人们思维方式和价值观念的重要倾向，反秩序、反逻辑成为人们的追求。同样，诗人们不愿意用逻辑语言进行写作，而善于想象、幻觉，这些想象、幻觉以画面的形式呈现在诗歌中，这些画面往往是无规则的、紊乱的，显示出一种怪诞、不可捉摸，让人找不到进入的通道。如布兰臣的《较量》：

沉默，一只井底之蛙
仿佛是玉石块与海螺壳冻结，厚厚的霜
一只活生生的海洋动物
那位“第三者”，源于
“第一者”的安插
“她安排了一个仇人与我相见”
沉默的较量，那只绿色脊背的青蛙
开始游动，两个灰衣警察被枪杀
青蛙露出一只光光的后脑勺
“应该抽一支烟”
此时他开始说胡话
——自己安排的“第三者”
（这显然是一场测试）
稻谷堆里藏满了玉石
据说有一只菜青色的“和氏璧”
被带到了魏国
两位警察在水面侦查的时候起了争执
同时被枪杀
（故事的主人公们开始拥抱）
小铁船摇摇晃晃
他们的支架无法支撑，船慢慢沉下去
红色的马夹，一群人排成
长长的队伍，韩国佬
那只巨大的青蛙
狰狞的绿色脊背，疙里疙瘩
水面上留下一道长长的波纹
他爱她（而她要不断测试爱情的可靠性）
他们捕获了一大堆玉石片，菜青色

记得他家有成片成片的庄稼地
长满了稗子
有时会忘记剧中人的名字，剧情仍在发展
黄色的壳，一个婴儿突然向他亮出匕首
“卡夫卡，卡夫卡”
一支利箭向他的面门飞来
桥檐下，那只青蛙转过头来
漫不经心地爬动
（我们仍在水边觅食）
触目惊心的搏杀场面
他的大腿抽搐了一下
“快——”
白发苍苍的老人神色凝重
“快！阻止下一场灾难！”

此诗跳跃性颇强，一个画面摆在那里，没等人反应过来，立刻又摆上另一幅画面，诗中在不同的画面、场景、细节之间迅速切换，一只“井底之蛙”游动与“两个灰衣警察被枪杀”“稻谷堆里藏满了玉石”“小铁船摇摇晃晃”“红色的马夹，一群人排成/长长的队伍，韩国佬”“他爱她”“黄色的壳，一个婴儿突然向他亮出匕首”“青蛙漫不经心地爬动”“触目惊心的搏杀场面”“他的大腿抽搐了一下”“白发苍苍的老人神色凝重”等，让人应接不暇，而这些画、场景和细节之间是没有逻辑联系的，全凭诗人自己的思维跳跃和想象穿梭。布兰臣的很多诗都如此，诗中堆积着丰富的意象、繁复的历史图景和鲜活的细节，并切断这些意象、图景与细节之间的连锁线，跨越性地跳跃腾挪。

车前子的诗更是如此，他痴迷于语言的魅力，常以率性随意、汪洋恣肆的自语甚至近乎狂乱的语言，不加节制地进行叙述，其诗中思维和语言常脱离常规逻辑，极富跳跃性和挑战性，如《其中》的第一、二节：

1.

其中，含在茉莉花舌尖：（界河——
铁网，狗，蓬哈，

夏天，仿佛来自印度的佛。

2.

节约对现实的看法！

宠物澹如，驳岸，(无水——

桥头站着愤怒的猫老年。

意象与意象之间、语词与语词、句与句之间，几乎不存在任何关联和逻辑，其跳跃性是无法用逻辑进行串联的。车前子是一个在网络上颇为活跃的诗人，他的诗遵循的不是客观世界的时空秩序，而是以内在心灵世界的时空意识牵引诗思，神游万里思接千载地纵横驰骋想象，打破时空囿限，用想象将各种物象进行串联。他的《垃圾堆》《小读物》《无脱术》等诗都是捕捉瞬间感悟，以此为基点，纵横驰骋地自由联想，心生万象，将整个外在宇宙世界收纳于自己心中，由此幻化出一个幻象世界。

具象化描述亦是新媒体时代诗歌叙事话语的重要特点。新媒体时代的诗人们并非如第三代诗人般完全拒绝隐喻和象征，但由于新媒体平台上语言的流畅随意性，他们在诗中亦大都采用具象化描述，而非意象化书写。"意象"是诗歌的一个基本要素，是指浸染了作者思想感情的物象，这是古往今来诗歌中都刻意营造刻画的。但在新媒体时代的叙事化诗歌中，"意象"被抽取了"意"，而成为具象。在求新求快的新媒体语境下，诗人们不再投入太多精力在意象和意境上，而是将个体经验中的一些具象直接搬进诗中，脱去了"意"的负累，追求一种清新脱俗、质朴直接的感觉。如阿毛的《视域》：

晒衣架上一排彩色的夹子
限定风舞衣衫的范围

我看到长江、长江以北
比如烟尘
消逝的江鸥、新起的哀愁

我看到天空、天空之外
比如大雁

打开的天书、远古的时空

现在，我坐在椅子上阅读
发呆、打盹
头左右摇晃、抬起低下的
范围有限

全诗都在铺陈一幅幅画面、场景或行为细节，都是具体可见可感甚至可触的具象，但连接具象与具象的是感觉（主要是视觉），没有刻意的象征、隐喻，即使有，亦只是不经意点缀其间的一些碎片，是信手拈来的"惊喜"。

需要注意的是，新媒体时代诗歌进行具象化表达的便利条件是新媒体平台所提供的视听感官媒体，集文字、图像、声音等于一体，可以综合声音、色彩、形状等各种优势效果进行叙事，这种传达方式由于声像的具体性，更加具象化，隐喻和象征的意义都被具象遮蔽。

此外，诗歌语言的网话化也是新媒体时代诗歌叙事话语秩序的重要特点。网话化是葛红兵在《网络文学：新世纪文学新生的可能性》一文中提出的，他认为网话文学蕴含着新世纪文学新生的可能性。[①] 另有学者则指出："白话纸面文学新生的基点在网话文学。网话文学对于文学来说不仅意味着文学传播形式的网络化，还意味着文学语言的网话化，它将使古老的文化在过熟之后迎来新生。"[②]他们的观点意识到网络语言对于网络文学的根本性影响，触及了网络文学的本质。新媒体语境下的诗歌同样如此，将网络口语纳入诗歌写作。网络语言与日常语言都是口语，但依然存在一些不同，网话化诗歌采用的不仅仅是口语，而是网话，网络语言主要用于网络聊天，网络聊天没有现实生活中交流的阻隔，因此说的感觉和过程是网络聊天的追求，至于内容、意义不是其宗旨，所以网络语言更随意，更无秩序、无逻辑。折射到诗中，进入诗行间的内容、意义并不重要，只是一种"说"的过程而已，充满揶揄、戏仿、调侃、反讽，这是新媒体时代诗歌叙事的重要特点。网络诗歌语言由于采用日常口语，诗句中没有典故和生僻词语，不经过字斟句酌千

① 参见葛红兵：《网络文学：新世纪文学新生的可能性》，《社会科学》2001 年第 8 期。

② 梁宁宁、聂道先：《网络文学，文学发展的第三历史阶段》，《社会科学》2001 年第 8 期。

锤百炼，朴实无华，通俗易懂，其中还有一些方言俚语或网络词汇，趋向于“平民化”。同时，都采用简单的陈述句、肯定句、主动句、被动句、疑问句、感叹句等常见句式，并采用长短句套用，不失戏谑和幽默。如东篱的《网络爱情》这一被众多评论家讨论网络诗歌时广泛引用的代表作，不仅内容选取了网络生活中的恋爱片段，具有现场感，还大量采用网络语言，是使用“键盘”和“鼠标”时的情境语言，如“我拷”“烧包”等词语都是网络现场的原生态词语，不讲求文句修饰，简单、通俗、前卫、随意、即兴，带有“一次语感性”，充满戏谑、反讽，不无揶揄之感，正契合网络语境的要求。

新媒体时代的诗歌叙事是一种元叙述，是没有任何引申意义的叙事，抽离了崇高、严肃内涵的追求，与第三代诗一脉相承，但没有第三代诗那种将朦胧诗赶下台的急躁、狂热，而趋于平静、理性，表达自己对生活的“元体验”。如雷平阳的《四吨书》：

搬家时，民工们的汗水
透过一个个纸箱，打湿了我的书
这些浑身臭汗的家伙，站在客厅里
双手对搓，一脸羞愧。我没有说什么
但气氛明显有些不对。其中一个
年龄稍大，极不自然地对着我笑
“同志，你的书足足有四吨重啊。”
其他几个开始应和：“是啊，是啊
从来没见过谁有这么多的书。”
我还是没说什么，把受损最重的那些
放到了露台上，那儿有昆明
最灿烂的阳光。也许是因为我的动作
过于迟缓了些，还是那个年龄稍大那个
他说：“同志，太不好意思了
是不是把搬家费减掉三分之一？”
其他几个一样地应和：“是啊，是啊
应该减去，都怪我们汗水太多了。”
……我没减他们的工钱，他们走时

都夸我:“同志,你是个好人。”
边说边往门外走,其中年龄最小的那个
(估计只有十五岁)不留神,脑袋
碰在了防盗门上,咣的一声

随意的口语,朴实、简练,没有任何隐喻、象征,只是从无数的生活细节中信手拈来一段进行呈现,并未蕴含多少深意,但真实地还原了搬家民工的原生态生活场景和“我”对此的“元体验”。前些年被网络恶搞的“梨花教主”赵丽华不少诗都是这种传达日常生活元体验的元叙述,如《看天气预报有感》:“干旱的地方总在干旱/下雨的地方总在下雨/饥饿的人皮包骨/吃饱的人在减肥/世界本来就是这个样子/我想不出什么解决办法。”诗人不追求以诗传达所谓的“意义”或“价值”,只是将生活元体验原原本本地搬进诗歌,不加任何修饰、提炼,如《一个人来到田纳西》《馒头》等诗都是这样。

二、小说化笔法的援用

在新媒体语境下,人们的阅读习惯发生了变化,追求新异故事,以满足好奇心、求异心。因而,诗人们在诗歌中援用小说化手法,注重以“故事”或细节、场景增强诗的吸引力,让诗中有故事、情节、细节。他们在诗中向人们讲述一个个故事,用细节替代意象,用故事替代抒情,但又不像小说那样冗长、拖沓,因而这成为新媒体时代诗歌的一个重要特点。

侯马在他的诗中广泛地吸纳了小说化手法,许多诗中都设有精彩的故事情节,详细地展现故事细节。2009 年 12 月 27 日,臧棣曾在侯马诗歌研讨会上指出:“侯马的诗是从为自我讲故事,到为自我和世界之间讲故事,为历史讲故事。”可见,侯马的诗中“讲故事”主要分为三类:

第一类是为自我讲故事,如长诗《梦手记》中通过“梦”讲述自我的故事。“梦”与自我的关系非常紧密,“梦”常常是自我意识最深处的潜在意识的显现,如《梦手记》中的《欲飞结》一诗写的是“我会飞”的故事,其实是一种自我梦想的呈现。侯马对“梦”的书写,正如他自己意识到的:“做梦仿佛沉思,与良知更近”[①]，“梦”的过程就是寻找良知、寻找自我的过程，记“梦”的诗也就是讲述自我的故事了。

第二类是为自我和世界之间讲故事，《他手记 090》显然是为自我和世界之间讲故事的典范之作。我一直怀疑这不是一首诗，尤其是侯马采取的是不分行的形式，更增加了我的怀疑。我觉得更像是类似郁达夫的小说《沉沦》中的故事情节与细节，那个“他”简直就是《沉沦》中那个有偷窥欲、骚扰欲的“多余人”，侯马将“他”内心深处最隐秘、最见不得人的潜意识都呈露出来。侯马在叙述“他”在公交车上骚扰少女的经过、细节时，没有任何主观的态度、评价，只是冷静地叙述，原生态般地呈现。其中不仅有“80 年代中期的北京城”这样的时间、地点等大背景交代，也有“22 路晃晃荡荡地由南往北，由北往南”这样的具体环境描写，不仅有“别针”的一系列细节，亦有“抚摸着一位陌生姑娘下垂的裙摆”的动作，不仅有他、售票员、姑娘之间的对话，有他内心感到“巨大的恐慌”和“坦坦荡荡的自豪”的心理，还有“他不知道他对女性有这样无遮拦的痴情，对美有这样无我的依赖”等内心深处的潜意识，淋漓尽致地呈现了自我与世界的冲突，这完全是一种小说笔法。《身份证》也是侯马为自我和世界之间讲故事的经典诗作。“身份”是个人证明自身的凭证，但弟弟“给自己做了一个学生证”却招来“他”的“拳脚相加”，而弟弟自证身份其实是对自我的一种寻找，但“他”打弟弟则成为自我与世界的冲突，弟弟想自证身份都不得，故事不无悲凉。《日剧》亦是侯马为自我和世界之间讲的故事，他通过“他”不看电视并不准弟弟看电视与弟弟想看电视、“他”偷看电视等冲突细节，讲述了一个自我挣扎、自我与世界冲突的故事，诗人并不作任何评判，只是如小说叙述者一样隐藏了作者自身的主体位置与意识而对所叙述的故事情节、细节进行客观呈现。《存在》《有一个人他自己还记不记得他是谁》《老蔫的自我》等诗亦都是讲述自我和世界之间的故事。

第三类是为历史讲故事，如组诗《九三年》，便是以个人视角对过去的历史讲故事，每一首他都以“九三年，我在前门当警察”为开头，以“警察”的视角呈现一段民间历史，“警察”成为一段民间历史的冷静、客观的见证者，他在组诗中从各个视角呈现了九三年发生在前门的故事，呈现了自杀、卖淫、

① 侯马：《大地的脚踝》，人民文学出版社 2014 年版，第 184 页。

偷车、通奸、做生意、白吃白喝、洗澡、打人等各种事情，以前门一条街为窗口呈现了那个年代里的社会万相，类似于《芙蓉镇》《茶馆》等小说、话剧中以小见大的表现手法。长诗《镜片手记》是侯马讲述历史、社会故事的经典作品。这首长诗本来是写对于“人权”的思考，组诗标题想命名为《人权诗章》，“我想其实人权说到底是一个文明的概念，人权观念的确立是一个文明的进程”，“我们要用文明的镜片去审视社会、审视中国当代历史的发展”。[①] 诗中主要写文明和文明的冲突，呈现文明的力量，诗人自己反复强调是写“一代人的故事”[②]。侯马用这种讲故事的小说化手法进行写诗，更呈现出一种冷静、客观，形成了其独特的抒情策略。

从容的诗亦善于讲故事。她在诗里总试图叙述一些完整的故事，因此几乎每首诗里都有一个或几个故事。长诗《如梦令》《如果不写下来我会忘记》是如此，其他无论是叙事诗还是抒情诗也都是如此，都要叙述故事。《如梦令》里对其家族里姥姥、姥爷、奶奶、爷爷、妈妈、妹妹、爸爸等主角的人生故事一一进行了叙述，每个人物的出场都带来一个或几个故事，姥姥演戏、与姥爷恋爱、出嫁，妈妈、妹妹、爸爸与“我”之间发生的各种难忘的人生故事细节，都以“我”向第二人称“你”诉说的口吻进行了叙述和呈现。这些故事与袁世凯登基、小日本入侵、长沙解放、“文革”等各种历史事件交织在一起，让家族叙事有了历史的深度和厚度。这些主角用一生的生命演就了《如梦令》中那些故事、场景、细节，让我们在读诗的时候，总感觉眼前走过一个又一个从容家族里的人，姥姥、姥爷、奶奶、妈妈、妹妹、父亲，一幕接一幕换过去，他们的音容笑貌、悲欢离合、人生的跌宕起伏、生离死别都一幕幕呈现出来，仿佛在读张爱玲的小说，那种历史感、震撼感是非常强烈的。《如果不写下来我会忘记》则叙述了“你”与“我”的一场超越世俗、刻骨铭心、惊天动地的爱情故事，这个“你”是诗人幻想建构出来的，“我”臆想与“你”的一场爱情，是一种超越世俗的爱情。这个故事估计与她写禅诗、在世修行有关，也与她读仓央嘉措有关，无论如何，都是感人而脱俗的故事。《七月三十日是他的生日》《广场》《在种满米兰的街角》等诗中也都有情节、有故事。

① 侯马：《大地的脚踝》，第191页。

② 侯马：《大地的脚踝》，第193页。

雷平阳的许多诗歌都采取小说化笔法。他一直在进行跨文体写作的实验，正如他自己所陈述的："我推崇和向往的文本，可以是诗，同时还是小说、散文、绘画、音乐和舞蹈，甚至就是生活本身。"[1]他的许多诗都是跨文体写作的尝试，诗歌文本中植入了小说、散文、戏剧等各种文体的质素，对事件过程、场景、细节进行书写。深入细致的人物刻画、完整复杂的情节叙述和具体的环境描写本是小说的基本特征，但雷平阳将这些用于诗中，如《杀狗的过程》《个人前传》以及《生活记》《贫穷记》《养猫记》《牧羊记》《山中赶路记》等各种"记"，运用小说技法，打破文体边界，呈现出鲜明的小说化特征。《杀狗的过程》中雷平阳将小说化笔法用到了极致：

> 这应该是杀狗的
> 唯一方式。今天早上10点25分
> 在金鼎山农贸市场3单元
> 靠南的最后一个铺面前的空地上
> 一条狗依偎在主人的脚边，它抬着头
> 望着繁忙的交易区，偶尔，伸出
> 长长的舌头，舔一下主人的裤管
> 主人也用手抚摸着它的头
> 仿佛在为远行的孩子理顺衣领
> 可是，这温暖的场景并没有持续多久
> 主人将它的头揽进怀里
> 一张长长的刀叶就送进了
> 它的脖子。它叫着，脖子上
> 像系上了一条红领巾，迅速地
> 窜到了店铺旁的柴堆里……
> 主人向它招了招手，它又爬了回来
> 继续依偎在主人的脚边，身体
> 有些抖。主人又摸了摸它的头
> 仿佛为受伤的孩子，清洗疤痕

① 陈竞、雷平阳：《笔触指向自己生活并热爱着的土地》，《文学报》2010年1月21日。

但是，这也是一瞬而逝的温情
主人的刀，再一次戳进了它的脖子
力道和位置，与前次毫无区别
它叫着，脖子上像插上了
一杆红颜色的小旗子，力不从心地
窜到了店铺旁的柴堆里
主人向他招了招手，它又爬了回来
——如此重复了5次，它才死在
爬向主人的路上。它的血迹
让它体味到了消亡的魔力
11点20分，主人开始叫卖
因为等待，许多围观的人
还在谈论着它一次比一次减少
的抖，和它那痉挛的脊背
说它像一个回家奔丧的游子

如果不分行，此诗就变成一篇描写杀狗过程的叙事散文，但这就是雷平阳的跨文体尝试，他以写小说的笔法写杀狗过程，诗中有具体的时间、地点、人物、情节、过程、细节，时间具体到"今天早上10点25分""11点20分"，地点具体到"金鼎山农贸市场3单元"，人物是狗和主人，情节是主人对狗的"谋杀"和狗爬回主人身边的重复动作，"忠实"的狗一次次被主人虚假的"温情"欺骗，在"重复了5次"后，最终死在爬向主人的路上。这首诗不仅讲述了一个关于人与狗之间血淋淋的故事，还细致刻画了一系列杀与被杀的令人触目惊心的细节，如"一条狗依偎在主人的脚边，它抬着头/望着繁忙的交易区，偶尔，伸出/长长的舌头，舔一下主人的裤管/主人也用手抚摸着它的头/仿佛在为远行的孩子理顺衣领""主人将它的头揽进怀里/一张长长的刀叶就送进了/它的脖子。它叫着，脖子上/像系上了一条红领巾，迅速地/窜到了店铺旁的柴堆里""它叫着，脖子上像插上了/一杆红颜色的小旗子，力不从心地/窜到了店铺旁的柴堆里"……这些细节将人的虚伪、残忍与麻木，狗的忠诚与被欺骗展现得淋漓尽致，是人与动物之间关系的经典写照。而诗人始终隐匿在诗后，对事件的发生、发展和结尾都不作任何评判和主观介人，完全是小说的写法。雷平阳的《小学校》《战栗》《存文学讲的故事》《听汤世杰先生讲》《江河流》《四吨书》等诗亦都是以细节描写取胜。

"三栖"的阿毛也试图打通诗歌、散文、小说三种文体的界限，尤其是将小说话语方式植入诗歌，典型的例证同样是《当哥哥有了外遇》。这首诗的原始题材阿毛原本是想用来写小说的，后来为了寻找一种最能表达愤怒的言说形式便写成了诗。诗中借用了小说化手法，最大限度地挑战了诗语的韧性，找到了一种介于小说与诗之间语言的"力"。这种"力"来源于熟悉、平凡的生活，在小说因子的激活下，于阿毛的诗中达成了"熟悉而自然的契合"。阿毛善于在琐屑、微小的事件中捕捉充盈而有力、熟悉而自然的典型细节，呈现日常性与片段性的生活场景。如《留下》中阿毛捕捉住"悬挂陈艾和菖蒲的门楣""草籽和果核""沙""薄光"等琐屑的细节，《一生》中"散乱的笔墨和错别字"，《女人辞典》中思考"暗夜的种子怎样变成花骨朵"的细节，《世纪之门》中"笼中的鸟发狂了"，等等。同时，阿毛对诗中所展现的人物从不作细致的素描式刻画，而采取印象式、剪影式的点染，如《一个诗人在早晨》里的"我"只有"漆黑的长发和眼睛"的剪影，《黑夜用灵魂写作的人》中"喜欢在黑夜静思的人"只是"内心揣着一盏明灯"的印象。《以前和现在》则是把细节性场景与人物的印象式、剪影式点染结合起来的典型，以前是"整天写诗，做诗人""整天爱呀，做恋人""还常常哭，流眼泪""一脸痛苦"，走的路"很平坦"，"在生活的外面"，现在是"整天写字，做作家""整天做事，做俗人""常常笑，没眼泪""一脸幸福"，走的路"很坎坷"，"在生活的里面"，过去与现在的一些印象与剪影构成了生活的细节性场景，以日常生活的小小切面组接展现对生活的思考，编织了"以前"和"现在"两幅生活图景。这些都得力于小说化笔法。

三、戏剧化手法的杂糅

戏剧化手法亦是新媒体时代诗歌进行叙事的重要方法，主要借助戏剧的表现手法进行诗歌写作，或采用独白、对白、旁白等戏剧声部，或设置戏剧情境、情节、动作，或组织戏剧结构。侯马、从容等诗人都善于采用戏剧手法。

任洪渊曾认为侯马诗中所蕴含的"戏"，"可以和我们的诗人戏剧家邹静之叫板”。侯马在诗中主要通过铺排戏剧性场景，采用戏剧独白、对白、旁白等各种戏剧声部手法，达到反抒情的抒情目的。

首先，侯马常在诗中铺排戏剧性场景。如《历史场景》一诗：

宾主双方均穿西服
隔着长桌会谈

一边无论男女都是一头金发
一边不分老少个个镜片闪闪

全诗只是在铺排戏剧场景，仿佛只有一个“舞台说明”，没有台词，没有动作，没有任何其他情节、冲突，后面的情节、故事、台词、动作等表演全靠读者驰骋想象，戏剧化地呈现了一个特殊的历史场景，抒情主人公始终未曾显露自身的主体意识，实现了抒情的客观化，从而达到了反抒情的抒情目的。组诗《九三年》中的每一首诗开头都交代了一句“九三年，我在前门当警察”，仿佛是戏剧中的“舞台说明”，交代了时间、人物、人物身份与历史背景，其后再把镜头对准发生在九三年的各种事情、各个层面、各色人等、各类事项，“九三年”这个与当下相隔了一定“时间间距”的时间背景和“警察”这个喻示了客观、公正的职业身份，奠定了全诗客观化的戏剧氛围，显示了诗中所呈现的情节、事件与细节的真实性和客观性，从而达到了客观的、反抒情的抒情目的。《梦手记·23启蒙》《披着羊皮的狼》等诗中侯马都铺排了戏剧场景，为实现抒情客观化、反抒情的抒情设置了背景与基调。

其次，侯马还善于在诗中采用戏剧独白、对白、旁白等各种戏剧声部手法来呈现戏剧性处境。《亲爱的伊沙》中采用了独白到底的方式，侯马在诗中絮絮叨叨地叙述了与伊沙之间长达24年的友谊，从头到尾都是他一个人在倾诉、在诉说、在叙述，仿佛一出独幕剧，却在独白中将视线忽远忽近地拉伸，仿佛戏剧场景的切换，拓展了诗意空间。《你和我》也是采用戏剧独白的方式，在“你说”“我说”的冲突、矛盾中构成出其不意的戏剧效果。对白手法的使用也是侯马用以展开戏剧性处境的重要手段。如《结局，或开始》一诗：

您好，我是房东。手机号
已换记得保存。现在在外地，以后租金存我爱
人（农业银行）：622848
5036 08988 9561 刘美莲
办好回信息

回复 A：滚，骗子
回复 B：已存，请查收
回复 C：刘美莲你家着火了
回复 D：叔叔，您好，我失恋 33 天了
回复 E：房东，我的钥匙丢了，
你知道梁小斌的困境吗
回复 F：
……

全诗以短信对答的形式构成，没有任何背景交代，除了“回复×”外没有任何其他的陈述语言，直接通过对白呈现戏剧性、叙事性。诗中侯马始终未作任何主观评价，其主观意识与主体声音全都隐匿于诗之外，决不介入，保持着距离的观照，尽量让诗歌情景自行在戏剧性情境中展开，通过戏剧性处境展现当代社会生活的现实经验，达到客观而真实的戏剧性效果，呈现了当下社会骗子无孔不入的现实状态与不同的人面对同样骗局的反应，极其戏剧化地呈现了一幅生动的社会生态图景。《他手记 029》《他手记 474》《春城》等诗也使用了戏剧对白手法。侯马还使用戏剧旁白来展开戏剧性处境，如《诗剧：〈七十年代〉之〈愚昧作为一种养料〉》中的“分配者是否涌起过月下长老般的情怀？”“这四户人家的儿女是否有刻意的疏远？”“或者，村里人是否把她们看作全村的老婆？”《他手记 029》中的“风月场中，谈话变为机锋，耗费着游戏人生的机会”，《他手记 480》中的“他刚出生，就听见天使在歌唱”，《他手记 467》中的“这一代人，作过这庄严的承诺，就在没来得及弄明白问题之前”等都仿如戏剧中的画外音，增添了戏剧性情境的氛围。《他手记 030》《他手记 007》等诗也都采用了戏剧旁白手法。无论是对白、独白还是旁白，这些手法的运用都让诗人自身从诗中走出，退隐至幕后，以虚拟人物的语言为依

托，隐匿了诗人的意志与情感，最终转化为诗的经验，成功地实现了抒情主体的遁隐与自我情感的客观转化直至消解，以戏剧性处境呈现诗人客观而冷静的“抒情”目的。

从容的每首诗里几乎都有对白或独白。在叙述故事时，从容喜欢用大量戏剧对白、独白，如《记梦》《神的人》《在云端》《我连一只小小的生命都容不下》《和孩子说的话》等。譬如《记梦》中，第一节就是几句对白：

> “我要去小解”
> “而且我要去尼姑们去的地方”
> “你们要剃度吗?”庵主坐在桌前
> “他们每月只给我们五天时间收徒”

这几句对白似乎有点文不对题，却构设了一个寺庙的戏境，即在梦中“我”来到了寺庙。第二节是尼姑和“我”的对白，呈现了小诺出家的原因。这一切都是“梦”，都是“我”的故事。但在“我”叙述的故事里，通过对白又呈现出小诺感情受伤而要出家的故事，这是典型的“戏中戏”。从容的诗喜欢特意安排“诗中人”进行大量对白，在对白中又包含了其他故事，故事之中还包含着故事，从而呈现为一种“戏中戏”。

从容的戏剧独白中常常含着对白。她喜欢采用“我”和“你”诉说的方式叙述故事，仿佛一直是她在喃喃自语，娓娓道来，但在这种独白式诉说中又总添加着对白，如《如果不写下来我会忘记》：

> 你在桃树下打坐，我被满树桃花吸引
> 你握住我的手：不忧不惧 不牵不挂
> 我说：想你怎么办?
> 你说：念我的名字
> 我是有情众生，念就是想
> 无法放下的我怎么爱已经放下的你?
> 你说：我穿着这件铁衣，心里还是坐着你

从容采取惯用的第二人称“你”进行叙述，诉说中又有对白。

此外，从容的诗里总有一个“戏境”在那里，人物、地点、时间、事件、动作、对话或独白、声音、冲突、场景等戏剧元素一应俱全。显然，她是有意识

地在诗中设置了戏剧性对话、戏剧性独白、戏剧性场景（戏剧性时间、地点、人物）、戏剧冲突以及戏剧性情境（戏剧情节、戏剧悬念）等，由此构成了她诗歌的独特性。

雷平阳也善于使用戏剧化手法，营造戏剧场景，常将人物和事件置于戏剧性处境中，并设置情节和戏剧对白，如《菩萨》一诗：

……一个台湾来的
茶客，悄悄跟我说："死了，我就
来云南，砍棵茶树做棺木……"
每个寨子里，都有寺庙，我领着他
听诵经，接受约束。
……"在这片土地上
每一种物体内，都住着菩萨或其他神灵。"
我跟他边走边说，他若有所悟
又一次悄悄地对我说："死了，我就
埋在茶树下，但我希望，草不要长高
一定要让我，躺在土里，也能看见
寺庙、江水和日出……"

诗中"茶客"和"我"两个人物被设置于同一戏剧场景中，通过"我"的叙述和"茶客"的对白呈现现代人对死亡、归宿的认识。《八哥提问记》则是通过六段戏剧独白构架整首诗歌，六段独白层层递进，传达了诗人对人性真相的体悟。

他的《一愣》分六节，像六幕哑剧，没有戏剧对话，但有人物、动作、过程、细节、情节，尤其是每一节都以"一愣"开头，就像拉开幕布开始新的一幕的舞台动作，或报幕员报幕所形成的旁白：

一愣：父子反目，儿子手提砍刀
在众人的注视下追杀父亲
父亲气喘如牛，众人视而不见

一愣：自由流淌的江水

被一次次截断，类似于有人
在我的血管里筑坝，安装发电机

一愣：列祖列宗安息的坟山
被夷为平地，一座化工厂
在白骨堆上拔地而起

一愣：寨子里唯一的巫师
死掉了，他没有收到半个徒弟
从此没有人再为人们超度送行

一愣：吸毒的母亲来到镇上
卖掉了自己的最后一个孩子
次日，有人发现，她暴毙于
破庙，衣不蔽体

一愣：卡车拉来了太阳能路灯
栽在山道上，把荒山野岭照得通明
夜深，只有几个酒鬼，在路灯下
像找不到黑暗藏身的幽灵

一愣：外出谋生的三个儿子
十多年杳无音讯，无人赡养的母亲
只身来到坟地，打开一瓶农药
咕咕咚咚，喝了下去

六节内容都相对独立，毫无连贯性，但每一节都像戏剧表演中的情节、场景，栩栩如生，诗中所描画的人物、情节似乎都鲜活于诗行间。

四、抒情对叙事的渗透

“用诗歌叙事没什么不好，不过叙事肯定不是诗歌这种文体的最强项，而且90年代以来所谓的叙事性、戏剧化作品，大多复制生活、记流水账，或琐碎质木，或油滑科诨，叙事手法相当笨拙，甚至丝毫不见诗意的灵动、虚活。这样的叙事就是在常规叙事文体中都属拙劣，何况是用来写诗？……而对'叙事性''戏剧化'的提法，也不能不加分析地一概予以肯定。”[①]20世纪90年代的诗歌叙事存在很多问题。

在诗歌中，抒情和叙事其实是无法截然分开的，因为诗歌就是抒情的文类，无法完全做到非抒情，叙事亦是为了抒情，冷抒情、反抒情、客观化抒情等理论主张，其实都是为了抒情，因此叙事又被称为“叙事化抒情”。在新媒体时代，新媒体作为媒体的特征为诗歌的叙事带来了一些新的变化，因此诗人们“重新凝视抒情的力量，拉紧叙事狂奔的'缰绳'，对之进行合理的'控制'，力争让叙事与抒情作无间的融合”[②]，将叙事化抒情推向一个新高度。新媒体讲究在一瞬间扣住人心，因此注重以情动人，但并不直接抒情，而是在叙事时通过情与叙事的结合打动人。

第三代诗人只重叙事，杜绝抒情，他们强调如站在餐桌旁的冷眼旁观者，完全放逐抒情，只是叙事，因而遭到诟病。在新媒体语境下，叙事成为一种特殊抒情策略，诗人们将抒情渗透进叙事之中，不再仅仅是为叙事而叙事，不再单纯地对事件、场景进行叙述和描摹，而是将事件和场景的描述作为抒情的依托，通过叙事达到抒情目的。具体而言，诗人们在进行叙事时，将自己的情绪、情感、思想等主观意识渗透进所叙述的事件过程中，不仅仅只是原生态“呈现”事件的情节或细节、场景，而且嵌合了自身的情感、体验与思考。如前文所提到的雷平阳《杀狗的过程》，虽然诗人尽量避免介入个人主观感情与判断，但在字里行间还是不经意地流露出了诗人的情感，尤其是几个比方句“仿佛在为远行的孩子理顺衣领”“仿佛为受伤的孩子，清洗疤痕”“说它像一个回家奔丧的游子”，在比喻狗时，诗人都用的是“孩子”“游子”，透露出诗人内心对于狗的怜悯、同情。此外，两个转折句“可是，这温暖的场景并没有持续多久”“但是，这也是一瞬而逝的温情”，也透露出诗人内心的情感以及对于人的虚伪的揭露与反感。

---

① 杨景龙、陶文鹏：《试论中国诗歌的叙事性与戏剧化手法》，《名作欣赏》2009年第10期。

② 赵金钟：《论新世纪诗歌写作的叙述策略》，《湛江师范学院学报》2014年第1期。

郑小琼的诗之所以能打动各种阶层、年龄层的读者、评论家、学者、诗人，非常重要的一点也在于她善于将抒情与叙事进行结合。她在对打工生活进行叙事时，并不是单纯地进行叙事，并不局限于对打工生活中的事件、场景进行叙述和呈现，而是将个人情感夹杂其中，令诗具有动人的情感因子，如《黄麻岭》：

我把自己的肉体与灵魂安顿在这个小镇上
它的荔枝林，它的街道，它的流水线一个小小的卡座
它的雨水淋湿的思念头，一趟趟，一次次
我在它的上面安置我的理想，爱情，美梦，青春
我的情人，声音，气味，生命
在异乡，在它的黯淡的街灯下
我奔波，我淋着雨水和汗水，喘着气
——我把生活摆在塑胶产品，螺丝，钉子
在一张小小的工卡上……我的生活全部
啊，我把自己交给它，一个小小的村庄
风吹走我的一切
我剩下的苍老，回家

诗中叙述了打工者的生活境遇，也染上了打工生活的悲情、漂泊的孤寂、思乡等情感因素，叙事被置于浓郁的抒情氛围中。《女工记》亦是如此，本来是叙述女工生活境况，但她巧妙地将抒情渗透进叙事中，使诗具有感染力，而非事件的分行呈现，融入了自己的感情，引起共鸣。比如《杨红》，全诗共30行，前面25行都以“她”为视角进行叙述，对“她”的遭遇、故事、经历进行了叙述。诗人似乎只是冷静叙述，与“她”毫无关系，一切都是“他者”的故事。但是第26行却突如其来一句“我遇见她 她说着这些年的经历”，一下子让作为“旁观者”的冷静叙述携带了亲近者的个人感情。“没有悲伤 也没有兴奋/像手中的制品 没有表情”，与开篇的“生活的骨头卡住她孱弱的身体”“像根刺卡在喉间”形成呼应，令人同情、悲悯，也呈现出诗人对杨红“哀其不幸、怒其不争”与同病相怜的感情。抒情不是激情、愤怒的，而是淡然渗透在叙事的字里行间，虽然淡，却更加触动人心。

同样，阿毛那首引发激烈争议的《当哥哥有了外遇》，虽然以口语叙事的方式展开，对哥哥外遇后的家庭情形进行了叙述，但其实是诗人为了抒情而写下的，诗行间流淌着诗人的愤怒之情，抒情与叙事结合得非常巧妙，正如张德明所指出的："《当哥哥有了外遇》是口语之诗，是叙事之诗，更是满蕴焦躁、忧郁和激愤的情感之诗。"[①]《爱情教育诗》《速写疯人院》《凌晨排队等专家号》等诗都无不如此，在进行叙事的同时渗透进抒情。

新世纪诗歌叙事的这些变化，使诗在一定程度上拉近了与大众的距离，体现了诗歌与公众世界对接的愿望，也显示出传统的单一的抒情方式已无法契合大众的阅读期待和审美需求。但新世纪的诗歌叙事亦显示出其轻、浅、俗的一面，需要在诗人们的锤炼中提升叙事技巧，打磨叙事艺术，使诗真正与公众世界无缝对接，真正走入大众。

---

① 张德明：《探秘的诗学》，暨南大学出版社 2015 年版，第 230 页。

叙述聚焦理论下的于坚诗歌

边巧宇

当代叙事学研究主要集中在小说、戏剧等叙事性较强的文本，诗歌文本则一直不被重视，甚至被排除出叙事学研究的范围。在叙事学多年以来卓有成效的研究中，“当代叙事理论对于诗歌几乎只字未提”[①]。这是由于叙事学本身就是关于叙事文本或叙事作品的理论，它的研究对象主要是叙事作品，而诗歌文本由于有其自身独特的文体特征，相对于小说而言，故事性通常没有那么强，因而以往对于诗歌的研究往往更强调其抒情性，而很少从叙事学的角度去进行研究。然而值得一提的是，随着传统的经典叙事学向后经典叙事学的发展，叙事学研究的领域也在不断扩大。近年来，越来越多的研究者意识到叙事学研究的理论与方法不应仅仅局限于小说文本研究之中，也应将研究的视野投射到其他类型的文学作品之中，而对诗歌文本的研究正表明这一尝试性的探讨正在进行当中。

20世纪80年代中后期，以韩东、于坚等为代表的第三代诗人创作了大量的叙述性诗歌，如韩东的《你见过大海》《有关大雁塔》，于坚的《尚义街六号》《罗家生》，等等。与以往的抒情性诗歌所不同的是，这些诗歌更侧重于用叙述性的语言去描写事物本身以及事件的过程，而较少有传统的诗歌意象及抒情性的语言。从这些诗歌中，我们能体会到一种观察、描述与还原事物及事件本身的尝试，而这些尝试构成了诗歌的“叙述性”。需要说明的是，由于“诗歌叙事往往没有小说、散文中较为完整清晰的人物行为、事件过程

① ［美］布赖恩·麦克黑尔：《关于建构诗歌叙事学的设想》，尚必武、汪筱玲译，《江西社会科学》2009年第6期。

和故事情节，有的大多是事件的断片、节点或零零碎碎的痕迹，有时甚至只是一种心理事件的絮叨、陈述”[①]，因此这里用“叙述性”比“叙事性”似乎更为恰切。也正是因为第三代诗歌中含有很多叙述的因素，所以用叙事学的方法来分析这些诗歌就显得十分必要。

一、叙述聚焦

叙述聚焦是叙事学中一个非常重要的概念，“聚焦”这一术语最早由热奈特提出，用于区分叙事学中易于混淆的“谁说”与“谁看”的问题。热奈特认为：“在叙事文本中，聚焦所涉及的是谁在作为视觉、心理或精神感受的核心，叙述信息透过谁的眼光与心灵传达出来，在叙事文本中所表现出来的一切受到谁的眼光的‘过滤’，或者在谁的眼光的限制下被传达出来。”[②]如果说上述论述更多强调的是聚焦主体，也即聚焦者，那么与聚焦者这一主体相对应的则是聚焦者所“看”的客体，即聚焦对象。聚焦主体与聚焦客体二者相互关联、缺一不可。

除此之外，热奈特还采用了托多罗夫的关于叙述者与人物重合度的公式将叙事聚焦分为三大类：第一类是无聚焦或零聚焦叙事，托多罗夫用“叙述者＞人物”这个公式来表示。在这一类叙述聚焦类型中，叙述者知道的多于故事中的任何人物，相当于我们所说的没有限制的全知视角。第二类是内聚焦叙事，即“叙事者＝人物”。在这一类聚焦类型中，事件透过故事中人物的视角被呈现出来，因而所呈现的内容往往带有人物的性格特征。第三类为外聚焦叙事，相当于“叙述者＜人物”。在这类叙述中，事件常常由外部视点进行叙述，因而往往带有“客观化”色彩。除了从叙述者与人物的重合度进行分类外，对叙述聚焦的分类还可以从聚焦主体的人数来进行。如雅恩将聚焦类型划分为固定式聚焦、不定式聚焦、多重式聚焦以及集体式聚焦四类。所谓固定式聚焦是指事件始终通过一个聚焦者的视点来表现，而不定式聚焦则指由几个不同的聚焦者的眼光来表现事件；多重式聚焦指的是由几个不同的聚焦者来感受同一个事件，小说《罗生门》即可以看作多重式

---

① 孙基林、王瑞玉：《作为修辞的诗歌叙述话语与其诗性建构》，《百家评论》2017 年第 2 期。

② 谭君强：《叙事学导论》，高等教育出版社 2014 年版，第 141 页。

聚焦的典型，而集体式聚焦则是指通过一组人物来进行聚焦。

以上对于叙述聚焦类型的划分具有很强的概括性，但关于叙述聚焦的理论也并非一成不变，在热奈特之后，又有米克·巴尔、里蒙凯南、申丹等人对叙述聚焦理论作了进一步的完善，热奈特本人也在不断修正和完善这一理论。尽管关于叙述聚焦的理论仍然存在许多不同的意见和争论，还有待于更进一步的完善，但是现有的理论仍然在很大程度上为我们探讨叙述性诗歌带来了有益的参照，因而我们将在现有的叙述聚焦理论的基础上，将其运用于对于坚诗歌的分析当中，从而进一步探讨叙述性诗歌是如何实现诗性的。

二、聚焦对象：在“外转”与“内转”之间

与小说叙事的观察角度不同，诗歌的叙述聚焦对象主要在“外转”与“内转”之间变化。“内转”指的是聚焦者将自身作为聚焦对象，而“外转”则是指将他人或外在事件作为关注的对象。诗歌聚焦的“内转”往往与抒情相关，而“外转”则更多用于叙述。以于坚诗歌《有一回，我漫步林中……》为例：

有一回，我漫步在林中
阴暗的树林 空无一人
突然 从高处落下几束阳光
几片金黄的树叶 掉在林中空地
停住不动 感觉有一头美丽的小鹿
马上就会跑来 舔这些叶子
没有鹿 只有几片阳光 掉在林中空地
忽然明白 这正是我此刻的心境
仿佛只要我一伸手
就能永远将它捕获①

这首诗叙述诗人漫步林中的所见所感，诗歌一开头即可以看出这是一个“内转”的叙事，聚焦者“我”在故事之中，是故事的参与者。紧接着聚焦者将视

① 于坚：《有一回，我漫步林中……》，《一枚穿过天空的钉子》，云南人民出版社 2004 年版，第 61 页。

点“外转”，去描写事件中的“我”所处的林中的景色：“阴暗的树林　空无一人”，在这静谧的时刻，“突然　从高处落下几束阳光/几片金黄的树叶 掉在林中空地”，在这里，“阳光”与“金黄的树叶”都呈现出一种暖色，一改此诗前两行的“阴暗”色调，诗情由“抑”而“扬”。这一切都是在悄然无声的氛围中发生的，在这静谧中，“我”的眼前“突然”一亮，所有的“动”不仅仅是发生在外部世界中，同时也发生在“我”的心中。也正是由于外部世界触发了“我”的内心，叙述者紧接着就把视角“内转”，描述自己心中的感受：“感觉一头美丽的小鹿/马上就会跑来 舔这些叶子。”这里的“小鹿”完全出自诗人的内心，是诗人将外部景物的触动诗意化的呈现。紧接着聚焦再次“外转”：“没有鹿只有几片阳光 掉在林中空地”，由对外部的描述，诗人重新回到实境，现实中“只有几片阳光 掉在林中空地”，而那美丽的小鹿其实代表着“我此刻的心境”。

在这首诗中，诗人巧妙地运用了叙述聚焦视点的转换，在不断的“内转”与“外转”互相穿插的过程中，将一种瞬间的难以言说的心境用外在的具象表现出来。人物与景物形成密切的关联，而叙事与抒情也在这样频繁的内外转换中融为一体，从而给整首诗带来一种神秘而又浑然一体的诗意。

三、不定式聚焦：“以我观物”与“以物观我”

如果说固定式聚焦的“内转”与“外转”能带来叙述与抒情的完美融合，那么不定式聚焦的视点转换则能够使聚焦者以一种互构的眼光自由地进入角色的内心，从而改变固定式聚焦的单向度表达，形成一种物我相互之间的平等观照。这种平等的观照使得诗歌摆脱了狭隘的自我视角，而具备更加阔大的格局。

于坚在他的诗歌中常常会使用这种不定式聚焦，让诗歌中的人物互相观照，试看这首《一只蚂蚁躺在一棵棕榈树下》：

一只蚂蚁躺在一棵棕榈树下
三叶草的吊床 把它托在阴处
像是纽约东区的某个阳台
下面有火红色与黑色的虫子

驾车驶过高速公路和布鲁克林大桥
这些蚂蚁脑袋特大 瘦小的身子
像是从那黑脑袋里冒出来的嫩芽
它有吊床 露水和一片绿茸茸的小雾
因此它胡思乱想 千奇百怪的念头
把结实的三叶草 压得很弯
我蹲下来看着它 像一头巨大的猩猩
在柏林大学的某个座位 望着爱因斯坦
现在我是它的天空
是它的阳光与黑夜
但这虫子毫不知觉
我的耳朵是那么大 它的声音是那么小
即使它解决了相对论这样的问题
我也无法知晓 对于这个大思想家
我只不过是一头猩猩①

在这首诗里,诗人先是以“我”的视角来观察躺在棕榈树下的蚂蚁,“我”是一个生活在现代都市中的人,因而在“我”的观照下,蚂蚁的世界也充斥着现代文明的产物。它躺的三叶草是一个“吊床”,而位于棕榈树下的三叶草就像“纽约东部的某个阳台”,叶子上匆忙奔跑着的“火红色与黑色的虫子”则是驶过高速公路和布鲁克林大桥的汽车。正如王国维所说:“以我观物,物皆着我之色彩。”诗人郑重地写下蚂蚁的生存环境,在对蚂蚁的观照中,于坚用自己的想象进入了蚂蚁的世界,于是微小的蚂蚁以及它微不足道的生存环境在诗人眼中也变得阔大起来,它甚至还如人一样“胡思乱想”,有了“千奇百怪的念头”。接下来诗人试图从蚂蚁的视角来观照自身:“我蹲下来看着它 像一头巨大的猩猩/在柏林大学的某个座位 望着爱因斯坦。”在这里,诗人的立场不自觉地站到了蚂蚁那边,“我”对于蚂蚁来说只不过是“一头巨大的猩猩”。紧接着诗人又回到了“我”的视角,尽管“我是它的天空/是它的阳光与黑夜”,但在这虫子眼里,“我只不过是一头猩猩”。在这里虽然诗人是

① 于坚:《一只蚂蚁躺在一棵棕榈树下》,《对一只乌鸦的命名》,国际文化出版公司1993年版,第20页。

用“我”的视角在看蚂蚁，但是他却不知不觉地站在蚂蚁的立场上思考。正是这种对微小事物乃至一只蚂蚁的观照使读者在阅读过程中置身于万物平等的世界，在“我”与蚂蚁的两两相望中，人类发现自己远没有那么高贵，而蚂蚁也并不微小。这种不定式的聚焦改变了诗歌情感的单向度表达，给诗歌表达的内容带来了更加丰富的层次感，而诗性也就从这种层次感中溢出，蔓延至阅读者的心里。

四、对聚焦规范的突破与于坚的“局外人”态度

除了上述叙述聚焦的巧妙运用之外，于坚诗歌中常常会出现对常规的聚焦规范的某些突破，这种突破从表面上看来是一种违规现象，而事实上，从这种违规中我们往往能看到诗人的某些诗歌观念。

正如我们所知，在内聚焦叙事中，聚焦者基本上都是以参与故事的重要人物的身份出现的，因此，他的视角是一种参与者的视角，读者透过这一人物的视角去观察事件，往往会带有事件中人物的性格及情感色彩。在于坚著名的《尚义街六号》中，诗人将“于坚”即他自己也写入其中：“墙上钉着于坚的画”，“于坚还没有成名/每回都被教训/在一张旧报纸上/他写下许多意味深长的笔名”。[①] 很显然，在这首诗中，聚焦者即于坚本人，而他又是诗歌中所描述的事件的参与者，然而作者却将自己写出了诗外，仿佛他已然不再是于坚，而仅仅是一个处于局外的观察者。诗人没有丝毫流露出参与者的感受，而是置身事外，仅仅把自己当作一个客观的讲解员，为我们描述这他自己再熟悉不过的环境：“桌上总是摊开朱小羊的手稿/那些字乱七八糟”，“李勃的拖鞋压着费嘉的皮鞋”，等等。正如于坚所讲：“局外人也许是造就诗人的重要因素”[②]，也正是由于于坚这种局外人的态度和对激情叙述的否定，诗人在这首诗歌中采取了省叙的叙述策略，在聚焦过程中有意隐瞒了聚焦者的内心世界，而以一种冷处理的方法从外部进行观照，从而拉开了叙述者与聚焦者之间的距离，产生一种陌生化的效果，诗歌的张力也就由此产生。

---

① 于坚：《尚义街六号》，《诗刊》2000 年第 6 期。

② 于坚：《拒绝隐喻》，云南人民出版社 2004 年版，第 256 页。

五、结语

通过以上对于坚诗歌的分析，我们发现，叙述聚焦理论对诗歌阐释仍然适用，诗歌中聚焦视点的转换、不定式聚焦者的运用以及对聚焦规范的突破都能在一定程度上增强诗歌的诗性。因此，尽管诗歌中很少有像小说那样完整的叙事，但是如果把叙事界定为一个或多个事件，那么许多叙述性诗歌仍然可以用叙事学的理论进行分析。同时，我们也应该看到，任何一个理论都不应该是一成不变的，随着新的研究对象的出现，原有的理论阐释系统也应该进一步作出调整，从而不断完善、修正自身，进而使叙事学研究朝着更为积极的方向发展。

叙述之我和经验之我的分离与复合

——论于坚《感谢父亲》的叙述策略

徐冰月

从朦胧诗到第三代诗，诗歌经历了抒情到叙事、意象性诗学到叙述性诗学的转变，20世纪80年代以来的叙述风气一度衍生出“口水诗”“废话诗”“丽花体”等各种饱受诟病的诗体，叙述的诗性如何体现一直是个需要落实到具体文本分析上的问题。孙基林认为：“叙述的诗性问题，应该说这不是一个写什么的问题，而是如何写，怎么去写的问题。”[①]本文以第三代诗代表诗人于坚的《感谢父亲》为例，将叙述本身看作一种修辞事业，去发掘诗意之源。

一、叙述之我和经验之我的分离

《感谢父亲》这首诗的核心事件是“我”对遭遇过“文革”的父亲，经历由童年的不解到中年的理解的过程。由“不解”到“理解”，深层的情感变化呈现在叙述话语层面，表现为叙述之“我”和经验之“我”的分离与复合过程。

诗歌一上来就对早年生活的回忆制造了三个叙述悖论：其一，诗人形容自己“温暖如春的家庭”是“安静如鼠/比病室干净”。“鼠”和“病室”这两个对家庭的比喻都十分怪异，俗话说“过街老鼠人人喊打”，在民间老鼠并不是受欢迎之物，家中的老鼠更惹人厌，用“病室”形容家中的干净，反而更显清冷甚至透露一丝阴森恐怖的气氛。这显然和诗人口中的“温暖如春”形成语义悖论。其二，赞美“祖先的美德/光滑如石/永远不会流血”。古人讲“君子

① 孙基林：《叙述的诗性如何成为可能》，《山东文学》2011年第1期。

比德如玉”，玉温润无瑕，石头冰冷光滑，祖先的“美德”与石头相提并论，带来阅读的不愉悦之感，这是和读者的阅读常识形成的又一重悖论。其三，形容父亲的威严又或是表示对父亲的尊敬时，用父亲坐在“皇帝教授和社论的位置”与“儿子们拴在两旁”对比。父亲像“皇帝”一副封建专制者的冷峻面孔，儿子们则被“拴”在两旁给人拴狗的感觉，作为陪衬的“金纽扣”使父亲“闪闪发光”。一个高高在上，一个低贱在下，这种异样的父子情分很难让人产生发自内心的“感谢父亲”的温暖，这就形成情感上的第三重悖论。

从叙述人称来看，无论是以第一人称、第二人称还是以第三人称，也不管诗歌中有没有“我”字出现，诗歌背后都有一个叙述者“我”在讲述故事。叙述者只是在履行叙述的功能，并不负责语义、语境的合法性。“叙述之我”叙述“感谢父亲”，而“经验之我”让读者体会到一个生长在某种特殊环境里被压制得近乎扭曲的家庭及家庭关系，这样诗歌开篇就让父子之间、家庭之间的关系变得异样而紧张。诗人如何通过叙述策略的转变消解这层紧张的气氛而达到感谢父亲的目的呢？

接下来诗歌中的称呼由“儿子们”和“您”“父亲”之间的对立，转变成“我”“我们”和“您”“爸爸”之间的交互，称呼的转变意味着叙述交流的微妙变化。前者叙述者像一个异故事叙述者在描绘“儿子们”和“父亲”之间的一些生活画面：“作为父亲”他带回面包和盐，“儿子们”则拴在长桌两旁；“您”常常胃疼，这时候“儿子们变成甲虫”。词语之间透露出来的冷漠足以消解掉第二人称“您”字带来的亲切感，甚至“您”这个第二人称也化作了某个父亲的象征而已，叙述者“我”仿佛在讲给别人听某个时候某一家人的故事。后者当称呼发生转变，第一人称“我”的出现意味着“我”开始直面父子之间的感情问题，并作为故事中的人物逐渐参与到叙述交流中来。诗歌也由描述父亲的“烟斗”、家中的房屋、“黑色长桌”、父亲的“金纽扣”这些记忆的碎片，转向讲述具有连续情节性的故事，回忆的时间线慢慢拉长，读者可以慢慢从中发现父子之间一道或隐或现的鸿沟。虽然“朝夕相处”，但“我从未见过您的背影”，对“您”的“积极肯干/热情诚恳”的理解竟然来自档案，“我”惊讶父亲会跳舞等等，在“我”眼里父亲似乎有很多遮蔽的东西，这一切说明“我”曾经并不真正理解父亲。而父亲“悄悄起来/检查儿子的日记和梦话”，把“我”看作“亲生的老虎”，对“我”的“八字”、“相貌”、品性等产生怀疑，也说明父亲对“我”的不信任。

叙述交流角色的转变，伴随着“叙述之我”由一个“他者”变成了参与者，使得“叙述之我”和“经验之我”间的背离原因逐渐明晰。话语背后隐含着的情感变化是“我”在尝试理解父亲并逐渐开始感谢父亲，这也是一个“叙述之我”慢慢向“经验之我”靠近的过程。为了完成这一复合过程，诗人采取的叙述策略包括语词的复现、转述以及叙述声音的交替。

二、叙述之我和经验之我的复合

（一）语词复现

诗歌叙述中的词语复现不是简单的重复，而是分别承载着不同的叙述功能，它们或者表达意义的递进，或者构成语义的反讽，或者串联起诗歌的内部结构等等。比如两次出现“温暖如春”这个词组：

温暖如春的家庭
不闹离婚
不管闲事
不借钱
不高声大笑
安静如鼠
比病室干净

前已述及“温暖如春”出现在开头，它一出现就带来了语义矛盾的困境，让读者知道叙述者叙述的不可靠性。结尾再次出现：

童男子
二十八岁通过婚前检查
三室一厅
双亲在堂
子女绕膝
一家人围着圆桌
温暖如春

一方面，诗人照顾到诗歌的“圆形”结构，另一方面，诗人也在这个圆里经过了思想历练，对“温暖如春”的家庭有了新的深刻认识，对父亲也有了新的理解，他从“满嘴开着罂粟花”变得“白发苍苍”。语词复现背后的深层逻辑是诗人对事物认知的加深，也是“叙述之我”和“经验之我”合而为一的表现之一。

再者“光滑如石”的复现。“祖先的美德/光滑如石/永远不会流血/在世纪的洪水中/花纹日益古朴”，前述祖先美德“光滑如石”的比喻是怪异甚至让人摸不着头脑的，当诗人述及父亲在 1957 年一边做着“交待/揭发/检举/密告”的事，一边履行着做父亲的责任，“深夜排队买煤”，“远征上海”采购衣服和鞋，巧妙利用身边的“医生校长司机以及守门的人”，诗人再次感叹父亲“老谋深算、能伸能屈、光滑如石”。诗人理解了父亲在特殊环境里锻炼出的“老谋深算、能屈能伸”的品性，虽有褒有贬融合了诗人复杂的情感，但传达出的是诗人经过思考的一种理智声音。再反观前一个“光滑如石”，这个意味深长的词语冠上了“祖先美德”的名义，产生了巨大的讽刺意义，因为它已经超越了对个体经历、个人品质的评价，在某种程度上是对那个年代之下民族国家的一种反思，对人性人情的普遍沦丧的一种感喟。

再如“真不容易”的反复出现，是情感意义的递进。“您把我养大了/领到了身份证/长大了/真不容易/爸爸”，“童男子/二十八岁通过婚前检查/三室一厅/双亲在堂/子女绕膝/一家人围着圆桌/温暖如春/这真不容易/我白发苍苍的父亲”。从“长大”到“子女绕膝”，前者“真不容易”是指长大领身份证，这是生理年龄标准；后者“真不容易”意味着在时间流逝中心理的成长，表达出对生活的期望、对子女的义务以及身为人父对父亲的理解等各个方面综合在一起的深度思考，意义是递进的。

（二）叙述声音的交替

艾略特在《诗的三种声音》中将诗人的声音分为三种：“第一种声音是诗人对自己说话的声音——或者是不对任何人说话时的声音。第二种是诗人对听众——不论是多是少——说话时的声音。第三种是当诗人试图创造一个用韵文说话的戏剧人物时诗人自己的声音；这时他说的不是他本人会说的，而是他在两个虚构的人物可能的对话限度内说的话。”[①]诗的三种声音分别会创造不一样的听觉效果：第一种声音情况下诗人并不想同任何人进行交流，只是利用他所有的文字资源表达内心“朦胧的冲动”。第二种声音的诗有一种“自觉的社会目的”，或娱乐，或教导，或说教，或传达寓意等。第三种声音是诗剧的声音，也就是布朗宁提到的“戏剧独白”的形式。“戏剧独白的根本特征就是剧作家引退，让台上人物自己表演；而独白则是第一人称说话人直接讲述”，值得注意的是这里讲到的第一人称是指“诗里的说话人以第一人称身份讲述，自然表现其主观性，但却不是作者的主观性”。这就是说第三种声音赋予诗中的人物发言的自主权，因此，“由于说话人同作者分离，我们在诗中能听到两种不同的声音，即说话人的声音和隐含作者以各种方式表达出的作者的声音”[②]。一首诗中这三种声音并不是截然分开的，往往三种声音交织在一起，给诗歌带来一种混响的效果和多元解读的空间。

就于坚这首《感谢父亲》来讲，诗中有一节便采用了戏剧独白的形式，让剧中人物声音交替出现：

我成人了　和您一模一样
勤勤恳恳　朴朴素素　一尘不染
这小子出生时相貌可疑　八字不好
说不定会神经失常或死于脑炎
说不定会乱闯红灯　跌断腿成为残废
说不定被坏人勾引　最后判刑劳改
说不定酗酒打架赌博吸毒患上艾滋病
爸爸　这些事我可从未干过　没有自杀[③]

这节诗中前两行和最后一行是诗中人物兼叙述者“我”的声音，中间“这小子……说不定……”五行是艾略特所说的第三种声音，是诗中人物“父亲”的声音。“我”和“父亲”由于叙述声音的交替出现意外产生了一种隔时空对话

① [英]艾略特：《诗的三种声音》，潞潞主编：《准则与尺度：外国著名诗人文论》，北京出版社2003年版，第230页。

② 肖明翰：《英美文学中的戏剧性独白传统》，《外国文学评论》2004年第2期。

③ 于坚：《对一只乌鸦的命名》，国际文化出版公司1993年版，第9页。

的效果。父亲的声音出现之前和之后，是叙述人“我”郑重恳切地向父亲保证“我”是一个“勤勤恳恳、朴朴素素、一尘不染”的好人，“我”保证我没干过坏事，而父亲的声音以一种滑稽的声调出现在“我”略显严肃的人生信条里，称呼“我”为“这小子”，并对“我”的未来进行稀奇古怪的设想——“神经失常”“死于脑炎”“乱闯红灯”“成为残废”“酗酒打架”“患上艾滋病”等，没有一个好结果。父亲的声音从叙述话语层面看并没有明显设定的听者存在，听者未有只言片语但读者却能清晰地感受到剧中的听者。也许父亲这些话是对母亲说的悄悄话，也许是和邻里之间的调侃，也许是父亲的自言自语，总之，父亲的声音有一个虚拟的人物在接收。从审美效果上看，“我”的声音诚恳急切，父亲的声音滑稽可笑，人物之间的对话消解了传统意义上的严肃教育。“感谢父亲”虽是“经验”之谈，诗中却并没有幽怨和沉重。在当下体验和历史经验的处理上，于坚应是选择了从道德制高点的神坛上走下来，对小人物的生存体验没有经过语言的神圣化处理而以原生态的面貌进入诗歌，因而朴野。对于历史经验，他选择返回历史现场，而不是以事后孔明的姿态进行点评，父亲的生动活泼恰恰体现了当时历史下的另一种原生态。“我的声音”与“父亲的声音”、“我的当下”和“父亲的当下”相对照，之所以会出现滑稽的对话效果，恰恰是因为这不是“我”和“父亲”两个人对话的问题，而是“两代人声音”的时空并置，是两代人的时代背景带来的两代人的心境不同的问题。意识到这一层之后，“叙述之我”和“经验之我”就又各自向前走近了一步。

（三）转述

其实转述和第三种声音之间有一些联系，后者是前者的一种特殊情况。转述就会涉及转述人称的问题，以第一人称转述、第二人称转述或第三人称转述，也会涉及直接转引和间接转引的问题。艾略特所说的戏剧化人物的声音或者第三种声音，指的是转述时剧中人物以第一人称叙述的情况，这是一种直接转引。就叙述声音而言，小说中的核心人物、次要人物等往往有着非常清晰的故事线，人物对话清晰明了。与小说转述不同的是，诗歌往往会省略人称代词或者省略主语，直接呈现声音内容，转述更使声音主体变得模糊而带来了叙述声音的多重性猜测，进而给文本的意义分析带来开放性，扩大了文本的想象空间：

父母在
不远游
好好学习
天天向上
九点半上床睡觉
星期天洗洗衣服
童男子
二十八岁通过婚前检查
三室一厅
双亲在堂
子女绕膝
一家人围着圆桌
温暖如春

这一段叙述声音到底是“我”在简单地叙述，还是“我”转述爸爸的话说给爸爸听呢？笔者倾向于后一种，“我”转述爸爸的话给爸爸听，也说给“我”自己听，“我”可能在喃喃自语这些教诲，这就具备了第三种声音和第一种声音的混合效果。父亲对“我”的未来表示担忧，“我”势必要向父亲做保证，所以“我”在说完“爸爸，这些事我可从未干过，没有自杀”这句话之后，后面接着说“父母在，不远游”等一系列教诲，潜台词就是“您看，您教我的我都记得”。这样一来，父亲的形象其实就具备了多样性、丰富性，父亲既说过“这小子出生时样貌可疑，八字不好，说不定……说不定……”这样的俏皮话，也一本正经地教育“我”怎样规划未来，如何对“我”寄予厚望。“我”感慨做到这些不容易，更感慨父亲思虑重重不容易，感谢父亲的心情跃然纸上。但假如说这节诗就是“我”在向父亲说“我”现在的生活呢？那这首诗歌可能更符合中国人一贯的儿女思维。父亲在特殊环境中操劳一辈子，作为儿子的“我”希望用自己的幸福生活让老人放心，毕竟他已白发苍苍。这固然符合人情世故，但对父亲形象的塑造带来了部分缺憾，父亲就只是一个活在一定时代色彩下的扁平的影子。至此，“叙述之我”和“经验之我”也彻底完成了由分离到复合的过程，在这个过程中诗人对父亲的情感由陌生变为熟悉、由紧张变得轻松。

三、结语

当把叙述艺术当成一个开放的系统，甚至将叙述本身也看成是一种基本的修辞，这个系统所容纳的艺术元素就具有了广阔的存在空间，叙述的声音、节奏、人称、时空等，都会影响到语言的呈现效果及诗歌的意义深度。叙述策略的分析归根到底要为诗歌的诗性体现服务，从如何叙述的角度出发，进行文本细读，往往会带来不同于传统的意象分析的诗学效果。这可能会为我们重新认识第三代诗歌提供一些有益的启示。

空间转换中的“当代乐府”艺术

——论打工诗歌的空间叙事

胡龙飞

20世纪80年代以来，随着现代化的发展、工业化速度的加快，很多青壮年进入沿海大城市打工。大规模的打工人员流动到城市中来，成为打工者，打工者表现自己生活状况、抒发情感的打工诗歌也随之逐渐兴起。2001年，民间诗报《打工诗人》在广东省惠州市创刊，“打工诗人”等名称由此确立。打工诗人柳冬妩这样定义“打工诗歌”：“打工诗歌是以题材为界定的一种诗歌现象，指所有写打工和体现打工意识的诗歌作品。”[①]《中国当代文学50年》则这样定义打工诗歌：“它是底层打工人写作的诗歌，带着鲜明的弱者立场和强烈的底层生活体验。”[②]两者从不同角度定义了打工诗歌。前者既包括知识者的表述，又包括底层表述；而后者把写作对象限制在工人群体，是一种底层的自我表述。“从诗经时代开始，中国文学史就有一个底层表述的传统，它跟现代一样仍然是两种表述传统，知识者的表述和底层的自我表述。”[③]打工诗歌的写作者大多数为打工者，而打工者的底层自我表述具有自我在场的独特的特点。“自《诗经·国风》开始，到汉乐府、南北朝乐府以及各代的民歌等等，‘底层写作’的主体皆为底层本身，即来自民间，具备鲜明的民间性，他们的经历被限制在民间，他们以并不高明的艺术技巧却真实地

---

① 柳冬妩：《过渡状态：打工一族的诗歌写作》，《粤海风》2002年第5期。

② 王万森、吴义勤、房福贤主编：《中国当代文学50年》，中国海洋大学出版社2006年版，第288～289页。

③ 南帆、郑国庆、刘小新、毛丹武等：《底层经验的文学表述如何可能?》，《上海文学》2005年第11期。

刻画了时代最精当的画卷。”[①]而“打工诗歌”则是“工业时代的乐府”，表达出当代工业发展过程中民间的微弱声音。

打工诗歌不仅是历史语境的产物，而且是空间的艺术。空间叙事在打工诗歌中扮演着重要角色，而“诗歌中的叙事并不是承担着讲述故事、塑造人物的功能，它最终指向的依然是抒情，只是这种抒情不同于传统的抒情”[②]。打工诗歌作为一种民间的创作，大都“感于哀乐，缘事而发”，“将抒情糅入了叙事中，在叙事中抒情，使诗歌呈现出一种显性叙事和隐性抒情”[③]，在诉说着自己在城市、乡村的经历过程中形成鲜明的空间叙事风格。曾大兴认为，“文学作品的地理空间，是存在于作品中的由情感、思想、景观（或称地景）、实物、人物、事件等诸多要素构成的具体可感的审美空间。这些空间不同于客观存在的自然和人文地理空间，它包含了作者的想象、联想和虚构，但是这些想象、联想和虚构并非凭空产生，而是与客观存在的自然和人文地理空间有着或显或隐的联系”[④]。打工诗歌的写作者大多数来自乡村，在工业化发展中进入了城市。空间的转换使得这批诗人有着生活经历、情感上的变化，他们以其独特的体验、诗化的形式诉说着发生在身边的故事，隐忍地表达着哀乐。“‘打工诗人’永远是在路上的一种行走状态，在从乡村到城市的来回往返中，他们的身份、姿态、意识也发生着一定的变化。”[⑤]在打工诗歌的书写中，空间与打工者的生活状况、人生经历、情感情绪联系起来，成为打工诗歌创作的重要维度。

一、城市——外在空间的挤压与内心空间的展开

人与空间的连接方式反映着人与空间的关系及人在空间中的生存状态。人通过感官对空间的感知以及再塑造反映着主体的精神状况与思维状态。打工者从不同空间来到城市这个共同的空间，“和这些来自云南、四川/

① 韩模永：《底层、民间与现代图景下的流动书写——关于“打工诗歌”》，《社会科学论坛》2009 年第 1 期。

② 谢晓霞：《都市的震颤与疼痛——论谢湘南的都市诗》，《名作欣赏》2013 年第 6 期。

③ 郝栩甲：《论“打工诗歌”的叙事化策略》，《考试周刊》2009 年第 35 期。

④ 曾大兴：《文学地理学概论》，商务印书馆 2017 年版，第 143 页。

⑤ 韩模永：《底层、民间与现代图景下的流动书写——关于“打工诗歌”》，《社会科学论坛》2009 年第 1 期。

湖北、福建、湖南、浙江、内蒙古、上海/江西等省的一群人成了邻居，这群人拖儿带女/远走他乡，出租屋/城中村内，廉价的菜市场，嘈杂夜市里的李婶/成天吆喝在，我住处楼下收废品的老者/不知他的具体年龄，那口音/（他新年，见人便说恭喜发财）/远远传来，谁都知道他是四川的。想到老者/我就想到父亲的脸，这脸连接着那个村庄”（柴画《南方工业区纪事》之《厂区与出租屋间的路》）[①]。他们居住在偌大的城市空间中的容易被遮蔽的城中村内，生活状况也不容易被注意到，而出租屋这样狭小的空间又给他们的生活带来诸多不便，引发他们对于生活和生命的思考。对于打工者来说，“城市形象存在于诗人对城市生活中自我生存空间的感知，具象为一种‘出租屋意识’”，而“‘出租屋意识’是由闭塞狭隘的生存环境引发的对自我生命消耗过程的过度关注，展露出写作者面对繁华的都市感知着自我的渺小与卑微，显然也在不断加速着打工者们对思乡、怀乡等文化情感的膨胀”。[②]

不仅居住空间是狭小而逼仄的，而且打工者的工作空间内的生活也是压抑的。比如有的工人在车间的流水线上：“白炽灯为谁点亮/快，再快/站立其中，我听到线长急切的催促/怪不得谁，既已来到车间/只能选择服从/流动，流动/物料与我的血液一同流动/左手用于白班，右手用于晚班/老茧夜以继日地成长/啊，车间，我的青春在此搁浅/我眼睁睁看着它在你怀里/被日夜打磨，冲压，抛光，成型/最终获得一点饥饿的，所谓薪水/我听到的打工生活略显疲惫/流经血管，它终于抵达笔端/扎根于纸上，这文字，只有打工者的内心可以阅读。”（许立志：《车间，我的青春在此搁浅》）[③]狭小的空间容纳下大量的工人，只为了速度的政治——更快的工作效率。周宪在《速度政治与空间体验》提出：“时间作为空间的第四维，正在以现代性的加速度呈现出来。于是，速度改变了我们的空间及空间体验！面对社会生活结构和经济发展的高速节拍，这种‘速度政治’已不断内化为当代国人强有力的习性和心理倾向。”[④]在这样狭小的有限的工作空间内做着单调的工作，打工者的美好年华也只能“在此搁浅”。

① 许强、陈忠村主编：《2014年中国打工诗歌精选》，长江文艺出版社2015年版，第83～84页

② 王文静、张福贵：《城乡双栖视角下新世纪“打工诗歌”中的乡土情态》，《东吴学术》2019年第2期。

③ 许立志：《铁月亮》，太白文艺出版社2019年版，第14页。

④ 周宪：《速度政治与空间体验》，《文化研究》2010年第1期。

有的工人在井下："煤层中，像是发出了几声蛙鸣/放下镐头，仔细听，却没有任何动静/我捡起一块矸石扔过去/一如扔向童年的柳塘/却从乌黑的煤壁上弹了回来/并没有溅起一地月光/继续采煤，一镐下去/远处似乎又有一声蛙鸣回荡/（谁知道，这辽阔的地心。绵亘的煤层/到底湮没了多少亿万年前的生灵/没有阳光、碧波、翠柳/它们居然还能叫出声来）/不去埋它，接着刨煤/只不过下镐时分外小心，怕刨到什么活物/（谁敢说哪一块煤中/不含有几声旷古的蛙鸣）/漆黑的地心，我一直在挖煤/远处有时会发出几声深绿的鸣叫/几小时过后，我手中的硬镐/变成了柔软的柳条。"（老井：《地心的蛙鸣》）①井下是一个相对封闭、寂静、幽暗而又十分危险的空间。在这样一个固定的空间里，机械而重复地做着工作，时间也显得更加漫长。工人在这样的空间里不但"怕刨到什么活物"，还要忍受艰苦单调的工作，以至于硬镐也"变成了柔软的柳条"。

还有的打工者在工地："工地上的气温，比我体温略高 3℃/皮肤内的河水，带着盐花，开始叛逃，燃烧。/焱。/部首：火 部外笔画：8　总笔画：12。三只火/堆在一起/我们需要靠一群群汗水来浇灭/汗是含盐的/雨是凉薄的。/明天，阳光灿烂，我不愿意，/明天，晴空万里，我不喜欢，/明天，气温高过今日。/一群热锅里面的蚂蚁还在搬运/钢筋。水泥。阳光。其中的两只，必须挺住。/挺住意味着：堂兄的父亲，我的伯父，/癌细胞就扩散得慢一些。/以我们的快换它的慢。"②在工地这样的场所，无论酷暑，还是严寒，打工者都坚持做工，成为"速度政治"的工具。

城市空间中快速拔地而起的一座座高楼是有代价的，而代价恰好也许是：

> 也以我们的快，加速城市的快
> 突然，脚手架，一个人
> 自
> 由

---

① 老井：《坐井观天》，太白文艺出版社 2019 年版，第 26 页。

② 郭金牛：《打工日记》，许强、陈忠村主编：《2013 年中国打工诗歌精选》，长江文艺出版社 2014 年版，第 69 页。

落

体

重力加速度。

9.8m/s

诗人削弱了文字的内在连续性，将汇集了脚手架、一个人等意象在内的片段呈现出来，将“自由落体”呈现为竖排自由落体的点，刹那将一个人的命运展现出来。

打工者不仅生存空间极其有限，而且工作空间的生活也是局促、压抑、充满危险的。无论是工作空间还是生活空间，他们都处于城市的边缘地带。那么，打工者与城市空间的位置关系又是怎样的呢？许立志的《深圳 深圳》作了很好的诠释：

世界之窗　欢乐谷　东部华侨城
海洋世界　大小梅沙　仙湖植物园
地王大厦　京基100　宝安机场
深圳中心书城　深圳图书馆
深圳音乐厅　深圳少年宫
深圳大剧院　深圳大学　深圳北站

鞋材厂　电镀厂　模具厂
电子厂　塑料厂　造纸厂
线材厂　家具厂　砖瓦厂
玩具厂　五金厂　印刷厂
电器厂　马达厂　服装厂
针织厂　制品厂　肉联厂[①]

《深圳 深圳》以表征独特空间形式的图像诗表现了打工者与城市空间之间的关系。这首诗歌中的地点像是公交车站点。城市人会在高雅的音乐厅、大剧院等停留，而打工者则忙碌地在各个工厂之间奔波，求得生存。上半部分

① 许立志：《铁月亮》，第119页。

以多样化的生活体验显示了城市居民生活的丰富性,而文本多样的排列与其形成同构关系。下半部分,无论怎样变化,还是工厂,显示出打工者枯燥的生活,而文本整齐却单一的形式象征着枯燥的生活与现代工业社会整一性的规训。同时,这首诗歌的文本排列也像是一个建筑的上下两部分。打工者们的辛勤劳动构成了城市的基础,却承受着低微的社会地位与待遇。而城市居民享受着打工者带来的便利,却高高在上,与打工者之间有着深深的鸿沟。"打工者"与城市之间是一种"在而不属于"的关系:"我想修建了无数高楼大厦,里面却只容得下我的血与汗/我住工棚、租房,却总在半夜被人驱赶。/城市堵塞的下水道需要我去疏通,/城市繁华的街道却厌恶我在上面行走。"(蒋明:《我们渴望融入生活》之《我是谁》)[①]打工者在城市中付出了辛勤工作的汗水,而城市的繁华却不属于他们……他们在城市空间中,却难以真正融入其中。

打工者在城市空间内并没有享受到城市居民的待遇,处于城市空间的边缘地带,反而承受着来自城市空间的各种挤压:

一方面,打工者由于狭小的居住空间、贫穷的生活条件而受着生理方面的痛苦:"我的身体是这不到七平方的房/除了床。一切显得拥挤和破烂/除了梦。除了排列整齐的书/它们多么像我洁白的牙齿/除了早餐。还要咀嚼飘零/我的打工生活打翻我的五脏六腑/七经八脉。我还要放置一部电脑/除了青春。我的四肢百骸还要承受/几强分贝的疼痛摇滚。除了水电费/我要找一个合租者适合我的身体/除了爱情。如果我有调色板的话/画上眼睛,嘴唇,鼻子。除了文身/如果一定要乘上什么。除了出租/我的身体。睡眠,感冒和诗歌/一只逆向的手提袋,一则出租广告/450/月,除了港币,除了美元。"(程鹏:《纪念碑》之《出租》)[②]打工者的居住空间因狭窄而拥挤,他们因位置不好、隔音差而忍受着噪音,可还是要为这狭小的空间付钱。

另一方面,打工者又因难以融入城市空间而忍受着心理的煎熬,一次次发出身份认同的悲鸣:"我是农民,但不懂种地;/我是工人又戴着农民的帽

---

① 许强、陈忠村主编:《2013年中国打工诗歌精选》,第34页。

② 许强、陈忠村主编:《2014年中国打工诗歌精选》,第69页。

子。/我行遍了大半个中国，没有一次是旅游。/我有家，回不去。我有父母，却不能尽人子之孝。/我与一个女人是夫妻，但夫是夫，妻是妻。/我与一个男人是父子，但父是父，子是子。/我努力挣钱，钱却总装在别人的兜里/我想修建了无数高楼大厦，里面却只容得下我的血与汗/我住工棚、租房，却总在半夜被人驱赶。/城市堵塞的下水道需要我去疏通，/城市繁华的街道却厌恶我在上面行走。/他们需要我的时候说我是人民的一分子，/我需要他们的时候他们却只认识人民币，/不认识我这个人民的一分子。/我是谁？我到底是谁？大街上行走的很多人/他们身上都有着我的影子。”(蒋明:《我们渴望融入生活》之《我是谁》)[①]若称这群栖身于城市的人为“工人”却要在前面加上“农民”，若称“农民”，却要在后面加上“工”字，典型地反映了他们身份的边缘性、模糊性、游离性。这样一群城市空间内的边缘人装点了城市空间，却不被城市空间接纳。

打工者因城市空间的挤压而受着生理和心理的双重挤压，而女性打工者既是空间意义上的边缘人，又是性别意义上的边缘人，所以她们的体会更为敏感而深刻。“湿树叶闪烁着生活的光　他突然折进/浑浊的眼中　出租房晾晒的光斑/苦寒的春天　雨水般战栗的情欲/六对夫妻租住的狭小的房间/苦　清晰的走动　渐渐变暗的生活/散落在纸箱　木板　昏暗的灯光/压抑的性欲……苦闷的黑夜/凌乱的房间　湿漉漉的春天/肉体的冲动　潮湿而黏稠/在压抑中　她摸到阴冷的生活/混凝土的身体　一颗颗灼热的心灵/跳动　在她忍住叫喊的快感中/她感觉湿树叶背后有十双眼睛/它们像昏暗的命运本身　她拥抱的爱/仿佛像潮水　在她的身体里涌动/她体内的时针不停地敲响　当当/在疲倦的工卡上闪烁着生活的光。”(郑小琼:《女工记》之《叶慧》)身体与空间不可分离，既是空间的组成部分，又是感知空间的重要载体。哈维·弗格森说:“身体首要的特征是，它是一个区域化领域。正是既定的时空参照点，建立了空间及对象之间的相互关系。”[②]当代快速发展的工业社会及城市空间使得我们可以更好地理解城市空间与打工者的关系，而身体恰好提供了当代城市空间的重要参照点。“郑小琼的‘打工诗歌’

---

① 许强、陈忠村主编:《2013年中国打工诗歌精选》，第34页。

② [英]哈维·弗格森:《现象学社会学》，刘聪慧等译，北京大学出版社2010年版，第58页。

从身体出发，具有最为内在和最真实的‘身位感’，但又不囿于身体。她书写身体，又通向灵魂，延伸到整个世界，完善了诗歌综合处理历史语境和复杂生存体验的能力。”[①]《叶慧》这首诗里，身体与外在空间产生了冲突或互动，空间不再是一个客体的存在，而是以人物主观投射出来。身体语言的投射，而不是单纯地描写空间，表现了狭小的空间对女主人公生理和心理的双重压抑。正是因为合租屋的空间状况使得女人公感到了身体上压抑，转而思念家乡，表现了心灵上的孤独："它折进幽暗的胡同　一棵长在街角的树/远了　剩下风吹　落日从楼群的岬口退缩/她站在凤凰大道　银湖公园/滑向远方　她伫立在异乡张望　秋天也在/打量她　啊　多少次别离　在别离间/她说出命运中不该说的话——这人生/虚幻的人生　无奈的奔波与命运。”[②]

城市空间的不断挤压，使得打工者内心集聚了越来越多的事情和情绪。“对于一个外来者而言，当代发达城市，比如深圳，确实会因为自身的节奏内耗着每一个城市居住者的神经，而外来者更是常常存有一种‘与生俱来’的焦虑：城市并不仅仅有灯红酒绿和金钱之源，城市同样还有一种空间的压力，并进而为每一位居住者提供属于自我的‘心灵地图’。”[③]缓解这种“空间压力”需要寻找突破口，因而打工者内心空间则趋向展开：

我咽下一枚铁做的月亮
他们管它叫螺丝

我咽下这工业的废水、失业的订单
那些低于机台的青春早早夭亡

我咽下奔波，咽下流离失所
咽下人行天桥，咽下长满水锈的生活

我再咽不下了

① 柳冬妩：《艺术作为有机的整体——从“打工文学”看“文化研究”》，《艺术广角》2012 年第 3 期。
② 许强、陈忠村主编：《2014 年中国打工诗歌精选》，第 13 页。
③ 张立群：《谢湘南论——诗歌的“空间地理”及其逻辑展开》，《文艺争鸣》2010 年第 3 期。

所有我曾经咽下的现在都从喉咙汹涌而出

在祖国的领土上铺成一首
长长的诗

（许立志：《我咽下一枚铁做的月亮……》）[①]

这群进入城市的农民工咽下城市的负担，忍下了当代工业社会的种种苦楚，挤压入内心之中，终于有一天喷薄出“工业时代的乐府”。正如秦晓宇所指出的：“这些打工者最初开始写诗，并非想成为诗人，而是生活中淤积了太多的苦闷和伤痛，想要抒发一下。随着写作的深入，他们开始反思所属群体的命运、处境，用诗歌伸张平等与尊严，追求更有担当情怀的写作，从而生发出一种新的主体意识和政治意识。”[②]而打工诗歌恰好是在当代工业社会、城市空间中打工者吟咏自身的产物。

二、乡村——荒凉的现实与乌托邦想象

打工者大多由农村进入城市这样一个陌生的空间，需要时间适应。城市里来来往往的人群，让个人显得如蚂蚁一般渺小，孤寂感也会油然而生。城市空间的种种挤压使得打工者开始怀念故乡，乡愁也难以掩饰：

黑夜里的人群如蚁，他们
像一些精灵，在黑夜的灯火里
备受煎熬。我走在人群里
走在一幅浓缩的中国版图中
陌生的乡音像一颗一颗的钉子
钉在我彷徨的心坎上

而青春不值一提
工衣里包裹的欲望，在夜市的暗处膨胀
夜风吹拂的街道，情侣们把身体抱紧

① 许立志：《铁月亮》，第121页。
② 秦晓宇：《以诗为证》，载许立志：《铁月亮》，第3页。

把欲望抱成一张薄薄的纸
在内心的暗处，藏着桃花
藏着荒芜的孤独与寂寥

夜鸟飞过的夜空，有流星闪过
月光，等待一个孤独的黎明
夜市的盆景在灯光下显得落寞和悲伤
它们远离泥土，远离河流和水
忍受着痉挛与割舍之痛
我看见时间和乡愁在夜里打结

需要一种什么样的召唤
才能让一颗躁动的心静下来
需要什么样的安抚
才能把一颗心的棱角抚平
在空寂的夜晚
我与故乡撞了个满怀

[曾继强：《迁徙之巢(组诗)：空寂的夜晚我与故乡撞个满怀》]①

在城市中孤寂的夜晚，心灵难以安放的打工者开始寻求故乡的安慰。有学者指出，打工诗歌中“城市形象往往又与‘黑暗、黑夜’意象相联系”，而“黑暗意识和黑夜意象的使用同样影射了城市生活的紧迫感与压迫感”。② 黑夜中，城市空间里的人仍然“如蚁”一般多，也同样显得渺小。“我”走在黑夜里城市的人群之中，越发显得孤独，因而“陌生的乡音像一颗一颗的钉子”，引得“我”泛起乡愁。而此时的生活是怎样的呢？“我”在城市里艰难地生存着，青春正逐渐被耗尽……而打工者们的欲望也会在城市的黑夜中逐渐膨胀，内心藏着“桃花”“孤独与寂寥”。不安来临时，情侣们也会抱紧，互相依偎。当“我”抬头看见“夜鸟飞过的夜空，有流星闪过”，月光倾泻而下，

---

① 许强、陈忠村主编：《2014 年中国打工诗歌精选》，第 13 页。

② 王文静、张福贵：《城乡双栖视角下新世纪“打工诗歌”中的乡土情态》，《东吴学术》2019 年第 2 期。

夜市的盆景远离它们成长的泥土，就像“我”远离所生长的乡村一般，“忍受着痉挛与割舍之痛”，又一次泛起乡愁。在这样一个“空寂的夜晚”，“我与故乡撞了个满怀”，思乡的情绪也填满了内心。

打工者们日夜思念却又回不去的故乡又是什么样的呢？还如养育自己时那样美好么？随着打工潮的来临，故乡不再是和谐的自然场所和温馨的情感载体，不再是一幅“采菊东篱下”的田园诗般的景象，只剩空荡荡的房屋、孤独的留守人员与时不时吠几声的狗构成的荒凉现实：

流浪的小狗
眼神像霜一样寒冷
比它咬着的枯枝还瘦
一片叶子落在农民李富有的头上
他与狗互相注视
一对儿女念书去了
没念过书的老婆在广东打工
几声狗吠
生动了三间空荡荡的土屋
他把老婆用错别字写成的信
念给狗听
狗歪歪扭扭
它的脑袋像一个错别字
似懂非懂
拧一下狗的耳朵
狗在他的指头上
咬出一条微不足道的血迹
“李富有，到医院打一针吧”
“哪里有钱送给医院
有钱不如买肉给狗吃”
土地的打磨使铁锹光芒闪现
狗让他看见自己的血仍然鲜红
他想找人打一架

在村子里已找不到强壮的对手
十年前划分菜园的地界
他揍了一顿邻居二狗子
二狗子现在在上海开小卖部
他的菜地缠绕着藤蔓的身子，它们在争斗
阳光孤独，就像被啃过的骨头
李富有天天都看见自己青绿色的菜地
他的手在冰水里进进出出
一捆捆菜在池塘上漂浮
手肿了
人也肿了
菜挑子在李富有的肩上越来越重
扁担像伤口一样痛
省城的医生说，来晚了一步
村子里剩下的劳动力
把李富有抬进一座土丘
大面额的纸钱迎风飞舞
李富有成了百万富翁
他把村子里所有的狗全部带走
村子里安静得像一段往事

（柳冬妩：《日子成为流水线送来的零散产品——农民李富有》）[①]

农民李富有“与狗互相注视/一对儿女念书去了/没念过书的老婆在广东打工/几声狗吠/生动了三间空荡荡的土屋”，显示出李富有生活的孤寂。名叫李富有却十分贫困，被狗咬了也没钱去医院，只能在去世后成为“百万富翁”。诗人用所谓的死后的“百万富翁”衬托出农村现世的荒凉，也衬托城乡之间的隔阂与差异。

打工者与乡村空间的关系也发生了变化。原来在乡村空间生存时，有自己适应乡村空间生活的行为方式和与事物的外在关系。而进入城市空间

① 许强、陈忠村主编：《2014 年中国打工诗歌精选》，第 13 页。

后，有一些行为方式已经改变，虽难以融入城市，但也不再适应乡村，成为城乡两空间的双重边缘人："从浙江回到久别的故乡/儿子却在电话里叫我回家"，"我想上网，手机却没有信号，夜太静/我已经吃不惯山寨里的土豆"（吉克阿优：《哪里才是家》[①]）。"我"与儿子长期的分隔生活，使得"我"回到家乡后，年幼的儿子依然用电话喊"我"回家。习惯了一些城市食物的"我"，已难以习惯家乡的食物。这种错位与尴尬都与空间转变对人与事物的关系的改变有着莫大关系。

"面对被工业社会和城市化进程所遗弃的乡间景色，我像一个旅游者一样回到故乡，但注定又像一个旅游者一样匆匆离开。"[②]"无法真正融入城市生活，又在乡村丧失了原有归属感，城乡两栖下打工诗人们对自我边缘身份的焦虑无疑具有代表性和普遍性，它记录了现代化进程中务工的底层人民的精神困惑，也反映出当下打工群体某种集体性的精神状态。"[③]他们"有时候面对着自己的身子/忍不住会问，拿一米七〇的影子在大地上行走/接近悲壮。这样，我开始了流浪/一个诗人的异乡是一篇月亮/会被无形地鞭打。会被遣送/从深圳到樟木头，等着金钱去救赎/被投进监狱。再被遣送到不知名的地方/被迫去抱石头，出卖廉价的劳动力/一年又过了十年，一个诗人无法回到故乡去"，只能在一个自己不属于的空间里接受命运的鞭打。作为双重空间边缘人的打工者想"回到故乡去。我常常抱着忧伤想/但我肯定是回去了又出来/出去了又回去。周而复始地踏在这条路上/直到我的头发变白了，我还在守望/我的出生地和精神故乡"（程鹏：《回到故乡去》）。[④] 即使回去了，也还得再返回，成为一个周而复始的循环，因而往往只能选择"精神还乡"。

即使回到故乡这个空间里，童年、幼年时刻的美好也不会再现。"生命的家宅，记忆的归宿，稚儿离开了那里，是因为童年那美好的时光已挥手远去，他已踏上被命运抛离的注定远游他乡的不归途"[⑤]，一切只能在记忆中再

① 吉克阿优：《所有的日子都是彝年》，太白文艺出版社 2019 年版，第 36 页。

② 柳冬妩：《打工诗人：在城中村抱住最后的土》，《广西城镇建设》2014 年第 6 期。

③ 王文静、张福贵：《城乡双栖视角下新世纪"打工诗歌"中的乡土情态》，《东吴学术》2019 年第 2 期。

④ 许强、陈忠村主编：《2014 年中国打工诗歌精选》，第 23 页。

⑤ 张清华：《暮雨乡愁》，《新世纪优秀散文选 2001～2006》（上），花城出版社 2008 年版，第 184 页。

现，因而诗人只能选择寻找乌托邦。"'乌托邦'（Utopia）这个词最早由英国政治家和小说家托马斯·莫尔爵士所造。他于1516年发表了用拉丁语创作的小说《乌托邦》。这个词由两个希腊语的词根组成：'没有'（ou）和'地方''处所'（topos），在拉丁文中意思是'乌有之乡'或'不存在的地方'。同时，因为ou和eu（美好）谐音，所以这个词就兼有'理想''美好'和'虚幻''缥缈'两方面的含义。乌托邦作品着眼于人的集体存在模式，是'真理''正义''自由''善良''幸福'等的化身，表达了人类永久解决矛盾，建立一个稳定、统一的理想社会的愿望。"[①]而乡村的种种空间夹杂着童年的记忆，成为"乌托邦想象的发源地"：

用它的黑来淹没我
用黑过滤后轻轻的静来淹没我
用一粒灰尘掉在地上的声音来淹没我

当它的黑与黑夜水乳交融
喻家院子便省略了我
只剩下耳朵
耳朵是这个世界最后的眼睛

用秋雨敲响瓦房的天籁声来淹没我
用天籁输液的人是幸福的
他的内心充实而饱满
用青蛙起伏的蛙鸣来淹没我
淹没我的耳朵 淹没无限延伸的视线
淹没竹林起伏的风声
淹没夜行人惊起的犬吠 以及他
不经意的一声干咳
淹没薄雾冬天雨点一样密集的雀鸣声
淹没月光白昼的喻家院子

① 赵一凡、张中载、李德恩主编：《西方文论关键词》，外语教学与研究出版社2017年版，第613页。

淹没被迷藏捉住的童年
淹没一个男人伸出的双手
淹没一个婴儿渴望拥抱的心情
淹没已消逝却永远无法消逝的亲人
淹没茅草风吹的坟茔
淹没婆婆留给我一生的温暖
爱。

呵 那些被淹没的……

一个人灰一般轻的躯体
在空气中飘荡
这是在异乡。

（许强：《老屋》）[①]

“在某种程度上，在世俗空间中有时也能体验到能够唤起空间的宗教体验所特有的非均质的神圣价值。”“甚至对于那些自我坦承不是宗教徒的人而言，所有这些地方仍然具有一种不同寻常的、无与伦比的意义。这些地方是他们个人宇宙中的‘圣地’，似乎正在这些地方，他们得到了一种关于实在的启示；于是，这些地方对他们而言，不仅仅是日常生活中的一处普通的地方。”[②]而家屋就是这样一个存在，它承载了一个人早年的生活经历和喜怒悲欢。

这样的空间已经成为时间的一种标志，成为特殊的时间形式。现代化的进程中所出现的高楼大厦，使它已成为过去的象征。在许强的《老屋》中，美好的自然环境与温馨的情感都被淹没，只剩下“一个人灰一般轻的躯体”在异乡孤独的飘荡。空间的置换使其只能在城市空间里想象另一空间的存在。一方面，把故乡想象为乌托邦，另一面，也意识到乌托邦是一个不存在的幻象。

---

① 许强、陈忠村主编：《2013年中国打工诗歌精选》，第206页。

② 龙迪勇：《空间叙事学》，生活·读书·新知三联书店2015年版，第115页。

三、空间移动——在路上迁徙的无奈

“伴随着空间移动而来的，往往是人与外在关系的改变，人只要一离开原有的居所与生存空间，便会暴露在外界的变动之中，周遭世界的异质性，使人不得不改变其对应世界的方式。在此同时，有关空间或空间移动的书写自身，亦形成一‘文本空间’，创造出一内在想象世界，人作为书写的主体，往往带着有关空间的记忆或想象，在不同的地域空间、文化场域或历史情境间游走，因而激发文本之间的意识流动与跨界想象。”[①]“‘打工者’亦是现代图景下涌现的特有产物和特有阶层，充满着时代精神，本质上是一种在农村文明与城市文明的相互碰撞和融合中而产生的一系列时空的流动，自然也包括身份的、精神的流动。”[②]因而，随着空间的移动会产生社会关系、社会身份、内在精神等多方面的流动。

空间的移动既意味着外在关系的转变，也意味着意识的流动与世界观的转化。打工者来到城市后，大多早出晚归，辛苦度日：“拉开异乡的深夜/窗外是城市咆哮如雷的鼻息/被风撕破的雨，停不下来的雨，腥味的雨/携着叮当作响的刑具/追赶着那个晚归的人/我的视线追随着他，仿佛/也加入了奔跑的行列/仿佛那些雨，正切割着/切割着灵魂，切割着成千千万万的人/在大地上奔逃，流失/他背影透出一丝无奈和凉意。”在寂之水的《审判》中，风作为成为恶的隐喻，逼迫着城市中晚归的工人们，使他们在城市空间的生活更显悲凉。在异乡的日子时，思想也会不时流动回故乡那遥远的空间：“在网湖村五百亩湖岸/风在高念着判词/巨大的回响落在低处的村庄/几个面容枯黄的人被推倒队伍前面/没有人争论和辩论，人们默认了队伍中的名字/我仿佛看到神情黯然的父亲/将压在寒风中的头颅，一低再低/雨雪将他们套上沉重的链条/是渔网上的漏洞，窑洞下的黑暗/逼迫着脊梁弯下去/仿佛命里的血脉注定了这些潮湿/只能俯首认罪。”“风的尖利抵住了开口言语的羞耻/它在抽着耳光/抽那个软弱的人/泪水的头颅正在低落，碎裂/把牙

---

① 王瑷玲：《导论：空间移动之文化诠释》，《空间移动之文化诠释国际学术研讨会》，汉学研究中心，2009年，第2页。

② 韩模永：《底层、民间与现代图景下的流动书写——关于“打工诗歌”》，《社会科学论坛》2009年第1期。

齿和嘴唇掉落的音符埋进雪队里/埋进冰冷的骨头里/可是，风粗壮的喘息引来了那群承包商人/灯亮了，把充血的肥大的心脏载了过来/它用鲜红的鼓点敲响了审判的铜锣/当他们意识到这片湖泊/已不再是从前大自然恩赐的美玉时/那里已成了审判场。”因而这种空间的转化往往是无奈之举：“走吧，这片湖水已养活不了那么多人/走吧，我的青年，少年”，于是“风领着这群人走向奔跑的铁轨”，然后“一些人进了铁皮车间，铁铸的流水线/而另一些进了幽暗的窑洞、煤矿，更黑暗的居所/一串长长的数字抹去了他们的姓名”，他们“一次又一次，从一个工厂到另一个/总是逃脱不了命运固定的铁圈”。当我运气好还能完好地回到乡村时，“父亲来火车站接我/我们声音里都有些许讶异、迟疑/我无暇审视父亲眼中的自己/眼前的他让我一阵心酸”，“可瞥见父亲新长的一茬白发时/我的眼前又飘满了那年冬天的雪花/再次回到大地痛苦的轮回里”。[①]

空间的转换地往往是火车站。“火车是一组特殊的关系，因为它是这样一种东西，人们穿越它，从一个点到另一点，然后它成为过往的东西。”[②]人们进入火车这样一个空间，在城市与乡村间往返，就像他们“弯曲的铁轨似漂泊的命运”：“辽远的事物开始说话/铁轨。伸缩的寂寞/带给他乡/匍匐于大地的祖国和故乡/我们将接着死去，让另一种出生/获救/岁月、古树、纸、螺丝，悬崖及/刚诞生的姓氏和婴儿/一切都平安有福，凉风簌簌作响/伴随着火车的另一种人生/远方是空旷的祭坛/火车飞驰，在不动声色之中到达远方/弯曲的铁轨似漂泊的命运/在荒野中独立成排/坚强站立与对望，它们冒险抵达/也将冒险的生活抛给我们。”（蒋志武：《弯曲的铁轨似漂泊的命运》之《铁轨》）[③]乡村保留了许多传统的生活方式，而发达的城市则是现代的象征，因而空间的转换也让人们感觉到明显的时间变化。在火车这样一个空间里，人们快速地浏览着窗外不同空间的风景，感受着命运的转换，可终点是固定的。对于打工者而言，空间的转换意味命运的转换，终点就意味着是“伴随着火车的另一种人生”。

---

① 许强、陈忠村主编：《2013年中国打工诗歌精选》，第206页。

② ［法］福柯：《不同的空间》，［美］布尔迪：《思想的锋芒》（上），于泓译，吉林大学出版社2004年版，第30页。

③ 许强、陈忠村主编：《2014年中国打工诗歌精选》，第58～59页。

“人在空间里最能呈现其生存的状貌与意义，所以从空间的角度来观察人的生活与环境，就是理解人的最好的方法。”[①]打工者的吟诵大多“缘事而发”，对城乡空间中人与物、空间关系的书写是对当代工人生活状态的记录。“一些优秀的‘打工诗歌’文本冲破了社会文化等的樊篱，是生命诗学在思想内核上对自我本体的回归，这些诗歌所关注的是生命肉体层面与诗歌的隐秘联系，生命与诗同构。”[②]打工诗歌对于空间的书写表现了他们在这一空间里的生存状态和感受，其也由此成为空间流动中的生命之诗。

---

① 金明求：《虚实空间的移转与流动——宋元话本小说的空间探讨》，台湾师范大学博士学位论文，2002 年。

② 柳冬妩：《艺术作为有机的整体——从“打工文学”看“文化研究”》，《艺术广角》2012 年第 3 期。

第三编　叙述与诗性

“本体性诗歌叙述”的时间性问题及其诗性建构初探

韩镇宇

对于时间性问题的探讨大概是现代叙述学研究中最为复杂也最为关键的一个，如果我们将时间视为驶往人类命运真相的航船，那么叙述就是那张最为坚实的船帆，不断表达着人类对于未来方向的思考。时间与叙述呈现着一种循环式的关系，叙述的本质并非凝结时间的工具，时间当然也不作为叙述机制的一部分而存在。“时间变成人的时间，取决于时间通过叙述形式表达的程度，而叙述在成为时间存在的一个条件时，它才具有完整的意义。”①这也就决定了我们在进行具体的时间性问题的研究时，不能仅仅满足于叙述文本处理、呈现时间的方式以及文本时间和故事时间的张力，而应该在一个更加基础的范畴里讨论时间与叙述的本质关系——这一点在后经典叙述学的语境下显得更为关键。因为研究者们逐渐发现对叙述文本纯客观的描述和观察是不现实也是不全面的，相反，建立在审美意义上的叙述学研究才能够在更深层的意义上发掘出某些本质性的意蕴。

也是在这样的研究要求下，关于诗歌叙述中的时间性问题的探讨才显得更加有必要。首先，在“跨文类”叙述研究兴盛的背景下建构起来的诗歌叙述学不仅要与其他文本类型“共享一定的‘叙事性’即‘叙事之所以成为叙事’的基本特征”，也更加需要有“自己独特的‘话语属性’”②，所以诗歌叙述学的建构也在召唤着多元化的研究方法的介入和经典叙述学理论的重新调

① 转引自伏飞雄：《利科对时间问题的“叙述阐释”》，《文艺理论研究》2012 年第 2 期。

② 尚必武：《“跨文类”的叙事研究与诗歌叙事学的建构》，《国外文学》2012 年第 2 期。这也是尚必武提出的五个诗歌叙事学的建构路径或研究方向之一。

整与界定。这在很大程度上也是源于诗歌和其他文本类型在文体特征和话语方式、思维方式上的差异，也即“诗性”之所在。基于此，对于时间性问题的探讨便成为诗歌叙述学的核心组成部分之一。一方面，传统叙事文本时间研究中的一些阐释维度，例如时序、时长和频率等概念，仍可以在诗歌叙述学中发挥相当程度的作用；另一方面，时间在诗歌叙述中的展现在某种程度上更具本体性，对诗歌的意识形态和外在形式可以产生颠覆性的影响。正如里尔克在《论诗人》当中所言：“我不知道怎么回事，突然之间，我在这个现象中领悟了诗人的处境，他在时间之中的位置与作用。人们尽可以怀疑他在其他方面的位置，但他的这一个位置，世界必须折服。”①

一、“现在意识”：拉长叙述时间的“凝视”

“本体性叙述”指的是“以叙述为本或中枢的一种诗歌艺术方式”，“或叙说物语、心事，或陈述事态、人物，事与物的语感过程或语象显现便成为生命及诗性在其间驻足生成的一种形式”。② 值得注意的是，这里的叙述主要是“在本体意义上理解的作为修辞方式的一种经典形态的叙述”③。“本体性叙述”区别于“寓体性叙述”，后者是“传统意象诗学的伴生体，也即是意象修辞借重于叙述的一种复合表达方式”，这里的叙述“已不具独立性，甚至成了象征性修辞的构成成分”，“从而去表达别一种意义”。④ “本体性叙述”将叙述作为诗歌的修辞和思想方式，以一种更具原发性的姿态去感受和表达，并不指向其他的意义，而更专注于当下。所以时间在本体性的诗歌叙述中更体现为一种“生命的在场”，通过种种瞬间感觉的聚合来获得不可重复的生命体验。正如第三代诗人韩东所言：“哪怕是你经历过的时间，它一旦过去，也

---

① ［奥地利］里尔克：《论诗人》，张枣著、颜炼军选编：《张枣随笔选》，人民文学出版社2012年版，第224页。

② 孙基林：《本体性诗歌叙述与其诗学论说》，陈亚平等：《中国学者新世纪学术贡献前沿理论选集》（下），宁夏人民出版社2015年版，第719～720页。

③ 孙基林：《当代诗歌叙述及其诗学问题——兼及诗歌叙述学的一点思考》，《诗刊》2010年7月下半月刊。

④ 孙基林：《当代诗歌叙述性思潮与其本体性叙述形态初论》，《山东社会科学》2012年第5期。关于“寓体性叙述”还可参见孙基林教授《知识分子写作：作为思想方法的叙事与其修辞形态》《作为寓体的叙述：从象征到寓言》等文章。

就成了从来没有存在过的东西了。我们无法判断哪些东西是出于梦境，哪些东西是实际发生了的。但对于一个人的此时此地，二者并无区分的必要。”[①]

第三代诗人群体在诗歌创作时更趋向于上述的本体性叙述，他们对于“回到事物本身”的强调与胡塞尔、海德格尔现象学的基本思想方法相呼应，体现着一种鲜明的“现在意识”和“过程意识”，即“弃绝对‘过去’与‘未来’的幻觉而回到‘现在’”。“在三维时间的绵延中，只有现在才是现实的、存在着的，除此可说一无所有。过去永远地消逝了，而未来又是永远地缺席，我们既不能生存在过去之中，也不能生存在未来之中，人的生命只能是永远的‘现在时’。”[②]所以在诗歌叙述中第三代诗人更愿意去把握每一个感受瞬间所带来的生命悸动，由此使生命获得一种“澄明之境”，“迎接只属于自己的那个‘真我’复活式的到来”[③]。例如，韩东在《一刻钟》当中对于时间“心醉神迷”的“凝视”：

隔着一张发亮的桌子坐在九三年的窗口
下巴上涂着肥皂泡
白色的罩单掖进了领口
理发师微凉的剃刀拍打我的脸颊

在那宝座般高高的椅子上
凝视权威的胡须和戴围兜的统治者的肖像
逐渐形成了钟面
心醉神迷的一刻钟！

在这里，一方面诗人故意拉长叙述时间，通过凝视自己来强化当下的意识流动过程，在时间趋向于定格的“一刻钟”当中获得独有的诗意发现；另一方面，在这“一刻钟”当中诗人展现的是对“理发”这个日常生活细节的超常关注，获得“个人时间”的全新体验。类似于此的还有于坚的《下午一位在阴

---

① 韩东：《诗刊·青春诗话》，《诗刊》1985 年第 9 期。
② 孙基林：《崛起与喧嚣——从朦胧诗到“第三代”》，国际文化出版公司 2004 年版，第 232 页。
③ 蓝马：《走向迷失——先锋诗歌运动的反省》，《作家》1990 年第 10 期。

影中走过的同事》,诗中的"我"站在窗子前倒水时看到"我"的同事,在"五秒"的事件时间里聚焦于这名"黑发男子"在"狭长灰暗的口子"里"移动""踌躇"再到"匆匆走过",叙述速度变得极为缓慢,时间在聚焦的过程中处于被凝视的状态而趋于停滞,从而使得诗中各种日常生活细节自如地次第展开;"他不知道 我也从未提及",最终获得一份私人化的时间体验。在这两首诗当中,诗人都通过拉长叙述时间改变诗歌的叙述节奏,经常通过对某个场景的聚焦来放大日常生活的某些细节以更好地体验当下时间,把握每一个瞬间的真实感受。又如于坚的《有一回我漫步林中……》:

有一回　我漫步在林中
阴暗的树林　空无一人
突然　从高处落下几束阳光
几片金黄的树叶　掉在林中空地
停住不动　感觉有一头美丽的小鹿
马上就会跑来　舔这些叶子
没有鹿　只有几片阳光　掉在林中空地
我忽然明白　那正是我此刻的心境
仿佛只要一伸手
就能永远将它捕获

在"空无一人的树林"这个私人化的空间当中,阳光如林中落叶一般散落而下触动了"我"的情思,在瞬间的心灵颤动当中与时下的空间、时间达成一种个人化的默契,"阴暗的树林""金黄的阳光"和"美丽的小鹿"也并无他指,它们只是和"我此刻的心境"有关,成为此刻的"生命悸动"体验中不可或缺的一部分。再如于坚创作的《那人站在河岸》《一只蝴蝶在雨中死去》《那时我正骑车回家》《避雨的鸟》等诗歌,从题目开始就呈现出很强的日常生活描写的场景性,或是从某个不为人所察觉的细节、片段中体味生活的真意,或是在某个偶然时刻抓住心境的起伏变幻,这些事件化的叙述"无论曾经发生了的还是正在发生的事情,其实都是现在正在经历和体验这一事件的时刻,经历它的事态由起始、某些节点到变化、绵延的过程。在此状况下,有关于事物、事件和生命本身的发现便经由话语的通路自然达成、呈现,诗性也便漫漶、弥散而来”[①]。

可以看出，本体性诗歌叙述常常借助叙述时间的拉长来关注日常生活中的细小琐事，通过对场景的细致描写来传递叙述所带来的独特诗境，具有很明显的“叙事性”“日常性”和“当下性”。结合上文中对于“本体性叙述”概念的界定，我们很容易将其这一方面的特质与中国古典诗学中的“事境说”联系在一起。清代方东树在《昭昧詹言》中提到：“凡诗写事境宜近，写意境宜远。近则亲切不泛，远则想味不尽。”将“事境”与“意境”并举且进行对比，“事境”追求的是“亲切不泛”，要对事物做近距离的描画。稍早一些的翁方纲明确了“事境”的内涵、地位以及具体方法，认为“‘事境’其实是诗人身处的具体时空，重要特点是具体性和独特性，它是每个诗人在写作每首诗的当下所面对的那一特定时空、特定境遇的总和……‘事境’是诗歌达成‘温柔敦厚’、诗之所以为诗的必要条件之一”[②]。当代学者周剑之在梳理“事境说”的历史渊源后认为，“‘事境’可视为一种独特的诗境。它具备较为鲜明的叙事性，其生成有赖于‘切’，其特色也与‘切’直接相关，显示出一种日常化、片段化、既真实又细碎的基本形态”[③]。

首先，“事境说”引起关注直接来源于当下中国古典诗歌叙事传统研究的兴盛，人们都在思考强大的抒情传统是不是遮蔽了古典诗歌的其他重要特质，与抒情传统捆绑的“意境说”是不是阻碍了我们对于古典诗歌的现代阐释。已有越来越多的学者认识到“意境说”的垄断所带来的诗学研究的片面化和简单化，罗纲更是在文章中直接称“意境说”为“学说的神话”，否定了其作为“中国美学和诗学的中心范畴”[④]地位。从这个角度看，“事境说”的重新提出与诗歌叙述学的建构是具有相类似的出发点和“使命”的，甚至前者可以作为后者的重要诗学资源来发挥作用。另外，20 世纪八九十年代文学中的叙述性思潮对于“唯抒情”的传统诗歌观念的反拨中有许多主张与“事境说”是有相似之处的。周剑之认为，“‘事境’适合于分析这样一类诗歌，它们注重对现实境遇的呈现，能够给人以具体真实、亲切可感的印象，有利于

① 孙基林：《有关事件与事件的诗学——当代诗歌的一种面相与属性》，《文艺评论》2016 年第 6 期。

② 周剑之：《论古典诗学中的“事境说”》，《上海大学学报》（社会科学版）2015 年第 1 期。

③ 周剑之：《“切”的诗学：日常镜像与诗歌事境》，《苏州大学学报》（哲学社会科学版）2018 年第 1 期。

④ 罗纲：《学说的神话——评“中国古代意境说”》，《文史哲》2012 年第 1 期。

还原诗人当时所处的整体情境，让人从具体的情境中去体会作者的所思所感”。“当‘事’与‘境’相结合，其所指涉的就是特定的事实性的时空，是诗人当下所遇、所为、所知、所感的总和。”[①]这一类的诗歌同样应该具有“叙事性”“日常性”和“当下性”的特质，试举一例：

有女夭夭称细娘，真珠络髻面涂黄。
华人怪见疑为瘴，墨吏矜夸是佛妆。
[（宋）彭汝砺：《妇人面涂黄，而吏告一位瘴疾，问云，谓佛妆也》][②]

这首宋诗以日常生活中发生的一件趣事记之，没有什么特别的含义和指向，作者以诗性的眼光来观照当下的生活琐事，呈现为一种发现的艺术。从这个角度看，古典诗歌中许多的日常即事诗与当下叙述性思潮中的诸多诗歌创作是有沟通的可能的，当然，我们这里也只能提供一种思考的方向，尤其是在“事境说”的现代价值还未充分发掘、诗歌叙述学的建构尚未成型的前提下，还面临着古典诗歌与现代诗各方面的巨大差异，仅依靠几点模糊的共通性就将其进行强行的比较显然是不明智的。比如“事境说”面对第三代诗歌中的本体意识以及后现代倾向等特点时如何获得一种现代诗学的阐释张力，还有我们试图以古今汇通的视角去处理这两者之间的关系时又怎样去面对第三代诗歌“消解文化”的阻力，这些问题都提醒着我们不能机械地将生发于古典诗学的“事境说”融入现代诗歌叙述的批评体系中。

二、“还原意识”：消解“历史时间”的控构

“本体性叙述”将叙述作为修辞和思想方式，“回到事与物本身，叙事述物，呈现和揭示物、事件和生命本应有的原样或自在之形态、状貌。事物就是事物本身，事物、生命和语言同构一体”[③]。诗人在叙述中往往选择消解宏大“历史时间”的鸿沟，在个人化的日常时间体验当中获得对生命和世界全新的认识：

---

① 周剑之：《论古典诗学中的“事境说”》，《上海大学学报》（社会科学版）2015年第1期。

② 北京大学古文献研究所编：《全宋诗》卷九〇五，第16册，北京大学出版社1995年版，第10635页。

③ 孙基林：《当代诗歌叙述及其诗学问题——兼及诗歌叙述学的一点思考》，《诗刊》2010年第7期（下半月刊）。

现在是二〇〇〇年，正月初十，
春节已经过去，人们正在上班，
一个世纪过去，一切都很正常：
阳光、小公园、英皇道和巴士。

（黄灿然：《冬天的下午》）

这里的“二〇〇〇年”失去了作为世纪之交的标志性的历史内涵，被人为赋予的所有的价值指向都被消解在这个“正常”的“冬天的下午”之中；“一个世纪过去”就像一分一秒逝去那样简单而日常，没有世纪末的恐慌，也没有新世纪的欣喜，人们只是在时间洪流当中体验此时此刻的“阳光、小公园、英皇道和巴士”。另外，诗歌当中“冬天”也失去了象征性的意味，只是这幅冷静客观的“冬日午后图”当中普通的元素之一，正如杨黎在《冷风景》中所刻画的冬天那样：“这会儿是冬天/正在飘雪 雪虽然飘了一个晚上/但还是薄薄一层/这条街是不容易积雪的/天还未亮/就有人开始扫地/那声音很响/沙、沙、沙/接着有一两家打开门/灯光射了出来。”“既不表现‘某种东西’的深度，也没有任何情态倾向性，只是描述触目所见的风物，我们所置身其中，也仅仅是置身在物之中而已。”[①]又如黄灿然的《黎明曲》中“碟形天线盛住一样的霞光”，“正在减弱、消退、淡去，/它是我，一个昼睡夜起的人/就寝的精确钟面，它说：再见，白天”。以往的诗歌叙述中（像是艾青《黎明的通知》）关于“黎明”的历史隐喻被完全消解，只是作为一个本然意义上的时间概念成为琐碎日常生活的一部分。也就是说，无论是“二〇〇〇年”“正月初十”“春节”“一个世纪”“冬天的下午”还是“黎明”，这里的“时间”都是独立的、物性的，也都是当下的、日常性的。

这些都是本体性诗歌叙述对于以往线性时间观念的反叛，对于宏大“历史时间”的祛魅，也是对于“现在时间”的把握。这种对于时间的把握方式体现出极其强烈的“还原意识”，正如第三代诗人“回到事物本身”这样对于语言及物性的要求，希望“使事物呈现出本原的‘此在’状态”，“抵达本真的存

---

① 孙基林：《崛起与喧嚣——从朦胧诗到“第三代”》，国际文化出版公司 2004 年版，第 273 页。

在及创造之源始”。[①] “就像用海水表现海水，用沙漠表现沙漠一样”[②]，“时间”也就真正成为一个去象征化的符号，回到了自身，像是韩东在《时间》当中所感受的那样：“一万年，一百万年/或者几天/更长或者更短/‘很久了……’或者就是/这一叹息本身/细菌对光线这样说/石头对新版的课本/暗淡的行星对路边的流星/在宇宙间，什么都不说/时间过去了很久/当我对你说出这三秒钟的思虑/当我用十秒钟写下一个句子/时钟又回到开始的地方/不易觉察但飞速地转动/时间过去了很久。”诗人在“时间流逝”的体验中不断获得冥想所带来的私人感受，这种感受不再被抒情成分笼罩，反而获得一种更加形而上的生命思悟。就如同卡西尔所说的“永不停歇的事件之流”：“即使时间，最初也不是被看作人类生活的一个特殊形式，而是被看作有机生命的一个一般条件。有机生命只是就其在时间中逐渐形成而言才存在着。它不是一个物而是一个过程——一个永不停歇的持续的事件之流。”[③]

而在寓体性的诗歌叙述当中，类似于“二〇〇〇年”这样的“世纪之交”的时间体验虽然也消解了其宏大的象征内涵而转向个人化的生存体验，但是“时间”还是作为诗人隐喻式修辞的附庸而存在着，具有浓厚的文化意味。比如杨克在《1999年12月31日23点59分59秒》中，不仅以“此刻在麦当劳M的黄屁股下/两个阿〇在接吻”来消解“历史时间”的宏大意义，更是以“对过胡同幽暗的厨房里/一只雄蟑螂对母蟑螂/短暂地进入”的猥亵性描写来反讽人类生存的卑微与荒诞。最后诗人以“啊 世纪之交 千年之交”的感叹收尾，呈现一种复杂的情感状态以及对社会、文化等经验的审视和反思。由是，在“寓体性叙述”当中，“公共历史与个人经验的相互进入、融合，成了诗歌叙事性地处理内心生活与外部世界的一种基本的思想方法与宗旨、目的”，以一种“反讽式、隐喻性或具寓言倾向的叙事性”达成“历史化的个人时间”的建构。[④]

---

① 孙基林：《崛起与喧嚣——从朦胧诗到“第三代”》，第272页。

② 蓝马：《前文化导言》，《非非》1986年第1期。

③ [法]阿兰·罗伯-格里耶：《未来小说之路》，谷冰译，《当代外国文学》1983年第1期。

④ 孙基林：《知识分子写作：作为思想方法的叙事性与其修辞形态》，《中国现代文学研究丛刊》2013年第7期。

三、“发现意识”：寻找叙述的诗性

什么是诗性？这本身就是一个很难用语言来清晰描述的概念，诗性往往会作为评价一首诗的标准，是“诗之所以为诗”最为根本的特质，读者在那些饱含着诗人生命体验和精神探索的作品当中获得一份智性的启迪和灵魂的战栗。诗性近乎一种模糊的感受和美学的意味，并且随着历史的沿革和人们审美趣味的变化体现出不同的状貌，在表达的内容和惯用的形式方面都差异极大，但是总归诗性就是要展现“事物、生命与诗歌语言之间的内在本相”，“充分聚合事物的本质，个体生命的感悟、体察，人类本有的原型记忆以及复杂的经验积淀”。[①] 也就是说，诗性的产生需要诗人充分地去“发现”，发现生活中每个瞬间和细节带来的灵魂悸动，发现个体生命体验中每次思考的欢愉。这一点的确认为我们上文中所论述的“本体性的诗歌叙述”诗性的达成提供了弥足珍贵的写作经验，尤其是在 20 世纪 90 年代以来的“诗歌泛化”和“诗的语言泛化”浪潮裹挟之下，“几乎自然的、社会的、生存现实的、心理的、文化的、科技的、纯语言的、非诗的……甚至‘下半身’的内容也可以名正言顺地登上有‘最高艺术’之誉的诗歌殿堂”，“一切口语和病毒语言、反语言、语言垃圾等都被年轻的诗人一厢情愿地塞进诗歌里”。[②] 再加上近些年“口水诗”尤其是“梨花体”的出现，让人们开始思考在这样泥沙俱下、鱼龙混杂的诗歌创作环境下，如何去重建诗歌世界的秩序，寻找叙述的诗性。

所以要建构诗歌叙述学就必须解决“叙述的诗性”这个核心问题，以此来和那些非诗的、庸俗的“叙述”划清界限。比如坚持“本体性诗歌叙述”的第三代诗歌就将“叙述”作为修辞，将“语感”作为诗歌语言形态，“给世界呈现出一种纯粹的语感状态，让人在本原的语言言说中，进入生命和事物”[③]，达成语言、事件、生命存在的有机统一。而这与上文中所论述的“现在意识”“还原意识”“过程意识”是紧密相连的，由是我们可以再次借助本体性诗歌叙述的时间性问题的探讨来寻找其诗性构建的路径。

---

① 孙基林：《叙述的诗性如何成为可能》，《山东文学》2011 年第 1 期。

② 子午：《新叙述主义诗歌宣言》，《山水情怀与华夏文化精神》，中国文联出版社 2008 年版，第 72 页。

③ 孙基林：《崛起与喧嚣——从朦胧诗到“第三代”》，第 276 页。

首先，诗歌在叙述过程中要丰富表达手段的运用，增加叙述节奏的变化，不仅可以通过拉长叙述时间来达到“凝视”的效果，也可以采用预叙、倒叙等多种方式来形成独具特色的节奏形态，或者采用时间空间化的叙述，以空间镜头的转变来处理诗歌结构。比如杨黎在《小镇》中的时间定格在“下午三点”，镜头却在小镇的各个角落流转，聚焦在“新修的小楼”“巨大的古松”“厚厚的青苔”等风景之上。与《冷风景》一样，《小镇》依然采用了“零度叙述”的方式，却通过时间的定格和镜头的随意流转体现出一种别样的诗意效果。

其次，诗歌在叙述过程中要勇于打破传统诗歌文本样式的桎梏，采用拼贴、互文、文图互射、跨媒介等手段来打破线性的创作模式，形成超文本的诗意表达效果。比如周伦佑就在《头像》《自由方块》等一系列先锋实验性的作品当中大胆解构了传统诗体的写作和审美规范，以叙述性的文本形态颠覆抒情传统，以各种非常规的创作方式极大地扩充了诗歌的容量，形成一种独特的叙述语境。比如在《头像》这首诗歌由五个部分组成，对应着“头像”这幅画的创作的第一稿到第五稿，而且每一部分都画着一个抽象怪异的“头像”，由此形成了诗歌各部分的互文以及文字与图像的互文。随着这幅画创作的推进，“头像”越来越怪异，越来越残缺，最后“面目全非”“空空如也”。所有的一切都被解构：“人皆是上帝的笔误。涂上而后擦去。画家也在该擦之列。自从尼采杀死上帝。你们便成了擦不去的污点。给这个世界丢脸。”[①]另外，周伦佑在创作中也多次采用具象诗的样式来突出叙述效果，增强视觉上的冲击力，形成多种感官的共振，比如在《带猫头鹰的男人》中：

天心深处那颗心沉下去
　　　　　　　　沉下去
　　　　　　　　　　　沉
　　　　　　　　　　下
　　　　　　　　去……

(一只狗追撵一条小路追到一棵树下
爬到树上躲藏的路是一条聪明的路

① 周伦佑：《头像》，《打开肉体之门》，敦煌文艺出版社1994年版，第29页。

咬住自己尾巴转圈的狗是一只通灵的狗)

在	在	下
在树上	在树下	上树在
下	上	在

道不可以说出,梵不可以说出

陶罐盛满水,蓍草的牙齿打湿了

天心深处那颗星游上岸,我们也上岸吧

类似于此的超文本、超媒介的创作实验可以极大地提升诗歌叙述的表现张力,给诗性的呈现提供另一种的可能。尤其是在多媒体技术迅猛发展的今天,“媒介”的定义也越来越复杂和多变,随着电子媒介时代的到来,文学艺术的发展面临着重重的危机。在这些困境和压迫之下,“跨媒介”的提出必然会催生出诸多全新的艺术样式和表达思维,创造当下文艺发展崭新的“美第奇效应”(The Medici Effect)[①]。

最后,叙述的诗性还来源于“生命的发现”。本体性的诗歌叙述拒绝象征、隐喻式的修辞,转而在无意义的日常生活当中寻找“瞬间的悸动”,更需要诗人以发现的眼光来面对日常生活中那些不太引人注意的细节,呈现出一种饱含经验积淀和生命体味的诗性之美。也只有将日常生活细节和生命的体悟共同融入诗歌语言当中,所流淌出的文字才会表现为“语感”和“意味”,因为日常性的生活在普通人的眼中往往是枯燥和单调的,有着所谓的“日常美学困境”。在寓体性的叙述当中,诗人往往会借助反讽、隐喻等表现手段来赋予其华丽的外表,通过联想、想象等手段来获得全新的对日常生活的审美,然而在本体性的诗歌叙述之下这些日常情景本身就因为它的纯粹、自由和本真而具有了诗性的意味。诗人在告诉读者“发现”不是一种赋予,而是一种回归,回归到人的生命与万物同构的状态当中,在时间的洪流当中把握每个瞬间的美好,这本身就是绝妙的诗性。

---

① “美第奇效应”源于15世纪意大利的美第奇家族,资助各学科专家打破壁垒,场域碰撞,爆发出惊人的创造力,开创了文艺复兴时代。

从叙述聚焦看诗歌日常写作的叙述诗性

武俊宇

众所周知，当代诗歌先后受政治话语、集体主义话语、现代性话语和审美话语的裹挟，与真正“小写”“独立”“此在”的状态断裂已久。新时期以来，南北诗坛为了重新找回诗歌在现代社会中丢失的桂冠，纷纷兴起了数场关于创作方向的“大论争”，随之而来的便是诗人们各抒己志的“大创造”。在这一过程中，诗人个体的存在状态被无限地放大，诗也开始变得与日常生活密切相关。就其表现的内容来看，一种是形而下的日常生活，这种被海德格尔称为“沉沦”式的生活包括吃饭、洗衣、看景、买东西等琐碎而重复的常态化事件。另一种则是形而上的精神生活，又可以分为与现实事件联系密切的思考、情绪、意志行为和带有臆想成分的朝圣、流亡、隔时空交流等。除此之外，还存在着大量表现底层职业生活、性与性幻想生活、灾难生活的诗作。就诗人所选择的风格流派来看，执着坚守“民间”写作的诗人们视日常为当下、此在。他们将姿态放至前所未有的低，以至于地上的瓶盖、酒瓶、垃圾桶皆能入眼，铺路、宴席、来客、看病也能被纳入观察的视野之中。而对于超现实的精神生活或是现实生活中延伸得到的智性因素，也有一些诗人，特别是提倡知识分子写作的诗人颇为看重。他们尽可能地与人人都见惯了的日常拉开距离，并故意在选择、表现、探寻日常的过程中渗透诗人的独特知识经验和深广审美野心，从而在作品中呈现出富有哲思和深情的另一种状态。

然而翻开诸多所谓诗人的文集不难发现，他们在构建诗歌日常写作的“理想国”时往往陷入自身预设的陷阱，不是采用令人望而生畏的知识话语，就是刻意排列藐小无序的随机语词，甚至肆意表现粗鄙下流的肉欲倾向。这些写作在夺人眼球的同时也损害了诗歌自身。这也难怪 20 世纪末，陈仲义在以“日常主义诗歌”为题论析整个90年代先锋诗歌走势的文章中对诗坛所兴起的日常写作不怀好感了。这位诗坛权威认为，这种“放弃宏大的社会承诺，取‘观察’‘解剖’‘考古’等与此前不同的工作方式，推出诸如‘细屑’‘缠绕’‘析释’‘杂芜’等增长点，以其综合叙事策略与混沌面貌张扬”的诗风实在是一种“变异”，如果放任随机，便是徒增“晦涩臃肿”，最终诗性亏损。[①]站在30年后重新回顾20世纪90年代诗歌的“降落性”倾向，似乎可以发现，诗坛不乏慧眼如炬之人，亦不乏反思自省之传统，从多源多流汇聚而成的日常诗歌仍有大量简洁纯正之作，这些诗作体现出来的是诗人们对布满陷阱的旧路径进行彻底性改造和审美化处理的有效尝试。现代社会对诗人的要求日益苛刻，诗歌也因一度远离现实从小众变成“无众”，但这并不意味着诗人和诗歌必须与现代社会对抗。正如于坚所说，“诗人写作与人生世界是一种亲和的而不是对抗的关系，它不是要改造、解放这个世界，而是抚摸这个世界”[②]。

无论其他诗人和诗评家是否赞同并遵循这一观点，诗人写作与人生世界的“亲和关系”的确成为90年代以来给诗坛带来重大改变的关键。诗歌不只是和语言表达、思维想象相关，从诗歌的本质上来说，它需要诗人对生活中的材料进行一种神奇的变形和创造，以此搭建和谐而富有美感的圣殿。“亲和关系”对诗人的要求是“抚摸”这个世界，也就是说，诗人必须真正做到在生活中俯下身来，体察日常，贴近日常，感悟日常，反思日常。需要注意的是，此处的“日常”并不等同于过分“向下”，也不等同于过分琐碎和重复，它的根本之处在于引导诗人召唤“真实”的“存在”。上文中已经提到，不同诗人对“日常”的偏好不同，不同诗作所表现的“日常”的内容也不同，无论偏好或表现何种向度的“真实”，选择、表现、探寻日常的过程必然渗透着诗人的原有经验、审美偏好和诗学情绪。当这些成分从头脑中的影子变为纸页上的诗句时，叙述聚焦的完整路径就自然而然地生成了：日常本身特征以及诗人对日常的感知方式深刻影响了其诗作中选用何种聚焦方式，并如何借助此种叙述技巧生发出诗意，即他们如何通过不同的时空对接、大小对比、虚实对照将所见所感所想绘制于语言的大图卷。因此，从“感知”，也就是叙述

① 陈仲义：《日常主义诗歌——论90年代先锋诗歌走势》，《诗探索》1999年第2期。

② 于坚：《诗人随笔丛书·棕皮手记》，北京邮电大学出版社2014年版，第350页。

聚焦的角度切入当代诗歌研究，可以有效地规避90年代以来不同风格、流派之间难以弥合的争执话语，充分借助叙事学和诗学的已有理论，直接分析当代诗歌特别是90年代以来诗歌叙述的诗意与诗艺，进而对诗歌日常写作的叙述诗性问题作出稳妥的回答。

一、叙述感知权限的变换

相较于90年代之前“反日常化”的政治书写、审美书写、神性书写，叙述感知权限增强、扩张和分化的意义在于背后必然包含着诗人重回本真的个人价值尝试和诗学内部格局的“自哺”秩序调整，正因如此，诗才能成为给诗人和读诗的人提供全新感知方式的特殊之物。已有论者看清了这一点，认为“新时期诗歌距离观念更远而距离身体更近，它是有生命的投射、生命的痛感的，个人的处境与命运嵌入到了诗歌之中，‘诗’与‘人’在一定程度上合而为一”[①]。新诗自诞生以来，重视抒情，故抒情的“大我”和抒情的“小我”长期占据要津。前者将“我”与权力、集体、理念挂钩，后者则以研磨诗艺为挡箭牌专写个人的细思微绪，造成了情非真情、“我”非本“我”的结果。所以当诗人和读诗的人大胆地以“叙述我”而不是“抒情我”的方式重新审视富含当下性、存在性、可感知性的日常时，预设话语便不再有遮蔽诗性的气力，日常与诗都得到了最大限度的关注和表达。诗和人从一种被捆绑的状态缓慢地降落到诗和人本身，那么自然而然地，日常写作便成为实现诗中有真情、有“本我”的重要途径。

对此，叙事学理论早已有了相应的结论。“叙述角度问题实际上是一个叙述者自我限制的问题”[②]，正如谭君强在其早年著作中所说，这一宽泛定义可应用于分析小说和小说之外诸多表现艺术的叙述过程。那么，大多数诗作中出现的叙述“我”选择何种角度去聚焦被观察对象的问题实际上就是叙述“我”选择对自己的感知参与权限采取何种限制的问题。而叙述“我”的这一选择很明显受两个主要方面的影响：一是所表现内容的自身特性，二是叙述“我”背后的诗人的主观意志。但主观意志无法背离或彻底颠覆所表现内

---

① 张清华主编：《中国当代诗歌批评年编(2014～2015)》，东方出版社2016年版，第173页。

② 谭君强：《当说者被说的时候》，中国人民大学出版社1998年版，第119页。

容自身特性而单独出现。很明显，直接套用小说叙事学已有理论成果来探讨隐含作者与叙述者叙述的做法非常危险，较为恰当的分析路径是从所表现内容的自身特性出发，探寻叙述主体感知权限的变动。

直接感知型诗作中的叙述者大多以第一人称或主观性较强的称谓出现，被叙述的“日常”处在相对较浅的感知范围，或在其影响范围内对诗人造成的主要是直接的感官冲击。在这种类型的诗歌中，叙述主体的感知权限因为感知反应过程较短而变得十分强大，他们处于诗中具体、特定的叙述情境中，自身感官直接觉察的东西略经“打磨”就变为了叙述画面。大方无隅，大象无形，既然此种“日常”本身并不存在超脱之处，那么就需要运用特殊的聚焦方式和叙述技巧，“使小的东西变大，使细节变得显著，使日常变得珍贵，使被忽略的部分得到关注和拯救”[①]。以卢卫平的《楼道的灯坏了》一诗为例，此诗写叙述主体“我”从黑暗的楼道中打开家门后所观察到的近乎神迹般的场景：

> 我的家竟然
> 那么亮堂
> 多少年视而不见的东西
> 也在闪闪发亮[②]

寥寥几笔，写出了寻常地点、瞬间感受、个人生活背后的崇高。这首短诗的感知方式利用了视觉和心理规律，灯坏了，黑暗阻断了观察者被其他事物干扰视线的可能性，所以此时他对于“家”的内部聚焦度在短时间内到达了极点，“家”的特征也就浓缩到了极点，所带来的情感和思维冲击也就猛烈到了极点。

卢卫平认为自己的诗歌带有“向下”的书写特征，并认为这种“向下性”得益于他擅长以“我”的视点去观察事物。当叙述主体选择将视线收束到焦点附近时，就会出现被感知对象的浓缩状态，同时有足够的留白，因而其笔下的事与物虽然是小而常见的“日常”，却涌现出一股奇异的能力。不过，这一技巧要运用到炉火纯青，需要叙述主体具有强大的能力和经验，在感知过

---

① 林莽、张洪波主编：《诗探索》作品卷，九州出版社2008年版，第144页。

② 卢卫平：《一万或万一》，四川文艺出版社2016年版，第14页。

程中有所取舍。以卢卫平的另一首短诗《再数一遍》为例，诗亦采用前述的方式，但重回故乡的叙述主体“我”在将视线射向夜空进而发现“星星”的过程中生发了四重维度：一是“我”与“星星”处于俯仰之间的垂直空间维度，二是进城维持生计的“我”本身具有外在偏居现实和内在缺乏精神追寻的维度，三是具有集体性质的城乡身份与情感认同的维度，四是带有永恒意味的生命时间的维度。很明显，这绝非诗人自己所说的具备简单意义上的“向下”就能完全呈现出的深度生存体验。

绝大多数情况下，“日常”并非单枪匹马而来，其展开过程伴随着时间、地点的变动，也需要叙述主体在感知时投入情绪、思想、意志。很明显，若自始至终按照某种叙述顺序逐步展开，就是将诗歌等同于“日常”的书面记录，势必会造成诗歌的冗杂无趣，故而叙述主体选择性地跨越了时间、空间或逻辑间隙。这并不意味着叙述主体的自我削弱，与之相反，这一操作必须建立在叙述主体观察视野具有延展性能力的基础之上。叙述主体的感知触须不仅需要把握好整体框架，还得就某些别具开掘意义的“零部件”进行仔细打磨。《一只蝴蝶在雨季死去》是于坚的一首诗，诗中存在三段比较清晰的叙述方位关系：一是第一个白天的“我”和“我”看见的活着的蝴蝶；二是晚上的“我”看到暴雨，联想到蝴蝶；三是第二个白天的“我”和“我”看见的死去的蝴蝶。三段叙述方位关系没有按照时间顺序依次出现，叙述视点移动方向和变化路径彼此交错。“下雨”是短暂时态下的天气状况，“雨季”则是降雨连绵不断的季候特征，暂时性动态词“死去”与后者搭配，得到了活动时间的延展；但“死去”缺乏活动空间的可延展性，所以利用“我”的行为轨迹补足了活动空间的延展。诗中连接性要素是蝴蝶生与死的微小日常性事件以及叙述主体“我”对这一事件的感受变化。

当“日常”的容量扩张或性质不一时，诗中叙述者的声音和观察者的角度就很有可能会因为时间、地点、逻辑线索的变动而产生大小不一的波幅，充分利用这种波幅所带来的冲击固然能避开平铺直叙，但处理不好也很有可能变得断裂无序。除上述以核心事件连接的方式外，借助可触发多重时间、空间或情节的物件联结亦不失巧妙。张曙光擅长此法，《照相簿》一诗就是典型的例子。照相簿相对于钟表这类明显且单纯的时间物件来说内涵就更加复杂，它可以信手拈来亲缘关系和地缘事件。诗兴起于突然掀开照相簿的行为，也就是说，故事的“头”只是一次突发性行为，关键在于描述照片以及追忆前事的后续过程。值得一提的是，照片只能记录一瞬间的历史表象，这个表象很有可能是被突发性事件歪曲了的不够符合真实情况的表象，而这种“歪曲”却有可能从另一种程度上呈现照片中人们现实永远无法达到的“圆满”。所以，看照片这件事本身不是照本宣科地回溯正确的历史，而是在历史与假定历史的间隙中探寻失落的情愫。除了照相簿，镜子也可以起到同时从时间和空间两个维度聚焦被观察的对象的作用，叙述主体通过镜像获知一个“虚构的真实”。

叙述主体通过参与其中的方式守护诗歌中日常经验的直接可感性并不意味着摒除、矮化、稀释了诗歌的内涵和意蕴。当感知者强化和延展自我的存在意识后，他才有资格接受“日常”所指向的“当下性”感召，将所看到、摸到、想到的事物更为真切地再现出来。在某些情况下，这种叙述主体的感知权限甚至可以传导到诗中被感知之物上，从而赋予其一定的对话能力，达到诗内的“交流”状态。在这种交流状态中，双方均可直接使用带有对方感知特性的视觉、听觉、触觉甚至是思想、情感，诗中对所有可感知之物的表现可以不借助隐喻、象征或其他“诗中诗”的形式。当然，这种“交流”状态究竟能达到多深的层次，还要看感知权限的划分比重。以“物诗”为例，以物入诗，由来已久。但长久以来，物只是人类“自读”或人类间“互读”的工具，其本身的存在，其与世界的关系，并没有得到正视，这实际上是强者中心论的做法不自觉地落入了文艺中。新诗不再把活物关在笼子里或是拘在花园中，赋予了物言说的权限，但究其本质仍是为某种目的服务，物毫无与人类交流的可能。于坚的《一只蚂蚁躺在一棵棕榈树下》彻底颠覆了“慕强”情结和人类中心论，诗中的“我”一无所有，而棕榈树下的蚂蚁却富有四海，“它有吊床露水和一片绿茸茸的小雾/因此它胡思乱想千奇百怪的念头”[①]，从物质和精神上看，蚂蚁都比“我”要强得多。诗并没有按照以往的路数，将蚂蚁与辛劳、群体、渺小等人类预设给蚂蚁的固有意涵捆绑在一起，蚂蚁甚至有权选择是否与“我”交流。这正是因为叙述主体的感知能力传导给了蚂蚁，使后者具有了相当大的活动权限。

---

① 于坚:《一只蚂蚁躺在一棵棕榈树下》,《诗选刊》2004 年第 9 期。

二、叙述感知距离的选择

90年代诗坛的整体成就是在对过去“不及物”写作进行批驳后提出的“及物性”写作。既然“及物性”与诗歌叙述密切相关,那么彻底厘清何谓日常写作中的“物”,以及如何从待“物”中找寻诗学意味,就显得十分有必要。如姜涛所说,“及物”作为一个“文本自我与周遭历史现实间的相互修正、反驳和渗透的过程”,关注的是“写作与物之间变化多端的关联而非被现实的所谓真实性所俘获”。[①] 毋庸置疑,“及物”不等同于反映论角度的对客观现实的再现。从这一点来看,“及物”的叙述诗学位置与“聚焦”一样,存在着理论构建过程中难以说清的位置性。执着于按照传统叙事学理论的聚焦类型对诗歌叙述聚焦进行分类本身就存在着对应之难,不如讨论诗人所运用的特殊叙述策略,即他们如何处理“及物”中的“物”。

上文已经提到并不是所有的“日常”都适用于主观性非常强的聚焦方式,也并非所有诗人都愿意在贯彻日常写作的诗作中显现出自我的位置,甚至某些时候,他们会因为某种预设故意拉开了与某种日常的距离。这种语言策略近似于现代影视艺术中的客观性记录:叙述情境内可能并不存在某个具体、明确、个性鲜明的主体,或者该主体的自身特征、参与意识、表达权限并不强大,并且缺乏有连续性因果意义的动作,诗作在叙述景物、人事的过程中似乎总是处在“冷”“静”和“默”的状态。究其本质,并不是这些诗人没有与世界达成所谓的“亲和”关系,而是他们的“世界”在组建的过程中带有选择性。这种选择性不仅造成了他们的“世界”与外在大世界各种成分的距离不一,又造成了“世界”自身内部各个成分之间的亲疏。这就使得叙述过程中始终存在一个活动的思维体,其生理与心理自带“偏见”。当然,这种“偏见”对完成叙述任务来说并不见得是威胁。

“知识诗人”中有不少人曾公开表示,他们所选择的被表达的“日常”绝不可能等同于随处可见的“庸常”和难以启齿的“俗常”,若仍为了创作需要表现后两种内容,他们将主动地与之拉开距离,以局外人的方式处理所感知的内容。以西渡《在硬卧车厢里》这首经典的叙述诗歌为例。诗中描绘的随

---

① 姜涛:《叙述中的当代诗歌》,《诗探索》1998年第2期。

处可见且难以启齿的男女调情，经过诗人有意识的加工处理后，营造出了一个类似讽刺戏剧的叙述情境：吹嘘的男生意人与拜金的女图书管理员之间的动作、语言和神态构成了全部内容，情节走向在整篇诗歌中意义重大，人物所处的活动空间比较狭小，时间比较集中，就像是在特定戏台上上演的“故事”。因此，无须就刻意点明这场“戏”的“观众”或“观众们”着墨，毕竟这些笔墨不会对“故事”的开展有任何实质性的帮助。在一旁“记录”这一切人事活动的叙述主体“我”，在观察这对男女的过程中没有任何与之发生“关系”的反应联结点，“我”的举止言行不再对“故事”的发生和展开造成巨大变动，甚至“我”的存在也多是为了全知全能叙述者记录这一切而代劳。诗中已就此作了解释：“不适于第三者旁听的氛围。我退进过道/回避陈腐的羞耻心。在火车进入南方。”[①]充当观众的“我”根据预设道德价值观念作出了行为判断，在“故事”（这个“故事”不是故事本身而是“我”眼中的故事）即将从“露水情缘”滑向“路睡情缘”时及时抽身而出，摇身一变，成了“法官”。那么，起决定作用的预设道德观念属于谁呢？很明显，“我”在这一特定叙述情境中的主体权限很低，这种拉扯开距离的选择只能归为诗人故意为之的手笔。有意思的是，西渡的另一首叙述诗《福喜之死》中的“我”虽不存在主动抗拒接近叙述情境的情况，但仔细分析其与其他叙述成分之间的距离，不难发现也存在着很深的“疏离感”。

“人事”因其自身与叙述之间的密切关系，在表现过程中更容易体现出诗人对“日常”的认知与处理策略，但实际上很难定义上述那种拉开“我”与叙述情境距离的诗作是好是坏。就像福柯所说，写作就像一场游戏，不断超越自己的规则又违反它的界限并展示自身。在书写的这一过程中，最为关键的并不是表现和抬高书写的行为，也不是使一个主体固定在语言之中，而是创造一个可供书写主体永远消失的空间。[②] 由此看来，感知距离的设置也是叙述诗性表达的重要方面。如果存在这样一个可供书写主体永远消失的空间，那么聚焦对象的存在将被无限放大，对其的表现过程也将成为可探讨的全部内容。而撇除可贴近性、营造陌生感的其中一种方式，就是在感知时

① 西渡：《草之家》，新世界出版社2002年版，第14页。

② 参见刘波：《重新恢复诗歌的难度》，《诗选刊》2011年第2期。

让诗中很难找到任何具名化、人格化的观察者。也就是说，叙述过程中不将视点附着在任何人、任何事和任何物体上，整个诗作中似乎只有一台看不见的但是的确在记录影像的机器。虽然读诗的人可能会下意识地默认这台机器就是“诗人之眼”，但因其不存在可亲近性，所以只能将全部视线都转向被呈现内容的自身特征。

《冷风景》一诗即是如此，其特点完全按照题目所说，“冷”。在此，“冷”可等同于经典叙事学叙述聚焦理论中的“零”，即诗作选择以“零”态度处理写作，所得到的自然只有“冷”风景。整个诗作的形成过程如下：诗人呼着热气取出某北国街道上各角落安装延时摄像镜头拍摄的原画，按照比纪录片还要“无欲无求”的剪辑手法对原画进行拼贴，按下影片的播放键。诗中并无明确的叙述主体现身，叙述情境之外的所有成分都做到了不发一言，最大可能地剥离摄像镜头本身所带来的情感、逻辑和意识形态色彩。比如：“夏天的中午/街口树荫下面/站着一位穿白色连衣裙的少女/（风微微一吹/白色连衣裙就飘动起来）。”这个穿白裙子的少女是谁？她为什么站在树下？似乎没有人知道，也没有人在意，画面简洁得令人发指，读诗的人甚至连少女的面目、神态也无处得知。杨黎在写这首诗时拟了副标题：“献给阿兰·罗布-格里叶。”作为法国新小说派的代表人物，阿兰·罗布-格里叶在《橡皮》《嫉妒》《窥视者》等多部小说中都贯彻了物本主义的抒写取向。[①] 杨黎或是受此影响，才在诗中尝试着留存下本原的“物性”：纯客观地记录着街道上房子内外的声音、景象、人物活动，而不涉及零散片段事件的发生缘由、后续结果甚至感知态度。正因如此，很难判定《冷风景》一诗中有没有“人事”。

《冷风景》这类诗已经颠覆了以往写景叙事必须为抒情服务的传统，且将叙述聚焦点全部都落在“及物”的“物”本身。在叙述过程中，诗人的处理策略仍遵循着某种“日常”内部潜藏的秩序，但这并不意味着“日常”书写要求诗人必须在表现人们所熟悉的日常表象与审美取向时畏惧打破秩序。“日常”书写亦可开启先锋实验，亦可放弃百分之百的真实，因为“真实”往往就意味着呈现的可循序和感受的可贴近。如果循序使诗歌变得冗长，或贴近使诗歌变得浅显，那么诗歌内部就无法生成富有诗性意味的空白和断裂。

① 参见李伟昉：《西方文学经典与比较文学研究》，复旦大学出版社2016年版，第46页。

因此，诗人需要颠覆、叠加、陌生化叙述的处理方式，在造设空间时利用大量被常态隐匿的片段突破感受预设，达到“于无声处听惊雷”的效果。《杀狗的过程》一诗是雷平阳为数不多的争议之作，这首诗的叙述策略类似于现代电影制作中经常使用的蒙太奇。常人所能接受的一般性真实情境可以是“狗对人很忠诚”，也可以是“有人杀狗吃肉”，但这首诗故意将这两者叠加，并分别从狗、狗的主人、围观者们的感知角度出发，使得杀狗的过程变成了一场诡异而另类体验情境。“这应该是杀狗的/唯一方式。今天早上 10 点 25 分/在金鼎山农贸市场 3 单元/靠南的最后一个铺面前的空地上”[①]，是带有预谋意味的屠杀宣言。全知叙述者将感知镜头转向狗，呈现出来的是被舔的主人的裤管；镜头又转向主人，呈现出来的是摸了狗脑袋的手。“可是，这温暖的场景并没有持续多久”，诗句详细描述了主人一次次用刀捅向狗，狗害怕刀子，又因为忠诚和相信一次次爬回主人身边，刀再次像“红领巾”和“小旗子”一次次戳进狗的脖子的过程。“如此重复了五次”后，“11 点 20 分，主人开始叫卖/因为等待，许多围观的人/还在谈论着它一次比一次减少/的抖，和它那痉挛的脊背/说它像一个回家奔丧的游子”。诗将两种易见的“日常”以极端的方式堆集在一起，并把读诗的人投掷到这种“环形斗兽场”般的叙述情境中，感受着忠诚与背叛、慈善与残忍，表演与“被看”不断交织着的感应刺激，以及这种刺激触壁弹射重新造成新的感应刺激。这首诗的先锋性在于，所“及”之“物”在某种程度上说仍具备原物的叙述因素，却在诗学韵味上更进了一步。

三、叙述感知层级的开掘

在后现代主义风靡不绝的大众文化、消费文化全面侵袭的情况下，传统的“神话写作”“乌托邦写作”已被“反神话写作”“反乌托邦写作”代替，“诗人”不再扮演上帝、智者、人格典范的角色，这无疑引发了诗人对自身与集体命运走向的深刻担忧。在这种情况下，“民间写作”的诗人为使诗歌尽可能地贴近生活，尽可能地被大众读者认可，从底层内容、平实技法和口述语言等多个方向加强诗歌与现实之间的种种联系，其诗作也随之显现出明确的

---

① 雷平阳：《1996～2016 我住在大海上——雷平阳的诗》，新星出版社 2016 年版，第 7 页。

“在地性”。不过，仍有一部分人坚持认为，诗人能够充分信任的读者永远只是人群中的少数，诗人与读者只能作为具有相似的人生经验、判断力、审美力的朋友时才有机会在诗性王国里短暂相遇。他们所采取的“日常”写作策略仅要求能与相似性较强的人生世界达成较为亲和的关系，而对于那些普遍性、开放性、庸常性十足的现实生活来说，他们怀有明显的警惕、疏离和改造心态，似乎可用“贴地飞行”一词来形容。诗歌如何于生活与虚构的波动交锋中寻求诗性内涵的和谐表达？“在地”和“贴地飞行”涉及的问题除了上述所提到的感知权限、感知距离，还有感知层级的选择问题。

“人是叙事的自行展开，叙事状态是人生活的常态，这表明，只有叙事才真正配得上人的日常生活……这意味着必须要对生活有所研究，要在生活面前做一个‘世故者’，而不是纯情少年。”[①]故而不管是强调“在地”还是“贴地飞行”，诗人都面对着把日常现实作为诗歌写作构成的挑战。敬文东早就在肯定诗坛所涌现的叙事状态和日常生活时点明了这一挑战。谢有顺也曾就此提醒诗人，认为一旦取消了写作的难度，并且不再对语言产生敬畏感，真正的诗歌必将隐匿。这种挑战表面上要求诗作直面日常生活，抒写个人经验，深层的要求却是诗人和诗作必须深刻地认识、反映出诗与外部日常现实世界的微妙关联，这种微妙关联的呈现是一项诗歌技艺问题，寻找或者说建立这种微妙关联却是一个价值选择问题。这个问题至关重要，如刘波所说，诗人和诗评家之间仅就表层选择争论不休而不深入精神与思想，深入人性和历史，无法为人们提供寻找栖息地和落脚点的精神力量。

每一个时代有每一个时代的诗歌，也就有每一个时代的回答。90 年代以前，个人层面的“日常”生活被社会生活抛掷在外，那些与集体要求不一致的成分不仅会受到歧视，还有可能带来被围攻的灾祸。在这种情况下，诗人很难真正地在诗作中抒写“自我”，更难以找到读者的感知与应答。因为感知与应答需要建立在已有经验体系具备共通性的基础之上。浩浩荡荡的“寻根”运动除了给文化界带来一股强大而原始的民间活力外，最大的作用就是将文化讨论公开，诗人的个体意识和文化倾向有了存在权和表达权，形

---

① 敬文东：《诗歌：在生活与虚构之间》，《文艺评论》2000 年第 2 期。

成了"贴地飞行"的状态。也就是说,当公共场所的概念伴随着现代社会生活体系而出现、发展时,个体位置也逐渐凸现。用这种角度看桑克的《公共场所》一诗,就能发现这一点。诗中所写的三明治、莫泊桑和广场上自然相拥的相爱者与彼时中国普通市民的"日常"现实存在着或远或近的距离。诗人尽其所能地慢慢描摹着这一情境内所有事物本原的样子,用温柔细腻的描摹笔法,将从屋顶到厨房再到广场、从现在到过去、从白日到黄昏等自然与人事的变动悄然融合。光与暗,生与死,爱与痛,回忆与遗忘,这些内涵相反的言语组合混融一体,意在构建一个"和谐"的空间。从"阴影在明天则增长自己的地盘/药味的触角暂时像电话线一样/连起来,柔软,缠绵,向人类包围"中不难看出,正是由于描摹细节,且抓住了这些细节中暗藏着的情绪、价值、思维感应点,诗作才跨越了文化距离,找到了感知共通点。[①] 诗人宋琳曾说,诗在本质上是一切破碎事物的"黏合剂",能为心灵与心灵的感通和互动提供必要的"空间站"。

"日常"的降落作为一个重要的整体性特征,在开拓新领域的同时自然也带来了许多新问题,比如那些难以启齿的性欲生活究竟是不是"日常",能不能纳入日常化的书写,再比如说是不是任何口语经过简单的处理和黏合就能从"私人生活原录"升华到"诗性日常"?"我们只需抓住经过我们身边的任何东西,记录下它们,便是诗歌"的观点显然失之偏颇,并非所有诗人所经历的所有的日常都具有书写的资格,更不必说其中是否有足够强大的能力支撑着诗意的生长。诗需要不断追求深挖诗性的生命力和敏锐度,诗人需要不断增强把原始经验、个人想象转换为诗意语言的能力。对此,经典叙事学的内部经验或可拿来一用:热奈特意识到"聚焦"偏重于单纯视觉意义上的叙述策略有些狭隘,故而在《新叙事话语》中提出可以用"感知"代替"聚焦",这意味着在叙述过程中,可以也应当实现感觉、情绪、思维的综合参与。无论是"在地"还是"贴地飞行",都有可能因为刻意追求语言表象而忽略了"天然"韵味。"天然"韵味是一种诗味,"清水出芙蓉"和"悠然见南山"就是两个最好的注解。捕捉这种"天然"韵味需要诗人感受日常所见人、事、景、物时充分延伸,达到天人合一。

---

① 参见程光炜编选:《岁月的遗照》,社会科学文献出版社 1998 年版,第 451 页。

以中生代诗人蓝蓝为例，《大河村遗址》《在小店》《那个秋天》等90年代初期的诗作都是许多与“我”密切相关的北国乡野日常，诗人语言叙述的“天然”韵味浓厚，这得益于其日常经验的充盈与感知技巧的灵活。《如今我黑黑的眼睛》中有这样的句子：

我看见杏树金色的微风翻动
在墙头弄出斑斑驳驳的花影
仿佛这一切从另一个春天传来
是另一个人迈动我轻快的双脚[1]

树、花、风、春天接连在“我看见”三个字后，却非静景：“翻动”有声，“传来”，“迈动我轻快的双脚”有声，这些“藏声于影”的细节使诗中所描绘的“日常”性景象给人以“常中生新”的感受。听觉是一种极为重要的感知方式，听觉与视觉的配合使用往往会带来奇异的效果：视觉与听觉进行某种转换时，静止感知画面的凝结状态就被打破了，叙述情境中的景物与人事产生了一种带有生命感的律动。蓝蓝的诗贵在并不以技法为目标，所以自然地流露出清新、融和的气韵。

上述已经提及，普世性价值观念和自然性生理感受都是拓展诗意的重要来源，那么除了这两种开掘感知层级的方法，是否可以从琐碎而寻常的素材本身生发出智性因素？答案是肯定的。这一过程，就是从日常经验中提取所需的成分。90年代中后期，她通过“提取”的方式创作了大量以古今现实题材为起点的叙述作品，与以往强烈的自白语调、充满尖锐的女性言说、死亡与暗夜的象征拉开了距离。一般情况下，相较于男性，女性在感知方面更加敏锐、细腻。凭借这一得天独厚的本领域叙述技艺，诗坛常青树王小妮重构了柴米油盐酱醋茶的表与里，重新阐释了一个古老的创作道理：功夫在诗外。她意识到个体的“日常”生活实际上潜藏着整个社会的变动特征，所以着重描摹日常生活中的点点滴滴不见得就是走向庸俗。组诗《白纸的内部》中的第一首同名诗即是如此。诗中的“我”是个家庭主妇，或独自外出采购，或独自烹煮食物。初读似乎觉得家中只“我”

① 蓝蓝：《唱吧，悲伤——蓝蓝抒情诗集》，江苏凤凰文艺出版社2017年版，第43页。

一人，空空荡荡，但细细品来，才发现“我”调度一切，享受一切，“我”的“手里有物”“身边有事”“心中有情”，让整个空间内的细微成分混融一体。

但这首诗很明显不想止于做到叙述情境的“境中有物”“境中有事”和“境中有情”。“阳光走在家以外/家里只有我/一个心平气坦的闲人。”“我的信箱里/只有蝙蝠的绒毛们/人在家里/什么也不等待。”[①]这种百无聊赖却又心安理得的存在模式与外部现实世界必须“有所为”甚至必须“早有所为”的急躁状态截然不同。诗人正是认清了这一点，才在结尾言明了外界对人心的威逼：“那香里面的险峻不定/有哪一把刀/正划开这世界的表层。”其中“香”可直接指向前句中“我”做的米饭的味道，亦可指向某种引人妥协的诱惑；“划开”可直接指向前句中“我”切西瓜的动作，亦可指向个体内在安宁的被迫剥离。诗人更进一步写道：“一呼一吸地活着/在我的纸里/永远包着我的火。”与前句中“水与火”的外来性矛盾不同，“火”与“纸”的矛盾全然指向了“我”，也就是说，只要“我”时刻确认并力图证明自我的存在，这种内在性矛盾就会存在。从这一点可以看出，诗中关于日常的思考与日常的物象同构，弥散在不断同构的世界中的是被富有透视性的观察眼光所敏锐捕捉到的万象之原。90 年代后，大部分诗作都取自俯拾可得的日常，但王小妮并没有止步于语言本相，而是寻求情感、思维与日常的同构世界，在此世界中通过“我”与“日常生活”的互动式交流构建哲思式的“应答”。

诗本就是诗，诗不应以分行的外表掩盖其小说、戏剧或是散文的内核，诗也不应该变成语言肢解后散落一地的符号，这作为理所应当的一点却屡次受到现实迷雾的遮蔽。90 年代以来，“日常”书写的降落性特征不排斥其他体裁和个人化题材的掺合，也不拒绝叙述成分的大量涌入，但这并不意味着“日常”书写已经尽善尽美。诗人仍需要在此基础上着重考察如何发掘诗性、如何传达诗性的核心问题。写诗不能为了“日常”而“日常”，论诗自然也不能如此，无论借助了怎样的理论体系，选择了怎样的书写方式，诗人和诗论家们最终还是要落实到对诗歌诗性深入、持续的考察，正如王家新所说，诗人始终都是那种“要努力在语言中标出灵魂的‘吃水线’的人”[②]。

---

① 王小妮：《害怕——王小妮集(1998～2015)》，作家出版社 2017 年版，第 140 页。

② 王家新：《黄昏或黎明的诗人》，花城出版社 2015 年版，第 19 页。

奥尔弗斯之声

——论《十四行集》中的叙述者声音

于昊杰

作为最早将里尔克介绍给中国读者的学者，冯至与里尔克有着极深的机缘。在海德堡大学攻读博士学位时，除接受尼采、雅斯贝尔斯等人的哲学思想，研究诺瓦利斯外，里尔克的诗作深刻影响了冯至对于诗歌的体悟。冯至曾自述里尔克的书籍“每每是我最寂寞、最彷徨时候的伴侣”[①]，里尔克创作的《致奥尔弗斯的十四行诗》亦成为冯至《十四行集》重要的精神资源。本文主要探讨在20世纪40年代的战火流离下，冯至如何勾勒他心目中的奥尔弗斯形象。

一、奥尔弗斯的形象叙述

关于奥尔弗斯的神话故事，维吉尔的《农事诗》、奥维德的《变形记》都对其进行了不同程度的改编。里尔克在《致奥尔弗斯的十四行诗》中也对“奥尔弗斯精神”进行了诗性的再现。奥尔弗斯为爱纵身地狱，用音乐与歌唱克服死亡，重返人世，又因违背神谕而复失爱人，最终为酒神狂信徒所杀。学者查理·西格尔将奥尔弗斯精神概括为“死亡”“歌唱”与“爱”，里尔克对于奥尔弗斯的诗性书写是“此在的展开”，奥尔弗斯的歌声的魅力在于超越了虚无的藩篱，转而“歌唱真相”。在里尔克的诗作中，死亡与生命呈现出互补的状态，并且因为人的精神能量的存在（即爱），人的生命获得了一种“变动的永恒”。奥尔弗斯的形象具有强烈的象征意味：既生活在短暂的人世，又

---

① 冯至：《冯至选集》第三卷，河北教育出版社1999年版，第88页。

存在于永恒的艺术世界之中。[①] 死亡意象在里尔克的十四行诗中频繁出现，然而并无阴沉、低迷、挫败等指向，它往往与奥尔弗斯的歌声并举，“他仍然端起盛着值得赞美的果实的碗，深入死者的门廊”[②]。死亡作为生存的对立面，在残酷地宣告生命的有限之时，也赋予了“生存”本身以价值，此即里尔克所言，死亡乃是“具有不可替代的个体性的人作为不可剥夺的真正自己的成就来完成的，‘作出’的”[③]。歌声标志着奥尔弗斯的生命意志与精神能量，他以歌声面对死亡，利用死亡揭示艺术的魔力与自我选择的笃定。在里尔克的诗作中，当奥尔弗斯面对死亡之虚无弹起七弦琴奏响乐曲之时，他便将死亡与生命划归到“双重领域”之中：他曾身入地狱，理解亡者之心；又返回人间，通晓生命之理。在他身入地狱之前，其歌声具有魔力，能够抚慰人心，平息妖魔；在返回人间之后，他逝去之后的身躯可以润泽山川草木，他的七弦琴化为了天上的星座。奥尔弗斯的结局是悲剧性的（被酒神狂信徒撕碎），同时这种悲剧性又彰显了一种“超越”，他的魔力由器物（七弦琴）彰显转变为本体表达（死后身体的魔力），这种表达最终超越了死亡，也超越了言说，而这种超越来源于奥尔弗斯的自由选择：为爱进入地狱，返回人间后，又为爱选择只求一死。在这一过程中“歌声”始终作为自由选择的象征出现，它能够克服生命中的危险、荒凉与沉寂（寓指着虚无之境）。作为里尔克的读者、雅斯贝尔斯的学生，冯至对于存在主义有着自己的解读，更加关注于在20世纪40年代抗战的特殊环境下，如何实现个体的真实存在。他怀抱着强烈的责任感与道德意识，并不满足于像里尔克一样，在纯哲学层面探讨死亡与生存，同时，学者的身份认同使得他无法直接介入现实生活，舒展怀抱。因而，他承继了里尔克《致奥尔弗斯的十四行诗》中的诗性书写，运用“歌声”“死亡”“梦想”三个意象实现对于存在主义的现实解读，对于诗学精神的个体表达，对于现实的关切以及对于自我身份的认同等问题。

在《十四行集》中，奥尔弗斯的形象或清晰或隐约地潜藏其间。奥尔弗斯的人格内涵深刻影响了冯至的诗学精神。值得注意的是，冯至并未仿照里尔克对奥尔弗斯的形象进行直接的歌咏。《致奥尔弗斯的十四行诗》（下

① Charles Segal, Orpheus, *The Myth of the Poet*, Johns Hopkins University Press, 1989, p.26.

② ［奥］里尔克：《里尔克诗选》，黄灿然译，河北教育出版社2002年版，第76页。

③ ［德］施太格缪勒：《当代哲学主流》，王炳文等译，商务印书馆1986年版，第184页。

文简称为《致》)写作对象为奥尔弗斯,诗人即为叙述者,奥尔弗斯精神被对象化、陌生化。作为罗丹的弟子,里尔克的这种写作视角符合其对于“观看”的认知。同时,里尔克的神秘主义倾向使得他对于奥尔弗斯的书写停留在纯粹的哲学层面,对于“死亡”与“生命”的书写超越了日常的生活层面,变得高度抽象化。这一方面标志着里尔克承继了《旗手里尔克的爱与死》中“爱”与“死”的写作主题,向着存在主义的广阔领域继续进发;另一方面,由于这种纯粹概念化的表达与“陌生化”的写作方法,里尔克与奥尔弗斯之间也存在某种距离。奥尔弗斯精神是作者触及“真理”的媒介,他以“心灵经验”作为基石,是将来自生活的切身经验高度抽象化、普遍化的结果。冯至更加注重当下的现实经验,将存在主义哲学融入日常的生活之中,并在物我的相互对照中揭示存在的意义与价值,他所在意的是如何把握人的品格,“个人如何达到真实的存在,如何‘独立成为一个生存者’”[①]。

基于这种认知,尽管里尔克在作诗时要求诗人“忘记自我”,但在《致》中,奥尔弗斯作为他歌咏的对象,在其尝试提炼奥尔弗斯精神时,发出的仍然是诗人自己的声音:

> 一个神可做到。但是,告诉我,一个人
> 应如何跟着他穿过这狭隘的七弦琴?
> 他的精神是裂开。在两条心路幽暗的交叉处
> 并没有为阿波罗而立的庙宇

这种对象化的写法,使得奥尔弗斯作为诗中的“故事人物”,有如一座无法填满的器皿,作为“沉默的人物”,被动地接受诗人的歌咏,并完善人物自身的构型。彼特·许恩认为,这种基于诗人个性、灵识而进行的意义填充,本身便构成一种叙述,他将诗歌的叙述分为“时序性”与“媒介性”。[②]“爱”“死亡”“歌唱”作为母题,形成了一种预设,诗人根据这种预设构想事件、采撷语言,并依托诗性话语完成了奥尔弗斯的故事叙述与诗性世界的构建。虽然说这种对象性的歌咏本质上仍然是里尔克思维的自我交锋,但他作为叙述者,与奥尔弗斯(故事人物)之间存在较为明显的区隔。

---

① 解志熙:《生的执着——存在主义与中国现代文学》,人民文学出版社1999年版,第103页。

② P.H. ühn, “Plotting the Lyric: Forms of Narration in Poetry”, *Literator*, 2003, 31(3), p.26.

就现有的研究状况而言,《十四行集》中的奥尔弗斯形象,更多地被总括入西方精神文化资源,对于其本体性研究并没有投入过度关注。[①]《十四行集》虽然承继里尔克的精神文化资源,但不同于《致》,并非围绕奥尔弗斯进行创作。对《十四行集》进行分析,奥尔弗斯出现的方式可以分为以下四类:

其一,以神话故事的形式出现。如第二首《什么能从我们身上脱落》结尾借用了奥尔弗斯的结局,虽然奥尔弗斯的身躯被撕碎,但是仍旧可以发出歌声与叹息。冯至在这里将“音乐”与“歌声”二分或许就是借鉴了奥尔弗斯神话的灵感:

歌声从音乐的身上脱落,
归终剩下了音乐的身躯
化做一脉的青山默默。

其二,化用奥尔弗斯神话,并加以改写。如第四首《鼠曲草》第二小节化用了神话中,酒神的狂信徒向奥尔弗斯投掷石头时,由于奥尔弗斯歌声之魔力石头全部掉在地上,无法伤其分毫。在这里,冯至将石头改写为“形容”与“喧嚣”:

一切的形容、一切喧嚣
到你身边,有的就凋落
有的化成了你的静默。

其三,冯至借鉴了里尔克对于奥尔弗斯的书写。如第三首《有加利树》中“你秋风里萧萧的玉树——是一片音乐在我耳旁”创造性继承了里尔克的诗句:“那里升起一棵树。啊纯粹的超越!啊奥尔弗斯在歌唱!啊耳中的高树!”此外,冯至也借鉴了他所创立的三个母题,即“爱”“死亡”“歌唱”。第四首、第六首、第九首、第十首、第十二首、第十三首、第十七首及第二十六首均明显涉及“死亡”这一意象;第一首、第三首、第四首、第六首、第九首、第十首、第十二首、第十三首、第十五首、第十六首、第十七首、第十八首、第十九首、第二十首、第二十一首、第二十三首、第二十四首均提及“生存”或“生

① 如马里安·高利克仅仅谈到了冯至对于里尔克的奥尔弗斯精神的传承,而没有进行具体的分析。参见[斯洛伐克]马里安·高利克:《里尔克作品在中国文学和批评中的接受状况》,杨治宜译,《中国比较文学》2008年第3期。

命”;关于“歌声”的书写,则出现在第二首、第九首、第十二首、第二十四首、第二十五首。

其四,冯至认识到奥尔弗斯身上所体现的二重性,即现实世界与艺术世界的分隔。在《十四行集》中,冯至用“梦”这一意象来分隔现实世界与心灵地域,如第八首《旧梦》:

是一个旧日的梦想,
眼前的人世太纷杂,
想依附着鹏鸟飞翔
去和宁静的星辰谈话。

冯至由于“人世太纷杂”而怀抱着“旧日的梦想”,“依附着鹏鸟飞翔”与“和宁静的星辰谈话”,借以超越人间,脱离现世。

又如第二十首《有多少面容,有多少语声》:

有多少面容,有多少语声
在我们梦里是这般真切,
不管是亲密的还是陌生
是我自己生命的分裂。

可是融合了许多的生命,
在融合后开了花,结了果?
谁能把自己的生命把定
对着这茫茫如水的夜色。

白日的喧嚣退却后,理性的钳制减弱,那些与之牵连、带有关系符号的人在梦中内化为诗人内心的组成部分,诗人不再与之有心灵的隔离,而是呈现出“融合”的状态。

根据以上四点,尽管冯至在二十六首十四行诗中并没有提及奥尔弗斯之名,但奥尔弗斯的精神内核被冯至以另一种方式凝定,即成为作者诗思诗情的一部分。冯至在认知、沉思、歌咏、呼吁之时,奥尔弗斯精神化入诗人的精神内核之中,随着诗人的自我声音的传达而显露;同时,由于既有的奥尔弗斯神话故事的存在,奥尔弗斯精神也指引了冯至的思维导向,先在性地为冯至的思考路径与感知模式提供导引，奠定基础。

二、同故事叙述中的奥尔弗斯之声

在《十四行集》的多数诗歌中，叙述者人称为“我”和“我们”。热奈特按照叙述者与故事之间的关系，将叙述类型分为同故事叙述与异故事叙述。[①]当冯至着力于书写自己的人生经验与生存体验之时，作为主体，他进行的是同故事叙述。如诗集第七首《我们来到郊外》，作者作为被日寇轰炸机轰炸的亲历者，当来到郊外之时面对其他的避难者，感喟群众的聚合与离散，呼吁团结一致，共情他人的时代精神。同时，由于奥尔弗斯精神的映照，《十四行集》中许多诗歌有着多重的解释维度与巨大的情感张力。许多诗歌既是作者的个人叙事，也是对奥尔弗斯神话故事的再度叙述与解构。在这里，冯至的书写表现为异故事叙述，既作为奥尔弗斯神话的旁观者，同时又试图将其内化到自己的叙事之中，因而多数诗歌呈现出同故事叙述与异故事叙述并存的特殊状态。

这种状态得以实现的前提，在于冯至对《致》的精神承继与形式创新。与里尔克相比，冯至放弃了将奥尔弗斯对象化的写作手法，将注意力倾注于与自身息息相关的日常事物之上。冯至学习了里尔克的“观察”精神，并借此提炼日常生活所蕴含的普遍性经验，使得《十四行集》中看似随意书写的事物呈现出高度意象化的特质。格雷马斯认为，任何一部叙事作品的情节结构都包含了六个行动素：主体、客体、发送者、接收者、帮助者、反对者。[②]查特曼在此基础上，在《故事与话语》中将叙事—交流情境划分为六个单元，即真实作者、隐含作者、叙述者、受述者、隐含读者、真实读者，并声称：“受述者——人物仅仅是一种手段，隐含作者借由它告知真实读者如何扮演隐含读者，接受何种世界观。”[③]这种判定对于小说来讲是合理的，但是对于诗歌而言却有待商榷。在《十四行集》中，奥尔弗斯精神丰富了众多意象的精神内涵，而诗人将其填充进意象这一行为本身，便是叙述者声音的传达，是诗

---

① 参见[法]热奈特：《叙事话语 新叙事话语》，王文融译，中国社会科学出版社1990年版，第175页。

② 张宪军：《简明中外文论辞典》，巴蜀书社2015年版，第340页。

③ [美]西摩·查特曼：《故事与话语：小说和电影的叙事结构》，徐强译，中国人民大学出版社2013年版，第79页。

人自我稳定与自我更新的手段。这使得十四行诗作为一个有机实体，拥有一个凝定的核心，并依靠这个核心进行意义的整合。

此外，放弃了对象化，意味着诗人作为“隐含作者”，他的声音传达将更加隐晦，他的意义将更加多元与模糊，这种模糊来源于冯至贯通中西、熔铸古今的学养，以及沉潜心音、关注当下的精神气质。以诗集第十二首《杜甫》为例：

你在荒村里忍受饥肠，
你常常想到死填沟壑，
你却不断地唱着哀歌，
为了人间壮美的沦亡。

战场上健儿的死伤，
天边有明星的陨落，
万匹马随着浮云消没……
你一生是他们的祭享。

用“哀歌”来形容杜甫的吟咏是冯至的妙笔，将诗中血泪转为悄怆哀歌，冯至将杜甫改写为中国的奥尔弗斯，而这位“奥尔弗斯”(故事人物)的歌声所传达的，是跨越古今的痛切与沉郁。在这里，故事人物的声音与叙述者的声音重合，杜甫(故事人物)不仅仅作为叙述者的目的，同时也是作者的人格的组成部分。该诗最早刊发于1941年《文艺月刊·副刊》战时特刊，第二小节第二行原句为“天边望着将星的陨落”，后“将星”改为“明星”，或许受杜甫“严警当寒夜，前军落大星”诗句启发。同时，利用将“将星”改为“明星”这一手法，使诗句拔除出当下的历史境况，追求超越历史的共情。奥尔弗斯为爱人而弹奏哀歌，最终牺牲生命献身爱情；杜甫与冯至则为国而哀，以诗句为死者招魂，以自己的艺术生命作为“他们的祭享”。冯至所撷取的片段也是深切思虑过的：健儿的死伤，明星的陨落，马匹的消没……这些也正是冯至当时所切身体历的事件。抗日战争事业在冯至所就职的西南联大也如火如荼地展开，抗战的消息每天都会在位于大后方的西南联大及时传播，学生参军、游行经常发生，军警特务的袭击、暗杀也接连不断。正如冯至路经江西时所写下的痛切陈词：“携妻抱女流亡日，始信少陵字字真。未解诗中尽血泪，十年佯作太平人。”冯至的生命体验跨越了时空，与杜甫的经验产生了微妙的重合。冯至敬重杜甫这位身上蕴藏奥尔弗斯精神的诗人，并盛赞他的思想光华：

你的贫穷在闪烁发光，
像一件圣者的烂衣裳，
就是一丝一缕在人间，

也有无穷的神的力量。
一切冠盖在它的光前，
只照出来可怜的形象。

“你的贫穷”是杜甫濒临死亡时的生存状态，冯至将杜甫的贫穷比作“圣者的烂衣裳”，并赋予它“无穷的神的力量”，这也有着奥尔弗斯神话的韵味。

通过对《杜甫》的分析，“奥尔弗斯之声”与叙述者（诗人）的声音部分重合而不能等同，这种声音的传达以意象创造为路径，至于能否实现传达这一目的，则依赖于读者接受视野的大小与阅读经验的多少，而这最终决定读者能否与诗人实现共情，这一点与查特曼所论述的也大有区别。华兹华斯在《序曲》中多次描写自己对于过去的记忆，学者摩根认为，这种行为是对两个元素的揭示：一是对于已经处于过去的“事件”，二是当下“回忆事件”这一行为。这一行为使得华兹华斯既为叙述者，又为人物，同时叙述话语与故事之间的间隙也被弥合。华兹华斯回忆往事并非仅仅叙述个人化经验，而是试图借助这种回忆，将特殊性的、单一的行为上升至普遍性的、经常发生的行为，正如华兹华斯对于“诗人为何”的解释：“当诗人以他的本来面目对我们说话时，他也就会以一贯的人性去感受、去说话。”[①]这一论断一方面仍然将读者作为受叙述者看待，另一方面，诗人的叙述姿态远没有查特曼所言的那么专制，这“一贯的人性”标志着宏大与深刻，需求读者经验的参与和共鸣。

在《十四行集》中，读者作为“受叙述者”同时也作为“参与创作者”，诗人在借助奥尔弗斯精神发出自我的声音的同时，也在邀请读者“发出声音”。

---

① [美]艾姆拉姆斯：《镜与灯——浪漫主义文论及批评传统》，郦稚牛、张照进、童庆译，北京大学出版社2015年版，第124页。

奥尔弗斯精神中的“爱”“死亡”“歌唱”作为普遍性主题，能够唤起人性共鸣，在茫茫的个人命运的咏叹中书写共撄人心的歌声。借此，作为叙述者的诗人，建立起与读者的交流媒介。

《十四行集》的人称使用也颇能说明这个问题。《十四行集》作为组诗，其中的大多数篇幅，“我们”代替了“我”，“我”作为叙述主体，在对于身份的把握、细节的控制、意象的凝定等方面更加富有创造力、控制力。冯至将叙述者变为“我们”，在塑造具有支配力量的他者（集体）时，一定程度上消解了诗人作为叙述主体而具有的个体性。换言之，“我们”的使用打破了诗人个体，即“我”的封闭性、自足性，这种行为本身便是叙述者声音的发出：认知自我声音的限度，寻求群体声音与个体声音的协调与共振。以第二首《什么能从我们身上脱落》为例：

> 什么能从我们身上脱落，
> 我们都让它化做尘埃：
> 我们安排我们在这时代
> 像秋日的树木，一棵棵

冯至将叙述者的指针从“我”拨至“我们”。当放弃“脱离之物”时，就个体维度而言，往往意味着“失去”，即个体部分的消亡。在个体的体量有限性的前提下，多数状况是，主体对于这种失去无法熟视无睹，该失去往往带来个体强烈的情感波动，并付之于个性化的生命观、价值观宣泄。而“我们”作为一个群体性概念，群体性的某物的“脱落”呈现出漫长而复杂的特质，使得群体能够进行细致的反思。与个体“任性”的思维方式不同，群体内部的拮抗、互相制约使得“决断”更加平静而沉着，具有更强的情感张力。同时，“我们”也为“我”提供修正、展示、保持、构成自我的手段。从个体抒情到为群体代言，诗人的声音超越个体吟咏，有学者认为，这标志着一种群体性使命的呼唤，并依此构建起“我们的神话”①。“我们的神话”包含两个面相：主体的自我辨析与自我对抗、主体与外界的抗争。回顾奥尔弗斯的神话故事时，也能够发觉这一故事的二重性质，它既叙述了奥尔弗斯个体的形象变化，也描绘了奥

① 姜涛：《冯至、穆旦四十年代的诗歌写作的人称分析》，《中国现代文学研究丛刊》1997年第4期。

尔弗斯穿梭人间与地狱，与命运进行抗争的历程。因而，“我们”这一人称的使用，亦可听闻奥尔弗斯之声。在40年代的艰苦岁月中，“我们”这一指称在将个体纳入群体怀抱之时，或许如同奥尔弗斯的琴声，能够平息海妖、降服地狱三头犬，克服当下的艰难困境，平定与安抚人心，唤起积极的情感力量，正如第二十三首所深情歌咏的：

但是这一次的经验
会融入将来的吠声，
你们在深夜吠出光明。

三、抗争与和解——叙述者声音的二重性

在关于奥尔弗斯的神话故事中，奥尔弗斯的冲突来源于两方面：一是内在的心灵斗争（由于回头失去爱人后，将自己关在山洞中，终日歌唱哀曲）；二是与众神的冲突（冲入地狱与冥王、三头犬、复仇女神对峙）。有学者将约翰·多恩的十四行诗中的叙述声音，归结为内在迫力（绝望、无助、悲怆）与外在力量（神灵）。在《十四行集》中，我们同样可以发觉这样两种声音的存在：一种来源于内在世界的疑问与反思，对于自我身份的迷思与追寻，如第十五首《看这一队队的驮马》：

仿佛鸟飞翔在空中，
它随时都管领太空，
随时都感到一无所有。

什么是我们的实在？
我们从远方把什么带来？
从面前又把什么带走？

另一种发源于危险的客观环境，在与其对抗中阐发诗思，书写怀抱，如第七首《我们来到郊外》：

有同样的警醒
在我们的心头，

是同样的运命
在我们的肩头。

要爱惜这个警醒，
要爱惜这个运命，
不要到危险过去。

华人学者张错在《冯至评传》中将冯至形容为“奥尔弗斯式的诗人”，并认为这类诗人“追求自我与世界、所有对立事物的和解（reconciliation）”。[①]“和解”一词与“和谐”“和睦”等词不同，预设着经历冲突与矛盾之后而形成的平衡与稳定。与同时期于西南联大任教的闻一多、陈铨等人相比，冯至对于时局观点的表达显得审慎而克制，即使是有关自己的切身利益，也不轻易发言。1944 年，冯至长女冯姚平在火车上被士兵击中头部，严重受伤。有读者专门致信冯至，询问他为何经常发表文章讨论社会现象，对于此事却缄默不言。冯至于 1944 年 6 月的《生活导报》上发表《答某君》予以回应：“纵使把自己的不幸写成文章，也无非是泄泄愤、诉诉苦，这有什么用呢？泄愤使人觉得可笑，诉苦使人觉得可怜。”冯至并非不愤怒，而是在愤怒之余看到了世道艰辛、死填沟壑，这使得他将更多精力投身于实务之上。冯至自嘲“没有出息”，便是在世道中进行艰难求索之后进行的妥协与忍让。

就创作历程而言，综观冯至 20 年代的创作，如《昨日之歌》《北游及其他》中，处处充满青年人的抑郁与忧思、追索与疑问。北游哈尔滨，冯至作为旅人，冷眼而视，“阴沉”是其诗作的基调；在 1929 年北平沉钟社出版的《北游及其他》中，第十二小节《雪五尺》结尾诗句为：

这时的瓦斯像是月轮将落，
怀里，房里，宇宙里，阴沉，阴沉……

冯至在十二个小节中全部用“阴沉”作为自己诗篇的结尾，其远离北平前往异域教学的孤独与忧郁不言而明。冯至 20 年代的创作中，“我”在面对“生存”这个严峻的主题时，所流露的往往是消极、忧郁的情绪。个体的冷峻而

① Dominic Cheung, Feng Chih. Poet—Criticism and interpretation. Boston: Twayne Publishers, 1979, p.51.

悲观的书写视角，情感浓郁且指向性强烈的语词使用，均向读者展现了生活在动乱时代下青年的彷徨，以及远离故土与故人后直面生活的恐惧、不由自主地向内心世界撤退的倾向。稚嫩而敏感的个体在面对混乱而黑暗的社会状况时，在激烈的斗争中，其生命意识表现为一种“迫敛”的姿态，这种姿态通过消极悲观的情绪以及否定外物的思维惯性，将诗人隐约要承担的社会责任与自我的内心世界割裂。

考察冯至40年代的创作时，或许能够发觉，无论是《十四行集》中对于大众意识的唤起、对于个人责任的承担、对于当下自我的追问，还是《纪念死者》《两种态度》《论时代意识》《新年致辞》中对于“口号”的厌弃、对于当下切身体验的关注，都反映了冯至“脱虚向实”的思想变动，是经历岁月的淘洗以及和时代战斗之后的精神结晶。《十四行集》中奥尔弗斯形象集中取材自里尔克的《致》，但冯至在处理奥尔弗斯形象之时，糅杂进了时代经验，在观察事物时并不追求与它们保持客观的距离，不让它们感染到作者自我的色彩。

作为一名歌德研究者，冯至从歌德的蜕变论中发掘到新的养分。他将里尔克与歌德进行对比，认为里尔克所歌颂的奥尔弗斯用音乐转变万物的同时，自己也在不断地发生变化，而歌德晚年《西东合集》中的诗作，每一丛草木、每一粒微尘都是作者的亲身体验。冯至在认同二者的共通点时，也强调歌德对于当下经验的汲取，并将这种对于当下经验的重视融入《十四行集》的叙述者声音传达之中，如第二首《什么能从我们身上脱落》。

前文已经论述，这首诗化用了奥尔弗斯神话。诗作中人称为“你”，突出了作为叙述者的诗人与吟咏对象的分别，他作为客体的观察者，渴求在“更伟大的圆心”内掌握更高贵的含义。冯至则使用“我们”，将自我也代入诗歌叙述之中。冯至的里尔克式思想存在极限，用形而上的概念与普遍精神进行观看和体验，在拓展个体的生命内容的同时，使得个体无法阐明生命的具体存在。正因为如此，冯至感受到在神秘的自然观的统摄下，难以把握特定时代中的精神脉搏，难以唤起群众的共情，叙述者所发出的声音也是含混不清的。冯至采用了《致》中的“树”的印象，不同的是，他未像里尔克那样将音乐与歌曲比喻为树，而是将个体直接比喻作树木，将每个个体在时代的遭际具象化为树木所遭受的风霜雪雨。

开篇两句便表达了叙述者关于“和解”问题的心音：将“脱落之物”化作

尘埃。冯至在西南联大生活窘迫，艰难的生存条件也让他连染恶疾。“脱落”一词，某些方面来说是冯至于战火流离中财物、人际关系的损伤，也是个人生命力的耗损。于是，冯至认为，个体在时代中艰难地斗争与生存时，不妨坦然地面对时代状况与现实情境，把它们“都交给秋风”，以便于“舒开树身”，保持个体精神的舒展与生命空间的开放。冯至的自然观更加贴近歌德，“我们安排我们在自然里”充分浸润了诗人的生命体验。第三、四小节是对于奥尔弗斯神话故事的现实演绎，诗人作为叙述者，将死亡看作蜕皮与蜕壳，死亡不再意味着悚惧与虚无，而是如同奥尔弗斯的死亡一样，滋养天地山川，即使躯体消亡仍然歌声不绝，七弦琴化入苍穹变为星座。在这里叙述者的声音与奥尔弗斯之声同构化，二者均吟咏并赞颂着那些承受命运、关切现实的生者，并将他们的死亡看作灵魂的和谐与平静，他们并非随死亡而消没，而会成为“生者的祭享”，为后来者提供精神力量。在此，死亡被看作个体与命运的和解，个体奋斗、挣扎之后最终获得安宁，事业会被后人继承，而他们自身也会“化作一脉的青山默默”。最后一小节中，冯至将歌曲与音乐二分，歌曲意味着个人暂时性的存在、有限的奉献，而音乐则喻指永恒的精神家园、伟大的事业。歌曲或许会随歌者的逝去而消散，而音乐却由于歌曲的演绎而得以定形、壮大，最终如奥尔弗斯一般，化为青山。奥尔弗斯之声，最终也化为冯至面向时代而发出的黄钟大吕，而奥尔弗斯与命运的抗争与和解，也成为冯至《十四行集》部分的精神砥柱。

四、结语

本文借助《十四行集》中奥尔弗斯之声的存在，意图说明，尽管抒情诗歌中叙述者与故事人物几乎难以分离，但是诗人借助意象的勾勒与故事的使用，仍然能够实现多种叙述者声音的复合。但诗人在叙述奥尔弗斯之声时，也明晓自身无法穷极这声音的内涵，当诗人勾勒奥尔弗斯之时，奥尔弗斯也在文本中，对诗人、对读者发出自己的声音，木铎起而千里应，不同时代、不同群体的心中会激荡出不同音色的歌声。

当代叙述性诗歌的叙述诗性初探

张海玉

诗歌“叙述”不同于兴起较早的小说叙事，孙基林教授言：“诗歌叙述就是叙述者运用语言这一媒介对相关事物的诗性叙说与陈述。”①第三代诗人所标榜的“诗到语言为止”“诗就是诗”，将“叙述性”诗歌的言说主体从抒情诗歌中的“抒情我”，拉回到诗歌语言本身。语言不仅作为抒情达意的言说工具，更承载揭示事物本质、包容现实经验与存在的能力，成为诗人与现实经验、诗歌与世界联系的媒介。“叙述性”诗歌摒弃故事情节与线性逻辑，容纳的只是故事碎片。诗人拒绝复制现实生活与个人经验，而是通过有限的诗行诗节、音义契合的内在结构来表现诗人独一无二的生命体验与生存思考。陈仲义曾说：“叙事不是一种技艺，是存在言说方式的改观，它虽然有违传统诗性轨道，但在描述、表现更为复杂的生存精神景象时，拥有抒情难以替代的功能。”②“叙述性”作为言说方式，是 20 世纪 90 年代诗坛应对 80 年代日益膨胀的宏大叙事与抒情泛滥的写作方式而提出诗歌有效发展的一种可能。它偏离以抒情为主导的诗歌传统所固化的诗性轨道——象征性、暗示性，明而不白、精致含蓄，满足传统审美印象。叙述性诗歌对于叙述语言的刻意强调，对于事物与经验的广阔包容，对于情感、主题的深度探索，使得“叙述”不单纯是叙述，“情感、思想虽然隐匿在客观事件的呈现之后，但时时跳出来操控语言的节奏和事件的跳脱，从而使叙事变成了一种形式特征而非根本性的表达手段，在这形式之下是各种可能的表达手段的汇聚与融合，至

---

① 孙基林：《当代诗歌叙述性思潮与其本体性叙述形态初论》，《山东社会科学》2012 年第 5 期。

② 陈仲义：《九十年代先锋诗歌估衡》，《当代作家评论》2004 年第 6 期。

少，克制的叙事与抒情之间的张力在叙事性诗歌里得到前所未有的表现”[①]。

语言对于世界、诗人经验的揭示是诗歌进行叙述的内在要求，并通过叙述言说及此形式下的各种表达手段实现诗意碰撞与审美体验。诗歌叙述性成为创作风气，除了探求诗歌发展有效性的途径外，更在于这种言说方式与修辞策略能够一改传统抒情诗性的定律，为诗歌语言呈现带来别致的诗意效果。但是叙述本身并不构成诗歌，叙述性文本体类杂多，诗性语言在除却诗歌之外的众多文本中也多有呈现，那么诗歌文本中叙述的诗性如何体现？叙述如何使得诗性展现独一无二？笔者认为叙述性诗歌的诗性是多元且综合的，诗歌话语自身容纳万事万物，处理各类题材并予以叙述化的包容能力，口语化而又能够合理承载诗人观察与切入眼光的日常性语言，甚至是诗人的感觉、知觉与对生活的独特感知方式，只要它能够以一种合理的方式进入诗歌当中并且串连起语言与世界，以及诗人生命经验，引起读者无穷无尽的韵味感受，诗性的目的便已达到。孙基林教授对此曾有精彩说词："它属于每个人生命的体会、感觉和善于发现的心灵。只要你让生命进入事物和社会存在的每个细小的纹理，随时随处的诗性就会始终伴随着你！只不过它在诗中会表现为语感、意味。只有它，才能联结起事物、生命与诗歌语言之间的内在本相，因为无论叙事还是述物，它都离不开语言与生命感官的穿越、抚摸，然后呈现出三位一体的生命气息。"[②]

一、日常的诗意化用

当代诗歌从20世纪80年代中后期开始，第三代诗人开始突破以往诗歌中的宏大主题与不切实际的情感宣泄，选择回归世俗，深入现实生活，将诗人“此在”与“当下”的处境与体验融会到诗歌语言当中去，诗歌与现实对话，语言与生存并置，创作出属于他们的“及物”诗歌。“当代诗歌开始表现社会和生活的复杂性、矛盾性和可变性，对人的生存、生活、生命进行分析和探究，在整体上突破了宏大叙事模式，转向贴近生活本身的叙事。”[③]“诗歌不

① 李心释：《诗歌叙事的品质问题》，《福建论坛》（人文社会科学版）2016年第5期。

② 孙基林：《叙述的诗性如何成为可能》，《山东文学》2011年第1期。

③ 夏玲：《当代诗歌叙事性优劣与辩证运用》，云南大学硕士学位论文，2010年。

是日常生活中的事件，它不带来什么也不改变什么。它至多是个‘缝隙’。最终又被吸入、分散在日常生活之中，为日常生活所包容。”[①]以往与日常相对立标属“形而上”的诗歌，归根结底是日常生活的升华，“‘生活’是一个比‘诗歌’大得多的概念，是诗歌所根植的源泉”[②]。既然诗歌与日常生活密不可分，甚至是诗歌的活水之源，那么借凡俗的日常内容来表现诗意就成为当代诗歌的重要主题。敬文东曾说：“人是叙事的自行展开，叙事状态是人生活的常态。只有叙事才真正配得上人的日常生活。”[③]日常事件与事物成为叙述性诗歌的主要成分，日常生活与诗歌联系的贯通与深化使诗歌走下形而上的神坛，形而下的物质欲望世界成为诗歌叙述的重点。“事实证明，叙事的运用不仅可以将那些凌空高蹈的乌托邦诗人拉回到真实的生活，而且可以使他们获得介入现实、与现实对话的从容的心性和能力。”[④]走向叙述道路的当代诗歌，其诗性就体现在琐碎、芜杂、难以讲清道明的日常生活观感呈现上，以往诗歌所忽略的日常生活的细节、事物、事件在诗人有意味的叙述之下显露出诗性的光辉。

诗人王小妮在80年代中后期，选择沉入生活。“我明白/到了必须/闭门写诗的时刻”[⑤]，“桌面和风/都是质地纯白的好纸/我让我的意义/只发生在我的家里”[⑥]，日常生活世界经诗人诗意的叙述化用，以另一种面貌得以呈现。“在对‘此在’世界的关注和抚摸中，体会浓郁的人情味儿、生活的价值和意义，在形而下的物质表象里发掘被遮蔽的诗意，在最没诗意的地方建构晶莹剔透的诗意空间，甚至宽宥了生活的一些缺陷。”[⑦]比如《西瓜的悲哀》：

> 我在中途改变了方向，
> 总有事情不让我们回家。
> 生命被迫延长的西瓜，

---

① 崔卫平：《诗歌与日常——对先锋诗的沉思》，《文艺争鸣》1995年第4期。

② 崔卫平：《诗歌与日常——对先锋诗的沉思》，《文艺争鸣》1995年第4期。

③ 敬文东：《诗歌：在生活和虚构之间》，《诗歌在解构的日子里》，北京大学出版社2008年版，第17页。

④ 李志元、张健：《20世纪90年代以来的诗歌叙事》，《北京师范大学学报》2006年第2期。

⑤ 王小妮：《紧闭家门》，于坚等：《50年代：五人诗选》，花城出版社2018年版，第83页。

⑥ 王小妮：《重新做一个诗人》，于坚等：《50年代：五人诗选》，第95页。

⑦ 罗振亚：《飞翔在“日常生活”和“自己的心情”之间——论王小妮的个人化诗歌创作》，《当代作家评论》2009年第2期。

在车厢里难过地左右碰壁，
想死想活一样难。[①]

诗人由物及人，将日常体验与身不由己的感受通过西瓜来凸显，诗人既是在与西瓜对话，也是在与生活、世界对话。透过买西瓜这件事，诗人发见了人生乃至整个世界的真实性与无力感。诗人将个人生活感受与对世界的认知联系起来，通过丰富而又敏锐的观察与思考在诗歌中触摸这个多样且复杂的现实世界。诗人梁平的诗歌与现实关联亦甚，正如其所言，“及时、敏感地介入现实”[②]。梁平的很多诗歌关注日常生活的当下状态呈现，利用叙述强化细节、场景、对话，并由此发掘生活这门深广的学问，以此探求生存的奥义。“在现实生存的繁复、含混、荒诞和司空见惯的日常经验里，拒绝惯性、虚无和自恋，写出自己的与众不同。”[③]《一指残，一种指向》[④]诗人在大漠旅途中遭遇了突然的断指。这一事件构成叙述核心，诗人对于断指形态的详尽描画，使得毫无来因的后果变得恐怖，断指的疼痛蔓延至生命的存在之思，“从残到禅，完成了一次引渡”，日常的诗性化用牵涉到更为深广的生存与生命之思。

“写诗的人都有他自己对语言的敏感和选择。而通常人们判断说，那时诗的语言，也许恰恰是酸腐的陈词滥调。诗的语言必须活着而新鲜。”[⑤]俄国形式主义代表什克洛夫斯基认为，诗歌必须给予陌生化的特性——延长其感知时间，丰富感觉的活力，成为有意识创造的产物，才能达到诗意语言的效果。诗歌题材日常化、诗人经验社会化的当代诗歌，其语言的日常与口语化也成为必需，进而开拓了另一条通向诗意的途径。口语化并不违背语言陌生化的要求，因其必然经过诗人的语言过滤，借助发达的感知能力与巨细的观察表现，“它把语言干净到每一个字都不是装饰和附属，而讲究的是字字力道”[⑥]，读者依然能够读出其中的别有意味。

---

① 于坚等：《50年代：五人诗选》，第101页。
② 于坚等：《50年代：五人诗选》，第113页。
③ 于坚等：《50年代：五人诗选》，第112页。
④ 梁平：《一指残，一种指向》，《深呼吸》，作家出版社2014年版，第81页。
⑤ 于坚等：《50年代：五人诗选》，第62页。
⑥ 于坚等：《50年代：五人诗选》，第113页。

黄灿然的众多口语化诗歌,“浸染着他对生存世界的平民化思考”[①]。他在诗歌中极少直接探究所谓深刻的人生道理与生存意义,而是摘取日常生活中一些平淡甚至琐碎的生活细节,以平淡无华的日常叙述语言将其呈现出来,“用日常语言构筑生活中的‘奇迹’”[②]。如《日常的奇迹》:

他们归于平静,找回自己的灵魂和感觉
恢复了生命力,恢复了身体的光亮,并在瞬间被你看见
使你想赞美想感恩使你置身于生命的光亮中,就像此刻
你的神采正被你身边的乘客悄悄羡慕着[③]

整日陷在生活牢笼中挣扎不休的少妇与老伯,也总有一些时刻使他们身心放松,而诗人目睹了这瞬间的奇迹,自己也在创造着这样的奇迹。在黄灿然看来,“世界全是诗,物质全是诗”,“而我的诗一页页一行行/全是世界,全是物质”[④],诗人观察与命名世界的视角与感受决定了世界在诗人面前的呈现方式与存在意义。黄灿然将日常生活经验与“此在”所感所思通过叙述性的口语表述出来,因而获得了一种诗歌语言为世界命名的能力与强烈的主观感受。而朴素而又恰当的日常口语运用,也拉近了读者与诗人表现内容的距离,有利于读者对于诗歌文本的欣赏与再创造。如《母子图》:

在上班的巴士上,前面右边第一排
坐着一个高大、健康、英俊的少年
他身边坐着一个三十多岁的女人
显然是他母亲。他不时指点窗外的景物
一边描述和评论。不是絮絮叨叨那种
而是声音坚定,吐字清晰,听起来特别享受
他母亲总是点点头,或低声回答,像情人一样
她看上去非常普通,不惹眼,但因为他儿子的缘故
你会愈看愈觉得她漂亮、美丽、迷人、性感

---

① 牛艳莉:《奏响灵魂的交响曲——黄灿然诗歌论》,《文艺争鸣》2019年第7期。

② 牛艳莉:《奏响灵魂的交响曲——黄灿然诗歌论》,《文艺争鸣》2019年第7期。

③ 黄灿然:《奇迹集》,广东人民出版社2012年版,第26页。

④ 黄灿然:《奇迹集》,第31~32页。

她染了淡淡的赤色头发，一绺绺发丝
轻柔地散在颈上，一个大耳环偶尔摇晃一下[①]

孙基林教授曾说："日常生活、口语在口语诗中呈现的对生活的直观状态，本质上是从实际出发但又是对实际的超越状态，它不扭曲事实也不夸大事实，但却是对于生活和人生的另外一种澄明的敞开和发现。"[②]黄灿然在这首诗中仿佛将自己在巴士上所看的母子印象直接以口语化的方式叙述进了诗歌，但是这样一幅不起眼的图景几乎随处可见，却没有人关注。诗人借用一双发现与观察的眼睛，从最平凡的母子身上发现了亲情之美、生活之美，甚至可说是他们两个人的灵魂之美。诗人具备了与平凡生活对话的能力，观察、感受进而思索，必然会有"澄明的敞开和发现"。

二、时空的诗性塑造

"'叙事'在本质上是对处理经验的全面强调"[③]，当代诗歌明确了"及物"的写作立场，注重将"此在"的生活经验与感受融入诗歌言说当中。已知"写什么"的题材归属，那么诗歌在叙述话语层面的灵活运用与艺术构思就成为诗歌写作的重中之重。作为诗歌叙述研究的重要维度与诗学命题，时空叙述在诗歌叙述的诗性构建上发挥了重要作用。

1.心理时空的复合并存

"在事件要素上，叙事性诗歌往往只截取生活事件中的某一个截面，并且事件之间没有时空逻辑顺序，而依叙述者的心理、情感需求以片段并置的形式来呈现。"[④]处在某个时空当中的诗人往往受空间环境的影响，情由景生，而记忆、联想、想象常借由某些载体把诗人的思想、感受、情绪表达出来。诗歌中各种事件、意象、回忆、想象被推到一起展示，诗人不同的感受与体会同时进行，形成一种时空的复合与共存。

庞培的诗歌在时空叙述的营造上多有建树。如《在母校的校园》：

---

① 黄灿然：《奇迹集》，第 34 页。

② 孙基林：《叙述的诗性如何成为可能》，《山东文学》2011 年第 1 期。

③ 孙文波：《我理解的 90 年代：个人写作、叙事及其他》，《诗探索》1999 年第 2 期。

④ 李心释：《诗歌叙事的品质问题》，《福建论坛》(人文社会科学版)2016 年第 5 期。

这午后的小学校园
敲钟的声音里只剩下锈迹斑斑
当年的老师如今已入土
在黑暗的泥土中默诵那段课文
操场依然很美
跑道上依然铺着煤渣……[①]

诗人对于母校校园的叙述，伴随着“敲钟的声音”“当年的老师”“课文”“操场”“课桌”“黑板”“足球场”等承载着诗人深刻记忆的物象展开，这其实是在用一种高度浓缩的事、物来记录难以忘却的人生体验。诗人的叙述伴随着两重时空的展现，在相同的空间即母校的校园中重新体验与回顾个人的生命现场。诗人在处理时空经验的时候，选择将过往回忆、此刻思绪以及未来设想同时放在当下这个空间画面中来展示，若干年的时间凝聚成不朽的生命经验，“对立体的时空背景的挖掘，会让诗人的写作更富现场感，我们也能更清晰地捕捉到诗歌的当下性”[②]。虽然童年不再，少年时光也已逝去，诗人的心智、情感、把握生活的能力却在一步步走向成熟。“我看见我自己”，“我听到另一个人”，诗人在诗歌中使自己跨越时间与另一个经验自我重逢，空间的并存性消解了时间的历时跨越。杨义曾经说过：“探讨文学和地理的关系，它的本质意义就在这个地方，就在于回到时间在空间中运行和展开的现场，关注人在地理空间中是怎么样以生存智慧和审美想象的方式来完成自己的生命的表达，物质的空间是怎么样转化为精神的空间。”[③]诗人在母校中对不同生命历程中的经验与认识的把握，化成了对于个人未来人生前途的展望。

其另外一首《在浮桥上》[④]同样如此，几十年来的浮桥景物与人事的变更，借由诗人的回忆、想象以及情感需求以碎片化的情节、事物并置的画面在诗歌中分行排列出现，文本空间凝聚了诗歌超时空的情感体验，并借用自

① 庞培：《在母校的校园》，程光炜编选：《岁月的遗照》，社会科学文献出版社 1998 年版，第 338 页。

② 刘波：《地域写作与新世纪诗歌的美学空间》，《华中学术》2019 年第 3 期。

③ 杨义：《文学地理学的本质、内涵与方法》，《文学地理学会通》，中国社会科学出版社 2013 年版，第 6 页。

④ 庞培：《在浮桥上》，程光炜编选：《岁月的遗照》，第 343 页。

我对话的方式——“在一个像今天这样的晚上。四周空无一人/从一开始，我就对自己说话，经常/问自己：一个准确的日期/——我将在哪一条街上死去？谁是最后一个/看见我活着的人”，来表达自己的复杂感受以及对生命本质的思索。

叙述性诗歌对于时空的诗性构建在于诗人可以通过对叙述时空的转换变形来发散思绪，借由联想、想象等载体表达自己丰富的内心感受。同时，时空的转换变形为文本内部开创了一个审美想象空间，读者可以跟随诗人的叙述来游历感受他的人生历程与生命轨迹，同时又可以借助自己的想象力弥补叙述上的空白与残缺，获得独特的审美体验。

2.时间空间化延展

当代诗歌自80年代中后期以来，叙述眼光下沉，聚焦于日常生活与个人生命体验。诗人通过对日常生活细节、具体场景的呈现，来寻求生活的诗意。“细节的展示意味着时间的停滞和宏大视野的消失”[①]，现实体验扩张，时间被赋予切实的具体感，凝聚于空间的横向描述中，拓展了诗歌的表现空间。诗歌叙述空间的铺展给读者一种现场感、身临其境感，读者通过诗歌中极致的细节描写、场景叙述、直接记录的所见物的生命轨迹，就能有切身的感受。但“现场感”“身临其境感”不等同于直接观看，达至与诗人感同身受。诗歌仍然借助种种叙述手段，如心理空间的搭构，来控制审美距离，避免平面化、庸俗化的语言叙述对于诗意的消解。

于坚《事件：暴风雨的故事》[②]中，描写一家人在暴风雨来临之际的状态，他们共同的动作指向是：闭上眼睛。在闭上眼睛之前，每个人的行为完全可以看成是一种共时性的动作：断掉电视机，放下筷子上的米，攥起手心，停止小便。时间以一种停滞的状态呈现，仿佛被凝结在一个镜头里，各种事物的情态通过这个镜头得以展现。诗意凝结在时间停滞、暴风雨来临一刻，在紧迫、压抑、恐怖的气氛中推向高潮。于坚《事件：停电》[③]中，诗歌叙述场景为停电的房间，家中的事物及其所在空间因为黑暗的笼罩全部模糊不清。停电之后视觉效果丧失，物理世界暂时消失，人的时间观念弱化，只剩个体与

---

① 罗慧林：《从“时间”展望到“空间”挤压：当代诗歌时空体验的转变》，《扬子江评论》2007年第6期。

② 于坚：《事件：暴风雨的故事》，《于坚的诗》，人民文学出版社2000年版，第311页。

③ 于坚：《事件：停电》，《于坚的诗》，第303页。

空间的两相“对峙”，主体选择建构自我想象空间即心理空间来重新感知外部世界，此时除却视觉之外的多种感官便承担起认识世界的媒介作用。首先，诗人将自我存在与所处空间进行比照，以身体为参照系，“顶上”“脚下”“左手”“右手”“最高”“最矮”等方位词，相对于主体的位置中心而被具象化、方位化；继而，停电之后，卧室大小并未改变，人与物理空间的距离也同样如前，但借助于黑暗，主体的心理空间却大大缩小，诗人周围的物体仿佛触手可得，“伸出左手/可拿到止痛片和热水瓶/水杯和香烟”，“伸出右手/能碰到橘子/糖缸和杂志/再伸直些就有火柴”，诗人在想象中通过身体的触感来肯定自身对于空间的认知与把握；最后，“柔软的是布/锋利的是水果刀/碰响的是声音/痒痒的是皮肤”，“床单是洁白的/墨水是黑色的/绳子细长/血/液状”，诗人在其中反复甚至烦琐地叙述，无非是想证明物理空间内“一切都在/一切都不会消失”，并给予自身面对黑暗的安全感。但是外在的黑暗毕竟会引起诗人心理世界的不稳定，诗人无法断定挂历上的公狼是否逃出，遁入黑暗，“这感觉是我在停电之后/全部清醒和镇静中的唯一的一次错觉”，诗人由起初心绪的平稳安静，通过建构虚幻空间达至个人与空间的平衡，而渐渐转入恐惧与不寒而栗，这恰恰反映出了诗人心理空间的不稳定与个人感知世界的主观性、不确定性。“站在挂历上八月份的公狼”遁入黑暗，诗人重新确认自身所在的空间，“公狼”也在黑暗中审视着诗人，更准确地说，是诗人在想象这匹公狼在黑暗中打量着孤立无援的自己。这是一种对于自身存在的审视，仿佛透过公狼的眼睛，诗人看见自己在黑暗空间中的行为。公狼与主体在空间中的对峙建立起了空间与主体的相对性。作为接受主体的读者也被带入诗人构造的虚幻空间中，借助诗人对于空间物体的回忆与重新感受，读者自然也会在头脑中建构一个黑暗的空间，对空间的认知伴随诗人事无巨细的讲述而慢慢清晰。但是因为一匹遁形的狼的闯入，空间的稳定状态被遽然打破，读者也失却了情绪的稳定性而转入被黑暗中的狼凝视的紧张与恐惧。

“距离是审美观照的必要条件，也是语言诗意的存在依据”，当今信息社会与读图时代造成的距离感的弥合与现场感的建构在最大限度上解构了诗歌一直强调的距离感、神圣感，“消弭了审美静观所必需的心理距离，摧残着人对诗意的体验和敏感”[①]。而诗歌中时空叙述的有意打造，无疑在一定意义上弥补了这一缺陷，给予读者足够的审美想象空间与合适的心理距离来观照诗歌文本，使之获得与平面化的现实迥然不同的审美体验与诗意发现。

三、开放的“叙述”

孙基林教授在谈及叙述诗性问题时曾言：“叙述艺术应该是一个开放的系统，既然存在着不同的叙述形态，当然就会有不同的艺术元素的加入。它可以接纳意象的营造，也可不拒抒情或智性的漫漶与凝练，它甚至可以作为多元艺术的一种从属的元素或客体叙述方式，发挥叙述性描述的诗性效应。”[②]叙述作为“一项修辞的事业”，与抒情本质上无不同之处。叙述并非单一直白的平面化述说与事件、场景、对话的静态铺排，“诗歌叙事早已突破了其他文学样式对事件或场景的单纯叙述、铺陈和描述，作者把自己的观念、美学、情感、艺术的综合气质积极地渗透到了所表达的事件里”[③]。要让“叙述”在更大程度上服务于诗性本质的展现，就必须把“叙述”作为一种适用的修辞方式向外敞开。

孙文波在谈及90年代诗歌走向问题时，也强调“合成”因素的重要性。他认为当代诗歌对于“具体”问题的重视，“及物”性与当下性的凸显，使得诗歌题材多样化。以往被认为“拒绝诗意”的领域成为诗意的重要来源，构成诗歌的技术手段也变得多样化起来，“构成诗歌的早已不再是单纯的、正面的抒情了，不单出现了文体的综合化，还有诸如反讽、戏谑、独白、引文嵌入等等方法亦已作为手段加入到了诗歌的构成当中。这些东西的加入，无疑使诗歌脱离了‘庸俗非理性’的吊诡，以及平面化的简单，提高了诗歌处理复杂题材的能力，尤其是处理复杂日常生活经验的能力，因而使诗歌显得更丰满、更具有复杂性，也更具有表现力。同时，还不晦涩”[④]。

主张诗歌要“蘸满生活的汁液”，呈现“视野开阔、诗质结实的气象”[⑤]的

---

① 马大康：《诗性语言研究》，中国社会科学出版社2005年版，第214页。

② 孙基林：《叙述的诗性如何成为可能》，《山东文学》2011年第1期。

③ 张长辉：《当代诗歌的叙事性试说》，《乌鲁木齐职业大学学报》2012年第1期。

④ 孙文波：《我理解的90年代：个人写作、叙事及其他》，《诗探索》1999年第2期。

⑤ 谭克修：《海南六日游》，《三重奏》，花城出版社2006年版，第43页。

诗人谭克修，其组诗《海南六日游》[1]提供了一个优质的范本。诗人将视线聚焦于当代市场经济包围下的“旅游”话题。“建筑师、幼师、银行职员、公务员、保险公司业务员、退休工人和几个身份模糊的人”在导游小姐的带领下，经历了长沙—海口—长沙的六天旅行。诗人以一种观察者同时也是在场者的视角，将七个不同职业的人在旅途中所见所晓的关于海南的历史沿革、人文风情、现代风貌以一种众声杂烩的叙述语言呈现出来。每个戏剧化角色的性格特征、价值观念甚至对社会现实的看法，都借由人物对话、内心独白以及特异的行为得以呈现：导游的色情段子获得了幼师发出的轰然笑声和退休工人用呼噜发出的外交辞令；公务员受保险业务员影响做出了“合理”的组织分配——从保险的角度出发，是不是应该将领导喜欢的人提到领导岗位上？而群众喜欢的人，则让他继续生活于群众之中？职业、品性、价值观各异的现代人观念的交锋与碰撞在诗歌中拉开了巨大的叙述空间，叙述话语的包容能力将其熔为五光十色的一炉：具有良好内心的旅游巴士司机、拥挤的阳光与热浪伴随着戏谑轻佻的人物对话，无聊的社会新闻充斥其间。诗人借助独特细腻的语言感受能力，将物人格化，与人本质上的物化同置，反讽、对话、独白、隐喻的嵌入，使得叙述话语避免直白化，表义含糊、矛盾与碎化，附带上与现代人调性协调的插科打诨色彩，使语言获得了一种潜在的暗示能力。诗人在其中专注于对事件、对话、行为等细节的铺排描绘，而每个小事件背后的隐喻色彩与言外之意不言自明，诗歌无意说明道理，却处处含有话外之音、言外之意，读来达到一种嬉笑中带谑泪与苦涩，众声喧哗以致失声无语的现实感受与诗歌效果。而伴随着导游例行的职业讲解与飞机机械的提示语音，诗人最后发声：——否则，将滑入集体的梦境？又以梦境的虚无、集体的沉沦显示了一种超越现实而又透观本质的深刻社会含义。其间蕴含的诗人的情感偏向，在含混的叙述之下也清晰明了，指向对一种现代人荒诞变质的精神与灵魂底色的审视与质疑。这首诗歌通俗叙述、潜化抒情的语言表达方式以及充斥诡异色彩的细节、情景、画面相互配合，表现出了诗人别有意味的语言风格与诗性风采。谭克修曾言：“在更复杂的现实世界里，我们获得的更复杂的经验，需要我们采取多样的语言策略和表现手

① 谭克修：《海南六日游》，《三重奏》，第 29 页。

法，协调语言与诗歌之间的关系，使之对称于更复杂的现实和人性。”[①]而当代诗歌的品格，在谭克修看来，应是“语言风格上更为清晰，意图呈现的却是某种更复杂、含混、幽微的诗性体验”[②]。

而这也足以说明，叙述是当代诗歌的重要形式，而非诗歌本质，却能够渗透诗歌本质，挽救诗歌“失真”的现象。诗歌本质上是对于人类个体经验的诗意表达与呈现。诗人立足个人的生命现场，贯通诗人本人、读者、世界与诗歌语言的联系，以平实自然的创作姿态贴近现实生活的方方面面，介入复杂的社会现实，观照具体的人事、景象、情境，并借由叙述的精确、细节、对话以及其他各种修辞的关联配合，使得当代诗歌深入人性与生命的深处，传达诗人的情思寄托并发掘世界、人生的本质。因此在笔者看来，当代诗歌的诗性构建是多元综合的，关涉诗歌主题与形式契合、传统与现代关联、现实与审美并重，是诗人创作所要自觉把握，或者深蕴其间的精神规范。

四、结语

叙述作为当代诗歌对于以往诗歌抒情泛滥与宏大叙事的反驳与指正，确实为当代诗歌发展指明了新的方向，成为当代诗歌写作有效性的一个有力标志。但是如果矫枉过正，叙述又会走上以往抒情泛滥，诗歌“失真”的老路，再次限制诗歌的发展。如今充斥于网络、报刊，批量化生产的叙述诗歌就是典型的例子。比起抒情诗歌，叙述以其看似简单的创作方式更容易陷入创作窠臼，与诗意悖反。“新的叙述模式有可能粉墨登场，诗人暂且援引以廓清立场、背景和方向的词汇难逃‘类型化语境的过滤’，又被诗歌市场炒作为一种艺术专制的标签。”[③]坚决抵制“低俗叙事”与“叙事的低俗”，贴近生活现实与历史经验，保持诗歌的深度、难度与真实性，又能够克服平面叙述，借用综合手段提高诗歌“深度叙事”的能力，当代叙述性诗歌才能始终保持表现力与生命力，成为有意味的诗歌。

王光明在谈及当代诗歌发展趋势问题时，曾指出：“无论是‘叙事性’‘反

---

① 杨黎、李九如编：《百年白话：中国当代诗歌访谈》，江苏凤凰文艺出版社 2017 年版，第 208 页。

② 杨黎、李九如编：《百年白话：中国当代诗歌访谈》，第 208 页。

③ 姜涛：《叙述中的当代诗歌》，《诗探索》1998 年第 2 期。

讽’等艺术手段，还是个人化写作倾向，甚至90年代诗歌与以往诗歌的‘脱节’现象，都具有敞开问题、再度展开的性质，都与中国新诗的历史建立了‘互文’关系。能与自己的历史建立‘互文性’（无论何种方式），能敞开问题、再度展开的诗歌，是有传统背景和现实活力的诗歌，是承续的诗歌、反思的诗歌，有包容性和更大可能的诗歌。”[①]无论诗歌未来的发展面相如何，“敞开问题、再度展开”这样的创作品质与姿态应该一以贯之地持续下去。而如今叙述如果能够得到有效应用，其势必可以拓展诗歌的表现内容，容纳更多的现实经验、日常发现、个人体悟，成为承担时代使命的一种有效策略，同样也能拓展诗歌的审美价值，改变以往诗性即“象征性”“暗示性”这样的传统看法，综合各种修辞手段与叙述方式，使得诗性呈现多元化展现。借用诗人梁平的话作结，“诗歌的路径和方向千姿百态，看得懂、看不懂都可以成立，他的建构方式，他的叙述手段，他的审美向度都具有独立的品质，但切不可唯我独尊”[②]。

---

① 王光明：《在非诗的时代展开诗歌——论90年代的中国诗歌》，《中国社会科学》2002年第2期。

② 于坚等：《50年代：五人诗选》，第113页。

90年代诗歌叙事与一种对话的展开

王佳芬

20世纪90年代,"叙事"作为一种写作策略进入诗歌当中。如果说早期诗人们的写作尚且存在不自觉的成分,那么90年代末层出不穷的评论文章则显露出对"叙事性"的自觉追寻。对于90年代的诗歌来说,"叙事"已经不仅仅是一种艺术手法,而成为一种思考方式。通过这种话语方式的转换,诗人们得以将复杂的现实经验层层剥开,深入当下人的本质存在当中,为平常化的现实生活重新赋予诗意。和小说中的叙事不同,诗歌叙事并不注重故事性和时间线性。从语词层面来讲,这种叙事性表现为非诗词语的运用;从技巧层面来讲,表现为日常生活场景的处理;从结构层面来讲,则表现为一种空间性的呈现。从本质上来说,"叙事性"是诗人们试图以个人的直接经验重新观察和分析普遍性事物,对诗和现实的关系进行修正的一种追求。可以这样说,诗歌中的"叙事"并非是一个名词,而是一个形容词,它使得90年代的诗歌表现出一种"叙事风格"。

虽然叙事作为一种写作策略直到90年代才得到大规模的运用,但将叙事技巧用于诗歌写作则早在30年代的新诗中就已经出现。以现代派的诗人卞之琳为代表,他的诗歌中就出现了对叙事技巧的自觉运用。写于1931年的《酸梅汤》全篇由车夫一个人的话语组成,力图还原其口语特点,从客观化的角度透露人物生活的辛酸。而另一首作于1932年的《苦雨》则在对话之外增添了场景的描写:

茶馆老王懒得没开门;
小周躲在屋檐下等待,
隔了空洋车一排檐溜。

一把伞拖来了一个老人。[①]

冒雨而来的老人为诗歌的发展留下了悬念,使诗歌具有了情节性。正如卞之琳自己所说:"我总喜欢表达我国旧说的'意境'或者西方所说'戏剧化处境',也可以说是倾向于小说化,典型化,非个人化。"[②]他的诗歌没有部分新月派诗人过分的主观抒情性,对"戏剧化处境"的处理使得他能够将自我客体化,从而"跳出小我,开拓视野,由内向到外向,由片面到全面"[③]。这种"自我客体化"正是"对话性"产生的基础,使主体与客体之间的关系从"我—它"走向"我—你"。对话的产生建立在对话双方的平等基础之上,表现在语言上则是"他者声音的介入"。

在比较小说语言和诗歌语言时,巴赫金指出"诗歌体裁的语言,是统一的又是唯一的托勒密世界,这个世界之外是一无所有,也一无所需"[④],因此,诗歌的风格是独白性的。和诗歌不同,小说尤其是长篇小说"是一个多语体、杂语类和多声部的现象"[⑤],作者不仅要揭示对象的内在矛盾,还需要进入围绕这一对象的社会性杂语,与之形成合声或不相协调的声音,从而达到描绘对象的目的。这种方式决定了小说和诗歌独白语境截然不同的对话性特点,这种区分并非绝对,巴赫金认为某些诗歌中同样会出现杂语现象,这些杂语主要是作为人物的话语进入诗歌当中,成为被描绘对象的一部分。如果将杂语视作一种打破抒情主体中心地位的声音,那么所谓"杂语"就不应限于具有性格特色的人物语言,而应该首先是一种对"他者"声音的接纳。因此,明白"与谁对话"是诗歌对话性展开的基础。

一、与谁对话?

在政治意识形态话语的影响下,80年代的诗歌话语呈现出二元对立的斗争倾向。充满压迫性的现实权威成为诗歌中的有形他者,为诗人的反抗提供了对象。以北岛为代表的朦胧诗人企图在诗歌中寻找属于自己的乌托

① 卞之琳:《雕虫纪历》(增订版),生活·读书·新知三联书店香港分店1982年版,第40页。

② 卞之琳:《雕虫纪历》(增订版),第4页。

③ 卞之琳:《雕虫纪历》(增订版),第9页。

④ [苏]巴赫金:《小说理论》,白春仁、晓河译,河北教育出版社1998年版,第66页。

⑤ [苏]巴赫金:《小说理论》,第39页。

邦，在痛苦的现实中追求崇高的人生意义。可以说是特殊的时代环境赋予了朦胧诗人们这项特殊的“使命”，由此形成的诗歌虽然对读者尤其是青年读者产生了强烈的冲击，但是缺乏内在的深思与反省，充满青春的激情与痛苦。或许如孙文波所说，80年代的诗歌充满革命的热情，“对运动的热衷高于对写作的内部真正的探究”[①]。在与权威话语的斗争中朦胧诗人无意承担起了前行者的角色，对未来与远方的向往本质上强化了对自我主观性力量的确认。北岛笔下那个“只带着纸、绳索和身影”来到这个世界上，“绝不跪在地上/以显得刽子手们的高大/好阻挡那自由的风”[②]的形象，已经成为80年代诗歌的一个标志，仿佛普罗米修斯一样宁愿将痛苦留给自己，也要盗来火种为人类带来光明。在这种形象面前，读者的理性显得无能为力，唯有跟随诗人的脚步，被青春的热情裹挟而去。但是社会历史形态的转变深刻改变了诗歌在社会中的位置，使得诗人开始重新检视诗歌与世界的关系。当诗歌的触手从已显僵化的经验模式和修辞手法中撤离，现实重新成为被观照的对象，无论是现实景观和细节的大量进入，还是客观视角和新的句法的使用，其目的都在于对复杂的现实经验进行剖析。它要求“作者对作品采取客观的而不是先入为主的态度，要求语言成为复合的、叠加的和非个人的语言”[③]，这种开放性的态度使得诗歌的话语由斗争走向对话。

虽然巴赫金的对话理论主要针对小说叙事，而把诗歌排除在外，但其本身关于对话性的解读就存在相互抵牾之处。在巴赫金看来，“话语内在的对话性，表现在一系列语义、句法和布局结构的特点上”，“恰恰是话语这种内在的对话性，这种不行之于外在对话结构、不从话语称述自己对象中分解为独立行动的对话性，才具有巨大的构筑风格的力量”。[④] 巴赫金指出，讽刺诗和喜剧诗这类“低俗”的诗体中是可能存在杂语现象的，这里所谓的“低俗”绝非思想审美趣味上的低级，而是语言上的“不纯净”。在这类诗体中，大量的社会性语言进入，打破了诗歌纯粹、封闭的语言状态，使得诗歌的语言具

① 孙文波：《我理解的90年代：个人写作、叙事及其他》，《诗探索》1999年第2期。

② 北岛：《宣告——给遇罗克烈士》，程光炜、洪子诚编选：《朦胧诗新编》，长江文艺出版社2009年版，第12页。

③ 程光炜：《九十年代诗歌：另一意义的命名》，《山花》1997年第3期。

④ [苏]巴赫金：《小说理论》，白春仁、晓河译，第58页。

有了鲜明的时代个性和他者色彩。实际上，在巴赫金眼中，这类诗歌的地位绝不低下，诗歌体裁语言的霸道、教条、保守才是他真正拒斥的对象，因此，“巴赫金所说的诗歌是独白性的，并不特指诗歌这一体裁，而是指所有的被权威声音控制的或声音单元化的文本”[①]。80 年代的诗歌中并非不存在对话，例如北岛《一切》和舒婷的《这也是一切》就构成了应答。北岛的“一切”深沉而冷峻，只有一个抒情主体在荒诞与死亡中绝望地反抗；而舒婷的“一切”则充满希望，表达了面对困难时的乐观情绪和积极态度。通过这样一种回应，舒婷与北岛的“一切”形成一种互补的结构，许多诗评家将两者并置分析，作为朦胧诗的两种美学风格和价值取向的例证。两者面对的“一切”虽然看似不同，实际都“服从”于一个更高的理想信念，表现的都是“对现实的不满、对理想的憧憬及由此产生的变革意识，具有强烈的英雄主义色彩和崇高的美学特征”[②]。因为要与强大的权威话语相抗衡，所以他们的抒情主体表现出强烈的自我意识，强大的主体由此成为一种新的话语力量，限制了诗歌对自我的智性思考以及与他者的理性对话。

随着社会环境的急剧变化，80 年代诗歌运动的“盛况”成为过去，以经济为中心的市场经济社会将诗歌放逐到了边缘的位置，诗歌不仅仅从社会运动的中心退居到文学的“小圈子”里，而且似乎从读者的视野中被动“消失”了。这种转变无疑对诗人的心态产生了深刻影响，正如程光炜所说，“90 年代”不仅是一个时间概念，对身处这一转变中的诗人来说，它意味着“一种‘告别’，更有在这一痛苦过程中属于精神、心情、姿态这些层次上的茫然难定”[③]。这种“告别”所带来的不仅是诗歌写作的危机，也为诗歌回归自身提供了机遇。一方面，从中心到边缘的转换使得诗歌失去了与权威话语相抗衡的语境，诗人不必再背负某种使命去写作；另一方面，通过对 80 年代的反思，诗人们逐渐认识到，此前的写作方式已经“无法保留人的命运的成分和真正持久的诗意成分”[④]，诗歌写作需要一种新的方式来修正与现实的关系，重新发现生命的诗意。

---

① 刘朝晖：《论奥尔森诗学与诗歌的对话性》，《广州大学学报》2019 年第 2 期。

② 徐润润：《现代诗学原理新论》，光明日报出版社 2009 年版，第 295 页。

③ 程光炜：《九十年代诗歌：另一意义的命名》，《山花》1997 年第 3 期。

④ 欧阳江河：《89 后国内诗歌写作：本土气质、中年特征与知识分子身份》，《山花》1994 年第 5 期。

张曙光写于1993年的《岁月的遗照》是颇能代表80年代末这种转变的一首诗歌。在这首诗中，诗人追忆了过去的美好时光，“我”和朋友们饮酒、争论、追逐女人的场景历历在目，时间似乎并没有改变我们的活泼和乐观。但是诗歌结尾处的质疑使得这种回忆蒙上了一层幻灭的色彩，一种虚无的情绪扑面而来。从诗歌的叙述表层来看，叙述者“我”的对话者是“你们”，这个“你们”有着非常明确的身份——“我的青年时代的朋友”。“我”不是在现实中面对这些人，也不是突然回忆起这些人，而是反反复复、“一次又一次”地看见这些朋友们。这种“看”的姿态使诗人和过去之间产生了一定的距离，因此，当诗人注视着照片中的“你们”，看到音容笑貌依旧，树木、天空都保持着原来的形状，由此产生的就不仅是情绪上的怀恋，更有一种人仿佛能够抵御时间和“时间带来的一切”的感受。随着叙述的进行，“我”和“你们”之间的距离消失，叙述者与受述者融为一体，成为“我们”，诗人摆脱了有距离的“看”，进入“回忆”当中。从饮酒、追逐女人、彻夜不眠的讨论诗歌或小说，到突然“被抛入更深的雪谷”，诗人重新回到了现实当中。现实的图景和照片中的过去构成了强烈的对比，过去“年轻的骑士们”已经或死亡或老去，早已无力对抗生活的陷阱，强烈的反差让诗人开始质疑过去的真实性，怀疑“它们不过是一场幻梦，或我们在痛苦中进行的构想?”从想要相信“我们”可以“勇敢地抵御时间”到怀疑过去是一场幻梦，诗人与“你们”的对话实际上是对自我的一种反思，这种反思是一种更为深层内在的对话，由此呈现出诗人分裂的心理状态。但是，诗人并没有停留在这种个人的幻灭和否定当中，而是进一步站在了历史的高度上。结合80年代的背景，诗人和他的朋友们的过去已经成为历史的一部分，然而诗人却说“也许，我们只是些时间的见证，像这些旧照片/发黄、变脆，却包容着一些事件”①。在这里存在着诗人和读者的内在对话，通过对过去虚幻性的确认，诗人指出了“生活中我们念念不忘的‘缺席之物’，也就是那最终的‘真实’，其实并不存在”②。

① 张曙光:《岁月的遗照》，程光炜编选:《岁月的遗照》，社会科学文献出版社1998年版，第1、2页。

② 张伟栋:《挽歌中的“历史对位法”——读张曙光的〈岁月的遗照〉》，张曙光等主编:《中国诗歌评论:东海的现代性波动》，上海文艺出版社2014年版，第85页。

二、对话作为一种写作方法

对90年代诗歌来说，叙事性的加入具有重要意义。叙事并不意味着对抒情的舍弃，而是拓宽了诗歌的题材范围和语言句法，使诗歌成为一种混合型的体裁，使其具有了更多的可能性。因此姜涛才会说“90年代诗歌的本质不在其叙述中的叙述性、及物性或本土化等等写作策略，而恰恰存在写作对这些策略的扰乱、怀疑和超越之中”[①]。叙事并不是诗人们追求的目的所在，叙事的加入只是为了更好地进入复杂的现实经验和内心感触，因此，与其说是诗人选择了叙事，不如说是叙事主动选择了诗歌。

叙事对诗歌的意义之一是对非诗领域的开拓。在此前的诗歌写作中，诗与非诗在词语运用上有着严格的界限，许多具有强烈社会性的词语或俗语是不被纳入诗的范畴的，或者说这些词语被认为不具有诗意。对意象的追求使得诗歌在语言上要求使用具有多重意义的符号性词语，这些词语与自己的能指相分离，成为具有特定含义的符号。而90年代的诗人则回到了现实生活中，通过对日常场景和细节的描绘将符号还原为真实具体的形象，他们“在拒绝‘诗意’的词语中找到并给予它们‘诗意’”[②]。这种开拓意味着诗歌的包容性被扩大了，诗性不再局限于部分特定的词汇，而是需要诗人参与其中，对词语的诗性进行开掘与再创造。正因其“无所不包”，所以对话已经潜藏其中。例如肖开愚的《星期六晚上》[③]。时间是星期六的晚上，叙述者在餐馆吃过饭后就乘坐公共汽车前往快餐店和朋友聚会，聚会结束，叙述者又回到学校。全诗似乎没有特定的中心，只是在书写零碎的生活片段，叙述者的视角和空间不断变换，意识散漫无序地涌现。面条、灭蝇器、塑料、木渣等日常生活中的事物都出现在诗歌中，成为诗歌话语的一部分，它们的进入打开了诗歌的“托勒密世界”，使读者更易产生心灵上的共鸣。

仅仅是对“非诗”词语的接纳是不够的，更重要的是这些词语以何种方式在诗歌中展开。在传统的诗歌尤其是注重意象的诗歌中，叙事被认为是

① 姜涛：《叙述中的当代诗歌》，《诗探索》1998年第2期。

② 程光炜：《九十年代诗歌：另一意义的命名》，《山花》1997年第3期。

③ 肖开愚：《学习之甜》，中国工人出版社2000年版，第118～121页。

以一种空间的方式展开的，意象与意象之间的过渡和切换构成了诗歌的基本叙事模式。因为意象本身被视作一个独立的意义空间，所以整首诗歌就可以被看作是由多个意象垒砌起来的整体空间，这样形成的诗歌空间具有整体性和完整性。但 90 年代诗歌却显露出对"时间性"的注重。在《星期六晚上》里，诗人通过对"歪站在柜台边的店家"以及"公共汽车里塑料、木渣和油漆的怪味"等生活细节的描写加强了诗歌的现场感，虽然这种描写是对空间的塑造，但从本质上来看它突出的是诗歌的"现时性"，是通过对"当下"空间的刻画使读者产生身临其境之感。在诗人的刻意追求下，麻木无意义的现实以一种全新的面貌出现在诗歌中，使读者重新思考现实生活的本质所在。读者与诗歌的对话正是在一种现时性的追求中得以展开。

当然对话的产生更依赖于诗人的平等意识。诗人虽然将这些日常事物纳入了自己的诗歌世界中，但他并没有轻易对其作出评判，而是与这些事物保持距离，给读者留下解读的空间。从诗歌内在的话语层来看，庞杂的日常性话语和诗人的思想形成两种独立的声音，虽然叙述者对整个世界的感觉是枯燥、昏沉、迷茫的，但他并没有迫使读者接受这种情感倾向，而是通过日常场景的并置对其进行间接的"展示"，这是诗人与生活对话的结果，这也造成了叙述者行为和思想之间的矛盾。而从诗歌外在的话语层来看，在作者和读者之间同样形成了对话。诗人改变了 80 年代引领者的形象，不再使读者强行接纳自己的思想体系，而是"并列未经分析的事物，把'其间的相互关系留给读者的想象'"①。

在部分诗歌中，对话会以更为直接的方式参与其中。例如伊沙的《中国底层》：

辫子应约来到工棚
他说："小保你有烟抽了？"

那盒烟也是偷来的
和棚顶上一把六四式手枪

① [美]乔纳森·卡勒：《论解构》，陆扬译，中国人民大学出版社 2018 年版，第 5 页。

小保在床上坐着
他的腿在干这件活儿逃跑时摔断了

小保想卖了那枪
然后去医院把自己的腿接上

辫子坚决不让
“小保，这可是要掉脑袋的！”

小保哭了
越哭越凶：“看我可怜的！”

他说：“我都两天没吃饭了
你忍心让我腿一直断着？”

辫子也哭了
他一抹眼泪：“看咱可怜的！”

辫子决定帮助小保卖枪
经他介绍把枪卖给一个姓董的

以上所述的是震惊全国的
西安十二·一枪杀大案的开始

这样的夜晚别人都关心大案
我只关心辫子和小保

这些来自中国底层无望的孩子

让我这人民的诗人受不了[1]

这首诗可以被分为两个叙述层：一层是辫子和小保的对话，一层是“置身事外”的诗人对这件事的感受。在第一层中，人物之间的对话已经不仅仅是被表现的对象，而是诗歌话语的一部分，通过两人之间的对话，一幅中国底层人民的生活图景呈现在读者面前。但两人之间的交流更多是局限在信息交换，真正形成内在对话的是第一层和第二层。在叙述辫子和小保的对话时，叙述者是客观冷静的，但当叙述进入第二层，叙述者“我”出现，并表现出强烈的情感倾向。虽然“我”的内心对中国底层无望的孩子们感到深沉的悲痛，但这并没有影响第一层对对话场景的客观呈现。两者表现形式、情感取向、人物阶层的不同使得他们成为两个独立的话语层，诗人受到的教育不同于底层的人民，两者之间在价值观念等方面存在巨大差异，诗人虽然同情人民，但他没有直接将自己的情感渗透到叙述之中，而是选择尽量客观理性地呈现底层人物的状态，让两者在相互对照、彼此沟通的同时，又保留了自身的独立价值。

三、对话作为一种思考方式

在巴赫金看来，话语的内在对话性是以话语的两面性为基础的。他认为：“话语是一个两面性的行为。它在同等程度上由两面所决定，即无论它是谁的，还是它为了谁，它作为一个话语，正是说话者与听话者相互关系的产物。任何话语都是在对‘他人’的关系中来表现一个意义的。在话语中我是相对于他人形成自我的，当然，自我是相对于所处的集体而存在的。”[2]只有在尊重每个人的主体性的基础上，对话才得以展开，这种对话是不同价值观念、意识形态的碰撞，在碰撞中，自我的存在得到定义，话语成为连接“我”和别人的桥梁。巴赫金的对话理论已经不仅仅是对小说语言的分析，而是上升到了关于存在本质的哲学高度，“揭示出对话是人在语言中的存在方式和人的主体性存在本质”[3]。

---

① 伊沙：《世界的歌声 长安新诗典》，太白文艺出版社 2017 年版，第 81、82 页。

② [苏]巴赫金：《巴赫金全集》第四卷，白春仁等译，河北教育出版社 1998 年版，第 436 页。

③ 汪小英：《诗歌话语对话性：巴赫金对话理论的一个重要维度》，《求索》2017 年第 1 期。

90 年代诗歌虽然没有自觉关注话语的对话性和人之存在的关系，但意识到叙事性对诗歌写作的意义。叙事拓宽了诗歌的主题内容和表现形式，使诗歌走出僵化、封闭的知识谱系，进入现实生活当中，它要求诗人以个人的存在经验把握复杂的现实，发现其中的诗意。从思考方式来看，"'叙事式'意味着诗人与世界（表现对象）的关系是有距离的、主客对立的、带有观察与分析性眼光的"[①]。当诗人以平等、客观的态度看待世界时，诗人已不再是世界唯一绝对的中心，虽然表现对象仍然是出于诗人的选择，但从诗人的思想谱系中分离出来，具有了自身独立的价值。例如孙文波的《博尔赫斯和我》一诗，就表现了两种截然不同的诗人的选择：一种是如博尔赫斯一般在虚构的世界中享受精神的愉悦，发现事物存在的本质；另一种是如"我"一般，不是在书籍中而是在物质的世界里思考生活。这种分别不是诗人刻意追求的结果，对孙文波来说，他的诗歌的精神气质可能早在写诗之前就已经被决定了，荒诞的世俗生活要求孙文波不得不选择一种表现现时性和叙事性的手法去书写。对于这种选择，诗人并没有在诗中进行好恶的判断，但是从"我"对博尔赫斯工作状态的畅想等细节可以感受到，对诗人来说，这种选择包含着痛苦与无奈的成分，博尔赫斯的选择也是他曾经所向往的。在这首诗中，叙述者仿佛被分成了两个人：一个是曾经向往书写心灵之痛的诗人，另一个是陷入现实的物质世界当中的诗人。两者截然不同，但通过对话，叙述者确证了自己生命的意义与价值所在。虽然叙述者和作者之间存在许多共性，但这里的叙述者"我"不等于诗人。叙述者被困在文本当中，是那个不得不拒绝书籍、信任物质的"戏中人"，而诗人孙文波则是超出人物之外的第三者，兼具"我"的特点和"博尔赫斯式诗人"的特征。他以超出文本的视野对文本中的叙述者进行了省察，看到了人物撕裂背后的深层内因，在叙述者和作者之间建立了一个文本外的对话层。

作为一种思想方法，对话不仅对诗人的写作产生影响，也改变了读者的阅读方式。在接受美学看来，读者对文本意义的生成具有重要作用，但由于诗歌的体裁特性，一直以来诗人都位于文本意义的中心。在 80 年代诗歌尤其是后朦胧诗中，历史意识和政治形态成为限制诗人写作的知识谱系，诗人

---

① 钱文亮：《1990 年代诗歌中的叙事性问题》，《文艺争鸣》2002 年第 6 期。

不是作为个人而是作为一个集体的代言人或某种意识形态的代言人在发言。例如杨炼的《大雁塔》“山峰似的一动不动/墓碑似的一动不动/记寻下民族的痛苦和生命”，又或者如杨炼《太阳和他的反光》中孤独、崇高的夸父形象。这些诗歌中蕴含的集体情绪引发了读者的民族记忆，对读者的情感进行冲击，在这样的阅读中，读者无法平静地思考，只能被裹挟在诗人情感的洪流中，宣泄自己的激情与泪水。而 90 年代诗人写作方式的转变留给了读者更为广阔的解读空间，诗人不再试图引导读者的情绪，而是尽量客观地呈现生活中的各种事物，以一种平等的姿态与读者对话，为读者的阅读留下空白。例如，孙文波的诗歌《幸福》：

躺在院子里，肮脏
然而快乐。
你使我看到了我的虚荣；
在很多场合，衣衫挺括，
小心谨慎地与人交谈，
对别人的赞扬从心里感到满足。
我只有回到家里关起门，
才随随便便，躺着，
要是天太热就赤身裸体。这时候，
我在觉得心里轻松；像一条鱼，
在空气中犹如在水中。
呵！一位诗人是怎样干的？
《嚎叫》。他敢于站在舞台上大吼，
脱光衣衫，使观众震惊，
一座城市和一个国家
都被他惊呆了，尤其是那些女人；
女人，在他的眼里不是尤物。
他说：“我实际比你们更爱人类。
我实际比你们更爱生活。”
叔本华写过一本《快乐的原则》，
这是多么好的书名！（但快乐要原则吗？）

它使我想到：有一天
我是不是也能像你一样，
如果我做得到，愿意了，
我就能够在春熙路和人南广场躺下来，
我会马那样扬起四蹄，打滚。[①]

从题目可以看出，这首诗和“幸福”的定义有关。和儿子单纯的快乐相比，叙述者的快乐无疑要复杂很多，生活要求他成为一个双面人，在外要“衣衫挺括”、谨言慎行，只有回到家里才能随心所欲。之后，叙述者想到了其他诗人们是如何获得快乐的，金斯堡脱光衣衫，在舞台上《嚎叫》，而叔本华则写了一本《快乐的原则》，但叙述者真正向往的快乐是儿子一般随心所欲的快乐。他甚至用一种近乎粗俗的方式使“幸福”这一抽象原则具象化，那就是躺在春熙路和人南广场上，像马一样扬起四蹄，打滚。叙述者对“幸福”的定义完全出于个人的生存经验，和震惊全国的《嚎叫》或上升到哲学高度的《快乐的原则》相比，这种打滚的幸福是极端日常化的。对究竟应该如何定义“幸福”以及如何理解叙述者的这种需求，诗人并没有给出肯定的答案，这需要读者结合自身的生活经验去填充、去理解。

诗歌中的对话性体现在多个层次，对话不仅是一种写作方式更是一种思想方法，正是由于诗人改变了观照世界的态度，以客观、平等的眼光去观照表现对象，诗人与现实生活之间、读者与诗歌文本之间才得以展开对话。这种内在的对话正是诗歌的诗性所在。关注当代诗歌的叙事性需要看到叙事本质上对诗歌写作的意义所在，叙事性的加入不仅是对句法、修辞的更新，更是对一种深层对话性的开掘，单纯的场景堆砌只会使诗歌失去张力，只有看到日常事件背后的本质意义，以开放的态度接纳不同体系的价值取向，在对其进行思考的同时反观自身，才能在自我与他者之间展开双向对话。

---

① 孙文波：《孙文波的诗》，人民文学出版社2001年版，第24、28页。

诗歌叙述声音及其诗性的可能

——以冯至诗歌为例

李自菲

叙述声音并非真正的语音。有声音就会有声源，将叙事中某些表达行为形容为声音，是因为它们像是发自有自我意识的主体。虽然从最终的意义上说，作者就是这个主体，但是按照叙述学的界定，真正的作者是无法亲自参与到叙事交流的过程之中的，其意识只能间接通过隐含作者和叙述者、人物或某些迹象得到表达，因此读者无法直接“听”到作者声音。叙述声音不能不涉及人的自我意识。“不管发出的声音是谁，在察觉到作品中有某种声音发出时，读者同样能感受到声音背后的某个意识主体存在。”[①]并且，读者还能够从其议论、评判等获悉其情感、思想、伦理等倾向和观念。

“叙述声音指的是诗歌中事件或故事讲述的言语声音的发出者。”[②]叙述声音制约着叙述的过程与所叙述的事件、人物等，因而它实际上涉及的是诗歌的叙述主体，即叙述者，这样的讲述者将确定诗歌的叙述声音。叙述声音也可以叫作“话语”，从谁说的、怎么说的、说的什么、如何被人接受与倾听等几个方面可以得出叙述主体的形态。

一、“声音”由谁发出以及谁有可能发出

叙述声音在诗歌中有显、隐之分，即直接引语、间接引语。不确定状态的(字里行间的叙述声音难以捉摸，迹象后面的意识主体若隐若现)“叙述主

① 谭君强：《叙事学导论：从经典叙事学到后经典叙事学》，高等教育出版社 2014 年版，第 49 页。

② 谭君强：《叙事学导论：从经典叙事学到后经典叙事学》，第 53 页。

体的声音被分散在不同的层次上，不同的个体里”。“从叙述分析的主要操作来看，叙述的人物……都占有一部分的主体意识，叙述者不一定是主体的最重要的代言人，他的声音却不可忽视……隐含作者身上综合了整部文本的价值。”[①]叙述声音来自多个不同的叙述主体。

元叙述竭力展示自身在进行叙述的意图，显示叙述过程与叙述者存在方式，涉及叙述的叙述，关注诗歌的叙述身份及其创作过程的叙述。虽然以作者自身的口吻来进行，但时间与故事是虚构的，讲述者是虚构的。

叙述者并不是在构成诗歌的语言中表达其自身的个人，而是被看作一种功能。叙述声音是叙述者权威的自然流露。正是叙述者的身份及其在诗歌中所表达的方式与参与的程度，决定了叙述者发出的叙述声音，也影响了诗歌的基本叙述特征。诗歌不仅包含了叙述者的视角、主人公的视角，还隐藏着诗人自己的叙事态度。《吹箫人的故事》中描述了青年隐居时的心理状态：他的心情平和，他的情怀恬淡。这种“平和”“恬淡”，可以从四周的环境外化出来。“四周好像在睡眠，他忘却山外的人间。”“新月弯弯”，“松间会萃”，“夜深静悄”，“细语低低”，“梦境迷离”，一切都是安谧、宁静的，这正是沉醉于艺术世界的青年心理的写真。然而这平静却因为吹箫女郎的幻象而打破。“一样的小溪细语，一样的松间翕萃，为什么他的眼中，渐渐含满了清泪”，充满诗意抒情的语调，实际上这也是青年的内心独白。“为什么今夜会忐忑不安、倍觉凄凉”[②]，心灵深处对爱情的渴望，让青年的内心矛盾起伏。主人公内心的声音不是由有声的独白直接表达出来，而是在叙述者抒情的语调叙述中，或外部景物的描写烘托中外化表现出来。他的情感、他的内心是隐含在对主人公故事的叙述之中的。主人公命运的悲剧，是诗人实现“自我表现”的一个途径。正如鲁迅先生所说的“借别人以叙自己”一样，冯至也是通过对别人故事的叙述，间接地表达了自我丰富而又敏感的内心世界。他并没有将自己的所思所想直白地通过主人公表达出来，而是隐去自我的身影，将感情糅入主人公的意识流程之中。因此，第三人称的叙述角度也为这种情感的隐藏提供了条件，并且这种叙述角度客观的呈现，在一定意义上

---

① 赵毅衡：《当说者被说的时候：比较叙述学导论》，四川文艺出版社2013年版，第156页。

② 冯至：《十四行集》，华夏出版社2011年版。以下原文引用皆出于此版本，不再另注。

也能调动接受者的情绪，让他们感受命运的不可预知与无法把握，引起对个体命运的思考。

另外，叙述声音在诗歌里出现的多声部即出现多个叙述者的情况也值得揣摩。“与现代浪漫主义抒情诗歌充满自信的直抒胸臆，高亢乐观的热情讴歌相比，叙事诗艺术形式的‘复调’声音与话语产生的叙事美学功能，似乎更适宜表现或反映人的复杂内心情感世界，特别是新一代知识青年游移不定的思想情怀。”①

二、叙述者如何叙述

从叙述“声音”这一角度来看，叙述者很容易按照叙述人称来区分，最常见的区分为第一人称叙述者和第三人称叙述者，第二人称往往从属于两者之一。一方面，第二人称可以改为“他”或者是一个参与事件的人物，而这一人物“你”不会发生太多变化；另一方面，第二人称叙述更多地涉及叙述对象的特征以及强调两者的关系，而非叙述主体。

冯至诗歌尤其是他的叙事诗，采用了一种与传统不同的叙述，往往是多个人称的交叉发展。《吹箫人的故事》一开始，说书人以第一人称的叙述拉开了故事的序幕：“我唱这段故事，请大家不要悲伤，因为这里只唱到，一个团圆的收场。”这里的叙述时间是当下时间。而对吹箫人整个故事的叙述却又转换为第三人称，呈现的是对过去的追述，故事的时间是过去时间。故事的尾声里，说书人再次出现，将听众拉回现实生活：“我不能继续歌唱，他们的生活后来怎样。他们得到一对新箫，把箫声吹得更为嘹亮。”这是一种现在与过去时间交叉下的叙述。《帷幔》《寺门之前》同样如此，只是在这两首叙事诗中“说书人”没有直接站出来讲故事，而是由一个潜在的叙述者展开叙述。他们都以一种回忆的眼光讲述过去的历史。这种类似复调的叙述在《蚕马》一诗中更为明显。《蚕马》一诗明显地表现为现代社会中的“我”和古代社会中马儿故事的交叉发展。一条情节线索是现代社会里“我”对蚕女的依恋，而另一条则是古代社会里马儿对孤女的爱恋。这两段感情的发展变化都经历了三个阶段。在每一部分的开头，都从第一人称的角度，让现代的

---

① 王荣：《中国现代叙事诗史》，中国社会科学出版社2004年版，第105页。

个体“我”直抒胸臆，表达对蚕女深挚的情感，接着从客观的第三人称叙述，讲述远古社会里马儿与少女的悲剧故事。两条线索是并行前进的，在情节的交叉发展中，不同的时空环境并置，交叉重叠，远古与现代，古人与今人，两个不同时空环境下人物的悲剧命运，就在人称变化中被表现出来。时空环境在变换，然而不同时空环境下生命个体的悲剧命运却是相同的。

三、叙述者叙述什么

显性的对白，在诗歌的另一种表现即为人物之间的对话。《帷幔》中老尼与少女的对话，交代了少女决然放弃尘世美好生活，冰一般凝冻自己心肠的原因。然而故事又因一对青年兄妹的到来发生了戏剧性的变化。“美丽的少姑啊，我告诉你，聪明的你，你说他冤不冤，只因一个未婚妻遗弃了他，他便抱定了永久不婚的志愿。”这一番对话在少尼心中激起了巨大的波澜，平静的生活被矛盾心理所替代，内心深处的渴望再次涌现。于是有了代表她愿望的帷幔，“这是我半年来绣成的帷幔，多谢你的笛声给了我许多幻想，我是一个久病无望的少尼，这帷幔上绣着我对人间的愿望”。这一对话过程是少女内心世界矛盾变化的展现，同时也反映了个体生命的悲剧。《蚕马》中既有人与人的对白，也有人与兽之间的对白。其中人与马儿之间的对话更具意味。马儿痴恋着少女，不辞辛苦为少女找回父亲，“姑娘啊，我为你走遍了天边”。然而这种感情却得不到任何回应，“快快地去到田里犁地你不要这样痴痴，提防着父亲要杀掉你”。悲剧是无法避免的。马儿被杀，父亲远行，留下孤单的少女一人，“亲爱的父亲，电光闪，雷声响，你丢下了你的女儿，又是恐惧，又是凄凉”。孤女心中渴望的是父亲的关怀和幻想中青年的爱护。“亲爱的姑娘，你不要凄凉，不要恐惧，我愿生生世世保护你，保护你的身体。”人与马儿之间的爱情是错位的，是无法交流的。

在冯至有些诗歌中，对话并没有占很大的位置，更多的是人物的独白，尤其是内心独白。这种独白往往是人物与自我意识之间的矛盾冲突，也具有对话性，它有时通过人物独白直接表达出来。《吹箫人的故事》中人与箫的对话实际上是吹箫人内心深处的声音。为了世俗的爱情，只有将与自己灵魂一般重要的艺术放弃。这种失去带来的是难言的悲戚与寂寞，“假如我的洞箫还在，天堂的门一定大开，无数仙女为我们，掷花舞蹈齐来”。选择爱情还是艺术,青年内心充满矛盾挣扎。这种直接表达在《寺门之前》中表现得最为明显。老僧的独白,一方面是面向寺门前的行人的,诡异的故事在听众心中引起的惊骇是不必说的;另一方面,他更主要的是面向自己的内心世界,回溯了自己过去在灵与肉的选择之间人性的分裂状态。老僧对自己故事的叙述采用的是第一人称,这样能更好地展现他真实的内心世界。在讲述自己年少时面对外界诱惑的痛苦时,老僧在三段文字中连续用了一个相同的句子——“佛呀,我那时还是在少年”。人物的自我宣讲让他的内心世界自我呈现,无论是选择清规戒律还是肉欲,都是同样的艰难。在经历了巨大的内心抗争后,他变成了一个变态的魔鬼,将宗教戒律抛到了九霄云外。然而过了30年隐居的生活之后,他仍无法平息内心的挣扎:“这是我的功课,我的悲哀,我的欢乐。”“我不久死后焚为残灰,里面可会有舍利两颗,一颗是幻灭的屋楼,一颗是女尸的半裸。”人物的潜在心理状态,在自我意识的对话冲突中真实地反映了出来。

只要是诗歌,或者说只要是语言表达的艺术,便离不开叙述,叙述是无处不在贯穿始终的。诗歌叙述研究必然要立足于诗歌本体的特质,不能简单地从叙事学的理论来生搬硬套,反之,则可能出现削足适履的情况。叙述声音在叙述者、如何叙述、叙述的内容等方面成为诗性进入并扩张于冯至诗歌中的入口。

第四编　威海专题论坛

科学界定叙述在新诗本体论中的位置

王　珂

叙述在新诗本体论中的位置一直得不到客观评价和科学确立，在过分强调诗是抒情的语言艺术的时代，叙述仅仅作为一种可有可无的创作手法甚至修辞手段，有时甚至被视为抒情的敌人。但是在快节奏生活时代和读图时代，叙述又被极度推崇，一些诗人甚至打出了"拒绝抒情"的极端口号。因为近年中国进入了一个诗意匮乏的物质时代，前所未有的生存竞争使国人不得不减少对爱情、友情、亲情等人之常情的投入，所以"诗意的栖居"成为流行语，显示出人们对诗意生活的渴望。富有情感的生活才是诗意的生活，抒情是营造诗意的重要手段。叙述关注更多的是展示事件，不像抒情那样重视表达情感，更不像议论那样偏重揭示意义，通常采用口语甚至俗语。诗的诗意主要由情感思想的诗意和语言形式的诗意组成，诗意是构成诗美的基本元素，叙述在这两者中都不占优势。因此合理巧妙地使用叙述，让人感觉到因为叙述，诗具有"散文美"的优点而非"散文化"的弱点，特别是让"叙述诗"在诗意及诗美的成色上不逊于"抒情诗"，成为今日优秀诗人的基本功。日本当代文论家滨田正秀这样定义现代抒情诗："现在（包括过去和未来的现在化）的自己（个人独特的主观）的内在体验（感情、感觉、情绪、愿望、冥想）的直接的（或象征的）语言表现。"[①]近年中国诗坛的叙述诗既有别于传统的叙事诗，更有别于滨田正秀所言的抒情诗，不是"内在体验的象征的语言表现"，而是"外在观察的直接的语言表现"。

我研究新诗本体论及新诗文体 30 年，对叙述的认识也有一个从排斥到

---

① ［日］滨田正秀：《文艺学概论》，陈秋峰、杨国华译，中国戏剧出版社 1985 年版，第 47 页。

接受的过程。在诗的本体论研究中,我一直坚持诗的抒情性,认为抒情是诗的本体的基本内容。如 1996 年我提出这样的观点:“纵观和比较中外诗学发展史,发现有一个相同的发展趋势:中外文艺理论家对诗的本体的观照点都有一个由外部世界向内部世界转化的过程,从重视客观社会环境的外视点到重视创作主体和诗歌本身的内视点的转变过程。即由关注社会向关注人的情感和艺术的形体回归过程。”①“中西方诗歌相互间的真正影响还是在近现代以及当代。比较明显的例子有中国古典诗歌的意象方式影响了西方的意象派诗歌;西方的古典诗歌在音乐排列形式上影响了中国的新格律诗;西方的现代派诗歌的创作方法分别在 20 世纪 30 年代和 80 年代被中国新诗广泛借鉴,特别是中国新时期诗歌只用了 15 年时间几乎走完了西方现代派诗歌 150 年的历程;在法国起源的散文由法国直接地和经英俄间接地传入中国,直接参与了中国‘五四’时期的新诗运动,并由叙事为重心的抒情文体被以诗为中心的中国文学传统‘同化’,从立意、架构到语言几乎都具有诗化特征,成为偏重抒情特征的文体在中国迅速发展,加速了世界散文诗的中心由西方向东方转移的过程。对中西方诗本体论的嬗变过程,进行平行研究,会发现有许多异曲同工之处。在人类的共性和诗歌艺术的自主性作用下,中西方都不约而同地向以情感与形式为中心的诗本体论靠拢。”②不管是表现主义的情感说,还是形式主义的结构说,诗都被视为绝对的抒情文体。如古语所言:一切景语皆情语也。即使是形式,也强调是“情感的形式”,与情感休戚相关。

从我最近十年间为新诗下的两个定义就可以看出这个转变。2000 年的定义是:“诗是艺术地表现平民性情感的语言艺术。”③2010 年的定义是:“新诗包括内容(写什么)、形式(怎么写)和技法(如何写好)。内容包括抒情(情绪、情感)、叙述(感觉、感受)和议论(愿望、冥想)。形式包括语言(语体)[雅语:诗家语(陌生化语言)、书面语;俗语:口语、方言]和结构(诗体)[外在结构:句式、节式的音乐美、排列美;内在结构:语言的节奏]。技法包括想象(想

---

① 王珂:《中西方诗本体论探微》,《社会科学战线》1996 年第 2 期。

② 王珂:《中西方诗本体论探微》,《社会科学战线》1996 年第 2 期。

③ 王珂:《诗是艺术地表现平民性情感的语言艺术——论现代汉诗的现实出路》,《东南学术》2000 年第 5 期。

象语言、情感和情节的能力)和意象(集体文化、个体自我和自然契合意象)……可以用一句话来概括这个新诗观:新诗是采用抒情、叙述、议论,表现情绪、情感、感觉、感受、愿望和冥想,重视语体、诗体、想象和意象的汉语艺术。"①

比较这两个定义,不难看出2000年的定义极端强调诗的抒情性,根本没有考虑诗的叙述性。尽管那时我因为研究20世纪八九十年代的先锋诗歌,特别是80年代李亚伟、于坚等人的生活流口语诗和90年代韩东、杨克等人的平民化生活本相诗,已经发现叙述大规模地"入侵"诗的抒情领地,新诗创作界还出现了"拒绝抒情"的口号,但我仍然不把叙述视为诗的本体的基本元素,在诗的本体论研究中根本不考虑它。2010年的诗的定义虽然将叙述放在抒情之后,但是已经完全接受了叙述,而且把它细分为主要是为了完成"感觉和感受"的记录任务。叙述成了诗的基本元素,我研究新诗本体论,也研究起叙述。

论及叙述在新诗本体论中的位置和新诗技法中的比重及新诗创作中的作用,首先应该持这样的理论逻辑:诗歌生态决定诗歌功能,诗歌功能决定诗歌文体,诗歌文体决定诗歌技法,诗歌技法决定诗歌价值。当然,这个研究思路并非完全按线性逻辑发展,其中项与项的约束的强弱也不一致,甚至有递减趋势。如生态对功能产生了绝对影响,功能对文体的影响也是巨大的,但是文体对技法的决定作用及技法对价值的影响较小,特别是后者几乎可以忽略不计。

新诗史上有两个诗潮可以作为这个理论思路的研究个案:一个是新诗草创期的社会写实写作,另一个是20世纪八九十年代的生活流写作及平民化写作。

含有叙述的写实风格是新诗草创期的重要特色。新诗问世通常以1918年1月15日《新青年》第四卷第一期发表了九首白话诗为标志。胡适的《人力车夫》是典型的叙事作品,其中还有对话,如果不分行,与叙事散文没有差别。《月夜》也因为采用了散文的描写和叙述,通常被称为中国现代第一首散文诗。中国新诗的第一部年选集《新诗年选》有署名"愚庵"的评语,认为

① 王珂:《今日新诗应该守常应变》,《西南大学学报》2010年第4期。

这首诗大约作于1917年的冬天，在中国新诗史上，算是第一首散文诗。《年选》附录的《一九一九年诗坛略记》也认为第一首散文诗而具备新诗的美德的是沈尹默的《月夜》。《月夜》四个诗句都是叙述，四个“着”字，呈现出的是一个排比句。全诗如下(发表时竖排)：

月夜
霜风呼呼的吹着
月光明明的照着
我和一株顶高的树并排立着
却没有靠着。

口语化和叙述性是20世纪八九十年代生活流写作及平民化写作的重要特色。80年代初期，李亚伟的《中文系》一诗采用了比散文还详细的叙述，全面叙述了当时中文系的情况，从中文系各门课程的教学到同寝室几位兄弟的生活，几乎面面俱到，全诗没有抒情性句子。这首诗问世后，在大学，特别是在中文系广泛传抄。其中最重要的原因不是诗歌本身，而是真实地记录了当时中文系学生的学习生活。这一点在我的教学中也得到证明，我从2004年到2012年，每年为福建师范大学文学院的大一学生上“诗歌作品导读”课程，都要将《中文系》和于坚的《女同学》《尚义街六号》作为“口语诗”代表作介绍给学生。学生感兴趣的不是诗中的“抒情”而是“叙事”，甚至学生还喜欢采用这种叙事方式以《文学院》为题来写自己的大学生活。

叙述在90年代得到了诗人的青睐。在90年代中期，还出现了“诗人小说家”丛书，韩东、叶舟等诗人推出了自己写的小说。诗人“串行”或“跨界”写小说的现象也可以视为叙述在那一特定时代走红的证据。因为那是一个可以按照自己内心写作的时代，甚至是个人化写作流行的时代。1999年，我在《并非萧条的九十年代诗歌——为个人化写作一辩》中这样描述那个时代的新诗写作：“90年代诗歌创作的最大功绩可以用王家新的一句诗来概括：‘终于能按照自己的内心写作了。’即‘个人化写作’的真正出现，诗人终于可以在坚持差异中写作。个人化写作的最大功劳是恢复了汉诗职能广泛的本来面目，也有了现代诗的精神，也有利于文体实验并带来文体的进展。它的最大弱点是太无序化，妨碍诗的艺术标准的适度规范即诗的语体、诗体在短时期的有效建立。90年代个人化写作源于'为生存而写作'的口号。具体为:为安慰自己的生活而写作;为了发表获得名利而写作,初写诗者常常为了发表而有意研究某个诗刊迎合编辑择稿口味而写作,有的小有名气的诗人为了引起评论家的注意或者为获奖而写作,90年代仍有人为了当官和挣钱而写诗;为了显示自己在群体社会中的存在价值,如堂·吉诃德富有使命感,为启蒙大众拯救生活甚至诗歌而写诗……这使90年代的诗歌创作目的比80年代更丰富多彩。无论是写诗者还是读诗者,需要的都是那些有利于缓解前所未有的竞争生活导致的紧张情绪,可以安慰特定历史条件下的浮躁心灵,有利于促进社会发展和提高人们的现实生活质量的诗歌。在90年代,诗的多种职能真正并存,特别是诗的自娱功能远远盛于诗的教化功能,诗的抒情性和严肃性都被淡化,抒社会之情变为抒个人之情,即使要抒社会之情,也大多采用'尽精微致广大'的方式,以情感宣泄和以语言游戏为主要内容的个人化写作或私人化写作成为主流。诗人无论是情感宣泄式写作或者是语言游戏式写作,都有助于诗人的生活。有的诗只是诗人孤芳自赏,发表后也能引起其他一些人的共鸣。因为人的情感是大同小异的,语言也是社会化群体化的,人们的语言感受也是大同小异的。即使是比较怪异的情感和语言,在多元生存境况的90年代,也常常能够找到知音。当然,个人化的绝对'隐私'化的情感或者完全违背语言的社会性和诗歌文体的相对文体自觉性的诗,也可能没有人读得懂,没有诗人以外的读者。"①尽管这段话没有直接提及叙述,却提到了诗的抒情性被淡化。

因为诗人不得不解决生计问题,80年代流行的语言文体实验诗,即先锋诗退潮,写实诗甚至现实主义诗歌流行。90年代也是纪实文学泛滥的时代,甚至《河北文学》这样的纯文学刊物也变成了《当代人》这样的"社会文化纪实刊物",直接反映社会文化生活的"热点大透视"成为报纸杂志的新宠。当时我供职于西北师范大学中国新诗研究所,是职业的新诗研究者和诗人,却以每天写数千字的速度为流行报刊写了数百万字"纪实文学"及"热点透视"。那个时代有两个非常响亮的口号:"在没有英雄的时代,我只想做一个凡人。""活着,是首要的。"很多诗人如我一样,一边写纪实散文,一边写诗,

① 王珂:《并非萧条的九十年代诗歌——为个人化写作一辩》,《东南学术》1999年第2期。

诗歌写作自然受到纪实散文的影响,“叙事”不由自主地涌进“抒情”中,叙述对诗人的吸引远远大于抒情。

《〈他们〉十年诗选》选了韩东的 10 首诗,大多是叙述日常生活小事之作。如 1993 年 12 月 15 日写的《来自大连的电话》:“一个来自大连的电话,她也不是/我昔日的情人。没有目的。电话/仅在叙述自己的号码。/一个女人/让我回忆起三年前流行的一种容貌//刚刚结婚,在飘满油漆味儿的新房/正适应和那些庄严的家具在一起(包括一部亲自选购的电话)/也许只是出于好奇(像年轻的母猫)她在摆弄丈夫财产的同时,偶尔/拨通了给我的电话?//大连古老的海浪是否在她的窗前?/是否有一块当年的礁石仍在坚持/感人的形象?多年以后——不会太久/如果仍有那来自中年的电话,她一定/学会了生活。三十年后/只有波涛,在我的右耳/我甚至听不见她粗重的母兽的呼吸。”①

又如韩东 1994 年 11 月 25 日写的《在深圳的路灯下……》:“在深圳的路灯下她有多么好听的名字/‘夜莺’,有多么激动人心的买卖/身体的贸易/动物中唯有这一种拥有裸体/被剥出,像煮硬的鸡蛋,光滑/嫖妓者:我的堕落不是孤独的/我的罪恶也很轻微/她引领着一条地狱的河流/黑浪就来将我温柔地覆盖//那坐台女今晚和她的杯子在一起/杯子空了,她没有客人/杯子空了,就是空虚来临/她需要暗红色的美酒和另一种液体/让我来将它们注满,照顾她的生意/让我把我的钱花在罪恶上/不要阻挡,也不要害怕/灯光明亮,犹如一堆碎玻璃/让我将她领离大堂//我欣赏她编织的谎言/理解了她的冷淡/我尤其尊重她对金钱的要求/我敏感的心还注意到/厚重的脂粉下她的脸曾红过一次/我为凌乱的床铺而倍感惊讶/我和橡皮做爱,而她置身事外/真的,她从不对我说:我爱。”

杨克的这段话说出了 80 年代“先锋诗人”在 90 年代转向“现实诗人”、“神性写作”转向“平民写作”、“抒情”转向“叙事”的重要原因:“90 年代以降,我的诗歌写作大略可分为一大一小两个板块,其主要部分我将它们命名为‘告知当下存在本相’的诗歌,从人的生存和时代语境的夹角楔入,进而展开较为开阔的此岸叙事,让一味戏剧化地悬在所谓‘高度’中的乌托邦似的精

① 小海、杨克编:《〈他们〉十年诗选》,漓江出版社 1998 年版,第 4 页。

神高蹈回到人间的真实风景中，从另一种意义上重新开始对彼岸价值的追寻。另一类是艺术上的有意'怀旧'之作，力图在热衷于标新立异的今天，以保守主义的态度守护几千年来诗之所以成其为诗的那些因素。《电话》不言而喻属于前者。我的诗之所以发生些许变化，自有其内在与外在的原因。90年代伊始，一次很偶然的机缘，我由生活了13年的南宁调往广州，那时南宁还是一个温馨恬静的城市，它被抛进经济大潮的波峰浪谷之中是1992年后的事情，而广州用我诗的语言来说无疑是当时中国的商品新都。恰逢其时，我人生轨迹的改变与中国社会十分重要的转型时期胶着在一起，尽管我是个生活适应能力相当强的人，但置身于物质洪水的大市场中，我还是非常敏锐地感觉到了那种由根子里发生的蜕变。……信越写越短，电话越打越长，这是我们这个时代的通病。相对于电话，信件是美好的，作为一种文本，它经过深思熟虑的表达更为细腻微妙，言外之意也更耐人寻味，还可以反复揣摩，留传后世。但简捷实用的东西取代更具审美价值的事物往往是不以人的意志为转移的普遍规律。只要不心存先入为主的偏见，我们仍能在许多非天然的审美对象中顿悟生命的灵性。反之，那种压抑本能和欲望来对抗现代文明的写作态度，恰恰是不真实的。肉体上皈依却精神上逃离，必然导致人格分裂的状态。所以我不以善与恶来简单地看待一切，作为一个持民主自由多元观念的现代人，我不反对大众，也向往优裕生活。"[①]杨克在广州写了很多"告知当下存在本相"的叙述诗，如1994年12月16日写的《杨克的当下状态》："在啤酒屋吃一盘黑椒牛扒/然后'打的'，然后/走过花花绿绿的地摊。/在没有黑夜的南方/目睹金钱和不相识的女孩子虚构爱情/他的内心有一半已经陈腐。/偶尔，从一堆叫做诗的冰雪聪明的文字/伸出头来/像一只蹲在垃圾上的苍蝇。"

即使是被称为"抒情的动物"的女诗人的写作也重视叙述，如娜夜1995年2月9日写的《我用口红吻你》："在时间与时间的交接处/擦亮一根火柴/点燃一支烟/三月回头一笑：瞧她多么/奢侈//我看见了自己昙花一现时的/容颜/比初恋更美/生命就停在花瓣上/情有多长/一支烟的工夫？//我用口红

---

① 杨克：《对城市符码的解读与命名——关于〈电话〉及其他》，汪剑钊：《中国当代先锋诗人随笔选》，中国社会科学出版社1998年版，第120～121页。

吻你/你云遮雾罩的语言从来击不中我的要害/被痛苦削瘦的腰肢/却让你格外/赏心悦目//不不我得谢绝这支烟了/我不能向这世界过多地/坦白了/我得留点秘密。”这首诗发表于《诗刊》1996 年第 7 期，发表时题目改为了《吻》。与原题目相比，明显减弱了叙述力度。在出诗集时，又恢复了原名，并被作者视为代表作。这一行为显示了优秀女诗人娜夜在诗歌创作中重视叙述的力量。

对诗人，特别是对女诗人而言，叙述就是事件的“展示”；不像抒情，是情感的“宣泄”。在抒情、描写和叙述三大写作手法中，只有叙述最具有时间感与空间感，不仅可以将动作扩展，将时间拉长，将空间拓宽，放慢事件，呈现细节，还可以让感情产生流动感，让思想产生有形感。如对比“我用口红吻你”与“吻”两组文字，不难发现前者的叙述性更强，更有动感和时空感，产生了如电影的动态蒙太奇效果，形成了一个完整的叙事，如一部爱情剧，人物、事件等叙事要素俱备。

女为悦己者容。在某种程度上，可以说女人是“展示的动物”，所以在女诗人写作中，特别是在她们的爱情诗写作中，喜欢采用叙述来取代抒情。以万小雪的组诗《爱情踩着风降临》(《诗刊》2004 年 8 月上半月刊)为例。全组诗由《降临》《绵羊》《悬念》和《脆弱的鹰》四首小诗构成，没有采用很多女诗人写同类题材时常用的“抒情”，而是采用了大量叙述，女诗人通过讲故事来回味爱情。如：“云的背影还没有越过那道山坡/我脚下的青草已经接住了/另一颗心的诉说”(《降临》)；“那些火热的情话似乎/从一个女人的/身体里泄漏出来/夜空下　一只绵羊的私语/就是一片海呀”(《绵羊》)；“因为什么而陡峭　使自己/尽量地陡峭//身体一次次在沉沦/又在提升/一切美丽的草木都在招展/我的发辫　那么多的拐弯/藏下我的风暴/使我在仰起头的一刹那/爱上你——//飞扬的鬃毛/闪电一般藏下一座高山//由此　我的坡度再一次提升/提升到你的激动之上/然后　像一朵山顶的百合花/轻轻拍打你设置的悬念”(《悬念》)。

文论术语常常出现“串义”现象，文体之间也有明显的“串体”现象。有的是两种文体难分伯仲地“串”在一起，形成新文体，如诗与散文诗合流形成散文诗。有的是某种文体的重要品质及写作手法被其他文体借用，甚至如同自然界的异乡植物，疯长蚕食本土植物的生存空间，形成生态灾难。可以肯定地说，30 年来新诗界出现的叙述闯进抒情领域是有意义的，但是过分重视诗的叙述功能，轻视诗的抒情功能，就有可能形成新诗界的“生态灾难”。因此我对叙述保持高度的警惕，坚决反对“拒绝抒情”这样的极端口号，格外重视叙述的策略与技法，如将戏剧化的手法引入诗的叙述。我非常欣赏沈奇的研究成果。他说：“可以通过一些语言策略将叙事的负面降到最低点：第一，情感的策略化，区别于情感的激情化；第二，口语的寓言化，这区别于大量的写诗叙事；第三，叙事的戏剧化，诗歌应该是带有造型意识的语言艺术。”①

我还强调文的叙述与诗的叙述有质的差别，十分欣赏孙基林的新诗叙述理论。如他在《作为寓体的叙述：从象征到寓言》一文中指出叙述的两种基本方式：“作为寓体的叙述或寓体式叙述是一种‘叙说在此而意义在彼’的叙述方式，它叙述事物的宗旨、目的并不仅仅在于此时此地的事或物自身，而在于指向他处的别一种事物或更为广泛的意义。所谓‘寓体’，自然是一种具有寓意性的思想形态与其修辞体式，大凡具有叙述特质又含有寓意本身的思想艺术方式，均可称作寓体式叙述。与其相对是一种回到和着意于事物本身的叙说与陈述，它只关注事物本身，不具有明显的寓托或别的所指性，此可称作本体式叙述。”②尽管不是“人说话”，而是“话说人”，但任何语言符号的存在都具有能指与所指意义，都具有呈现性甚至暗示性，如加登纳认为符号就是文化方面设计出来的含义系统：“许多人类知识的体现与交流都是通过符号来进行的，符号就是文化方面设计出来的含义系统，它们把握了重要的信息形式。语言、绘画、数学，这仅仅是为人类生存与生产的目的而在全世界都十分重要的三种符号系统。”③但是我更愿意把“寓体式叙述”归入诗的叙述，因为我也不接受一些诗人提出的“拒绝隐喻”的主张；刚好相反，我主张用意象拯救新诗，特别是口语诗，这已成新诗坛的当务之急。

按照系统的层次性原则建立中介系统的层次模型，散文诗在中介系统中的位置如下图所示。这个图也可以呈现出叙述（叙事）在新诗本体论中的位置，其中最需要关注的是“叙事的抒情”与“抒情的叙事”，这是叙事的两种基本类型，新诗最需要的是“抒情的叙事”。

---

① 王翌、鄢新艳：《21世纪中国现代诗第四届研讨会综述》，《海南师范大学学报》2008年第1期。

② 孙基林：《作为寓体的叙述：从象征到寓言》，南开大学文学院、中国当代文学研究会：《“中生代的世纪诗坛的新格局——两岸四地第五届当代诗学论坛论文集》，2013年6月，第127页。

③ ［美］H.加登纳：《智能的结构》，兰金仁译，光明日报出版社1990年版，第75页。

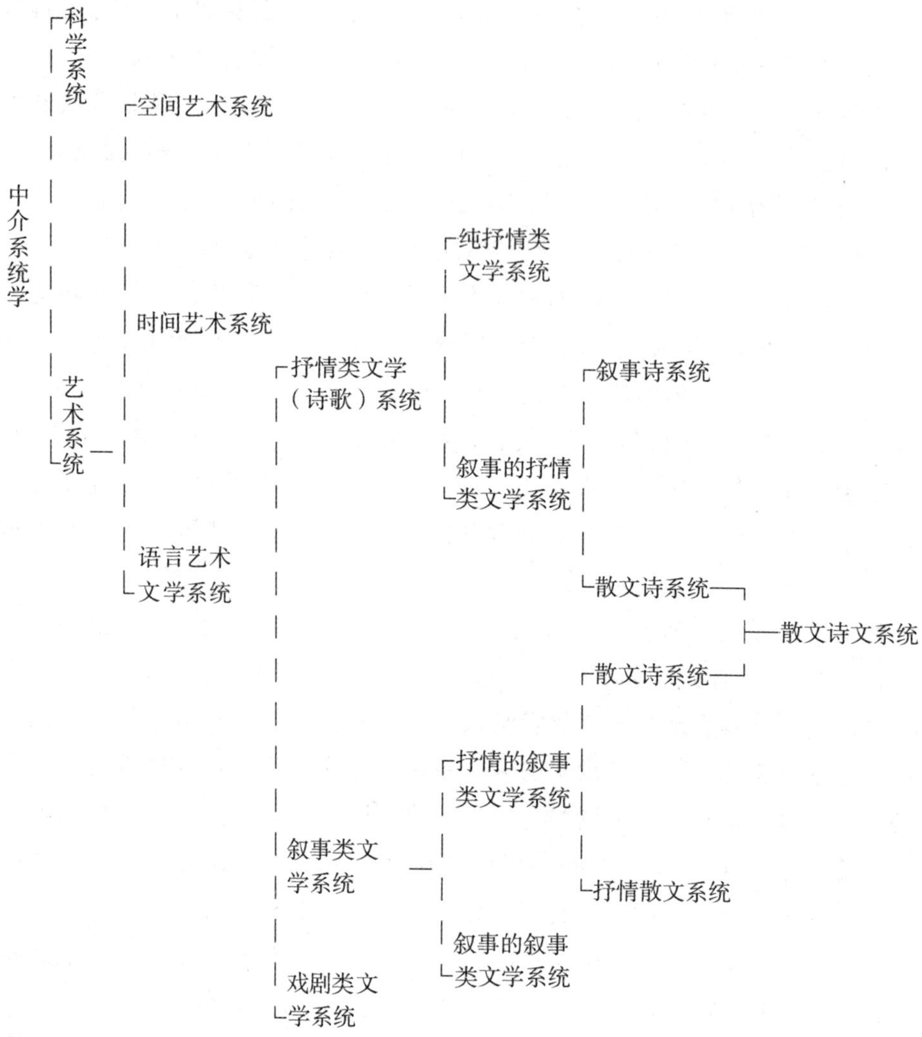

中介系统层次模型图

如刘勰所言："时运交移，质文代变，古今情理，如可言乎！"[①]叙述成为新诗本体的基本元素，叙述理论成为新诗本体论的重要内容，叙事研究成为新诗理论界的研究热点，这些无疑是新诗的一大进步，是一场巨大的新诗写作技法及文体革命，极大地丰富了新诗文体的功能和价值。但是如何更科学

① 刘勰：《文心雕龙·时序》，周振甫：《文心雕龙今译》，中华书局1986年版，第396页。

地界定叙述在新诗本体论中的位置，是否有必要把它放在抒情的前面，甚至完全取代抒情，确实需要讨论。尽管受孙基林的新诗叙述理论影响巨大，我对叙述入诗已由歧视转为欣赏，但是我还是非常担心叙述过分入诗，特别是孙基林所言的“本体式叙述”过多入诗，会加剧新诗的粗糙，就像 20 世纪 80 年代的“自白诗”和 21 世纪初的“口语诗”对新诗的艺术性造成巨大伤害一样。

在此我想到了文体创新大家波德莱尔，他既是现代诗歌之父，也是世界第一部散文诗选《巴黎的忧郁》的作者。后代这么评价他：“波德莱尔的重要性体现在两个方面：他既是现代诗歌之父（father of the modern poetry）……也是受到高水平的批评的自我意识的限制和精致化的现代诗人的原型（prototype），保罗·瓦雷里这样写道：‘法国诗歌至少上升到了民族前沿，它发现到处都有读者，建立起了现时代（modern times）的纯粹诗歌（very poetry）。”[①]“波德莱尔成为现代诗歌的原型，至少是因为他在贵族与革命两个位置之间浪来浪去，唯一能够确信的是他失望地拒绝了没有给他任何空间的资产阶级和资本主义的秩序法则。他比同时代的诗人更能够意识到诗人正生活在一个商品决定一切物品，价格决定一切价值的文明中。后来的诗人，如庞德、艾略特、威廉·卡洛斯·威廉斯都转移了注意力，关注起经济，他们的思想随着价值理论旋转。”[②]

一百多年前，法国的波德莱尔曾愁于无法“做出个别的和意想不到的玩意儿”，他的梦想是：“写一篇充满诗意的、乐曲般的、没有节律没有韵脚的散文；几分柔和，几分坚硬，正谐和于心灵的激情、梦幻的波涛和良心的惊厥。”[③]一百多年后的今天，当中国新诗诗人兴高采烈地拥抱“叙述”，冷淡疏远“抒情”的时候，是否只听到新人笑，没有闻到旧人哭？是否思考过叙述性强的新诗，甚至“叙述诗”，真的如自己希望的那样“到处都有读者”？是否能够像波德莱尔那样通过文体改革来建立起“现代的纯粹诗歌”？

---

① Michael Hamburger, *The Truth Poetry-Tensions in Modern Poetry from Baudelaire to the 1960s*. London：Carcanet New Press Ltd.，1982，p.1.

② Michael Hamburger, *The Truth Poetry-Tensions in Modern Poetry from Baudelaire to the 1960s*. p.2.

③ 亚丁：《〈巴黎的忧郁·译本序》，[法]波德莱尔：《巴黎的忧郁》，漓江出版社 1986 年版，扉页。

论当代歌词的叙述转向

陆正兰

一、歌词的两种构成成分:抒情与叙述

中国歌词传统以抒情为主,此说已成定论。叙事歌词不仅出现晚,且数量少,在中国诗史的讨论中,不占重要地位。尤其当讲史、平话、曲艺、戏曲、小说等专用的叙述形式出现之后,用诗讲故事就成了特例。如果我们只考察歌词,那么常被称为"歌行"的叙事歌词更是少数,在曲子词和宋词元曲之中,叙事歌词几乎无迹可寻。

延续这个传统,中国现代歌词也以抒情为主,真正叙事歌词很少。朱光潜在其《长篇诗在中国何以不发达》一文中指出:"中国诗和西方诗的发展的路径有许多不同点,专就种类说,西方诗同时向史诗的、戏剧的和抒情的三方面发展,而中国诗则偏向抒情的一方面发展。"[①]这个总结一直被看成是无可辩驳的归纳。

然而,偏向抒情不等于说中国歌词中没有广义的叙述性。叙述性在中国古代歌词中处处可见,只是数量少,且与抒情混杂,被遮蔽而不显。

《毛诗序》中的名言"诗言志,歌永言",过于简要。闻一多先生曾对此作过详尽考证,他在1939年撰写的《歌与诗》中说:"无文字时专凭记忆,文字产生后,则用文字记载以代记忆。故记忆之记又孳乳为记载之记。记忆谓之志,记载亦谓之志,古时几乎一切文字记载皆曰志。"[②]故"诗言志"也就是

---

① 朱光潜:《长篇诗在中国何以不发达》,《朱光潜全集》第八卷,安徽教育出版社1993年版,第352页。

② 闻一多:《歌与诗》,《神话与诗》,上海人民出版社2006年版,第148页。

诗用语言来记载事件。《诗经·国风》中就有不少明显具有叙事性质的诗，如《生民》《公刘》《谷风》《氓》等。但《诗经》中的叙事，和真正的叙事诗还是有很大不同，冯沅君1937年5月16日发表于《大公报·文艺》上的《读〈宝马〉》一文中讲道："《诗经》里颇有几首近于史诗的篇章……这些诗未尝不穆穆皇皇。但读起来，我们却觉得它们不够味。"

冯沅君的不满事出有因：在中国传统的抒情和叙事诗中，叙述与抒情一直是混杂的，两者成分比例不同，混杂方式也不同。就如清代叶燮指出的："盈天地间万有不齐之数，总不出理、事、情三者。……六经者，理、事、情之权舆也。合而言之，则凡经之一句一义皆各备此三者而互相发明，分而言之，则《易》似专言乎理，《书》《春秋》《礼》似专言乎事，《诗》似专言乎情，此经之原本也。"[①]叶燮所说的"理""事""情"三者可以兼有，只不过不同的文体，各有侧重。因此，在所谓抒情歌中，无论传统诗词，还是现当代歌词，都很难找到没有叙述成分的文本，正如在叙事歌中，很难找到没有抒情成分的歌词，而大部分歌词，实际上都位于这两个极端之间。

本文要论述的一个事实是，近年来，随着当代歌词创作的多元化发展，中国歌曲中原先被抒情主导所遮蔽的叙述成分越来越显露，叙述性的各种特征都逐渐凸显。这并不是中国歌词构成成分的变化，而是很大一部分当代歌词中的主导成分的改变。[②] 这种变化意味深长，它构成了中国歌词的"叙述转向"，使中国歌词向一个全新的阶段演变。如果学界依然认为至今为止的中国歌词还是以抒情为主，那么现在或许应该是重新认识这一观点的时候了。

在区分歌词的叙述性和抒情性时，我们通常把非叙述的句段都称为"抒情"。王夫之说："即事生情，即语描绘。"[③]实际上，一首歌的句段可分为三种：叙述（narrative）、描述（description）和评述（commentary）。除了明显的叙述之外，描绘还可包括景色、物状、人物、心情等。也只有描写心情可以算

---

① 叶燮：《与友人论文书》，《己畦集》卷一三，《四库全书存目丛书》第244册，齐鲁书社1997年版，第129页。

② 参见[英]罗曼·雅克布森：《论主导》，赵毅衡编：《符号学文学论文集》，百花文艺出版社2004年版，第7～14页。

③ 王夫之：《古诗评选》，上海古籍出版社2011年版，第278页。

作抒情，而评述也会混杂着叙述和抒情。因此，不能说非叙述的句段就是抒情。这样的二分法，很容易引导人们向抒情偏移。所以在本文论述之前，我们首先要弄清一个基本问题：什么是叙述？

叙述，是人类组织个人生存经验和社会文化经验的普遍方式。叙述有很多种定义，但最基本的可以这样理解："叙述主体把有人物参与的情况变化，即事件，组织进一个意义文本，期待接受主体认知此文本中的伦理与时间方向。"[①]叙述强调"有人物参与的变化"[叙述中的所谓"人物"，即具有人格的一个"角色"(character)，而不一定是人]，"人物"与"变化"是叙述两个必需的要求，缺少这两个要素的文本，只能是"陈述"而不是"叙述"。

二、叙述与歌词的意图时间性

叙述，首先必须有话语时间意图方向。班维尼斯特(Emile Benviniste)曾将话语的意图方向对应三种"语态"：一是过去向度着重记录，类似陈述句；二是现在向度着重演示，结果悬置，类似疑问句；三是未来向度着重说服，类似祈使句。三者的区别，在于叙述意图与期待回应之间的联系方式不同。

歌词与诗最接近，按雅克布森的文本六功能说法，诗性即"符号的自指性"，这与托多罗夫称之为"符号不指向他物"之说相应。但歌词又不同于诗，歌的主导功能落在引发发送者的情感与接受者的反应，歌词必须在发送者的情绪与接受者的意动之间构成动力性的交流。所以它的意图时间性是朝向未来的。

这一点，歌词与小说、电影等一些记录过去事件的体裁并不相同：歌词能将过去、现在与未来这三种内在的时间意图性交织在一起。"现在"是歌曲表意的演出方式(我此刻对你唱)所占的时间，"将来"是歌曲主导功能意动性(我希望你回应)所期盼的时间，而"过去"则是歌词叙述化后出现的"被叙述时间"。也就是说，歌词中被叙述的人物、情节、故事都可以在这三种时间向度上自由转换：过去事件是回溯，现在事件是"歌唱的此刻"正在发生的事，未来事件是"我"希望发生的，尤其希望"你"来采取行动。

---

① 赵毅衡：《三种时间向度的叙述》，《意不尽言——文学的形式(文化论)》，南京大学出版社2009年版，第8～23页。

歌在三个时间方向上的叙述不仅能自由转换而且特别自然。比如这首广为传唱的梁宏志作词作曲的《恰似你的温柔》，它把过去、现在、未来三个时段的意图时间对照得非常明显。再比如艾敬的《我的 1997》，歌曲从过去说到现在，再说到将来，但我们看到，这三个时间向度即是相对于歌词的“预设现在时”而言。歌的“预设现在时”即演唱的此在时，这是由歌的现场表演性以及歌的“我对你说”这一基本传达模式决定的，也可以说，是歌作为特殊体裁自限。没有这个“预设现在时”作参照，就无法区分过去、现在、将来这三个时间之维。换句话说，“我对你说”实际也为歌词提供了一个外在的演出性的现时在场的表述框架。这框架看似是抒情式的，更是叙述式的。在这个叙述框架内，歌词叙述的意图时间不一定限定在现在时，它可以回溯到过去，甚至歌唱现在和未来。从这意义上理解，《我的 1997》中的“1997 年”，实际上是个可以虚化的时间，是相对于“歌唱现在”而言的，即 1995 年（此歌是 1995 年创作且首唱的），1997 年是未来；对于今天歌唱或引用此词的时间，1997 年依然是未来。可见一首歌虽然可以在三个时间维度之间转换，但歌的意图时间都是未来的。即使是叙述的事件发生在过去，或者从过去出发的叙述，它的时间意图也是向着未来的，最典型是近年汪峰作词作曲的《春天里》，歌曲最后反复演唱的一句体现了未来的时间意图。

可以说，叙述过去的事件是比较“正规”的叙述，这也是小说最典型的叙述，因为事件一般发生在过去，哪怕是科幻或其他“未来悬猜小说”(speculative novel of the future)，事件也是发生在未来的过去。当叙述的事件发生在现在或将来时，抒情和叙述的混杂性会更为复杂。“抒情”的本质是静止的，而叙述则必须在时间中展开某种变化，不管是过去已经发生的故事，还是现在和将要发生的愿景。可以这么归纳：被叙述事件的时间很重要，落在过去叙述性比较明确，落在未来次之，落在现在歌曲或段落由于时间不明，很容易被当作情景描述。

三、叙述三素的凸显

叙述性出现在歌曲中时，就会出现所谓的“叙述三素”，即时素、人素与地素。歌曲借这些元素与表现对象建立关系，尤其与我们的“经验现实”，或“文本间现实”建立关系。尽管在同一首歌里这三种要素并不一定会都需要出现。

(一)时素

时素,即歌曲叙述事件的时间点。比如:歌曲《年轻的朋友们来相会》中,“我们八十年代的新一辈”中的“八十年代”就是一个鲜明的时素。歌曲《松花江上》中反复吟唱的“九一八”亦是。但我们看到这两种时素非常特定,它锚定在时代、历史上。而大多数当代歌词,时间的锚定都更为具体,比如三毛作词的《七点钟》、刀郎作词的《2002年的第一场雪》。有时叙述因素可能会产生疏离性的“虚点叙述”,与经验世界锚定关系并不是很清晰。歌词时素的锚定能力,往往需要其他要素辅助。

(二)人素

人素,即歌曲中出现的人物。一旦歌曲中的人物锚定,我们便由此了解歌曲中内容背景。人素可以分成“特定”与“一般”两种,而且由于歌曲的特殊性质,在传统歌曲中,特定式的人素并不多见,有时见到,也多为英雄或伟人身份,而且往往在标题中就点明了人素,如《嘎达梅林》。歌曲《春天的故事》中的“有一位老人”,已经点得不能再明白。但这一类歌曲因为人物的特殊身份,会明显地向颂歌的抒情性靠拢。

20世纪30年代的《黄河大合唱》组曲中“黄河对唱”的“张老三”“王老七”,显然是一种类型人物,是中国农民的代称。90年代李春波的《小芳》,尽管在流传的过程中意图歧出,一度被当作城市农民工对留守乡村的恋人的情歌,而创作者的本意,是写给上山下乡时期知识青年留守农村的恋人的。但不可否认,一旦特指性的人物和某个共同的历史场景中有了某种锚定关系,歌词的故事就不再是讲一个人的故事。比如张楚的《姐姐》,此歌讲述的是自己的成长经历,人素、时素更为具体,歌的张力正是通过充满悖论的人物关系叙述呈现出来。

在当代歌曲中,歌词的叙述性不仅靠人素的特定性增强,人物身份下移,更强调有人物参与的变化,即人物在变化中。只有“人物”而没有“变化”的文本,通常就会落入“陈述”或抒情模式,而不能称为“叙述”。《娘子》被认为是台湾歌词作家方文山和歌手周杰伦合作的“中国风”的发轫之作,它的一炮走红，通常被视为歌词的中国风魅力，其实并不完全如此。方文山歌词的叙述，应为更重要的因素。让一个现代的“我”做叙述者(不管是否被看作是词作者自己，还是演唱者周杰伦，还是每个歌众)，叙述“我”与一个远古的“娘子”的感情故事，这在容易写成陈腔滥调的情歌中，是非常引人注目的创新。方文山在此巧妙地开辟了一种特别的叙述修辞途径，可以称之为“穿越式叙述”。

在“我对你说”的歌词基本表意框架中，叙述者“我”只能在此刻，不可能回到过去，也不可能到达未来，但人物“我”可以通过被叙述，跳过这个时间障碍，进入不同的时空维度。而叙述者“我”与人物“我”的差别(即一个“我”中包含着两个不同的言说和经验主体，例如叙述者“我”回忆童年时候的“我”)，在小说叙述研究中是一个重要课题，被称为“二我差”[①]。歌词叙述过短，这个“二我差”不容易清楚地体现出来，但在穿越式叙述中，可以被戏剧化。叙述创造的情景越特殊，叙述的张力就越强烈。

在人素的运用上，歌词也可以出现小说中常用的特种“人物”(character)，即并不是真正的“人物”，却具有人格性的“角色”。歌词的这种的叙述效果，打破了一般“我对你唱”模式，实际上，是“我”在给“你”讲另一个人的故事。比如方文山作词的《胡同里有只猫》。歌词是叙述者对我们讲述的关于一只猫的故事。这个故事中的“人物”不是人，而是一只具有“人格”的猫，它是推动情节的一个重要角色。然而，歌词的叙述意图，并不是让歌中停留在“猫”的故事中，而是通过这个故事，邀请听众加入自己的阐释，在更高的层次上，进行思想和情感交流。此时，人素已经越出了歌曲的一般“你”“我”“他”的言说模式，人物的灵活使用大大增强了歌词的叙述力量。

在当代歌曲中，我们还能听到人素安排更为具体而真实的歌曲，比如《心有林夕》《我不是李宇春》《周大侠》，谭维维词曲并演唱的《我是谭某某》，几乎是自己的一个简单自传。人物不仅在歌名中出现，在歌中直接写进当代人名字的也很多，比如周杰伦的歌中有“你问中国风，最好去问方文山”，林文炫作词、胡彦斌作曲并演唱的《男人 KTV》中唱道：“张学友唱出我的情

---

① “二我差”的定义，见赵毅衡《当说者被说的时候：比较叙述学导论》(中国人民大学出版社 1998 年版，第 147 页)：“一个成熟的‘我’，回忆少不更事的‘我’在人世的风雨中经受磨炼认识到人生真谛的经过。成熟的我作为叙述者，当然有权，也有必要，对这成长过程作评论、干预和控制。”

节……陈奕迅那首歌是唱的他自己。”人素越具体，歌越个性化。歌词说出自己的故事，其叙述就显得更为顺理成章。

（三）地素

相对时素、人素来说，歌词中地素只在一种歌曲中至关重要，那就是当今服务于旅游文化而发展出的形象歌曲。因为“形象歌曲”是作为一种地域文化标志性符号来使用的，因此，地素锚定是形象歌曲不可缺少的因素。但通常来说，由于形象歌曲的目的在于宣传，它借重歌曲是一种听众不断重复传唱艺术的天然优势，通过反复使用，达到象征符号效果，得以大范围地流通，所以形象歌曲更多是抒情式的，它占用了地素而不叙述故事。比如《延安颂》《太阳岛上》《太湖美》。但在当代歌词中，地素成为一个故事必不可少的因素，它参与故事的叙述，比如朴树作词、作曲并演唱的《白桦林》。歌中的“白桦林”，是战争岁月中一对年轻恋人的忠贞爱情的见证，也是战争的残酷和爱情的浪漫强力对比效果的重要依托。

可以看到，时素、地素、人素这“三素”是催生歌词叙述品格的基本要素，虽然“三素”并不必然导致讲故事，但它们都有一般与特殊之分：特殊者因为靠近“真实历史”，叙述性就比较强，越是“特殊”的时素、地素、人素，对于叙述性的贡献就越强，越是掌握对时素、地素、人素的种种变异，歌词的叙述性就越明显，歌词的故事性也越强烈。反之，一旦“三素”的特殊性降低，歌词也就容易进入一般化，情节就渐渐一般化，甚至可能与情景描述很难区分，容易落入抒情模式。比起传统中国歌曲，当代歌曲中“三素”带来的叙事成分明显增强，这也导致叙事和抒情两种成分的比例发生了重大改变，叙事成分逐渐占主导，从而也带来了当代歌词风格的重要变化，即叙述转向。

四、叙述与歌词的交流本质

现在我们进入关键性的问题：为什么当代中国歌词会出现叙述转向？

第一，歌的目的在于意动。歌的基本结构是呼应，是“我对你说”，盼望着你回应，这是歌曲基本的交流模式。叙述更能满足歌词的呼应结构要求。歌曲作为最典型的意动性文本，目的也在于吸引歌众。情歌之所以几千年没有写尽，而且今后几千年也写不尽，不是因为感情是永恒的，而是因为这些感情的表现方式千变万化：不仅是词语的文字花样翻新，更是因为叙述的事件之永远不同。

第二，叙述在歌词的交流中可以起到特殊的作用。当歌进入社会流通，开始其文化流程，歌的呼应交流就成为流通的渠道。歌曲的最主要文化功能是不同主体之间进行交往，尤其当语言不够表达感情或情绪时，更需要歌以呼求应，作为交流的中介。尽管不是每首歌都能成功地做到这一点，至少每首歌都在朝这个目标努力，这是歌之为歌的本质要求。而要让歌曲的接受者唱起来，除了音乐动人之外，或是要让对方觉得歌词中说的很类似他或她所体验到的感情，或是歌中的事件有点类似他或她的个人经历或梦想做的事。我们往往只见到前者(感情相通)，而没有注意到后者(事件类似)，没有看到感情是寄身于故事之中的。

第三，叙述从本质上说，是反单向度的。叙述往往用经验细节说明某种感情或愿望的实现过程，从而把感情客观化，把很可能简单化的感情变成一种复杂经验。而叙述表现的是一种经验的型构：具体事件与经验相联系，让感情成为经验者的体验。因此，叙述使意义有一个生成的过程，而不是直接强加给听众。当这种感情被情节表达出来时，或是被听众体验出来时，就具有了一定的观察距离。抒情歌词大多是主观的、单向度的，排除异质成分的，而叙述歌词是向世界敞开的，不仅可以传达当代人“只可意会，难以言表”的细腻感情，还可以表达更复杂的思想和理念。比如阎肃作词、姚明作曲的《说唱脸谱》，将戏剧、流行及念唱三种不同的音乐风格，三种不同的表意方式，综合成一种复杂的歌词文本：形式也是文本，文本也是形式，新旧文化的冲突和融合在不同表意风格中展开对话，就如格式塔心理学所论：整体不等于部分之和。正是叙述所产生的交流品格，生动而深刻地演绎了作品的真正意图。

第四，从记忆特点看，歌曲作为一种交流工具，需要让交流者留下深刻印象，最好能记住、能复述、能自己来唱。在这个方面，叙述有远远超出抒情的优势：叙述能帮助记忆。应该说，比起音乐旋律来，歌词并不容易记住。浙江卫视几年来一直在举行“我爱记歌词”竞赛节目，可见其事之难。心理学家图尔文认为人的记忆有两种：一种是“情节型记忆”(episodic memory)，它是组合型的，记住的是个人的、个别的，与具体时间、地点有关的事件；另一种是“语义型记忆”(semantic memory),它是聚合型的,储存的是组织过的、抽象的,脱离具体时间、地点的范畴。[①] 通常一个人的记忆是两种类型同时进行,但情节性的记忆更容易记住。这也是现代广告文本为了获得好的记忆效果,力求组成一个有情节过程的故事,也就是有一个“组合结构”(syntagmatic structure)。[②] 歌曲显然也是如此。史诗、弹词、评书文本虽然很长,之所以能被记住、演唱,还是得益于歌词的叙事成分。

五、歌词叙述与伦理

许多学者认为近年批评界的重要趋势是“伦理转向”(ethical turn)。[③]它和歌词的叙述有什么关系?歌词的叙述转向似乎是个形式问题,伦理转向强调内容或意识形态。实际上,它们是一个问题的两个方面。因为叙述化,才彰显了伦理问题。叙述化不仅是情节构筑,更是借叙述给经验一个伦理目的。有不少学者指出,只有用叙述,才能在人类经验中贯穿必要的伦理冲动:叙述的目的是意义,但首先是道德意义。1995 年,文学批评家牛顿的名著《叙述伦理》[④]已经提出两者的合一。叙述学家费伦在与中国学者唐伟胜的对话《伦理转向与修辞叙述伦理》中,也提出类似观点:“读者的伦理判断是阅读(读者的‘二度叙述化’)过程中不可能减省的部分。”[⑤]叙述的伦理,与抒情相比,更为复杂:从歌曲的呼应结构来说,抒情歌是直接的“我对你说”,其中的主体对应立即得到体现;而叙事歌趋向是回避直抒胸臆,而借用事件来曲折地表现,在表意程序上比较复杂,因此不再是“我对你说”,而是“我告诉你我的故事”,甚至是“我告诉你他的故事”,这样就卷入了更复杂的

---

① Endel Tulving, *Elements of Episodic Memory*, Oxford: Clarendon Press, 1983, p.156.

② Val Larsen,“The Timely and the Timeless: Syntagmatic and Paradigmatic Sign Relations in Advertisement Montage”,*Advances in Consumer Research*, Vol. 32, 2005, pp. 162-163.

③ 近年除了伦理转向,尚有其他各种“转向”的说法:后皮亚杰(Post-Piaget)时代的心理学,自称经历了语用转向(pragmatic turn)、讲述转向(discursive turn),甚至一度把“存在”(existence)称为“文在”(texistence),而法学上也有过“阐释转向”(interpretative turn)。可以看出,这些都是叙述转向的分流。

④ Adam Zachary Newton, *Narrative Ethics*, Boston: Harvard University Press,1995.神经心理学家加扎尼加 2005 年的著作《伦理头脑》(*The Ethical Brain*,Dana Press, 2005)一书中总结得更为清楚。这本书跨越了科学、哲学、人文学的界限,引起广泛的轰动。

⑤ Tang Weisheng, “The Ethical Turn and Rhetorical Narrative Ethics”,《外国文学研究》2007 年第 3 期。

人际关系,跳过了直接的主体对应。叙述也被某些论者称为一种修辞[1],目的在于不必直接说出,因为接受者能利用自己的组织事件的能力,读懂情节,读懂情节包含的意义。叙述构筑了人物经历的时空变化(即所谓"情节化",emplotment),人物参与使这个世界成为"人的世界",因此叙述使人的行为与其道义后果戏剧化了。

20世纪的中国,前80年的历史,启蒙、革命、国家等现代性话语与抒情有着深层的关系。正如王德威的总结:"'抒情性'的政治维度,其内里则与主体的建构,与国人的拯救,与历史创伤的弥合密切相关。由此,'抒情'也是一种'情感结构',既与政教论述相通,也是生存情境的编码形式。"[2]从这个角度看,当代歌曲的叙述转向,标示了中国民众思维方式,即"生存情境的编码形式"的重大转向:人们不再轻易接受现成的结论,开始从情节化的叙述中作独立的思考。这种变化与中国当代文化生活的现代化有关,也与中国人生活经验的复杂化有关。

在人和人之间,人和社会、自然之间,建构的不再是集体性,而是"主体间性"基础上的"共同主体性"。这也正体现在哈贝马斯的交往理论中,其核心就是人与人之间通过语言行为相互理解,"语言行动不只是服务于说明(或假定)各种情况与事件,言语者以此同客观世界中某种东西发生关联。语言行动同时服务于建立(或更新)个人关系"[3]。要寻找这种理想的语言行为,叙述是最合适的,它可以让叙述者处于文本的中心,叙述给了自我一个支撑点,为自己构筑了一个从自身通向他者和世界的经验形式和交流空间。

在当代文化版图中,这种叙述的意义,在词作家身上似乎更为明显。不可否认,歌曲作为一种特殊的艺术产品,处在商业娱乐和文化的夹缝中,一个词作家很难摆脱它们对自我主体摧残的压力,但这并不意味着当代词作家就得放弃创作自我主体身份,沦为商业的工具。但这种自我主体身份又如何取得?

斯图亚特·霍尔认为:"我们先不要把身份看作已经完成的,然后由新

---

① [美]韦恩·布斯:《修辞的复兴》,穆雷译,译林出版社2009年版,第86页。

② 王德威:《抒情传统与中国现代性》,生活·读书·新知三联书店2010年版,第18页。

③ Juergen Habermas, *Moral Consciousness and Communicative Action*, Cambridge: MIT Press, 1990, p.52.

的文化实践加以再现的事实，而应该把身份视作一种'生产'，它永不完结，永远处于过程之中，而且总是在内而非在外部构成的再现。"[①]主体身份建构是一个变动的过程，显然，词作者的自我不可能完成，他需要不断与世界与他人建立意义联系。格林布拉特在研究英国文艺复兴时期的六位作家时指出，这些作家的自我塑形是通过他们在各种文本中采取的身份，不断回到特殊的个体生活场景中去，"回到男男女女每天都得面对的物质需求和社会压力上去"[②]。这种身份需求，就是讲故事。格林布拉特将此称作"即兴运作"(improvisation)，即把自我变成各种故事的叙事者融入周围文化限制中的一种方式，"能够让大多数人适应一种既定的文化，同时也让自己参与其中"。当代歌词的叙述转向，也是歌词作家寻找自我主体的方式的结果，词作家们走着格林布拉特的"即兴运作"路线，即用不同的歌词文本的叙事身份，完成着"自我塑形"。叙述在他们的个人创作和文化表意上获得了一种构建自我继而超越歌词本身的意义。叙述不仅成为歌曲新的发展方向，实际上也是当代文化中各种体裁(例如广告、新闻甚至心理治疗)共同的转向，不是歌词正在越出传统的边界，而是叙述转向正在改变着未来的文学史。然而，为了抵达这个最终的意义，唯一可以依靠的只能是有多样解释可能的叙述。这也是当代中国歌曲"叙述转向"的历史使然。

---

① [英]斯图亚特·霍尔：《文化身份与族裔散居》，罗钢、刘象愚编：《文化研究读本》，中国社会科学出版社2000年版，第211页。

② Stephen Greenblatt, *Renaissance Self-Fashioning: From More to Shakespeare*, Chicago: University of Chicago Press, 1980, pp.5.

关于新诗叙事性和事境的思考

赵思运

一、重提新诗的叙事性

新诗的叙事性与叙事诗是完全不同的两个概念。叙事诗作为一种诗歌文体的分支，古已有之。而新诗叙事性的加强是 20 世纪 90 年代以来新诗对 80 年代诗歌中凌空蹈虚的抒情样式的反动。

叙述本来是叙事性文体的最基本手段，但是由于诗歌的抒情在某些作者那里出现了伪情、矫情、夸情的泛滥，叙事开始作为反拨的手段，渐渐成为新诗的重要因素之一。因为叙事可以改变凌空蹈虚的抒情，更有效地指涉现实语境，增强诗歌的及物性。

90 年代以来新诗创作的这种转型，将新诗叙事性的问题提了出来，使得我们的思考从诗潮性质转向诗歌技术性的考察。

二、诗歌叙事性的特质：非线性叙事

诗歌不可能像小说、戏剧等叙述性文体那样完整地铺展情节、人物、环境，只能选择最能展示精神世界、具有生发性的灵魂事件或情感事件，突出人物形象。因此，叙事诗的选材问题往往成为诗作成功的重要因素之一。张志民的小叙事诗《倔老婆子》(1959 年)就是一个成功的例子。诗歌描写了一位农村老人对待女儿恋爱问题上的态度变化：

那时间——
她拿棍子赶着小伙子走，

背过脸，
骂着她家大丫头：
“哪有女娃招后生？
十七大八不知羞……”

昨晚上——
她拿筷子戳着三闺女的头，
嘱咐着：
“抹抹嘴儿还不赶快走
省得他，
在咱家门口儿干咳嗽……”

这首诗像生活本身一样朴实生动，表现了诗人选材、提炼、剪裁的功力。由于篇幅，诗作没有从老太太性格的多侧面展开，而是提取“倔”这一点，不求性格丰满，但求性格鲜明。选择两个典型细节，以电影蒙太奇的手法组接起来，凸显自相矛盾的地方，在生活的诙谐情趣中，揭示人物思想观念的变化，富有历史纵深感。

由于诗歌中的叙事不是线性叙事，所以只能选取最具有深层内涵的片段作超常规、跳跃性处理。臧克家的小诗《三代》(1942年)就是颇具匠心的优秀之作：“孩子/在土里洗澡；/爸爸/在土里流汗；/爷爷/在土里葬埋。”虽然短小，但是叙事性较强。三代之间表层的叙事结构是并列的，而深层却是递进关系。三代人的情况犹如三个电影镜头的蒙太奇组接，表面是空间结构的并列处理，其实质隐喻着一个人的三个人生阶段与土地的关系：童年时，在泥土里跌爬滚打；青年时，拼命劳作，生命耗进了泥土；到了晚年，则葬埋黄土。诗人只用21个字就把中国农民世代重复的命运：贫乏、孤单、凄凉与款款的泥土深情交织在一起，言简意赅。一个人的三个阶段，以三代人分别叙写，富有跳跃感，丝毫不显得呆板，表层结构的跳跃性与内在意蕴的连续性，获得了很好的统一。艾青的抒情长诗《大堰河——我的保姆》，也可以分析它的叙事性。诗人为了勾勒更加广阔的外在社会风貌和博大深沉的内心世界，在语言上尝试诗歌散文化。诗人怀着感恩的感情，充分刻画大堰河的形象，表达了对于大堰河的深厚的崇敬之情。他在刻画大堰河形象时，不是对生活事件作完整的线性伸长，而特别善于将生活细节作高密度聚合，一组组镜像闪回组接中拓展了诗境，加大了生活容量和情感容量。

三、诗歌的叙事形态

诗歌的叙事形态有不同类型，具象叙事和象征叙事即是一种分法。

具象叙事主要指传统的叙事诗形态，人物、事件、环境，虽然不必像叙事文体那样详尽展开，但是这些传统的叙事要素还存在，可以通过要素分析法对作品进行要素性的还原。前面所举张志民的《倔老婆子》即是一个范例。而对一些长篇叙事诗进行要素分析则更容易一些。还有另外一种诗歌的叙事，整个文本具有不可分割的整体性，叙事的各个因素浑然一体，它的整体性具有某种寓言性质和象征性质。我们来看叶辉的《一个年轻木匠的故事》：

年轻的木匠不爱说笑，行事利索
他从墨斗里扯出一根线来，如同一只
黑色的大蜘蛛，吐出一根丝在木板上
但错了。我说去找块橡皮
他没有睬我，只用刨子轻轻一抹
没了。我怎么就没想到
木板锯开来，还是不对，尺寸比我想要的小
他拉起锯子，变成两条腿
但矮了，又剖成四根档。现在行了吧。他说
然后附向另一块木板。而我忍不住问他
要是又错了呢。那可以削成十六只楔子
他不假思索地答道。接着他师傅来了
我说给他听，问他，这些经验是谁传给他的
师傅笑着说：是斧子

《一个年轻木匠的故事》里面的某些要素是不是具有传统叙事诗的逼真性？这里你很难具体分辨出所谓的传统叙事诗的三要素：人物、事件、环境。环境淡化了，事件单纯化了，人物也没有性格了。但是，作为一个文本整体，其中流露出非常浓厚的玄思意味，一种超越了事件本身的意味，甚至人物也成为这种意味的载体而自身成为单薄的符号。一种不能言传的、来自生活本身的真谛，一种对于生活的大彻大悟，绝不是传统叙事诗哪个要素能够说得清的，它是整体叙事所传达、所呈示出来的象征意味。

四、叙事诗的叙事视角

叙事诗的叙事视角主要有两种：限知视角和全知视角。

所谓限知视角，是指有限视角，诗人与文本中的人物处于同一角度展开叙述，或者独白，或者充当事件的角色，因为他是目击者，所以这种叙述显得身临其境，非常真切。所谓全知视角，是指全知全能叙事，一般是第三人称叙述，以局外人的身份言说对象，不受时空限制。侯马的组诗《九三年》之《白灰》即属于限知视角。第一句"九三年，我在前门当警察"点明叙事人"我"是事件的当事者之一。那么"我"的在场就使得叙事人与事件中的人物处于同一角度，"我"作为诗歌所指涉事件的当事人兼叙事人，是一种限知视角，直接目击事件现场，给人以真实确凿的感受。对于"低矮拥挤的平房区"的生存环境、死尸事件的现场与氛围，诗人的观察非常细致，表达极其逼真。"一截更黑的物体突兀在黑漆漆的空中/手电光一晃，我找到了系在横梁上的白绳/没有一尺长的舌头 没有暴突的双眼/这位老哥曲腿张臂像一个笨拙的运动员"，细节的描写获得了触目惊心的特写效果。"分局只带了三副手套/所以抬他时我只好直接抓住他的手//他的指甲缝里全是白灰/那是从厕所墙壁上抠下来的/这些白灰证明了一段疯狂的舞蹈/而最终会混同于他的骨灰 再难分辩"，喻示死者前前后后的暧昧命运。"我"的在场感受与民众乃至"老警"的态度迥然不同，揭示了市民缺乏对生命的尊重，甚至执法者亦如此，从而传达出叙述者对于死者遇难的人道忧思。此诗虽采取的是限知视角，文本的叙事风格朴素而客观，但是时时流露出诗人的人文关怀，"我"的合理想象充分体现了对生命的尊重与悲悯。

宋竣梁的《中佐村埋人事件》则用的是全知视角叙事：

月光洒满河套
你们狠狠地挖坑
挖得太大啦
其实就埋一个人
这个人被怀疑是叛徒
出卖过一个弟兄
你们举手表决
一致通过
清除他
就在他喝稀粥的
晚上
趁他不注意
下手
先吹灭窗台上
冒黑烟的煤油灯

那是昨天还和你们
一起举手表决的人
这时候他在布袋里
快憋死了
你们一声不吭地下手
挖坑
埋土
坑很快填平
你们上去踩瓷实些
别被滹沱河的水冲出来
雨季一到
河水就会涨呀
你们仨站成一圈
每人撒一泡热尿

这泡尿真长呀
哗哗不停
那个最后提搂起裤子的
哆哆嗦嗦
有些害怕
甚至不敢看一眼
自己的身影

叙述者很明显是见证了事情的来龙去脉的，显示了诗人操控历史事件前因后果的信心和从容。应该注意的是，全知视角只是指叙述者具有全知功能，而他未必把所有的前因后果统统交代给读者。为了特定的表达效果，他需要省略一些信息，叙事过程不是连续的，而是跳跃的，从而召唤读者一起思考。《中佐村埋人事件》的叙事人一直在盯着事件的发展，但是诗歌所呈现的只是事件在特定时间、特定地点的一段，而且故意漏掉一些历史事件的环节。

这个全知叙述者在叙事的时候，留下了大量空白。“怀疑”一词意味着未确证的事实，历史在这里留下了缝隙。而决定处死一个人的程序及其处死一个人的方式都非常耐人寻味。从“昨天”到“今天”一夜之间的变化，难道这就是“历史”？历史的主人与历史的罪人，角色如此诡秘？“那个最后提搂起裤子的/哆哆嗦嗦/有些害怕/甚至不敢看一眼/自己的身影”，这一颇显艺术功力的细节，揭示出以历史主人的身份去主宰历史的人，其心理状态竟如此委琐与卑微。诗人把历史的“缝隙”和历史的“暧昧”状态呈现给我们，召唤我们进去深入思考，这要比他喋喋不休地把事情和盘托出，更有意义得多！

五、诗歌叙事的境界——事境

新诗叙事性不仅仅是一种形式元素，高超的叙事往往达到一种叙事境界——事境。

事境的几个特征：虚实结合，深层结构，人生意蕴。

关于新诗的主流观念认为，诗的本质在于抒情。但是艺术观念总是要被不断的艺术实践所修正。有感于不少诗人凌空蹈虚的抒情弊病以及90年代以来中国社会语境的剧烈崩散，一些诗人将叙事策略引入诗歌文本，增强诗歌的及物性，以便更有效地指涉现实语境。但是，他们不再是完整地叙事，而是将叙事纳入整个抒情语境之中，使抒情与叙事水乳交融。于是，叙事便转化成为抒情诗中的事境。事境在抒情诗中的位置被越来越多的诗人所注意。

黄灿然的《冬天的下午》有叙事的所有要素：人物、环境、事件。但是它们都被融入一种情境之中，转化为了事境：

冬天的下午，在一个小公园，
三五个老妇人，侧着各自的脸
在想着什么，或没在想什么，
一片阳光，在她们脚边消磨。

就在她们脚边，不多移近一寸，
她们也不移近，接触它的温暖：
也许它并不温暖，她们已习惯
这样活着，沉默，不再有疑问。

小公园外，英皇道上，交通繁忙，
她们从前上班坐过的巴士匆匆驶过，
她们曾经靠着巴士窗口，像巴士上
那些乘客，看不到她们这样活着。

现在是二〇〇〇年，正月初十，
春节已经过去，人们正在上班，
一个世纪过去，一切都很正常：
阳光、小公园、英皇道和巴士。

慵懒而没有生命活力的三五个老太太，不理会太阳，太阳也不理会她们，如此简单的生存场景，由于诗人反复的描摹，转化成了一种情境——让逐渐逝去着的、正在被忽略着的生命进入我们的物理视野和精神视野。“在想着什么，或没在想什么，/一片阳光，在她们脚边消磨”，“她们已习惯这样活着，沉默，不再有疑问”，不断强化情绪情感基调。“春节”这一原本最喜庆的日子并没有使她们激动，而很快消弭到了世纪长河里去了。结尾和开始构成的封闭性结构同时营造出了时间和空间上的敞开与封闭对比的张力，强化了诗歌的情感氛围。作为事件的场景，浸透了强烈的情绪情感色彩，从而转化成了事境。抒情诗引进事境，既反驳了苍白无力的凌空蹈虚的抒情，又避免了传统叙事容易产生的单薄效果，使得抒情有了现实语境的依据，事境有了情感的浸润而获得了进一步玄思的升华空间。

欧阳江河的《傍晚穿过广场》是一首抒情诗，但是大量的事境有力地拓展了诗境和思想容量。“广场”一词意指公共空间，《傍晚穿过广场》指涉的是诗人以一个公共知识分子角色对社会进行冷静的思考，他不仅“穿过”了一个空间，更“穿过”了一个时代。诗作形象地记录了从 20 世纪 80 年代对于社会乌托邦慷慨激昂的时代精神，过渡到了 90 年代被世俗欲望设计和异化了的现实生活图景。“穿越广场之前必须穿越内心的黑暗”，我们只有承担起现时代的精神迷茫，在这迷茫中点燃思想的灯盏，才容易读出诗歌的思想高度。王家新《帕斯捷尔纳克》与此诗被称为 90 年代“知识分子写作”的双璧，是知识分子写作立场的典范之作，标志着特定历史时刻中国诗歌内在人文精神的觉醒与坚守，但是其言说理路非常不同。《帕斯捷尔纳克》侧重抒情的力度与深度，而《傍晚穿过广场》则侧重事境的营造与现实/历史空间的拓展。

西渡的《一个钟表匠人的记忆》是近年叙事性诗歌类型中难得的典范。这首诗叙写了一个钟表匠人和他心爱的女人的关系史。诗歌写的两个人，其实代表着两种时间观或历史观。“她”与历史的关系是与时俱进的，“她”一直被时间和历史裹挟着推进，最后被推入死亡，其身体和精神层面的变化体现了一种“快”；“我”（钟表匠人）代表的是一种时间的慢，一直坚执内心的律令，注重对于灵魂时间的咀嚼与反思，是一种生命时间的状态，这种时间的“慢”与强大的历史/时间的“快”，一直处于极大的矛盾之中，揭示了人的悲剧性生存面相。“我”与“她”的关系，“我”与历史、世界、时间的关系，“她”与历史、世界、时间的关系，在这三种关系中凸显了历史境遇里人的命运感。

西渡不是传统的线性叙述完整故事，不是刻画人物性格，而是将故事转化为事境，传达对历史的反思和人性命运的关注。叙述者是限知视角，但是由于他的玄思，而具有了厚重的思想容量。个人内倾的视角，事境的微观设置，在具象的反复叙述中豁显了个人与历史语境之间的巨大间隙，内涵极其厚重，既有历史的反思，又有人的命运的审视。

新时期诗歌“抒情”与“叙述”的结构分析

马春光

我们在面对新时期以来的诗歌时，一个无法回避的问题是，那个历史悠久的抒情传统发生了某种程度的异变。特别是20世纪80年代中期以来，对“抒情”的回避同时催生了“叙述”的勃兴，“叙述”（或“叙事”）成为我们评价90年代诗歌的核心关键词。

面对这一现象，我们要从问题的源头进行爬梳。这就需要梳理一系列的问题：藏匿在中国诗人潜意识深处的抒情意向在新时期遭遇了怎样的时代语境？叙述从何而来？它是一个新的诗学概念，还是古已有之？它在新时期出现的时代语境是什么？它给诗歌带来了什么？它是一种写作方法、一种修辞策略，还是一种诗歌观念？它和抒情有着怎样的关系？

在我们的认识中，以话语表达方式为依据，诗歌可以分为抒情诗和叙事诗两种，抒情诗侧重抒发感情，叙事诗侧重记叙事件，它们有着明显的不同。在中西历史文化语境的对比中，我们会发现中国有悠久的抒情诗传统，而西方有着浓郁的叙事诗风尚。但是当时代的车轮滚动到了19世纪中叶，随着浪漫主义文学运动的消弭和现代主义文艺运动的勃兴，“抒情诗”在以波德莱尔、马拉美、艾略特等为代表的现代主义诗人那里，日益趋向于一种“综合的诗”（或“包容的诗”），我们很难再用“抒情诗”和“叙事诗”这样泾渭分明的范畴对其进行类似本质主义的概括。现代主义以降的诗歌文本充满驳杂，以至于“抒情诗”“叙事诗”这些古老的表述概念的失效。

谈论现代诗歌（狭义的“叙事诗”除外）时，很多时候我们要搁置“抒情诗”和“叙事诗”在所谓题材和表达方式上的二元对立性，用“还原”的方法重新审视作为一种写作方法或者创作观念的“抒情”和“叙述”。

一、新时期诗歌：抒情的消隐与叙述的扩张

“抒情”和“叙述”在我们的语汇中，既可以做动词，也可以理解为名词。在这里，我们取其作为动词的用法，更能凸显它们原初的诗学意义。作为创作方法，它们既有区别，也有联系。“叙事被解作一种模式，突出了能动地运行于时空中的一序列事件。抒情诗被解作一种模式，突出了一种同时性，即投射出一个静止的格式塔的一团情感或思想。叙事以故事为中心，抒情诗则聚焦于心境，尽管每一种模式都包含着另一种模式的因素。”[①]这是从“时空”的角度对叙述和抒情进行区别，但“每一种模式都包含着另一种模式的因素”则提示了它们之间没有绝对的界限。此外，从读者的角度进行区分，“叙事诗要求读者判断其人物，抒情诗要求读者不要判断其说话者”，这显然符合现代叙事学的“距离”说。在抒情的话语中，作者和读者被情感紧紧地黏合在一起，而叙事则要求一种阅读的间接性和距离感。这种区别还体现在创作主体对待事物的态度上，“叙事诗人深入到过去的事情中去，他并不像抒情诗人似的在回忆而是在记忆。在记忆中，时间的以及空间的间隔始终保持着。遥远的事变成当前，乃至出现在我们的眼前，因此也就站在我们的对面”[②]。

实际上，传统的抒情诗侧重于一种线性的、共时性的诗学思维，它是一种心境、一种情感的表达，在情感的浸润下，一切物都是在主体性的主观观照下的“夸张”表达。它们是主观化了的、情感染洗过的、夸张修饰的失去本真的物。这种抒情诗在诗歌史上有很多。比如雪莱的《西风颂》：

> 啊，狂野的西风，你把秋气猛吹，
> 不露脸便将落叶一扫而空
> ……
> 狂野的精灵！你吹遍了大地河山，
> 破坏者，保护者，听吧——听我的歌！

这是典型的抒情诗，在这里，“西风”是抒情主体的浓烈感情的抒发载体，它

---

① [美]詹姆斯·费伦：《作为修辞的叙事》，陈永恩译，北京大学出版社2002年版，第6页。

② [瑞士]埃米尔·施塔格尔：《诗学的基本概念》，胡其鼎译，中国社会科学出版社1992年版，第73页。

是经过强烈主观情感浸润的事物。再比如艾青的《我爱这土地》:

> 假如我是一只鸟,
> 我也应该用嘶哑的喉咙歌唱:
> 这被暴风雨所打击的土地,
> 这永远汹涌着我们的悲愤的河流,
> 这无止息地吹刮着的愤怒的风,
> 和那来自林间的无比温柔的黎明……

这里的"土地""河流""风"都是主观化的事物,失去了它们的本真状态,而染上了浓烈的主观情感色彩。

尽管中国新诗经历了繁多的革新和探索,但它始终是在和外部语境的紧张关系中展开的。现代诗歌在现代中国"启蒙""救亡"的历史主旋律下进行着自己的沿革,当历史的车轮驶入"当代",在一种极度政治化的时代氛围中,抒情——单维度的抒情——成了诗歌唯一真实的信条。我们可以说,诗歌一直没有获得它自身某种意义上的独立性。直到新时期以来,随着时代语境的转换,诗歌卸去了众多负担之后,终于可以以一种常态和它的时代对话,这时它才获得了某种冷静审视自身、变革自身的内在动力和外部环境。时代语境的转变直接促发了诗歌的变革。它的变革表现在多个方面,其中既有观念层面的变革,也有技术方面的创新,既有内在的创新欲求,也有外在的影响使然。在这一系列的变革中,最显豁的是诗歌一直在寻求与时代的积极对话。当经济发展的时代主题取代了战争灾难,宏大叙事被日常经验所取代,线性的抒情思维越来越难以应对时代语境。在这种困境中,诗人们开始了新的诗学思考,而各种西方哲学、诗学理论的涌入,为他们的思考提供了一定的角度。"当抒情性被规约为诗歌的本体论,抒情话语成为压制性的主流话语后,就带来了诗歌本身的狭窄化,一种纠偏式修辞策略——叙事性书写就是对这一抒情范式的有力反拨。"[①]"叙述"就是在这样的时代语境中悄无声息地被植入了诗歌写作,并且越发彰显它的重要地位。从 20 世纪 80 年代中期开始,中国当代诗歌开始了一种叙述转向。以第三代诗为代

---

① 傅华:《当代先锋诗歌叙事性书写的西方诗学背景》,《当代文坛》2010 年第 4 期。

表，它们颠覆了以往的抒情化诗歌书写策略，企图在叙述中获取一种日常的诗意。这种诗歌结构上的显著变化，在20世纪80年代中期的诗歌文本中随处可见。

在第三代诗人的诗作中，抒情作为一种贫血的、无力的写作方式，已经被无情地遗弃或者说隐藏了。而叙述在诗歌中的广泛应用，起初是出于迎合时代语境和反抒情的诗学追求。恰如张曙光所言，"当时我的兴趣并不在叙事性本身，而是出于反抒情或反浪漫的考虑，力求表现诗的肌理和质感，最大限度地包容日常生活经验。不过我确实想到在一定程度上用陈述话语代替抒情，用细节来代替意象"[①]。"陈述话语"所凸显的是诗人和时代现实的一种平等对话，而潜在地摒弃了传统抒情诗的那种鲜明的二元对立的主客关系（物我关系），"细节代替意象"则使得大量的日常生活经验进入诗歌，使得诗歌处理日常生活、与现实对话的能力大大增强。因此，在不断的叙述实践中，诗人们日益拓展叙述的深度和宽度，甚至将叙述提升到了本体的地位，一种诗歌的叙述学正悄然萌生。在这种情况下，"叙事作为概念经历了一个自我扩张的过程，它从一般的风格、手法逐渐上升为具有本体论意义的概念，成为涵盖诗歌写作各个领域的一个综合性概念"[②]。叙述所带来的已不仅仅限于一种创作手法的获得、一种表达策略的展开，它更是一种诗学观念的建立。它是"一种新的诗歌审美经验，一种从诗歌的内部去重新整合诗人对现实的观察的方法"[③]。

二、两种叙述模式

对新时期以来的诗歌进行比照观察，我们会发现，新时期诗歌的叙述转向是从对朦胧诗的反叛开始的。学界在论述这种书写策略时，主要论及了两个写作群体或类型，即20世纪80年代中期的第三代诗和90年代诗歌。

仔细分析这些诗歌文本，会发现叙述在其中有着很大的差异，它们的诗学观念、写作策略都存在明显的不同。依据叙述在文本中的作用，我们可以

---

① 张曙光：《关于诗的谈话》，《语言：形式的命名》，人民文学出版社1999年版，第86页。

② 洪子诚等：《在北大课堂读诗》，长江文艺出版社2002年版，第395页。

③ 臧棣：《记忆的诗歌叙事学》，《诗探索》2002年第1、2期。

将之进行分类，分别寓以“象征化叙述”和“本体化叙述”的概念。第三代诗在“诗到语言为止”和“拒绝隐喻”诗学观念的指引下，倾向于把叙述作为本体来对待；而90年代的一些诗歌虽然叙述的成分有增无减，但是它们的叙述显然不是为了叙述本身，叙述在这里是一种策略，是一种包容、处理日常复杂经验的诗学策略，它在本质上通向的是象征，是一种象征的诗学。

“本体化叙述”旨在冷静地、客观地进行叙写，它暗合了早期现象学的“直观”还原策略，强调诗歌语言对客观世界的真实还原。诗人们倾向于用语言呈现这个世界，在叙述中“呈现”这个世界的原生态。这以于坚、韩东最为典型。

在于坚的诗歌里，这种“展现事物本来面目”的叙述很是显豁，比如他的《尚义街六号》：

法国式的黄房子
老吴的裤子晾在二楼
喊一声 胯下就钻出戴眼睛的脑袋
隔壁的大厕所
天天清早排着长队
……

韩东的诗歌也有很明确的表达，比如《甲乙》：

甲乙二人分别从床的两边下床
甲在系鞋带。背对着他的乙也在系鞋带
甲的前面是一扇窗户，因此他看见了街景
和一根横过来的树枝

在文本层面，它呈现给读者的是冷冰冰的事件和事物本身。在这里，事件作为一个过程，它本身的呈现就是诗歌的目的。在他们的诗歌文本里，我们看到的是一种纯客观的叙述，而没有掺杂任何主观的、抒情的话语成分，它们把叙述放在了至高无上的位置。它们面对的是客观世界，企图用语言把这个世界的真实面目呈现出来。

相比较而言，90年代的诗歌中事件或事物本身的出场并不指向事物或事件本身。在90年代的叙述性风潮中，叙述面对的是新的时代语境下人的更加繁复、更加深刻的经验，是人的情感、生命体验在客观世界中的投射。叙述在这里是一种策略，即它们的写作旨归并不指向叙述本身，而是指向叙述背后的东西，即“谁在叙述”“怎样叙述”“为什么叙述”。90年代诗歌的叙述是一种杂糅了抒情、戏剧话语的“亚叙述”。人们一般认为张曙光写作于1984年的《1965年》是90年代诗歌叙事的源头，我们且看一下这首诗：

那一年冬天，刚刚下过第一场雪
也是我记忆中的第一场雪
傍晚来得很早。在去电影院的路上
天已经完全黑了
我们绕过一个个雪堆，看着
行人朦胧的影子闪过——
黑暗使我们觉得好玩
那时还没有高压汞灯
装扮成淡蓝色的花朵，或是
一轮微红色的月亮
我们的肺里吸满茉莉花的香气
一种比茉莉花更为凛冽的香气
（没有人知道那是死亡的气息）
那一年电影院里上演着《人民战争胜利万岁》
在里面我们认识了仇恨与火
我们爱着《小兵张嘎》和《平原游击队》
我们用木制的大刀与手枪
演习着杀人的游戏
那一年，我十岁，弟弟五岁，妹妹三岁
我们的冰爬犁沿着陡坡危险地
滑着。突然，我们的童年一下子终止
当时，望着外面的雪，我想，
林子里的动物一定在温暖的洞里冬眠
好度过一个漫长而寒冷的冬季
我是否真的这样想

现在已无法记起

整首诗歌都是在一种平缓的叙述中完成的，它把感情藏匿在冷静的叙述中。但我们需要注意的是，它在叙述时，叙述者不时地站出来说话，表达他的立场和情感，这就消弭了叙述的纯粹性和客观性，使得诗歌带有某种程度的抒情和象征意味。“黑暗使我们觉得好玩”，“在里面我们认识了仇恨与火”，这些诗句是叙述的，也是抒情的，同时又是象征的。“我们的冰爬犁沿着陡坡危险地/滑着。突然，我们的童年一下子终止”，“滑着”与“终止”造成了能指与所指的分离，这两个诗句使得“具象”一下子滑向了“抽象”，从具体事物的“冰爬犁”到“童年”，诗歌完成了它极具爆发力的象征性喻写。如果再回味这个诗歌文本，就会发现它前面的诸多叙述语句，都是在为这两句诗积攒足够的能量。而诗的最后两句“我是否真的这样想/现在已无法记起”所表露的不确定性，更是凸显了叙述者的地位，诗歌的张力得以最大限度地彰显。这在张曙光的诗歌中，还有更加清晰的显现：

那个夏日，我沿着晒得松软的
柏油路，步行回家
二十里路。小六面井
几十户人家的小屯。
……
但牛向前走动，我重重跌在
地上，眼睛里放光，一霎间
我注意到，傍晚带着庄家芬芳的空气
和星光，是那么的美

（张曙光：《回家》）

诗歌的前半部分还是在客观地叙述，而最后一节则发生了结构上的显著变化，同样以叙事著称的诗人孙文波这样描述：“这种构成让我看到叙述是怎样在最后被消除的，它使具体立即蜕变为抽象，明确的描述反而成为另一种意义上的象征。”[①]所以，这种写作风潮的叙述倾向，不妨用孙文波的这

① 孙文波：《我读张曙光》，《文艺评论》1994年第1期。

句话来总结："（他们）关注的不仅是叙事，而且更加关注叙事的方式。""它的实质仍然是抒情的。"

文本中的这种差异恰恰潜隐了两种不同的诗学观念。"从修辞学和思想方法这个角度说，20 世纪 90 年代的诗歌叙事与 80 年代第三代诗歌的叙述是有差异性的，它们分属于不同向度和类型。一般来说，90 年代知识分子写作的所谓诗歌叙事是一种寓言式叙事，或者说事件全象征，叙事诗从属于隐喻、象征这种修辞方式的。它是叙事的一个类别，但同时更是广义象征性的一种形态。""第三代诗歌的叙述，则在于回到事与物本身，叙述事物，呈现和揭示物、事件和生命自身本应有的原样或自在之状态、状貌。事物就是事物本身，事物、生命和语言同构一体，这是第三代诗歌叙述诗学作为修辞和思想方式的基本出发点和终极归宿。"[①]

在两种叙述的背后，诸多评论家看到的是两个年代文学观念、诗歌写作的巨大变化，其实，它们之间有着更加深层的联系。第三代诗的"客观化叙述"是一种"为叙述而进行的叙述"，它是在做着诗歌艺术的"减法"，而 90 年代诗歌的"叙事性"是一种"面对复杂经验的叙述"，它企图让诗歌容纳更加庞杂、更加烦琐的日常经验，它是在做着诗歌艺术的"加法"。从一种艺术的"瘦身"到一种艺术的"增重"，我们看到的正是诗歌内部结构不断调整以积极与它的语境对话的努力。它们的断裂性显而易见，但它们的连续性同样值得注意，因为"90 年代文学可能就是 80 年代文学本身的一部分，它是被 80 年代文学生产出来的一个文学史事实"[②]。

这种结构的调整是以叙述转向为背景的，而在它的背后，则是诗歌文本中抒情与叙述话语的结构变化。对它们进行深层的辨析，有助于我们更好地解读新时期的诗歌。

三、叙述的背后：抒情与叙述的结构辨析

在进行了一番梳理之后，我们有必要对叙述与抒情作更深层次的学术

---

① 孙基林：《当代诗歌叙述及其诗学问题——兼及诗歌叙述学的一点思考》，《诗刊》2010 年第 7 期（下半月刊）。

② 程光炜：《1987：结局或开始》，《上海文学》2013 年第 2 期。

清理。追溯中外诗歌史，我们会发现，诗歌（广义的抒情诗）史是抒情和叙述相互辩证发展的产物。新时期以来的叙述转向，要求我们审视源远流长的抒情诗传统中的叙述问题。一个显然的问题是，诗歌中的叙述古已有之，只不过到了 20 世纪八九十年代的新时代语境，它作为一个问题被重新提了出来，并日益显示出它的重要性。其实现在的研究还远远不够，我们需要从更广的视野、更深的层次对其进行阐释。“叙述的 90 年代并不是对抒情的 80 年代的彻底背离，而是有礼貌、有风度的继承。”①这是在提醒我们，叙述和抒情不存在绝对的分野，即便是某一种话语方式占主导的时期，另一种话语方式也有其隐忍的存在。“抒情因素和叙事因素交互融合、感染，叙事借重抒情的跳跃性、断裂性，抒情因为有了叙事而显得更为克制、潜沉和客观化。”②

具体到诗歌文本，我们则更应该在细读的基础上厘清它的结构，进而辨清抒情怎样地倚重了叙述，叙述怎样促发了抒情，抑或是叙述和抒情以怎样的一种合力使当代诗歌获得了新的生命力，进而获得在新的时代语境下与现实生活对话的能力。而这里所谓的结构，并不是指僵化或者类似的概念，因为“对于文学现象来说，‘结构’所刻画的是一种有机构造，是众多不同事物的一种具有典型性的共同之处……意味着一批为数众多的诗作的共同形态”③。

在以往抒情诗中，抒情主体和借以抒情的意象、情感是高度合一的，“抒情诗要求读者不要判断其说话者”，抒情诗的“作者让我们通过说话者的眼睛看世界，而对那种透视不做任何判断”。在叙述转向之后的新时期诗歌中，一个很重要的问题就是要在文本中辨识出那个叙述主体，叙述主体直接决定了叙述的内容，进而决定了整首诗的意向所指。“简言之，叙事与抒情之间的重要区别在于，叙事要求有对人物（和叙述者）的内部判断，而在抒情诗中，这种判断在我们开始判断之前就被悬置起来了。”④在新时期的诗歌中，以叙述和抒情的结构来进行指认，我们可以区分出以下类型：

---

① 敬文东：《诗歌中的九十年代》，《读书》1999 年第 6 期。

② 张桃洲、雷奕：《论 1990 年代诗歌中的跨文体书写》，《中国现代文学研究丛刊》2011 年第 8 期。

③ ［德］胡戈·弗里德里希：《现代诗歌的结构：19 世纪中期至 20 世纪中期的抒情诗》，李双志译，译林出版社 2010 年版，第 4 页。

④ ［美］詹姆斯·费伦：《作为修辞的叙事》，第 6 页。

1.叙述主体隐现的冷抒情

相比较于以往的抒情诗，这种类型的诗歌结构发生了鲜明的变化。首先体现在“主体”的变化上。在这样的诗歌里，你看不到任何叙述主体的影子，他隐匿在诗歌中，不露声色，我们称之为“冷抒情”。这类诗歌以叙述为终极目的，倾向于叙述主体的藏匿。这在韩东、杨黎等早期第三代诗人那里比较多见，最典型的则是杨黎的作品，它的“冷抒情”在这里准确地讲是一种“非抒情”。

一张是红桃 K
另外两张
反扣在沙漠上
看不出是什么
三张纸牌都很新
它们的间隔并不算远
却永远保持着距离
猛然看见
像是很随便地
被丢在那里
但仔细观察
又像精心安排
一张近点
一张远点
另一张当然不近不远
另一张是红桃 K
撒哈拉沙漠
空洞而又柔软
阳光是那样的刺人
那样发亮
三张纸牌在太阳下
静静地反射出
几圈小小的

光环

（杨黎：《撒哈拉沙漠上的三张纸牌》）

伴随这种诗歌结构的，还有诗歌语言的叙述特色，追求一种简洁的、直接的叙述语言，“清除形容词”“拒绝隐喻”是其一致追求。诗人们追求的是一种清晰的、简单的“无我”的客观化世界。只要和当时的典型抒情诗稍作对比，这种特征就会昭然若揭。在西川的《在哈尔盖仰望星空》中，诗歌开头就开启了一种抒情，“有一种神秘你无法驾驭”，后面陆续有抒情主体“我”的直接出现，“我抬起头来眺望星空”，“风吹着空旷的夜也吹着我”，而最后两句，则是一种典型的抒情，“我像一个领取圣餐的孩子/放大了胆子，但屏住呼吸”。相比较而言，前诗的企图是在呈现客观世界，“物”是自足的，它获得的是一种客观性；而后诗的企图是表达主体感情，“星空”在这里不是自足存在的，它是主体感情的一种承载工具，它有着显明的主观性。而在语言上，我们还看到，后者的渲染因感情饱满而呈现出语言的高度感染力，而“圣餐”这一典故明显地增强了主体感情的虔诚度。杨黎的诗歌则拒绝这一深度，拒绝这样一种“意义大于其本身意思”的语言。

这种诗歌结构在韩东、于坚的诗歌中也有着经典的表达。这种结构最大限度地剥离了附着在诗歌上的抒情气质，它是诗歌结构自身的一场革命。针对20世纪五六十年代一直到朦胧诗的“我”的强烈抒情而导致的诗歌表现力的萎缩，这无疑是一种活力的呈现。但我们也应该看到，所谓的“非抒情”只是一种诗学理想，抒情藏匿了，但它依然对诗歌起着至关重要的作用。事实上，如果祛除了抒情的因素而单纯地去叙述，则很容易走进叙述的陷阱，陷入一种琐屑的、无意义的非诗意抒写。正如有论者所指出的，“‘我’的缺席或者说‘我’的影子完全抹去，遮掩了作者的写作意图，特别讲究的观察解剖，使诗只剩下了一些细节、碎片、局部”[①]。

2.多重叙述主体的戏剧化抒情

其实早在20世纪40年代，中国新诗派的代表诗人袁可嘉、穆旦等人就提出过诗歌戏剧化并进行过实验，穆旦的《防空洞里的抒情诗》《五月》等堪称代表。但是这种实验并没有获得更加充分的发展，而是在一种二元对立

---

① 罗振亚：《九十年代先锋诗歌的叙事诗学》，《文学评论》2003年第2期。

的战争文化语境中被搁置。这种“戏剧化”的方式，直到90年代，我们的时代语境才允许它进行更加深入的探索。

诗歌的“戏剧化”是以叙述为基础的。譬如穆旦在他的诗歌中，就是通过设置多重主体来进行戏剧化抒情的：《五月》运用现代诗歌形式和古典诗歌形式杂糅的方式，在两种语境中同时展开书写；而《防空洞里的抒情诗》则是通过多个角度对战争进行书写。

新时期以来的诗歌中存在着一种复调的叙述。在诗歌文本中，存在两个或多个叙述主体，存在两个或多个声音、视角，它们之间的矛盾、对立或者杂糅，正是诗歌所倚重的方式，诗歌在这种间离的效果中获得表达的效果。“经过戏剧化处理后的诗歌在声音上趋于一种‘多声部’，并凭借这一形式与现实本身的戏剧性对接起来，从而容纳更加丰富、驳杂的经验和厚重、稠密的信息。”[①]其真正的内涵存在于外部和内部形式力量的戏剧效果中。在翟永明90年代的诗歌中，这种多重声音呈现很多，下面我们试举一例：

“注意气候，气候改变一切”
梅花针执在盲人之手
我尽力晃动头部：“这是什么？”

生命，是易碎的事物
还是骨头，骨节，骨密度？
梅花针扎在我的头部

（翟永明：《盲人按摩师的几种方式》）

这是诗歌的第二节，我们从文本中可以看出，这首诗存在着三种声音：按摩师、叙述者和“我”。正是这三个声音的交响、杂糅，形成了一种对话式的诗歌结构，这种结构适宜于间接地表达对现代语境的复杂感受，在文本中很难单纯地总结、归纳出一种主旨，它和现代生活相对应，表达一种复杂的感受。在《剪刀手的对话》《时间美人之歌》《潜水艇的悲伤》等诗歌中，这种结构运用得更加淋漓尽致。

---

① 张桃洲、雷奕：《论1990年代诗歌中的跨文体书写》，《中国现代文学研究丛刊》2011年第8期。

在西川、孙文波、西渡等其他诗人的创作中，我们可以看到多重声音已经成为一种普遍有效的诗歌结构方式，它体现的是诗歌应对现代更加复杂语境的一种努力。恰如西川所言，“既然生活与历史、现在与过去、善与恶、美与丑、纯粹与污浊处于一种混生状态，为什么我们不能将诗歌的叙事性、歌唱性、戏剧性熔于一炉”①。

这种诗歌结构在文本中经常有比较明显的标示，例如，诗歌文本中引号、括号的大量运用，诗行之间的形式错置。在张曙光的诗歌中，经常用括号标示一些诗句，这就给诗歌文本添置了另一种声音和视角；在西川的以《致敬》为代表的诗歌中，我们看到了一种形式的杂糅；而在张枣、柏桦等人的诗歌中，“古典”作为一种声音，和“现代”形成了某种意义的对话。

我们应该看到，这种诗歌结构是诗歌处理复杂经验的一种方式，它极大地增加了诗歌容量，进而增加了表现力。在肯定它的同时，我们也应该保持一定的警惕，这种“戏剧化”是以“叙述”为基础的，它追求的是一种“内在的”“深层的”戏剧化，并企图在一种反讽的间离效果中获得对当下生活的感知。如果一味追求表层的戏剧化，诗歌则会沦为一种漂浮在生活和语言表层的文字游戏，进而失去它作为“诗歌”的精神内涵。

---

① 西川:《大意如此》，湖南文艺出版社1997年版，第3页。

当代诗歌叙述中的叙述者及其声音

高　鹏

“诗歌讲述着人类的生活，以及精神上对于人类生活历史的认识，因而它是一个返回而非脱离的过程。它通过语言使人返回到与生活更紧密的、进而揭示其真相的关系中去，而不是想当然地勾画出一个所谓的‘特权’领域，与什么‘神意’‘立法者’联系在一起。那种为诗歌划定‘特权’领域的做法，在今天既显得自恋似的矫情，又不会有谁给予认真的考虑。”[①]在孙文波的这段话里，可以看出他对90年代诗歌创作的所谓“知识分子写作”与“民间写作”等的划分的怀疑态度，但如果去掉这一层意思，我们可以看出另一层意思：诗歌即生活。而这里的“生活”是通过其诗歌叙事来得以显现，有别于以韩东、于坚等人为代表的第三代诗人所使用的“拒绝隐喻”的叙述修辞方式。

20世纪80年代中期后，随着第三代诗学的产生，诗歌叙述性作为一种修辞，一种思维方式，一种认识世界的角度，再次凸显出来。这种叙述性在“女性诗歌”“知识分子写作”“民间写作”以及之后出现的“下半身写作”“70、80写作”中均有显现。因此，在一定程度上可以说，叙述性贯穿了新时期的诗歌创作过程。叙述性是一种认识事物的方法，以及对于诗歌功能的理解，通过把诗歌引向对具体事物、事件的关注，从细节的准确性入手，使诗歌在表达对语言和世界的认识时，获得客观上的直接与生动，而这恰恰是生命与生活的本真状态。

本文将着重从当代诗歌叙述中的叙述者及其声音的角度对当代诗歌的

---

① 孙文波：《我理解的90年代：个人写作、叙事及其他》，《诗探索》1999年第2期。

叙述性诗学作一探讨。

一、叙述者

任何叙述,不可能没有叙述者。叙述是一种人造的符号文本,叙述文本不可能天然存在于世界上。关于叙述者,胡亚敏这样认为:“叙述者指叙事文中的‘陈述行为主体’,或称‘声音或讲话者’,它与视角一起,构成了叙述。”[①]祖国颂在其《叙事的诗学》中说:“叙事具有文体的含义,而叙述表现的是叙事的具体话语行为。”[②]因此,叙述者则是执行叙事的具体话语行为的人。美国学者 W.C.布斯则从叙述技巧角度,重点探寻了小说文本中作者、叙述者、人物与读者之间的修辞关系。[③]

在诗歌叙述文本中,叙述者则是诗歌叙述话语的操控者,因而我们所关注的是在诗歌中所看到的“我”在多大程度上等同于作家本人,或者说诗歌文本中所标示的作者的姓名有多少叙述学的意义。为了方便区分,我们将叙述者划分为作者、叙事者与隐含作者。

(一)作者

三国魏吴质《答东阿王书》:“还治讽采所著,观省英玮,实赋颂之宗,作者之师也。”[④]作者是创作或写作叙述诗歌文本的人,是生活在现实世界中的人。祖国颂认为作品中“所表现出的作家形象,绝不是现实生活作家的直接翻版,他是作家对生活中理想人格与人性魅力的体现和表述,是作家对自我道德理想的追求,也是对整个人类道德理想的体味和升华”[⑤]。然而从第三代诗人所主张的诗学立场上看,他们推崇还原生活的本质,通过叙述的修辞方式向世人展示一个真实的世界,因此其作品文本中在某种程度上亦是其真实的自我体现。正如“在编年史和自传体这样的叙事文中,叙述者是真实

---

① 胡亚敏:《叙事学》,华中师范大学出版社 2004 年版,第 36 页。

② 祖国颂:《叙事的诗学》,安徽大学出版社 2003 年版,第 1 页。

③ 参见[美]W.C.布斯:《小说修辞学》,华明、胡晓苏等译,北京大学出版社 1987 年版。

④ 刘良明编:《元朝散文》,文化艺术出版社 1997 年版,第 3 页。

⑤ 祖国颂:《叙事的诗学》,第 7 页。

作者的可靠代言人”[①]。

在朦胧诗退出高潮时，第三代诗人打着“反朦胧、反意象、反文化”的旗帜，如韩东高喊“诗到语言为止”，于坚坚持“拒绝隐喻”，开始反思诗歌的本质是什么——诗歌即生活，也是小安的心声——“如此朦胧下去/我还写它干什么”。《诗歌是一种怪东西》：“我的同事/不懂诗/他们说/你是一个诗人/你写朦胧诗吧/他们又说/还是朦胧一点好//我对他们说什么呢/诗歌这东西/如此朦胧下去/我还写它干什么。”这种“呈现”或者“表现”式的叙述修辞手段，恰恰消解了朦胧诗的“朦胧”，使诗歌从高高的殿堂走出，不再“束之高阁”，去接近“地气”，展示生命的最真实的状态。这里的叙述者也即作者，这是叙述者的意图，更是作者的意图。

杨黎的《西西弗神话》这样写道：“我想写一首诗/它的名字就叫/西西弗神话/但我总想不好/第一句/以及更后面的句子/我就写到这里/我希望/你们看了以后/能够记住/西西弗神话/这个美丽的名字。”这首诗与韩东的《有关大雁塔》《你见过大海》等有异曲同工之妙。叙述者仅仅向我们“记录”这一件事：“我”想写首诗，告诉我们名字叫“西西弗神话”。而这也是作者想要告诉我们的，“西西弗神话”只是西西弗神话，并没有太多的“历史内涵”，正如“大雁塔”只是大雁塔。

第三代诗人怀着对生活的认同心理，认为“人并非朦胧诗人所表现的或想象的那个样子，他并不崇高，甚至还有些卑下，或者说人并非崇高，也非卑下，他不过如此地活着；而生活也并非总是悲剧，甚至还可以说有点喜剧，或者说生活既非悲剧，也非喜剧，它不过如此地存在着，‘就是这样’，‘一切都是这样’”[②]。诗歌就是如此，它不需要“朦胧”，生活或者现实是什么样子，诗歌就是什么样子，因为这是生命的本真面貌，当我们过多地将其进行“装修”，生活便远离了“生活”。

（二）叙事者

叙事者是叙述诗歌文本中故事的讲述者，是作者想象虚构的产物，是文

---

① 胡亚敏：《叙事学》，第37页。

② 孙基林：《崛起与喧嚣》，国际文化出版公司2004年版，第211页。

本中的话语。一个作者可以创造出多种叙事者形象。如在小说文本中，鲁迅“既创造了《伤逝》中的‘我’——涓生这样充满感伤情调的叙述者，又创造了《阿Q正传》中那种冷峻幽默的叙述者”[①]。正如巴尔特所说：“叙述者和人物主要是‘纸上的生命’。一部叙事作品的(实际)作者绝对不可能与这部叙事作品的叙述者(作者)混为一谈。……说话的人不是(实际)写作的人，而写作的人又不是存在的人。”[②]在诗歌文本中，翟永明在《女人》组诗中为我们创造了一种鲜明、热情如火的“女性性格”，同时她在诗集《行间距》中又为我们创造了柔情似水的“母性性格”。

韩东的《山民》是一首带有寓言性质而又消解寓言的现代诗，整个叙事客观冷静，作者从某个日常生活的场景中提炼故事，点化诗意。

> 小时候，他问父亲
> “山那边是什么”
> 父亲说“是山”
> “那边的那边呢”
> “山，还是山”
> 他不作声了，看着远处
> 山第一次使他这样疲倦
> ……

客观的写实，严密组织的语言，有意味的反复，构成了他诗歌的一大特色。这首诗的叙事者在故事之外，通过父亲、儿子之口以及直接引语，将其语言、感受和思想呈现出来，向读者展示了“山民”与“儿子”的精神困窘，而这也正是处于探索阶段的人民的精神困惑。

叙事者是“任何小说、任何叙述作品中必不可少的一个执行特殊使命的人物”[③]，刘绍信在《当代小说的叙述者五种形态》中按其历史进程将叙述者分为单纯的叙述者、忧患的叙述者、超然的叙述者、不可靠的叙述者、私人化

① 胡亚敏：《叙事学》，第37页。

② [法]罗兰·巴尔特：《叙事作品结构分析导论》，张寅德编选：《叙述学研究》，中国社会科学出版社1989年版，第29～30页。文中括号内注释，为本文作者所加。

③ 赵毅衡：《苦闷的叙述者》，北京十月文艺出版社1994年版，第1页。

的叙述者。[①] 笔者结合前人经验，试从三个方面对叙述诗歌文本中的叙事者进行阐释。

1.异叙事者与同叙事者

根据叙事者与其所叙述的对象间的关系，叙事者可以分为异叙事者和同叙事者。前者不是事件中的人物，其所叙述的是别人的事件；后者是事件中的人物，他叙述的是自己的或与自己有关的事件。如在韩东的《跨过公路》中，叙事者以一个旁观者的身份对事件进行描述：

公路上一只麻雀的尸体
麻雀活着就是为了被汽车轮子撞翻
在此之前它曾经飞翔
一阵疾风改变了方向
突然间一道耀眼的白光
麻雀以为进入了天堂
现在它就躺在公路中央
镶嵌在大地上
还是一副展翅欲飞的模样
三个猎人向古老的图案致敬
跨过公路，走进茫茫草原

叙事者以全知的视角对麻雀在公路上被撞死这一事件进行描述，他以“冷漠”的目光注视着麻雀，“麻雀活者就是为了被汽车轮子撞翻”，跨过公路便是死亡，而“麻雀以为进入了天堂”。异叙事者可以凌驾于事件之上，掌握事件的全部，对事件进行解说；可以充当纯粹的记录者，并在适当的时机发出声音。

相反，同叙事者则没有太多的“自由”，他需要叙述自己的或与自己有关的事件。因此，他可以是事件的主人公，也可以是事件的次要人物或旁观者。于坚的《避雨的鸟》通篇都是一种陈述，他充分地揭示了过程，并控制住情感，讲一个小故事，一个情节：因为一只鸟的避雨和“我”的一个小小的念

① 参见刘绍信：《当代小说的叙述者五种形态》，祖国颂主编：《叙事学的中国之路》，中国社会科学出版社2006年版，第187～203页。

头，完成了一章诗篇。

一只鸟在我的阳台上避雨
青鸟　小小地跳着
一朵温柔的火焰
我打开窗子
希望它会飞进我的房间
说不清是什么念头
我洒些饭粒　还模仿着一种叫声
青鸟　看看我　又看看暴雨
雨越下越大　闪电湿淋淋地垂下
青鸟　突然飞去　朝着暴风雨消失
一阵寒颤　似乎熄灭的不是那朵火焰
而是我的心灵

于坚曾有这样一段话："一首好诗是一座塔，基础部分人人可进可懂，修养决定你可以进入诗的哪一层。诗的最深核心，塔顶部分，只有少数人可以进入，自古如此。"①于坚的诗观，辨析地反映了其坚诗歌叙事的琐屑，刻画微小，场景日常，细节却充盈有力。叙事者"我"通过对暴风雨中的"青鸟"和"我"的行为动作的描述，在口语化的语言中、在无声中形成了一种张力，"一阵寒颤""是我的心灵"。这心灵的颤动不是因为青鸟不惧暴风雨，而是因为青鸟作为生命，是一个个体，它也有自己的思想与权利。从这个层面上说，青鸟成为全诗的核心，而"我"只是一个次要的话语叙述者，或者说一个青鸟的"奴仆"。

2.自然叙事者与自觉叙事者

在这里根据叙事者的叙述行为将其划分为自然叙事者与自觉叙事者。前者是指叙事者隐藏于诗歌文本之中，而尽量不显出叙事的痕迹，使人物、事件自然呈现，从而有种真实的感触。后者则或多或少地具有意识，意识到自己的存在，并出面说出自己的存在，他经常在文本中讨论写作情境，表明

① 周洋：《当代诗坛六十家》，东方出版中心 2019 年版，第 62 页。

文本中人物只是文学形象，是受叙事者操纵的，叙事文中的唯一真实就是写作本身。

青年诗人伊沙是90年代诗坛中一位重要的诗人，他在既有艺术成规和精英性写作中建立起充满异端意味的伊沙式语言文本模式，“它以极端以至相反方向上审丑的顽劣，冲击着优雅、甜俗、乏味的‘美学叙事’，其简洁通俗中魔术般的语言奇迹，几乎使每一首都对阅读构成了充满惊险的强刺激”[1]。《去年冬天在曲阜》这首诗写了一个很简单的场景：采气的人采气。这一幅连贯的画面，仿佛一气呵成，自然而然，如同放映电影，感觉不到“放映者”。“采气的人/怀抱一棵树//熊一样抱住/那棵老树//那是孔子/亲手所栽之树//采气的人/满面红光　采到了气//收了手/与先前不大一样了……”口语化的语言，极其简洁、流畅，就像在“拉家常”。

自觉叙事者类似于元叙述者，他们意识到自己的存在，时常跳出来表明自己的立场与观点或者提醒大家“叙事者”的存在。“元叙述”(metanarrative)这一概念最初是热奈特于1972年在《叙事话语》中分析普鲁斯特的《追忆似水年华》时提出，他认为：“元语言是一种在其中谈另一种语言的语言，所以元叙事应该是在其中讲述第二叙事的第一叙事。”[2]自觉叙事者在于坚的叙述诗歌文本，特别是“事件系列”中经常出现：

纯净的土地　使我心满意足　没有车者和玻璃渣
一群红压压的山羊(我指的是土地)没有人看守

(《事件：寻找荒原》)

“我指的是土地”叙事者“突然”跳出来，对其所叙述的对象进行一番解释，同时这也彰显自己的存在。又如他的《事件：停电》：

最终　我们全都完好无损地待在原处　原来的动作　原来的念头
仍然像处于光明中的好人　保持应有的分寸　风度　涵养
决不会有人　突然改变姿势　例如“像一柄剑”那样
袭击在场的妇女(这是小说)　停电了　世界完善如初

① 燎原：《暮色中“结结巴巴”的谢幕》，伊沙：《终于理解了你的拒绝》，青海人民出版社1999年版，第182页。

② [法]热奈特：《叙事话语　新叙事话语》，王文融译，中国社会科学出版社1990年版，第37页。

这种明显地表明叙事行为的做法强调了文本自身的性质，把读者的注意力吸引到叙事方式上来，同时又通过突出这一行为造成读者与事件之间的间离效果，也即“暂停”效果，让读者可以有时间更理性地去理解作品的构成与艺术性。

3.客观叙事者与干预叙事者

根据叙事者对叙事对象的态度，我们可以将之分为客观叙事者与干预叙事者。这与第二种划分标准有着不同，此处着眼于叙事者对文本中叙事对象的态度。

讲述单纯的事实是客观叙事者的基本特征，他只充当故事的传达者，起陈述故事的作用，不表明自己的主观态度和价值判断。但是叙事者保持客观的姿态，并不意味着作品不带有任何的主观意识形态，例如叙事对象的选取、词语的运用等，只是作品中所叙述的对象不流露出叙事者的情感价值判断。何小竹的诗歌往往是这种“无意义”的记录。且看他的《高速公路上的蝴蝶和老赵》：“一些蝴蝶在高速公路上飞/小王开着北京吉普/挡风玻璃上/粘着一些撞死的蝴蝶/老赵坐在后座/他看不见那些蝴蝶/小彭在睡觉/也许他还能够梦见/一些蝴蝶/农民在田野里烧麦秆儿/风把烟雾吹上了高速公路/这情况逼迫小王/不敢把车开得太快/我说我想睡觉/小王转过脸，她说你别睡觉/我们来讲一讲老赵的笑话。”看完这首诗也许我们基本没什么“感想”，它只是记录了作者一行在高速公路行车状况，没有太深刻的“含义”，也如杨黎所评“言之无物”，但也许生活的意义即在于此，我们便在其中。在这里叙事者便是客观叙事者，只是客观地讲述着，并无叙事者对叙事对象的评价或解释等。

干预叙事者则具有较强的主体意识，他可以或多或少地自由地表达自己的意愿，“在陈述中同时具有解释和评论的功能”[①]，体现叙事者的观念和声音。“我已倦于叙述/一幅水墨画的美”，这是侯马《一幅水墨画的美》中的开头句，一个“倦”字便表明了叙事者的心迹，紧接着“荷，迎风而立/浅浅的，过渡的红色”，“浅浅的”“过渡的”是叙事者对画的感觉，而到了第二节叙事者更是“明目张胆”地“喊”出自己“我寻找感伤的季节/只爱这过渡/一个轮

① 胡亚敏：《叙事学》，第49页。

回带来了另一方荷塘”，这句诗不仅道出了叙述者的情感，也掺入了叙事者的解释——“一个轮回带来了另一方荷塘”，这是作者对“荷”的看法，为什么只爱“这过渡”，“一个轮回”里面包含了多少的意义，呈现着厚重的生活底蕴。又如：“喝天上的水/种脚下的石头/永远　爱不怕狼的女人/和庄稼打交道/像最杰出的大师/一生都充满灵感”，这是于坚《云南汉子》中的几句，写出了云南汉子的朴实无华以及“原始的野性”，因此叙事者感慨“像最杰出的大师”。

（三）隐含作者

隐含作者是美国学者 W.C.布斯在《小说修辞学》中提出的概念，被称为“作者的‘第二自我’”[①]，是“作品创作和交流中的构成因素之一，他是由读者从文本中建构的，是读者把握和理解作品的产物”[②]。W.C.布斯对隐含作者的解释是：“不管一位作者怎样试图一贯真诚，他的不同作品都将含有不同的替身，即不同思想规范组成的理想。正如一个私人信件，根据与每个通信人的不同关系和每封信的目的，含有他的自我的不同替身，因此作家也根据具体作品的需要，用不同的态度表明自己。”[③]所以隐含作者“有意无意地选择了我们阅读的东西；我们把他看作真人的一个理想的、文学的、创造出来的替身：他是他自己选择的东西的总和”[④]。

W.C.布斯在《隐含作者的复活：为何要操心？》中说：“无论在生活的哪一方面，只要我们说话或写东西，我们就会隐含我们的某种自我形象，而在其他场合我们则会以不尽相同的其他各种面貌出现。”在叙述诗歌文本中，隐含作者是作家精神世界的另一个自我的呈现，存在于叙述诗歌文本之中，是作者在文本中的替身。布斯根据隐含作者与读者和叙事对象的距离认为，“隐含的作者可以或多或少地远离读者”[⑤]，“隐含作者（他自己携带读者）可以或多或少地远离其他人物”[⑥]。据此，在叙述诗歌文本中，我们可以将隐含

---

① ［美］W.C.布斯：《小说修辞学》，第 169 页。
② 胡亚敏：《叙事学》，第 38 页。
③ ［美］W.C.布斯：《小说修辞学》，第 81 页。
④ ［美］W.C.布斯：《小说修辞学》，第 84 页。
⑤ ［美］W.C.布斯：《小说修辞学》，第 177 页。
⑥ ［美］W.C.布斯：《小说修辞学》，第 177 页。

作者分为远离读者的隐含作者和远离叙事对象的隐含作者。

1.远离读者的隐含作者

这种类型的隐含作者与读者的距离可以近也可以远，“可以是理智上的，也可以是道德上的，还可以是审美上的”①。青年诗人伊沙常以其辛辣讽刺语言而给读者带来异样的感觉。他的《陕西韩城司马祠》：“春天我在司马祠/上了一回厕所/紧急出恭的形式/却与大小便无关/那是出于一种/心理的需要啊/我面壁而立/解了裤子/……冷汗从背后冒了出来。”“司马祠”一直是备受人们所敬仰的，但作者却只是“上了一回厕所”，日常解构了权威与崇高，而当他在解裤子时，“冷汗从背后冒了出来”，司马的权威是有代价的，而“我”却不想“步其后尘”，“我”只要在司马祠上一回厕所。我们细细品味这首诗的时候，会看到在背后有讽刺的微笑，隐含作者在“嘲笑”那些尊崇司马祠的人们。叙事者通过口语化的、刺目化的语言使文本与读者的距离拉开，这种距离是理智的，让读者在对“司马祠”抱有尊崇的态度的同时，思考其存在的意义。因此，文本中有作者、自然叙事者，更有对精英主义持怀疑态度者。

2.远离叙事对象的隐含作者

这种类型的隐含作者与叙事对象的距离也是可近可远的，有些与其所叙事对象的距离很远，他们可以完全有意识地保持一种使对象“远离作者”的人为状态；有些则可以与其所叙事对象由远及近或由近及远地展开距离变化。在于坚的诗中，我们可以经常感受到这种距离的变化以及由此而形成的张力。《事件：诞生》叙述了“诞生”的过程这一事件，由大及小，由远及近，在“无声”中拉近了同叙事对象的距离，也拉近了读者与隐含作者的距离，使叙事对象详尽而客观地展现在读者面前。而《事件：挖掘》则是在历史纵横中，由古及今，展示了一幅广阔而细致的画面。而《事件：呼噜》则由近及远，凭着作者的直觉向我们记录了一位日常生活中的打呼噜者。诗人从平凡的事件、平凡的时间、平常的地点，用平民的视角去描绘日常生活中的“小事”，用解构宏大叙事的方式告诉读者：诗歌就是这样，“拒绝隐喻”；生活就是这样，平凡琐屑。

---

① [美]W.C.布斯：《小说修辞学》，第177页。

二、叙述者的声音

在前面的叙述中，我们可以看出叙述者具有多样性，因而流露在叙述诗歌文本中的声音也具有多种，结合巴赫金的复调理论，可以将其分为复调与单调。

（一）复调

所谓“复调”，即是在同一叙事话语中存在两种或两种以上有差异甚至对立的声音，它们“在文本具体的艺术情境中相互争吵、论辩、冲突，构成了文本的微型对话”[①]。复调小说理论是巴赫金在研究俄国作家陀思妥耶夫斯基小说的基础上提出的。巴赫金在关于陀思妥耶夫斯基小说的论述中指出，复调小说的主人公不只是作者描写的客体或对象，他并非是作者思想观念的直接表现者，而是表现自我意识的主体；复调小说中并不存在一个至高无上的作者的统一意识，小说不是按照这种统一意识展开情节、人物命运、形象性格的，而是展现有相同价值的不同意识的世界；复调小说由互不相容的各种独立意识、各具完整价值的多重声音组成。在叙述诗歌文本中，有作者、叙事者与隐含作者的差异，因而叙述诗歌文本中的声音也许就不止一个。

于坚是一个固执的坚守者，他对于土地、动物、生命、自然的坚守与表达，成为他诗歌的深刻含蕴，他的诗对细节与琐屑的注意，其表层的浅易，深层意蕴的巨大能量，体现出他思考与体悟的高贵品格。他的《下午　一位在阴影中走过的同事》一首诗仅仅在他的眼中停留了五秒，但我们看到这五秒钟发生了很多，而这很多却是经常出现在我们生活当中而容易被我们忽略掉的，于坚则捕捉到了这一诗意场景：

这天下午我在旧房间里读一封俄勒冈的来信
当我站在唯一的窗子前倒水时看见了他
这个黑发男子　我的同事　一份期刊的编辑

---

① 张开炎：《双性同体的叙述者与叙事话语的双声性——〈阿Q正传〉叙事文化学分析之三》，祖国颂主编：《叙事学的中国之路》，第148页。

正从两幢白水泥和马牙石砌成的墙之间经过
他一生中的一个时辰　在下午三点和四点之间
阴影从晴朗的天空中投下
把白色建筑剪成奇怪的两半
在它的一半里是报纸和文件柜　而另一半是寓所
这个男子当时就在那狭长灰暗的口子里
他在那儿移动了大约三步或者四步
他有些迟疑不决　皮鞋跟还拨响了什么
我注意到这个秃顶者毫无理由的踌躇
阳光　安静　充满和平的时间
这个穿着红色衬衫的矮个子男人
匆匆走过两幢建筑物之间的阴影
手中的信　差点儿掉到地上
这次事件把他的一生向我移近了大约五秒
他不知道　我也从未提及

在这首诗里，存在着“看”与“被看”的模式，正如卞之琳的《风景》，但“看”与“被看”的两者却是有着各自的独立意识，从而发出了两种不同的声音。通过“我”的看，这个普通平凡的男子去除了他在物质生活世界中所蒙的“灰尘”，展现出一个真实纯粹的状态。虽然“向我移近了大约五秒”，但这只是在“我”生命中多停留了五秒，并没有太多的含义，最多的只是“我”的同事进入了我的诗歌里。在“阳光　安静　充满和平的时间”“这个秃顶者毫无理由的踟蹰”，“我”对此不能做什么，不能给予他意见，也不能给他“一杯水”；而“我”只能“拿着手中的信”，倒一杯水，也可能因此信“差点掉到地上”，但这都没有什么，都与“我”的同事没有关系，因此“我也从未提及”。

（二）单调

相对于复调而言，单调指在同一叙事话语中不存在两种或两种以上有差异甚至对立的声音，也即只有一种声音，只有一个独立性格的主人物或主声音。如前面提到的小安的《诗歌是一种怪东西》，作者所发出的声音与文本中所发出的声音是一致的，“诗歌这东西/如此朦胧下去/我还写它干什么”。

何小竹的诗语言简洁、质朴，有一种直接、具体的质感。阅读他的诗，能体会到一种轻松、愉悦的心情，但也许有人将其视为形式主义的无意义的"废话"，或者"口水"。"4 月 2 日晚/与小安杨黎一起吃饭/杨黎做东/杨黎说，我们喝酒/小安你喝绿豆沙/小安说，不/我为什么要喝绿豆沙/我要喝酒/杨黎说/那么喝啤酒/小安说，我不喝啤酒/你怕我喝醉是不是/杨黎只好说/那我们都喝一样的酒/那天，我们喝的是一种热气腾腾的/名叫雕花的酒。"这是他的诗《与小安杨黎一起吃饭》，不需要作过多的阐释，甚至连诗的名字都那么"口水"，但这恰好是诗人的追求与用心所在。这样的写作是放弃了那些曾经是诗的基本元素的写作，也无疑是一种"极限"写作。

当代叙述诗歌的叙述者及其声音是一个比较新的且有学术研究价值的话题，如何从中更好地把握"叙述"是一个需要时间与心力的事情，而我也将为此不断努力。本文大幅改动，因知识尚浅，所以仍有一些疑问，而我也将带着这些疑问继续进行深入的探讨，希望做得更好。

内容的诗化和表达的诗化

——以几首事态诗为例

吕家乡

从20世纪90年代开始，采取事态结构而不采取抒情结构的诗歌越来越多，至今势头不减。这些诗歌作品的质地良莠不齐，有的诗意浓郁，有的却淡而无味，其中确实有不可无视的诗歌美学规律值得探讨。

诗是怎样成为诗的？诗歌和散文（尤其是实用性散文）有什么不同？清代诗评家吴乔在《围炉诗话》中曾说："或问：诗与文之辨？答曰：二者意岂有异，唯是体裁词语不同耳。意喻之米，文喻之炊而为饭，诗喻之酿而为酒。饭不变米形，酒形质俱变。"[①]大意是，如果把"意"（应当说是素材）比喻为米，那么散文可以比喻为把米做成的饭，诗歌可以比喻为把米酿成的酒。生米做成熟饭，米的形状没变；米酿成酒，米的形状和性质都变了。这比喻是恰切精彩的，素材（包括感情素材和生活素材）酿成诗歌佳篇，素材的形状和性质不是都有所变化吗？但吴乔对精彩的比喻所作的概括并不恰当，说诗歌与散文二者的内容并无差异，只是体裁词语不同，这种说法是不合实际的。其实，之所以诗与文二者的"体裁词语不同"，正是内容的不同所制约、所决定的。同样的素材进入散文和进入诗歌，一则形成了散文化的内容，与素材的原貌相近；一则形成了诗化的内容，素材的"形质俱变"，就像米变成酒一样了。好的抒情诗所抒之情已经不是生活中的实际感情，而是由灵感和想象升华了的诗情。林黛玉为自己的不幸而悲伤，这是生活中的"实情"，但她看到花谢花飞的暮春景象，触动身世之感，落花的命运和自己的命运融为一

① （清）吴乔：《围炉诗话》，郭绍虞编选：《清诗话续编》（上），上海古籍出版社1999年版，第479页。

体，悲己和悼花融为一体，这就把“实情”升华为“诗情”了。这样的诗情通过相应的方式表达出来，就成了诗意浓郁的《葬花词》。在古今中外那些著名的写景咏物诗中，景哪里还是固有的景，物哪里还是固有的物呢。陆游的《咏梅》、郑敏的《金黄的稻束》、曾卓的《悬崖边的树》、里尔克的《豹》，岂不都是以心灵化的“诗景”“诗物”为内容的吗？同样，好的叙事诗所叙之事也已不是生活中固有的“实事”，而是在诗人的心灵里升华了的即诗化了的“诗事”。例如：一个叫苏苏的美丽姑娘被摧残而死了，她的坟前已经野草萋萋、野花摧折了。这是一般人了解到的“实事”，我们面对这“实事”所涌起的悲痛感情是朴素的“实情”。而诗人徐志摩所感受到的却是如下的故事了：美丽的姑娘苏苏被摧残而死了。——死后她的精灵化成了坟前的鲜花。——这鲜花受到自然界星月风露的爱抚。——不料这鲜花又被人间的手无情地摧折了。据此他写出了脍炙人口的短篇叙事诗《苏苏》，其中所叙的（或者照何其芳的说法所“歌唱”的）故事已是不同于“实事”的“诗事”，伴随着的也已不是由“实事”激起的“实情”，而是面对这“诗事”所涌起的“诗情”了。诗人固然被生活素材所感动，更被他的想象所感动。这是不能仅仅用“叙事诗里依然需要很重分量的抒情的章节”[①]，“不是在讲说一个故事，而是在歌唱一个故事”[②]，或“客体性与主体性二者的和谐”[③]来概括的。

一般说来，诗化的内容决定着也期待着特有的诗化的表达方式，抒情诗里“情的诗化”形态决定着也期待着“抒的诗化”的特有方式，叙事诗里“事的诗化”形态决定着也期待着“叙的诗化”的特有方式。这并不是说诗化的表达方式会不费力气地自然而然地出现。诗人为了圆满地传达内心的诗化的内容，力求选择最恰当的表达方式，包括视角、结构、修辞方式、节奏方式等，为此既需要娴熟的技巧，也需要精益求精的态度。诗歌不仅是诗人的自我表现，还是诗人和读者之间的交流，因此诗的表达方式不能仅仅满足于“意到笔随”“淋漓尽致”，还要适应读者的心理规律，给读者留下再创造空间，做到既引人入胜，又耐人寻味。

一首诗的质量、魅力，总是决定于它的内容的诗化程度和表达的诗化程

① 艾青：《诗与感情》，《诗论》，人民文学出版社 1980 年版，第 85 页。

② 何其芳：《谈写诗》，路德庆编：《作家谈创作》，花城出版社 1981 年版，第 174 页。

③ 吕进：《论叙事诗》，《新诗文体学》，花城出版社 1990 年版，第 91 页。

度两个方面。抒情结构的诗是这样，事态结构的诗也是这样。下面以近年来出现的几首事态诗为例来加以探讨。

路也的《抱着白菜回家》写的是“我”抱着大白菜回家的经历(事)以及自己的内心活动(情)。在常人看来，这里所写的是极其平常的小事：寒冷的冬天，“我”(一位准备做饭的妇女)抱着一棵大白菜回家，路过一个又一个高档饭店门口，并不眼馋，只想回家做一个白菜炖豆腐，如此而已。可是，在诗人心灵里，事情却变得大不相同了：这棵大白菜在“我”的怀抱里渐渐成了精，她“健康、茁壮、雍容/ 有北方之美、唐代之美”，进而让“我”“感到与它前世有缘/ 都长在亚洲/ 想让它随我的姓/ 想跟她结拜成姐妹”。至于“匆匆走过一个又一个高档饭店门口/经过高级轿车，经过穿裘皮大衣和高筒靴的女郎”，一般人也许视同平常，某些人也许会有点眼馋，而诗人却觉得“我和我的白菜似在上演一出歌剧”，经过的饭店呀，轿车呀，女郎呀，成了我们上演歌剧的舞台、布景和观众。这时候，抱着白菜回家就不是日常小事了，而是成了演歌剧那样的引人关注的新奇事了。之所以会有这样的感觉，大概是因为敏感的诗人觉察到了摩登女郎们异样的眼光，这种眼光激发了诗人的自豪感。细心的读者从这不动声色的叙述中已经可以体会到“我”和周围环境的对峙关系了。这种对峙关系继续发展，以至于有了这样出乎意料的结尾：“我抱着一棵大白菜/ 顶风前行，传递着体温和想法/ 很像英勇的女游击队员/ 为破碎的山河/ 护送鸡毛信。”看，在诗人心灵里，抱着白菜回家竟然具有了如此巨大的意义，琐屑小事变成了英勇的壮举。这就是事的诗化，诗化了的事。这种事的诗化过程是在诗人心灵里逐渐酝酿、逐渐发展、完成的，在这个过程里，诗人涌起的内心感情，始而是对大白菜的喜爱，继而在拒斥摩登女郎异样目光的同时涌起自豪感，进而形成壮烈感。这种情感发展线索如果仅仅以笼统的亲热—自豪感—壮烈感的形态出现，还仍然是生活中的朴素的感情，而算不得诗情；诗人把这种感情线索经过想象化成了一幅幅鲜明的、活灵活现的内心图景和一个个形象：想和大白菜结拜为姐妹，一同在上演歌剧，为破碎的山河送鸡毛信，等等。这就由朴素的生活感情升华为诗情了，同时也就把固有的“实事”升华为心灵化的“诗事”了。正是这种“事”的诗化和“情”的诗化形态赋予了这首诗以内在的诗意。由于诗人确实在心灵里体验了这种“事的诗化”和“情的诗化”过程，并不是刻意地故作惊人之语，因此内容耐人寻味，具有感染力，能够唤起读者心灵的共鸣。显然，这个过程不能简单地说成是“在叙事中加入了抒情成分”，或“叙事和抒情的结合，等等，而是要强调“诗化”的关键作用。

回头再看诗人的表达方式，应当说也是很恰当的，最突出的是他自然地展示了“事的诗化”和“情的诗化”如何发展演进的内在节奏，一层又一层递进，一环又一环相扣。另外，作者还恰当地着意突出了“我”和大白菜的朴素品格。抱着一棵大白菜在寒冷中顶风前行，这个基本意象是朴素的，辅之以“穿着大棉袄，裹着长围巾”，“此时厨房里炉火正旺/ 一块温热的北豆腐/在案板上等着它”，更强调了朴素。如此朴素的“我”和大白菜，后来竟然有了“上演歌剧”的自豪感甚至“护送鸡毛信”的壮烈感，这种变化是由外界环境激发出来的，前后对比更显得激动人心。最后，“顶风前行，传递着体温和想法”，字面上是写实，同时又获得了象征意味(顶着歪风前行，向冷漠的、迷惘的世人传递体温和想法)。从语言锤炼角度说，“上演歌剧”和“护送鸡毛信”的意象铸造，都堪称雅俗共赏的神来之笔。如果挑剔的话，诗中以“雍容”“唐代之美”来形容大白菜，似乎有损其朴素品格。“想让它随我的姓/想跟她结拜成姐妹/想让天气预报里的白雪提前降临/ 轻轻覆盖它的前额和头顶……”这里的四行，前两行和后两行似乎应该颠倒一下，才更符合内心里逐渐把大白菜拟人化的次序。

路也的诗里既有较完整的事态线索，又有较完整的内心活动线索，不过她的内心活动也是以事态呈现的(上演歌剧、护送鸡毛信)。与此不同，江非的《时间简史》似乎没有诗人的内心情绪线索，呈现的完全是一个仅仅活了19岁的农民工“他”的历史：

他十九岁死于一场疾病
十八岁外出打工
十七岁骑着自行车进过一趟城
十六岁打谷场上看过一次，发生在深圳的电影
十五岁面包吃到了是在一场梦中
十四岁至十岁
十岁至两岁，他倒退着忧伤地走着
由少年变成了儿童

到一岁那年，当他在我们镇的上河埠村出生
父亲就活了过来
活在人民公社的食堂里
走路的样子就像一个烧开水的临时工

“他”的生命史不是按照由先到后的顺序排列，而是严格按照由后到先的次序排列的。这是不同寻常的，又是有心理依据的。我们都有这样的体验：对于熟悉的人的一生，尤其是对于一个仅仅活了19岁即早逝的年轻人的一生，会不由得翻来覆去地回想、琢磨。不过，在一般人，习惯地着重于“覆去”地想（由先到后地想），而诗人江非却突出了“翻来”地想（由后到先地想）。这反映了诗人对早逝者的非比寻常的痛惜和悲愤，从而欲罢不能地对他的早逝细细地寻根究底。也就是说，这种颠倒的次序（特殊的事态）是由诗人的特殊心态决定的，即心灵化的。孤立地看，每一个环节都是纯客观的、零度感情的，但是合成一个整体来看，却可以体会到字面背后诗人的那一双悲愤的、寻根究底的眼睛。正是为了寻根究底，诗人强抑悲痛，让读者和他一起冷静深入地对早逝者的悲剧结局由后到先地一步步寻根究底，探求悲剧的成因及教训，从而找出避免悲剧重演的可能。

基于这种心灵化的事态结构，作者顺理成章地采用了倒叙的叙述方式，这是该诗“叙的诗化”的关键。从阅读效果来看，如果采用由先到后的顺序，读者可能顺畅地匆匆读到结尾；读到结尾后，却未必会颠倒过来一步一步地琢磨；而采用由后到先的次序，每一个倒退中出现的环节都会促使读者反复品味，“他”的生命史中的每一个标志性事件的意味及其内在联系，都会让读者细细咀嚼。“他”困顿的处境和卑微而美好的向往，“他”别无选择的宿命和勉为其难的挣扎，构成了震撼人心的张力。读到结尾，即他的生命的开端，读者会不由自主地重新按照由先到后的顺序去捉摸，去体会，这样就构成了循环往复的不尽循环。至于诗中流畅的韵脚（开头五行还用了联韵）则衬托和强化了这些事件环环相扣的内在联系。另外，具体的标志性事件的选定，“十四岁至十岁/十岁至两岁，他倒退着忧伤地走着”，这两个年龄段的划分与合一，以及对其间标志性事件的简要概括（“忧伤”），结尾对人民公社食堂的突出，都是颇有匠心的，对读者既有提示作用，又留下想象空间。（两岁时父亲死去是不是和公共食堂化及大饥饿有关？十岁时是否母亲发生变故？十四岁时是否失学？）

重大的事件如何按照事态诗的方式来把握和处理呢？这可以拿尹延斌的《谒孟良崮》为例。1947 年 5 月爆发的山东孟良崮战役是解放战争中的著名战役，解放军以伤亡一万两千人的代价，全歼国民党的王牌部队七四师，并击毙其师长张灵甫（此人曾在抗日战争中建立卓越战功）。在一般人看来这是两个阶级你死我活的斗争，可是在诗人心目中呈现的却是两兄弟相斗的情景："一家人/ 两种信仰/ 三句话不投机/ 剑拔弩张// 五月的孟良崮/ 春光变成火光/ 即便一只鸟儿/ 也飞不出天罗地网。"这样的"事"显然已经不是原来的事，而是诗人想象中的事。沿着这样的想象继续延伸，诗人竟听到了相斗的弟兄在若干年后发出的心声："战役的胜利者和失败者/ 死了也是兄弟/ 如果还有来生/ 一定铸剑为犁// 一家人/ 别再说两家话/ 缺了谁/ 都像缺了半块月亮。"诗人心灵里呈现的、跨度数十年的这件"诗化的事"是这首诗的内在诗意的源泉。如何把这"诗化的事"定型为诗篇呢？作者的表达方式也是成功的，成功之处在于鲜明生动地呈现了诗人心灵中的这种"诗化的事"的形态，让读者随着作者进入想象境界，觉得孟良崮战役就是几十年前弟兄二人打斗得你死我活，现在双方反思后，重归于好。第一章里，先是强调战役因由的无关紧要，后是强调战役场景的残酷，二者构成强烈对比。因由的抒写中，"一、两、三"的数字排列透出了几分游戏性，更渲染了无关紧要的特点，这和"剑拔弩张"之间又构成反差。场景的抒写中，美好的自然景象和残酷的战火之间又构成反差。层层反差和对比充分地烘托了这个战役的反常和令人遗憾。遗憾的另一面当然就是希望遗憾能够得到弥补，延伸到第二章的内容就是水到渠成的了。"铸剑为犁"的措辞含蓄着"一家人"团圆、共享田园生活的向往。这些技巧都增强而不是损坏了想象中"诗化的事"的感染力。当然，本篇也有美中不足：大部分都押 ang 韵，却有一节改为 yi 韵，有损和谐。好在这并不影响"叙的诗化"总体上的成功。如果让读者觉得兄弟相斗仅仅是作者想出的一个比喻而不是作者心目中呈现的意象，"死了也是兄弟"云云不过是作者的感想（抒情），而不是作者想象中听到的当事人"兄弟"的心声，那表达就失败了，内在诗意就大大丧失了。可见"抒情"成分并不是使事态诗获得诗意的不可或缺的灵丹妙药，有时反而会起破坏诗意的作用。

下面看看两首较长的诗：彭浩荡的《只能有一朵玫瑰》（《星河》诗刊 2013 年春季卷）和路也的《心脏内科》（《人民文学》2011 年 10 月）。二者都有叙事成分，也都有浓厚的抒情成分。

彭浩荡的《只能有一朵玫瑰》写的是中国男子杜承荣和奥地利女子瓦格纳的跨国爱情故事，基本轮廓在诗前小序中有如下介绍："杜承荣生于浙江东阳上卢乡湖沧村，聪颖好学，诚实正直，因家境贫寒，少年时只得就读于公费之警官学校。1930年，他被选拔至奥地利国家警官训练中心进修，此期间，与教官的女儿瓦格纳相爱，三年后回到杭州执教。1934年末，18岁的瓦格纳远涉重洋只身来到中国，和杜承荣结为连理。从此，她本来应该美满幸福的命运，便与这块多灾多难的土地结下不解之缘。"诗人并没有按照这个固有的故事顺序来写，而是按照诗人对瓦格纳的访问顺序来写的，诗人"我"成为主角之一在诗中出现。这给诗人的抒情带来了极大便利，也给素材的取舍和详略、叙述的跳跃和时空重组提供了方便。如第三节写诗人初见82岁的瓦格纳时有这样几行诗："啊，您就是只身乘船颠簸三十天/ 来到东方的瓦格纳吗/ 您就是曾向郁达夫借书/ 他把钥匙交给了您的瓦格纳吗/ 您就是为了爱/ 在中国农村受苦三十年的瓦格纳吗？"三个抒情句子却包含着许多叙事信息。由此可见诗人善于把叙事和抒情结合起来的功夫。诗篇以几个片段的特写比较生动地表现了瓦格纳的性格和内心世界：她在逆境中作为另册分子家属毫不动摇地信任和关心丈夫，又不无内疚地关怀着女儿；面对蛮横无理的勒令，她伤心气愤之余，"走路时总是挺起腰"，以此表示"我是人/ 我有人的尊严"。她虽然并不了解"这块亚细亚土地上所发生的那么多玄机和斗争"，但她坚信"洪水一定会过去的/ 阿廖菲尔登贝色赛恩（以前会好起来的）"。有些片段既有人物性格的表现力，又有时代特色。瓦格纳诚恳地说自己"是一个很普通的人"，她确实是一个朴素而崇高的普通人形象。在诗篇里她的形象是应当凝结为一个优美恰切的意象的，可惜这一目标并没有达成。作者有时赞美她是"阿尔卑斯山中的一座高峰"，有时又赋予她百花丛中"只能有一朵玫瑰"的写照。但是这两个比喻只能映现她的某一侧面，并不能涵盖她的全部性格，而且只是偶尔一用，任何一个比喻都没有作为核心意象贯穿全篇。这说明诗人的酝酿仍然火候不足，内在的诗化（事的诗化和情的诗化）尚未成熟，因此诗人叙事和抒情结合的技巧还只能在一个诗意较淡的天地里施展，这就限制了诗篇的魅力。读者在肯定诗人已有成就的同时，不能不提出更高期待。

关于《心脏内科》，路也曾有如下自述："这首诗因母亲心脏病住院而作。去年的那段日子我日夜待在嘈杂的病房里，以医院为家，每天都有生死故事在身边上演。我睡眠严重不足，时时提心吊胆，身心疲惫。除去陪床和忙碌杂务，一有空，我就会读上一段《圣经》，我就是靠一本黑色封皮的《圣经》支撑着自己熬过那段无助的日子的。感谢上帝，我的母亲身体好转，出院回家了。然后我就写了《心脏内科》这首长诗。……在这首诗里，我试图通过'心脏'这个核心意象去探讨生与死、人与宇宙的关系，我不知道自己最终做到了没有以及在多大程度上做到了。"这首诗从陪母亲住进医院心脏内科病房写起，以陪伴母亲出院为结尾。这本来是一条现成的、包含丰富内容的线索，但诗人偏偏弃而不用，诗篇既没有情节线索，也不像艾青的长诗《古罗马大斗技场》那样围绕着动态场景依次展开，硬是写成了诗体"杂记"。不妨叫作"反事态诗"吧。奇怪的是，本来"这首诗因母亲心脏病住院而作"，可是除了一头一尾简单地提了两次以外，诗中竟完全没有写到母亲的身影。其间写到手术室，写到病房和重症监护室，写到中医诊病，甚至写到"护士站的鱼缸里那只鳏居的金鱼"和"病房窗外的云雀"，但这些都和母亲无关。第 8 节写到一位接受输液的苍老女人："如果她在这世上有什么缺憾，我肯定就是那缺憾/ 一只签字的手背向她/ 微微发着抖，哦，怎样才能骗过死神。"为什么这里宁愿写别的苍老女人却不写母亲呢？如果改为对母亲的抒写有何不可呢？开头刚刚写到母亲连夜"被送往医院心脏内科"，接着就在第 2 节里对于容易害心脏病的各色人等作了调侃、讥笑式的罗列："熬夜的、贪食的、嗜烟酒的、纵欲的、过劳的/ 伤悲的、自恋的、情动于衷而形于外的/ 善妒的、暴怒的、心高气傲的、肠子九九八十一道弯的/ 想挣状元拨头筹的/ 最终都将到达/ 心脏内科/ ——这个修配厂。"读者难免发问：母亲难道也属于被调侃、被讥笑的这些人之列吗？

"心脏"这个核心意象，严格说来，并没有能够形成。"心脏何意？/ 中心，首都，国会大厦，紫禁城之太和殿/ 茫茫银河系里的太阳"，只是这样申说并不能形成心脏的诗歌意象；把人体的心脏器官和国家的心脏、宇宙的心脏等由此及彼、进而亦此亦彼地叠合起来，不仅可以互衬，而且可以互指，那才算形成了诗歌意象，这是要在诗人心灵里完成的。随着大大小小的各个等级的"心脏"叠合起来的意象的形成，为"心脏"治病的"心脏内科"也可能升华为亦此亦彼、亦大亦小的诗歌意象，这也是要在诗人心灵里完成的。要不怎么称诗人“别有慧心”呢？令人遗憾的是，作者不但没有实施这种心灵化工程，反而把作为人体器官的“心脏”的意思搞乱了。在古代汉语中，“心”兼指内脏器官心脏和思维器官头脑（“心之官则思”），但是“心脏”就只指前者而不包括后者了。心脏可以引申为中心、核心，思维器官则可以引申为性情、品格。而且，在古代乃至现代汉语中，“心”字更多的时候往往指头脑而不指心脏，如“心想事成”“专心致志”“心胸开阔”“心比天高”以及“人心不同，各如其面”，等等。路也诗篇第 4 节所列举的那些与“心”字相关的用语，几乎全是指头脑，而非指心脏。当然在诗歌里是允许词意的转移的，但必须要在一定条件下。《心脏内科》写的是救死扶伤的医院，这里丝毫差错都人命关天，在这种具体语境中，绝不允许把心脏和头脑混为一谈。诗人在郑重地提出“心脏何意?”的设问之后，接着却罗列了那些非指心脏而指头脑的与“心”字相关的用语，词意的偷换让人难以认同。第 6 节说“在这个世界上只有哲学家的心脏/ 各项指标均属正常/ 诗人则是先天性心脏病患者……”云云，作为笑谈，读者尚可笑纳。接着说，“请设想/ 把一个牧师的心脏移植到一个商人的身体里去/ 把一个母亲的心脏移植到一个军人的身体里/ 把一个小女孩的心脏移植到一个政治家的身体里/ 白雪公主的心脏移植到巫婆体内，肖邦的心脏移植到希特勒体内/ 那么，世界会不会变得更加/ 生动和美好?”如此认真地、有违医学常识地提出关乎人性改造和世界未来的审美理想，就让人啼笑皆非了。经过这一番混淆，在第 10 节又回头把心脏写成“这个器官位于胸部上方，偏左/ 就像世上的革命大都稍稍有那么一点儿/ 偏左”，这种生发恐怕很难感染读者了。

心脏内科，则不但没有形成诗歌意象，就连鲜明的轮廓也没能被勾画出来。诗中第 5 节关于金鱼是否需要“安放支架”、云雀是否需要“做搭桥”的设想，似乎是对心脏内科过度治疗的嘲讽。第 7 节以魔幻手法写道：“墙壁中藏匿了一些死者的灵魂/ 反使这混凝土建筑更加牢固/ 死不瞑目者偶尔会溜出，在无人的楼梯上徘徊/ 寻找某只丢失的鞋子/ 并想撬开档案柜，翻看自己的病历/ 寻求复活之路。”这里简直是对医院的控诉了。第 9 节对中医的抒写也是明显的贬斥和嘲讽。这些综合起来把心脏内科和医院写成了负面形象。可是母亲毕竟是在这里治疗病愈、出院的，这让读者怎么领会呢？诗歌里对心脏内科连一个贯穿始终的定位都没有，何谈意象化呢？

由于心脏、心脏内科作为核心意象的缺失，诗篇借此展开的关于生与死、人与宇宙关系的探讨也难免显得支离凌乱，既没有情绪的节奏，也没有“智慧的节奏”。前面写到重症监护室里两个死里逃生的男人无比艳羡地谈及某单位关于“死后上报纸”的待遇许诺，“他们的谈话令我那强劲的心脏/忽然放开闸门，呵呵而笑/甚至使我的心脏光着脚丫在地板上欢呼雀跃”。自我肯定的优越感溢于言表。可是接着竟出现了灰暗的情绪：“新的一天开始了，请原谅，我对生命的喜欢比昨天少了一些/但依然有着亚洲式的耐心。”难以看出诗人心情为什么如此晴转阴的来龙去脉。“对生的最好论述是死，对跳动的最确切证明是停止跳动。”这种对生死关系的感悟并没有具体鲜明的形象依托，因而虽可作为警句来给人以启示，却较少诗意的光彩。结尾的几行是点题之笔：“我说‘慢走，慢慢地走——’/偶尔打盹、发愣或坐等/所有年月日根本就是同一天，一天也代表所有日期/一个人的一生其实相当于人类的历程/从蓝田到河姆渡，既然有那样一个漫长的早晨/那么也应该有同样漫长的/晌午和黄昏。”这些警策之句的蕴含都必须依附于整体来充实。由于上文缺乏充分的铺垫，这些诗句就难有水到渠成的整体性效果，而只能孤立地来领会，意味也就很受局限了。

内在的“事的诗化”和”情的诗化”的欠缺，决定了这首诗表达上的缺陷：整体感不足，结构松散。语言也有些铺张浪费，请看：“此刻，我尚在中途/外表疲倦不堪，像清朝末年/而身上的血，还在前不见古人后不见来者地流/天地悠悠地流，独怆然而泣下地流/抽刀断水水更流地流着，举杯消愁愁更愁地流着/孤帆远影碧空尽惟见长江天际流地流着/像盛唐那样流。”如此挥霍地游戏笔墨，除了表达诗人的偏爱，有什么艺术上的必要呢？

附注：笔者另有短文《林之云：事的诗化和说的诗化》（刊于《当代小说》2010年4月号），欢迎一并指教。本文鲁莽地但并非轻率地对路也的获奖长诗《心脏内科》从艺术上提出批评，目的之一是引起读者和专家对此诗的关注，以求在交流和论辩中达到对此诗以及相关诗学问题的真解。

“知识分子写作”叙事性诗学的源起与倾向

孙基林

新时期诗歌书写中弥散的叙述性思潮，显然一开始就伴随着第三代诗歌发生、成长的过程而萌发、浸润，进而不断延展、壮大，以至于最终形成影响整个诗坛与其书写走向的叙述性潮流。就叙述性这一诗歌书写方式或作为思想方法的一种修辞形态而言，大量诗歌文本和写作实践可以证明，它已然衍生出并不相同的诗学倾向和形态特质。虽然本人并非完全认同所谓20世纪“90年代诗歌”给诗坛带来了“叙事性”这一似乎已成定论的判断和思维范式，但也并不否认知识分子写作所形塑出来的特有的诗性思维方式、叙事性形态、艺术质地及其诗学价值。

就发生学的逻辑前提和内在理路而言，知识分子写作发生的源起或温床显然是与20世纪90年代存在的社会历史情势及其文化状况有关。而从诗学上说，或许更深一层也更内在的逻辑动因则来自对80年代所谓二元对立模式、非历史性诗学与青春期写作的反思、纠偏。对此，需要首先厘清和考辨的基本问题和前提是：知识分子写作者对其所置身的社会历史和文化状况的认知以及这个时代之于诗歌写作的真正动因究竟如何？写作者身份的确立与立场选择是怎样的？知识分子写作者为何选择了叙事性这一思想方式和修辞策略？

可以发现，诸多论者在对此进行论说时，大多以欧阳江河写于1993年初的《89’后国内诗歌写作：本土气质、中年特征与知识分子身份》作为论证和言说的理据。的确，这是一篇“知识分子写作”的历史性文献。它开篇便直陈和言明了一个知识分子写作者所面对的严峻的历史困境和写作现实：“对我们这一代诗人的写作来说，1989年并非从头开始，但似乎比从头开始还要困难。一个主要的结果是，在我们已经写出和正在写的作品之间产生了一种深刻的中断。诗歌写作的某个阶段已大致结束了。许多作品失效了。就像手中的望远镜被颠倒过来，以往的写作一下子变得格外遥远，几乎成了隔世之作……”[①]这确乎是一件非期然而降临的严峻的历史境遇，那种恍如隔世的体验、感受是如此清晰、鲜明！不独欧阳江河如此，程光炜、西川、洪子诚等学者或知识分子写作者的感受也概莫能外。在《不知所终的旅行》这篇《岁月的遗照》序文中，程光炜曾极具感性又不无感染力地回溯和描述了早在1991年初在湖北武当山与诗人王家新相遇时的触动和震撼。他说当他看到诗人王家新不久前写就的《瓦雷金诺叙事曲》《帕斯捷尔纳克》《反向》等诗歌作品时，“我震惊于他这些诗作的沉痛，感觉不仅仅是他，也包括在我们这代人心灵深处所发生的惊人的变动。我预感到：80年代结束了。抑或说，原来的知识、真理、经验，不再成为一种规定、指导、统驭诗人写作的‘型构’，起码不再是一个准则”[②]。而西川则告白说：“是80年代末、90年代初中国社会以及我个人生活的变故才使我意识到我从前的写作可能有不道德的成分：当历史强行进入我的视野，我不得不就近观看，我的象征主义的、古典主义的文化立场面临着修正。”[③]对此感受、认知同心共振的洪子诚先生，也曾动情地描述他在1990年大年三十晚上于倾听英国作曲家布里顿一支有关战争的交响曲时所产生的沉痛，他说：“那时，我也产生了类似程光炜的那种感觉，这一切似乎在对我们提醒，我们的生活、情绪，将要（更准确些说是‘已经’）发生改变。”可在很长一段时期里，他“并没有试图对这种感觉进行清理”，只是到了后来，当他在西川的诗集《天意如此》的“自序”中读到“当历史强行进入我的视野”这行文字时，“才稍稍明白当时所承受的，大概就是这种‘强行进入’的重量”。[④] 由此可看出这些看似感性的描述性话语，其实均来自深邃而又沉潜的内在性触动和感悟，它的真切意涵在于指认，作为一个社会历史过程和文化阶段的80年代戛然结束了，而时代不得不又来

---

① 欧阳江河：《89’后国内诗歌写作：本土气质、中年特征与知识分子身份》，欧阳江河：《谁去谁留》，湖南文艺出版社1997年版，第234页。

② 程光炜：《不知所终的旅行》，《岁月的遗照·导言》，社会科学文献出版社1998年版，第1～2页。

③ 西川：《90年代与我》，王家新、孙文波编：《中国诗歌：九十年代备忘录》，人民文学出版社2000年版，第264页。

④ 洪子诚：《沮丧的“九十年代”的可能性》，《珠海》1997年第6期。

到了一个新的转折的关口，基于社会生活样貌和人类自身生存经验之互文关系的诗歌写作，当然也不能不以新的姿态、面相和新的话语方式作出应有的反应。这从源起的层面说，它自然首先关涉诗人对社会历史和时代进程的感受、判断和认知。在知识分子写作者看来，一个时代的进程和业已形成的社会历史形态至此已终结了，由此并发生了深刻的历史变迁和文化转向。而正是这种变化、转向，使得一代人过往的写作和处理生活的方式失去了合理性，从而产生了深刻的合法性危机。在他们看来，若落实到具体的艺术认知层面，它事实上是指基于80年代历史现实的意识形态对立性写作、回到生活本身的非历史性诗学以及耽于幻想与激情的乌托邦式青春期写作，在90年代的现实语境里已然失去了写作的效力，不再具有现实的针对性以及历史的和诗学的内在价值。对此，一些知识分子写作者和论述者均曾作出过清晰明确的表达。比如，欧阳江河在论及80年代对抗主题的写作在90年代的历史境遇时，曾从写作和阅读期待等不同层面论述此类主题写作的不可能性：当某种历史景观实实在在地呈现出来时，我们发现写作根本“无力作出真正有效的反应”，除了写作者内在层面的无力感等精神因素之外，现实存在的困境也不无原因：一是继《今天》之后写作的诗人普遍存在的“影响的焦虑”，使他们不大可能简单重复朦胧诗那类对抗性写作；二是对抗诗歌的接受群体也不复存在，因而失去了对抗诗歌的阅读期待。还有一个更为关键的原因，可能在于人的本性、命运和诗歌的本质层面：“抗议作为一个诗歌主题，其可能性已经被耗尽了，因为它无法保留人的命运的成分和真正持久的诗意成分，它是写作中的意识形态幻觉的直接产物，它的读者不是个人而是群众。然而，为群众写作的时代已经过去了。”[①]当一种主题与其可能性被抽空耗尽之后，它只能成为一个空壳或某种应景的仪式，而无法面对一个新的时代语境的应然性。这是一个个人化写作和为个人而写作的时代，自然那类所谓为群众写作、为时代写作的意识形态对抗性主题，既无法保留个人的命运和经验成分，也无法让其持久地闪烁着诗意的光芒，故失去了写作所应然的有效性和合理性。程光炜在《不知所终的旅行》中也有这样的体认：“无论是十七年的诗歌、朦胧诗歌还是80年代的诗歌，社会的正面或反

① 欧阳江河：《89’后国内诗歌写作：本土气质、中年特征与知识分子身份》，《谁去谁留》，第236页。

面的存在，即是其写作的根本性思想逻辑。”“90 年代诗歌希图打破的正是这样一种写作中的意识形态‘幻觉’。它把写作的根基建立在对这个思想逻辑的根本怀疑上。”[①]因此，在他看来 90 年代诗人所做的，即是对“两种诗歌态度”的纠偏工作：“一种是服务于意识形态或以反抗的姿态依附于意识形态的态度；另一种是虽然疏离了意识形态、但同时也疏离了知识分子精神崇尚市井口语的写作态度。”[②]所谓“以反抗的姿态依附于意识形态的态度”，即是前此所指以对抗主题的写作为旨归的朦胧诗人的态度；而后者所指疏离了意识形态和知识分子精神之后回到日常生活、呈现市井口语色彩的则是“第三代诗歌”，这同样也是知识分子写作者所要面对、偏离和超越的重要写作向度。西川在《答鲍夏兰·鲁索四问》中也说得很明白：他的诗写选择和所作所为，“一方面是希望对当时业已泛滥成灾的平民诗歌进行校正，另一方面是希望表明自己对于服务于意识形态的正统文学和以反抗的姿态依附于意识形态的朦胧诗的态度”[③]。在他们看来，朦胧诗对抗性写作的失效性已不言自明，而第三代诗歌的失效性和缺失则在于，他们不仅疏离了处于权力位置的政治意识形态话语，而且也同时疏离了与历史、与社会存在之间的某种联系，失却了本应有的那份责任和担当，把自己仅仅抽身为一个孤立绝缘的个体或以语言为本体的形式主义存在而已，这被称作是“不及物”的。就如臧棣所指出的，如果说“朦胧诗基本上是用语言与存在的事物搏斗”，那么后朦胧诗尤其是第三代诗歌，则“迅速裂变成一种语言自身的行动”，“写作从对语言的清除行为直接指向它自身，丧失或者说自愿抛弃了对其他目的的服务。由此，汉语现代诗歌写作的不及物性诞生了”。[④] 王家新在《阐释之外：当代诗学的一种话语分析》中也这样认为：“多年来在中国现代诗歌写作中占支配地位的，一直是一种非历史化的诗学倾向及‘纯诗’模式。出于对历史的反拨，70 年代末人们提出了‘回到诗本身’，‘让诗歌成为诗歌’的主张，这本来无可非议，然而许多人在试图摆脱意识形态的同时却又陷入了另

---

① 程光炜：《不知所终的旅行》，《岁月的遗照》，第 16 页。

② 程光炜：《不知所终的旅行》，《岁月的遗照》，第 17 页。

③ 西川：《答鲍夏兰·鲁索四问》，《大意如此》，湖南文艺出版社 1997 年版，第 246 页。

④ 臧棣：《后朦胧诗：作为一种写作的诗歌》，王家新、孙文波编：《中国诗歌：九十年代备忘录》，第 203～204 页。

一种虚妄。到了80年代中后期，‘语言本体’以及罗兰·巴尔特的‘不及物写作’更是被片面理解并被抬到压倒一切的位置上……”[①]在他看来，正是对所谓“语言本体”“不及物写作”的片面强调，使得现实与历史成了诗歌之外的间离物，“文本与语境老死不相往来，据说这一切都是为了艺术的‘纯粹’或‘自足’”。这是知识分子写作对第三代诗歌“语言本体论”思想及其诗学的理解和阐释，也是他们由此出发，着力倡导所谓“及物性写作”的基本诗学背景与逻辑前提。可事实是，如果从字面读解与其理论的实质上解析，这却是知识分子写作者的一个误读。因为第三代诗歌的语言本体论，是在摆脱了传统的语言工具论思想之后而回到语言、生命与事物一体同构的本体论诗学，而回到语言也即回到事物本身，这不仅仅是及物的写作，而且还是彻头彻尾的“唯物主义”。只是知识分子写作者们没有顾及这一点，他们仅仅看到了回到语言之后的纯粹形式主义倾向，或者在他们的认知里，第三代诗歌所谓的“物”仅仅是些被形式绑架的微小之物，这与他们放大之后的宏伟事物相比实在不可同日而语。显然，知识分子写作者是从另一诗学维度上来理解及物性写作的，所谓“及物”，即是让诗要具有触及现实的锋芒、质地，甚至历史的广远和深度，这就是他们所谓的“历史性诗学”。所以这里的“物”，是历史、社会、处境、记忆、沉痛、经验等，所谓“及物性写作”也即是指写作所应具有的处理历史、现实与个人经验的一种能力和方式。或许只有从这个角度，才能真正理解和把握知识分子写作所谓及物性的真实含义，也才能理解他们究竟要超越的是什么、指向的是什么。

而海子的写作是另一个向度。作为后朦胧诗的代表性诗人，虽然他与欧阳江河等诗人那样都曾有过史诗倾向，但由于海子对农耕时代的过度缅怀，对宏大历史的过度幻想、神化，结果疏离了现实的尘埃，以过分高蹈神性的倾诉方式，将青春期的浪漫激情与乌托邦幻象抛洒到极致，并且以其神圣大地的仪式，完成了与天启的对话、穿越。正如陈晓明所说，“诗人海子一直写作一种形而上的超越现实的诗”，在倾诉中让“灵魂直接与神祇对话”，海子于1989年3月的死亡，“与其说是一次告别、一次结束，不如说是一次重

---

① 王家新：《阐释之外：当代诗学的一种话语分析》，王家新、孙文波编：《中国诗歌：九十年代备忘录》，第281页。

新开始的序幕。海子已经把过去的时代变成死亡，人们可以以任何方式否定拒绝那个过去的时代，这就为人们重新开始找到思想基础，这正是人们期待的”[①]。在知识分子写作者和理论阐释者所认知及设定的视域里，第三代诗人的生命激情与运动情结，多少带有青春期写作的特质，而回到语言本身的“语言本体论”，又有不及物的纯诗倾向；而海子诗歌的纯粹性、弥漫的激情和向着远处的乌托邦想象，更是具有纯诗和青春期写作的特点。这些显然是一种历史性诗学所要摒除的非历史性元素和修辞倾向，由此不仅可以将诗歌从80年代二元对立的意识形态模式中解放出来，重获现实的合理性，而且也可将诗歌拉回到社会和历史的语境之中，获得书写经验及在复杂的历史中重构诗意的能力。

对社会历史和诗歌修辞的认知价值，归根结底还在于认知者的行为和写作本身。而要身体力行于这类认知性实践，首先面临着一个写作者身份的确立，以及立场与路径的选择问题，这是由此出发的关节点。出于使命意识、承担精神和责任感，他们首先确认了写作中应有的知识分子身份、立场以及应保有的那份知识分子性。正如程光炜所言：“它要求写作者首先是一个具有独立见解和立场的知识分子，其次才是一个诗人。”[②]在对80年代诗学纠偏这一历史进程中，诗歌写作尤其需要一种诗人的独立自主性精神，“在当代诗歌无比艰难的现代化进程中，‘知识分子性’是一个至关重要、而又屡屡受挫的未完成性话题”[③]。这里所谓的“知识分子”和“知识分子性”，首先应具有个人独立性，而个人独立性，“不仅包括了个人也不排斥历史的存在”，他“不等于个人英雄主义却坚持个人思想的独立”，他始终相信写作“应该是个人的而非‘他者’的灵魂行为”。只有如此，才能获得“一种不再‘被叙述’的话语的权力”和叙述历史、叙述他人及自我的非凡能力。[④] 这是知识分子写作不竭的内在动力和精神指向，从这种意义上说，知识分子写作也是一种个人化写作，是一种回到个人而又超越个人的个人化写作。或许

① 陈晓明：《词语写作：思想缩减时期的修辞策略》，王家新、孙文波编：《中国诗歌：九十年代备忘录》，第94页。

② 程光炜：《不知所终的旅行》，《岁月的遗照》，第17页。

③ 程光炜：《不知所终的旅行》，《岁月的遗照》，第12页。

④ 程光炜：《不知所终的旅行》，《岁月的遗照》，第2页。

正是因为此，欧阳江河在谈及作为知识分子诗人的身份时说："我们的身份是典型的边缘人身份，不仅在社会阶层中，而且在知识分子阶层中我们也是边缘人，因为我们既不属于'专家性'的知识分子，也不属于'普遍性'知识分子。"[①]从某种意义上说，他们可被看作一群自由知识分子。而这类自由知识分子，却又有着固有的属性和气质。正如程光炜所说，"事实上，知识分子写作不是通常而言的阶层确认，而是对当代思想文化中种种'知识分子'概念的驳难、质疑，以期在更宽阔和复杂的文化背景中加以修正。这种'修正'的工作提出了两个问题：第一，作为一个诗人，他必须坚持一种理想化的灵魂状态；第二，在这同时他深切地意识到了，坚持这一状态之不可能"。正是这所谓'不可能'的坚持，体现了知识分子写作的悖论色彩和尴尬状态，同时也呈现出这一写作的价值向度："写作在很大程度上就意味着，他与它必须时时证实双双的'在场'，并不容置疑地去追求双方在场所可能达到的最紧张的想象与幻觉的张力。"[②]也如欧阳江河所说，"它并不提供具体的生活观点和价值尺度，而是倾向于在修辞与现实之间表明一种气质，一种毫不妥协的气质"[③]。正是此种气质、双双的在场性以及前此对不及物写作的批判旨向，使得叙事必然地成为知识分子写作的逻辑结果和修辞选择。正如西川所谓叙事的"不可能性"所揭示的，"按照物的本意，按照我的阅读背景，当代诗歌应当在伦理和哲学空缺的条件下对社会、历史、生活做出再判断。然而再判断的努力遇到了挑战……其结果，是再判断只能停留在陈述的层面上。这样，叙事并不指向叙事的可能性，而是指向叙事的不可能性，而再判断本身不得不留待读者去完成。这似乎成了一种'新'的美学"[④]。叙事的再判断是可能的，可在这里却恰恰成了不可能完成的一个空缺和任务，也正是这种"不可能性"，成就了知识分子写作意想不到的美学效果：由双双在场所达到的"想象与幻觉的张力"以及诗性意蕴，由此也揭示了叙事的诗性如何成为可能的一种路径。

知识分子写作叙事性话语的运用，自然也不乏对诗歌艺术功能性的认

① 欧阳江河：《89'后国内诗歌写作：本土气质、中年特征与知识分子身份》，《谁去谁留》，第258页。
② 程光炜：《不知所终的旅行》，《岁月的遗照》，第3页。
③ 欧阳江河：《89'后国内诗歌写作：本土气质、中年特征与知识分子身份》，《谁去谁留》，第237页。
④ 西川：《90年代与我》，王家新等编：《中国诗歌九十年代备忘录》，第264页。

识与实践，比如西川在谈到对生活题材进行处理时认为，诗歌不是直接复述生活，它在质地上应获得与生活相对称、相较量的同等位置，由此"诗歌写作的具体手法上，一物可以'破'一物，一词可以'破'一词，一种结构可能'破'一种结构。这'破'，就是处理。在抒情的、单向度的、歌唱性的诗歌中，异质事物互破或相互进入不可能实现。既然诗歌必须向世界敞开，那么经验、矛盾、悖论、噩梦，必须找到一种能够承担反讽的表现形式，这样，歌唱的诗歌便必须向叙事的诗歌过渡"[①]。由此也可见出，叙事性绝不仅仅是单一的艺术手法或话语修饰方式，它更是一种认识和处理事物及其经验的方法，是一种思维方式和达致思想目的的路径。或许正是在这种意义上，王家新说叙事性"使诗歌从一种'青春写作'甚或'青春崇拜'转向一个成年人的诗学世界，转向对时代生活的透视和具体经验的处理"[②]，张曙光在谈及诗中大量采用日常陈述性话语时也说，其目的是"出于反抒情式反浪漫的考虑，力求表现诗的肌理和质感，最大限度地包容日常生活经验"[③]。

对历史、社会、生活、文化状况的认知必然导向诗之路径和修辞策略的选择，一个群众性、普遍性的意识形态对抗主题或宏大象征不存在了，必然回到个体的隐喻和微小的生活叙事；充满高蹈神谕色彩的天堂写作坍塌了，必然返回一个现实的泥土之中；而告别"不及物"的写作之后，也必然伸长尖利的触须去指向一个更宽广的世界。这是一个个人、社会、历史、文化与诸般生活经验杂糅并生的现实世界，喜乐、荒诞、合理、悖论……一个在转型之后如此复杂多面的世界在诗人及诗歌面前展开，等待着它的是写作者用何种方式与话语去迎接和处理这个世界。正如王家新所说："我们正处在一个转型时代，而这样一个在中国历史上前所未有的，在我们这里引起巨大动荡、不适、惶惑、甚至骨肉沉痛之感的时代，必然会要求一种与它相称的人文话语、知识话语包括诗歌话语的出现。"[④]而知识分子写作叙事性诗歌话语的出现，就是应然这个时代而必然出现的一种诗与历史的修辞关系或策略选择。

---

① 西川：《90年代与我》，王家新等编：《中国诗歌九十年代备忘录》，第264～265页。

② 王家新：《当代诗学的一个回顾》，《诗神》1996年第9期。

③ 张曙光：《关于诗的谈话》，孙文波等编：《语言：形式的命名》，人民文学出版社1999年版，第363页。

④ 王家新：《夜莺在它自己的时代——关于当代诗学》，《诗探索》1996年第1、2期。

保持文本与语境、话语与历史、修辞与现实之间持续专注的进入关系，在一种特有的时代气候里，凭借着自由知识分子独立的身份、立场和认知，以及应有的知识形构与诗性修辞眼光，以求重获诗歌承担和处理历史，关怀社会以及生活的能力，这既是知识分子写作的初衷和怀抱，也是他们终极可期的价值向度。

我对“叙述性诗歌”的简单认知

——在“21世纪中国现代诗第七届研讨会”上的发言

北　野

各位老师，各位专家，各位朋友：大家好！

我不是一个诗歌研究者。我写过几首简陋的诗歌，也算得上一个“有诗为证”的诗人，但那些作品大都是边疆性质的、游牧习气的、顺乎自然的和自生自灭的，几乎没有什么理论装备和技术支持。早期的如《马嚼夜草的声音》，近期的如《在海边的风声里》，都像是寒酸的过眼烟云。

我来到这里并且发言，可能得益于我目前供职于山东大学威海校区。作为本届研讨会的主办单位的首席代表，孙基林先生不仅是我的同事，还是我的朋友，他可能过高估价了我的诗歌理论修养。其实我不懂学术语言，我对大部分过于理论化和技术化的东西，还抱有一种消极的抵抗情绪。我喜欢自然而然的事物，习惯于混沌未开的状态，醉心于自然天成和自生自灭，不太适应被高深理论所包裹的、过分技术化的制作。早在十多年前我就写过如下句子：

整整一个冬天仿佛一辈子：没落、恍惚而伤悲。
我举着山谷中的蜡烛，探望了几次
斯蒂文森放置于田纳西山顶的坛子
那么多死去的艺术门类心照不宣躺在四周。

我已经厌倦了文本、产业和众鸟的聒噪。
厌倦了技术化的美国诗歌。
厌倦了《观察黑鸟的十三种方式》。

艾略特的《荒原》也像被不断轮奸的克利斯蒂娜，令我
掩面而去。

我倒是喜欢那光线幽暗稀里糊涂的《三贤哲的旅行》；
喜欢那，向自己抛撒灰尘的满怀诅咒的约伯。

我们来到这个世界孤立无援，在三大宗教之间被流氓
追赶
教堂里的钟声何其温暖，而我们的厄运何其漫长！

（《致西安A兄》片段）

但是此刻，我面对的是"叙述性诗歌"这个话题。这是本届研讨会的核心议题。

在我看来，抒情、叙事和说理，大约是诗歌艺术最为常用的三种修辞手段；而诗歌的修辞手段还应包括象征、隐喻、暗示、通感以及节奏、韵律，等等。我不明白为什么要人为地制造出一个"叙述性诗歌"的新概念，将简单的问题复杂化，也不知道是谁最先发明使用这个概念或从国外引进这个概念。总之，对此我一头雾水。但是，确实有一些作品看上去合乎"叙述性诗歌"这个概念所指认的语言特征："观察与描述。"（孙基林）如雷平阳《杀狗的过程》：

这应该是杀狗的
唯一方式。今天早上10点25分
在金鼎山农贸市场3单元
靠南的最后一个铺面前的空地上
一条狗依偎在主人的脚边，它抬着头
望着繁忙的交易区，
偶尔，伸出
长长的舌头，舔一下主人的裤管
主人也用手抚摸着它的头
仿佛在为远行的孩子理顺衣领

可是，这温暖的场景并没有持续多久
主人将它的头揽进怀里
一张长长的刀叶就送进了
它的脖子。它叫着，脖子上
像系上了一条红领巾，迅速地
蹿到了店铺旁的柴堆里……
主人向它招了招手，它又爬了回来
继续依偎在主人的脚边，身体
有些抖。主人又摸了摸它的头
仿佛为受伤的孩子，清洗疤痕
但是，这也是一瞬而逝的温情
主人的刀，再一次戳进了它的脖子
力道和位置，与前次毫无区别
它叫着，脖子上像插上了
一杆红颜色的小旗子，力不从心地
蹿到了店铺旁的柴堆里
主人向它招了招手，它又爬了回来
——如此重复了5次，它才死在
爬向主人的路上。它的血迹
让它体味到了消亡的魔力
11点20分，主人开始叫卖
因为等待，许多围观的人
还在谈论着它一次比一次减少
的抖，和它那痉挛的脊背
说它像一个回家奔丧的游子

诗评家李少君认为，这首诗“残忍、细致而准确，这是一种现代才有的表达方式”。

我曾给新闻系学生介绍过这首诗，认为它是“零度写作”的典范，而新闻报道所追求的正是这种冷静、客观、精准的风格。与此相反的是宣传、广告和文艺作品的语言风格：煽情，主观，夸张。下面的两首诗同样具备这种“零度写作”的语言特征。

一首是黄灿然《祖母的墓志铭》：

这里安葬着彭相治，
她生于你们不会知道的山顶，
嫁到你们不会知道的宴田，
丈夫娶了她就离开了她，
去了你们都知道的南洋；
五十年代她去了香港，
但没有去南洋，因为
丈夫在那里已儿孙成群。

她有两个领养的儿子，
长子黄定富，次子黄定宝，
大媳妇杜秀英，二媳妇赖淑贞，
秀英生女黄雪莲、黄雪霞、
男黄灿然、女黄满霞，
淑贞生女黄丽华、黄香华、
男黄胜利、女黄满华。

七十年代她把儿孙们
相继接到香港跟她团聚，
九十年代只身回到宴田终老，
儿孙们为她做了隆重的法事，
二〇〇〇年遗骨迁到这里，
你们看到了，在这美丽的
泉州皇迹山华侨墓园。

世上幸福的人们，
如果你们路过这里，
请留一留步，

注意一下她的姓名，
如果你们还有兴致
读她这段简朴的生平，

请为她叹息：
她从未碰触过幸福。

另一首是王夫刚《安全帽上的遗言》：

聂清文死于一次煤矿事故。他知道
活着的人，会把这次事故称之为
“4·16矿难”，他还知道
家里大概能得到两三万块钱的
补偿：这是一条性命的可比价值。
与他困在一起的，共有17个人
他们曾拼命地敲击着井壁
想让外面听见（外面的人，
也听见了敲击声，由强到弱
与米沃什讲述的雅德维加小姐的消失
惊人的近似）。6天以后
他们作为尸体回到了光明的世界。
尽管年轻，尽管把绝望和痛苦
留给了恨之入骨的黑暗
但光明的世界已不再属于他们。
除了聂清文，因为用粉笔
在安全帽上写下遗言
而意外地成为一篇报道的主角
其他死者只是构成了一个习惯缩水的
统计数字，跟在死亡后面。
想到一个人将亡之时写下
他欠别人的钱和别人欠他的钱

并叮嘱妻子把自己火葬
大地是不安的，而愤怒
啊！如果我们没有权利通过愤怒
表示愤怒，就忘记他吧
聂清文，男，38 岁，湖南人
连源市七一煤矿安监员
死于“4·16 矿难”，但留有一个安全帽
和用粉笔写在安全帽上的遗言

以上三首诗的作者雷平阳、黄灿然和王夫刚，都是我比较熟悉和看重的当代诗人。既然他们的创作为“叙述性诗歌”这一概念提供了文本或曰外延支撑，我还有什么理由抱残守缺拒绝接受这一概念呢？

我想起了 20 世纪六七十年代美国新闻史上轰动一时的“新新闻主义”流派。一些年轻记者不满足于采写“干巴巴的事实”，又不能突破新闻界根深蒂固的“用事实说话”的底线，于是尝试着杂交出一种“细节真实总体虚构”的新文本，类似于我国的“报告文学”。这一流派崩盘于一部事后被证实完全虚构并被追回奖金的普利策新闻奖作品，当事记者承认他是在一家酒吧里完全靠想象写出那篇细节逼真得令全美国人民不寒而栗的“独家报道”的。“新新闻主义”流派虽然被美国新闻界抛弃了，但作为一种写作风格，即“像新闻报道一样有鼻子有眼”的纪实风格，却被文学艺术界继承下来。一些“纪录片风格”的影视作品，就是这一流派的余响。“叙述性诗歌”会不会也是“新新闻主义”流派在当代中国诗坛的一道投影呢？

为什么有人开始厌倦抒情、哲理、唯美、象征、暗示、朦胧等传统的艺术表现方式，而对赤裸裸的“呈现与描述”情有独钟？这是一种单纯的技术层面上的变化，还是有其更深刻的社会历史文化渊源？

根据长期以来一直关注“诗歌叙述性思潮”的诗歌理论家孙基林先生的研究：“早在 80 年代初即已开始的第三代诗歌先锋实验，就已然给我们时代的文学书写带来了一种有别于象征性诗歌典式的叙述性风气和思潮。”①

① 孙基林：《当代诗歌叙述及其诗学问题——兼及诗歌叙述学的一点思考》，《诗刊》2010 年第 7 期(下半月刊)。

他解释说:“诗歌叙述性思潮是基于一种回到事物和生命本身的行为或‘在路上’的行走状态而开始它的路程的,为此,它的思想方法便是很看重澄明的现象本身和人的存在的过程,所谓事物本身、生命本身以及行为的过程、事件的过程、事物与体验的过程等等,由此可以说,这一思潮是在走出了本质主义的决定论之后,开始回到现象,走向生命感性与过程主义的行动诗学和叙述性诗学。”①

孙先生用“去蔽与还原,观察与描述”,概括叙述性诗学的基本策略与方法。他对于坚等人的叙述性诗歌给予极高评价。我注意到他的相关研究甚至追溯到了“诗歌叙述性思潮的发生学”层面。

孙先生的追溯让我想起法兰克福学派著名的思想家西奥多·阿德诺。阿德诺广为人知的名言是:“奥斯维辛之后,写诗是野蛮的。”阿德诺在《否定的辩证法》一书中写道:“奥斯维辛集中营之后的一切文化,包括对它的迫切的批判,都是垃圾。”“奥斯维辛集中营之后,任何漂亮的空话,甚至神学的空话都失去了权利,除非它经历一场变化。”②关于奥斯维辛,我从相关资料上读到的最深刻的解说,据说是下面这两句问答:

问:告诉我,在奥斯维辛,神曾经在哪里?

回答同样是一个问句:人曾经在哪里?

有人总结道:在奥斯维辛,缺席的不仅仅是上帝,还包括人。奥斯维辛之后写诗之所以“野蛮”“残忍”与“不可能”,乃是因为诗歌已经失去了得以存在的“人性基础”。

鉴于诗歌曾经遭遇奥斯维辛的残酷史实,我隐约能够领会“叙述性诗歌”摒弃抒情与说理等传统审美追求的伦理学依据——因为照阿德诺的解读,“奥斯维辛集中营”不是一个孤立现象,不仅仅属于纳粹和犹太人,它属于整个人类:它象征着整体性和同一性对个体性、差异性和丰富性的粗暴干预、整合与消灭。因此,诗歌必须回到破碎的作为表象的个体,并从形式上彻底扬弃对“完满的感性外观”的历史幻觉。

阿德诺说:“面对集体主义把根除差异作为共同的目标,解放的社会力

---

①　孙基林:《当代诗歌叙述性思潮与其本体性叙述形态初论》,《山东社会科学》2012年第5期。

②　[德]阿多诺:《否定的辩证法》,张峰译,上海人民出版社2020年版,第320～321页。

量只能暂回到个人领域。”在这种背景下，我能够理解诗歌回到个人、诗歌写作回到当下的哪怕是破碎的与粗鄙的生命本身的合理性。

让我们想一想，当诗歌遭遇奥斯维辛，当纳粹军人指着一根烟囱对即将受死的犹太人说，“明天早晨你们将化作一股青烟从这里升天”，当那些焚尸炉的操作者听着贝多芬的音乐甚至朗诵着歌德的诗歌将同类活活烧死，你还能保持诗意的幻想吗？……

我承认，我同意诗歌摒弃抒情、埋葬哲理、直面现实、丢掉幻想。

然而，合情合理的诗歌理路，未必就是多么了不起的诗学进步。把它推崇到一个似乎是原创性的、先锋性质的、带有启示录意义的诗学高度，更不妥当。因为“叙述性诗歌”的边界有待勘定，而它的口水化、段子化、粗鄙化以及无标准和无难度的制作习俗，潜藏着某种诗歌的生态灾难。

科学界有转基因产品。英国和俄罗斯的实验室已经代替上帝研制出转基因物种，包括“狗羊”和“人猪”，我国动物园也杂交出了“狮虎兽”，至于转基因玉米、大豆和西红柿，早已不是新闻。这些东西令人耳目一新，甚至震撼。其中有些东西，由于投入产出比的诱惑，还可能大行其道风靡一时。但是，我不看好这些“创造物”，因为它们打乱了物种之间的起码界限，其后果很难设想。

十年前我就在《诗刊》发表过一篇题为《转基因诗歌》的短文，看来这个话题今天仍需继续。我不是否定我前面列举的那几首诗，事实上，我特别喜欢它们，喜欢它们旳作者雷平阳、黄灿然和王夫刚。我还喜欢路也的《心脏内科》。它们都是这类作品中的杰作。

我要说的是，汉语世界是一个缺陷严重的世界：既没有气势恢宏、想象丰富的史诗传统，也没有客观精准、真实全面的传播习俗。对一个现代国家而言，这种情况就像是一个既没有记忆也没有眼睛的白痴。在这种情况下，文学作品（尤其是所谓的“叙述性诗歌”）“以虚构的名义行使呈现真相的职能”，实在是一种大无畏的献身。

从正面看，它是生逢其时的、纡尊降贵的、策略的甚至是悲壮的，它也受到了应有的敬重。但是从负面看，它越界了，它侵占了赋有揭示真相职责的新闻报道的地盘，这种侵占有可能造成受众对“报道的缺席”的习以为常。因此，即便它有非常出色的“叙述性诗歌”，也是令人遗憾的：既无想象的高度，也无真相的深度。诗歌应该保持它的传统高度，将过于琐碎的地面情况交给新闻报道。诗人们用打造钻石的手艺去包饺子，至少是一种资源浪费。

有关“叙述性诗歌”的负面意见，主要集中在技术层面，“破碎化”“粗鄙化”“口水化”“段子化”等是经常被提及的。我承认，无论是新闻写作、文学写作，还是科学写作、应用写作、宣传与广告写作，“叙说与描述”或者像电影镜头那样“直接呈现”，都是非常重要的传达手段。但是，一种文本，尤其是诗歌，把“叙述与呈现”高度优选为唯一的传达手段或标志性手段，就有点画地为牢了。且不说新闻写作会不会让出这项“专利”，从诗歌的传统与本质特征看，这种故意为之的做法也是有点自残倾向的。就我个人的喜好而言，我喜欢“纪录片”，但更喜欢“史诗般”的大片。

“叙述性诗歌”的明显不足是维度单一。一个过于具体的碎片化的人物或事件，值得我们透过显微镜对那些剔除了灵魂的碎肉仔细观赏吗？就算值得，鉴于样本太多，我们看得过来吗？“单向度的人”本来是我们的噩梦，现在我们却迷上了享受这种疆梦，这不是很荒谬吗？

以《杀狗的过程》为例：它确实精准地传达了人的残忍和狗的奴性，但它遮蔽了一群德国黑背撕碎并吃掉了它们的主人的血腥场面；它用局部真实震撼了我的心，但我这颗心却装着另外一些记忆——妇产科的电烤箱烤煳了一个新生儿，老鼠啃掉了一个被遗弃老人的眼睛，等等。物种之间以及同类之间的因果关联，在这里并没有被触及，仿佛那是一场孤立的、偶然的、供我们观赏的行为艺术。当然，它引发了我的联想。雷平阳的出色天分正在于他的这种不言之言。

关于“叙述性诗歌”，还有一个根本性的问题需要澄清：叙述是手段，还是目的？如果是目的，那就可以说“诗到叙述为止”或“诗到语言为止”。如果是手段呢？如果“叙述”仅仅是诗歌实现自己的一种手段，那么越过“叙述”，诗歌剑指何方？有道是：“项庄舞剑，意在沛公。”如果抽掉“意在沛公”的“意”，项庄舞剑和公园里中老年妇女的晨练有何区别？我认为，好的“叙述性诗歌”就是项庄舞剑；而糟糕的如“口水诗”，就是老妇晨练的花拳绣腿。

新世纪诗歌叙述问题研究的回顾与反思

洪树华

新世纪已过十余年，作为最基本的文学样式之一——诗歌，由于其传播方式的变化，早已成为人们时刻品味、无处不在的阅读对象。一些学者、研究者对新世纪诗歌十分青睐，从不同视角观照诗歌，或从生态视角出发解读诗歌，如陈仲义《诗歌的出逃、承载、挣扎——新世纪诗歌生态剧变》①、梁平《诗歌生态与社会责任担当》)②、袁园《生态学视角下的新世纪诗歌》③、龚奎林《媒介生态视野下的新世纪诗歌论》④、张德明《互联网语境中的新世纪诗歌》⑤、王士强《诗歌民刊与网络诗歌的"崛起"——诗歌传播方式变化之于新世纪诗歌的意义》⑥、吴投文《新世纪诗歌的传播格局与新诗文化的缺位》⑦等；或从底层写作透视诗歌，如张德明《新世纪诗歌中的底层写作及其诗学意义》⑧、王应平《新世纪诗歌中的底层表达》⑨；或从语言入手分析诗歌，如黄丹《诗语栖居的隐痛——新世纪诗歌语言浅析》⑩、吴投文《新世纪诗歌语言的整体考察与症候分析》⑪等。近几年来，还有值得人们注意的是对新世纪

---

① 陈仲义：《诗歌的出逃、承载、挣扎——新世纪诗歌生态剧变》，《探索与争鸣》2007 年第 11 期。

② 梁平：《诗歌生态与社会责任担当》，《文艺报》2011 年 10 月 12 日。

③ 袁园：《生态学视角下的新世纪诗歌》，《沈阳工程学院学报》(社会科学版)2009 年第 3 期。

④ 龚奎林：《媒介生态视野下的新世纪诗歌论》，《长沙理工大学学报》(社会科学版)2012 年第 3 期。

⑤ 张德明：《互联网语境中的新世纪诗歌》，《中南大学学报》(社会科学版)2008 年第 1 期。

⑥ 王士强：《诗歌民刊与网络诗歌的"崛起"——诗歌传播方式变化之于新世纪诗歌的意义》，《天津大学学报》(社会科学版)2010 年第 5 期。

⑦ 吴投文：《新世纪诗歌的传播格局与新诗文化的缺位》，《新文学评论》2012 年第 2 期。

⑧ 张德明：《新世纪诗歌中的底层写作及其诗学意义》，《文艺理论与批评》2011 年第 5 期。

⑨ 王应平：《新世纪诗歌中的底层表达》，《文艺理论与批评》2012 年第 4 期。

⑩ 黄丹：《诗语栖居的隐痛——新世纪诗歌语言浅析》，《当代文坛》2007 年第 4 期。

⑪ 吴投文：《新世纪诗歌语言的整体考察与症候分析》，《文学与文化》2012 年第 3 期。

诗歌叙述的相关问题的研究。本文拟就 2001 年以来学者对当代诗歌叙述问题的研究作出述评，进而反思当代诗歌叙述相关问题的研究。

一

据笔者查阅新世纪十余年的学术期刊，获悉很少学者撰写论文涉及诗歌叙述的话题。在 21 世纪初，张必广先生发表了《冷叙述与热抒情——现代诗歌抒情格调琐谈》①，指出“冷叙述”和“热抒情”是两种风格迥异的抒情格调，给诗歌创作注入了新鲜话力，给诗歌探索作了方向性尝试。他还对“冷叙述”作了说明：“热烈、明朗、单纯的情调不见了，诗人蓬勃生发的激情在极为平淡极为平静的口气中缓缓‘流出’，力避抒情诗那种常见的、极富气势的句式，叙述成分大大加强。诗人在其中隐匿了爱憎，抒情以局外人的视点、以不动声色的冷叙述方式进行，这种以冷叙述方式造成的冷抒情格调，把诗人的个人心态隐遁于诗中，让读者以自己的方式去解读体会其情感。”②张先生说的“冷叙述”，就是冷静、客观叙述。然而，“冷叙述”早就由现代著名诗人臧克家提出，他在《学诗断想》中认为：冷叙述的诗人逃离直接赞美、讽刺、愤怒或欢乐的抒情方式。冷叙述在叙述性得到加强的同时，还强调意象的淡化和口语化。由于叙述性而失去音韵、平仄、节奏等语言的外在特征③，臧克家敏锐地捕捉到作为诗歌创作主体情感的另一种表达方式——“冷叙述”，这种表达方式与直接宣泄情感有着本质区别。

对当代诗歌叙述问题关注较多的是孙基林先生。多年来孙先生致力于现、当代诗歌及诗学研究，先后发表了直接与当代诗歌叙述问题有关的论文有《于坚诗歌的视觉叙述与感官世界》④、《当代诗歌叙述及其诗学问题——兼及诗歌叙述学的一点思考》⑤、《叙述的诗性如何成为可能》⑥、《当代诗歌叙

---

① 张必广：《冷叙述与热抒情——现代诗歌抒情格调琐谈》，《西南交通大学学报》（社会科学版）2003 年第 2 期。

② 参见张必广：《冷叙述与热抒情——现代诗歌抒情格调琐谈》，《西南交通大学学报》（社会科学版）2003 年第 2 期。

③ 参见臧克家：《学诗断想》，四川人民出版社 1979 年版，第 106～113 页。

④ 孙基林、张鑫：《于坚诗歌的视觉叙述与感官世界》，《山东社会科学》2009 年第 3 期。

⑤ 孙基林：《当代诗歌叙述及其诗学问题——兼及诗歌叙述学的一点思考》，《诗刊》2010 年第 7 期（下半月刊）。

⑥ 孙基林：《叙述的诗性如何成为可能》，《山东文学》2011 年第 1 期。

述性思潮与其本体性叙述形态初论》[①]、《作为寓体的叙述:从象征到寓言》[②]、《知识分子写作:作为思想方法的叙事性诗学与其修辞形态》[③]等。近几年又主持了与诗歌叙述性问题相关的省部级、国家级项目,如2006~2008年省社科重点项目("新时期诗歌叙事问题研究")及2007~2009年国家社科项目("新时期诗歌叙述性诗学研究")。考察上述孙先生有关当代诗歌叙述性问题的论著,笔者认为以下几个方面值得注意:

第一,孙基林先生关注第三代诗歌的叙述,对建构诗歌叙述性诗学作了思考。他在《当代诗歌叙述及其诗学问题——兼及诗歌叙述学的一点思考》一文中指出:"朦胧诗之后诗歌告别隐喻、象征,间离和消解抒情性,开始普遍流行一种叙事的风气,尤其是第三代诗歌的叙述,更是给这个时代的写作带来了一股新的风潮。"[④]他所说的"叙述",指"主要是在本体意义理解的作为修辞方式的一种经典形态的叙述,并且主要以第三代诗歌叙述作为范例的"。"叙述不仅仅是第三代诗歌的一种修辞方式,更为重要的是,与朦胧诗的隐喻、象征一样,它同时也是一种思想方式。第三代诗歌发现叙述并充分运用叙述,是我们时代诗歌艺术获得发展和富有创造性的一个明显标识。如果隐喻、象征指向和强调大于其事物本身的那种含义,那个在远处的事物,那么第三代诗歌的叙述,则在于回到事与物本身,叙事述物,呈现和揭示物、事件和生命自身本应有的原样或自在之形态、状貌。事物就是事物本身,事物、生命和语言同构一体,这是第三代诗歌叙述性诗学作为修辞和思想方式的基本出发点与终极归宿。"[⑤]孙先生把"叙述"看作既是一种修辞表达方式,又是一种思想方式。早前,他将第三代诗歌的叙述艺术称作"叙事诗学"或"叙述性诗学",并对此给予系统观察和研究,后又从美国俄亥俄州立大学教授、叙事学理论家布莱恩·麦克黑尔的一篇文章《关于建构诗歌叙

① 孙基林:《当代诗歌叙述性思潮与其本体性叙述形态初论》,《山东社会科学》2012年第5期。

② 孙基林:《作为寓体的叙述:从象征到寓言》,《星星》2013年第6期。

③ 孙基林:《知识分子写作:作为思想方法的叙事性诗学与其修辞形态》,《现代文学研究丛刊》2013年第7期。

④ 孙基林:《当代诗歌叙述及其诗学问题——兼及诗歌叙述学的一点思考》,《诗刊》2010年第7期(下半月刊)。

⑤ 孙基林:《当代诗歌叙述及其诗学问题——兼及诗歌叙述学的一点思考》,《诗刊》2010年第7期(下半月刊)。

事学的设想》获得启发，提出了自己对建构诗歌叙述学的看法，认为诗歌叙述学观察、研究和建构的场域应该是全方位多视角的，它不仅牵涉到叙述的一般性和普遍性，诸如叙述者、叙述接收者、叙述视角、叙述格局与模式、叙述时间与空间等，然更为重要的是要关注“诗歌叙述”的本体层面，它的特殊性、个别性和修辞属性。[①] 孙先生对诗歌叙述学的看法是比较全面的，考虑到与叙述相关的一系列问题。

第二，在考虑建构诗歌叙述学时，孙先生指出了当下诗歌叙述学所要面对的一个核心的命题，即“叙述的诗性”。什么是“诗性”？孙先生认为，传统的意义上大多是与“朦胧”“暗示”“隐喻”“象征”等词语的意涵或修辞性连在一起的。除此，“语言的华丽”也是其中一个元素。[②] 由此得出朦胧诗具有“诗性”的原因是大量运用了隐喻、象征等修辞方法，另外又特别追求语词的丰赡、华美。然而，孙先生对“诗性”的理解并未到此为止，他诘问“叙述”仅仅是叙事而不是修辞的看法，认为“作为修辞的叙述”也是具有诗性的。当然，并非所有“叙述”都具有诗性意味。他对“诗性”的看法超越了传统的意象诗学潜隐的含义，即象征性或暗示性。孙先生还针对当下诗歌的核心问题——“叙述的诗性”，提出了如何写、怎么去写的问题。他认为，除生命的体味之外，自然还应具备一种基本的修辞意识，尤其是口语诗的传承者，更应该从反修辞的误区中走出来，将叙述也视作一项修辞的事业，使之更具有一种诗性意味。同时又要防止过分技术化。他告诉人们叙述艺术是多种样态的艺术方式，会有不同的艺术元素的加入。[③]

在谈论“叙述”问题时，与之相关的“叙事”也进入了孙先生的视野。据《现代汉语词典》解释，叙述就是把事情的前后经过记载下来或说出来，叙事就是叙述事情。[④] 孙先生超越了这种阐释，对“叙述”与“叙事”的概念重新作了辨析，认为“叙述”是更具有普适性、广义性的一个概念，它不仅涉及叙事，

---

① 参见孙基林：《当代诗歌叙述及其诗学问题——兼及诗歌叙述学的一点思考》，《诗刊》2010 年第 7期（下半月刊）。

② 参见孙基林：《当代诗歌叙述及其诗学问题——兼及诗歌叙述学的一点思考》，《诗刊》2010 年第 7期（下半月刊）。

③ 参见孙基林：《叙述的诗性如何成为可能》，《山东文学》2011 年第 1 期。

④ 参见中国社会科学院语言研究所词典编辑室编：《现代汉语词典》，商务印书馆 1987 年版，第 1302 页。

也指涉述物，状写场景，同时也可包括叙说陈写内心世界的情事物语等。而叙事显得要小一些，它更多与事件、人物、故事、情景有更直接的关联，进而把新时期诗歌叙述类型分为两种主要形式：作为本体的叙述形态和作为综合艺术的叙述方式（或称客体叙述）。① 显然，孙先生扩大了“叙述”与“叙事”的内涵与外延，并且认为无论哪一种叙述类型，都应该是以叙述的诗性为本的，这样才能让诗歌变得更具有意味，使诗歌叙述真正成为诗性的叙述。②

第三，在分析当代诗人写作时，提出了“视觉叙述”的概念。“视觉叙述”概念是孙先生在分析于坚诗歌写作中提出的。他认为，诗人于坚选择离事物或人较远的角度，以平视万物的眼睛，统摄复杂多样的物象世界，捕捉到反射回来的目光，达到忘却了诗人自己的身份，融入事物的生命。万物在于坚的笔下尽情地狂欢。诗人于坚还以跳跃的眼神从光彩的幻城跳开，投向世界的深处，聚焦现实图像及其背后扯去光环的灰暗。诗人眼神的跳跃给事件叙述增添质感。③ 他所说的“视觉叙述”就是诗人眼球对外在事物的远近的聚焦与移动，而这是于坚诗歌叙事的特有风格。当然，于坚独特的“视觉叙述”，归因于诗人的身体缺陷，他在小时候因被注射了一种过量的抗菌素——白色粉末、对结核杆菌和大肠杆菌等有抑制作用的链霉素，而听力极其不佳。但是，不幸之中的于坚视力极好，面对眼前的事物，诗人用敏锐的眼睛观察细微之处，捕捉瞬间的感受，因此显现出叙述的独特之处。孙先生从眼球及目光入手考察了于坚诗歌创作中的“视觉叙述”以及诗人独特的感官世界。

回顾新世纪十余年，笔者发觉，除了上述提及张必广、孙基林两位先生的论著外，对当代诗歌叙述相关理论问题的研究相对较少，尤其缺乏自觉意识。究其原因，莫过于长久浸染了中国传统的“诗言志”与“诗缘情”两大诗学观念，过分关注了诗歌的美学特征——抒情性，从而忽视了创作主体的另一种言说方式——叙述。

二

长期以来，人们一直以为诗歌是抒发诗人情感的文学样式。如有人说

① 参见孙基林：《叙述的诗性如何成为可能》，《山东文学》2011 年第 1 期。
② 参见孙基林：《叙述的诗性如何成为可能》，《山东文学》2011 年第 1 期。
③ 参见孙基林、张鑫：《于坚诗歌的视觉叙述与感官世界》，《山东社会科学》2009 年第 3 期。

诗歌是抒情性的语言艺术。[①] 现代著名诗人郭沫若说："诗的本质专在抒情。"[②]如果审视中国诗歌发展进程，从我国最早的一部诗歌总集《诗经》开始，经汉魏六朝的诗歌、唐宋以降的历代诗歌，直至当代诗歌，不可否认，有着难以计数的"抒情诗"。然而，"叙事诗"也大量留存于文学殿堂，因此"叙述"并未中断过，或者死亡。考察当代诗歌，尤其是新世纪诗歌，笔者有两点体会：

第一，"叙述"并未休克或死亡。罗振亚先生在2011年12月湛江举办的"21世纪中国现代诗第六届研讨会"上，指出当下诗坛存在三大困惑："一是诗坛整体感觉平淡，缺乏明显的创新气象，有分量的作品少；二是写作本身问题严重，在日常情感和精神提升、情感和理性、精神追求和艺术探索之间多有失衡；三是书写方式的革命日渐暴露出危机，不论是民刊还是网络，卧虎藏龙之际也藏污纳垢，所以新诗形象的重构障碍重重。"[③]罗先生的判断不无道理。但是新世纪诗歌纷然呈现在世人面前已是不争之实。据谭五昌主编的《21世纪中国诗歌排行榜》[④]，获悉新世纪第一个十年诗歌创作实绩，创作风格多样化，其中不乏大量的叙述性诗作。在当下新世纪诗界，叙述性似乎成为新世纪诗歌写作的风气，成了诗歌创作主体传达内在情志的言说方式及诗歌写作的普遍的范式。黄芳的组诗《向北》[⑤]就有浓浓的叙述成分，《他们》写道："她一直冷/ 9月之后/ 阳光穿南过北/ 他看见她又轻又小/ 一只手就能紧紧握住/ 他于是把她紧紧握住/ 直到她慢慢地变暖/ 并/ 活了过来。"这首诗运用叙述的方式隐然呈现了让人回味的情感。如果诗人没有深入生存的现实，没有深刻的体验，是不可能有如此温情的叙述。关注更多的底层写作，如"打工诗歌"，就会发现其中的"叙述"成分的比重。卢卫平的《在水果街碰见一群苹果》堪称其代表作，诗写道："它们肯定不是一棵树上的/ 但它们都是苹果/ 这足够使它们团结/ 身子挨着身子/ 相互取暖/ 相互芬芳/ 它们不像榴莲/ 自己臭不可闻 / 还长出一身恶刺/ 防着别人/我老远

---

① 参见孙子威主编：《文学原理》，华中师范大学出版社1989年版，第139页。

② 郭沫若：《沫若文集》第10卷，人民文学出版社1959年版，第211页。

③ 罗振亚：《新世纪诗歌：在坚守中突破》，《艺术评论》2012年第6期。

④ 谭五昌主编：《21世纪中国诗歌排行榜》，百花洲文艺出版社2010年版。

⑤ 黄芳：《向北》，《诗潮》2009年第3期。

就看见它们在微笑/ 等我走近/ 它们的脸都红了/ 是乡下少女那种低头的红/ 不像水蜜桃 红得轻佻/ 不像草莓 红得有一股子腥气/ 它们是最干净最健康的水果/ 它们是善良的水果/ 它们当中最优秀的总是站在最显眼的地方/ 接受城市的挑选/ 它们是苹果中的幸运者/ 骄傲者/ 有多少苹果 / 一生不曾进城/ 快过年了/ 我从它们中挑几个最想家的/ 带回老家/ 让它们去看看 / 大雪纷飞中白发苍苍的爹娘。"不可否认，这首诗就有叙述的成分，诗人以叙述者的口吻叙述了所见的"苹果"及隐藏内心的感受。诗中的"苹果"，既是叙述者聚焦的自然界的苹果，也是含有隐喻成分的打工妹。出生于20世纪70年代的河南睢县人——翩然落梅(原名崔宝珠)，2003年在网络上尝试诗歌写作，在《诗刊》等多种刊物发表作品。她的诗有许多叙述的成分，如《黑豆》诗：夜里，少年时爱过的/野孩子，轻敲我的小窗// "姐姐，好久不见/ 这些天，雨水连绵/ 我的身子，无端端发痒/ 不能忍耐。姐姐明朝/ 可否帮我打扫下房子?"/ /第二天一早/ 我来到麦田里/ 认真清理掉，他坟上的杂草/ 只留下一株/刚发芽的黑豆苗//秋夜，他又来了/"姐姐，我已饱满/ 适合服用/ 记着，以醋泡之/每晚七粒/ 久服，乌发，好颜色，变白不老。"作者以叙述的方式、拟人口吻的手法完成了对黑豆生长的描述。

考察新世纪十余年来，以柳冬妩、郑小琼、许强、罗德远为代表的诗歌创作者，曾在广东有过艰辛的打工经历，被称为"打工诗人"，有着底层生存的经验。他们将自己的经历以诗歌的形式朴素地呈现在读者眼前。张末民肯定了这类作品，认为"充满了真实的现实精神，既有硬度和反抗，也有细腻和妥协，一句话，很现实。没有多少审美的精神幻觉"①。这些诗歌无不以叙述的方式真实地传达了打工者处于社会底层的生存信息及其艰辛的生活感受。

第二，新世纪诗歌叙述与抒情的关系。一般来说，叙述与抒情是相对而言，因为顾名思义，叙述就是叙说、记述，而抒情就是抒发感情。那么，是否就可以说在诗歌叙述之中没有情感呢？应该说，在叙述之中饱含了诗歌创作主体的情感。细读诗歌，这种隐含在叙述中的情感还是可以追寻。如翩然落梅的《胭脂痣》："今晚，我还会做旧时妆扮/ 白纱衫缀上茉莉/ 丁香花籽

① 张末民：《关于"在生存中写作"》，《文艺争鸣》2005年第3期。

研做粉，红玫瑰汁/ 晕上双唇/ 我身段袅袅/ 穿过花园的鲜露水/ 苍苔冷冷，绣花鞋悄无声息/ 小楼上那人却浑然不知/ 尚留月西窗，烛光微微/ 舐开窗纸，恰看到他呵/ 正饱蘸松烟，添画我肖像中最后一笔 / 锁骨上盈盈的胭脂痣。”在我看来，这是翩然落梅的最好的作品。作者以第一人称“我”叙述了在夜晚旧时装扮，悄无声息地穿过花园，透过窗纸看到他“添画我肖像中最后一笔”。初看似无情感，只有叙述，再读，发现旧时穿着、古典气息的“我”有着欣喜之情。只不过，这种情感隐含在叙述之中，需要读者细细品读，方能识其真味。郑小琼是 2007 年最受关注的打工诗人，她的《流水线》中的诗句：“在流动的人与流动的产品间穿行着/ 她们是鱼，不分昼夜地拉动着/订单，利润，GDP，青春，眺望，美梦 /拉动着工业时代的繁荣 // 流水线的响声中，从此她们更为孤单地活着/ 她们，或者他们，互相流动/ 却彼此陌生/ 在水中，她们的生活不断呛水/ 剩下手中的螺纹，塑料片/ 铁钉，胶水，咳嗽的肺，辛劳的躯体，在打工的河流中/ 流动……在它小小的流动间/我看见流动的命运/ 在南方的城市低头写下工业时代的绝句或者乐府。”诗人以平视的眼光叙述了打工者艰辛生活，但对被叙述的“她们”不是冷默旁观，而是字里行间流露出诗人的情感。在此叙述并非没有情感，只不过是隐含在其中。也就是说，诗人一方面作了客观叙述，另一方面又有诗人对叙述的对象（事物、人）存有或多或少、或浓或淡的情感。

随着传播格局的变化，传播方式的多样化，当下诗歌不再局限于纸质的流传，可以通过网络（或视频）呈现在读者眼前，甚至通过歌唱的形式传播。有的歌词本身就是一首好诗，如响彻大江南北的《荷塘月色》，之所以广为流传，是因为其歌词非常优美：“剪一段时光缓缓流淌/ 流进了月色中微微荡漾/ 弹一首小荷淡淡的香/ 美丽的琴音就落在我身旁/ 萤火虫点亮夜的星光/ 谁为我添一件梦的衣裳/ 推开那扇心窗远远地望/ 谁采下那一朵昨日的忧伤/ 我像只鱼儿在你的荷塘/ 只为和你守候那皎白月光，游过了四季荷花依然香/ 等你宛在水中央。”词曲作者张超以叙述的方式描绘了夜晚的荷塘景色，但通过凤凰传奇组合演唱，传达或抒发出了优美、柔软、细腻的情感。

总而言之，新世纪诗歌叙述问题的研究成果不多，且尚待深入。至于新世纪诗歌涉及叙述并未中断，而叙述与抒情并不对立，它们相融在诗歌之中。

附录

附录一

一次关于诗歌叙述问题的讨论与对话

——“首届诗歌叙述学前沿学术论坛”综论

魏文文

2020年10月24日，“首届诗歌叙述学前沿学术论坛”采用线上、线下结合方式，在山东大学青岛校区和腾讯会议云端隆重举行。本次会议由山东大学人文社会科学青岛研究院、山东大学诗学高等研究中心主办，来自首都师范大学、上海外国语大学、南开大学、东南大学、北京大学、山东大学、中国人民大学、安徽师范大学、青岛大学、聊城大学、扬州大学、西华师范大学等高校或单位的五十余位专家、学者及山东大学部分研究生等参加了线下和云端会议，就诗歌叙述学前沿学术问题展开了细致、深入的研讨。开幕式由山东大学诗学高等研究中心主任、首席专家孙基林教授主持，山东大学青岛校区党工委副书记郭邦礼研究员，首都师范大学教授、《诗探索》主编吴思敬先生分别为大会致辞。吴思敬教授回顾了山东大学诗学高等研究中心的成立过程，肯定了此次诗歌叙述学前沿学术论坛对诗歌理论研究的重要价值，并对诗歌叙述学的研究现状、诗歌叙述学相关关键词等进行了简要梳理，对本次论坛议题的融合与拓展以及专家、学者、青年学子们的学术争鸣表示期待。

经典叙事学向后经典叙述学发展的过程中，出现了跨文类的叙述学研究，某些曾经不被视为叙事，但具有叙事维度的作品逐渐被纳入叙事学研究的范畴中，近年来对诗歌叙述学基本理论的探究成为专家、学者持续关注的热点。诗歌叙述学的命名、叙述的诗性、抒情与叙述的关系、诗歌叙述的时间与空间、诗歌叙述的声音、诗歌叙述策略与叙述逻辑等问题的探讨成为本次论坛的核心议题。

“叙事”还是“叙述”，这一组概念在法语或英语中本是同一个语词，可翻译成汉语之后，却出现了两个具有微妙差异的不同词语。数年前叙事/叙述学界曾就此展开过争论和对话，但最终并没形成统一的结论和共识。孙基林（山东大学）《也谈“叙事”还是“叙述”》的发言从这场争论说起，但他表明并无意参与中国叙事学界的争论，只是想就此话题切入，针对诗歌这种文体而言，他认为用“叙述”而不是“叙事”或许更确切一些。因为一般而言，诗歌并不指向叙述的故事，即使一个最小故事，也是诗歌难以承受之重；再从现代语言学和形式理论看来，叙述不可能预置一个在那儿的故事或事件。接着他从词语的属性与语用的功能、叙述行为本体、诗的叙写过程以及叙述作为研究的中心和文本四个方面阐释了“诗歌叙述学”命名的理论依据，并认为诗的本质并不是抒情，也不是叙事、意象、叙述，而是诗歌性；而诗歌叙述的本质自然就是叙述的诗性。所以从学理性出发，他主张在诗歌叙述研究领域，应使用“诗歌叙述学”而不是“诗歌叙事学”概念，这一观点厘清了长久以来处于模糊状态的“诗歌叙述学”命名问题。对此，马启代（中国诗歌在线）在梳理、辨析孙基林所提理论及相关概念的基础上，认为诗歌叙述学作为21世纪正式走进学术视野的诗歌学说，必须厘清抒情、象征以及叙述之间的关系，从隐喻到叙述、从抒情到叙事本身并不构成对立关系或递进关系，而是平行的、时隐时现的关系。他从诗人创作的角度阐释了诗歌创作的过程就是“此时”“此地”的呈现，诗人并没有考虑抒情、象征还是叙述的问题。杨碧薇（北京大学）从“抒情”和“叙事”的关系角度阐释了新诗叙事的目的和本质属性，摒弃了诗歌理论界“叙事为大，叙事包蕴了抒情”和“抒情为大，叙事是抒情动机下的产物”二者对立的观点，她认为新诗里抒情与叙事常常处于胶溶状态，抒情是基底液，叙事是添加液，二者常常是混合的，很难被彻底地分别析出。新诗诞生以来，叙事与抒情的含义都在扩展、变化，但诗歌叙事仍然脱离不了抒情的底色，这是由诗歌的本质属性决定的；新诗叙事的本质属性也是抒情的，其目的亦是为了抒情。罗小凤（扬州大学）认为抒情与叙事之间的根本不同在于话语秩序的转变，因而抒情话语与叙事话语各自在诗歌中呈现的风格自然不同。她从新诗话语秩序的实验、小说化笔法的援用、戏剧化手法的杂糅、抒情对叙事的渗透四个方面探讨了新世纪诗歌的独特叙事策略，并指出抒情和叙事其实是无法截然分开的，诗歌是抒情的文类，无法完全做到非抒情，叙事亦是为了抒情，冷抒情、反抒情、客观化抒情等理论主张都是为了抒情，因此，叙事又被称为“叙事化抒情”。新媒体时代，新媒体作为媒体的特征为诗歌的叙事带来了一些新的变化，将叙事化抒情推向一个新高度，尤其新媒体时代的诗歌，注重以情动人，但并不直接抒情，而是在叙事时通过抒情与叙事的结合打动人。韩嘉川（青岛文学研究院）在论及抒情和叙事的关系时指出，“诗言志”的志，本义在“事”，可以是故事，可以有蓝本；而诗与歌的结合，即以叙事为依托的抒情。他从散文诗的角度切入叙事与抒情的关系，认为散文诗作为诗歌的一种，除了具有抒情性之外，还延续了“诗言志”理论中诗与歌结合，是以叙事为依托的抒情，并且更广泛地吸收了叙事性文学的成分。王珂（东南大学）对新诗伊始重视叙事以及主张用叙事来取代抒情的现象作出阐释，认为造成这种现象的主要原因在于草创期和建设期的新诗分别是散文化的文体和混合型文体。文体的合法性带来了叙述的合法性，出现叙事与抒情并行甚至取代叙事的特殊现象。这一现象虽然拓展了新诗的功能，提升了新诗的启蒙宣传功能，却在某种程度上削弱了诗的抒情本性而导致诗的文体混乱。学者们通过不同的角度深入阐释诗歌抒情和叙述/叙事的关系，有助于打破抒情独大的固有思维，将叙述提高到与抒情同等重要的地位。

青年学子围绕着“什么是诗歌的诗性”以及“如何诗性”等问题展开讨论。对当代诗歌如何诗性叙述，张海玉（山东大学研究生）提炼出三个原则：日常的诗意化用、时空的诗性塑造（心理时空的复合并存与时间空间化延展）以及开放的“叙述”。针对当下诗歌叙述如何能够得到有效应用，张海玉指出：首先应当拓展诗歌的表现内容，以容纳更多的现实经验、日常发现、个人体悟等；其次，诗歌的诗意叙述成为承担时代使命的一种有效策略，拓展诗歌的审美价值，改变以往诗性即象征性、暗示性等传统看法，综合多种修辞手段与叙述方式，使得诗性呈现多元化的发展态势。王佳芬（山东大学研究生）认为，当代诗歌的叙述性是诗人们试图以个人的直接经验重新观察和分析普遍性事物，是对诗和现实的关系进行修正的一种追求：在语词层面上，这种叙事性表现为非诗词语的运用；在技巧层面上，表现为日常生活场景的处理；在结构层面上，则表现为一种空间性的呈现。当代诗歌叙述的诗性主要通过多层次对话的方式展开，对话不仅是一种写作方式，更是一种思想方法，正是由于诗人改变了观照世界的态度，以客观、平等的眼光观照表现对象，诗人与现实生活之间、读者与诗歌文本之间才得以展开对话，这种内在的对话正是诗歌的诗性所在。

乔国强（上海外国语大学）、李建平（合肥师范学院）等就叙述的时间与空间问题展开多层次的讨论。乔国强以诗歌中的时空、事件以及视域为例探讨了诗歌叙事研究的问题和方法，指出在诗歌叙述中，所有的时间都行进在一定空间里，具有一定的质和一定的能，构成了叙述前行的动力。此外，事件的构成与推进、视域的建构等都应该成为诗歌叙事研究的焦点，需要进一步展开深入的探究。李建平以时间、空间叙述的位移性结构为中心考察了中国抒情诗叙述模式的发展，认为从整体上看，中国抒情诗无论古代还是现代，都呈现出由时间叙述向空间叙述发展的特征，这既是诗歌本体语言修辞特征的体现，也是诗歌艺术发展的必然趋势，而发生期的时间叙述则是人类自然语言心理图示的一种呈现，后来历史中出现的时间叙述则作为一种变奏，是另一种美学追求的反映，自有其艺术存在的价值。武俊宇（山东大学研究生）从叙述聚焦的角度探讨了诗歌日常写作的叙述诗性问题，认为 20 世纪 90 年代以来兴起的诗歌日常写作凝结着人们对叙述与诗性问题的再认识。当诗人通过时空对接、大小对比、虚实对照等方式诗化地处理日常所见、所感、所思时，叙述聚焦便生成了。叙述聚焦即以感知的角度审视诗歌日常写作中富有诗性的现象，感知权限的大小关系着叙述者“我”主体性的强弱，感知距离牵动着诗人对“及物”方式的选择，由此得出感知层级的开掘本质上来说回答了日常叙述能否诗性的问题。韩镇宇（山东大学研究生）关注了“本体性诗歌叙述”的时间性问题，这里的“时间”围绕时间与叙述的本质关系展开，他认为时间在本体性的诗歌叙述中体现为一种“生命的在场”，通过种种瞬间感觉的聚合获得不可重复的生命体验：首先表现在本体性诗歌叙述常常借助叙述时间的拉长透视日常生活中的细小琐事，通过对场景的细致描写传递叙述带来的独特诗境；其次，本体性叙述将“叙述”作为一种修辞和思想方式本质上来说具有“还原意识”，诗人往往在叙述中选择消解宏大的“历史”时间。胡龙飞（山东大学研究生）从空间叙事的角度切入打工诗歌，认为打工诗歌不仅是历史语境的产物，更是空间的艺术，打工诗人从乡村到城市往返的空间转换中，他们的身份、意识、思想、情感也发生着一定的变化，由此引发出叙述的诗性。

也有青年研究者直接关注诗歌中的声音叙述问题，将具有音响效果的叙述纳入新诗叙述的研究范畴。如魏文文（山东大学博士后）将具有差异性的诗歌段位作为考量的依据，关注中国新诗区别于传统诗歌的听觉段位属性，新诗的声音属性在一定程度上体现出现代白话新诗对传统诗歌的瓦解，显示出新诗听觉段位叙述形态的现代特征。她根据叙述段位的长短，将中国新诗的听觉段位分为点状段位、线状段位以及面状段位，长短不同的音响性叙述段位是诗人叙述策略的反映，这种来自诗歌自身的听觉叙述与视觉叙述一起构建诗歌基本段位体式，是诗之为诗的本源，可以说是“与诗俱来”。但是听觉叙述的研究并不能仅局限于声音本身，诗歌的声音叙述个性决定了其除了来自可感的听觉段位外，还有一些隐喻性声音，它们共同建构出诗歌叙述的现代音景。李自菲（山东大学研究生）认为诗歌中事件讲述者确定诗歌的叙述声音，因此必然带有一定程度的讲述者意识。正是叙述者的身份及其在诗歌中表达的方式与参与程度，决定了叙述者发出的叙述声音，也影响了诗歌的基本叙述特征。总体上来看，从谁说的、怎么说的、说的什么、如何被人接受与倾听等几个方面可以得出叙述主体的形态。于昊杰（山东大学研究生）从诗歌叙述者的声音及聚焦问题探讨诗歌叙述的可能，在借鉴热奈特、查特曼、托多罗夫等理论的基础上，结合当代诗歌创作，通过语词、阅读参与、视角、聚焦等阐释叙述者的声音问题。上述关于叙述声音的研究将广义的声音叙述与叙述文本中的声音叙述同时纳入到诗歌叙述学研究中，扩大了研究视域，丰富了诗歌声音叙述的研究成果。

诗歌固有的文类属性生发出独特的叙述策略与叙述逻辑，成为区别于其他文体叙述的主要特征之一。姜玉琴（上海外国语大学）围绕传统诗学的产生、发展过程，以人与宇宙为轴线将传统诗学的话语生成方式归纳为三大叙述法则，探讨了古典诗学的叙述机制、批评标准的叙述范式等问题，梳理出一直存在于古典诗学中并在暗中支配其走向、发展的规律和法则。她认为中国传统诗学是不同于西方诗学体系的另一种理论叙述模型，从叙述理论上将诗学叙述与其他文体叙述区别开来。傅华（西华师范大学）谈论了中国新诗的叙述逻辑、隐喻逻辑以及叙述逻辑与隐喻逻辑之间的关系，特别指出了中国新诗的叙述逻辑与隐喻逻辑既表现出与传统诗歌不同的特征，又与中国新诗的诗学特征相结合，同时二者在形式层面上相互交织，主要表现在中国新诗叙述逻辑对隐喻逻辑的改造和吸收。

对诗歌叙述学这一年轻学术生长点的关注还集中在对诗人个体叙述策略的探索上。杨四平（安徽师范大学）关注了昌耀诗歌叙述主体及诗体的现代性与独创性问题，诗歌叙述主体的建构与否关系到中国诗歌“新与旧”的问题。他指出，所谓的“诗歌主体”，是指诗歌在抒情、叙述或议论中始终或明或暗地控制着诗歌发生、发展和全过程的主体存在。以昌耀的诗歌为例，将其叙述主体分为施祭的主体和受祭的主体，进一步探究了这两种叙述主体在诗歌文本中如何“现形”和“发声”，并由此总结出“昌耀体”的六大特点，这一研究为诗人个案的叙述学研究提供了可借鉴的研究范式。叶琼琼（武汉理工大学）关注了隐喻在穆旦诗歌中的建构功能，隐喻作为诗歌独特的联系机制在诗歌的整体建构中起到重要的作用。穆旦用无序的片段化、原型隐喻的先天统合功能和文体的杂糅等形式来隐喻破碎、混乱、无序的现实和心理状况，用结构表达人生经验，让有限短暂的个人经验在诗歌结构中走向无限与永恒。其间所暗含的隐喻与叙述之间的关系值得进一步探讨。吴昊（廊坊师范学院）将张曙光诗歌中的历史叙事命名为“遗照”式写作，这一写作方式并不是对过去岁月消极颓废的怀缅，更不是感叹“今不如昔”，而是从历史叙事的角度，从“回忆”主题的塑造中找到个人在时代中的位置，从“过去”的角度观照“现在”，审视人的生存处境。边巧宇（山东大学研究生）试图从“叙述聚焦”这一叙事学核心概念出发，将叙事学的分析方法运用于对于坚诗歌的阐释中，从聚焦对象的变换、不定式聚焦方式的运用以及对聚焦规范的突破三个方面探讨于坚诗歌的诗性特征。徐冰月（山东大学研究生）对于坚《感谢父亲》一诗进行文本细读，指出正是叙述悖论、语词复现、声音交替、转述等多种叙述策略的运用，完成了一场叙述之我和经验之我分离与复合的过程，在某种意义上，为探讨叙述的诗性进行了有益的尝试。

本次研讨会还就传统诗歌叙述、叙事诗和散文诗叙述等问题展开讨论。在传统诗歌叙述问题上，殷学明（聊城大学）从古典诗歌叙述的角度分析“事感”“事象”“事境”的具体不同，进一步阐释了事境的类型和特点以及对新诗叙述学研究的启示；孙学堂（山东大学）从当代学者对辛弃疾《鹧鸪天》（石壁虚云积渐高)释读出发,谈论稼轩农村词中的“模糊叙事”的几个问题,为新诗叙述的阐释提供了可借鉴的方法;针对《洛神赋》长久以来被看作抒情文学代表作的现象,吕辛福(青岛科技大学)指出其中的叙事性问题,借助叙事学的理论分析方法,分别从故事情节、故事结构、叙述视角、人物角色几个方面分析《洛神赋》中的叙事性特征。同时,他认为正是故事情节和故事结构,搭建起了《洛神赋》中的基本叙事骨骼,抒情性的语言依附其上,变得更加丰满和充盈,从而发挥出了最佳抒情效果。关于散文诗的叙述问题,韩嘉川(青岛文学创作研究院)提出应当给散文诗以“诗”的本质、“思”的使命,以叙事的功能完善散文诗的存在意义。吕周聚(青岛大学)、张立群(山东大学)等还就叙事诗的叙述结构等问题展开讨论。吕周聚关注了叙事长诗《魔鬼的盛宴》超视角的形式,诗人通过时空的自由转换,将发生在不同时空中的日本法西斯及德国纳粹的累累恶行全方位地呈现出来,并且巧妙设置真理仙姑这一人物形象,赋予她以穿越时空的能力和超然的视角,将主题内容和形式很好地结合在一起,为长篇叙事诗的写作提供了一种叙述模式。张立群多层次多维度探讨了阮章竞叙事诗的叙述技法问题,认为阮章竞既为现代叙事诗创作奉献了经典之作,拓展了叙事诗的表现空间,又积累了宝贵的创作经验,而重审其叙事诗创作,既有助于全面认知他的文学道路,又有助于推进现代叙事诗的发展。

论坛闭幕式由山东大学亚思明副教授主持,孙基林教授致辞。孙基林教授认为这次论坛主要在线上举行,是一次全新的学术对话体验,并对与会嘉宾表示感谢。同时高度肯定了此次叙述学前沿学术论坛的顺利召开,初步实现了中国现当代诗学、古典诗学和外国诗学等诸多学科的交叉与融合,使诗歌叙述学研究话题得到了进一步整合与拓展,出现了多元化的研究态势,而这种前沿学术观点的交集和碰撞无疑为诗歌叙述学研究拓展了广阔的前景和深度;尤其是研究生们和青年学子们加入论坛讨论,为诗歌叙述学研究注入了新鲜、年轻的力量,是诗歌叙述学研究蓬勃发展的体现,令人可喜,并表达了对青年学子们所寄予的厚望。

附录二

21世纪中国现代诗第七届研讨会综述

马春光

2013年9月6日至8日，由中国当代文学研究会、山东大学（威海）文化传播学院、山东大学（威海）现代诗歌研究中心联合主办的“21世纪中国现代诗第七届研讨会”在威海举行。来自北京大学、首都师范大学、山东大学、东南大学、四川大学、西南大学、中国社会科学院及《文学评论》杂志社、中国艺术研究院等高校和科研院所的近四十位诗学专家、学者齐聚威海（或寄发学术论文），围绕新世纪中国现代诗的叙述与抒情等诗学问题展开了深入交流和探讨。

谢冕（北京大学）、吴思敬（首都师范大学）先后致辞。谢冕重申了现代诗的“自由”本质，分析了当下诗歌的繁荣局面和诗歌语言表现出的新特点，指出时代语境的变化对诗人和诗歌理论家提出了新的要求。吴思敬深情回顾了21世纪中国现代诗历届研讨会的情况，重申了研讨会关注诗歌现场、侧重诗歌理论、意在发掘新人的优良传统和会议立场，并希望会议取得预期的学术成果。

研讨会以新时期以来中国诗歌“抒情和叙述问题”为中心议题，围绕诗歌叙述性研究、当下诗歌现状与生态、诗歌地域性问题等多个相关诗学话题展开对话、交流和探讨，进行了四场专题讨论和一场研究生论坛。其中对诗歌叙述问题的探讨和研究，不仅集中、深入，讨论热烈，而且时有观点与言语交锋，达到了“研”与“讨”两方面的效果，并与其他板块多有呼应和交集。

一

新时期以来，中国现代诗在走出朦胧诗的意象抒情之后，“叙述”几已成了诗歌创作的思潮和风气。尽管如此，很长一段时间以来，无论创作领域还是诗学理论界，对此并没有一个自觉的艺术意识。如何从理论上更深刻地认识诗歌的“叙述”问题，廓清“叙述”与“抒情”的关系，进而从诗歌叙述学这一诗学维度对当下诗歌的理论建构、文本创作提出富有建设性的启示，成了这次会议的核心议题。

围绕这一核心议题，首先是对“叙述性诗学”作了发生学考察。近年来，孙基林（山东大学威海校区）一直在积极倡导并致力于诗歌叙述学研究，并通过对以往诗歌叙述研究的反思和深层文本探索，将新时期叙述性思潮的发生或叙述的转向追溯至 20 世纪 80 年代第三代诗人的写作，指出谈论当代诗歌的“叙述性”问题不应仅局限于 90 年代诗歌，这一叙述性思潮在 80 年代已然出现，一方面是时代语境变化所引发的诗人写作观念的深层调整，另一方面也是西方现代哲学和理论思潮深刻影响的结果。在此基础上，他辨识出第三代诗人的叙述是一种本体性叙述，而知识分子写作则是一种喻体性叙述，不同的叙述模式和形态则反映了诗人在观照世界、应对现实时不同的诗学立场和思想方法。他把“诗歌叙述”问题不仅放在新时期以来的大语境下进行考量，而且上升到整个诗学学科建构的高度进行研究，显然为叙述性诗学研究指明了更宽广的学术空间和更深的理论维度。

赵思运（浙江传媒学院）指出了 20 世纪 90 年前后时代语境变化所引发的诗人写作观念的调整，并详细辨析了诗歌的叙事性区别于一般叙事的特征，指出诗歌的非线性叙事决定了事境是它的理想形态，事境以虚实结合、深层结构、人生意蕴等特征可以较好地融叙事、抒情、象征于一体，事境的引入显然为诗歌叙述性问题研究指明了一个切近实质而又富有意味的入口。与赵思运的观念和分析方法相似，吕家乡（山东师范大学）着重考察了新世纪诗歌的“事态结构”，并以江非、路也的诗歌为例，探讨了事态诗创作的相关问题。他指出，诗歌在本质上是内容的诗化和表达的诗化，一首诗质量的高低、魅力的有无和大小，总是决定于它的内容的诗化程度和表达的诗化程度两个方面，事态诗的叙述价值也体现在这两个方面。

从文体结构的角度来考察叙述问题，是这次会议所彰显并深化的另一个研究视角。王珂（东南大学）从诗体形式层面肯定了叙述在诗歌中的重要性，指出在抒情、描写和叙述三大写作手法中，叙述最具有时间感与空间感，可以将动作扩展，将时间拉长，将空间拓宽，也可以放慢事件，呈现细节，更可以让情感产生流动感，让思想产生有形感。但他认为新诗是采用抒情、叙述、议论，表现情绪、情感、感觉、感受、愿望和冥想，重视语体、诗体、想象和意象的现代汉语艺术，因此应科学地界定叙述在新诗本体论中的位置。过分本体性叙述是否有可能形成新诗界的“生态灾难”？对此他表示忧虑。马春光（山东大学博士研究生）认为，应该在古今、中外的历史语境变化和诗人感知方式的变迁中，从诗歌文体的内部结构来分析新时期以来诗歌的抒情与叙述问题，并从叙述主体的变化角度进行了结构分析。李建平（山东大学博士研究生）从叙事学的角度切入，指出叙述是诗歌营构的一种方式。他通过对新世纪诗歌空间、时间建构方式的细致分析，指出了新世纪诗歌在时空构造方面与以往诗歌的不同。

其他学者分别从历史社会语境、思维品质等角度阐述叙述问题。张立群（辽宁大学）认为新诗本身就是一种分裂性思维，新诗的核心是自由，叙事是历史的必然；80年代以来中国新诗及社会的发展由“高楼文化”代替“平房文化”，这就决定了叙述是抒情本质的另一种表达，是对抒情本质的一种延伸。北野（山东大学威海校区）从创作的角度肯定了“叙述”在诗歌表达中的意义，他以雷平阳《杀狗的过程》、王夫刚《安全帽上的遗言》、黄灿然《祖母的墓志铭》为例辨析了怎样的叙述可以为诗歌表达贡献新的美学质素。他指出诗歌叙述可能存在的陷阱（口水化、段子化、粗鄙化以及无标准和无难度的制作习俗），认为富于诗性的叙述才是保持诗歌精神、思想、美学高度的关键所在。洪树华（山东大学威海校区）对新世纪诗歌叙述问题的研究现状做了较详尽的梳理和评述，对“叙述”概念的复杂性、叙述的诗性等问题进行了分析，并结合具体作品辨析了新世纪诗歌抒情与叙述的相互融合，认为中国传统的“诗言志”与“诗缘情”两大诗学观念造成了诗歌对抒情话语的过分依赖，从而遮蔽了诗歌的叙述话语。

作为诗歌之另一种形态，陆正兰（四川大学）通过对当代歌词的研究辨析了当代艺术的“叙述转向”问题。她以大量文本为例，指出了近二十年来中国歌词的叙述转向这一情形，在她看来这种转向契合当代人思维结构的变化，在后现代语境中体现了从群体主体性向共同主体性的伦理担当，并为商业文化压力下被分散的词作家主体身份取得了“为我塑形”，这样的趋势昭示着叙述转向正在改变未来的文学史。吴思敬对此进行总结和评述时，首先对诗歌叙述性研究给予了充分肯定，并指出，我们应该从更深的层面思考：为什么叙述在当代突然成了问题，并且在诗歌创作中确实被强化了？诗歌应该如何叙述？为什么古典诗歌里有很多叙述性因素，依然是抒情诗？当代诗歌的叙述性在古人那里继承了什么，有什么发展？他认为，当代诗歌的“叙述性”问题，是一个复杂且有价值的诗学问题，应该进行更深更广更细的研究。而诗歌叙述性的分析不能直接照搬小说叙述学理论，要区分小说中的叙述和诗歌中的叙述，并详细辨析诗歌叙述中的内在结构，考量怎样赋予叙述诗性内涵。

二

对当前诗歌创作态势和诗歌走向的考察、研究，是本届研讨会的又一重要内容，与会专家从当下诗歌的边缘化、诗歌生态、诗歌精神、诗歌语言等多个层面，展开了立体全面的学术探究。

燎原（威海职业学院）、沈奇（西安财经学院）、吕家乡等，对当下诗歌生态进行了总体的、多向度的辨析。燎原对新世纪以来诗歌颇受诟病的“边缘化”和“诗歌的承担”等问题作出回应。他认为新世纪以来我们所遭遇的是一个常规化时代，常规化时代迎来的是迥异于以往诗歌社会学视域的多元化写作，多元化写作中的诗人们依据各自的时代感受和艺术趣味，历史性地进入到了潜藏着深层艺术景观和精神景观的文本建设之中。当下诗歌在看似波澜不惊的表象之下，实现了文本内质海底大陆架般的整体隆升。沈奇对新世纪以来的诗歌进行了多向度的考察，指出当下诗歌面临四个问题：一是缺乏理想情怀，二是缺乏文化内涵，三是缺乏历史视野，四是缺乏诗体意识，并提出了“内化现代，外师古典，融合中西，再造传统”的新诗再生之路。吕家乡认为诗歌的边缘化是一种必然，是综合因素的作用力，不仅仅是诗歌，当今时代根本不存在真正的可以一统天下的中心。他还辨析了当今时代的“不相信”。他说北岛的“我不相信”是有所指的，而现在的“我不相信”是泛指的。

冯雷（北方工业大学）、范云晶（河南科技学院）、毕志娟（淄博高等师专）等则从具体的研究视角对新世纪以来的诗歌进行探索。冯雷则从“代际”的角度考察了新世纪以来的“80后”的诗歌。他从死亡、历史、性爱等角度阐发了“80后”诗歌的特质。他在对“80后”这一概念的审慎的辨析中，提出处于“成熟”与“成人”之间的“80后”诗歌，其意义并不在于言说自己，而在于为观察和讨论新世纪诗歌提供了一个独特而有效的支点。范云晶从“存在”的层面来观照新世纪诗歌，她从对物的关注、自我存在、他人存在、存在之家四个逐渐加深的层面辨析了新世纪诗歌对时代现实的诗意观照。毕志娟从“黑夜”省思、生存叩问、内心狂欢书写等三个维度，对新时期以来的女性诗歌创作的精神指向进行了分析，并指出女性诗歌一直在寻找和坚守着自己的诗歌理想，从“躯体写作”到面向生活的深度开掘与生命的多维度感知，女性诗歌一直在延伸着对自我的反思、省察，以期超越过往。

杨四平（安徽师范大学）和王巨川（中国艺术研究院）分别从语言和内容角度契入新世纪诗歌。杨四平以陆健的一组诗为例，探寻了诗歌的语言问题：一是把方方面面的语言整合起来，把书面语、口语和方言三者整合起来，形成多声部的语言效果。新诗写作应该调和几种语言。二是如何和传统对接的问题。三是诗歌使用一些俗语，既增添了时代感，又增加了反讽效果。四是诗歌表达中的语体和语用问题。王巨川指出，在新世纪的历史物象诗创作中，诗人主体经历了从“以我观物”到“以物观物”的转换过程，从而形成了新世纪历史物象诗的美学原则，即历史物象平面化的解构原则、日常原生态语言的提纯原则与历史重构的拼贴原则。历史物象诗创作的成熟，不仅仅标示出诗人面对现存人生状态时的历史观、价值观以及诗人的诗学态度在诗歌中的精神映像，它更是见证当代诗歌发展历史的另一种存在之“物”。

梁笑梅（西南大学）从文学传播的角度观察新诗的走向，认为传播是诗歌得以广泛存在和发展的根本原因。她以《孔子》《二十四城记》《非诚勿扰2》等电影中的诗歌传播为例，阐明影像传播在诗歌传播学意义上具有一种革命性和开创性的价值。她指出，积极应对视觉文化时代的到来，建立全新的诗学批评范式和话语体系，始终坚持语图互动的视觉文化精神，实现图像文本的审美增殖，是对当代诗歌的艺术走向及基本运行规律所进行的学术把握与理论尝试，有利于认识并导引诗歌在图像时代的现代传媒条件下创造诗歌新的视觉诗意。作为诗人的黄淮(中国格律诗学会)提出现代“自律体诗”的创作主张,倡导“一诗一律”,并以自己的诗作为例进行了阐释,为多元化诗歌走向提供了又一个标本。

三

本次研讨会还就空间上的地域性诗歌和历时性的现代诗史研究展开讨论,显然,山东诗歌和四川诗歌在当代诗歌的发展历程中有着举足轻重的作用。来自四川的王学东(西华大学)梳理了新时期以来四川新诗的发展脉络,并从通天情结、个体热情、语言冒险、天人之境等角度概括了四川诗歌的特征。四川诗歌30多年来的发展及其在整个中国诗歌场域中的位置,均得到了有效的阐释。

针对山东诗歌的历史与现状,与会专家进行了多层次的探讨。谢冕以山东籍诗人刘希全为例,阐明了诗歌如何承担时代、现实的问题,同时肯定了齐鲁文化浸润下的山东诗歌的独特审美特质。贾小瑞(鲁东大学)则从乡土诗、城市诗、山水诗等题材,对新中国成立以来的山东新诗进行了巡礼,指出山东诗歌以精神结构和想象力的特殊性彰显出整体艺术的风土性,并保持了与全国诗坛的共同涌动。房伟(山东师范大学)对新世纪的山东诗坛进行了宏观考量,指出新世纪的山东诗坛出现了一个中老年诗人与“60后”“70后”“80后”并存的繁华局面,涌现出大批新生代诗人,而在审美特性上则表现为三个方面:一是对于现实批判的关注,二是对于本地域乡土特色的深入挖掘,三是对于链接传统文化与现代性的努力。梁艳(山东大学威海校区)则结合具体的文本阐发了威海诗歌的生态意识,威海独特的地理环境使得威海诗人的诗歌创作中存在大量的生态主题,从而在诗歌文本中彰显了浓郁的生态意识。

就历时的诗歌史及相关诗学话题,张立群对作为术语的“当代”进行了多层面、立体式的考察,指出在注重诗歌现象的发生、发展以及重要诗群、重要诗人的创作特点、转型的同时,还必须将历史、现实、文化、创作及其互动有机地结合在一起。唯其如此,才能描绘出30多年来中国新诗发展图景的丰富性和深刻性。同样是诗歌史研究,章亚昕(山东大学)辨析了近代以来中国文化文学中的70年周期现象:以“后喻文化”为特征的1840～1910年所代表的传统坚守的70年,以“前喻文化”为特征的1910～1980年所代表的价值来自未来向度的70年，以“同喻文化”为特征的1980年以来的现在进行时。同喻文化为新诗带来了新的可能性，使得多种文化共同交往，为诗歌的多元建构提供了可能。

古远清(中南财经政法大学)以大量史料为依据，研究了当代新诗研究中以谢冕、孙玉石、洪子诚等为代表的“北大新诗学派”，并从成因、成员、成就等层面对其进行了阐释。刘艳(《文学评论》编辑部)从编辑者的角度，遴选《文学评论》2005年以来刊载的当代诗学文章进行辨析，指出它们在选题、论述方面的特征，指出当前诗歌研究在问题意识、学理性、学术积累等方面的得失，为现代诗研究提供了有益的启示和借鉴。

此次研讨会首设“研究生专场论坛”，年轻学子们就自己关注的诗歌创作及理论问题发表自己的看法，提出相关诗学问题。吴昊以伊沙主编的《新世纪诗典》为对象，指出其所选诗歌文本的“在场性”以及这些诗歌艺术方面的特质，认为《新世纪诗典》为探索新世纪诗歌发展可能性作出了重要贡献。杜董洋分析了新世纪诗歌中地域性倾向突出的原因，并以山东诗人群为例进行了深入而细致的探究。高鹏借助西方叙事学的理论，对当代诗歌文本中的叙述者及其声音进行了周密而严谨的辨析。王瑞玉、刘妍、张怡等则分别就“诗言志”的历史渊源与诗歌叙述的关系、新世纪诗歌的新走向以及其他诗学话题向与会专家提出问题，展开对话与交流，并时时碰撞出思想的火花。此次研究生专场论坛，为学术新人的成长、历练和培养提供了一个高端平台，这在全国此类研讨会中并不多见。

“21世纪中国现代诗研讨会”于2001年由中国当代文学研究会发起，每两年举办一届，是现代诗歌领域最重要的高端学术论坛之一。吴思敬在闭幕式上对会议进行了精彩总结，充分肯定了此次研讨会民主的学术风气和很高的学术质量。他指出，这次会议对近年来的诗歌叙述性问题进行了集中探讨，是近年来诗歌叙述问题研究的一次重要推进。会议就地域诗学、诗歌史及当前诗歌生态等问题所展开的讨论，彰显了诗歌研究者精湛的学术眼光和良好的把握诗学问题的学力，必将对诗学建设和诗歌创作产生积极的意义。

后 记

在编辑完成这部《诗歌叙述学前沿文汇》之后，内心总算平静、欣慰了不少。一是早前约稿函的允诺算是有了落实，再就是一直有的那份心愿也将变成现实。因为一直以来在倡导、组织此领域学术研究与交流的过程中，除了整合队伍、举办论坛、展开研讨交流活动之外，我们也深知，成果的发表、出版终归是更为切要的呈现与拓展。

记得在“首届诗歌叙述学前沿学术论坛”征稿函中，我们即已预告将会编选论文集出版。所以在首次前沿论坛结束之后，我们便着手编辑、整理相关论文。眼前呈现的这部书稿，便是首届论坛和威海“21世纪中国现代诗第七届研讨会”专题讨论相关成果的汇编。首届学术论坛根据议题我们分了三编，威海专题论坛是前沿论坛的初期原点，多年过去了，我们珍藏着这些资料、这份心念。这次作为整体一并汇编在这里，算是一次回顾，也是一种纪念。在编选、整理过程中，出于体例、议题聚焦与统一性的需求，一些纲要性文字或未完全文稿，包括某些议题论述，虽然观点目标新颖，论述精到，但也只能割爱了。第二届论坛刚刚开过，明显感到其研究和讨论在向纵深突入。可由于篇幅所限，这次的成果只好再沉淀一下，计划将与第三届的一起汇编呈现，在此也算做个说明与预告。《诗歌叙述学前沿文汇》的出版这是第一次，但它不会是最后的一次。为此我们将继续努力！当下我们感到期待而又忐忑的是，这毕竟是一个新兴的学科领域，我们乐于求知求新、挑战未知，但同时也尊崇、敬畏学术。我们走出的每一步，可能都只是探索、尝试，我们愿意也勇于接受学界和读者的检视、批评。

在组织论坛与编辑文汇的过程中，马春光、魏文文、王晓燕、于昊杰等一些青年学者或者博士、硕士研究生，自始至终，或在不同时段参与其中，他们的用心、热爱和奉献，使这份事业始终葆有向上的热力和气象，在此欣慰并赞赏他们！感谢研究院给予的出版资助，没有这些，如此可贵的成果是难以呈现的；感谢山大出版社的领导、编辑，因为他们的辛苦付出，才使这部著作得以顺利出版。在此，也期待下一次的合作同样快乐而富有成效！

编　者

2021 年 11 月 25 日